Sp Garcia
García, Anna.
No entrabas en mis planes /
$25.50   ocn975287148

No entrabas en mis planes

Anna Garcia

Título: No entrabas en mis planes

© 2015 Anna García

Primera Edición:

ISBN-13: 978-1511646345

ISBN-10: 1511646349

Licencia: Todos los derechos reservados

Diseño de portada

Queda prohibido reproducir el contenido de este texto, total o parcialmente, por cualquier medio analógico y digital, sin permiso expreso de la autora con la Ley de Derechos de Autor.

Los personajes, eventos y sucesos presentados en esta obra son ficticios. Cualquier semejanza con personas vivas o desaparecidas es pura coincidencia.

"Para tú"

CAPÍTULO 1
Cuando nos conocimos

AARON

—El sujeto llega en el coche. Todas las unidades alerta.

—Coche detenido en la entrada. Va a salir.

Observo al senador a través de la mira telescópica. No le pierdo de vista ni un segundo. Ni siquiera parpadeo. Son a lo sumo, treinta segundos, en los que mi única preocupación es que el individuo entre en el edificio sin ningún incidente. Hay compañeros apostados en las azoteas colindantes y es imposible acercarse al lugar a menos de dos kilómetros a la redonda, pero desde el once de septiembre, el gobierno extrema las medidas de seguridad para no arriesgarse.

—Listo —digo—. El individuo está dentro del edificio.

—Misión cumplida, señores —escucho la voz del Capitán Lewis—. A partir de aquí, dejemos trabajar a los escoltas. Nos vemos en los vehículos en diez.

—Equipo Alfa —digo a mis hombres—, retirada. Nos vemos abajo. Buen trabajo, chicos.

Cambio la frecuencia de la radio y, sin levantarme del suelo, repto hacia atrás, buscando la puerta por la que he accedido. En cuanto la traspaso y estoy a cubierto, me siento en las escaleras durante unos segundos e intento desentumecer los músculos. Me cuelgo de la barandilla de la escalera y hago crujir los huesos de la espalda.

—¿Cómo va eso, colega? —oigo la voz de Jimmy a través del auricular oculto en mi oído.

—Bien.

—¿Y tu espalda?

—Ahí está. Siete horas en la misma postura, empiezan a pasarme factura.

—Es que ya no eres un chaval... Tienes que ser más consciente de tus limitaciones. Quizá podrías pedir el traslado a algo más de tu conveniencia... ¿Te has meado encima también? Porque la incontinencia urinaria es otro de los síntomas y, para alguien de edad avanzada, aguantar siete horas es todo un suplicio...

—Serás gilipollas... Gracias por tu preocupación, pero no, no me he meado encima.

—De nada. Te espero abajo. ¿O subo a buscarte?

—Que te jodan.

—Eso espero. ¿Esta noche?

—Por mí, sí —contesto mientras bajo los escalones a paso ligero—. ¿Deb está de viaje otra vez?

—¡Oh yeah! ¡Soy libre!

—Algún día te pillará y te dará una patada en el culo. Entonces llorarás, porque no encontrarás a otra que te soporte y encima te quiera como lo hace ella.

—No tengo nada que esconderle. Solo salimos a divertirnos y a tomar unas copas. Es una manera de liberar las tensiones acumuladas durante nuestra jornada laboral.

—¿Esa es la versión que le vas a dar si algún día te pilla?

—Sí. ¿Cuela? ¿Parece seria?

—Hombre, siempre y cuando no te pille metiéndole la lengua hasta la tráquea a ninguna tía, puede que cuele.

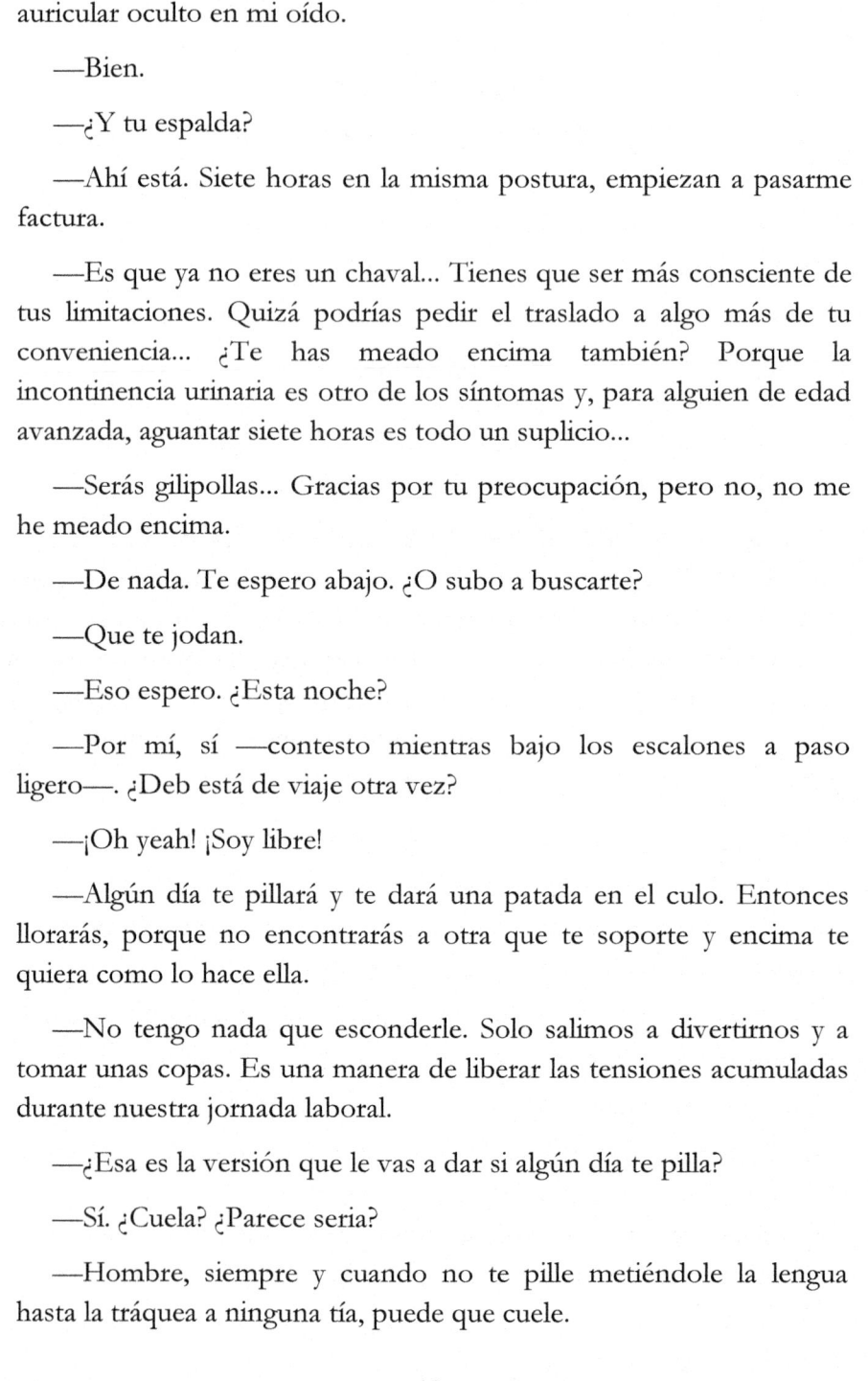

—Perfecto entonces.

—Pero eso no quita que sigas siendo un cabrón.

—Deb y yo tenemos una relación liberal.

—¿Y ella lo sabe? ¿O solo consiste en que tú te tiras a quién quieras cuando no está, mientras ella tiene que serte fiel? —digo ya a pie de calle, caminando hacia los furgones, con la vista fija en la espalda de Jimmy.

—Yo no le prohíbo que se tire a nadie... Mientras yo no lo vea. Ya sabes, ojos que no ven...

—No sé cómo cojones te aguanta.

—Porque soy adictivo.

—Y un capullo también —digo ya a su lado, con el sistema de comunicación ya apagado.

Jimmy me mira y dibuja una gran sonrisa en sus labios. Niego con la cabeza mientras resoplo con fuerza, resignado ante su actitud. Una cosa es innegable, él es así y no cambiará nunca. O, al menos, no lo hará hasta que alguna tía le meta en vereda. Hace ya más de diez años que nos conocemos, desde que él ingresó en la unidad. Le pusieron en mi equipo, bajo mis órdenes, y enseguida demostró tener las cualidades necesarias para ser un gran líder de grupo. Prueba de ello es que, hace cosa de tres años, le ascendieron a teniente y empezó a liderar a su propio equipo. Sin haber cumplido aún los treinta años, es el teniente más joven de toda la unidad de los S.W.A.T.

—¿Te apetece ir al Highbar? —me pregunta moviendo las cejas arriba y abajo.

Antes de poderle contestar, el Capitán Lewis se acerca hasta nosotros.

—Teniente Taylor, Teniente Dillon... —dice.

—Señor —contestamos ambos, serios y con la espalda erguida en señal de respeto.

—Han hecho un trabajo excelente hoy.

—Gracias, señor.

—Solo quería que supieran, antes que nadie, que ya tengo sustituto. El relevo se hará efectivo en los próximos días.

—Lo sentimos mucho, señor.

—¡No, por favor! ¡Ya me tocaba! Hace seis meses que debería de haberme jubilado pero no me han dejado hacerlo hasta encontrar al candidato perfecto.

—Es lógico. Usted deja el listón muy alto, señor —interviene Jimmy por primera vez.

—Gracias, pero ya no hace falta que me hagan más la pelota. Hagan lo que hagan a partir de ahora, será problema de mi sucesor. Solo les pido que se comporten con él con la misma profesionalidad que lo han hecho conmigo.

—Sí señor.

—De hecho —dice dirigiéndose a mí directamente—, le pido por favor que le eche una mano durante los primeros días. Le pediré que confíe en usted para lo que necesite. No me falle. Vayan a descansar. Nos vemos mañana.

Le observamos mientras entra en uno de los coches y se aleja calle abajo.

—¿Sabes algo del nuevo? —me pregunta Jimmy.

—Ni puta idea. Me acabo de enterar también de que ya tienen sucesor.

—Pues ya puede ser bueno... Con lo que han tardado en decidirse... Sigo pensando que te lo deberían de haber pedido a ti.

—¿Y retirarme del trabajo de campo? ¡Ni hablar! Yo no sirvo para dar órdenes desde detrás de un escritorio.

—A tus 37 años, no estás para muchos trotes ya... Deberías de ir pensando en algo más tranquilo —dice mientras le miro de reojo.

—No conseguirás que me rebote, porque sabes que este viejo es capaz de levantarte a cualquier tía... Estás picado desde la última noche que salimos.

—Esa pelirroja me miraba a mí.

—Ya, claro. Por eso me abordó cuando iba de camino a la barra.

—Porque no me vio a mí y a ti te tenía a tiro...

—Doble o nada. Esta noche —digo estrechándole la mano.

—Trato hecho. Gana el primero que se enrolle con alguna tía, pero siempre manteniendo el nivel de exigencia... Ya sabes... —dice, mirándome con una ceja levantada y haciendo la silueta de las curvas de una mujer con ambas manos, mientras mueve las caderas como si estuviera follándosela.

—Estás enfermo —digo alejándome de él, caminando hacia la furgoneta—. Nos vemos en la central.

LIVY

—Señora, esta es la última caja. ¿Dónde quiere que se la deje?

—Allí mismo —contesto señalando un lugar a mi espalda sin siquiera mirar.

Estoy agachada delante de decenas de cajas de cartón, preparadas para ser distribuidas por toda la casa, y no sé ni por dónde empezar. Me llevo una mano a la cabeza y, resoplando, me peino varios mechones que se me han soltado de la coleta. Resignada, me pongo en pie y doy una vuelta sobre mí misma para intentar averiguar cómo voy a meter todos estos trastos en mi nuevo y reducido apartamento. Entonces me doy cuenta de que hace rato que no veo a los chicos, y lo más preocupante, que hace el mismo tiempo que no les oigo.

—¡Lexy! ¿Estás con tu hermano?

—Señora... Perdone que la moleste pero... —dice el chico de la mudanza sosteniendo una factura entre los dedos.

—Sí... Esto... —contesto mirando alrededor en busca de mi bolso— ¡Lexy!

—¡¿Qué quieres?! —dice Lexy apareciendo en el salón con el Ipod en la mano y los auriculares colgados del cuello.

—¿Podrías por favor echarme un cable? Mira cómo tengo todo esto. Podrías, al menos, llevar las cajas marcadas con tu nombre a tu dormitorio... —le digo sin mirarla y sin dejar de buscar mi bolso.

—No me caben —contesta dándose la vuelta y perdiéndose de nuevo por el pasillo.

—¡Lexy!

—Señora yo...

—¡Ya voy! —le grito sin pensarlo.

En ese momento, de forma providencial, mi hermana aparece por la puerta principal. Llama con los nudillos, con una enorme sonrisa en los labios que le dura poco, el tiempo que tarda en ver mi cara de agobio y el campo de batalla que tengo por salón.

—Lo siento, lo siento...

—¿Qué buscas? —me pregunta Brenda—. ¿En qué te ayudo?

—Mi bolso. Necesito encontrar mi bolso entre todo este desbarajuste... Y me gustaría que Lexy me ayudara, al menos con sus cajas. Y, ya de paso, saber dónde se ha metido Max.

—Bolso —me responde mi hermana dándomelo, al encontrarlo en menos de cinco segundos, mientras empieza a caminar hacia el pasillo—. Voy a ver qué puedo hacer con tus hijos...

—Gracias.

Saco el talonario de cheques y extiendo uno para pagar la factura de la mudanza. Se lo tiendo y le pido disculpas de nuevo al chico, que esboza una sonrisa de circunstancias y sale por la puerta sin perder un segundo.

—Livy, ¿puedes venir? —me pide mi hermana—. Estoy en el baño.

Intrigada, camino hacia allí. En cuanto entro, la veo asomada a la bañera, donde Max está acurrucado, durmiendo. Agacho la cabeza y me dejo caer en el váter, sentándome, totalmente agotada. Mi hermana se arrodilla frente a mí y me abraza con fuerza.

—Hola —me dice cuando se separa de mí.

—Hola...

—No hace falta que te pregunte cómo estás...

—No, mejor que no preguntes.

—Pero esto será solo los primeros días...

—Mi casa es un puñetero desastre lleno de cajas, mi hija me odia por habernos marchado de Salem y alejado así de su padre, y Max... —le señalo y enseguida me derrumbo.

Bren me vuelve a abrazar, acariciando mi espalda con ambas manos, dejando que me desahogue a gusto. Al rato, me seco las lágrimas y golpeo mis rodillas con las palmas.

—Bueno, será mejor que estire a Max en su cama...

—Esto... —dice Bren levantando un dedo—. No tienes colchones. Me parece que se ha estirado aquí porque no sabía dónde hacerlo...

Rápidamente me levanto y recorro las tres habitaciones, comprobando que mi hermana tiene razón. Cuando miro en la de Lexy, la veo estirada en el suelo, con la cabeza apoyado en una bolsa, los cascos puestos y escribiendo mensajes en su móvil.

—¿Te ha saludado? —le pregunto a Bren cuando salimos hacia el salón.

—Sí, me ha gruñido. —Pongo los ojos en blanco, desesperada, y ella añade—: No te preocupes, ya se acostumbrará a esto. Estará así solo los primeros días.

—Odio los primeros días. Mañana se supone que me incorporo a mi nuevo puesto de trabajo, y no soy capaz de encontrar la caja con mi ropa, así que como no vaya vestida con la sudadera de los Beavers y el pantalón de chándal...

—¿Son muy escrupulosos con el tema de la vestimenta? —me pregunta, pero al ver por mi cara que no estoy para bromas, enseguida dice—: Vamos a ver, cuestión de prioridades. Hagamos una lista.

Saca su móvil y empieza a teclear como una loca mientras empieza a enumerar:

—Uno: encontrar la caja con tu ropa. Dos: llamar a una canguro. Tres: salir de marcha con tu hermana.

—No estoy para bromas, Bren.

—No estoy bromeando, Livy.

—No puedo dejar a los niños con una canguro la primera noche que pasamos en la ciudad.

—Tú misma has dicho que odias los primeros días... Podríamos conseguir que tu primer día en la ciudad fuera algo mejor —al ver mi silencio, Bren se envalentona y, al ver una puerta abierta a la esperanza, prosigue con una sonrisa en los labios—. Tenemos que ponernos al día de muchas cosas y qué mejor que hacerlo con una copa de vino en la mano. Y no aquí. Aquí no cuenta porque nos pondremos a recoger y no es plan. Solo te pido esta noche. Salimos, hablamos, recargas pilas y a partir de mañana por la mañana, te conviertes en una perfecta y responsable madre trabajadora.

AARON

—Pues no hay mucha gente hoy... —dice Jimmy.

—Ya estás buscando excusas...

—Ni lo sueñes. Seguro que hay alguna tigresa por aquí deseando que la domen.

Sin ningún disimulo, Jimmy mira alrededor, apoyando los codos en la barra. Esboza la mejor de sus sonrisas de seductor la cual, sumada a su aspecto desaliñado, con el pelo algo despeinado y la barba que suele lucir a menudo, suele ser un imán perfecto para las mujeres, para desgracia de su novia, Deb. Mientras él está a lo suyo, yo le hago una seña al camarero, que se acerca enseguida, y le pido un ron con cola para Jimmy y un whisky doble para mí.

—Sigo diciendo que el puesto tendría que haber sido para ti —me dice cuando le tiendo el vaso—. Y ahora, fuera bromas, porque no lo digo por tu avanzada edad. Te lo mereces, por tus años de servicio y porque eres el mejor preparado y el que mejor conoce la unidad y la ciudad.

—Ya te he dicho que no sirvo para estar detrás de un escritorio. Me aburriría, Jimmy.

—Nadie ha dicho que te tuvieras que quedar fuera. Podrías darnos las órdenes desde detrás de la mira telescópica, no desde detrás de las pantallas de vídeo.

—Es igual. Quien venga, será bien recibido.

—¡Y una mierda! He estado hablando con los demás, y todos opinan como yo.

—¡Buen equipo! —me burlo levantando el vaso y dándole un trago.

—No te cachondees.

—En serio, no pasa nada, Jimmy. Pero gracias por tu confianza.

—¿Bromeas? Si tuviera que poner mi vida en manos de alguien, te aseguro que no se me ocurre nadie mejor que en las tuyas. Así que permíteme que tenga algunas dudas acerca de nuestro próximo jefe...

Aprieto los labios con fuerza y esbozo una tímida sonrisa. Agarro a Jimmy por los hombros y le zarandeo de forma cariñosa.

—Bueno, ¿has visto ya a alguna que te interese? —le digo para cambiar de tema—. Lo digo más que nada para que luego no pongas excusas cuando te gane la apuesta...

—Esto está muy vacío hoy... —dice volviendo a echar un vistazo alrededor.

—Es domingo, Jimmy. Que unos inconscientes como tú y yo salgamos, no quiere decir que sea lo habitual. Que yo no tenga ninguna atadura familiar como mujer o hijos, y tú no tengas escrúpulos, no quiere decir que los demás no los tengan.

LIVY

—¡Por nosotras! ¡Por nuestro reencuentro! —dice Bren alzando su copa de vino—. Porque no hay mal que por bien no venga.

Alzo mi copa y la choco contra la de mi hermana, esbozando una sincera sonrisa. Es verdad, no hay mal que por bien no venga y, aunque el motivo por el que me he ido de Salem no es agradable, pedí el traslado en el trabajo a Nueva York por ella. Me apetecía no estar sola en esta gran ciudad, y el apoyo de mi hermana pequeña, seguro que me iría bien.

—¿Cómo está Scott? —le pregunto.

Su marido es bombero, uno de esos héroes que estuvieron presentes en los trabajos de desalojo, búsqueda de supervivientes y posterior limpieza, durante el once de septiembre. Esa catástrofe le pilló recién entrado en el cuerpo y fue algo muy duro para él, tanto, que ha estado en tratamiento psicológico durante años y de baja durante meses. De hecho, según lo que me contaba Bren, no volvió a ser el mismo hasta hace bien poco.

—Bien, trabajando. Cuando le he dicho que iba a salir contigo, me ha dado muchos recuerdos para ti. Dice que pasará a verte algún día de estos.

—¿Cómo está?

—Bien, muy bien. Por fin —contesta agachando la cabeza y mirando las manos alrededor de su copa—. Estamos empezando a plantearnos tener hijos...

—¡Eso es genial!

—Sí... Tengo la sensación de que estamos, como empezando de cero de nuevo, y la verdad es que estoy muy ilusionada.

Ahora soy yo la que agacho la cabeza. Me alegro mucho por ella, porque sé lo mal que lo han pasado, pero no puedo evitar sentir algo de envidia sana. Mi relación con Luke hacía mucho tiempo que no iba bien, desde mucho antes de tener a Max. Al principio, cuando nació Lexy, éramos felices, todo iba bien. Luego, mi trabajo empezó a absorberme, y a mantenerme muchas horas fuera de casa. Él nunca aceptó que tuviera un trabajo más importante que el suyo y, sobre todo, que ganara mucho más dinero que él. Empezamos a discutir por tonterías y a echarnos cosas en cara. Luego, en su afán de que pasara más tiempo en casa, me dejó embarazada. De hecho, estuvimos de acuerdo los dos. Fuimos una de esas parejas que pensamos que tener otro hijo nos uniría, y lo que hizo fue separarnos más. Yo no dejé de trabajar hasta el día antes de dar a luz, a pesar del estrés al que estaba sometida, y él no dejó de quejarse por ello. Sus quejas se volvieron acusaciones cuando, al ver que Max tenía casi dos años y no había dicho ninguna palabra, le llevamos al pediatra y este nos confirmó que nuestro hijo era sordo. Luke empezó a asegurar que era por mi culpa, aunque los médicos dijeron que era improbable que el estrés fuera la causa de ello. Las peleas y gritos fueron aumentando hasta que, una noche, dos años después, la cosa se nos fue de las manos y él me pegó. No había pasado nunca antes, pero no le di oportunidad de que se repitiera. Le denuncié a la policía y le metieron en la cárcel para cumplir una pena de cuatro meses. De eso hace dos semanas.

—¿Estás bien? —me pregunta al verme distraída—. Lo siento...

—¡No! Por favor —digo agarrándola de la mano—. Me alegro muchísimo por vosotros. Os lo merecéis.

Bren me sonríe y yo le devuelvo el gesto, dando un largo sorbo hasta apurar mi copa. Le hago una seña al camarero para que nos sirva dos más.

—¿Ya has encontrado colegio para Lexy y Max? —me pregunta al cabo de unos segundos.

—Sí. Mañana empiezan los dos. Lexy en un colegio que está a cinco minutos de casa y Max en una especie de academia para niños que requieren más atenciones. La verdad es que, en este aspecto, estar en una gran ciudad como Nueva York, es una ventaja. Tengo la esperanza de que Max haga grandes progresos. Necesito verle sonreír, Bren...

—Lo hará —me responde ella apretándome el brazo con cariño—. Y Lexy también lo hará.

—Lo dudo. Me odia. Por mi culpa, su padre está en la cárcel y está decidida a irse con él en cuanto salga de la cárcel.

—Dale tiempo. Nueva York acabará por hechizarla, solo hay que abrirle los ojos. Y acabará cambiando de opinión —dice Bren moviendo las cejas arriba y abajo.

—Eso espero. No me imagino la vida sin mis hijos, Bren. Y, aunque ahora será difícil pasar mucho tiempo con ellos, estoy dispuesta a convertir cantidad por calidad y exprimir al máximo los minutos que pueda pasar con ellos.

No entrabas en mis planes

—Amén, hermana. Por la calidad y no la cantidad —dice sonriendo mientras se muerde el labio inferior de forma pícara—. Y eso, también se puede aplicar a los hombres, especie que, por otra parte, abunda en esta ciudad.

—Créeme, un hombre no entra en mis planes ahora mismo.

—Nadie te está pidiendo que le laves los calzoncillos, solo que se los quites...

Aunque intento reprimirlo, se me escapa la risa, provocando las carcajadas en mi hermana. Al final, volvemos a brindar y volvemos a apurar la copa.

—¿Te parece si seguimos en otro sitio?

—¿Qué hora es? ¡Dios mío, las doce! ¡Mañana trabajo, Bren! Además, los niños están...

—Con una excelente canguro recomendada por todas mis amigas. Una copa y ya está. Vamos a un lugar donde podamos movernos algo más y de paso, te enseño las vistas de lo que va a ser tu nueva ciudad. Venga, solo un rato... —me suplica haciendo pucheros con el labio inferior.

AARON

—¡Oh sí! —dice Jimmy dando un trago a su tercer ron con cola—. Pelirroja tremenda a las diez. Es, como poco, un siete. Mírala y juzga por ti mismo.

De mala gana, con los codos apoyados en la barra, rozando mi segundo whisky doble con los dedos, giro un poco la cabeza y asiento durante un buen rato.

—Esta noche, gano yo —dice alisándose la camisa y moviendo el cuello de un lado a otro—. Deséame suerte, Aaron. No, mejor no, no la necesito.

—Capullo...

21

—Envidioso. Quedamos aquí en, digamos... una hora.

—Hecho.

Cuando se aleja, apuro mi vaso y me dirijo al baño. Dejo salir a un tipo antes de entrar y me arrimo a uno de los urinarios. Apoyo la frente en las frías baldosas y empiezo a mear. Resoplo con fuerza, agotado, e incluso me permito cerrar los ojos durante unos segundos. De repente, la puerta del lavabo se abre de golpe y, de forma inconsciente, giro la cabeza para mirar quién entra. Me quedo con la boca abierta al ver que es una mujer rubia, de unos treinta y pico. Va vestida con unos vaqueros ajustados y un jersey de punto beige que deja uno de sus hombros al descubierto. Da vueltas sobre sí misma, algo confundida, mirando los urinarios, hasta que repara en mí.

—Esto... Me parece que me he confundido, ¿verdad?

—Pues sí... —contesto.

—Joder... —dice riendo sin motivo aparente, aunque regalándome una de las visiones más bellas que he visto en mucho tiempo—. La verdad es que me estoy haciendo mucho pis. ¿Te importa si...?

Giro la cabeza para mirar hacia donde señala, hacia los cubículos de los váteres y, al cabo de unos segundos, no porque dude si dejarla o no, sino por el estado de letargo en el que su sonrisa me ha sumido, respondo:

—Claro, pasa.

Veo como corre hasta el primero y escucho la cremallera de su vaquero y luego el sonido inequívoco de su pis cayendo en el váter. La escucho suspirar aliviada y se me escapa la risa. Al rato, oigo la cisterna y reacciono. Me ato el vaquero y me dirijo al lavamanos. Las lavo y seco sin dejar de echar rápidos vistazos hacia atrás. Algo preocupado por no verla salir, me acerco con sigilo y, cuando estoy justo delante de la puerta, esta se abre y ella sale con brío, chocándose contra mi cuerpo.

—Lo siento... —me disculpo—. Pensaba que, al no oírte... Que te habrías, no sé, desmayado...

—¿Tan borracha parece que voy?

—Algo, la verdad.

—Pues menos mal que he dado contigo, un hombre decente que no se aprovecha de una mujer en estado de embriaguez y que vela por mí —Yo sonrío y agacho la cabeza—. Te llamaré si vuelvo a tener ganar de hacer pis. Para que me acompañes y eso... ¿Te parece bien?

—Claro. Estaré ahí fuera, en la barra.

—Genial. Te haré una señal.

LIVY

—Vale, definitivamente, estoy muy borracha. Acabo de colarme en el lavabo de hombres.

—¡Anda ya!

—Lo que oyes. Había un tío dentro que ha debido de pensar que estaba loca, porque como estaba a punto de hacérmelo encima, le he pedido si le importaba que, ya que estaba allí, hiciera pis. Ha accedido amablemente —contesto riendo—. Mira, ese de allí.

Mi hermana mira hacia donde señalo y, sin cortarse un pelo, al no poderle ver bien, se levanta de golpe y se dirige hacia la barra.

—¡Te pido otra! —grita a medio camino.

—¡Pero dijimos que solo nos tomábamos una!

—¡Es por una buena causa! —dice alzando las manos.

Veo como llega a la barra y como pide al camarero. Luego, mientras este le sirve las copas, ella mira descaradamente hacia su izquierda, haciendo un repaso exhaustivo a mi nuevo amigo. Incluso retrocede un paso atrás para mirarle el culo, justo antes de mirarme y abanicarse con una mano. Al rato, sin poder parar de reír, producto del alcohol, porque en condiciones normales estaría muy cabreada con Bren, veo como vuelve con las dos copas en la mano, dando algún que otro traspié.

—¿Y cuándo has dicho que vas a ir a tirarle la caña?

—No voy a ir a hacer nada.

—Vale, el alcohol te ha nublado la vista y el entendimiento. ¡¿Tú le has visto bien?! Está tremendo, Livy. Unos increíbles ojos azules, labios carnosos, nariz perfecta, cuerpo de escándalo, culo respingón ideal para tocarlo... —dice con cara de viciosa, poniendo las manos como si estuviera pellizcando el aire.

En ese momento, miro hacia él y veo como se da la vuelta. Apoya los codos en la barra y entonces dirige la vista hacia nuestra mesa. Nuestras miradas se encuentran y, tras unos segundos de dilación, sonreímos a la vez. Él me saluda con la mano, gesto que yo imito, mientras oigo a mi hermana.

—Vale, desapercibido no te ha pasado... Y tú a él tampoco. Ve a hablar con él. Está solo.

—¡Qué va!

Pero entonces él, aún sonriendo, señala hacia el lavabo con un dedo. Se me escapa la risa y, sonrojada, agacho la vista hacia el suelo.

—¿Qué está pasando aquí? —pregunta Bren.

—Antes, aún no sé cómo me atreví, pero le dije que si necesitaba ayuda para ir al baño, le haría una seña.

—Pues ya estás tardando en ir al baño, o al almacén, o a pedir otra copa, o al guardarropa... Livy por favor, no seas tonta... ¿Cuánto hace que no te llevas una alegría para el cuerpo?

—No lo voy a hacer. No insistas.

—Tómatelo como una forma de quitarte de encima el estrés y los nervios. Como una terapia, sexual, pero terapia al fin y al cabo.

—No puedo. Además, no te voy a dejar aquí sola.

—¡Ah, no! No cargues sobre mi conciencia el hecho de que no te vayas a tirar a ese tío. Soy mayorcita y puedo salir a la pista a divertirme y esperar a que acabéis... O puedo irme a casa tranquilamente... O me pagas otra copa y me quedo aquí tan tranquila...

Giro la cabeza de nuevo hacia él, que sigue mirándome de forma descarada. La verdad es que sí es muy guapo, y muy de mi estilo, con el pelo muy corto y una incipiente barba producto de dos o tres días sin afeitarse, bastante alto y ancho de espaldas.

—Voy a mover el esqueleto un ratito —dice Bren, que se levanta sin esperar mi respuesta y se dirige a la pista.

Entonces, decidida aunque sin pensarlo demasiado, me levanto y camino hacia él todo lo erguida que el alcohol que llevo en la sangre me permite. Cuando llego a él, producto de los nervios, doy un pequeño traspiés. Rápidamente, él me agarra y me devuelve a la verticalidad, todo sin ningún esfuerzo y sin perder la sonrisa de medio lado.

—Necesito...

—Ayuda para ir al baño, ya —me corta él.

Sonrío mordiéndome el labio inferior, donde los ojos de él se dirigen automáticamente. Veo la nuez de su cuello subir y bajar cuando traga saliva, y enseguida siento su mano agarrándome del codo con firmeza. Tira de mí hacia los lavabos, en un gesto dominante que se me antoja de lo más sexy. Esta vez, en lugar de ir a los lavabos de hombres, se dirige al de mujeres, pero antes de abrir la puerta, le detengo.

—Espera.

Se da la vuelta y nos miramos durante unos segundos. Una chica se acerca y, al darme cuenta de su intención de entrar en el baño, le agarro del brazo para apartarnos a un lado. Caminamos hacia el final del pasillo, hasta que me detengo y recuesto la espalda contra la pared. Él se detiene frente a mí, apoyando las palmas de las manos a ambos lados de mi cuerpo. A pesar de la oscuridad, siento cómo acerca su cara a la mía y su aliento roza mis labios, aún sin tocarme. A esa corta distancia, sus ojos azules me traspasan con total impunidad.

—¿A qué tengo que esperar? —me pregunta con voz ronca.

Sin poder retenerme durante más tiempo, me abalanzo contra su boca, saqueándola sin ningún miramiento, mordiendo sus labios mientras me cuelgo de su cuello. Pone sus manos en mi cintura y se aprieta contra mi cuerpo. Puedo sentir su erección contra la parte baja de mi vientre y eso me vuelve loca. Llevo los dedos a la cintura de su pantalón e intento desabrochar el botón.

—Shhhh... —dice retrocediendo un paso, mirando a un lado y a otro del pasillo—. Ven.

Vuelve a tirar de mí con determinación, agarrándome con fuerza por la muñeca. Abre una puerta que, según descubrimos al entrar, resulta ser el almacén. En cuanto la cierra, se vuelve a abalanzar sobre mí, aprisionando mi cuerpo contra la única pared libre de estanterías. Ahora es él el que muerde mis labios y el que lleva la batuta. Intento agarrarme de su pelo pero él coge mis manos y apoya mis brazos contra la pared. Me quita el jersey por la cabeza y, sin necesidad de quitarme el sujetador, saca mis pechos de las copas, dejándolos expuestos a su merced. Acerca su boca a uno de ellos y muerde el pezón, tirando de él lo justo y necesario para que mi quejido sea una mezcla de placer con pequeñas dosis de dolor. Unas descargas empiezan a recorrer todo mi cuerpo, mojando la tela de mi pequeño tanga. Llevo mis manos a sus pectorales, y empiezo a desabrochar los botones de su camisa. Tengo poca paciencia, así que, antes de desabrocharlos todos, producto de mi lujuria, doy un tirón y hago saltar los últimos, descubriendo así su torso, firme, musculado, y sobre todo, solo para mí. Empiezo a quitársela y descubro sus hombros, pero decido no perder el tiempo, llevo mi boca a su piel y esta vez soy yo la que le muerde. Él emite un quejido y se retira unos pocos centímetros, pero, lejos de amedrentarse, parece que el gesto le pone cachondo, porque empieza a quitarse el pantalón con prisa. Yo hago lo mismo y, aunque me cuesta algo más de lo habitual, consigo deshacerme de la prenda, que lanzo a un lado de un puntapié junto con los zapatos, mientras él se pone un preservativo. Entonces, me coge en volandas y cuando yo pongo las piernas alrededor de su cintura, me penetra de una fuerte estocada. Ahogo un grito, que él acoge en su boca, justo en el momento en que repite el envite y vuelve a clavarse dentro de mí. Coge mis brazos y vuelve a ponerlos contra la pared, observándome de arriba abajo, obligándome a hacer fuerza con las piernas, apretando el agarre en su cintura, mientras vuelve a penetrarme con un ágil movimiento de caderas. Esa postura me permite tener una visión privilegiada de su pecho musculado y de sus perfectas abdominales. Veo también su cara que, aún contraída por el esfuerzo, sigue siendo jodidamente perfecta, con los ojos entornados y los dientes apretados, haciendo aparecer los huesos de la mandíbula a ambos lados. El sudor empieza a correr por nuestros cuerpos, debido no solo al ejercicio, sino también a la nula ventilación de la habitación. Observo cómo una gota de sudor le resbala desde la frente, pasando por el pómulo y las mejillas, hasta emprender un camino descendente por su cuello y su pecho. Totalmente hipnotizada, vuelvo a dirigir la vista a su cara. Cuando veo resbalar otra gota, como un animal en celo, desobedeciendo su expresa voluntad de dejar los brazos pegados a la pared, le agarro del pelo y tiro de él hacia atrás, dejando su cuello totalmente expuesto para que mi lengua se recree en él. Da un paso hacia atrás y le oigo jadear. De repente, ya no siento la fría pared a mi espalda, sino sus brazos, apretándome con fuerza contra él. Apoyo los brazos en sus hombros y empiezo a moverme arriba y abajo. Acerco mi cara a la suya e, incapaces de cerrar la boca, nuestros jadeos se entrelazan y se confunden. Empiezo a sentir como un brutal orgasmo se concentra en el centro de mi estómago y empieza a descender. Cuando lo siento estallar, de forma inconsciente, araño su espalda y apoyo la boca en su hombro, apretando los dientes contra su piel. En ese momento, me agarra de la nuca y, hundiendo la cara en el hueco de mi hombro, emite un sonido ronco mientras se vacía por completo.

AARON

—¡Joder! —pienso mientras intento recobrar el aliento.

Ella no se mueve, respirando con fuerza contra mi cuello. Siento como ha aflojado su agarre a mi alrededor, pero yo la sostengo en brazos, a la espera de que se vea capaz de apoyar los pies en el suelo. Estoy realmente agotado pero, a diferencia de lo que he hecho otras veces, en los que me importaban una mierda los sentimientos de la tía en cuestión y me largaba rápidamente, no sé por qué motivo, esta vez no quiero soltarla. Incluso agacho la vista hacia su cuerpo y, al ver su hombro desnudo, por un momento estoy tentado de besarlo.

Afortunadamente, ella parece haber recobrado las fuerzas y apoya los pies en el suelo. Evitando mi mirada, empieza a buscar sus ropas por el suelo. Pasados unos segundos en los que me quedo inmóvil, empiezo a vestirme también. Me quito el preservativo, hago un nudo y lo guardo en el bolsillo del pantalón. Me abrocho los botones de la camisa que aún quedan, quedando abierta por la parte de abajo. La espero mientras se pone los zapatos de tacón y entonces abro la puerta y salimos al pasillo.

—Voy... Voy al baño un momento —me dice, aún sin mirarme.

—Sí... Yo también.

En cuanto entro, tiro el preservativo en la papelera y apoyo las manos en uno de los lavamanos. Abro el grifo del agua y me mojo la cara repetidas veces. Al rato, levanto la vista y me miro en el espejo.

—¿Qué cojones ha sido eso? —me pregunto a mí mismo.

Ha sido increíble, aunque estoy algo confundido. Al final, cuando todo acabó, no tenía ganas de salir corriendo, sino de estrecharla entre mis brazos e incluso, acurrucarme en el suelo junto a ella, sin soltarla.

—Capullo —me digo, arrugando la frente.

Salgo fuera y, aunque no puedo evitar mirar hacia el baño de mujeres, salgo de nuevo hacia la barra de la discoteca. Echo un vistazo alrededor y enseguida veo a Jimmy, charlando con dos chicas que le ríen las gracias. En cuanto me ve, me saluda con la mano y me hace una seña para que me una a ellos, pero declino la invitación y le indico que tengo intención de irme. No siempre nos vamos juntos, dependiendo de cómo se nos dé la noche, por eso siempre venimos cada uno con su coche. Él asiente con la cabeza y me señala con la vista a sus dos acompañantes. Yo sonrío y, de forma disimulada, levanto el pulgar, justo en el momento en el que veo que sus ojos se posan en algo a mi espalda. Me giro y veo que la mira a ella, la cual acaba de salir del baño, peinándose el pelo con los dedos. Dejo de mirarla, para que no me pille embobado y miro de nuevo a Jimmy, que fija la vista en mí, empezando a atar cabos de repente. Abre la boca alucinado, mientras yo asiento con la cabeza y me llevo la mano a la bragueta del pantalón, moviendo las cejas arriba y abajo. Hace un gesto con las manos, como dándome por imposible y vuelve a centrarse en sus dos acompañantes.

Estoy dispuesto a irme, pero entonces, no sé por qué razón, la busco por la sala. Parece buscar a su amiga, mirando de un lado a otro, hasta que saca el teléfono del bolso. Cuando lo guarda, se cuelga el bolso del hombro y camina hacia la salida. ¿Su amiga se ha ido? ¿Habrá venido en coche? Aunque en su estado, no debería de conducir. Pero entonces, ¿va a tener que buscar un taxi ella sola?

—¿Tu amiga se ha ido? —le pregunto cuando la intercepto en la puerta de la calle.

—Mi hermana... —me contesta—. Sí, me ha enviado un mensaje diciéndome que estaba un poco mareada y que se marchaba para casa.

—Entonces, ¿te vas sola?

—Eh... Eso parece...

—¿Te llevo? Yo... tengo el coche aparcado allí... —digo señalando al final de la calle.

—No te molestes... Solo... Solo necesito saber dónde estamos y buscaré un taxi. Tengo aquí la dirección de casa...

—Espera, espera, ¿no sabes dónde vives? ¿Tan borracha vas que te la tienes que apuntar?

—Me acabo de mudar y no he tenido tiempo literal de aprenderme la dirección. Sé que está en el Upper West Side...

Cojo el papel de sus manos y después de leer y trazar un mapa mental en mi cabeza, le hago una seña con la cabeza.

—Te llevo.

La ayudo a subirse a mi todoterreno, y tras asegurarme de que está cómoda, arranco el motor y me meto de lleno en el tráfico de la ciudad. A pesar de haber bastantes coches, se circula con fluidez y, tan solo diez minutos después, llegamos a su barrio. Hemos realizado todo el trayecto en silencio, aunque yo no he dejado de mirarla de reojo. Así, he podido ver que ha cerrado los ojos y creo que incluso, por unos minutos, se ha quedado dormida. Cuando estamos llegando a su calle, para intentar despertarla, empiezo a hablar.

—¿De dónde eres? —pregunto.

—Eh... —dice abriendo los ojos y tocándose los labios con los dedos—. De Salem, Oregón.

—¡Vaya! ¡Menudo cambio! ¿Por trabajo?

—Sí... —contesta mirando por la ventanilla—. Esta calle me suena...

—Menos mal, porque es la tuya —digo agachando la cabeza para ver los números de los edificios hasta encontrar el suyo—. Es aquí, ¿verdad?

—Sí. Esto... Muchas gracias.

—¿Por el polvo o por traerte?

—Por traerme a casa. Por el polvo, más bien me deberías dar tú las gracias a mí... —dice abriendo la puerta del coche.

—Pues de nada, supongo —contesto sin poder dejar de sonreír.

—Bueno... Ya nos veremos —me dice.

—Lo dudo. Esto no es Salem.

—Pues bueno, entonces... Adiós —dice pasados unos segundos, empezando a cerrar la puerta.

Yo no contesto, no porque no quiera, sino porque no me salen las palabras. Una parte de mí, que no conocía hasta ahora, quiere retenerla con cualquier excusa, volver a besar sus labios y, por qué no, volver a follar con ella, quizá esta vez con menos prisa, de forma más relajada y pausada, en un sitio algo más cómodo. En lugar de hablar, sonrío, y no dejo de hacerlo hasta que la veo perderse dentro de su edificio.

CAPÍTULO 2

Cuando nos volvimos a ver

AARON

Después de intentar conciliar el sueño durante más de tres horas, me doy por vencido. Saco la bolsa de deporte del armario, bajo a la calle, la lanzo de cualquier manera dentro del coche, y pongo rumbo hacia el gimnasio, uno de esos centros modernos que abren las veinticuatro horas del día. Conduzco sin prestar demasiada atención al tráfico que, afortunadamente, es prácticamente inexistente a las cuatro de la madrugada. Recreo en mi cabeza, una y otra vez, lo sucedido esta noche, y no puedo dejar de preguntarme qué ha habido de diferente. Estoy acostumbrado a acostarme con muchas tías, y me da igual si es en su casa, en el coche o en los lavabos de la discoteca. ¿Por qué esta vez, lo que siento es diferente? ¿Por qué, a diferencia de otras veces, no he podido pegar ojo? Antes de meterme en la cama, me di una ducha. Después de una hora dando vueltas entre las sábanas, me levanté, fui hasta la nevera, comí algo e incluso bebí dos vasos de leche. Saqué a pasear a Bono, que me miró extrañado durante todo el trayecto, y, por qué no decirlo, algo enfadado por las horas intempestivas. Al llegar a casa me volví a acostar, y cada vez que cerraba los ojos, era su cuerpo sudado lo que veía, y al recordarlo, inevitablemente, me empalmaba. Justo como ahora me está pasando. Llevo la mano a mi entrepierna e intento colocarme bien la polla. Esto es una puta tortura.

—Hola, Aaron —me saluda uno de los entrenadores del gimnasio en cuanto me ve entrar por la puerta—. ¿Te has caído de la cama?

—Algo así.

—¿Vas a nadar?

Asiento a modo de respuesta y me meto dentro del vestuario. Me cambio con rapidez y, tras ponerme el gorro y las gafas, me zambullo en el agua sin pasar por la ducha, esperando que el contraste de temperatura, me espabile. Tengo toda la piscina para mí solo y, excepto por el ruido del agua y el de mi respiración, no se escucha nada más. Intento no pensar en nada, pero cuando llevo unos cuantos largos, mi mente empieza a jugarme malas pasadas.

"Por el polvo, más bien me deberías dar tú las gracias a mí..."

Repito esa frase en mi cabeza una y otra vez. ¿Qué habrá querido decir con eso? Para mí, por supuesto que fue un buen polvo, uno magnífico, de hecho. ¿No le habrá parecido igual a ella? Correrse, se corrió, eso seguro, y gritó, me mordió, me arañó... De hecho, tengo pruebas fehacientes de ello en el pecho y en la espalda.

Ni siquiera sé su nombre, no me lo dijo, y tampoco me preguntó el mío. Al menos, sé donde vive, aunque la idea de apostarme frente a su casa, en plan acosador, no es muy de mi estilo. ¿Qué haría al verla? ¿Salir a su encuentro y preguntarle qué quería decir con esa frase? ¿Preguntarle si el polvo cumplió con sus expectativas? ¿Decirle que nunca antes ninguna mujer se había quedado insatisfecha conmigo? Patético...

Quizá debería pasarme otra noche por el Highbar. Puede que su hermana sea una clienta más o menos habitual, y la convenza para volver a salir. Realmente, encontrármela allí parecería más normal que acosarla a la puerta de su edificio. Un momento... ¿Qué cojones me pasa? ¿Por qué estoy pensando en perseguir a esta tía? Siempre ha sido al revés, siempre son ellas las que quieren tener algo más conmigo y, aunque alguna vez haya repetido polvo con alguna, no suelo ser partidario de segundas partes.

Estoy tan sumido en mis propios pensamientos, que no me doy cuenta de que ya no estoy solo en el agua. Al llegar al final del carril, me agarro del borde y levanto la vista hacia el reloj. Sin darme cuenta, sumido en mis pensamientos, llevo casi dos horas nadando sin parar. Salgo del agua y me dirijo hacia las duchas para deshacerme del cloro. Me quito las gafas y el gorro, y me pongo debajo del chorro de agua, apoyando las palmas de las manos en las frías baldosas, con los ojos cerrados.

—Teniente Taylor... Hoy has venido antes... ¿No estarás huyendo de mí?

Reconozco su voz al instante. Stacey, una de las profesoras del gimnasio, una de las pocas con las que sí he repetido en varias ocasiones. Tiene menos de veinticinco años y un cuerpo de infarto. Sonrío y ella mira alrededor para asegurarse de que nadie nos observa.

—¿Noche movidita? —dice tocando con los dedos mi hombro, justo a la altura de la marca del mordisco—. Menos mal que no soy celosa...

Se acerca hasta que nuestros cuerpos quedan a escasos centímetros, dejando que el agua de la ducha la moje a ella también. Se pone de puntillas y acerca sus labios a los míos, agarrándome de la nuca con una mano, mientras apoya la otra en el hueso de mi cadera. Al rato, la aparto con cuidado y, sonriendo, le digo:

—Me tengo que ir...

—¿Entonces hoy no toca?

—No puedo.

—Deduzco entonces que anoche te dejaron bien servido —dice guiñándome un ojo mientras se recoge el pelo debajo del gorro de baño—. Si me necesitas, ya sabes dónde estoy.

La observo mientras se coloca bien las gafas y se tira de cabeza al agua con un estilo depurado. Por eso he repetido varias veces con ella, siempre está dispuesta y nunca me pide nada más. Justo lo que yo necesito... o necesitaba, ya no estoy muy seguro de ello.

LIVY

—Del uno al diez.

—Bren, no puedo hablar ahora mismo —digo apoyando el teléfono entre el hombro y la mejilla, mientras preparo los cereales a Max.

—Vale, ¿y cuándo me llamarás?

—Veamos, ahora acompaño a Lexy al colegio, llevo a Max al suyo, me quedaré un rato por si me necesita, y luego he quedado en verme con el Capitán Lewis sobre las once de la mañana. Luego tengo que conocer al resto del equipo y ponerme un poco al día. No sé si me dará tiempo de salir para comer, así que, por si acaso, me compraré un sándwich. Luego recojo a los niños, venimos a casa, desmonto algunas cajas, hago la cena... ¿Te va bien sobre las nueve de la noche?

Mientras espero su respuesta, le acerco el bol a Max y, mediante signos, le indico que empiece a desayunar. Él me mira durante unos segundos y, sin demostrar ningún tipo de emoción, agacha la cabeza y empieza a dar vueltas a los cereales con la cuchara.

—¿Es broma, no? —me pregunta Bren.

—¿El qué?

—¿Pretendes que me quede con la intriga hasta esta noche?

—¿No tienes nada más que hacer? ¿No tienes enfermos a los que cuidar?

—Por supuesto. Enfermos en los que no podré centrar toda mi atención porque estaré distraída, pensando qué pasó ayer entre mi hermana y ese tío tremendo con el que se cruzó en el baño. Y será todo por tu culpa, porque no te costaba nada...

—Once.

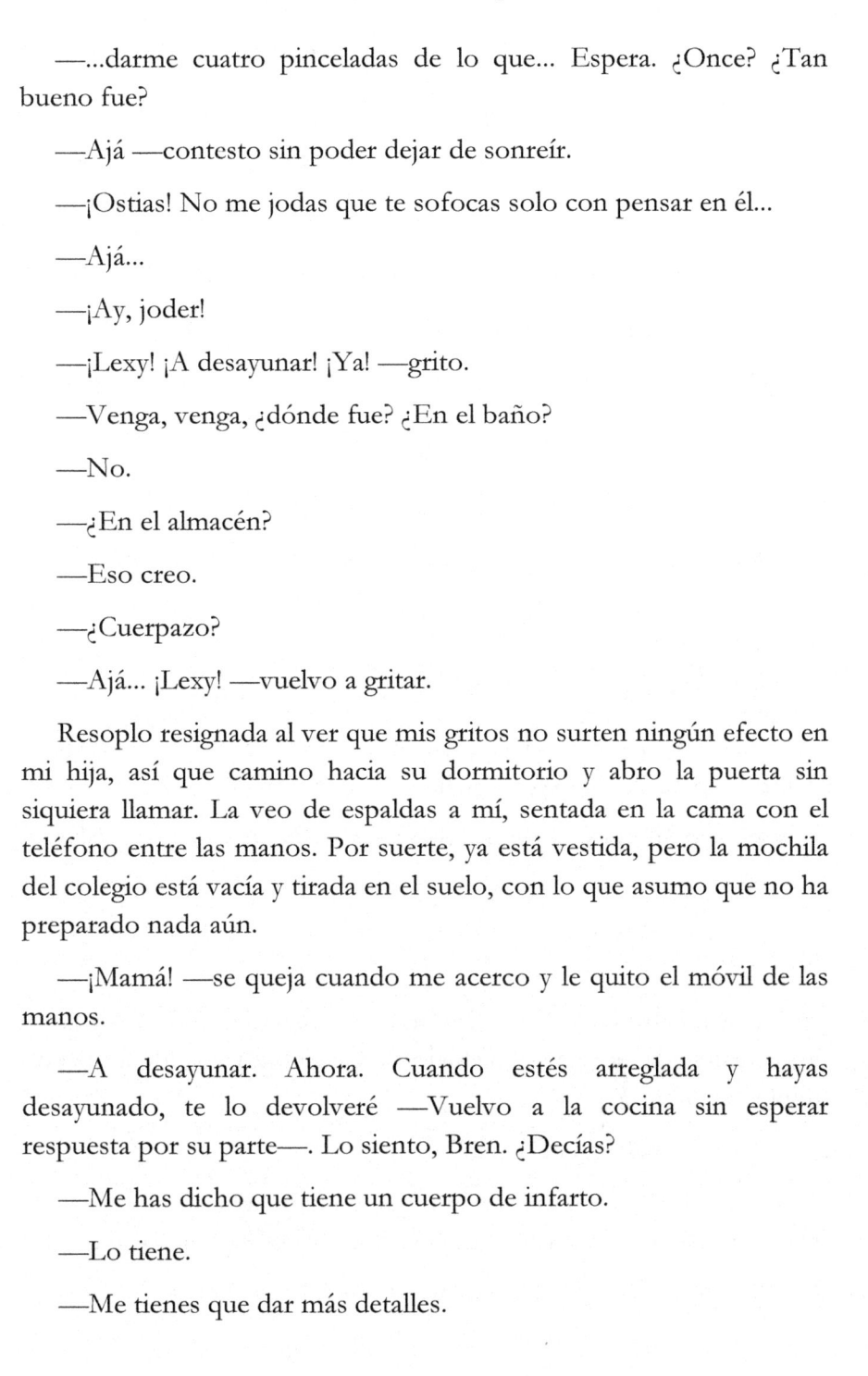

—...darme cuatro pinceladas de lo que... Espera. ¿Once? ¿Tan bueno fue?

—Ajá —contesto sin poder dejar de sonreír.

—¡Ostias! No me jodas que te sofocas solo con pensar en él...

—Ajá...

—¡Ay, joder!

—¡Lexy! ¡A desayunar! ¡Ya! —grito.

—Venga, venga, ¿dónde fue? ¿En el baño?

—No.

—¿En el almacén?

—Eso creo.

—¿Cuerpazo?

—Ajá... ¡Lexy! —vuelvo a gritar.

Resoplo resignada al ver que mis gritos no surten ningún efecto en mi hija, así que camino hacia su dormitorio y abro la puerta sin siquiera llamar. La veo de espaldas a mí, sentada en la cama con el teléfono entre las manos. Por suerte, ya está vestida, pero la mochila del colegio está vacía y tirada en el suelo, con lo que asumo que no ha preparado nada aún.

—¡Mamá! —se queja cuando me acerco y le quito el móvil de las manos.

—A desayunar. Ahora. Cuando estés arreglada y hayas desayunado, te lo devolveré —Vuelvo a la cocina sin esperar respuesta por su parte—. Lo siento, Bren. ¿Decías?

—Me has dicho que tiene un cuerpo de infarto.

—Lo tiene.

—Me tienes que dar más detalles.

—Ahora, como comprenderás, no puedo dártelos.

—Vale, vale... Pero dime algo, un adelanto... ¿Cómo se llama?

—Ni idea.

—¿Cuántos años tiene?

—¿Treinta y algo? ¿Cuarenta y pocos?

—Joder... No sabes nada de él...

—Estaba demasiado ocupada jadeando como para preguntarle esas chorradas... —digo tapando el auricular, a pesar de que sé que Max no puede oírme y de que Lexy no ha aparecido aún.

—¡Perra!

Ambas nos echamos a reír, justo en el momento en el que Lexy se sienta en uno de los taburetes y me mira con una mueca de asco durante un rato.

—Me alegra oírte sonreír de nuevo —me dice Bren.

—Me alegra saber que a alguien le parece bien que lo haga —contesto mirando a Lexy—. Te llamo esta noche.

—Suerte en vuestro primer día. Dale un beso a Lexy y a Max de nuestra parte.

—Gracias —digo justo antes de colgar—. Besos de la tía Brenda y del tío Scott.

Me siento frente a ellos y empiezo a beberme el café. Lexy apura los cereales y la leche a una velocidad vertiginosa y cuando acaba, me mira y me dice:

—¿Me devuelves ya el móvil?

—¿Sabes? A veces me gustaría que me contaras a mí la mitad de cosas que les cuentas a tus amigos. Cariño, estoy aquí mismo, ¿por qué no hablas conmigo?

—Porque me alejaste de mis amigos, solo porque a ti te apetecía. Y mentiste, y por tu culpa, papá fue a la cárcel.

—Es más complicado que todo eso...

—En cuanto salga, me volveré con él a Salem.

Cansada de escuchar las mismas amenazas desde hace semanas, le devuelvo el teléfono y ella se vuelve a su habitación. Resoplo y centro mi atención en Max, que sigue sin probar bocado.

—Cariño —Pongo una mano en su pequeño brazo para llamar su atención y, en cuanto me mira, hablándole con el lenguaje de signos, le digo—: ¿No tienes hambre?

Después de unos segundos, niega con la cabeza, agachando la vista de nuevo, algo avergonzado. Le cojo de la barbilla y le obligo a mirarme de nuevo.

—¿Estás asustado? —Max asiente, mordiéndose la mejilla—. No pasa nada. Yo me voy a quedar un rato contigo, y cuando estés pasándotelo bien con tus nuevos amigos, me iré a trabajar un ratito muy corto, y luego volveré a por ti e iremos al parque. ¿Te apetece?

Max vuelve a asentir, intentando dibujar una sonrisa, que para nada parece sincera. Me gustaría verle sonreír de verdad. A veces, incluso estoy tentada en agarrarle de los hombros y zarandearle para que muestre alguna emoción. En un año de tratamiento, de psicólogos y de especialistas, aún no hemos conseguido que se comunique con nadie, limitándose a contestar algunas preguntas, afirmando o negando, con un escueto movimiento de cabeza.

Resignada, miro el reloj y empiezo a ponerme en marcha. Guardo en la mochila de Max una muda de ropa, por si le hiciera falta, y la bata de la academia para la clase de pintura. Después de mirar en distintas cajas, encuentro la que contiene ropa de abrigo y le saco una sudadera por si tuviera frío.

—¡Lexy! ¡Nos vamos!

A regañadientes, aunque antes de lo que me pensaba, estamos ya en la calle, camino del colegio. Tardamos solo diez minutos a pie en llegar y, cuando me dispongo a subir las escaleras con ella, se gira con cara de espanto.

—¿Qué haces? —me pregunta casi sin mover los labios, disimulando mientras otros niños nos esquivan.

—Acompañarte dentro... No sabes a dónde tienes que ir...

—Mamá, sé leer, y si no encuentro la clase, siempre puedo preguntar en secretaría.

—Vale, ¿me das un beso?

—Ni lo sueñes —dice justo antes de darse la vuelta y empezar a subir las escaleras.

—¡Te recojo a las cinco! —le grito antes de que se pierda por la puerta.

Emprendemos el camino hacia el colegio de Max. Saco los papeles que me enviaron, donde hay un mapa de situación, y nos cuesta tan solo quince minutos llegar. Sonrío al comprobar que es factible hacer esto cada mañana. Bien, por fin algo que parece encajar.

—Usted debe de ser la señora Morgan. Soy Karen, la educadora de su hijo —me dice una chica joven de sonrisa jovial. Se agacha frente a Max y, empleando el lenguaje de signos, empieza a comunicarse con él—: Y tú debes de ser Max. Soy Karen. ¿Quieres conocer tu clase y a tus compañeros?

Max me agarra con más fuerza de la mano y se pega a mi pierna, escondiéndose detrás de mí. Me agacho e intento hablarle muy despacio, con un tono comprensivo.

—Cariño, no pasa nada. Será muy divertido. Vamos.

Empezamos a caminar siguiendo a Karen, pero Max se resiste, clavando los pies en el suelo y emitiendo unos sonidos guturales, su versión de los gritos de desacuerdo. Para mi sorpresa, nadie nos mira, ni profesores, ni padres, ni alumnos. Lo ven como algo habitual, hecho que me ayuda a sobrellevar mejor la situación. Lo mismo sucede cuando entramos en su clase.

—Mira, Max —le habla Karen con paciencia, despegándole de mis piernas, sin levantar el tono de voz a pesar de los gritos de él—. Esta es tu nueva clase. Hay muchas cosas con las que puedes jugar. ¿Por dónde quieres empezar?

Al instante, con los ojos muy abiertos y la respiración agitada, Max entiende que, se ponga como se ponga, tendrá que quedarse aquí, y se aleja hacia un rincón de la sala. Se sienta en el suelo, encogiendo las piernas y hundiendo la cara en ellas.

—No se preocupe, es normal. Los cambios son duros para todos, y más aún para los niños. En cuanto se acostumbre y vea lo divertido que puede llegar a ser, se adaptará enseguida.

—Max nunca... Nunca se ha comunicado con nadie... Se limita a asentir y negar con la cabeza y, aunque entiende la mayoría de palabras del lenguaje de signos, nunca lo ha usado —digo, bajo la atenta y comprensiva mirada de Karen—. No demuestra alegría por nada. Es como si nada le hiciera ilusión. Tampoco es que se enfade a menudo, bueno, excepto ahora... No sé, me gustaría que demostrara lo que siente... Me siento muy culpable. ¿Qué madre no es capaz de hacer sonreír a su hijo?

—No se preocupe, señora Morgan. Max vive en un mundo que no comprende, y está asustado. Vamos a ver si podemos hacérselo todo un poco más fácil... Muchos niños se comportan así al principio, hasta que entienden que sus limitaciones no tienen por qué ser un impedimento para ser niños normales, y aprenden a vivir con ello.

AARON

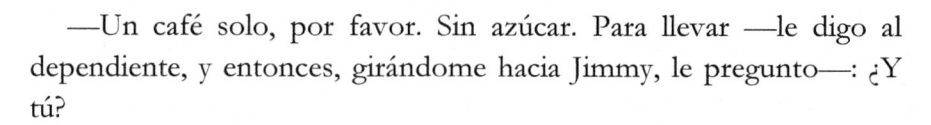

—Un café solo, por favor. Sin azúcar. Para llevar —le digo al dependiente, y entonces, girándome hacia Jimmy, le pregunto—: ¿Y tú?

—Café con leche, largo de café y con tres sobres de azúcar. También para llevar.

—Cualquier día te me quedas tieso en una azotea por una subida de azúcar —le digo mientras el dependiente coge mi dinero, me da el cambio y empieza a prepararlos.

—Es que soy muy dulce, pero no me cambies de tema. ¿Cómo fue? ¿Delicada o una tigresa?

Abro la boca para contestar, pero entonces me percato de que el tío de detrás está mirándonos fijamente, con una enorme sonrisa en la cara, intrigado también por conocer mi respuesta, así que cojo los vasos de cartón con el café, le tiendo el suyo a Jimmy, y empezamos a caminar hacia la central.

—¿Esto responde a tu pregunta? —digo abriéndome un poco el cuello de la camisa y mostrándole las marcas de sus dientes en mi piel.

—¡Oh joder!

—Y también tengo las marcas de sus uñas en la espalda.

—¡Pedazo de hijo de puta con suerte! —grita Jimmy haciendo aspavientos con las manos, provocando que varias personas se giren para mirarnos.

—O sea, eso quiere decir que... te volví a ganar —digo enseñando la palma de la mano—. Me debes cincuenta pavos.

—¡¿Cincuenta?!

—Fue cosa tuya... Estabas tan seguro de tus posibilidades que quisiste subir la apuesta...

—¡Me cago en mi puta bocaza!

—Es que no aprendes...

Me obliga a contarle el escarceo con pelos y señales, e incluso tengo que soportar su cara de vicioso durante casi todo el relato. Afortunadamente, al llegar a la central, nos encontramos con algunos compañeros en la puerta, y eso nos hace cambiar de tema.

—El nuevo empieza hoy mismo —nos informa Carl—. Un tal, Morgan.

—¿Le habéis visto? —pregunta Jimmy.

—No, me han dicho que ni siquiera el Capitán Lewis le conocía. Viene del norte, con unas calificaciones de la hostia.

—Está claro que para sustituir a Lewis, no puede venir cualquiera... —digo yo.

—Nosotros seguimos pensando que deberían habértelo ofrecido a ti —dice Finn.

—Lo que os pasa a vosotros es que estáis cagados con el nuevo. Sangre fresca que os va a hacer sudar la gota gorda —digo mientras empiezo a subir las escaleras—, y a poneros las pilas.

—¿No te quedas? —me pregunta Jimmy.

—No, me voy a cambiar y luego a acabar de rellenar algunos informes.

—De acuerdo. Nos vemos dentro.

Cuando estoy a punto de traspasar la puerta, oigo la voz de Jimmy de nuevo.

—¿Cómo se llamaba la rubia? —me pregunta sin cortarse, delante de los demás..

—Ni puta idea, pero follaba de vicio —contesto guiñando un ojo mientras Jimmy simula como si una flecha le hubiera alcanzado en el corazón, y el resto ríen a carcajadas.

43

En cuanto llego al vestuario, a salvo ya de miradas ajenas, hago desaparecer la sonrisa de prepotencia de mi cara. La verdad es que, aunque lo de anoche estuvo genial, no puedo quitarme de encima una extraña sensación de vacío. Como si hubiera faltado algo, como si yo mismo quisiera algo más. Eso no es nada propio de mí, y para mantener mi reputación intacta, no puedo dejar que Jimmy sepa cómo me siento, así que delante de él, tendré que seguir disimulando. Aún así, creo que tengo que hacer algo para volver a verla.

Empiezo a desvestirme y me pongo el uniforme. Me arremango las mangas de la camisa hasta los codos y, como un ritual, me dirijo al almacén de material y hago un inventario de todo lo que mi equipo necesita para cualquier salida o misión. Compruebo que mis chicos dejasen ayer todo en su sitio, cascos, chalecos antibalas, fusiles y luego compruebo la munición. Parece algo obsesivo pero, cuando tenemos que salir de forma urgente, unos segundos pueden marcar la diferencia. Al acabar, me dirijo a mi escritorio y empiezo a redactar los informes del servicio de ayer. Centrarme en estas cosas, me hacen olvidarme de ella durante un rato, y poder volver a ser el mismo de siempre.

LIVY

El taxi me deja justo en frente de la central del SWAT. Pago la carrera y me miro en el espejo antes de apearme del coche. Resoplo con fuerza antes de empezar a caminar. Trabajo en un mundo de hombres, así que hay que ser realmente buena para poder ser alguien aquí. Y yo lo soy, de hecho, soy la mejor, pero a la vez soy humana, y estoy nerviosa. El problema es que no puedo demostrarlo, porque me comerán viva.

—Estoy buscando al Capitán Lewis —digo nada más llegar al tipo del mostrador.

—¿De parte? —responde sin siquiera mirarme.

—De la Capitana Morgan.

No entrabas en mis planes

Al instante, levanta la vista y me mira de arriba abajo, arrugando la frente. A eso me refería. Si ven a una mujer entrar en este edificio, todos se piensan que es una pobre desamparada que busca la ayuda de un policía machote. Nadie piensa que esa mujer entra para ser su jefa.

—La... La Capitana... —dice mientras yo asiento con la cabeza—. Sí, sí, ahora mismo.

El hombre sale de detrás de su escritorio y corre hacia uno de los despachos del fondo. Me parece que todo el mundo dio por hecho que el sucesor del Capitán Lewis era un hombre, no una mujer, el Capitán Morgan, no la Capitana Morgan.

—Si me acompaña, la llevo hasta el despacho del Capitán Lewis —dice cuando vuelve—. Bueno... el suyo, a partir de ahora.

—Gracias... —Miro el nombre de la placa—, Sargento Meyers.

—No hay de qué.

Le sigo mirando al frente, intentando no hacer caso de las decenas de pares de ojos que se clavan en mí.

—Capitana Morgan —me dice el Capitán Lewis nada más entrar en su despacho—. Es un placer conocerla.

—Lo mismo digo, señor. Aunque supongo que algo sorprendido también —digo esbozando una sonrisa.

—La verdad es que sí, y le tengo que pedir disculpas por ello, porque al ver en los papeles las siglas Cap. Morgan, todos dimos por hecho de que era usted un hombre, yo el primero. Acepte mis más sinceras disculpas, por favor.

—No pasa nada, es algo habitual.

—Por desgracia...

—Esto sigue siendo un mundo de hombres.

—A mí eso me da igual, lo que cuenta son los méritos conseguidos, y su expediente es formidable. Quiero que sepa que va a tener a sus órdenes al grupo de hombres mejor preparados de la ciudad, me atrevería a decir, que incluso de todo el país.

—Estoy segura de ello.

—Y quiero que esté tranquila, porque confío plenamente en la profesionalidad de mis hombres, o sea, de los suyos... Bueno, ya me entiende... —dice, gesticulando con ambas manos.

—¿Saben ellos que soy una mujer?

—No, pero no se preocupe. Acatarán sus órdenes sin rechistar. Le he pedido a uno de ellos, el Teniente Taylor, mi mejor hombre, digo, su mejor hombre... ¡joder qué difícil! Lo siento...

—No se preocupe —le digo riendo.

—Le decía que le he pedido al Teniente Taylor que se ocupe de facilitarle la adaptación lo máximo posible, así que no debería de tener problemas. Si tiene cualquier duda, consulta, lo que sea, le ruego que confíe en él. Supongo que ahora tendrá muchas preguntas.

—Demasiadas, me temo.

—Soy todo suyo.

AARON

—Entonces, ¿la empotraste contra la pared? —me pregunta Jimmy sentado frente a mí, al otro lado de mi escritorio, acercando su cara a la mía.

—Joder Jimmy. ¿No puedes pensar en otra cosa?

—¡Por supuesto que no! Así que, contéstame, ¿la empotraste contra la pared?

—Sí... —contesto sin levantar la vista de los papeles.

Hasta ahora había conseguido quitármela de la cabeza, pero contestar las preguntas de Jimmy, me está matando. No contestarlas sería, por otra parte, algo sospechoso en mi comportamiento, ya que, contarnos nuestros escarceos amorosos después de que sucedan, forma parte de nuestra rutina habitual cuando salimos por ahí.

—¿Todo el rato? ¿O la estiraste en el suelo?

—La... sostuve en brazos todo el rato... —contesto tragando saliva disimuladamente.

—Oh, joder... En plan macho, sí señor.

—Eh, tíos —nos interrumpe Carl—, tenemos que ir arriba. Parece que por fin vamos a conocer al Capitán Morgan.

Me levanto como un resorte, agradecido por escapar de ese interrogatorio, y empiezo a caminar hacia las escaleras. Jimmy, tenaz como solo él puede ser, me da alcance y me pasa un brazo por los hombros.

—Entonces, ¿es candidata a repetir si te la encuentras?

Le miro de reojo mientras entramos en la sala de operaciones del piso de arriba. Es una sala llena de monitores desde la que el Capitán suele controlar todos nuestros movimientos, y el lugar donde solemos reunirnos para que nos de todos los detalles de las operaciones. Conforme todos van entrando, se van callando, y las conversaciones se convierten en murmullos. Yo me quedo clavado en el sitio, mirando fijamente al Capitán Lewis y a la persona que está a su lado. Ninguno de los dos nos mira, están de espaldas, mientras él le enseña todo el sistema de comunicación. Aún así, reconocería ese cuerpo y esa melena a kilómetros.

—Espera... —me dice Jimmy al oído—. ¿Es una tía?

Pero yo no le contesto, solo la miro y, como si las imágenes pasaran por delante de mis ojos a cámara lenta, veo como los dos se giran y nos miran, y como, al instante, nuestras miradas se encuentran. Observo cómo traga saliva y cómo sus pupilas se dilatan levemente, así que sé que ella también me ha reconocido. Puede que no fuera tan borracha como yo pensaba, o quizá sí le dejé un buen recuerdo.

—Buenos días, señores —nos dice el Capitán Lewis—. Les presento a la Capitana Olivia Morgan.

Olivia, repito en mi cabeza. Olivia Morgan... Mientras el Capitán sigue hablando, me dedico a hacerle un repaso exhaustivo. Me fijo en que hoy va vestida de una forma mucho más formal, con una falda entallada que le llega a la altura de las rodillas, una camisa blanca y una chaqueta a juego con la falda. Veo que lleva los mismos zapatos negros de tacón de anoche y compruebo que me gustan tanto como ayer, porque le hacen unas piernas espectaculares. De repente, flashes con imágenes de lo ocurrido en el almacén empiezan a bombardear mi cabeza. Las gotas de sudor resbalando por su vientre, sus pechos firmes, sus piernas alrededor de mi cintura...

—Teniente Taylor... ¡Aaron!

Levanto la cabeza de golpe y miro al Capitán Lewis con los ojos muy abiertos y la frente empapada en sudor.

—Disculpe, señor.

—¿Se encuentra bien? —me pregunta.

—Sí, señor.

—Como le decía —continúa, dirigiéndose a Olivia—, el Teniente Taylor la ayudará en todo lo que necesite. Puede confiar en él para lo que sea.

La miro fijamente, intentando controlar el ritmo de mi respiración, y vuelvo a palpar una pizca de nerviosismo en ella. Aunque me mira, sus ojos no se posan en mí durante más de dos segundos seguidos, y se remueve incómoda en el sitio. Definitivamente, para bien o para mal, no le paso desapercibido.

—A partir de este momento, están bajo las órdenes de la Capitana Morgan. Durante el día de hoy le explicaré los pormenores de la misión de protección de los miembros del G8 que estamos llevando a cabo estos días. De momento, hasta que les avise, pueden retirarse.

El murmullo vuelve a intensificarse mientras salimos de la sala.

—¡Aaron! ¡Eh, Aaron! —me llama Jimmy, acercándose corriendo hasta mí—. Corrígeme si me equivoco, cosa que dudo porque en estas cuestiones soy el puto amo, pero, esa tía de ahí dentro, ¿no es tu compañera de baile de anoche?

Dejo que los demás se pierdan escaleras abajo y entonces, cuando nos quedamos solos, apoyo la espalda en la pared y me cojo la cabeza con ambas manos.

—Es ella, ¿verdad? —insiste mientras yo asiento con la cabeza—. ¡Joder, tío! ¡Eres mi ídolo! ¡Te has tirado a la jefa!

—Baja la voz —murmuro entre dientes mientras junto los puños frente a mi boca—. Y yo no sabía quién era...

—Joder, joder, joder... Piénsalo. La jefa te ha clavado las uñas en la espalda. Cuando te de órdenes, te la imaginarás cabalgando encima de ti —dice moviendo las caderas de forma obscena.

En ese momento, el Capitán Lewis sale al pasillo y, al verle, me incorporo de golpe.

—Teniente Taylor, a usted andaba buscando. ¿Puede acompañarme un momento?

—Sí, señor —digo con voz ronca.

—Suerte —me susurra Jimmy dándome una palmada en el hombro—. Te veo luego.

LIVY

Maldita sea mi suerte, pienso mientras el Capitán Lewis sale a buscarle. ¿Qué probabilidades hay de conocer a un tío en una discoteca de Nueva York, liarse con él y encontrártelo al día siguiente en tu nuevo puesto de trabajo? Además, para mi desgracia, esta vez el alcohol no enturbió mi percepción y el tío está tan tremendo sobrio, como lo estaba anoche con varias copas de más. Las mismas imágenes que llevo toda la noche rememorando en mi cabeza, una y otra vez, y que había conseguido apartar para centrarme en el trabajo, vuelven a abordarme sin descanso. Imágenes de su torso musculado, con las gotas de sudor resbalando por él y la mandíbula apretada. Sofocada, me peino el pelo con los dedos y me arreglo la falda, justo en el momento en que se abre la puerta.

—Aquí estamos. Como le explicaba a la Capitana Morgan —dice tendiéndome los auriculares mientras a él le da uno de los pinganillos de la oreja—, esta es la manera de comunicarse con ellos. Si podemos hacer una prueba...

Me encanta cómo le queda el uniforme, con la camisa ceñida a los hombros y las mangas arremangadas a la altura de los codos. Además, a plena luz del día, puedo apreciar sus rasgos perfectos, su nariz perfilada, la mandíbula cuadrada con una incipiente y sexy barba de pocos días, y esos espectaculares ojos azules. Con manos temblorosas, me coloco los auriculares y le observo mientras él se mete el pinganillo en la oreja y coge una de las cámaras que suelen acoplarse al casco. La enciende y al instante veo la imagen a través de los monitores.

—Si pone el canal uno, se podrá comunicar con todos los integrantes del equipo. Si pone el canal dos, se comunicará solo con el Teniente Taylor —y dirigiéndose a él, añade—. Teniente Taylor, si quiere salir de la habitación, haremos unas pruebas. Yo me pongo un auricular también, y todos en el uno.

En cuanto sale de la habitación y vemos en los monitores que se aleja por el pasillo, el Capitán Lewis me hace una seña para que hable.

—¿Hola? ¿Se me oye? —digo sin poder disimular un ápice de timidez, nada propia en mí.

—Perfectamente —contesta Lewis, haciéndome una seña con el pulgar hacia arriba.

—Sí —dice él de forma escueta.

—Ahora, si cambian al canal dos, solo se oirán entre ustedes —dice el Capitán.

Giro una pequeña rueda en el auricular de la oreja derecha y al rato escucho un ruido que debe de ser el indicativo de que él ha hecho lo propio. Lewis me mira, como instándome a hablar, así que, agachando la cabeza levemente, digo:

—Hola.

—Hola... —responde él casi en un susurro.

De repente, me parece una conversación demasiado íntima como para mantenerla frente a otra persona. Quizá porque parece como si me estuviera susurrando al oído, o quizá porque son las primeras palabras que nos cruzamos en un contexto muy diferente al de anoche.

—¿Me oye bien, Teniente Taylor? —insisto al ver que el Capitán Lewis sigue mirándome.

—Perfectamente, Capitana Morgan... —contesta él con voz ronca—. Aunque, como este es un canal seguro y, dado el grado de intimidad que alcanzamos ayer, puede llamarme Aaron si lo prefiere, Capitana. Aprovecho para recordarle que me debe una camisa...

—Yo... Eh... Todo perfecto. Puede volver —digo apagando los auriculares y quitándomelos, intentando que el Capitán Lewis no aprecie el tono rojizo de mi cara al recordar cómo anoche, producto de la lujuria y la impaciencia, le acabé arrancando la camisa sin desabrochar más que la mitad de los botones.

En cuanto le veo entrar, me fijo en la sonrisa socarrona que se le ha dibujado en los labios. ¡Oh, por favor! ¡¿Por qué es tan jodidamente sexy?!

—Gracias por su ayuda, Teniente Taylor —digo enfatizando estas últimas palabras para que vea que, en ningún caso, voy a llamarle Aaron—. Puede retirarse.

Se acerca a la mesa para dejar la cámara y el pinganillo en su sitio asignado.

—Señor —dice con una inclinación de cabeza al Capitán y luego, girándose hacia mí, sonriendo de medio lado, añade—: Señora, no dude en llamarme si quiere que le eche una mano, en lo que sea...

Se da la vuelta, caminando hacia la puerta, y empiezo a relajarme, dándome cuenta de que, de forma inconsciente, estaba reteniendo aire en mis pulmones. Disimuladamente, respiro profundamente unas cuantas veces, aunque no por mucho tiempo.

—Teniente Taylor, espere —dice el Capitán Lewis—. ¿Tiene planes para comer?

—Pues... No, señor.

—¿Qué le parece si lleva a la Capitana Morgan a comer? Así tendrán tiempo para hablar un poco más y conocerse un poco mejor. ¿Le parece bien? —me pregunta.

—Bueno, me había traído un sándwich porque pretendía no perder mucho tiempo y ponerme al día con todos los... frentes abiertos...

—El secreto del éxito de muchas de las misiones es la confianza y buena sintonía entre los miembros del equipo. Ustedes dos deberán estar muy unidos y entenderse a las mil maravillas...

Me sonrojo tanto que me veo obligada a taparme la cara con el pelo mientras me doy la vuelta, haciendo ver que guardo algunos expedientes en mi bolso. Le miro de reojo y compruebo que él está disfrutando, disimulando a duras penas la sonrisa.

—Por mí bien... —dice Aaron.

—Vale —contesto, sabiendo que el rato que pase con él será una verdadera tortura, intentando hacer ver que su presencia no me perturba, que lo de ayer no fue más que un desliz sin importancia y que, a partir de ahora, nuestra relación no irá más allá de lo estrictamente profesional.

CAPÍTULO 3

Cuando nos repetimos que no volvería a pasar

AARON

Aún dentro de la sala de operaciones, con el Capitán Lewis como atento espectador, miro a Olivia. Se remueve incómoda, rehuyendo mi mirada.

—Voy a... —titubeo sin saber el tono que emplear—. Voy a cambiarme.

—Ajá —contesta ella dándome la espalda.

—De acuerdo. Estaremos en el despacho —dice el Capitán Lewis.

Salgo de la sala y bajo las escaleras sin perder tiempo y sin dar muestras de mi nerviosismo. Mantengo mi expresión seria e impasible hasta que traspaso la puerta de los vestuarios. Me acerco a mi taquilla e intento abrirla. Pongo la combinación hasta en tres ocasiones y al final descargo mi impotencia golpeando el metal con el puño.

—Aaron...

La voz de Jimmy me sorprende y me aparto de la taquilla, sentándome en el banco que hay frente a ellas. Apoyo los codos en las rodillas y me cojo la cabeza con ambas manos.

—¿Estás bien? —dice abriendo mi taquilla y sentándose a mi lado.

—¿Cómo sabes...? —digo frunciendo.

—De la misma forma que tú sabes mi combinación. Llevamos muchos años juntos y estamos entrenados incluso para desactivar bombas... Una puta taquilla es difícil que se nos resista.

Le sonrío y me pongo de nuevo en pie, empezando a desabrocharme la camisa.

—¿Qué haces? ¿A dónde vas?

—Lewis me ha pedido que lleve a Olivia a comer.

—¿Olivia? ¿Te refieres a la Capitana Morgan? ¿Ahora os tuteáis?

—No... O sea... —chasqueo la lengua, contrariado—. Quiero decir, a la Capitana Morgan.

—Así que se llama Olivia... Y la llevas a comer... Qué romántico, ¿no?

—No. Solo vamos a hablar de trabajo. Tengo que ponerla al día y resolver las dudas que pueda tener.

—Bueno, ¿quién sabe? A lo mejor tiene dudas acerca de lo que pasó anoche y tienes que resolvérselas de forma... práctica.

—Es solo una comida de trabajo, Jimmy... Nada de placer...

—Pronunciar en voz alta las palabras comida y placer delante de mí, no puede llevar a nada bueno...

—Jimmy, por favor... —le pido resoplando—. Lo hago por obligación...

—Vale... Y si lo tienes tan claro, ¿por qué estás tan... cabreado?

—Yo no estoy cabreado... —Jimmy me mira alzando una ceja y, como no quiero que sepa el verdadero motivo de mi enfado, decido cambiar de actitud—: Es solo que no quiero que lo que pasó anoche afecte a mi trabajo...

—Espera, espera... ¿Cumpliste? Es decir, ¿quedó satisfecha?

—Por supuesto. ¿Por quién me tomas? —respondo haciéndome el prepotente.

—Pues entonces, estate tranquilo. Serás su ojito derecho —dice sonriendo y poniendo cara de no haber roto un plato en su vida.

—Pero la situación es... como poco, incómoda —digo subiendo la cremallera del vaquero.

—Ni que para ti fuera eso un problema...

—Ya, pero ella... Ahora mismo, ahí arriba, no se atrevía a mirarme a la cara. Si esto sigue así, será bastante difícil desempeñar nuestro trabajo.

—Pues obrígala a que te mire. Y si la cosa sigue así, si ella no es capaz de comportarse como una persona adulta, es su problema. Te quejas y que la destituyan. Que solo habéis follado, joder. Que no le has prometido amor eterno.

Me lo quedo mirando durante unos segundos, dando vueltas en mi cabeza a sus palabras. Tiene razón, somos adultos, y como tal, debemos afrontar la situación. Lo que no le confieso a Jimmy es que lo que más me jode es que, debido a nuestra nueva y repentina relación, no podré volver a follármela. Además, a ver cómo me lo monto para no empalmarme cada vez que me hable por el pinganillo, como si me estuviera susurrando al oído.

—Bueno, me largo —digo cerrando mi taquilla y caminando hacia los lavamanos para mirarme en el espejo—. Nos vemos luego.

—Tenemos que estar listos a las tres, que es cuando se espera la llegada de todos los asistentes a la reunión de hoy de la cumbre...

—Aquí estaremos.

Sin perder más tiempo, salgo del vestuario y me dirijo al despacho de Olivia intentando demostrar toda la normalidad del mundo. Cojo aire varias veces y llamo a su puerta.

—Adelante —me dice con seguridad.

—Hola —saludo al entrar, mirando alrededor y dándome cuenta de que el Capitán Lewis no está.

—Se ha marchado —me informa como si me leyera el pensamiento—. Ante todo, déjeme decir que esta comida me parece del todo innecesaria y que solo he accedido a ir porque así lo ha sugerido el Capitán. A partir de ahora, no se volverán a repetir este tipo de encuentros entre usted y yo. ¿Entendido?

Empieza a caminar hacia la puerta, colgándose el bolso en el hombro mientras yo, como un completo gilipollas, me quedo mudo y con la vista fija en su culo. De repente, soy consciente del tipo de trato que ella quiere que haya entre los dos, y por un momento creo que siento cierto pesar en mi interior. Reacciono cuando ya ha salido por la puerta y aprieto el paso para conseguir llegar hasta ella. La alcanzo cuando ya ha salido por la puerta y está bajando las escaleras hacia la calle.

—¿Por qué corres tanto, Olivia? —pregunto agarrándola del codo, cuando ya estamos a salvo de oídos indiscretos—. ¿No sabes dónde vives pero sí conoces los restaurantes de la zona?

Ella se frena de golpe y me mira con gesto serio, haciendo un rápido movimiento para zafarse de mi agarre. Meto las manos en los bolsillos del vaquero y la observo apretando los labios con fuerza.

—Teniente Taylor, diríjase a mí como Capitana Morgan. Y ahora, ¿tiene algún sitio pensado...?

—Pues verá, Capitana Morgan —contesto acercando mi cara a la suya y haciendo especial énfasis en estas dos últimas palabras—, depende de sus gustos. ¿Le apetece comer algo en concreto?

—No soy demasiado especial, no le hago ascos a nada.

Al instante se me dibuja una sonrisa en la cara y a ella se le suben los colores al darse cuenta del posible doble sentido que le puedo dar a sus palabras.

—Quiero decir que me gusta todo tipo de comida.

—La he entendido a la primera. ¿Por qué se sonroja de esta manera? ¿Se encuentra bien?

No entrabas en mis planes

Mi comentario aún la incomoda más, así que se da la vuelta y emprende la marcha de nuevo.

—Usted dirá a donde quiere ir —me dice sin mirarme.

—De acuerdo. Nos decantaremos por algo rápido —digo poniéndome a su lado y mirándola de reojo, aguantando la risa con todas mis fuerzas al ver que ha cogido al vuelo mi nueva indirecta.

Caminamos en silencio, sin mirarnos y a paso ligero. Ella parece tensa y agarra con fuerza el asa de su bolso. Yo en cambio, intento parecer lo más relajado posible, como si estuviera disfrutando con esto, cuando en realidad no paro de acordarme del sabor de sus labios y de maldecir al saber que no voy a poder probarlos de nuevo.

Enseguida llegamos a la entrada de Central Park, y le muestro el camino señalando con el dedo. Al llegar a una zona de picnic con mesas de madera, nos dirigimos hacia ellas y cuando se sienta, le pregunto:

—¿Qué quiere beber, Capitana?

—Eh... Agua está bien.

Me alejo de ella, sintiendo sus ojos clavados en mi nuca, mientras me acerco al puesto callejero. Cuando vuelvo con los dos perritos en una mano, y la botella de agua y la cerveza en la otra, veo que ella saca el monedero del bolso.

—No por favor. Invito yo —le digo—. El sueldo me da para invitarla a comer. Además, sabiendo que no se va a volver a repetir, si quiere, luego, tiro la casa por la ventana y la invito también al café.

Me siento frente a ella y doy un largo sorbo a mi cerveza. Ella me echa una mirada de reproche, así que enseguida, doy la vuelta a la botella y le señalo las palabras "sin alcohol".

—No se preocupe, podré ser muchas cosas, pero en acto de servicio, no suelo saltarme las reglas.

Algo más conforme, ella centra toda su atención en el perrito que le he traído, uno de los mejores de toda la ciudad. Veo cómo sus ojos brillan y cómo las comisuras de sus labios se curvan hacia arriba, a pesar de sus intentos de guardar las formas delante de mí. Está disfrutando y eso me encanta.

—Entonces, hemos quedado que esta comida no se va a repetir, pero, ¿debo entender entonces que lo de anoche tampoco, Capitana Morgan?

LIVY

Intento no atragantarme por el descaro de la pregunta. No levanto la cara porque sé que me he sonrojado y no quiero que vea lo nerviosa que me pone. Quiero que se crea el papel que estoy interpretando, que la coraza que he montado a mi alrededor para protegerme de él no se desmorone a las primeras de cambio. Me recompongo como puedo y poniendo mi mejor cara de borde estirada, alzo la cabeza y le miro fijamente a los ojos. Error, porque el simple hecho de mirarle a los ojos, empieza a minar mi confianza. Aun así, carraspeo y digo:

—Lo de anoche fue un simple error que, por descontado, no se volverá a repetir.

—A mí no me pareció un error. De hecho, me parece que fue increíble... Y creo que a usted también se lo pareció.

¿Que si me pareció increíble? Creo que hacía muchísimos años que no sentía nada parecido. Fue precipitado y nada planeado, y aun así, cuando me agarraba por la cintura y hundía la cara en el hueco de mi hombro, cuando me miraba apretando la mandíbula y besaba cada centímetro de mi piel, me sentí más deseada de lo que nunca fui con Luke.

—Se le va a enfriar el perrito —me dice de repente, con una sonrisa de medio lado, interrumpiendo mis pensamientos.

Como una autómata, como si tuviera poder sobre mí, le hago caso y doy un mordisco seguido de un trago de agua. Eso me da algo de tiempo para recobrar la compostura, pero antes de que pueda hablar, él vuelve al ataque.

—Vale, ya veo. Si no hablamos de ello, es como si no hubiera pasado nunca —dice encogiéndose de hombros—. Entonces, ¿de qué hablamos para establecer... vínculos?

—No lo sé. Le recuerdo que esto no ha sido idea mía. No veo necesario ser... amigos fuera de la unidad para ser eficientes dentro de ella.

—Si usted lo dice... Usted manda, para eso es la jefa —contesta apretando los labios.

Da el último bocado a su perrito y apura la cerveza. Mete el envoltorio del bocadillo dentro de ella y se da la vuelta en el banco sin llegar a levantarse de él. Apunta a la papelera y, con un lanzamiento limpio, cuela la botella dentro. Levanta ambos puños en señal de victoria y consulta la hora en el reloj de su muñeca. Se mueve con tanta confianza y desparpajo, que me hipnotiza.

—¿Cómo va a querer el café?

—¿Ya? Solo llevamos aquí veinte minutos... —contesto yo.

—Pero parece estar incómoda en mi compañía, así que será mejor que la devuelva al seguro cobijo de la central, donde podrá encerrarse en su despacho para no tener que relacionarse ni hacer... amistad con nadie —me dice forzando una sonrisa—. La verdad es que, habiendo aclarado nuestra situación, yo también prefiero comer con Jimmy.

—Solo. Sin azúcar —digo con sequedad.

—Vaya... Ya tenemos algo más en común, ambos disfrutamos anoche de una fantástica sesión de sexo sin compromiso, los dos preferimos pasar el tiempo con nuestros amigos a vernos obligados a compartir una desagradable y aburrida comida de trabajo, nos gusta el café solo y sin azúcar... A ver si va a resultar que somos almas gemelas y por su culpa no llegaremos a encontrarnos nunca...

Cuando se aleja caminando hacia una pequeña cafetería situada a pocos metros, no puedo evitar hundir la cara entre mis manos. ¡Joder! ¡Qué difícil va a ser esto! Hacerme la dura por fuera y derretirme por dentro, es imposible. Fingir que no quiero tener con él ninguna relación aparte de la estrictamente laboral cuando lo que estoy deseando hacer es tirarle encima de esta mesa y arrancarle la ropa, es una tortura. Y además, pensar que voy a tener que mantenerme firme durante largas y duras jornadas de trabajo, me hace plantearme seriamente que pueda desempeñar mi trabajo con la eficiencia que mi expediente alardea.

—Aquí tiene su café, Capitana.

—Perfecto. ¿Nos vamos? —digo levantándome.

Al intentar pasar la pierna por el banco, doy un pequeño traspiés del que me recupero con facilidad. De todos modos, si no hubiera sido así, no me habría dado tiempo de caer al suelo porque él, con una agilidad pasmosa, ya me ha agarrado de la cintura. Nos quedamos quietos durante unos segundos, él sin apartar su brazo de mi cintura y yo sin retroceder ni un centímetro para separarme. Nuestras caras están a escasos centímetros, tan cerca que soy capaz de sentir el cosquilleo de su aliento en mis labios. Él agacha la vista hacia mi canalillo y, al verle esbozar una sonrisa lasciva, antes de que suelte cualquier improperio que me deje sin palabras, logro reaccionar.

—Vale superhéroe, ya estoy a salvo —digo poniendo una mano en su pecho, y apartándole de mí sin demasiados miramientos—. Menos mal que la cerveza era sin alcohol, aunque su reacción ha sido un tanto desmedida. Creo que hubiera podido salir ilesa sin su ayuda.

Empiezo a caminar hacia la salida del parque con paso decidido. En cuanto llego a la Quinta Avenida me freno en seco. ¿Ahora hacia dónde debo ir? Me maldigo a mí misma por no haberme fijado en el recorrido cuando veníamos. Estaba tan preocupada por mantener la distancia con él y por hacer ver que su compañía no me afectaba en absoluto, que le seguí como a un perro lazarillo. Ahora mi determinación se ha hecho añicos, así que, muy a mi pesar, necesitaré de su ayuda de nuevo para volver a la central. Me doy la vuelta y le veo caminar con parsimonia, con las manos en los bolsillos y la mirada seria. Intento reflejar el mismo hastío que él y me cruzo de brazos por encima del pecho. En cuanto llega a mi altura, no me dice nada, solo pasa de largo. Totalmente descolocada, le sigo, intentando hacer creíble mi papel de "lo que haces no me afecta para nada". Caminamos en silencio hacia la central, solo que a pocos metros de llegar, cuando la zona empieza a serme familiar, él hace un giro inesperado. Al principio me quedo quieta, sorprendida, pero al ver que él no aminora la marcha, como mi sentido de la orientación nunca ha sido mi mayor virtud, decido seguirle, viéndome obligada a aumentar el ritmo de mi zancada para darle alcance. Mi sorpresa llega cuando se detiene frente a un bar y se dispone a entrar en él.

—Espera, espera, espera... —digo agarrándole del brazo para detenerle.

—¿Ahora nos tuteamos de nuevo, Capitana Morgan? ¿Un simple roce devuelve la confianza entre nosotros?

—Perdone, Teniente Taylor —digo relajando mi tono considerablemente—. ¿Qué hacemos aquí?

—Usted no lo sé. Yo, venir a pasar el rato con mis amigos, que es lo que debería haber hecho desde el principio.

—Pensé que volvíamos a la central...

—Bueno, como nuestra... comida de trabajo ha sido especialmente corta, he decidido venir a pasar el rato antes de volver al trabajo.

Le miro contrariada y muy sorprendida. ¿Ahora qué hago yo? No estoy lejos de la central, pero ¿podría llegar sin perderme?

—Sé que no quiere confraternizar con sus subordinados, pero aún así, ¿le apetece entrar a tomar algo...? —me pregunta haciendo un gesto hacia dentro con la mano.

—No. Voy a trabajar un rato. Tengo muchos... expedientes por leer —contesto con dignidad, muy cortante, dándome la vuelta para emprender mi camino.

—Capitana Morgan —me llama cuando emprendo la marcha, y cuando me giro, añade—: No le vendría mal algo de diversión para liberar tensiones y quizá, mejorar un poco su humor.

—Estoy de un humor excelente. Cuando me vea de mal humor, lo sabrá. De todos modos, gracias por el consejo, puede que lo tome en cuenta aunque, al contrario de lo que usted pueda llegar a pensar, si decido pasarlo bien, créame que no sería con usted.

Me doy la vuelta rápidamente. No quiero ver la expresión de su cara y no quiero estar presente cuando él contraataque. Camino con tanta decisión que parece que quiera hundir los tacones en el asfalto, rezando para que el camino que he tomado al azar, sea el correcto para llegar a la central.

AARON

Entro en el bar dando un golpe en la puerta. Me dirijo hacia el lugar habitual donde solemos reunirnos y me dejo caer en una de las sillas con pesadez.

—¿Cómo ha ido la comida con la Teniente O'Neil? —me pregunta Finn haciendo una broma.

—Como se te ocurra llamarla así, te arrancará la cabeza de un bocado —contesto.

—Es solo una broma...

—Ya, pero no tiene demasiado sentido del humor que digamos... —digo.

No entrabas en mis planes

—Vamos, que es una mal follada —interviene Carl.

A Jimmy se le escapa la risa y me mira fijamente. Por suerte, los demás también ríen y nadie se fija en las miradas que nos echamos. El problema es que la conversación, para no variar, se empieza a centrar en el sexo y, esta vez, con ella como protagonista.

—A lo mejor es eso —insiste Finn, poniéndose en pie y gesticulando como si diera palmadas en el culo a alguien—, y lo que necesita es una buena dosis de sexo del duro...

—Además, la tía está tremenda.

—Ostias, sí. Me apunto como voluntario para follármela.

—A lo mejor está casada...

—¿Y eso qué más da? ¿Verdad, Jimmy?

—Cierto —interviene él mirándome directamente, con una sonrisa de medio lado dibujada en la cara—. ¿Por qué no intentas un acercamiento, Aaron? A lo mejor es que necesita un buen repaso... A lo mejor, quedó insatisfecha de la última vez que la follaron... Recuerda que el buen humor va intrínsecamente ligado con la satisfacción sexual.

—Que te jodan, Jimmy —digo levantándome mientras los demás ríen.

Nadie se sorprende ya que nuestras discusiones son algo habitual, y solemos lanzarnos indirectas de este estilo todos los días.

—Eh, era broma tío... —me dice cuando me alcanza a medio camino.

—No estoy de humor para gilipolleces.

—Vale, vale, perdona. Entonces, ¿tan mal ha ido? ¿Nos va a hacer la vida imposible? ¿Sus técnicas son muy diferentes a las de Lewis?

—Ni puta idea...

—¿Y de qué cojones habéis estado hablando para que estés de tan mal humor? ¿Habéis hablado de lo de anoche?

—No, para ella es como si no hubiese ocurrido nunca...

—Vamos, que lo que te jode es que, después de lo de anoche, no esté babeando por ti.

—No es eso...

—Por supuesto que lo es. Has encontrado a la horma de tu zapato, colega. Estás probando de tu propia medicina, y eso duele. Es la primera vez que quieres repetir con alguien y ella ni siquiera está dispuesta a admitir que sucedió.

—¡Yo no quiero repetir!

—No, para nada. Lo que tú digas —dice volviendo a su sitio—. Nos vemos en un rato.

En cuanto salgo a la calle, camino a grandes zancadas. Estoy cabreado, muy cabreado. Con ella por negar lo evidente y comportarse conmigo como una zorra, con Jimmy por haberse dado cuenta del motivo de mi malestar, con los chicos por hacer bromas a su costa, y sobre todo, conmigo mismo porque todo lo relacionado con ella me afecte de tal manera.

Subo las escaleras y entro en la central. Me dirijo hasta mi mesa y me dejo caer en la silla, apoyando los codos en los apoyabrazos. Cierro los ojos y echo la cabeza hacia atrás, respirando profundamente para intentar calmar mi cabreo. Jimmy tiene razón, al menos en parte, porque no me importa que una tía no quiera repetir conmigo, lo que me jode sobremanera es que sea ella la que no quiera hacerlo. Entonces, al hacer girar la silla, me freno al quedarme de cara a su despacho. No veo luz en el interior y tampoco hay rastro de ella por la sala. De repente me asaltan las dudas. ¿Habrá sabido encontrar el camino? ¿Se habrá perdido? Me pongo en pie de un salto y corro hacia la recepción.

—Meyers, ¿has visto a la Capitana Morgan?

—Pues... desde que os habéis ido antes, no.

Salgo a la calle y bajo las escaleras a toda prisa. Miro a un lado y a otro, intentando encontrarla. Me empiezo a agobiar de verdad y decido desandar el camino desde el bar. Afortunadamente, justo al girar la esquina, puedo respirar tranquilo porque la veo apoyada contra la pared, con los brazos cruzados a la altura del pecho, fumando un cigarrillo. Me quedo hipnotizado, mirando sus labios al soltar el humo, y se me dibuja una sonrisa de bobo que no puedo borrar ni siquiera cuando ella gira la cabeza y me descubre plantado a escasos metros de distancia.

—¿No estaba con sus amigos, Teniente? —me suelta.

—Al llegar a la central me he dado cuenta de que no estaba en su despacho y he pensado que quizá podría haberse perdido al volver desde el bar.

—Tiene usted el complejo de guardaespaldas algo subido y, aunque le parezca extraño, recorrer a pie dos manzanas, no reviste demasiada dificultad para mí. No soy la dama desamparada que usted se piensa.

Con un movimiento de lo más natural, apaga el cigarrillo en la suela de su zapato y tira la colilla a una papelera. Camina hacia mí contoneando las caderas, y pasa por mi lado sin molestarse siquiera en mirarme de reojo.

—Tranquilo —dice sin darse la vuelta, cuando ya me ha rebasado y yo me he girado para mirarla de arriba abajo—, solo he parado a comprar tabaco.

—No sabía que fumara —le digo aumentando el paso hasta quedarme a su altura.

—Hay muchas cosas de mí que no sabe.

—Cierto. Se me olvidaba que no es usted partidaria de confraternizar con sus subalternos.

—No creo yo que saber que fumo, ayude a que haya una mejor compenetración entre los dos.

—¿Quién sabe? Quizá pueda acostumbrarme a guardar en mi cajón algún paquete de emergencia para cuando necesite su dosis de nicotina... O apoyarle cuando decida dejarlo...

—¡Oh, qué enternecedor! Gracias, ya le digo que no será necesario. No es un vicio habitual. Solo fumo cuando estoy nerviosa.

—¿En serio? —digo esbozando una sonrisa de medio lado al ver en su cara que se acaba de dar cuenta de que me ha dado demasiada información—. ¿Y qué le ha puesto nerviosa? ¿O debería decir mejor quién?

—Déjelo, Teniente Taylor —dice subiendo las escaleras hacia la puerta principal de nuestro edificio.

—¿Yo la pongo nerviosa? —le pregunto cortándole el paso, situándome entre ella y la puerta.

Nos miramos a los ojos durante unos segundos, hasta que las comisuras de los labios se me empiezan a curvar hacia arriba. Su mirada se suaviza bastante y, aunque no llega a sonreír, me doy por satisfecho.

LIVY

Han pasado dos horas desde nuestro intento fallido de comida de confraternización, y una hora desde nuestro pequeño acercamiento en las escaleras, cuando me pilló fumando. Gracias a Dios, he sido capaz de superar el nerviosismo que me provoca. Ahora estoy nerviosa por la misión que tenemos entre manos, pero soy mucho más capaz de enfrentarme a una posible amenaza terrorista que a los ojos azules de Aaron.

Estoy frente a los monitores, todos encendidos, dándome una visión perfecta desde diferentes puntos de la sede de las Naciones

Unidas. A mi lado, para asesorarme, tengo al Capitán Lewis, aunque el peso de la operación lo llevaré yo. Afortunadamente, es algo rutinario que llevan haciendo toda la semana, vigilar que no haya incidentes a la llegada de los políticos de los países miembros del G8.

—Equipos Alfa y Beta, mantengan las posiciones. El primer coche está a punto de aparecer —les informo para que estén alerta.

—Entendido —dice el Teniendo Dillon como jefe del equipo Beta.

—De acuerdo —Oigo su voz, y al instante se me eriza la piel.

En cuanto empiezan a aparecer los coches blindados, la voz de Aaron es la única que se escucha. Da indicaciones a sus hombres y a los de Jimmy, pidiendo que le vayan informando de la situación, mientras él hace un reconocimiento general a toda la entrada. Yo veo a través de sus ojos gracias a la cámara instalada en su arma, y por lo tanto estoy al tanto de todos sus movimientos. Así puedo comprobar que es muy metódico en su trabajo, fijando su punto de mira en todas las personas cercanas al edificio. De repente, observo que centra toda su atención en un individuo de traje y gafas de sol negras. A simple vista, parece un guardaespaldas de cualquiera de los mandatarios, así que no sé por qué motivo ha captado su atención.

—Teniente Taylor, ¿ha visto algo sospechoso? —le pregunto por el canal uno, el que todos pueden oír.

Sin perder de vista el monitor, veo que él sigue pendiente del mismo tipo, el cual no parece tener un comportamiento fuera de lo normal.

—Teniente Taylor, ¿acaso ve algo inusual en ese individuo?

Sin hacerme el menor caso, de repente escucho su voz, pero no para contestarme a mí.

—Equipo Alfa, individuo sospechoso a las dos. Traje negro y gafas de sol. El auricular de la oreja es extraño, no es como el del resto de escoltas. Finn, ¿tienes contacto visual?

—Sí, señor.

—¿Y qué opinas?

—No le puedo ver bien, señor.

—¿Alguno puede confirmar? —pregunta de nuevo Aaron recibiendo respuesta negativas de parte de todo su equipo—. De acuerdo, intentaré moverme un poco...

De repente me siento como una mera espectadora. Miro al Capitán Lewis que, lejos de mostrarse contrariado porque me hayan dejado de lado, parece estar disfrutando con el espectáculo, como si estuviera viendo una película de acción por la televisión.

—Capitán Lewis, ¿esto ocurre habitualmente?

—¿El qué? —me pregunta con los ojos muy abiertos, sin saber realmente a qué me refiero.

—Que el Teniente Taylor no acate órdenes —contesto, empezando a estar realmente mosqueada.

—Sí las acata...

—Pues no responde a mis preguntas...

—Será porque en ese momento no ha creído importante hacerlo. Si algo he aprendido después de casi diez años trabajando con él es que hay que dejarle trabajar. Confíe en él, Morgan, porque nunca, nunca la defraudará.

Lejos de tranquilizarme, esas palabras me ponen más nerviosa. Dejarle hacer no me parece mal, de hecho, tiene una larga experiencia contrastada. Pero quiero saber con antelación cuáles serán sus movimientos. Así pues, cambio la frecuencia del auricular al canal número dos y empiezo a hablarle:

—Teniente Taylor, necesito que me informe con antelación de sus movimientos. De lo contrario, será imposible para mí tratar de protegerle —Espero unos segundos prudenciales antes de insistir—: Teniente Taylor, ¿está usted variando su posición?

Es una pregunta algo innecesaria, porque veo a través del monitor cómo sí lo está haciendo. Solo pretendo que me lo diga, que me informe de ello. Miro el monitor y ahora sí tenemos una imagen perfecta del sospechoso. Sé que me ha oído porque acciona el zoom de la cámara para que podamos verle con claridad desde aquí. En cambio, sin variar la frecuencia, sin responder a ninguna de mis exigencias, vuelve a hablar para que todo el equipo le pueda oír.

—De acuerdo, tengo una visión perfecta del sujeto y puedo confirmar que el auricular es diferente a los de siempre. Jimmy, tus hombres están más cerca. ¿Podéis actuar?

—Entendido —contesta Jimmy al instante.

Aguanto la respiración sin ser del todo consciente de ello, mientras no pierdo de vista las imágenes de los monitores. Observo la escena desde diferentes puntos de vista, cruzando los dedos para que Aaron no se haya equivocado. Tengo que ir con cuidado porque, aunque en mi cabeza le llame por su nombre de pila, no puedo hacerlo en público, básicamente porque hacerlo sería como concederle una pequeña victoria.

—¿Qué estoy haciendo? —susurro en voz baja—. Concéntrate y deja de dar vueltas a las cosas...

En ese instante, dos hombres del equipo del Teniente Dillon cogen por sorpresa al tipo y lo llevan a un aparte, sacándolo de la zona conflictiva y pidiéndole todas las acreditaciones necesarias para estar allí. Descubren que no solo no las lleva, sino que resulta ser un fotógrafo *free lance* disfrazado de escolta, con la única intención de sacar fotos lo suficientemente cercanas como para ser dignas de ocupar la primera página de algún periódico.

Cuando se lo lleva la policía, arrestado, los hombres de Dillon vuelven a ocupar sus puestos y Aaron vuelve a su posición inicial. Cuando se coloca en su sitio, poco después de que la imagen del monitor deje de moverse, escucho un ruido en mi auricular que me indica que ha cambiado de canal.

—¿Me decía, Capitana? —me pregunta, retándome.

Ahora soy yo la que no quiere contestarle, así que cambio yo también de frecuencia y me mantengo callada hasta que todos los mandatarios están en el interior del edificio y damos por finalizada nuestra misión.

—Gran trabajo, chicos —digo a todos mientras se escuchan algunos vítores.

—El puto amo, tío —dice uno de ellos—. Eres el puto amo, Taylor.

—¿Cómo lo has visto, mamonazo? —le pregunta Jimmy, al que reconozco por la voz.

—No me jodas Jimmy, sí parecía que llevaba los auriculares del IPhone... —interviene él—. Por suerte, se quedó en una anécdota, pero habría que repasar los protocolos con la policía. ¿Cómo pasó ese tío? Si ni siquiera llevaba acreditación...

El Capitán Lewis se levanta y, colocándose uno de los auriculares libres, les dice:

—Señores, ha sido un placer verles trabajar por última vez.

—¡Gracias señor! —dicen ellos.

—Y además, he podido comprobar en primera persona, que les dejo en buenas manos. Buen trabajo Capitana Morgan —añade.

—¡Sí! —se escucha a Jimmy decir—: ¡Buen trabajo, Capitana!

AARON

En cuanto entro por la puerta de la central, me encuentro con el Capitán Lewis. Nos quedamos uno frente al otro, mirándonos sin decir nada, hasta que él se acerca a mí y me estrecha entre sus brazos. Yo le devuelvo el gesto de todo corazón, ya que este hombre ha sido lo más parecido a un padre que he tenido nunca. Al rato, coge mi cara entre sus manos, mirándome con una sonrisa afable, y me dice:

—No la saques de sus casillas tan pronto. Es buena, y podéis formar un equipo fantástico.

—Creo que ella opina algo muy distinto.

Me da un par de palmadas en los hombros y, sin dejar de sonreír, empieza a caminar hacia la salida.

—¡No vemos en mi fiesta de despedida! —me grita sin darse la vuelta.

—¡Ahí estaré! ¡No me pierdo una fiesta por nada en el mundo!

—¡Lo sé! ¡Solo os pido a ti y a Jimmy que no la liéis demasiado! ¡Os recuerdo que iré acompañado de mi mujer!

Entro en los vestuarios para dejar el chaleco antibalas, el caso y el arma, y me reúno allí con los chicos. Charlamos durante un rato, hasta que escuchamos un carraspeo a nuestra espalda. En cuanto me doy la vuelta, la veo plantada frente a la puerta.

—Solo he bajado para recordarles que ya no están bajo las órdenes del Capitán Lewis. Ahora soy yo la que manda y mi estilo es muy diferente al suyo. No permitiré que durante una misión, se tome ninguna decisión sin consultarme. El que lo haga, quedará suspendido temporalmente de servicio y sueldo. Todo lo que sucede durante una misión, es responsabilidad mía, así que quiero saber todo lo que sucede en ella. Incluso si van a mear, quiero saberlo con antelación. ¿Ha quedado claro?

—Sí señora... —contestan algunos de los chicos mientras otros la miran fijamente sin saber bien qué hacer.

—Repito. ¿Ha quedado claro? —dice con más firmeza.

—¡Sí, Capitana Morgan! —repiten todos menos yo, que la miro fijamente sin inmutarme, intentando demostrar que su actitud no me afecta.

—Teniente Taylor, venga a mi despacho, por favor.

Su tono seco y borde me pone demasiado. Creo que si cierro los ojos puedo incluso llegar a imaginármela blandiendo una fusta. Con ese pensamiento, no consigo otra cosa que entrar en su despacho con cierto problema en mi entrepierna.

—¿Quería verme, Capitana Morgan?

—Cierre la puerta Teniente Taylor.

En cuanto lo hago y me doy la vuelta, me sorprendo al encontrármela a escasos centímetros de mí. Empiezo a sonreír de nuevo, pero enseguida pierdo las ganas de hacerlo, cuando ella, golpeando mi pecho con su dedo, me amenaza:

—No te atrevas a sonreír —dice entre dientes—, porque no sé qué narices te hace tanta gracia. ¿Acaso es el hecho de hacerme quedar como una tonta delante de todo el equipo? ¿O es el hecho de tener siempre la última palabra? ¿Te jode que sea una mujer la que te dé órdenes? ¿O a lo mejor es que esperabas que te ofrecieran este puesto a ti?

—Me está tuteando...

—¡Calla! ¡Estoy cabreada y hablo como me da la real gana! —grita mientras camina de un lado a otro para tranquilizarse e intentar que su tono de voz no nos delate. Finalmente, con los ojos rojos, vuelve a preguntarme—: ¿O tu comportamiento se debe a mi negativa a volver a follar contigo? ¿Es eso? ¿Ese es tu problema? ¿No aceptas un no por respuesta? ¿Tan bueno te piensas que eres? ¿O tan necesitada te crees que estoy?

—No...

Por alguna razón, el dolor que siento en sus palabras está haciendo mella en mí. No puedo dejar de mirarla y sentir cómo sus lágrimas pugnan por salir mientras ella las retiene con todas sus fuerzas. Y no puedo dejar de pensar que yo soy el único causante de ello.

No entrabas en mis planes

—Te voy a decir una cosa: la próxima vez que te pregunte algo en mitad de una misión, me respondes, porque si no lo haces, te mando derecho al archivo en lo que tardo en chasquear los dedos —dice tan cerca de mi cara que puedo sentir su aliento en mi piel—. ¿Ha quedado claro?

No puedo dejar de mirar sus labios, mientras mi pecho sube y baja con rapidez.

—Repito, ¿te ha quedado...?

Pero antes de que llegue a acabar la frase, me abalanzo sobre ella. Cojo su cara entre mis manos y beso sus labios con violencia, cerrando los ojos con fuerza al sentir la calidez de su piel y el calor de su aliento. Introduzco mi lengua en su boca y muerdo su labio inferior. Al rato, ella apoya las manos en mis hombros y logra separarse de mí escasos centímetros, los suficientes para propinarme un tortazo en la cara. Retrocedemos algunos pasos y nos miramos con la boca desencajada, respirando de forma atropellada y los brazos inertes a ambos lados del cuerpo.

La necesito, tiene que ser mía, eso es lo único en lo que soy capaz de pensar en estos momentos, así que no me lo pienso y recorro de nuevo la distancia que nos separa. Cuando estoy a punto de tocarla, veo como vuelve a alzar la mano, pero esta vez soy más rápido que ella y paro el golpe a tiempo, inmovilizándole el brazo a su espalda. Con mi mano libre, la agarro de la barbilla y la obligo a mirarme a los ojos. En cuanto mis labios se posan en los suyos, vuelvo a sentir la misma premura que antes. Quiero poseerla, saborearla y sentir cómo se estremece bajo mis caricias, así que saqueo su boca sin contemplaciones. La aprieto con fuerza contra mi cuerpo, justo cuando escucho que deja ir un largo y sonoro jadeo. Entonces, dejándose llevar por el calor del momento, siento sus manos en mi nuca, apretándome contra ella. Doy unos pasos, haciéndola retroceder hasta que sus piernas tocan contra el escritorio. Llevo las manos a sus piernas y le subo la falda por las caderas sin que ella ponga ningún impedimento. La agarro de la cintura, la siento en el filo del escritorio y me acomodo en el hueco que ella deja entre sus piernas, rozando deliberadamente mi erección contra la tela de su tanga. Coloco mis manos en sus nalgas y la aprieto contra mí mientras ella enrosca las piernas alrededor de mis piernas.

—Oh joder... —jadeo contra su cuello mientras mi polla palpita dentro del pantalón, pugnando por querer salir—. No puedo parar...

Entonces, de repente, se escuchan unos golpes en la puerta del despacho. Los dos nos quedamos inmóviles, llegando a pensar que el ruido solo ha existido en nuestra imaginación, pero segundos después, volvemos a oírlo.

—¿Sí? —dice ella empujándome mientras se pone en pie, a la vez que se baja la falda y se alisa el pelo con las manos.

—Soy el Sargento Meyers, Capitana Morgan. Le traigo los informes que me pidió.

Ella me mira y me separo varios pasos, hasta quedar apoyado contra la pared opuesta a su escritorio. Solo entonces, ella se sienta en su silla y vuelve a centrar su atención en la puerta.

—Pase —dice con firmeza.

—Hola —dice al entrar y, al fijarse en mi presencia, añade—: Teniente Taylor...

—Hola Meyers —le saludo intentando disimular mis ganas de retorcerle el pescuezo con mis propias manos.

—Puede dejármelos aquí, si quiere —le dice Olivia—. Gracias por traérmelos.

—Un placer, señora —contesta con una inclinación de cabeza—. Hasta mañana.

—Adiós —respondemos los dos a la vez.

En cuanto la puerta se vuelve a cerrar, ella se lleva las manos a la cara, resoplando mientras apoya la espalda contra el respaldo de la silla.

—¿En qué narices estaba pensando? —susurra para sí misma pero lo suficientemente alto como para yo lo oiga.

Aprieto los labios hasta convertirlos en una fina línea y agacho la vista al suelo. Permanecemos sumidos en una especie de silencio incómodo hasta que, de repente, ella se pone de pie de un salto.

—¡Dios mío! ¡Llego tarde! ¿Qué hora es? —dice dando vueltas sobre sí misma buscando el bolso y la chaqueta—. ¡Llego tarde!

—¿Te...? ¿La llevo a algún sitio?

—¡¿Qué?! ¡Ni hablar! —dice colgándose el bolso del hombro y caminando a toda prisa hacia la puerta.

Antes de salir, con el picaporte de la puerta en la mano, se gira hacia mí y, señalándonos, dice:

—Esto...

—Lo sé, no volverá a pasar.

CAPÍTULO 4
Cuando nos dimos cuenta que nos echábamos de menos

LIVY

—¿Me perdonas por haber llegado tarde a recogerte, Max?

Él asiente con la cabeza sin siquiera mirarme.

—¿Qué tal te ha ido en el colegio nuevo? ¿Te has divertido? Hay muchos niños con los que puedes jugar, ¿a que sí?

Le cojo la barbilla y le obligo a mirarme. Es entonces cuando me doy cuenta de las lágrimas en sus ojos, que intenta secar con el dorso de la mano.

—No, no, no, cariño... —digo cogiéndole en brazos y sentándole en mi regazo. Le beso en la frente y, empezando a sentir escozor en los ojos, le cojo de los hombros y le separo de mí para que sea capaz de leerme los labios—. Sé que son muchos cambios... Sé que estás asustado. Yo también lo estoy, mi vida. Mamá ha empezado en el sitio nuevo, ¿recuerdas que te lo expliqué? Yo también estoy asustada, pero juntos lo superaremos, ¿a que sí?

Max apoya la cabeza en mi pecho y pasa sus pequeños brazos alrededor de mi cuerpo. Yo le abrazo con fuerza, mientras apoyo los labios en su pelo. Sé que si no puede verme la boca, es incapaz de saber qué le estoy diciendo, pero aún así, sigo hablando.

—Perdóname cariño... Necesito que le des una oportunidad a ese sitio, cariño. Necesito que lo intentes. Necesito ver que alguno de los cambios que hemos hecho, es para mejor...

—¿A mí no me pides perdón? —me pregunta Lexy.

—Sí, Lexy, sí... —digo suspirando, sin fuerzas ni ganas de discutir—. Lo siento mucho. Aunque pensaba que tú, al ser la mayor, entenderías perfectamente los motivos de mi retraso y no me lo echarías en cara.

La miro y se mantiene impasible, con los pies encima de la silla y las rodillas dobladas, mirando la pantalla de su teléfono.

—Lexy, ¿podemos tener una conversación normal y corriente, o te tengo que enviar un mensaje al móvil?

—Habla —me contesta.

—O sueltas ese teléfono o cancelo tu línea.

Parece que mis palabras surten el efecto que quería. Al menos, consigo que despegue los ojos del maldito aparato y me mire a la cara. Mi expresión seria debe de haberla convencido del todo, ya que, aunque resoplando para demostrar su disconformidad, deja el móvil encima de la mesa.

—¿Cómo te ha ido el día? —le pregunto entonces.

—Mal —contesta retándome con la mirada.

—No me creo que todo te haya ido mal. ¿No has hecho ninguna amiga? ¿Ninguna asignatura te ha gustado? ¿Y qué me dices de los profesores?

—Ese cole, en general, es una puñetera mierda.

—¡Lexy! ¿Dónde has aprendido a hablar así?

—Pues oyéndoos discutir a papá y a ti.

—Pero nosotros somos adultos y tú tienes solo doce años. Además, no me gusta que hables así delante de tu hermano.

—Como si pudiera oírme... —dice con malicia.

—¡Lexy! ¡A tu cama! ¡Ya! —Se levanta enfadada. Intenta coger su móvil pero yo soy más rápida y consigo hacerme con él antes que ella—. Ni lo sueñes. Esto lo requiso hasta nuevo aviso.

—¡Esto es nuestra casa, no la comisaría donde trabajas!

—¿Nuestra casa? ¿No decías que odiabas esto? Y sí, tienes razón, no es la comisaría donde trabajo, pero a lo mejor, si sigues comportándote así, empezará a parecerse cada vez más.

—¡Te odio! —grita antes de dar media vuelta y perderse por el pasillo.

—Y yo, en cambio, te quiero... —le digo cuando ya no la veo, con los ojos totalmente bañados en lágrimas.

Acaricio el pelo de Max mientras le sigo meciendo durante unos minutos, hasta que siento que su respiración se ha relajado y, cuando le miro, me doy cuenta de que se ha dormido. Le llevo a su dormitorio, el cual me he encargado de ordenar un poco, al igual que el de Lexy. Al menos, ya tienen colchón en sus camas, su ropa está colgada en sendos armarios y, en el caso de Max, sus juguetes metidos en los baúles. Después de arroparle con cariño y de conectar la cámara que está pendiente de él durante toda la noche y que me avisa incluso cuando se levanta de la cama, vuelvo al salón para acabarme la cena, que ya debe de estar fría. Tiro los restos de comida al triturador de basura y recojo la mesa. Me sirvo una copa de vino y me dejo caer en el sofá. Cierro los ojos para intentar relajarme, pero me pongo más nerviosa al recordar su boca a escasos centímetros de la mía, sus manos en mi trasero, empujándome contra su erección, y sus ojos azules mirándome fijamente. De forma involuntaria, me muerdo el labio inferior mientras pienso que, a pesar de que lo intente negar, puede que él sea lo mejor que me ha pasado desde que llegué a la ciudad.

AARON

En cuanto llego a casa, dejo encima de la mesa las cartas que he recogido del buzón y voy hacia el dormitorio para cambiarme de ropa. Hoy es una de esas tardes en las que necesito salir a correr hasta que me ardan los pulmones. Necesito quitármela de la cabeza de alguna forma y todo lo que he probado hasta ahora, no ha dado resultado. Ella es en lo primero que pienso al levantarme y mi último pensamiento cuando me voy a dormir. Cuando nado, pienso en ella. Cuando estoy trabajando, estirado inmóvil en alguna azotea, pienso en ella. La veo incluso cuando cierro los ojos, así que voy a ver si logro quitármela de la cabeza de esta manera, corriendo hasta que me falte el aliento.

Tan solo quince minutos después, ya estoy alrededor del lago. En esta época del año, el parque empieza a estar menos concurrido a estas horas, cuando el sol está a punto de ponerse, así que no hay que ir sorteando a decenas de personas durante el recorrido, y me puedo centrar en el ritmo de mi zancada y en respirar de forma acompasada. Con la música a todo volumen retumbando en mis oídos, y sin bajar el ritmo en ningún momento, completo los diez kilómetros. Miro mi reloj y, al ver que voy bien de tiempo, decido dar otra vuelta más al recorrido.

A pocos metros por delante de mí, hay una pareja paseando de la mano. Ella se acurruca contra él, el cual la abraza de forma cariñosa, resguardándola del aire que empieza a levantarse. Entonces me imagino abrazándola, protegiéndola del frío, dejándole quizá mi chaqueta para que entrara en calor...

—¡Joder! —me quejo, consciente de que ha vuelto a suceder, ella me ha vuelto a desconcentrar.

Empiezo a aminorar el ritmo paulatinamente, hasta que me detengo del todo. Apoyo las manos en mis rodillas y respiro profundamente varias veces para intentar recobrar el aliento. Algo más entero, empiezo a realizar estiramientos, cuando escucho las zancadas de alguien que se acerca corriendo.

—¡Eh! —me saluda una mujer que, al verme, se ha detenido a mi lado.

—Hola... —la saludo, pensando que me suena de algo.

—Jodie... —dice al verme la cara—. Hemos coincidido alguna vez aquí... Y luego nos vimos una vez en aquel pub... Acabamos en mi casa...

—Sí, claro. Perdona, es que estoy algo... distraído. No te había visto bien —miento, acercándome y dándole un par de besos, porque en realidad no me acuerdo de ella—. ¿Qué tal estás?

—Bien —contesta riendo. No sé qué he dicho que le ha podido hacer tanta gracia—. Aquí, intentando que el perrito caliente que he comido al mediodía no se instale en mi barriga el resto de mi vida.

—Ah...

Sonrío, incapaz de decir nada más, primero porque encuentro que esta tía es de lo más superficial y tonta, y segundo porque que haya mencionado el perrito no ha hecho más que recordarme el rato que pasé antes con Olivia. Su cara cuando hincó el diente al panecillo, cuando cerró los ojos y levantó la cabeza hacia el cielo, disfrutando de ese momento, o cómo se limpió los restos de mostaza de la comisura de los labios con un dedo y luego se lo chupó. Me remuevo incómodo en el sitio al recordar esa imagen y entonces soy consciente de que esa tía sigue hablando sin parar, a la vez que se toca el pelo. La miro de arriba abajo y veo que lleva unas mallas ajustadas y un top ceñido que deja ver su vientre plano lleno de gotas de sudor, además de mostrar, sin dejar mucho a la imaginación, sus enormes pechos. Sí, quizá ahora, al mirarlos, puede que la recuerde levemente.

—¿Aaron?

—Mmmmm... Perdona —digo alzando la vista de sus pechos a su cara—. ¿Decías?

—Que si te apetece que vayamos a tomar algo.

—¿Así vestidos? —digo abriendo los brazos.

—Bueno —contesta ella acercándose a mí lentamente—, siempre podemos ir a mi casa. Vivo a cinco minutos a pie...

LIVY

—¡No me jodas!

—Lo que oyes, Bren... —digo echando la cabeza hacia atrás en el sofá, frotándome los ojos con los dedos.

—¿Tú sabes que en Nueva York vivimos más de ocho millones de personas?

—Ajá...

—¿Qué probabilidades hay de que resultes ser la jefa del tío que te follaste la noche anterior?

—La misma pregunta me he hecho yo esta mañana.

—¿Y él? ¿Cómo se ha comportado?

—Como un completo gilipollas... Provocándome constantemente. No paraba de echarme miradas, de sonreírme, de lanzarme indirectas...

—¡Qué cabronazo! ¡Mira que sonreírte...!

—Hablo en serio, Brenda. Además, no ha sido solo eso. Luego, ha desobedecido mis órdenes delante de todos y eso sí que no lo puedo permitir. El Capitán Lewis me ha dicho que él es así, que va por libre en muchas ocasiones, pero mi estilo no es tan permisivo.

—Lo sé, tienes que tener siempre la última palabra...

—Voy a obviar ese comentario que me parecía que iba con indirecta de regalo... —digo, dejando ir un largo suspiro, antes de añadir—: No quiero que los demás de la unidad sepan lo que pasó entre nosotros.

—¿Por qué?

—¡¿Como que por qué?! ¡Porque soy su jefa!

—¿Entonces no vas a repetir? Porque, por su comportamiento, parece que a él no le importaría hacerlo...

Nos quedamos calladas durante unos segundos, ella esperando mi respuesta y yo rememorando ese momento en el que estuve a punto de repetir. Ese momento en el que sus caricias y sus besos me hicieron olvidarme de todo, incluso de mis propios hijos.

—Estuvimos casi a punto... —susurro con timidez.

—¡¿Cómo?! ¡¿Cuándo?! ¡¿Dónde?! ¡¿Por qué dices casi?!

—Le llamé a mi despacho para echarle la bronca por su actitud durante la misión y después de soltarle todo el discurso... Se abalanzó sobre mí y me besó. La cosa se fue calentando por segundos, hasta el punto de que ya me tenía sentada en mi escritorio y con la falda por las caderas, cuando llamaron a la puerta.

—¡Joder! ¡Qué putada!

—Lo sé, nunca debí permitir que llegáramos a esa situación...

—¡No! ¡Qué putada que os cortaran el rollo!

—Bren, fue lo mejor que podía pasar. Llevaba todo el día convenciéndome de que lo de anoche no se volvería a repetir, incluso se lo dije a él cuando nos quedamos solos por la mañana, y voy yo, y a las primeras de cambio, me abro de piernas...

Me paso la mano por el pelo y me encojo en el sofá al darme cuenta de que, el simple hecho de recordar lo sucedido, provoca que un cosquilleo recorra todo mi cuerpo.

—Me hace perder la cabeza, Bren...

—Pero eso es fantástico, Livy...

—No... Casi me olvidé de recoger a los niños... Llegué tarde, en su primer día de clase, en un colegio nuevo para ambos, en una ciudad que no es la suya...

—De vez en cuando, es bueno que pienses solo en ti, y no puedes sentirte culpable por ello. Te lo mereces, Livy. Deberías dedicarte un día para ti sola...

—No puedo permitírmelo, Bren. No sabes lo que ese retraso ha provocado... Me he encontrado a Max llorando, gritando y sin dejar que nadie le tocara. Y luego en casa, Lexy me lo ha echado en cara y hemos acabado a gritos... Así que, como ves, mi primer día en esta ciudad, ha sido fantástico —digo con tono irónico—. Estoy deseando que llegue mañana para ver qué mierda me estalla en la cara...

—Quizá el día habría acabado mejor si vuestro encuentro en tu despacho no hubiera acabado en un casi...

—Bren...

—Niégamelo... Venga va, dime que no es verdad. Dime que no te apetece...

—Sí me apetece... Vaya si me apetece... —Me abrazo las piernas y apoyo la barbilla en mis rodillas—. Lo que siento con él, es algo que no puedo explicar... Es como si no pudiéramos estar en una misma habitación sin tocarnos...

—A eso, querida, se le llama tensión sexual no resuelta.

—Pero sí estuvo resuelta...

—Me refiero a sexo en condiciones, sin prisas, sin miedo a que os pillen, tranquilos los dos...

—Pero eso no va a pasar.

—Porque tú no quieres.

—Pues eso, porque yo no quiero.

—Pues eres tonta.

—Pues vale, lo soy.

—Acabarás como la vieja de los gatos.

—No tengo gatos, Bren. De hecho, los odio.

—Tiempo al tiempo...

—Estúpida —digo riendo, hasta que al cabo de un rato, confieso—: Gracias. Necesitaba reírme un rato.

—Es que tienes que pensar algo más en ti y salir por ahí. ¿Quieres que volvamos a irnos tú y yo al pub del otro día?

—Buen intento. Pero oye, sí te voy a necesitar el viernes para hacer de canguro de Lexy y Max. Es la fiesta de jubilación del Capitán Lewis y tengo que ir.

—¿Él va?

—¿Aaron? Pues supongo que sí... Era su jefe más directo y han trabajado juntos durante diez años... Pero oye, será solo por un rato porque me quedaré lo que dure la cena y luego me vendré para casa...

—Ni hablar.

—Oh... —digo algo sorprendida por su negativa—. ¿No puedes? ¿Tienes planes?

—Claro que puedo, pero eso de que te vas a quedar poco rato, ni lo sueñes. Te quedarás lo que haga falta y te divertirás lo que no está escrito. Y por los niños, no te preocupes. Scott libra el viernes, así que nos los llevamos a hacer algo divertido, luego a cenar pizza y se quedarán a dormir en mi casa.

—No hace falta... Tampoco es que tenga muchas ganas de salir...

—Pues yo me voy a quedar con tus hijos igual, así que tú verás cómo aprovechas tu primera noche de libertad en varios años... Yo de ti, la haría memorable.

AARON

Abro los ojos y miro alrededor, descolocado, aunque al instante veo que el brazo de Jodie rodea mi pecho. Resoplo contrariado, porque sabía que este momento llegaría, el momento en el que me arrepentiría de haber aceptado su invitación. Fui un tonto al pensar que follándome a Jodie podría olvidarme de ella. Eso de "un clavo quita otro clavo" no ha funcionado esta vez. Al contrario, fui incapaz de mirarla mientras me la tiraba, así que mantuve los ojos cerrados en todo momento, y era la imagen de Olivia la que veía en mi cabeza, la que se retorcía de placer debajo de mi cuerpo, la que jadeaba mi nombre. ¿Qué cojones me ha hecho? ¿En qué me ha convertido?

Me deslizo fuera de la cama con cuidado. Recojo mi ropa del suelo y salgo al pasillo buscando el baño. Después de abrir la puerta de un armario y de otra habitación, consigo dar con él. Me visto con rapidez con la misma ropa con la que llegué, con la que salí a correr, y me miro en el espejo.

—¿En qué cojones estabas pensando? —me digo a mí mismo.

Después de varios segundos, chasqueo la lengua y salgo de nuevo al pasillo. Cierro la puerta con cuidado y voy hacia la puerta principal, caminando sobre las puntas de los pies. No tengo ganas de dar ningún tipo de explicación, y hacer falsas promesas no es mi estilo. Afortunadamente, consigo llegar a la calle sin problemas y, al salir, descubro que el sol está saliendo. Compruebo en mi reloj que son casi las seis de la mañana, así que empiezo a darme prisa para llegar pronto a casa, darme una ducha y cambiarme para ir a trabajar. Solo pensar en ello, me hace dibujar una sonrisa en la cara, y sé que el motivo no es otro que el de volver a verla.

Veinte minutos después, entro en casa y voy directo a la ducha. Al salir, me anudo una toalla alrededor de la cintura y salgo a la cocina para prepararme un café. Mientras espero a que la cafetera se caliente, veo la pila de cartas en la encimera y las cojo, desechándolas todas, hasta que una llama mi atención. Es una citación judicial, aunque lo extraño es que no proviene de alguno de los juzgados de Nueva York, sino del de Montauk, mi ciudad natal. Dejo el resto de cartas y, pulsando el botón para que empiece a salir el café, abro el sobre. La carta no da muchos detalles, solo que me citan en el juzgado el miércoles por la mañana. No entiendo nada, porque desde que me largué de allí cuando mis padres murieron, hace ya como unos quince años, no he vuelto a pisarlo, así que no sé para qué narices pueden requerir mi presencia allí. Lo único que se me ocurre es que haya habido algún problema con la casa que perteneció a mis padres, o quizá con la tienda de ambos, en la que yo mismo trabajé durante años. Me aseguré de vender la casa y de traspasar la tienda antes de marcharme, pero puede que haya surgido algún problema, aunque después de tantos años... Cuando levanto la cabeza, veo el café rebosando del vaso, resbalando por el mármol y cayendo al suelo. Dejo la carta a un lado y cojo una bayeta para limpiar el desaguisado. Para cuando acabo, me doy cuenta de que no tengo tiempo para mucho más, así que me bebo el café de un trago, me visto, y salgo de casa, aún dando vueltas al motivo de esa citación.

LIVY

—¡Adiós, Lexy! —le grito desde la esquina de la calle, lo más cerca del colegio que me ha dejado acompañarla, aunque no recibo respuesta por su parte.

Me quedo un rato observándola, esperando a que suba las escaleras y entre en el edificio. Cuando lo hace, miro a Max y le sonrío, esperanzada de recibir el mismo gesto por parte, aunque no es el caso.

—¿Nos vamos? —le digo apoyando mis palabras con el lenguaje de signos, como me ha recomendado su tutora.

Max se encoge de hombros con apatía, pero me agarra de la mano, como si se hubiera resignado. Tiene el mismo comportamiento cuando llegamos a su colegio. Esta vez no grita ni se resiste por el pasillo y, aunque no sonríe en ningún momento, cuando su tutora se agacha frente a él y le dice que cuelgue la mochila en su colgador, le hace caso al instante. Luego le observo darse la vuelta y echar un vistazo alrededor, observando al resto de niños, y por un momento me siento esperanzada. De todos modos, ese sentimiento me dura poco, hasta que veo cómo se aleja a una esquina y se sienta en el suelo con las piernas encogidas.

—No se preocupe. Que haya entrado sin gritar y me haya hecho caso cuando le he pedido que colgara la mochila, es un avance muy importante con respecto a ayer.

—Lo sé... Hoy prometo llegar antes...

—No se preocupe. Quédese tranquila.

Y la verdad es que hoy me quedo mucho mejor que ayer, incluso me permito sonreír en un par de ocasiones, de camino al trabajo. Y sigo haciéndolo cuando entro en la comisaría, saludando a todos a mi paso, y aún cuando me siento detrás de mi escritorio. Llevo una hora tomando notas acerca de la operación de escolta de los mandatarios políticos que estamos haciendo, a fin de redactar el informe final, cuando llaman a la puerta.

—Adelante —digo sin despegar la vista de los papeles.

—Capitana Morgan...

Su voz es inconfundible, y consigue no solo paralizarme por completo, sino también congelar mi sangre. ¿Qué hace aquí tan temprano? No puedo creer que esté aquí para intentar continuar donde lo dejamos ayer. Levanto la cabeza lentamente hasta que mis ojos se encuentran con los suyos. Para mi sorpresa, y por qué no admitirlo, mi desilusión, su cara no demuestra que esté pensando en sexo precisamente. Abro la boca para hablar pero las palabras no me salen, así que carraspeo varias veces hasta que consigo decir:

—Teniente Taylor, ¿a qué debo su temprana visita?

Me obligo a no hacerle un repaso de arriba abajo, aunque él no me lo ha puesto muy fácil, con esos vaqueros negros y esa camisa algo ajustada con las mangas a la altura de los codos, como suele llevar siempre. Vale, al final sí le estoy haciendo el repaso que no quería hacerle... Cuando le oigo carraspear, vuelvo a mirarle a los ojos.

—Quería... Necesito... —empieza a decir mientras se remueve incómodo en el sitio, cambiando el peso del cuerpo de un pie a otro.

Él también me mira de arriba abajo, respirando de forma entrecortada, provocando que su pecho suba y baje con rapidez. Esto tiene pinta de acabar mal... O sea bien, pero muy mal... No puedo permitirme perder la cabeza por él, así que antes de que siga, le corto:

—Teniente Taylor, creía que había quedado claro que lo de no anoche no...

—Capitana Morgan...

—Déjeme acabar, Teniente —le corto con mi tono más severo, levantando un dedo y poniéndome en pie. Esta vez no pienso dejar que su cuerpo de infarto, su sonrisa sexy y sus espectaculares ojos, nublen mi entendimiento—. Escúcheme atentamente, porque será la última vez que se lo diga, y esta vez hablo muy en serio. No vamos a...

—Solo venía a pedirle unos días de permiso.

En cuanto escucho sus palabras, me quedo callada, con el dedo aún en el aire, alzado entre los dos. Espero que mis dotes interpretativas me ayuden a disimular lo avergonzada que me siento en estos momentos, aunque tengo que agradecer que él no se esté aprovechado de la situación y, con el mismo semblante en la cara que antes, añade:

—Solo será un día, dos a lo sumo. Tengo que arreglar unos asuntos personales...

Me doy la vuelta y camino hacia mi silla, intentando ir lo más lenta posible para poder recomponerme, pero enseguida recorro los escasos cuatro pasos y me veo obligada a hacerle frente de nuevo.

—¿Y...? —Carraspeo para aclarar mi voz—. ¿A partir de cuándo?

—De mañana. Tengo varios días festivos pendientes. Lo puede comprobar con el departamento de recursos humanos...

—No hará falta.

—Jimmy... El Teniente Dillon, quiero decir, puede ocuparse de los dos equipos.

—Sí, sí, vale, perfecto. Coge los días que te hagan falta —digo de forma precipitada, haciendo un movimiento con la mano.

Me doy cuenta de que le estoy tuteando de nuevo, pero ya la he cagado lo suficiente y necesito que se vaya para poder esconder la cabeza entre mis manos y no sacarla en horas, así que no lo voy a corregir.

—De acuerdo. Gracias, Capitana Morgan.

Cuando veo que sale por la puerta, apoyo la frente en el escritorio. No puedo creer que la haya cagado de tal manera, así que ahora mismo, necesito no verle en varios días, porque no creo ser capaz de mirarle a la cara en un tiempo.

—¿Está usted bien, Capitana?

Me incorporo de golpe al escuchar su voz susurrándome casi en la oreja. Giro la cabeza y le encuentro a escasos centímetros de mí, mirándome con sus infinitos ojos azules.

—¡¿Qué haces aquí otra vez?! ¿No te habías ido? —grito nerviosa mientras él sonríe.

—Me preocupa, Capitana. La veo... agobiada —dice sin dejar de sonreír.

—¿Y qué es lo que te hace tanta gracia?

—Lo nerviosa que te pongo —dice cogiéndome de la mano.

Me obliga a ponerme en pie, aunque no le cuesta ningún esfuerzo porque soy como una marioneta en sus manos. Pone sus manos a ambos lados de mi cintura, mientras yo apoyo las mías en su pecho, listas para darle un empujón para apartarle si fuera necesario, aunque dudo que fuera capaz de hacerlo.

—Aaron... No... —digo mientras niego con la cabeza.

—Estamos haciendo progresos. Ahora ya soy Aaron...

Pone su mano en mi nuca y acerca lentamente su cara a la mía. Cierro los ojos y mantengo la boca abierta, totalmente a su merced, pero al no sentir su contacto, los abro y le descubro mirándome con una sonrisa de medio lado. Antes de que pueda quejarme o apartarme, me besa con delicadeza, recreándose como si estuviera saboreando mis labios. Al rato, cuando estoy completamente deshecha por dentro, apoya su frente en la mía mientras deja ir un largo suspiro.

—Solo venía a decirte que te echaré de menos...

—Vete antes de que nos vea alguien... —consigo decir, haciendo acopio de toda mi fuerza de voluntad para separarme de él.

—Voy a... Voy a hablar con Jimmy para darle los detalles y que se haga cargo de todo. Igualmente, puedes llamarme cuando me necesites...

—Vete tranquilo. Son tus días libres...

—Pero puedes llamarme...

—Aaron, vete —insisto sin mirarle.

AARON

Al día siguiente, poco antes del mediodía, entro en Montauk. Compruebo maravillado cómo parece que el tiempo se haya quedado detenido. Nada ha cambiado en estos quince años, al menos, nada a simple vista. Así que, si mi memoria no me falla y todo sigue en su sitio, me dirijo hacia donde recuerdo que estaba el juzgado.

Aparco delante y cuando me bajo del coche, me invade un olor que había olvidado por completo: el de la brisa del mar. Sonrío al acordarme de mi infancia y de mi adolescencia en este lugar. Crecer en un lugar costero y turístico, tiene muchas ventajas, sobre todo si mezclas playa, alcohol, adolescencia y turistas en bikini. Si la arena de esa playa hablara...

Subo las escaleras del juzgado de dos en dos y, en cuanto llego al mostrador de lo que parece la recepción, enseñando la carta, digo:

—Hola. Soy Aaron Taylor. Me enviaron esta citación a casa...

La mujer me mira por encima de las gafas y me coge el papel de las manos. Teclea varias cosas en el ordenador y luego, sin darme ninguna explicación más, me dice:

—Primer piso, despacho cuatro.

—¿Me puede decir de qué se trata?

—Arriba le explicarán.

—Muy amable —digo con retintín.

Subo al piso de arriba y llamo a la puerta que me indican. Cuando entro, me encuentro con una mujer sentada detrás de un enorme escritorio repleto de pilas interminables de papeles.

—Eh... Hola... —saludo para llamar su atención.

—Sí, dígame —dice ella, sin molestarse en mirarme.

—Recibí esta citación y abajo me han dicho que viniera aquí, pero no sé exactamente de qué se trata...

—Pues si le han enviado aquí, solo puede tratarse de una denuncia por violencia de género, o de un caso de custodia o adopción, o de una herencia... —dice señalando con el bolígrafo a cada una de las tres pilas de papeles que tiene frente a ella—. Estamos de recortes y de repente me tengo que encargar de todo esto.

—Eh... Pues entonces debe de ser un error...

—A ver, deme el papel.

En cuanto se lo doy, tal y como hizo la otra mujer, introduce los datos en el ordenador y, asintiendo con la cabeza, luego se pone a buscar en una de las pilas.

—No es un error. Tome asiento, por favor.

—No entiendo nada...

—¿Conoce a Cassandra Harris?

—¿Cassandra Harris? —digo mientras repito el nombre en mi cabeza, hasta que de repente se me enciende una luz—. ¿Cassey?

—Verá... No sé si estaban muy unidos o no, pero siento comunicarle que ella falleció hace unas semanas...

—Lo, lo siento mucho, pero sigo sin entender qué tiene que ver conmigo. Nos conocíamos hace unos años, pero le perdí la pista cuando me mudé a Nueva York...

Trago saliva mientras empiezo a recordar lo que compartí con ella, poco antes de perderle la pista, y empiezo a ponerme realmente nervioso. Agacho la vista hacia mis manos, que froto contra el pantalón de forma compulsiva.

—Ella tuvo un hijo...

—¿Lo tuvo? —pregunto de sopetón, confirmando mis sospechas.

—Ajá... Y ahora mismo, no tiene a nadie, excepto quizá, a su padre, o sea, a usted...

—¿Cómo...? ¿Cómo saben que soy yo?

—Bueno, está claro que si es necesario, se realizaría una prueba de paternidad, pero el parecido es inequívoco —dice mirando el expediente que sostiene entre sus manos—. Además, fue ella la que nos dio su nombre...

—¿Mi nombre para qué? ¿Para quedarme con él? ¡¿Qué le hizo pensar que lo haría?! ¡No lo quise en su día, y no lo quiero ahora! —Me pongo de pie, muy nervioso, caminando arriba y abajo del despacho—. ¡Joder! Le di el dinero para que abortara.

—Bueno, pues parece que ella no quiso hacerlo...

—¡Ah, genial! ¡¿Y entonces, ahora tengo que cargar yo con él?! —Me cojo la cabeza con las manos—. No hubo nada entre nosotros, nunca lo hubo, solo éramos amigos. Follamos en la playa una noche, y me vino dos meses después diciéndome que estaba preñada. Le di la pasta para que abortara porque éramos demasiado jóvenes. Yo tenía planes... ¡¿Qué cojones hizo con el dinero?! ¡¿Gastárselo en bebida?!

No entrabas en mis planes

La mujer se limita a observarme y escucharme, sin dar en ningún momento su opinión, aunque por la expresión de su cara, sé que si pudiera, me pegaría una hostia. Soy consciente de que mis palabras son muy crueles, y de que mi reacción no es la que ella hubiera esperado, pero esto es algo que no entraba en mis planes, para nada.

—Señor Taylor, sea lo que fuera que pasara entre ustedes, su hijo no tiene la culpa.

Me dejo caer de nuevo en la silla, apoyando los codos en mis rodillas y agarrándome la cabeza.

—Está en un centro de menores, señor Taylor. Y ese no es lugar para él. No tiene a nadie más.

—Pero yo no... Yo no sé cómo... ¿No tiene abuelos, ni nadie que quiera hacerse cargo de él? Él no querrá venirse conmigo, soy un desconocido para él...

—O es con usted, o estar en el centro de menores hasta que cumpla la mayoría de edad.

—¿Pero él sabe quién soy yo?

—Él sabe que tiene un padre. Lo que su madre le contara acerca de usted, es algo que se me escapa. Debería ir al centro de menores y hablar con el asistente social encargado del caso. Él le podrá dar más datos... —dice sacando una tarjeta de uno de los cajones—. Tenga. Esta es la dirección del centro y el nombre de la persona con la que tiene que hablar.

LIVY

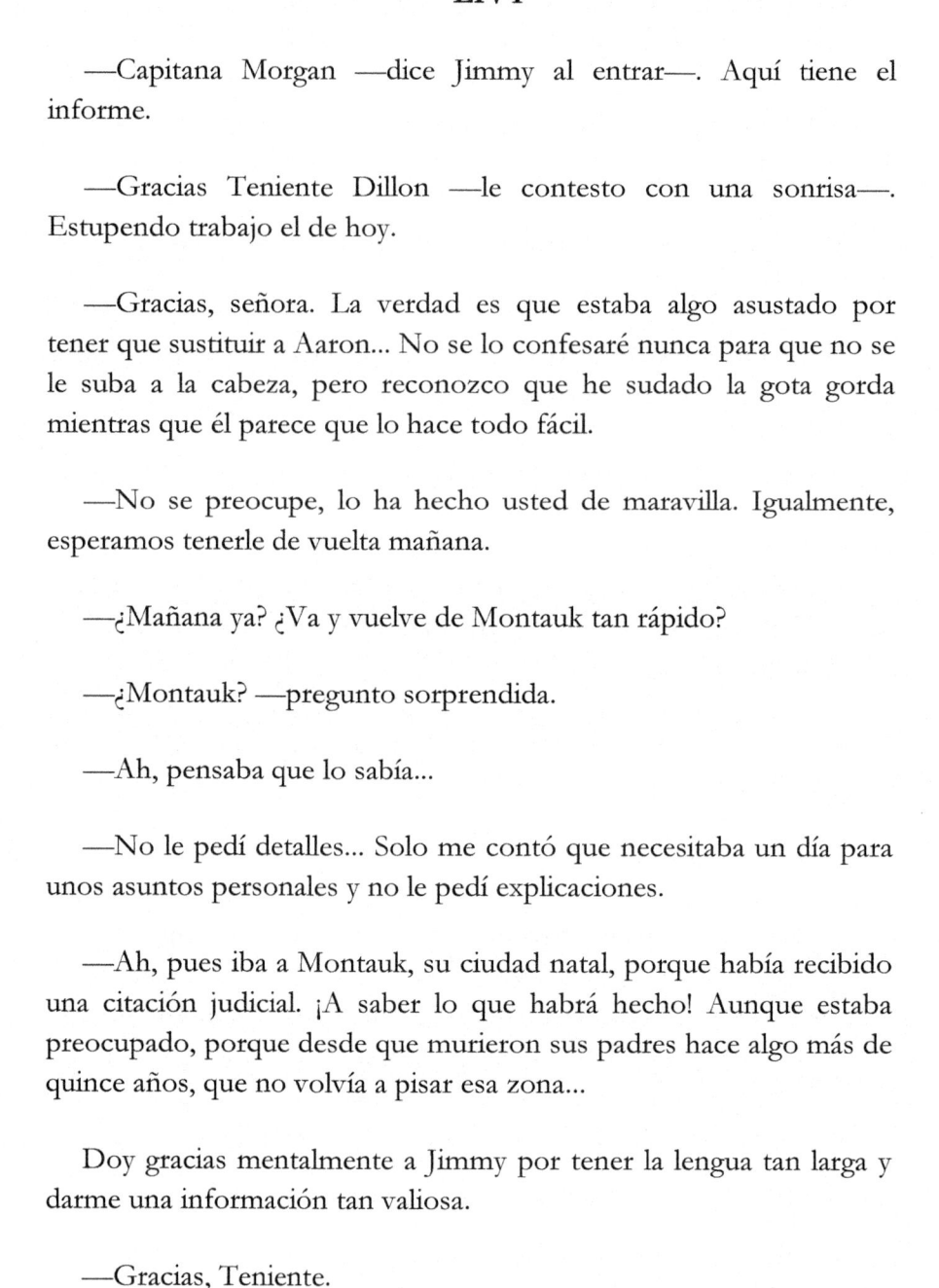

—Capitana Morgan —dice Jimmy al entrar—. Aquí tiene el informe.

—Gracias Teniente Dillon —le contesto con una sonrisa—. Estupendo trabajo el de hoy.

—Gracias, señora. La verdad es que estaba algo asustado por tener que sustituir a Aaron... No se lo confesaré nunca para que no se le suba a la cabeza, pero reconozco que he sudado la gota gorda mientras que él parece que lo hace todo fácil.

—No se preocupe, lo ha hecho usted de maravilla. Igualmente, esperamos tenerle de vuelta mañana.

—¿Mañana ya? ¿Va y vuelve de Montauk tan rápido?

—¿Montauk? —pregunto sorprendida.

—Ah, pensaba que lo sabía...

—No le pedí detalles... Solo me contó que necesitaba un día para unos asuntos personales y no le pedí explicaciones.

—Ah, pues iba a Montauk, su ciudad natal, porque había recibido una citación judicial. ¡A saber lo que habrá hecho! Aunque estaba preocupado, porque desde que murieron sus padres hace algo más de quince años, que no volvía a pisar esa zona...

Doy gracias mentalmente a Jimmy por tener la lengua tan larga y darme una información tan valiosa.

—Gracias, Teniente.

—No le diga que le he contado todo eso...

—Descuide. Será nuestro secreto.

Una hora después, cuando estoy recogiendo todo para irme, me suena el teléfono.

—¿Sí? ¿Quién es? —pregunto sin mirar la pantalla

—¿Olivia?

—¿Aaron?

Ambos nos quedamos en silencio. ¿Desde cuándo hemos pasado a ese punto en el que de repente nos tuteamos?

—Veo que aún nos tuteamos... —dice riendo, leyéndome de nuevo el pensamiento—. Escucha, eh... Necesito coger un par de días más...

—¿Estás bien? —le pregunto con sinceridad.

—Sí, solo que... Me tengo que quedar un par de días más por aquí para atar unos temas...

—Vale, tranquilo, no te preocupes... Pero entonces, ¿no vendrás a la fiesta de jubilación del Capitán Lewis? —Al darme cuenta de que quizá mi tono ha sonado demasiado desilusionado, añado—: Seguro que a él le haría especial ilusión que vinieras...

—¡Ostias! ¡Es verdad! No sé si llegaré... Haré todo lo posible...

—Vale —respondo agachando la vista mientras mis dedos juguetean nerviosos con la tela de mi camisa.

—¿Cómo ha ido hoy? —me pregunta.

—Bien, muy bien. Jimmy ha hecho un trabajo excelente.

—No lo dudaba... ¿Te ha rellenado el informe y todo?

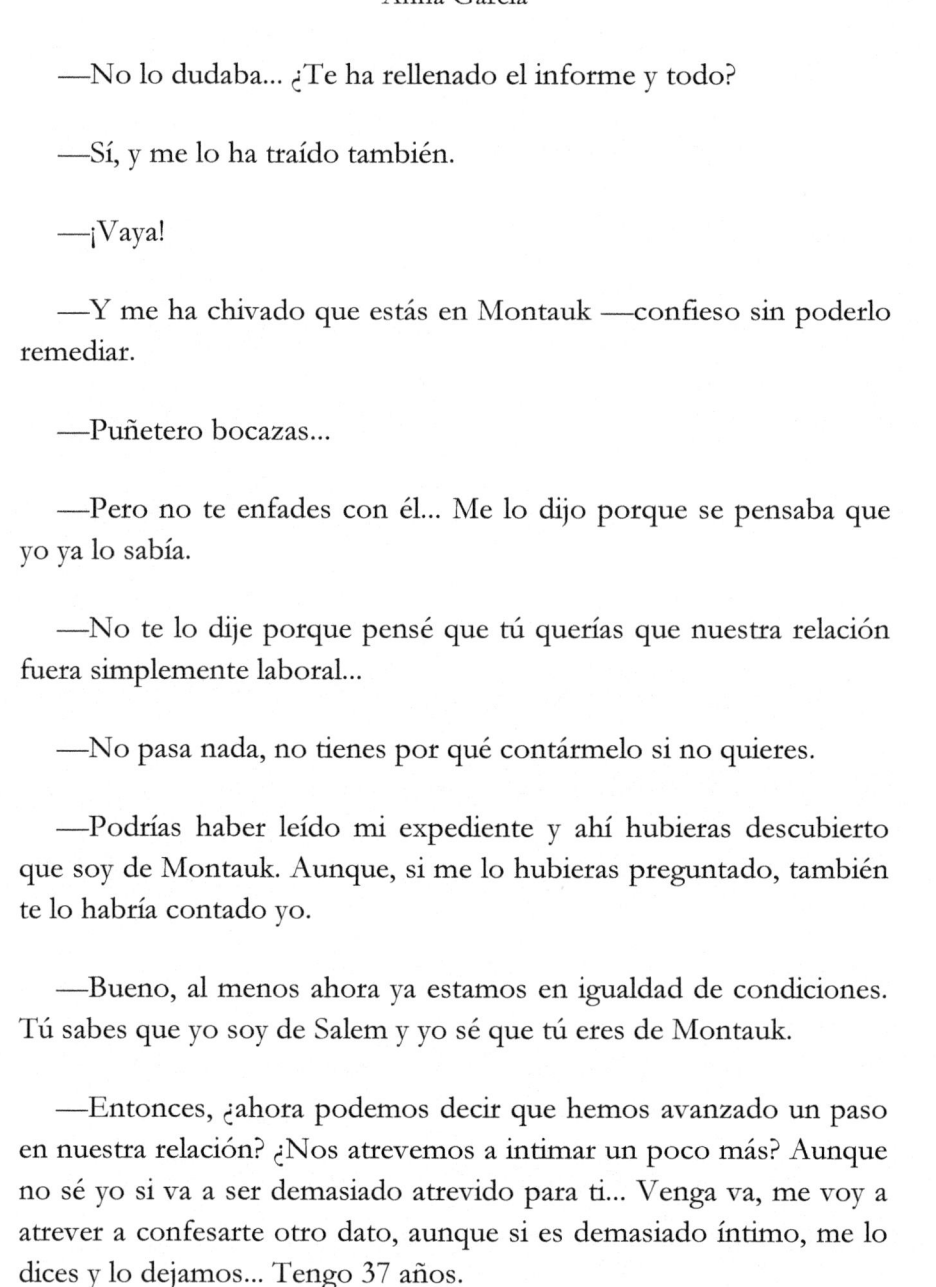

—Sí, y me lo ha traído también.

—¡Vaya!

—Y me ha chivado que estás en Montauk —confieso sin poderlo remediar.

—Puñetero bocazas...

—Pero no te enfades con él... Me lo dijo porque se pensaba que yo ya lo sabía.

—No te lo dije porque pensé que tú querías que nuestra relación fuera simplemente laboral...

—No pasa nada, no tienes por qué contármelo si no quieres.

—Podrías haber leído mi expediente y ahí hubieras descubierto que soy de Montauk. Aunque, si me lo hubieras preguntado, también te lo habría contado yo.

—Bueno, al menos ahora ya estamos en igualdad de condiciones. Tú sabes que yo soy de Salem y yo sé que tú eres de Montauk.

—Entonces, ¿ahora podemos decir que hemos avanzado un paso en nuestra relación? ¿Nos atrevemos a intimar un poco más? Aunque no sé yo si va a ser demasiado atrevido para ti... Venga va, me voy a atrever a confesarte otro dato, aunque si es demasiado íntimo, me lo dices y lo dejamos... Tengo 37 años.

—¿Se está mofando de mí? Porque le recuerdo, Teniente Taylor, que sigo siendo su jefa.

—Vaya, la cagué. Ya vuelvo a ser el Teniente Taylor...

—Es igual, no tengo ganas de discutir —suspiro—. Estoy muy cansada, tanto física como mentalmente.

—Era broma... Lo siento, Capitana Morgan. Gracias por los días de permiso.

—Son suyos, no se los estoy regalando —contesto con tono seco.

—Vale. Adiós.

—Adiós...

No sé si me ha oído contestarle porque ha cortado la llamada nada más despedirse. ¿Por qué no podemos mantener una conversación sin discutir? O discutimos o nos besamos, parece que no tenemos un término medio. Aunque quizá, esta vez he sido yo la que ha sido un poco borde.

Con la cabeza echa un lío, viendo que queda solo media hora para que Max salga del colegio, decido poner punto y final a mi jornada laboral y salgo por la puerta de mi despacho. Me despido de todos al salir y salgo a la calle, aún con el teléfono en la mano. Cojo el metro sin dejar de mirar la pantalla, decidiendo si hacerlo o no. Finalmente, cuando me apeo en la estación y salgo a la superficie, empiezo a escribir.

"Yo tengo 35 años"

Desde que le doy a la tecla para enviarlo, espero la respuesta nerviosa, mordiéndome el labio inferior. Hasta que, cuando estoy casi en la puerta del colegio, mi corazón da un brinco al sentir el teléfono vibrar en mi mano.

"De acuerdo, Capitana Morgan. Voy a empezar a pensar qué dato personal le confieso mañana".

Se me dibuja una sonrisa al instante, mientras mis dedos vuelan solos por las teclas.

"Olivia, Teniente Taylor"

Debo confesar que este juego me encanta, juego al que quizá no me atrevería a jugar si le tuviera delante.

"Aaron, Olivia"

Ya delante de la puerta, subiendo los escalones sin mirar, porque tengo los ojos clavados en el móvil, tecleo de nuevo.

"Livy, me gusta más..."

El programa de mensajes me informa que está escribiendo la respuesta, así que me espero a recibirla antes de entrar en el edificio.

"Si a ti te gusta más, a mí también"

AARON

Sonrío y me guardo el teléfono en el bolsillo. Estoy completamente loco por esta mujer, y aún no sé qué quiere de mí. Tan pronto se acerca a mí, como luego construye un muro infranqueable entre los dos. Pero me da igual, estoy dispuesto a ser un puto títere en sus manos. Chasqueo la lengua al darme cuenta de que por ella, por Livy, estoy dispuesto a cambiar, a ser alguien nuevo. Y además, estoy dispuesto a hacerlo sin saber realmente sus intenciones.

Cojo un puñado de arena y dejo que resbale entre mis dedos. Miro a un lado y a otro de la playa. En esta época del año, ya no quedan casi turistas, así que la poca gente que hay, vive aquí todo el año. A mi derecha hay un grupo de adolescentes jugando al fútbol americano, y a mi izquierda hay una pareja sentada en la arena, charlando.

Recuerdo el día que vi a Cassey por última vez. Ella me había citado aquí mismo, en la playa, porque tenía algo que contarme. Cuando me soltó la bomba, yo no me lo podía creer porque, aunque nos conocíamos desde hacía años, solo nos habíamos liado una vez, la noche del cuatro de julio. Aquella noche bebimos mucho, demasiado, y ella se me acercó y me confesó que llevaba enamorada de mí desde hacía tiempo, y que estaba harta de verme enrollarme con un montón de tías menos con ella. Total, que aunque ella no me atraía, decidí no perder la oportunidad. No me molesté en llevarla a un sitio más íntimo, nos escondimos detrás de unas rocas y me la follé. Sin condón. Yo tenía veintidós años y la cabeza llena de planes. No quería seguir trabajando en la tienda de mis padres durante el resto de mi vida, y soñaba con mudarme a Nueva York y alistarme en la policía. Ese bebé no entraba en mis planes, así que le dije que yo no iba a hacerme cargo de él, y le di el dinero para abortar. Ya no la volví a ver más. Pocas semanas después, mis padres murieron en un accidente de coche, yo vendí la casa, traspasé la tienda y me mudé a Nueva York, cerrando por completo esa etapa de mi vida.

Saco la tarjeta del bolsillo del pantalón y la miro durante unos segundos. Tengo muchísimas dudas y sé que no soy un buen ejemplo para nadie, menos aún para un adolescente, pero ahora que sé que él existe, no sé si puedo dejarle en un centro de menores. Saco de nuevo el teléfono y marco el número del asistente social.

—¿Sí? —responde una voz al otro lado.

—¿Daniel Ritter?

—Sí.

—Hola. Soy Aaron Taylor. En el juzgado me dieron su tarjeta...

CAPÍTULO 5
Cuando volvió a pasar

AARON

—¿Señor Ritter? —digo al traspasar la puerta de su despacho en el centro de menores.

—Usted debe de ser el señor Taylor.

—Sí... —digo rascándome la nuca.

—Siéntese —me pide, señalando a una de las sillas—. Supongo que tendrá bastantes dudas y preguntas...

—La verdad es que tengo demasiadas y no sé siquiera por dónde empezar... Y, para serle sincero, aún no he decidido qué hacer...

—Pero al menos está aquí y eso demuestra que se preocupa por Chris.

—¿Chris? ¿Se llama... Chris?

—Sí. Christopher Aaron Harris.

—¿Y...? ¿Y qué edad tiene?

—Quince años.

—¿De qué murió Cassey?

—De cáncer. Llevaba varios años enferma. Al principio, parecía que la cosa iba bien, ella trabajaba en un restaurante y entre el sueldo y las propinas, podía hacer frente a los costes de su tratamiento. Pero conforme la enfermedad avanzaba, se vio obligada a dejar de trabajar, y Chris tuvo que ponerse a trabajar para poder pagar algunos medicamentos.

—Joder... —digo hundiendo la cara entre mis manos.

—Es un gran chico, señor Taylor. Se ha metido en algunos problemas últimamente, pero solo porque está solo y asustado, aunque él no quiera admitirlo.

—¿Problemas?

—Peleas, algún hurto... De momento son cosas sin importancia, pero este no es su sitio. Necesita a alguien que le guíe para que no se descarríe. Tiene mucho potencial, y solo necesita que le den los medios para explotarlo.

—Pero yo no soy un ejemplo a seguir para nadie... Joder... —digo pasándome las manos por el pelo—. ¿Él sabe...? ¿Sabe que estoy aquí?

—Bueno, él sabe que su madre nos dio su nombre y que le íbamos a intentar localizar y a plantearle la situación, pero no sabe que está usted aquí ahora mismo.

Me pongo en pie y camino nervioso por la habitación, dándole vueltas y más vueltas a este asunto. Al parecer, soy toda la familia que le queda a este chico y, aunque yo nunca le quise ni sabía de su existencia, no soy un hijo de puta sin escrúpulos. Por otro lado, Chris pondría mi vida patas arriba. Un hijo, aunque no sea un bebé que dependa totalmente de mí, es una responsabilidad enorme. Responsabilidad que, por otra parte, no sé si estoy preparado para asumir.

—No sé qué hacer...

—Sé que es difícil... Al fin y al cabo, no sabía de la existencia de Chris hasta ayer...

—Necesito... Necesito pensarlo...

—Lo entiendo. Nosotros aquí seguiremos...

LIVY

—¿A qué hora les recogemos mañana?

—¿Sobre las siete os va bien?

—Perfecto. Vamos a ir a cenar una pizza y luego, por la mañana, les llevaremos al zoo.

—No hace falta que os los quedéis a dormir, en serio.

—Scott tiene todo el fin de semana libre.

—¡Por eso mismo! Primer fin de semana en no se sabe cuánto tiempo, ¿y queréis pasar gran parte de él con un par de mocosos?

—Sí, por supuesto que sí. De hecho, nos encantaría pasar el resto de nuestros fines de semana rodeados de mocosos... Daría la vida por no volver a dormir más de tres horas seguidas por las noches con tal de estrechar a un bebé entre mis brazos...

—Lo... Lo siento, Bren.

—No pasa nada... —me contesta ella algo compungida.

—Bren, te quedarás embarazada. Solo lleváis un par de meses intentándolo... Después de todo por lo que habéis pasado con lo de Scott...

—Lo sé, lo sé.

Nos quedamos unos segundos calladas, hasta que yo, para cambiar el tono de nuestra conversación, digo:

—De acuerdo. Os los quedáis a dormir entonces. Pero no hace falta que los llevéis al zoo al día siguiente... Me sabe fatal...

—Será divertido, para todos. Para nosotros, para los niños, y para ti... Recuerda nuestro trato, me prometiste que aprovecharías la noche a tope.

—Ay sí... A tope... —me burlo.

—Vamos, lo prometiste...

—Aaron no creo que venga.

—¡¿Qué?! ¡¿Por qué no?!

—Le he dado unos días de permiso.

—¡¿Y se puede saber por qué le das días de permiso?!

—Porque son suyos y porque los necesitaba para unos asuntos personales.

—¿Qué asuntos personales?

—No lo sé, Bren. Por eso son personales. No me lo dijo.

—Eso te pasa por tu negativa a intimar algo más... Si lo hubieras hecho, te habría contado qué eran esos asuntos personales.

—Eso mismo dijo él.

—¿Ah sí? ¿Has hablado con él a pesar de que está de permiso?

—Sí, me llamó para informarme de que estaría fuera hasta el viernes...

Bren se queda callada, esperando que continúe con mi explicación, pero al ver que no llega, insiste:

—¿Y? No me digas que le diste tu visto bueno y colgaste... Livy, por favor. Dime que no fuiste tan tonta.

—No fui tan tonta —confieso, y escucho a Bren resoplar aliviada—. Le recordé lo de la fiesta...

—¡Esa es mi chica!

—Creo que se me notó un poco que quiero que venga, aunque después disimulé diciéndole que a Lewis le haría ilusión que él asistiera. Luego estuvimos hablando un rato más, de cosas banales...

—¿Y qué te dijo cuando le recordaste la fiesta?

—Que intentaría ir, pero no sé...

—Ponte escandalosamente guapa, porque te digo yo que irá. Aunque sea corriendo, pero irá.

AARON

Llevo toda la noche en vela, dando vueltas al mismo tema, haciendo listas mentales de pros y de contras, pensando en cómo cambiaría mi vida si me llevara a Chris a casa conmigo, o en cómo cambiaría si, aún sabiendo que tengo un hijo, decido no hacerme cargo de él y dejarle en el centro de menores. Tampoco puedo quitarme de la cabeza las palabras del asistente social, cuando me explicaba que el chico se había visto obligado a trabajar para poder pagar los medicamentos de su madre. Noto una presión en el pecho desde que me lo dijo y estoy seguro que se debe al cargo de conciencia que siento.

Miro el reloj. Las nueve de la mañana. Chasqueo la lengua y, sin pensármelo dos veces, cojo el teléfono y llamo al asistente social.

—¿Señor Ritter? —digo cuando descuelga.

—Señor Taylor —contesta él sin poder disimular la alegría.

—Hola —digo poniéndome en pie y empezando a caminar por la habitación.

—¿Lo ha meditado?

—Creo que lo he pensado demasiado, hasta el punto de provocarme tal dolor de cabeza, que he tomado la decisión en un arrebato. Pensaba que llevarme a casa a Chris daría un giro de 180 grados a mi vida, pero estaba equivocado. Mi vida cambió desde el mismo momento en que supe que él existía, así que no puedo irme a casa sin él... No puedo irme y dejarle aquí solo...

—¡No sabe cuánto me alegro! —me dice, y se nota que lo hace de corazón—. Evidentemente, empezaré con los trámites para que se realice las pruebas de paternidad...

—A mí no me hacen falta —le corto enseguida.

—Entonces, ¿va en serio? ¿Se quiere hacer cargo de él desde ya mismo?

—Bueno, debería volver a Nueva York lo antes posible porque tengo compromisos... laborales, pero, ¿él no tiene que estar de acuerdo...?

—Es menor, señor Taylor, y usted es su padre... Por poco que le guste, la decisión no depende de él. Escuche, tengo que hablar con Chris y explicarle el tema... Puede que tarde un poco. ¿Le parece bien si le llamo luego y quedamos?

—Vale.

—Hasta ahora. Y permítame decirle que hace usted muy bien.

—Eso espero.

Cuando cuelgo, me quedo con el teléfono en la mano. Asiento con la cabeza, respirando profundamente por la nariz, intentando convencerme de que he tomado la decisión correcta, aunque aterrado por las consecuencias. Me echo en la cama, boca arriba, y abro los brazos en forma de cruz. Miro al techo mientras siento el corazón latir con tanta fuerza que parece que se me vaya a salir del pecho. Definitivamente, estoy cagado de miedo...

Giro la cabeza y miro al teléfono, aún en mi mano. Me lo acerco a la cara, aún estirado en la cama, y entonces, de forma casi inconsciente, empiezo a teclear:

"Aquí va mi dato personal del día: tengo un hijo"

LIVY

Estoy en plena reunión con los chicos, en la sala de operaciones cuando escucho mi móvil vibrar encima de la mesa. Sin dejar de hablar, dando los detalles de la próxima visita a la ciudad del presidente, en la que apoyaremos a sus escoltas en cuanto a la seguridad se refiere, me acerco y aprieto un botón para ver el remitente del mensaje. Al ver su nombre, me sonrojo y sonrío, comprobando que, aún sin saber qué me dice, ya ha conseguido mejorar mi día de forma exponencial.

—De acuerdo señores. Teniente Dillon, aquí tiene los detalles de los lugares que visitará el Presidente. Necesito un informe detallado de los efectivos y medios que cree necesarios en cada lugar.

—Sí, señora.

Salimos por la puerta, y yo prácticamente corro hasta mi despacho. Quiero leer el mensaje en privado, para así poder reaccionar a él sin tener que reprimir mi reacción. En cuanto estoy sola, sin dejar de sonreír e incluso con la mano temblorosa, leo el mensaje y me quedo helada, dejándome caer en la silla. Tiene un hijo... ¿De qué edad? ¿Vive con él? ¿Está divorciado? ¿Es viudo? Tengo demasiadas preguntas, pero no voy a hacérselas, porque nuestro pequeño trato consiste en que una confesión personal, se paga con otra. Así pues, mis dedos vuelan por las teclas.

"Yo te gano. Tengo dos"

Espero su respuesta durante un buen rato, pero después de quince minutos, me empiezo a poner nerviosa. ¿No tiene nada que preguntarme? ¿No le interesa saber si estoy divorciada? ¿O si soy viuda? ¿O la edad de mis hijos? ¿O lo que pasó con su padre? Yo me moriría de ganas por saber todo eso... De hecho, estoy que me como las uñas, nerviosa por saber más cosas... ¿Qué edad tiene su hijo? ¿Dónde está su madre? Dios mío, ¿y si me lo ha dicho en plan confesión? ¿Y si en realidad está casado y yo he sido solo un desliz para él?

AARON

¡Vaya! Dos niños... Quiero contestarle, sé que debo hacerlo, pero me quedo en blanco. No sé encontrar las palabras porque básicamente, ni yo mismo sé qué me parece la idea. En otra época, que la tía que me estuviera follando tuviera hijos o no, me traía sin cuidado. Pero esta vez, la diferencia es que Livy no es solo la tía que me estoy follando... Bueno, técnicamente sí, porque no hemos hecho mucho más que eso juntos, pero quiero ir algo más allá con ella. Si se deja, claro está, porque aún no tengo claro qué quiere de mí. Ir más allá con ella, ya me parecía un reto, hacerlo teniendo a Chris conmigo, añadía dificultad al tema, pero hacerlo además con dos críos más, será algo casi imposible. ¿Tanto voy a tener que cambiar por ella? ¿Estoy dispuesto a hacerlo?

No me da tiempo a pensar mucho más, porque el sonido de mi teléfono me distrae. Me incorporo de golpe al ver que es el número del asistente social.

—¡Sí! —respondo nada más descolgar— Señor Ritter...

—Hola —responde, y al notar la impaciencia en mi tono de voz, enseguida va al grano—. Ya he hablado con Chris.

—¿Y?

—Bueno, como ya le dije, no tiene elección.

—Ya... Me debe de odiar...

—Bueno, le voy a ser sincero, no ha sonreído demasiado en toda la conversación... Pero dele tiempo, y sobre todo, tenga mucha paciencia. Hágale ver que, aunque antes no quería ser su padre, ahora, a pesar de haberle podido dejar aquí, ha decidido hacerse cargo y darle la oportunidad que se merece.

—Parece fácil... Pero no sé cómo hablarle a un crío...

—Bueno, Chris ya no es un crío, eso es una ventaja para usted... Está recogiendo sus cosas. Si quiere, puede venir a buscarle usted mismo en el centro, cuando le vaya bien...

—De acuerdo. Voy en un rato.

—Aquí estaremos.

LIVY

Ha llegado la hora de comer y sigo sin recibir ningún mensaje suyo. Llevo varias horas encerrada en mi despacho, intentando hacer mi trabajo, pero lo único que hago es pensar en por qué no me escribe, en si debería hacerlo yo, imaginando que está casado y su mujer ha visto nuestro intercambio de mensajes, o pensando que quizá, al saber que tengo dos hijos, ya no le intereso. Hecha un lío, decido salir a comer algo.

Al pasar por las mesas de los chicos, me fijo que Jimmy y Finn están hablando tranquilamente, y aunque no lo hago a propósito, escucho su nombre y me freno en seco.

—¿Has hablado con Aaron? —pregunta Finn.

—Sí, le llamé hace un rato. Y cree que no vendrá a la fiesta...

—¿No llegará a tiempo?

—Llegar a casa, puede, pero dice que estará liado y no podrá escaparse...

¿Liado? pienso yo. ¿Liado con qué? ¿O con quién? ¿Ha tenido tiempo para hablar con Jimmy pero no para escribirme un mensaje a mí?

—Capitana Morgan, ¿sale a comer?

—¿Eh? —contesto al darme cuenta de que los dos me miran y de que me han pillado escuchándoles—. Sí, sí, salgo un rato.

Prácticamente corro hasta pisar la acera de la calle. No sé si estoy más preocupada o enfadada. ¿Qué quieren decir con liado? ¿Acaso me ha pedido estos días para tirarse a alguna y está demasiado liado como para venir a la fiesta? En un arrebato de locura transitoria, llevada por la ira que hace hervir mi sangre, saco el teléfono del bolso, decidida a enviarle un mensaje para pedirle explicaciones.

Gracias a Dios, el claxon de un coche me devuelve a la realidad y justo antes de enviarlo, decido meditarlo unos minutos y escoger bien mis palabras.

—Tranquila Livy. No sois nada, en parte porque tú no has querido. No te debe ninguna explicación.

AARON

Entro en el centro de menores con las manos en los bolsillos, básicamente para intentar disimular lo mucho que me tiemblan las manos. Nada más hacerlo, veo al asistente social sentado en una silla al lado de un chico.

—Todo va a salir bien, Chris —le escucho decir.

—No quiero irme, Dani —contesta el chaval.

—¿Cómo que no? Este no es un sitio para ti, Chris. Y lo sabes...

—Pero esta es mi ciudad, aquí tengo amigos y en Nueva York no conozco a nadie.

—No es decisión tuya. Eres menor de edad y él es tu padre.

—¡Él no es mi padre! ¡Yo no tengo padre!

Se levanta de la silla de golpe, y entonces me ve. Los dos nos quedamos inmóviles, mirándonos fijamente, hasta que el señor Ritter se percata también de mi presencia y se pone en pie.

—¡Señor Taylor! —dice acercándose y dándome la mano—. Él es Chris.

—Hola —digo mirándole.

—Chris, él es...

—Aaron —me adelanto antes de que diga esa palabra que me da tanto miedo, dando unos pasos para estrecharle la mano.

Chris se queda quieto, muy serio, mirándome a los ojos y luego a mi mano, que se mantiene alzada entre los dos. Realmente se parece mucho a mí: mismos ojos, mismo color de pelo, mismos rasgos faciales...

—Que te jodan —me dice, agarrando su mochila y caminando hacia la salida.

Al pasar a mi lado, me golpea deliberadamente con su hombro, y sale abriendo la puerta con brusquedad.

—Paciencia... Por favor... —se excusa el asistente social—. Tiene mi tarjeta por si necesita hablar conmigo algún día... Para lo que sea...

Cuando salgo a la calle, le encuentro sentado en un muro, fumándose un cigarrillo y con los auriculares puestos. Me acerco hasta él y me planto delante.

—Tengo que pasar por el motel para recoger mis cosas.

Desvía la mirada hacia otro lado, pasando por completo de lo que le digo, así que le quito uno de los cascos de la oreja y cuando me mira desafiante, repito:

—Tengo que pasar primero por el motel para recoger mis cosas.

Me echa el humo en la cara y, sin inmutarme lo más mínimo, le quito el cigarrillo de los dedos, lo tiro al suelo y lo piso con fuerza. Él se lleva la mano al bolsillo de la sudadera y, anticipándome a él, meto la mano y le quito el paquete de tabaco.

—¡Eh! —se queja.

—Cuando cumplas los veintiuno, haces lo que te dé la puta gana con tu vida.

—Que te...

—Jodan, lo sé. Sube al coche —digo abriendo la puerta del todoterreno.

LIVY

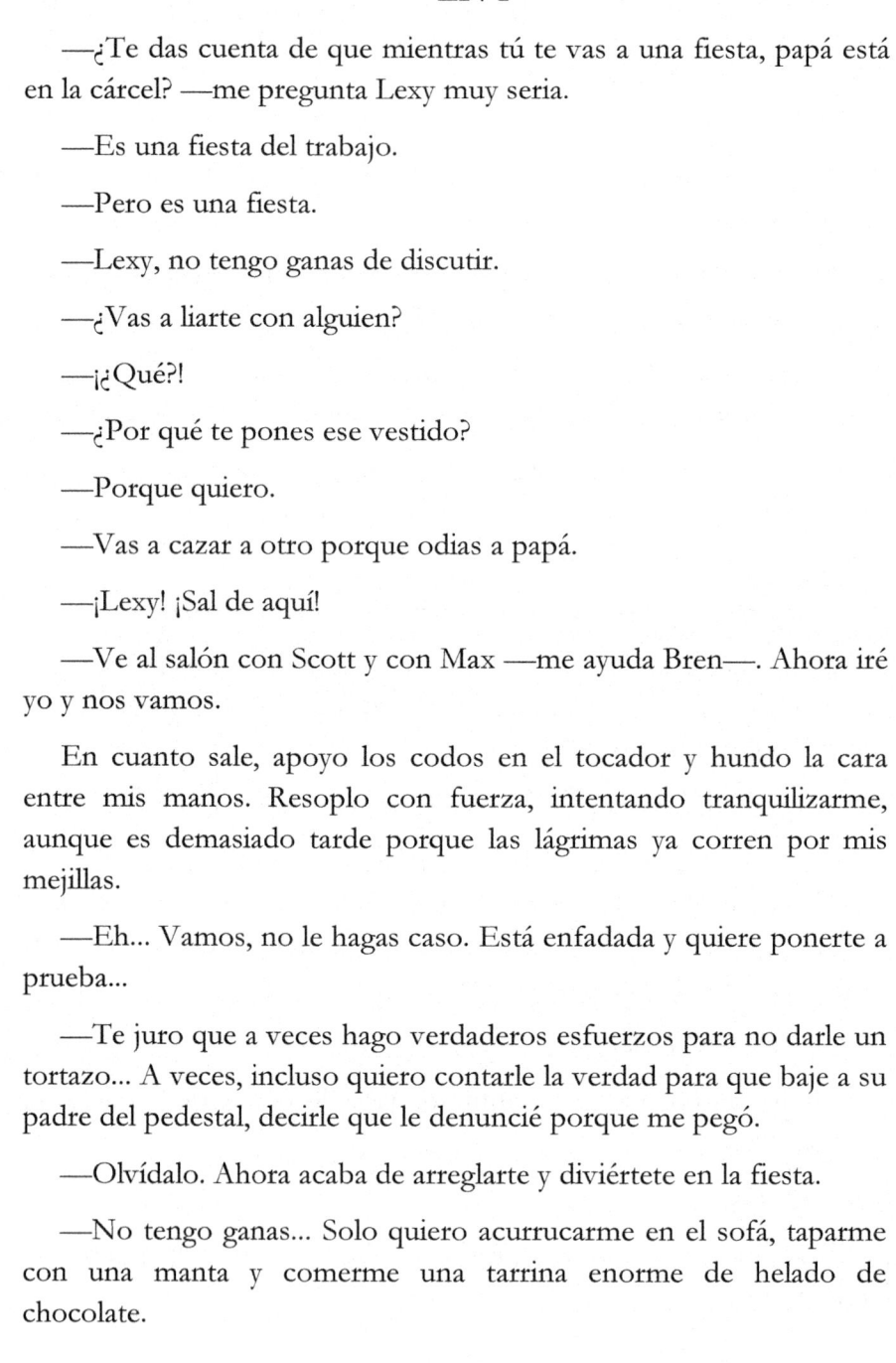

—¿Te das cuenta de que mientras tú te vas a una fiesta, papá está en la cárcel? —me pregunta Lexy muy seria.

—Es una fiesta del trabajo.

—Pero es una fiesta.

—Lexy, no tengo ganas de discutir.

—¿Vas a liarte con alguien?

—¡¿Qué?!

—¿Por qué te pones ese vestido?

—Porque quiero.

—Vas a cazar a otro porque odias a papá.

—¡Lexy! ¡Sal de aquí!

—Ve al salón con Scott y con Max —me ayuda Bren—. Ahora iré yo y nos vamos.

En cuanto sale, apoyo los codos en el tocador y hundo la cara entre mis manos. Resoplo con fuerza, intentando tranquilizarme, aunque es demasiado tarde porque las lágrimas ya corren por mis mejillas.

—Eh... Vamos, no le hagas caso. Está enfadada y quiere ponerte a prueba...

—Te juro que a veces hago verdaderos esfuerzos para no darle un tortazo... A veces, incluso quiero contarle la verdad para que baje a su padre del pedestal, decirle que le denuncié porque me pegó.

—Olvídalo. Ahora acaba de arreglarte y diviértete en la fiesta.

—No tengo ganas... Solo quiero acurrucarme en el sofá, taparme con una manta y comerme una tarrina enorme de helado de chocolate.

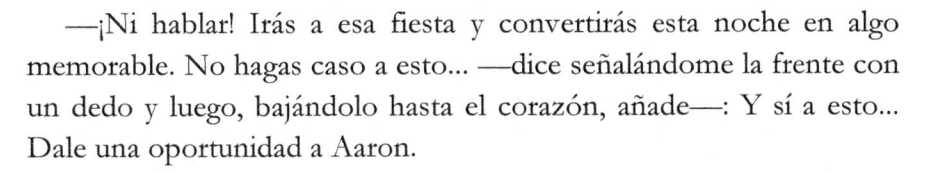

—¡Ni hablar! Irás a esa fiesta y convertirás esta noche en algo memorable. No hagas caso a esto... —dice señalándome la frente con un dedo y luego, bajándolo hasta el corazón, añade—: Y sí a esto... Dale una oportunidad a Aaron.

—No va a ir.

—¿Cómo lo sabes? No sabía que habíais vuelto a hablar.

—No me lo ha dicho él. He oído rumores en la oficina.

—¿Y por qué no le preguntas a él directamente? O mejor aún, ¿por qué no le dices que te gustaría que fuera?

—Porque no quiero que parezca que quiero que vaya a la fiesta.

—¡Pero sí quieres que vaya!

—Pero no que lo parezca.

—Oh, por favor —se desespera Bren—. A ver, lleguemos a un acuerdo. Vamos a pensar en una manera de enviarle un mensaje lanzándole una indirecta, que sea directa, pero que no lo parezca. Saca el teléfono.

Resoplo pero le hago caso porque, en el fondo, sé que tiene razón y quiero saber de primera mano si vendrá o no, y quiero que sepa que me acuerdo de él, que, de hecho, no he dejado de acordarme de él mientras no ha estado. Bueno, eso quizá no haga falta.

—¿Qué te parece esto? "Hola Aaron. ¿Cómo ha ido todo? ¿Vendrás esta noche a la fiesta? Posdata: llevo un vestido que deja poco a la imaginación y en el local hay lavabos a los que tendrás que acompañarme y seguro que algún almacén donde poder encerrarnos".

—Muy graciosa —respondo—. Me parece que me quedo con la primera parte, hasta llegar a la posdata.

AARON

Son cerca de las ocho y estamos entrando en la ciudad. Hemos hecho todo el trayecto en silencio, yo escuchando la radio y él con los cascos puestos, escuchando su propia música. A veces trasteaba su móvil y otras miraba el paisaje por la ventanilla. En ningún momento me ha mirado. Al menos, he podido ordenar un poco mis ideas y pensar en cosas que tengo que empezar a hacer desde mañana mismo, como matricularle en el instituto o estipular ciertas normas de convivencia. La primera toma de contacto ha puesto de manifiesto que no me va a poner las cosas fáciles, hecho con el que ya contaba. De todos modos, no seré muy exigente con él porque no lo soy ni conmigo mismo, no es mi estilo.

Ya en la ciudad, metidos de lleno en mitad del tráfico, le observo de reojo. Tiene la vista fija en su ventanilla, con la boca abierta. Está mirando hacia arriba, intentando ver el final de los altísimos rascacielos. Quizá esté incluso algo abrumado por la cantidad de gente y luces, tan diferente a la tranquilidad de Montauk.

—Si quieres mañana podemos dar una vuelta y te enseño algunos sitios —le digo, aunque sé que no me va a responder, ni a demostrar ninguna reacción a la idea.

Parados en un semáforo en rojo, ya muy cerca de casa, saco el teléfono del bolsillo y veo que tengo un mensaje. Sonrío al leer el nombre de Livy.

"Hola Aaron. ¿Cómo ha ido todo? ¿Vendrás esta noche a la fiesta?"

La fiesta... Le dije a Jimmy que seguramente no iría, porque no me parece buena idea dejar solo a Chris la primera noche que pasa en la ciudad. Miro el reloj y veo que, además, debe de haber empezado ya. Empiezo a escribir la respuesta ya que desde esta mañana no he tenido tiempo de volver a hablar con ella. El tráfico se reanuda y aprieto el acelerador levemente, poniendo un ojo en el asfalto y otro en la pantalla del móvil.

"Complicado... No creo..."

Dejo el teléfono en uno de los posavasos de mi derecha y giro para entrar en mi calle.

—Hemos llegado —digo al encontrar un hueco para aparcar el coche.

En cuanto subimos a casa, los dos nos quedamos de pie en mitad del salón. Bono se acerca a nosotros. Yo le acaricio la cabeza y Chris le mira de reojo.

—Este es Bono. Tranquilo, es muy grande pero no mataría ni a una mosca. Además, estamos ya algo mayores, ¿verdad, Bono? —En cuanto me incorporo de nuevo, empiezo a señalar—: Salón, cocina, el baño por ahí y por ese pasillo, mi habitación a mano derecha y la tuya a mano izquierda.

Al ver que se queda quieto, sin saber qué hacer, le digo:

—Ve a deshacer el equipaje si quieres.

Me mira arrugando la frente, abre su mochila y saca de dentro un vaquero, dos camisetas y tres calzoncillos.

—Equipaje deshecho.

—No... ¿No tienes más ropa?

—No. Tuve que elegir entre comprarme unos vaqueros o medicinas para mi madre...

—De acuerdo... ¿Tienes hambre? —digo abriendo la nevera, solo para hacer algo, porque sé a ciencia cierta que está vacía—. Podemos pedir una pizza.

—Paso.

—O lo que te apetezca —digo sacando del cajón la propaganda de varios restaurantes que ofrecen comida a domicilio.

—No tengo hambre.

—Tienes que comer algo, Chris.

—¿Ahora te preocupas por mí? Llegas un poco tarde.

Coge su ropa y camina por el pasillo hacia su dormitorio. Cierra dando un sonoro portazo y yo me siento en uno de los taburetes de la barra de la cocina. Me froto la sien con los dedos, agotado, en el momento en que me llega un nuevo mensaje.

"Tú te lo pierdes. Yo tengo canguro para los niños, así que voy a aprovechar al máximo mi primera noche de libertad en años"

LIVY

Llevo más de media hora haciendo ver que escucho a la señora Lewis. Pobre mujer, me sabe mal porque es encantadora, pero mi mente no está muy receptiva para escuchar lo divertidas que son las clases de baile de salón a las que asisten ella y el Capitán Lewis. En lugar de eso, mi cerebro sigue jugándome malas pasadas, repitiéndome cosas como que Aaron está casado y yo solo he sido una simple aventura de una noche o un juego picante en el trabajo, o que quizá sí quería empezar una relación conmigo pero no con mis hijos de por medio.

—Trudy, no asustes a mi sucesora. No vaya a ser que se vaya y me vea obligado a volver a trabajar —dice Lewis apareciendo a nuestro lado de repente.

—No diga eso —sonrío yo—. Es muy divertido saber que se le da tan bien bailar...

—No por favor. No me digas que le has contado eso...

—No es algo de lo que avergonzarse. ¡Venga, vamos! ¡Sácala a bailar! Demuéstrale lo que has aprendido.

—No la quiero lesionar... ¿Y si le piso un pie y se lo rompo?

—¡No exagere! —digo yo—. ¡Venga! ¡Vamos a bailar!

No entrabas en mis planes

Después de dos canciones, y de tener que darle la razón a la señora Lewis al ver que al Capitán no se le da nada mal bailar, Jimmy y Finn vienen a por mí y me llevan hasta la barra.

—Capitana, ¿a qué la podemos invitar?

—Mmmm... Déjenme pensar...

—¿Un whisky? —me pregunta Finn moviendo las cejas arriba y abajo—. ¿Un "sex on the beach"?

—¿Eso existe?

—¡Claro! Vodka, licor de melocotón, zumo de naranja y zumo de arándanos. ¿Quiere probarlo? Es suave, hay mucha frutita y eso... Como les gusta a las mujeres... —dice Jimmy.

—Venga va. Me han convencido.

Después de comprobar que el coctel está realmente bueno y de que entra con mucha facilidad, accedo a bailar con Finn. Luego volvemos a la barra y esta vez es Jimmy el que me invita a una copa y el que luego me saca a bailar. Me habla al oído y bromea conmigo, provocándome las carcajadas, cosa que me viene realmente bien.

Entonces, mis ojos se fijan en una figura apostada a varios metros de distancia, mirándonos fijamente. Va vestido muy diferente a lo habitual, con un traje gris oscuro, con chaleco a juego, y una camisa blanca. No lleva corbata, pero está espectacular. Jimmy me vuelve a hablar al oído, pero yo ya no soy capaz de escucharle, solo puedo mirar fijamente a Aaron, que empieza a caminar hacia nosotros. A mitad de camino, el Capitán Lewis le ve también y le intercepta, llevándoselo a un lado. Charlan durante unos minutos, en los que Aaron le contesta y le sonríe con amabilidad, pero sin perderme de vista en ningún momento.

—Capitana Morgan, baila usted muy bien —me dice entonces Jimmy, interponiéndose en mi campo de visión—. Estoy sediento. Vamos a tomar algo.

Me dejo llevar hasta la barra del bar como una marioneta, incapaz de oponer resistencia alguna.

—¿Qué quiere tomar? —me pregunta Jimmy al oído.

—Solo agua...

Por el rabillo del ojo, veo cómo Aaron se remueve incómodo en el sitio. Apostaría a que si estuviera más cerca, le propinaría un empujón al pobre Jimmy, que no se da cuenta que se está acercando a mí más de lo necesario. De repente escucho a mi hermana en mi cabeza, aconsejándome que aproveche la situación y, llevada por una fuerza endemoniada que guía mis movimientos, apoyo mi mano en el hombro de Jimmy y, acercando mi boca a su oreja, le susurro:

—Esta canción me encanta. ¿Me saca a bailar de nuevo, Teniente?

—Claro —me contesta sonriendo de oreja a oreja, ajeno por completo a mi maléfico plan de usarle para dar celos a Aaron.

Es una canción lenta, así que aprovecho para acercarme algo más a él. Jimmy, tal y como yo imaginaba, no desaprovecha la ocasión y rodea mi cintura con ambas manos. Me mece de un lado a otro, tapándome el campo de visión con su cuerpo, así que no puedo ver la reacción de Aaron.

—¡Eh! ¡Hola! —dice de repente Jimmy cuando acaba la música—. Al final has podido venir...

Levanto la vista y me encuentro con su expresión seria, clavando los ojos en mí, apretando los labios y respirando con fuerza por la nariz. Jimmy empieza a darse cuenta de que algo pasa entre nosotros, y nos mira a uno y a otro.

—¿Puedo? —pregunta Aaron tendiéndome su mano, la cual agarro al instante.

Tira de mí con delicadeza hasta volver al centro de la pista. Rodea mi cintura con un brazo mientras agarra mi mano y la apoya en su pecho. Me mueve de un lado a otro con destreza, dominando la situación. Tengo muchas preguntas que hacerle, pero me siento tan increíblemente bien entre sus brazos, que no quiero romper la magia del momento. Además, huele tan bien que tengo que hacer verdaderos esfuerzos para no acercar la nariz a su cuello y esnifar como una adicta. Siento como empieza a mover los dedos de la mano que tiene apostada en mi cintura, acariciando la tela de mi vestido, acercándolos peligrosamente a la zona donde la espalda pierde su nombre. Es un movimiento casi imperceptible para el resto de asistentes, pero no para mí. Agacho la cabeza para intentar disimular mi sonrisa y él hace lo mismo, porque siento su aliento cerca de mi oreja, erizándome la piel al instante. En un acto reflejo, con la mano que tengo apoyada en su hombro, agarro con fuerza la tela de su americana. No quiero que este baile se acabe. No quiero que me suelte. Nunca más...

Empiezo a tener serios problemas para seguir disimulando y no levantar sospechas. Quiero acercarme a él, pegarme a su cuerpo, pero delante de toda esta gente, tenemos que guardar las distancias. Así que, como para poder hacerlo tenemos que escapar de los ojos de toda esta gente, hago acopio de todas mis fuerzas y, apoyando las palmas de las manos en su pecho, empiezo a separarme de él. Camino hacia atrás, sin dejar de mirarle, mientras él sigue mis pasos sin perderme de vista. Camino hacia el pasillo que da a los lavabos y, antes de perderle de vista, le guiño un ojo.

AARON

Miro a un lado y a otro, rezando para que nadie nos esté prestando atención. Y parece que es así, hasta que me encuentro con los ojos de Jimmy. Me sonríe desde la lejanía, de forma cómplice, y me hace una seña con la cabeza para que la siga. Me rasco la nuca y asiento con la cabeza, justo antes de hacerle caso.

Cuando estoy a salvo de miradas indiscretas, dejo de disimular y la busco ansioso. Casi al final del pasillo, en una zona poco iluminada, la veo apoyada en la pared, abrazándose los brazos. Parece inquieta, hasta que me ve llegar y me regala una tímida sonrisa. Recorro con decisión los escasos pasos que nos separan y me pego a ella, empotrando su cuerpo contra la pared. Acerco mi boca a la suya y la beso con violencia, jadeando, demostrando lo mucho que la he echado de menos. Ella se cuelga de mi cuello y me agarra con fuerza del pelo. Yo, en cambio, no sé qué hacer con las manos, porque estoy ansioso por acariciar cada centímetro de su cuerpo y no sé siquiera por dónde empezar.

—Te... necesito... —jadea ella.

Sus palabras activan una especie de resorte en mi interior y, agarrándola de la mano, tiro de ella, buscando un sitio en el que poder encerrarnos para tener la intimidad que necesitamos. Al abrir una de las puertas, doy con lo que parece ser la sala de los del catering, y decenas de pares de ojos se nos quedan mirando. Al vernos, muchos de ellos sonríen, intuyendo nuestras intenciones.

—Perdón —me disculpo y volvemos a salir al pasillo.

—¿Qué habrán pensado al vernos? —dice ella subiéndose un poco una de las mangas del vestido, tapando de nuevo su hombro.

—Lo que parece. Que buscamos desesperadamente un sitio donde poder follar.

—¿Y si se lo cuentan a alguien?

—¿A quién se lo van a contar? —digo sin dejar de caminar, tirando aún de ella—. ¿Qué te piensas, que van a ir al Capitán Lewis con el chisme? En plan, ¿le apetece una copa de champán? Por cierto, ¿sabía usted que la Capitana Morgan y el Teniente Taylor están follando allí atrás? Livy, esta gente no sabe ni quiénes somos...

Después de encontrar varias puertas cerradas, por fin una de ellas se abre. Está oscuro en su interior, pero al menos está a salvo de miradas ajenas. Así que traspaso la puerta y la cierro cuando ella entra. Sin mediar palabra, empujo su cuerpo con suavidad contra la madera y vuelvo a besarla. Esta vez, me dejo de indecisiones y llevo mis manos hasta sus pechos, mientras ella empieza a quitarme la americana por los hombros.

—¡Oh joder! —se queja al rato—. ¡Quítate esto que yo no puedo!

—¡Vaya! ¿Es una orden, Capitana?

—Por supuesto —contesta con una sonrisa, mientras yo le hago caso.

En cuanto me la quito, abro los brazos en forma de cruz y la miro desafiante. Ella capta la indirecta al vuelo y, mordiéndose el labio inferior, se quita los zapatos de tacón y desliza con cuidado las medias y el tanga por sus piernas. Ver sus manos tocando su piel, me pone a cien, así que en cuanto acaba, me quito los pantalones y los calzoncillos con mucha menos delicadeza que ella. Saco un preservativo de la cartera, que vuelvo a meter en el bolsillo del pantalón, y en cuanto me lo pongo, me abalanzo sobre ella. Le subo el vestido y, cogiéndola en volandas, me clavo dentro de ella, soltando un largo jadeo.

—Te he echado de menos... —susurra en mi oreja mientras muevo las caderas y me hundo en ella una y otra vez.

Cojo su cara entre mis manos y la miro fijamente, quedándome a escasos centímetros de ella, mientras su aliento acaricia mis labios. Aprieto la mandíbula con fuerza, observando su expresión mientras la penetro con rudeza.

—Me vuelves loco —digo entre dientes.

Ella aprieta sus piernas alrededor de mi cintura, apretando a su vez los músculos de su vagina, acto que me hace enloquecer. Hundo la cara en el hueco de su cuello y cuando estoy a punto de correrme, Livy me tira con fuerza del pelo y suelta un grito de placer. Entonces, la agarro del culo y, apretándola contra mí, me dejo ir y me corro. Mi cuerpo convulsiona durante aún varios segundos más, mientras me sigo aferrando a ella. Me siento totalmente abrumado. No esperaba sentirme así con nadie, estar tan... atado a alguien.

—¿Estás bien? —me pregunta acariciando mis mejillas con los dedos, mientras enmarca mi cara entre sus manos.

—Sí... —contesto al cabo de un rato, después de tragar saliva varias veces para deshacer el nudo que se me ha formado en la garganta.

—Pues no lo pareces —me dice con cara de preocupación, poniendo los pies en el suelo.

Me observa durante unos segundos, y al ver que no reacciono, se da la vuelta y empieza a buscar sus medias, el tanga y los zapatos. Yo me quito el preservativo y, cuando me pongo los calzoncillos y el pantalón, lo guardo dentro del bolsillo, como hice la vez anterior. Cojo la americana, aunque no me la pongo, y la observo mientras acaba de arreglarse.

—Livy...

La llamo pero sigue sin mirarme, así que me acerco a ella y con la mayor delicadeza posible, apoyo la palma de mi mano en su mejilla y la obligo a mirarme a los ojos. Acerco mi cara y poso mis labios en los suyos. Lentamente, me deleito saboreando cada centímetro de su boca, hasta que rato después, cuando creo que su humor empieza a cambiar, ella vuelve a separase de mí.

—¿Qué te pasa? —le pregunto—. ¿A qué viene esto ahora?

—Tenemos que volver antes de que nos echen de menos. Además, no soy yo la que ha sufrido un repentino cambio de humor.

—Estoy asustado, Livy —le confieso cuando la veo darse la vuelta—. No estoy acostumbrado a depender tanto de alguien. Pero contigo... Contigo es diferente. Necesito tocarte, besarte, follarte... Contigo quiero repetir y eso nunca me había pasado... Y para una vez que quiero, resulta que tú no...

—Es complicado Aaron... Soy tu jefa, trabajamos juntos... ¿Qué pasará si se enteran? ¿Qué pasará si descubren que nos acostamos juntos?

—Lo que hagamos cuando no estemos de servicio, no le incumbe a nadie. Es algo entre tú y yo.

—No sé, Aaron... No, no me dejas pensar con claridad...

—Pero tú misma has dicho que me has echado de menos. Escucha —digo agarrándola por la cintura y dándole la vuelta para que me mire a la cara—, quiero seguir acostándome contigo... No estamos haciendo nada malo.

—Déjame espacio Aaron —me pide apartándome de ella. Sigue enfadada y no sé por qué—. Salgo yo ahora. Espera un rato para hacerlo tú. ¿De acuerdo?

—Vale... —claudico apoyando la espalda contra la pared.

CAPÍTULO 6

Cuando convertimos nuestra noche, en algo inolvidable

LIVY

Salgo de esa habitación con los ojos llorosos, maldiciéndome por haber pensado, aunque fuera solo por unos minutos, que yo era para él algo más que un polvo. Me lo ha dejado bien claro, insistiendo una y otra vez en que quería volver a follar conmigo. Nada de llevarme al cine, o a cenar, él solo quiere acostarse conmigo.

Antes de salir a la sala y de enfrentarme a la gente, me meto en el baño y me miro al espejo. Puedo secar mis lágrimas a tiempo de que hagan un estropicio con mi maquillaje. Me estoy peinando un poco el pelo con los dedos cuando escucho el ruido de la cisterna de uno de los váteres. Miro por el espejo y veo a la señora Lewis salir de uno de los cubículos.

—¡Hola querida! Pensaba que te habías ido ya. Hace rato que no te veía.

—No, estaba... Había salido a fumar.

—Ay... Estos vicios...

—Sí...

Cuando acabamos de acicalarnos, salimos juntas hacia la sala, charlando tranquilamente, y nos unimos a su marido y a varios hombres más. Lewis me los presenta a todos y enseguida empiezan a darme conversación, mientras yo asiento con la cabeza sin enterarme de nada de lo que me cuentan. Lo único que soy capaz de hacer es seguirle con la mirada. Acaba de aparecer en la sala, aún con la americana colgando de un brazo, con el chaleco bien anudado aunque con las mangas de la camisa arremangadas a la altura de los codos. Sé que me ha visto, y sé que tampoco me pierde de vista, aunque le estoy dando la espalda para no tener que enfrentarme a su mirada. Por el rabillo del ojo, veo a Jimmy que, acompañado por Finn y unas cuantas mujeres, le hace señas para que se acerque. Me muevo un poco para poder observar la escena sin ser vista, al amparo de mis acompañantes, que me tapan parcialmente. Así es como puedo ver que, en cuanto Aaron llega junto a ellos, Jimmy y Finn le presentan a las mujeres que les acompañan, y cómo para ellas, él se convierte en el premio gordo de la noche. De forma inconsciente, aprieto los dientes y los puños con fuerza, gritándoles en silencio que se alejen de él y que mantengan las manos quietas. Aaron es mío, grito en mi interior, aunque acto seguido, mi cabeza me devuelve a la realidad haciéndome una pregunta: ¿seguro que es tuyo?

AARON

—Aaron es nuestro jefe —le dice Finn a una de las mujeres.

Sin motivo aparente, ella se me acerca y, poniéndome las manos en el brazo, acerca su cara a la mía y me habla muy cerca.

—¿En serio? ¿Eres el jefe? ¿Teniente, Capitán...?

—Teniente —contesto sin mirarla.

Sé que Livy está detrás de esos tíos, en el grupo del Capitán Lewis, pero no puedo verla. Y lo necesito... Necesito hablar con ella, saber qué he hecho para provocar ese cambio de actitud, estrecharla de nuevo entre mis brazos. Quizá podría volver a sacarla a bailar...

—Eh... ¿Hola?

Cuando giro la cabeza, es Jimmy el que está frente a mí. Mueve su mano a un lado y a otro, justo delante de mis ojos.

—¿Qué?

—Ven conmigo —dice agarrándome del brazo y llevándome a un aparte—. ¿Qué ha pasado ahí atrás?

—Nada.

—Aaron, no me seas marica que no somos tías. ¿Te la has tirado o qué?

—Sí.

—¿Y a qué viene esa cara? ¿Gatillazo? —Le miro arrugando la frente y ladeando la cabeza—. Vale, vale... ¿Qué ha pasado? Entiendo que tengáis que... disimular. Pero esa no es la cara habitual después de haber echado un polvo de escándalo.

—Se ha enfadado conmigo, y no sé por qué. O sea, no la entiendo. Me dice que me ha echado de menos, y luego prácticamente me da una patada para alejarme de ella... Me dice que no quiere que nuestra relación vaya más allá de lo estrictamente profesional, pero luego le digo que no podré venir y se molesta y empieza a lanzarme indirectas. Recibo señales contradictorias y no soy capaz de saber cuál es la correcta.

—Así son las mujeres, amigo. ¿Has podido decir algo que le haya podido sentar mal?

—No, no... No lo creo...

—¿No crees?

—¡Joder Jimmy! ¡Yo qué sé! Te digo que me estaba diciendo que me había echado de menos, jadeando en mi oreja, y un minuto después, se larga diciéndome que no la dejo pensar con claridad y pidiéndome que le dé espacio... ¿Qué hago? ¿Le doy ese espacio o voy hacia ella y la saco a bailar?

—¿Tú le has dejado claras tus intenciones? Es decir, ¿sabe ella lo que quieres?

—¡Claro que sí! Le confesé que me vuelve loco, que necesito besarla y tocarla... Ya sabes...

—Vamos, que te la quieres tirar de nuevo.

—¡Sí!

—¡Error! —me suelta de repente, dándome una colleja—. A las mujeres les encanta saber que quieres volver a verlas, volver a salir con ellas, llevarlas a cenar, sacarlas de nuevo a bailar, pero no que quieres volvértelas a follar.

—¡¿Cómo que no?!

—A ver si me entiendes... Por supuesto que quieren volver a follar, pero no que se lo digas abiertamente... —intenta aclararme Jimmy, mirándome con las cejas levantadas—. ¿Entiendes a dónde quiero llegar?

—No.

—¡Por favor! Qué obtuso eres a veces... Las mujeres son mucho más románticas que nosotros. Si les dices que quieres volver a salir con ellas, pensarán que son las más afortunadas del planeta por tener a un hombre que se interesa por ellas. En cambio, si les dices que quieres volver a follar con ellas, las harás sentir como una puta. Aunque en los dos casos, el resultado sea el mismo y acabéis follando como animales en celo, el matiz cambia.

Giro la cabeza hacia Livy y la veo riendo al lado de un tipo trajeado y engominado. El tío se acerca mucho para hablar con ella, más de lo estrictamente necesario. Entonces, los dos se acercan hasta una de las barras, él guiándola poniendo una mano en la parte baja de su cintura.

—¿Crees que se ha enfadado por eso? —le pregunto a Jimmy.

—Con las mujeres no se puede dar nada por sentado, pero es posible que se haya enfadado por eso...

Me bebo de un trago lo que quedaba de whisky en mi vaso y me dirijo hacia ellos con decisión.

—Disculpe —le digo al tipo y, girándome hacia ella, le pregunto—: ¿Podemos hablar un momento?

—No, Teniente Taylor...

—Por favor. Es urgente.

Livy pone los ojos en blanco y, tras disculparse con el engominado, camina hacia la terraza mientras yo la sigo de cerca. En cuanto salimos, se da la vuelta de golpe y cruzándose de brazos, me suelta:

—¿Qué quieres?

—No quiero que hables con otros tíos.

—¿Perdona? ¿Estás mal de la cabeza o te has dado un golpe?

—No me entiendes...

—No, la verdad es que no te entiendo para nada...

—Yo tampoco a ti.

—Mira Aaron, no estoy para aguantar tonterías —me dice volviendo hacia el interior.

—¡No! Espera...

La agarro del brazo y me acerco a ella, tanto que mi cuerpo roza el suyo. Echo rápidos vistazos hacia el interior de la sala para asegurarme de que nadie nos mira y entonces, poniendo las manos en su cintura, susurro en su oreja:

—Vente conmigo... Vámonos de aquí... Quiero que pases la noche conmigo... —Ella ríe negando con la cabeza. Pone las manos en mi pecho e intenta alejarse de nuevo—. ¿Por qué no?

—Porque no, Aaron. Porque no queremos lo mismo.

—Yo sí sé lo que quiero. La pregunta es, ¿lo sabes tú?

La veo dudar durante unos segundos, mirando alrededor, preocupada porque alguien nos pueda ver, así que insisto:

—Concédeme esta noche, Livy.

—No... —vuelve a negarse, aunque esta vez menos convencida que antes—. No podemos salir de aquí los dos juntos como si nada, Aaron.

—¿Por qué no? ¿Acaso no me puedo ofrecer para llevarte a casa? No me digas que te estabas divirtiendo con el engominado ese... —Livy vuelve a sonreír, pero esta vez no se aleja—. ¿De qué hablabais? No, espera, no me lo digas... De trabajo.

—La verdad es que no teníamos muchos más temas en común...

—Qué divertido... —me mofo.

Livy mueve la cabeza de un lado a otro, aunque una sonrisa se le empieza a asomar en los labios.

—Concédeme esta noche —insisto.

—¿Y qué vamos a hacer? —me pregunta torciendo el gesto.

—Convertir esta noche en algo memorable.

LIVY

—Capitán Lewis, me voy ya para casa... —le digo, con Aaron pegado a mi espalda.

—¿Se va?

—Sí. He dejado a los niños con una canguro y no quiero llegar mucho más tarde.

—De acuerdo. ¿Cómo se irá para casa? ¿Quiere que le pida un taxi?

—No hace falta...

Ahora viene lo complicado, porque cuando diga que él me va a acompañar, quiero que suene lo más natural del mundo y que nadie pueda llegar a imaginarse otras cosas... Las que en realidad son, por otro lado, aunque no le incumben a nadie.

—La voy a acercar yo mismo a casa, señor —interviene Aaron por detrás de mí.

—Me parece una idea estupenda. Así me quedo más tranquilo. La dejo en buenas manos, Olivia.

Nos despedimos de algunas personas más, entre ellos Jimmy, que no puede evitar mirarnos con una sonrisa de complicidad en la cara, y enseguida salimos a la calle. Me pongo el chal por encima de los hombros y camino al lado de Aaron, mirándole de reojo de vez en cuando. Cuando llegamos a su coche, me abre la puerta y me da la mano para ayudarme a subir. En cuanto la cierra, corre al otro lado y nada más subirse y poner el motor en marcha, se gira hacia mí y, guiñándome un ojo, me pregunta:

—¿Preparada?

—No estoy segura...

—¿Acaso no te parezco un tío de fiar?

—Pues no mucho, la verdad... Además, no sé para qué tengo que prepararme.

—Déjamelo a mí...

Gira la cabeza hacia la carretera y aprieta el acelerador. Le observo mientras conduce en silencio, cogiendo el volante con una mano, centrando su atención en el asfalto. Sonrío sin saber por qué, aunque estoy segura de que él es el principal culpable de ello.

—¿De qué te ríes? —me pregunta cuando me mira.

—No sé... De esto, quizá —contesto encogiéndome de hombros.

—¿De esto? ¿De lo nuestro, de la noche en general?

—Sí... Bueno, de lo que vamos a hacer...

—Aún no sabes lo que vamos a hacer...

—Pero sé que lo voy a hacer contigo.

—¿Y eso te hace gracia? No sé cómo tomármelo entonces...

—Digamos, que me hace ilusión —contesto encogiéndome en el asiento—. No esperaba tener estos problemas nada más llegar.

—¿Problemas? ¿Yo soy un problema?

—Sí... No esperaba encontrar a alguien que me hiciera volver a sonreír así, y mucho menos que resultara ser un compañero de trabajo.

—Yo no diría que sonreír sea algo malo...

—Es complicado... Tú... simplemente, no entrabas en mis planes.

—Tú tampoco en los míos —dice poniéndose serio de golpe, mirando al frente—. En realidad, nunca había querido tener planes... hasta que te conocí.

AARON

Es la pura verdad, y estoy acojonado por ello. De repente, he pasado de ser un tío que vivía el día a día, sin comprometerse con nada ni con nadie, a uno que tiene un hijo adolescente y que está completamente pillado por una mujer que tiene dos hijos y que resulta ser su jefa.

—Hemos llegado —le informo cuando paro el coche.

Ella, que hasta ahora había estado distraída en sus propios pensamientos, mira por la ventanilla y levanta la cabeza hacia el cielo.

—¿Este es el One World Trade Center?

—Así es —Salgo del coche, corro hacia su puerta y la ayuda a bajarse—. ¿Llevas tu placa?

—Eh... Sí, claro...

—Pues cuando te diga, la sacas y me sigues la corriente.

—¿Qué vamos a hacer?

—Subir ahí arriba —le digo señalando hacia arriba de la torre.

—¿Ahora? —me pregunta con la boca abierta mientras caminamos hacia la entrada—. ¿Está abierto?

—No, pero para unos agentes de policía de Nueva York en misión de reconocimiento, sí.

—¿Misión de reconocimiento?

Me pongo un dedo delante de la boca y le guiño un ojo, mientras tiro de la puerta para abrirla.

—Saca tu placa ahora —le susurro.

Caminamos con decisión hasta el mostrador del vigilante de seguridad, un tal Arthur, que para nuestra suerte, parece estar mucho más interesado en el juego de ordenador al que está jugando, que en nosotros.

—Hola... Arthur —digo leyendo el nombre en su placa de identificación—. Soy el Teniente Taylor del SWAT, y ella es la Capitana Morgan. La semana que viene tenemos que hacer unas labores de vigilancia nocturnas y necesitamos subir a la azotea para comprobar el campo de visión.

—¿Ahora?

—¿Acaso interrumpimos algo? ¿Está usted ocupado haciendo algo importante? —digo mirando la pantalla del ordenador—. Si quiere, puedo llamar a su supervisor y decirle que no permite ejercer su labor a un par de agentes del SWAT porque está muy ocupado jugando al "Clash of Clans".

—No, no —contesta apurado—. Solo hacía mi trabajo...

—¡No! ¡Su trabajo es estar atento a estas pantallas! —digo señalando los monitores de debajo del mostrador—. ¡No a esa de ahí!

—Lo siento, señor —dice poniéndose en pie y saliendo de detrás del mostrador con las llaves en la mano—. Los ascensores están por allí...

—Conozco el lugar —le corto con sequedad—. No hace falta que nos acompañe. Deme las llaves y luego se las devuelvo.

Cojo a Livy del codo, de forma disimulada, mientras camino con decisión hasta los ascensores. En cuanto aprieto el botón, las puertas de uno de ellos se abren, y nos metemos dentro. En cuanto se cierran, relajamos nuestra pose y al instante, se nos empieza a escapar la risa.

—Has hecho que se mee en los pantalones... Pobre tío... Te has pasado con él.

—¿Pobre? ¡Anda que si nos tenemos que fiar de que ese tipo vele por nuestra seguridad!

—Aaron, no es Batman —me dice, riendo a carcajadas—. Es un tipo al que le han dado una placa y una pistola y le han puesto ahí para que se las apañe.

—Me dejas mucho más tranquilo...

La miro durante unos segundos, totalmente hipnotizado por su belleza y su naturalidad, hasta que me pregunta:

—¿En serio vamos a la azotea?

—En serio. Quiero que sientas lo mismo que yo cuando estoy trabajando. Quiero que veas lo que más me gusta de mi trabajo... Aparte de trabajar contigo, claro está.

Livy me mira con los ojos llenos de emoción, aunque al rato, agacha la cabeza con timidez, colocándose varios mechones de pelo detrás de las orejas. Me gustaría acercarme a ella y besarla, pero sé que el ascensor tiene cámaras y no quiero estropear nuestra coartada, así que esperaré a que estemos arriba. Por suerte, el ascensor sube a una velocidad vertiginosa, y tan solo unos segundos después, se para en la planta 104. Cuando las puertas se abren, la agarro de la mano y la guío hasta las escaleras que suben a la azotea.

—Ya casi estamos...

—Te lo conoces de memoria...

—Es parte de mi trabajo —digo subiendo los últimos escalones y abriendo la pequeña puerta metálica—. Creo que he estado en todas las azoteas de la ciudad...

En cuanto salimos al exterior, ella se suelta de mi agarre y se adelante unos pasos, llevándose las manos a la boca. Gira lentamente sobre sí misma, mirando todo a su alrededor, totalmente alucinada. Esa es la reacción que yo quería ver en ella. Me acerco poco a poco y me pego a su espalda, rodeando su cintura con un brazo. Giro la cabeza para mirarla y veo cómo las luces se reflejan en sus ojos..

—Es precioso —me dice visiblemente emocionada.

—Lo es —contesto sin dejar de mirarla.

—Me refiero a eso de ahí —dice al ver que la miro, señalando al horizonte.

—También...

Me coloco frente a ella, poniendo mis manos a ambos lados de su cintura. Quiero decirle muchas cosas, pero el miedo me atenaza. Livy, al sentir mi incomodidad, decide ponerme las cosas muy fáciles y, sin soltarme, me lleva a un terreno más normal para mí:

—Así que esta es la perspectiva que tienes en tu día a día... La ciudad a tus pies...

—Bueno, algo así...

Entonces, se me ocurre hacer algo. Me separo de ella y me acerco al borde de uno de los laterales, el que da una visión casi perfecta de la mayoría de los edificios más importantes de la ciudad. Estiro mi americana en el suelo, justo delante del cristal protector, y vuelvo hacia ella.

—Ven —digo tendiéndole una mano que ella no duda en agarrar—. Estírate aquí conmigo. Boca abajo.

Se quita los zapatos y me hace caso sin rechistar, con una sonrisa de emoción dibujada en la cara. Yo me estiro a su lado, pasando un brazo por encima de ella, como si la estuviera protegiendo.

—Acércate más al borde —le pido arrastrándome.

—¿Seguro?

—Estás conmigo y hay un cristal que te protege. No te preocupes porque no voy a dejar que te pase nada —la observo mientras gira la cabeza, y entonces prosigo—: Ahora mira hacia abajo... Eso es lo que veo...

Veo cómo sus ojos se iluminan al ver las miles de pequeñas luces de los coches. Es un espectáculo impresionante que no deja de sorprenderme por más que lo vea.

—Guau... Es precioso...

—Sabía que te gustaría.

—¿No tienes vértigo?

—Si lo tuviera, no estaría aquí. Pero reconozco que oírte susurrarme al oído, a veces me provoca mareos.

—No seas tonto... —dice riendo.

—No te miento. Cuando me hablas por el pinganillo, es como si me susurraras en la oreja, y muchas veces me quedo en blanco escuchándote. Nublas mi capacidad de raciocinio.

—Pues eso no es bueno... A ver si voy a provocar que baje tu rendimiento laboral...

—Prefiero arriesgarme a ello antes que dejar de oírte.

Gira la cabeza y me mira durante unos segundos hasta que se acerca a mí, acurrucándose contra mi pecho, y me besa con dulzura.

Es nuestro primer beso lento, sin prisas, sin miedo a que nadie nos pille o nos interrumpa... Y sabe aún mejor que todos los demás.

LIVY

—¿Quieres bajar ya? —me pregunta cuando llevamos un rato mirando el espectáculo gratuito que nos regala Nueva York.

—No, quiero quedarme un rato más —le contesto con una sonrisa.

—Entonces ven —me pide.

Se pone en pie y me ayuda a levantarme. Agarrándome de la mano, me lleva hasta la puerta por la que hemos salido, y se sienta en el suelo, apoyando la espalda en la pared. Me pide que me siente de costado, en el hueco que deja entre sus piernas y, comportándose como un perfecto caballero, me cubre con su americana para protegerme del viento que sopla a esta altura.

—Abrázame —le pido.

—Eso está hecho... —me dice mientras apoyo la cabeza en su hombro.

Cierro los ojos mientras siento sus dedos acariciándome y sus labios apoyados en mi cabeza.

—Es la mejor noche que he pasado en mucho tiempo... —le confieso.

—Pero si no hemos nada en especial... Esto ha sido algo improvisado. Solo quería estar contigo a solas, a salvo de miradas indiscretas...

—Me encanta. Gracias.

—De nada, entonces. Aunque sigo diciendo que te conformas con poco. Me gustaría poder ofrecerte mucho más. Quiero... quiero hacer muchas más cosas contigo, Livy. No... No te quiero solo para acostarme contigo. Quiero poder darte la mano por la calle, llevarte a cenar, o, simplemente, sentarme contigo en el sofá para ver la televisión...

Sus palabras me provocan un nudo en la garganta y los ojos se me vuelven a humedecer. Me separo escasos centímetros de él y le miro directamente a los ojos, apoyando la palma de la mano en su mejilla.

—¿Vas en serio? —le pregunto.

—Por supuesto.

—Pero... ¿Por qué? No me conoces de nada...

—Sé todo lo que necesito saber. Sé lo que siento cuando estoy cerca de ti y no necesito más.

—Pero, ¿no tienes preguntas que hacerme? ¿No sientes curiosidad por saber algo más de mí?

—Sí, claro que me gustaría conocerte más, pero tus respuestas no me van a hacer cambiar de opinión. Nada de lo que digas o hagas podrá cambiar lo que siento. Y estoy dispuesto a hacer lo que me pidas para lograr que me des una oportunidad.

—Pero Aaron, soy tu jefa...

—Lo sé, pero podemos demostrarles que nuestra relación no tiene por qué afectar a nuestro rendimiento...

—Yo sé que sería así, y tú también. Puede incluso que todos en la central nos apoyen. Pero el problema son de los arriba... Podrían trasladarnos a otra ciudad con tal de evitar nuestra relación.

—Pues la mantendremos en secreto, pero no me voy a rendir.

—¿Por qué me haces esto? —le pregunto cogiendo su cara con ambas manos—. ¿Por qué me dices estas cosas?

—Porque es lo que siento. Dime que tú no sientes lo mismo. Dímelo.

No entrabas en mis planes

Me quedo callada durante un buen rato, apretando los labios con fuerza, incapaz de decir nada, porque por supuesto que siento lo mismo. De hecho, creo que siento algo bastante más fuerte de lo que él ha descrito. Creo que estoy totalmente enamorada de Aaron, aunque soy lo suficientemente mayorcita como para saber que es muy pronto para confesárselo.

—Lo sabía —dice sonriéndome.

Me agarra de la nuca y acerca mi cara a la suya. Besa mis labios con suma delicadeza, tal como hemos hecho antes. Abro la boca y dejo ir un largo suspiro que él acoge en la suya, justo antes de lamer mis labios. Apoyo la mano en su pecho, justo encima de su corazón y lo siento latir con tanta fuerza como el mío. Al rato, me coge la cabeza y la vuelve a apoyar contra su pecho, con fuerza, mientras sus brazos me rodean de nuevo. Hace que me sienta bien, protegida. Nos quedamos es esta misma postura durante un buen rato, yo recostada en él, dibujando trazos imaginarios en su pecho, mientras me abraza, apoyando los labios en mi cabeza. Llevo unos minutos pensando, queriendo hacerle muchas preguntas. Sé que es el momento de hacerlas, aunque no cómo afrontar la situación.

—¿Aaron?

—Dime.

—Quiero saber más cosas de ti.

—Ahora quieres, ¿cómo era...? Ah, sí, ¿confraternizar?

—Sí. ¿Algún problema? Te recuerdo que soy tu jefa.

—Usted manda, entonces. Pregunte, Capitana Morgan.

—¿Cómo se llama tu hijo?

Él yergue la espalda de golpe y me mira levantando las cejas.

—Vaya... Rápida y directa...

—No te vayas por las ramas. Contesta.

—Chris. ¿Y los tuyos?

—¿Tú también sientes curiosidad?

—Es lo justo. La información tiene que fluir en ambos sentidos, ¿no?

Arrugo la nariz, pensativa, pero al final claudico.

—Lexy y Max. Te toca, ¿qué edad tiene Chris?

—Quince.

—Adolescente, ¿eh?

—Ajá. ¿Y...? —pregunta señalándome.

—Lexy tiene doce y Max, cuatro. Son lo mejor que tengo... Lo mejor que he hecho en mi vida...

No puedo evitar sonreír al hablar de ellos, aunque nuestra relación, sobre todo con Lexy, no esté pasando por el mejor de los momentos. Al rato, vuelvo a levantar la vista, mordiéndome el labio inferior, porque hay una pregunta que quiero hacerle y que lleva rondándome la cabeza desde que supe que tenía un hijo.

—¿Y...? ¿Y la... madre de Chris? —me atrevo a preguntar finalmente.

—Murió.

—Vaya... Lo siento mucho. ¿De qué murió? ¿Cuánto hace?

—Eso son dos preguntas, ¿eh? —me advierte sonriendo—. De cáncer. Hace pocas semanas.

Me quedo helada al instante. ¿La madre de su hijo ha muerto de cáncer hace unas semanas, y él está aquí arriba conmigo? ¿Cuánto tiempo llevaba muerta cuando follamos en la discoteca? Totalmente descolocada, y sintiendo unas náuseas enormes, intento ponerme en pie apoyándome en su hombro. Sabía que existía el riesgo de que alguna de sus respuestas no me gustara del todo, pero nunca me imaginé esto.

—¿Qué haces? —me pregunta agarrándome del brazo para impedir que me levante—. ¿A dónde vas?

—¡¿Que a dónde voy?! ¡Pues lo más lejos posible de ti!

AARON

—¿Alejarte de mí? ¿Por qué?

—¡¿Pero a ti qué coño se te pasa por la cabeza?! ¡¿Cuánto tiempo llevaba muerta tu mujer cuando nos acostamos, Aaron?!

—Espera, espera, espera. ¡Cassey no era mi mujer! La madre de Chris y yo no estábamos juntos... No había nada entre nosotros —le digo, mientras la obligo a sentarse de nuevo entre mis piernas y le acaricio la cara—. Te lo juro, Livy. Estos días, he estado en Montauk para recoger a Chris. Él... Estaba en un centro de menores, y no podía permitir que se quedara allí...

La miro mientras siento cómo su cabeza procesa toda la información y su expresión se relaja considerablemente.

—¿No...? ¿No le veías a menudo? —pregunta al rato.

—No, Chris vivía en Montauk con su madre.

—¿No ibas a verle nunca?

—No... —contesto agachando la cabeza.

No puedo contarle más. No puedo confesarle que, en realidad, nunca quise tener ese hijo y que le di dinero a su madre para que abortara, olvidándome del tema para siempre. No puedo hacerlo, y más aún, después de ver cómo se le ilumina la cara al hablar de sus hijos. ¿Qué pensaría de mí?

—¿Y Chris? ¿Cómo lo lleva?

Buena pregunta, pienso. La verdad es que no hemos hablado mucho del tema... En realidad, no hemos hablado nada, de ningún tema. Así pues, como no quiero parecer un puto insensible, respondo usando la lógica.

—Mal. Entre lo de su madre y tener que vivir conmigo... Creo que me odia...

Digo esto último con algo de temor, aunque me relajo considerablemente cuando la veo sonreír levemente.

—Bienvenido al club... Lexy me odia también... Por habernos mudado, por haberme separado de su padre —dice mordiéndose una uña, nerviosa—. Por haberle denunciado y que acabara en la cárcel...

—¿En la cárcel? ¿Tu ex marido está en la cárcel por una denuncia tuya? ¿Por qué motivo?

—Violencia domestica.

—¿Te pegaba? —le pregunto arrugando la frente y apretando, de forma inconsciente, mi abrazo alrededor de su cintura.

—Solo una vez, pero no quise darle la oportunidad de volver a hacerlo.

—Pero entonces, ¿por qué Lexy está enfadada contigo? Ella debe entender que si está en la cárcel es porque te hizo daño... —le digo arrugando la frente.

—Nunca le dije que su padre me pegó. Tiene la rocambolesca teoría de que su padre está en la cárcel porque yo le odiaba y quería mudarme de ciudad, cosa que él nunca me hubiera dejado hacer porque quiere tener a sus hijos cerca. Vamos, un mártir de los pies a la cabeza.

—Pero... Eso no es justo para ti...

—Pero es su padre, Aaron. No quiero que piensen nada malo de él.

—¿Y permites que sí lo piensen de ti? —le pregunto mientras ella se encoje de hombros a modo de respuesta—. ¿Cuánto le cayó?

—Cuatro meses. En tres meses y medio como mucho, tendría que estar en la calle.

—Antes de que te pegara, ¿las cosas estaban bien entre vosotros?

—No. Nuestra relación iba mal desde poco después de nacer Lexy. Yo trabajaba en la policía de Salem, e iba ascendiendo poco a poco, hasta que llegué a detective. Trabajaba muchas horas, aunque eso no era lo que peor llevaba Luke. Lo peor para él era que yo ganaba bastante más dinero. Nos peleábamos constantemente, durante años, y en lugar de tomar la decisión correcta de separarnos, hicimos lo contrario, y decidimos buscar un segundo hijo. Me quedé embarazada de Max muy rápido, pero yo seguía trabajando a mi ritmo normal. Cuando nació, todo parecía haberse arreglado, hasta que nos dimos cuenta de que Max no reaccionaba como el resto de bebés y, después de llevarlo a varios especialistas, descubrieron que era sordo. A pesar de lo que los médicos dijeron, Luke me culpaba a mí de ello. Decía que había soportado mucho estrés durante el embarazo, y que eso le había provocado la sordera a Max.

—Hijo de puta... No tienes que pensar eso...

—Ya, pero a fuerza de oírselo repetir una y otra vez, acabé por creérmelo... Así hasta la fatídica noche en la que nuestra pelea se nos fue de las manos y él acabó por pegarme.

—¿Y Max, qué opina de él?

—Pues no lo sé... —dice llevándose las manos al pelo—. Entiende el lenguaje de los signos, pero no quiere comunicarse con nadie. Creo que nunca he mantenido una conversación con mi propio hijo... Lo hemos llevado a infinidad de psicólogos y ahora, aquí, le he matriculado en una academia especializada.

Suspira profundamente, mirándose las manos, que reposan en su regazo. Le cojo de la barbilla y le levanto la cabeza para que me mire a los ojos.

—Como ves —me dice esbozando una sonrisa de circunstancias—, mi vida es bastante complicada.

—Pues parece que estamos hechos el uno para el otro —le digo arqueando las comisuras de mis labios hacia arriba.

Mi comentario la hace sonreír, y al rato se le escapa una carcajada. Cuando se calma, se vuelve a recostar contra mí y yo la mezo entre mis brazos. No quiero soltarla jamás, quiero protegerla siempre y formar parte de su vida. Aunque, claro está, soy lo suficientemente listo como para saber que es muy pronto para confesárselo.

—¿Me llevas a casa? —me pregunta al cabo de unos minutos.

—Claro, como quieras...

—Quiero que te quedes a pasar la noche conmigo... En mi casa...

LIVY

—Perdona el desorden —me disculpo nada más entrar en casa—. Como puedes comprobar, aún no me ha dado tiempo de desempaquetar todo...

—No pasa nada —me dice sonriendo, con las manos en los bolsillos, echando un vistazo a las pilas de cajas que "adornan" el salón.

—¿Quieres tomar algo? —le digo acercándome a la nevera.

—¿Tienes cerveza?

Cuando me acerco a él con la botella en la mano, le encuentro de espaldas a mí, y aprovecho para hacerle un repaso concienzudo. Alto, ancho de espaldas, estrecho de cintura... Tiene que hacer deporte con regularidad, seguro. Además, tiene las manos metidas en los bolsillos y eso hace que el pantalón se le ciña al culo... ¡y madre mía qué culo!

—Toma —le digo dándole la botella.

—Gracias. Son muy guapos —me dice señalando a la foto que estaba mirando, una que hizo Luke hace unos meses en la que salgo con Lexy y Max—. Se parecen mucho a ti, sobre todo Max.

—Sí, Lexy es más parecida a su padre... —digo mirando la foto durante unos segundos—. Ven, dame tu chaqueta y ponte cómodo.

Dejo su chaqueta, bien doblada, en el respaldo de una de las sillas y cuando me giro, le veo dar vueltas, con la botella en la mano, intentando adivinar dónde está el sofá.

—Perdona —le digo riendo mientras aparto algunas cajas hacia un lado, haciéndolo aparecer debajo—. ¡Tachán! Te presento a mi sofá.

Aaron me mira sonriendo mientras se sienta en el hueco que le he dejado. Yo me quito los zapatos, poniendo cara de alivio cuando muevo los dedos de los pies, y me siento a su lado.

—Jimmy me ha dicho que la próxima fiesta de jubilación es la tuya —le digo riendo.

—Qué cabronazo... —contesta negando con la cabeza mientras da un sorbo a su cerveza.

—Me lo he pasado muy bien esta noche. Me ha venido bien desconectar de todo... esto —comento señalando alrededor—. Te confieso que cuando me enteré de que no irías, me enfadé bastante... Aunque sabiendo ahora lo de Chris, lo hubiera comprendido. ¿Le has dejado solo?

—Sí... Bueno, es que hemos llegado a casa y se ha encerrado directamente en su habitación. No ha querido comer, ni me ha dirigido la palabra, así que viendo el percal, he preferido pasar la noche contigo a pasarla viendo la televisión.

—Pues me alegro de tu elección... —contesto agachando la cabeza.

—No podía permitir que hicieras de esta noche algo memorable sin mí...

—Sin ti nunca lo hubiera sido.

Nos miramos durante unos segundos, sonriéndonos como dos bobos. De repente, una de las cajas que tiene a la espalda, empieza a resbalar hacia su cabeza. Me incorporo de golpe y me abalanzo sobre él, aguantándola con una mano para impedir que llegue a golpearle. Aaron me agarra por la cintura, con mis pechos a la altura de sus ojos.

—Vaya —suelta.

—Lo siento... Es que se caía...

Pero soy incapaz de seguir hablando porque siento sus manos acariciando mi cuerpo y sus labios besando mi canalillo. Cierro los ojos mientras siento cómo me abandonan las fuerzas, incapaz de hacer otra cosa que dejar que me bese y me acaricie. Aaron se incorpora sin dejar de besar mi piel, y me lleva hacia el lado contrario del sofá, apoyando mi espalda con delicadeza mientras él se pone encima. Oímos cómo las cajas caen al suelo, provocando un pequeño estruendo. Nos miramos haciendo una mueca con la boca, y sonreímos sin despegarnos ni un centímetro.

—Si quieres, sé de un sitio más seguro... —le susurro.

—¿En serio? ¿Un sitio sin cajas que nos puedan aplastar?

—Mmmm... Alguna hay —Arrugo la boca y miro al techo, pensativa —, pero no en la cama...

Nos ponemos en pie y nos miramos durante unos segundos. Le cojo de ambas manos y camino hacia atrás, sin dejar de mirarle, llevándole hacia mi dormitorio. En cuanto entramos, mira alrededor y, divertido, dice:

—Vale, no mentías. Mi vida no corre peligro...

Mordiéndome el labio inferior, me acerco a él y llevo mis manos a los botones de su chaleco y luego a los de su camisa, que desabrocho lentamente, hasta quitársela por los hombros. Le admiro durante unos segundos, repasando su pecho esculpido, sus abdominales marcadas y los huesos de la cadera asomando por encima de la cintura del pantalón. Acerco mis labios a su piel y le beso repetidas veces. Siento su aliento en mi cuello y sus manos en mis hombros, intentando encontrar por dónde desabrochar mi vestido. Me doy la vuelta, y le señalo la cremallera a mi espalda. La baja lentamente, hasta llegar al final de mi espalda, y luego lo desliza por mis hombros, dejándolo caer al suelo. Vestida solo con el sujetador y el tanga a juego, siento su pecho pegado a mi espalda y sus labios a mi cuello. Recorre mis costados con las manos hasta que, al llegar a la cintura, las lleva hasta mi estómago y las baja hasta tocar la goma del tanga. Me retuerzo de placer por sus caricias, frotándome deliberadamente contra su erección, que siento también en mi espalda. Me doy la vuelta y camino hacia atrás, acercándome a la cama hasta que me siento en ella. Empiezo a desatarle el cinturón y le desabrocho el botón del pantalón, que cae hasta sus pies, dejándome ver el bóxer negro que se ciñe a su piel. Sin poder evitarlo, acerco mi boca a su erección y, a través de la tela, poso mis dientes y aprieto levemente. Le escucho resoplar con fuerza y cómo contrae los músculos del vientre. Sus manos se posan en mi cabeza y sus dedos se enredan en mi pelo, mientras yo le bajo el bóxer, liberando su polla y llevándomela a la boca.

—Joder... —le escucho decir mientras mis labios y mis manos acarician su erección.

Poco después, me obliga a estirarme boca arriba y se tumba encima de mí, apoyando su peso en los antebrazos, que enmarcan mi cara. Aparta la tela de mi tanga con un dedo y me introduce la punta. En cuanto le siento, cierro los ojos y echo la cabeza hacia atrás.

—No... Mírame. No dejes de mirarme...

Cuando le hago caso, sigue penetrándome lentamente, hasta el fondo. Repite la operación varias veces, siempre con la misma parsimonia y delicadeza, retrocediendo sin salir y volviendo a clavarse hasta el fondo. Acaricio su cara con mis manos, perfilando con los dedos la línea de su mandíbula, hasta que le agarro de la nuca y le atraigo hasta mí. Muerdo su labio inferior, tirando de él con fuerza cuando una sacudida de placer recorre todo mi cuerpo. Él no se queja, pero siento el sabor metálico de su sangre en mi boca. Me separo y le miro preocupada, interesándome por su estado. Le limpio con el dedo un pequeño rastro rojo que le queda aún en el labio, y luego me lo chupo. Aaron observa toda la escena con los ojos muy abiertos, respirando con rapidez. Al rato, se sienta en mitad del colchón, pasando un brazo por la espalda y sentándome a horcajadas encima de él. Me quita el sujetador y se lleva uno de mis pezones a la boca, mordiéndolo con delicadeza, provocándome unas descargas en el centro de mi sexo. Me agarro del pelo y me lo recojo mientras me muevo, cabalgándole sin descanso. Él se echa hacia atrás y apoya las palmas de las manos en el colchón. Abro los ojos y aminoro el ritmo, hasta que me dice:

—No pares... —dice mirándome de arriba abajo, tragando saliva repetidas veces—. Estás increíble.

Me hace sentir sexy, completamente deseada, cosa que nunca sentí con Luke. No me da vergüenza mirarle a los ojos mientras me corro y adoro ver su cara cuando aprieta la mandíbula y resopla entre dientes cuando él se libera en mi interior.

—Mierda, lo siento... —resopla—. No he podido parar...

—Shhh... Tranquilo —digo abrazándole—. Tomo la píldora.

Se deja caer de espaldas en el colchón, arrastrándome con él, resoplando con fuerza, mientras se le forma una sonrisa enorme en la cara.

—Ha sido alucinante —me dice besándome repetidas veces—. Eres perfecta.

—Lo sé —contesto estirándome con la cabeza en la almohada mientras él hace lo mismo, acostándose de lado, de frente a mí, tapándome con la sábana—. Tú tampoco estás mal del todo.

—¡Oye! —se queja haciéndome cosquillas—. ¿Tienes algo que decir en mi contra?

—Bueno... En general, estás tremendo, pero si tuviera que ponerte una pega, así pequeña, es que tienes orejas de soplillo.

—¿Orejas de soplillo? —me pregunta abriendo mucho los ojos y acercándose hasta mí.

—Sí, las tienes, reconócelo. Eso no quiere decir que no me encanten, pero pegaditas a la cabeza, no las tienes... —le digo poniendo una mano en su oreja.

Beso sus labios con delicadeza, y luego hago lo mismo en su nariz, en sus mejillas y en sus ojos. Me revuelvo entre sus brazos y me doy la vuelta, apoyando la espalda en su pecho. Me rodea con sus brazos y pone una pierna encima de mí. Siento su aliento en mi nuca y estoy completamente atrapada, pero aún así, pararía ahora mismo el tiempo para poder quedarme así durante horas.

—Prométeme que cuando abra los ojos, seguirás aquí —le digo.

—Te lo prometo —Besa mis hombros y me acaricia con suavidad con su incipiente barba mientras noto cómo los párpados se me cierran

—No me sueltes, ¿vale? No dejes de abrazarme.

CAPÍTULO 7
Cuando empezamos a escondernos

LIVY

Me remuevo perezosa mientras siento un cosquilleo recorriendo mi cuerpo, desde la parte baja de la espalda, hasta mis hombros. Lo siento en el cuello y ahora incluso en la oreja.

—Livy... Livy, despierta...

Empiezo a ser consciente de dónde estoy, y sobre todo, de con quién estoy. Sé que el cosquilleo no formaba parte de mi sueño y sé quién me lo provoca. Sonrío aún sin abrir los ojos, dándome la vuelta y acurrucándome contra su pecho. Me acaricia la espalda y besa mi frente, retirándome el pelo revuelto de la cara.

—Buenos días —ronroneo abriendo los ojos poco a poco, acostumbrándolos paulatinamente a la luz que entra por mi ventana sin cortinas—. Estás aquí...

—Te lo prometí —dice besándome en la boca.

—¿Qué hora es?

—No lo sé, pero entra mucha luz, así que tarde...

—¿Tienes hambre? —le pregunto.

—No, pero a un café no le haría ascos.

—Yo tampoco... —digo haciendo pucheros con el labio inferior.

—¿No me jodas que tengo que pelearme con decenas de cajas para hacerte un café?

—No, la cafetera fue de lo primero que puse en su sitio. Está en la cocina, al lado de la tostadora.

Sonríe y me besa, cogiéndome la cara con una mano, de forma posesiva. Yo apoyo la mano en su costado, palpando sus costillas, sus abdominales y luego bajando hasta su culo prieto.

—¿Café o sexo? —me susurra.

—Estoy indecisa...

—Que sepas que verte dudar de esa manera me duele en el alma... —dice haciéndose el ofendido, saliendo de la cama, buscando sus calzoncillos.

—No te enfades... —le pido riendo, mientras me envuelvo entre las sábanas observándole mientras se pone el pantalón—. ¿Te vas a vestir? No lo hagas...

Se gira y me mira, cruzándose de brazos...

—¿En qué quedamos? ¿Me visto y te hago un café o me quedo desnudo y te follo hasta la hora de comer?

—Largo de café, sin azúcar, en un vaso largo —le digo al cabo de un rato, tapándome con la sábana hasta la nariz.

—¿Querrá algo más la señora? —me pregunta mirándome con los ojos muy abiertos, haciendo una reverencia.

—Mira a ver si queda alguna magdalena de chocolate... Deberían de estar en el armario de encima de la cafetera...

—No sé si mi anomalía física me va a permitir acordarme de todo... —dice tocándose las orejas mientras hace una mueca con la boca, saliendo de la habitación y repitiendo—: Café en la cafetera que está al lado de la tostadora, y magdalena en el armario de arriba.

Me dejo caer de nuevo en el colchón, boca arriba, mirando al techo y sonriendo de pura felicidad. Si es así como me voy a sentir cuando esté a su lado, estoy dispuesta a todo para conservarlo. Si tenemos que escondernos de todos, lo haremos. Si tenemos que buscar excusas para quedarnos a solas, lo haremos.

—¡No hay magdalenas! ¡Pero sí unas cosas alargadas de color rosa! —oigo que me grita desde la cocina.

—¡Esos son los pastelitos de Max! ¡Son asquerosos, pero a él le encantan! —le contesto, levantándome de la cama y buscando algo con lo que taparme—. ¡Si se le acaban, me mata!

Acabo por ponerme lo primero que pillo, que es la camisa de Aaron, y salgo corriendo hacia la cocina antes de que sea el causante de que se desate la tercera guerra mundial en casa. Pero es tarde, porque cuando llego a él, le pillo con lo que queda de uno de los pastelitos entre los dedos, mientras mastica con la boca llena.

—¡Está muy bueno! —me dice.

—¿Le has dejado alguno?

—Solo quedaba uno y como dijiste que a ti no te gustaba...

—Espero que no se dé cuenta antes de que vuelva a comprarle. ¿Cómo te puede gustar esto? Es asqueroso y sintético...

—No sé —dice encogiéndose de hombros y mirando el envoltorio—. Está bueno... Ya le compraré más y se los das.

Me siento en la barra de la cocina, cruzándome de piernas, mientras espero que acabe de prepararme el café. En cuanto se acerca con el vaso en la mano, me lo da y me observa mientras le doy el primer sorbo.

—Perfecto.

—¡Bravo! —dice dando palmas y haciendo el idiota—. ¡Bien por mí!

—Ven aquí...

Le agarro de la mano y tiro de él hacia mí. Pongo los brazos en sus hombros y las piernas alrededor de su cintura.

—Escucha... —empiezo a decir—. Lo he estado pensando... Y quiero intentarlo.

Él me mira entornando los ojos.

—¿Intentar... lo nuestro? —me pregunta, indeciso, pasados unos segundos.

Asiento con la cabeza, acercándome para besarle mientras acaricio su cara.

—Pero en secreto —añado—. Al menos, de momento. No creo que sea un buen momento para presentarte a mis hijos, y tampoco creo que Chris me viera ahora con buenos ojos. Por no hablar del trabajo...

—Entonces, a ver si me aclaro... Quieres que tengamos una... ¿relación? —Asiento con la cabeza—. Pero tenemos que esconderla mientras estemos trabajando, o con nuestros hijos. Así que eso nos deja que podemos vernos... Déjame pensar...

—Ya nos lo montaremos —le digo pasando las palmas de mis manos por su pecho—. Sé que será difícil, pero prefiero esto a nada. ¿Qué me dices?

—Que acepto. Sí quiero..., verme contigo a escondidas.

—¡Tonto!

Le doy un inofensivo manotazo mientras él me agarra del culo y me atrae hacia él. Me besa con fuerza, como si reclamara lo que es suyo, como si yo le perteneciera. Al rato, empiezo a sentir su erección apretando en mi sexo, a la vez que sus manos empiezan a desabrocharme la camisa. Se despega de mí unos centímetros y veo que su expresión ha cambiado, ya no sonríe, y me mira con ojos de depredador. Pone la palma de su mano en mi cuello y dibuja un camino descendente por mi torso. Al llegar a la altura de mis pechos, me abre la camisa y acerca su boca a mi piel. Me quita el vaso de café de las manos y lo deja a un lado. Me echo hacia atrás, apoyando las manos en la barra, y le observo mientras tortura uno de mis pezones.

Dejo caer la cabeza hacia atrás mientras se me escapa un sonoro jadeo. De repente, las caricias y besos cesan de golpe, y levanto la cabeza, extrañada.

—¿Qué pasa? —le pregunto—. ¿Por qué paras?

—Porque te suena el teléfono... —Me incorporo, intentando agudizar el oído—. Antes también ha sonado...

—¿Antes cuándo? —le pregunto de golpe.

—Cuando estábamos aún en la cama... Por eso me he despertado...

Le aparto y me bajo de la barra de la cocina de un salto. Corro hacia el bolso y rebusco dentro hasta encontrar mi móvil. Al ver el nombre de mi hermana en la pantalla, descuelgo rápidamente.

—¡Bren! ¡Dime! ¡¿Qué pasa?!

—Hola... Nada... —contesta ella recelosa—. No pasa nada... Solo te llamaba para decirte que vamos para tu casa... Antes también te he llamado, pero deberías de estar durmiendo...

—Eh... ¡Sí! ¡Vale! ¿A cuánto estáis de casa? —digo caminando hacia Aaron y apremiándole para que recoja sus cosas y se largue.

—En la esquina, en un minuto estaremos llamando a tu puerta. Esto, ¿estás bien?

—¡Sí, sí! ¡Ahora nos vemos!

Cuelgo enseguida y corro hacia el dormitorio. Recojo del suelo los zapatos y calcetines de Aaron y cuando vuelvo al salón, se los doy para que se los ponga.

—¡Corre! ¡No pueden verte! ¡Vístete! —digo dando vueltas sobre mí misma.

—Pero... —intenta replicar él, pero entonces suena el timbre de la puerta.

Le doy su americana y respondo al interfono.

—¿Sí?

—¡Hola!

Aprieto el botón para abrir la puerta mientras veo que Aaron se está poniendo los zapatos, sin atarse los cordones y me señala la camisa.

—Llevas mi camisa puesta... —me susurra en voz baja al ver que ya he abierto la puerta.

—No hay tiempo. Ponte la americana encima —digo empujándole hacia el rellano—. Y disimula. Como si salieras de otro piso.

En cuanto cierro la puerta, me asomo a la mirilla y le veo aún de pie frente a la puerta. Está totalmente desconcertado, aunque al rato, se da la vuelta, se pone la americana y empieza a bajar las escaleras. Seguro que se los cruzará, así que rezo en silencio para que sepa disimular lo suficiente y, al menos, ni Lexy ni Max se den cuenta de nada.

Sin tiempo para reponerme del susto, tan solo treinta segundos después, llaman a la puerta. Resoplo con fuerza, me peino el pelo con los dedos y, justo al girarme, me doy cuenta de que llevo la camisa de Aaron desabrochada. Me la abotono y abro la puerta esbozando una gran sonrisa.

—¡Hola chicos! —los saludo.

Lexy pasa por mi lado sin decirme nada. Max me da un beso y enseguida se sienta en el sofá con un cuento en las manos.

—Hola Livy —me saluda Scott dándome un fuerte abrazo—. Espérame Max. Que lo leemos juntos.

—Hola —me dice entonces mi hermana—. ¿Estás bien? Pareces sofocada...

—Sí... —digo peinándome el pelo hacia atrás—. Esto... ¿Os habéis...?

—¿Cruzado con ese tío tremendo que te tiraste en la disco y que luego resultó ser unos de tus hombres, con el cual asegurabas que no te ibas a volver a liar y que pensabas que no iba a ir a la fiesta de jubilación de tu antecesor? Sí, nos lo hemos cruzado. ¿Alguien más se ha dado cuenta de que salía de tu apartamento? No, solo tu hermana es tan lista. ¿Me he dado cuenta de que no llevaba camisa? Sí, pero ahora que te veo a ti, sé el motivo.

Agacho la cabeza y me muerdo el labio. Intento no reírme, pero se me escapa irremediablemente.

—¿Has seguido mi consejo? ¿Ha sido memorable?

Asiento con la cabeza, mirándola con los ojos llenos de emoción, cuando el teléfono vibra en mi mano. Miro la pantalla y veo un mensaje de Aaron.

"Ya me debes dos camisas"

AARON

Conduzco todo el camino a casa sonriendo y tarareando la música que suena por la radio. Estoy de muy buen humor y se lo debo solo a ella. Si lo pienso fríamente, solo me ha prometido las sobras de su día a día, el tiempo que le quede después de trabajar y cuidar de sus hijos. No espero que sea mucho, pero como dijo ella antes, prefiero eso a nada.

El reloj marca casi las dos de la tarde, así que, al aparcar en mi calle, paso antes por la pizzería de la esquina. Chris debe de tener hambre también y, como cualquier adolescente, no creo que le haga ascos a una enorme y grasienta pizza.

—¡Chris! —le llamo nada más entrar en casa.

Dejo la pizza en la encimera de la cocina, junto con las llaves. Bono, estirado encima de su gran cojín, levanta la cabeza y al ver que soy yo, vuelve a echarse. En el salón no hay rastro de él, así que me dirijo a mi dormitorio, me cambio el pantalón del traje por un vaquero y me pongo una sudadera.

—¡Chris! ¡He traído pizza para comer! —Llamo a la puerta de su habitación, que permanece cerrada—. ¿Chris?

Giro el picaporte y, aunque no sé si hago bien, abro la puerta, pensando que puede que siga durmiendo. La cama permanece intacta y todo alrededor sigue tal cual estaba. La verdad es que, excepto por la mochila en el suelo, no hay más indicios de que Chris haya pasado por allí. Quizá debería adaptar la habitación un poco más a él, poner un escritorio para que pueda estudiar, unas estanterías para los libros, una televisión y quizá comprarle una consola de videojuegos...

Veo tirada en el suelo la poca ropa que ha traído con él. La recojo y la meto en el armario. Luego cojo la mochila y, al ir a ponerla encima de la cama, algo se cae de su interior. Es un fajo de fotografías atadas con una goma. Me siento en la cama y las sostengo en mis manos durante unos segundos, indeciso en si echarles un vistazo o no. Finalmente, mirando antes alrededor, quito la goma y las empiezo a pasar una a una.

En la primera veo a una mujer estirada en la cama de un hospital. Sonríe de oreja a oreja, aunque tiene aspecto de cansada y lleva un pañuelo en la cabeza. Entonces, al fijarme mejor, reconozco a Cassey. Está mucho más delgada de como la recuerdo y la sonrisa es forzada, no como yo la recuerdo. Se me forma un nudo en la garganta al verla tan cambiada y no puedo evitar tener un sentimiento de culpabilidad, aunque sé que no tengo nada que ver con su enfermedad.

Paso a la siguiente foto con rapidez y veo a Chris más o menos con la misma edad que ahora, aunque con el pelo bastante más largo, vestido con el uniforme de un equipo de baseball, levantando un trofeo, con una enorme sonrisa en la cara. Cassey sale a su lado, abrazándole con cariño, con el pañuelo en la cabeza, pero con mucha mejor cara que en la foto anterior.

Las siguientes son como una regresión en el tiempo. Conforme las voy pasando, veo a Cassey más joven y a Chris más pequeño. Hasta que llego a las dos últimas. En la primera de ellas, la Cassey que yo recuerdo, sale sosteniendo a un bebé regordete de unos seis meses. Mi bebé. Trago saliva de nuevo, pero esta vez no consigo deshacerme del nudo de mi garganta y se me escapa un pequeño sollozo. Pero la última foto es peor. En ella salimos Cassey y yo, sentados en la arena de la playa. Yo tengo los brazos apoyados en las rodillas mientras ella se agarra de mi brazo y apoya la cabeza en mi hombro. Al darle la vuelta a la foto, leo "Aaron y yo. Agosto de 1.999". No recuerdo ese día, pero sé que poco después de eso, ella me confesó que estaba embarazada y lo demás..., es historia.

Miro todo el fajo de fotos y vuelvo a atarlas con la goma. Las meto en la mochila y salgo de nuevo hacia la cocina. Está claro que Chris no está en casa, así que empiezo a comer sin él. Mientras mastico, pienso en que he aprendido más de mi hijo viendo esas fotos que hablando con él. Sé que fue feliz, incluso después de que Cassey enfermara. Sé que jugaba al baseball y sé que, por alguna razón, su madre quiso que conservara esa foto de mí. Probablemente, incluso le contara que ese hijo de puta sonriente, era su padre.

Entonces me acuerdo del teléfono y, con una sonrisa de bobo, compruebo que Livy me ha contestado.

"Prometo llevarte de compras"

Chasqueo la lengua y enseguida mis dedos empiezan a moverse por las teclas.

"Déjalo. Odio comprar ropa. Prefiero aprovechar el poco tiempo juntos en hacer algo más constructivo, como besarte, tocarte, o hacerte el amor".

Bebo un trago de cerveza y pocos segundos después vuelve a sonar mi teléfono. Casi me atraganto por la rapidez de la respuesta y me descubro leyendo el mensaje con el pulso acelerado, como un adolescente.

"¿Cuándo hemos pasado de follar a hacer el amor?"

Ni yo mismo me había dado cuenta de ese cambio de matiz hasta que ella no lo ha comentado. Leo mi mensaje y me doy cuenta de que, realmente, yo escribí esas palabras.

"Desde que me has hecho el hombre más feliz del mundo al querer repetir conmigo"

LIVY

Estoy ejerciendo de buena madre y, además de hornear un bizcocho, he desempaquetado algunas cosas. Max lleva todo el día pegado a la televisión, viendo dibujos animados sin siquiera parpadear. No sé si entiende lo que ve, pero debe de resultar mucho más interesante que relacionarse conmigo. Lexy lleva encerrada en su habitación desde después de comer, aunque escucho el sonido de la música, con lo que doy por hecho que debe de haber desempaquetado alguna de sus cajas.

Al menos, que mis hijos sean tan independientes, por no decir que pasan de mí, me deja la intimidad suficiente para poder pasarme toda la tarde pegada al teléfono, enviándome mensajes con Aaron. Así, me cuenta que Chris no está en casa, que cuando ha llegado ya no estaba y que sigue sin dar señales. No sabe su número de teléfono, así que no puede hacer otra cosa que esperar a que se digne a aparecer.

Estoy sacando la vajilla de una de las cajas y guardándola en la estantería, cuando Max se levanta del sofá, arrastra una silla hasta la cocina, se sube a ella y abre el armario de encima de la cafetera. Al ver que no hay ningún pastelito, sin bajar de la silla, se gira hacia mí y me mira con los ojos muy abiertos, señalando con un dedo hacia el armario vacío.

—Cariño, se acabaron los pastelitos. El lunes voy al supermercado y te compro más, ¿de acuerdo?

Max parpadea varias veces, sin contestar nada, ni siquiera con un leve movimiento de cabeza.

—Ayer quedaba uno —escucho que dice Lexy, emergiendo de su habitación, decidiendo volver a relacionarse conmigo en el momento menos oportuno—. Y a nosotras dos no nos gusta esa mierda. Así que, ¿quién se lo ha comido?

—¿Ayer quedaban? —pregunto disimulando—. No lo recuerdo...

Max asiente con la cabeza con firmeza. Parece que los dos han decidido volverse comunicativos de golpe. ¡Qué suerte la mía!

—A lo mejor lo cogió tía Bren para llevártelo al zoo y al final se olvidó de dártelo... El lunes te compro más, ¿vale?

Finalmente, Max se conforma y, encogiéndose de hombros, devuelve la silla a su sitio y vuelve a abstraerse frente al televisor. Lexy, sin embargo, me mira con la frente arrugada, nada convencida con mi hipótesis. Para más inri, mi teléfono suena varias veces al recibir varios mensajes seguidos. Ella lo mira y, aunque por un momento tengo miedo de que se abalance sobre él y compruebe mis comunicaciones, al final se encoge de hombros y vuelve a su estado habitual de indiferencia hacia mí. Se acerca hasta la nevera, saca una lata de Coca-Cola y se vuelve a su habitación. En cuanto vuelvo a quedarme "sola", cojo el teléfono y leo los mensajes.

"¿Cuándo te volveré a ver?"

"¿Mañana podrás escaparte en algún momento?"

"¿O tengo que esperar al lunes?"

Cuando acabo de leerlos, le contesto.

"Casi desencadenas la Ira de los Dioses en casa. Max se acaba de dar cuenta de que se ha quedado sin pastelitos y, cuando he intentado engañarle, ha salido Lexy en su defensa, asegurando que ayer quedaba uno y preguntándose quién se lo podía haber comido"

Resoplo al darme cuenta de que esto va a ser más difícil de llevar de lo que yo pensaba. Si un simple pastel rosa, casi hace que nuestro secreto se vea desvelado, no quiero ni pensar cómo nos lo montaremos para vernos a escondidas.

AARON

—Jimmy... —le saludo cuando oigo que descuelga el teléfono.

—¿Qué cojones haces llamándome a las tres de la madrugada? —me contesta con voz soñolienta, bostezando a la vez.

—Necesito el teléfono de tu amiguita de la policía... Esa que te has tirado varias veces... La que patrulla con Robbins en el turno de noche...

—Espera... ¡¿Qué?! ¡¿Estás borracho o qué te pasa?!

—Jimmy, es una emergencia...

—¡Un calentón no es ninguna emergencia! —grita susurrando—. ¡Pensaba que estabas colgado de la Morgan!

—¡Jimmy, joder! ¡No es por eso!

—Espera un momento.

Le escucho susurrar algo a alguien y luego se hace el silencio durante unos segundos, hasta que le vuelvo a oír.

—A ver, so flipado, ¿cuál es la tremenda emergencia?

—Es una larga historia... Acabo antes si me das el número de esa tía... Juro que te lo cuento todo en cuanto te vea.

—Me has despertado, a las tres de la mañana, para que te dé el teléfono de una tía, mientras Deb duerme a mi lado, ¿y pretendes que te lo dé sin pedir explicaciones?

—Chris no ha vuelto a casa y necesito encontrarle.

—¿Quién cojones es Chris?

—Mi hijo —Se hace de nuevo el silencio, así que, como tengo prisa, insisto—: Sí, has oído bien. Estos días, he estado en Montauk para recogerle. La versión resumida es que es el producto de una noche inconsciente de borrachera. Yo no quise que lo tuviera y le di el dinero para que abortara, ella no lo hizo y se quedó la pasta. Yo me despreocupé y me mudé aquí, fin de la historia. Pero ella murió hace unas semanas y le dio mi nombre a los de asuntos sociales. Tenía dos opciones, o dejarle en un centro de menores o traerle conmigo a casa.

Me quedo callado, esperando su reacción, pero al ver que no llega, debido también a mi urgencia, le insisto:

—Jimmy, por favor...

—Me has dejado a cuadros...

—Prometo contártelo con más detalle pero...

—Apunta...

Me da el número y en cuanto colgamos, llamo a Rebecca. Después de los saludos de rigor, voy al grano:

—Tengo que pedirte un favor, Rebecca.

—Tú dirás.

—Necesito que lances un aviso a tus compañeros que estén patrullando.

—Vale. Dame detalles.

—Es un chico de quince años. Se llama Chris. Mide 1,75 aproximadamente, pelo corto, ojos azules...

—¿Cómo va vestido?

—Eh... —intento hacer memoria y cierro los ojos—. Vaqueros, sudadera azul marino con capucha, zapatillas de deporte negras... Se parece... Se parece bastante a mí...

—De acuerdo... —contesta Rebecca, captando el mensaje al instante—. ¿Cuánto hace que...?

—No sé... No he pasado la noche en casa y cuando he vuelto al mediodía, ya no estaba...

Al escucharme, incluso yo mismo me doy cuenta de que dejarle solo no ha sido la mejor de mis decisiones, pero estaba tan sobrepasado por la situación y tenía tantas ganas de estar con Livy...

—De acuerdo, te llamo si le encontramos.

LIVY

He pasado el domingo desembalando cajas, limpiando y ordenando, y a pesar de mis esfuerzos, el salón sigue pareciendo un campo de batalla. He acabado agotada, así que, después de aparcar a un lado del salón las cajas que quedan llenas, he hecho la cena a Max y Lexy y me he encerrado en el cuarto de baño para darme un relajante baño de espuma. Enciendo mi pequeña radio y después de comprobar la temperatura con un pie, me meto dentro y, apoyando la cabeza en un lateral, cierro los ojos para relajarme. Y en el preciso instante en el que los cierro, mi cabeza no para de proyectarme imágenes de Aaron. Y no solo de nuestro tórrido encuentro, sino de lo romántico que fue en la azotea del One World Trade Center, de las horas que pasamos hablando, de lo mucho que me hizo reír o de cómo nos dormimos abrazados.

—¡¿Quién narices es Aaron?!

Me incorporo y abro los ojos de golpe, salpicando parte del agua de la bañera hasta el suelo. Veo a Lexy en la puerta del baño, sosteniendo mi teléfono en alto, mostrándomelo.

—¡Lexy! ¿Qué haces leyendo mis mensajes?

—¡¿Quién es Aaron?!

Me incorporo y me tapo, anudando una toalla alrededor de mi cuerpo. Le quito el teléfono de las manos pero ella, lejos de claudicar, se queda frente a mí, de brazos cruzados, esperando una respuesta.

—Es... Es un compañero de trabajo, cariño —le digo con la esperanza de que no haya leído los mensajes más comprometedores.

—¿Un compañero con el que follas? —me suelta, de repente, echando por tierra mis deseos.

—¡Lexy!

—Mamá, tengo doce años, no cuatro como Max. ¿Por qué te dice que quiere repetir contigo? ¿Es tu novio, mamá? ¿Ya te has olvidado de papá? ¿Has pensado en Max y en mí antes de tomar la decisión de salir con ese tío?

Las lágrimas se le saltan de los ojos y corren por sus mejillas. Me mira con odio, justo antes de darse la vuelta y salir corriendo hacia su habitación. Después de unos segundos de aturdimiento, me pongo unas mallas y la sudadera y corro tras ella, cruzándome con Max por el pasillo, que mira la escena con los ojos muy abiertos, sin entender nada. Me agacho frente a él y le digo que no pasa nada, que todo está bien. Mira de nuevo hacia la puerta del dormitorio de su hermana y luego se vuelve hacia el salón.

—Lexy —digo llamando a su puerta.

—¡Vete, mamá! ¡Te odio!

—Lexy, déjame explicártelo.

—¿Ahora sí quieres explicármelo? ¡Tarde, mamá! ¡Acuéstate con tu novio todas las veces que quieras! ¡Pero luego no llores cuando papá salga de la cárcel y Max y yo nos vayamos con él!

Apoyo la frente y las palmas de las manos en la madera y me quedo inmóvil así, perdiendo la noción del tiempo, hasta que Max aparece a mi lado, bostezando y tendiéndome los brazos.

—¿Tienes sueño cariño? —le pregunto mientras me agacho y le aúpo en brazos.

Apoya la cabeza en mi hombro, asintiendo. Suspiro, mirando la puerta de Lexy, pero sé que nada de lo que haga y diga la hará cambiar de opinión, así que la dejo tranquila y llevo a Max a la cama. Me quedo con él hasta que se duerme y luego me voy a mi dormitorio.

Y aquí llevo varias horas, estirada en la cama, sin poder llegar a conciliar el sueño, a pesar de lo cansada que estoy. Me he levantado varias veces para comprobar que Lexy y Max siguen dormidos, como si con ese gesto intentara demostrarme a mí misma que soy una buena madre. Cuando vuelvo de la última incursión, cojo el teléfono y decido enviarle un mensaje a Aaron, la única persona que ahora mismo puede entender mi soledad.

"Hola... ¿Sabes algo de Chris? ¿Cómo estás?"

Envío el mensaje y me quedo mirando fijamente la pantalla, hasta que el móvil empieza a vibrar entre mis manos. Descuelgo enseguida y me lo llevo a la oreja, tapándome del todo con la sábana para amortiguar el sonido de sus palabras.

—Hola... —saludo en un susurro.

—Hola... —contesta.

—Suenas muy cansado...

—Lo estoy. Y preocupado... No sé qué hacer, Livy...

—¿Le has llamado?

—No... No tengo su número.

—Ah...

—He hablado con una amiga de Jimmy que es policía y patrulla de noche. Le he dado la descripción de Chris y me llamará si le encuentran... No sé qué otra cosa puedo hacer...

—Esperar...

—Pues esto me está matando. ¿Qué hago si le pasa algo?

—No pienses en eso. Piensa que ha salido a divertirse y que no se ha dado cuenta de la hora...

—¿Tú pensarías eso?

Suspiro y me coloco de lado, apoyando la cabeza en la almohada.

—Lo intentaría, para no volverme loca... —le digo con sinceridad—. Me siento culpable... No debería haberte incitado a ir a la fiesta. Tendrías que haberte quedado con Chris.

—Tú no me obligaste a nada, fui yo el que eligió ir. No sé cómo actuar, Livy. No sé cómo comportarme con él, no sé de qué hablar, no sé qué le gusta, no sé siquiera en qué curso tengo que apuntarle en el instituto... No sé ser padre, Livy...

—Nadie sabe, Aaron. Es algo que se va aprendiendo con el tiempo. Aunque Chris tenga quince años, ¿cuánto tiempo llevas siendo su padre? ¿Dos días? Yo llevo doce años siendo madre de Lexy, a tiempo completo, y ahora mismo me siento la peor madre del mundo.

—Si le contaras la verdad acerca de lo que pasó con su padre, quizá te entendiera más.

—Créeme, hoy ha descubierto demasiadas verdades... —Rasco con la uña la tela de la funda del cojín, hasta que me atrevo a contárselo—. Aaron, hoy Lexy me ha cogido el teléfono y ha leído nuestros mensajes.

—¿Todos?

—Todos... Me ha pedido explicaciones y me ha echado en cara todo lo que ha podido y más...

—Mierda...

—Así que, como ves, a mí tampoco me van a dar el trofeo a la madre del año...

Ambos nos quedamos en silencio, escuchando nuestras propias respiraciones. Ahora mismo me gustaría volver a estar entre sus brazos, acurrucada contra su pecho, el único lugar en el que hoy en día, me siento como si nada malo pudiera ocurrirme.

—¿Qué estás haciendo? —me pregunta al rato.

—Dando vueltas en la cama.

—Me gustaría dar vueltas contigo en esa cama...

—Y a mí, pero a partir de ahora vamos a tener que ir con pies de plomo...

—¿Qué quiere decir eso? Creo que hemos sido muy cuidadosos hasta ahora... Solo saben lo nuestro Jimmy y tu hermana, y solo porque ambos estuvieron con nosotros la noche que nos conocimos... Así que dime, ¿qué quieres decir con ir con pies de plomo a partir de ahora? —me dice nervioso, subiendo el tono de voz.

—Aaron...

—¡¿Ahora ya ni siquiera te voy a poder escribir por si te coge el teléfono tu hija?! ¡¿Cuándo crees entonces que vamos a poder vernos a solas?! Estar contigo es lo único que me mantiene cuerdo ahora mismo, lo único en lo que estoy seguro al cien por cien de lo que hago...

—Aaron, son mis hijos... No puedo permitir que se alejen de mí...

—¿Y crees que es mi culpa que se alejen de ti? ¿En serio? ¿Es eso lo que quieres decir?

—¡No! Pero...

—Es igual, Livy. Tranquila, me queda claro.

AARON

Me despierto de golpe cuando soy consciente de que mi teléfono lleva sonando un rato. Miro a un lado y a otro, totalmente desubicado. Estoy en mi cama, vestido con la misma ropa de ayer, así que supongo que al final, acabé cayendo rendido. Me enredo con la sábana al salir y me caigo al suelo, pero al final consigo llegar a coger el móvil.

—¿Sí? —digo al descolgar, sin mirar quién me llama.

—Aaron... Tengo a Chris conmigo.

—¿Jimmy? ¿Qué...? ¿Dónde...?

—Al poco de llegar yo, le han traído unos agentes de policía.

—¿A la central? —pregunto cogiendo las llaves del coche para salir de casa.

—Sí, se ve que él les dio tu nombre y por eso le trajeron aquí. Aaron, le pillaron robando en una licorería de China Town.

—Voy para allá. No te separes de él, por favor.

—Aaron... La Capitana Morgan está con él ahora mismo...

—Vale.

Cuelgo la llamada ya metido en el coche. Tiro el teléfono al asiento del copiloto y conduzco como un loco por las calles de la ciudad. Recibo varios bocinazos e insultos cuando corto el paso a otros coches, pero de este modo, consigo realizar los quince minutos de trayecto, en poco más de diez. Dejo el coche frente a la central, parado al lado de los coches patrulla, y subo las escaleras de dos en dos. En cuanto entro, Meyers me ve y se pone en pie.

—Está abajo, Teniente —me dice de inmediato.

—Gracias.

En cuanto llego abajo, la zona donde están los calabozos y las salas para los interrogatorios, veo a Chris sentado en una silla, con la cabeza gacha, y a Livy frente a él.

—Aaron —me dice Jimmy acercándose a mí.

—Gracias. Yo me encargo —le digo.

Chris se pone en pie y su pose cambia. Ya no es el chico preocupado y compungido que estaba sentado en esa silla, sino que ahora me mira de forma altiva y chulesca.

—Teniente Taylor —me dice Livy, agarrándome del brazo y llevándome a un aparte, alejándome de Chris—. Le han cogido después de robar en una licorería...

—Lo sé, me lo ha contado Jimmy —contesto cortante, sin mirarla, fijando la vista en Chris.

—Hemos devuelto todo el dinero al dueño del local y no va a denunciarle —insiste en voz baja, solo para que yo le oiga—. Así que no habrá ninguna consecuencia. Está asustado, Aaron... Cuando le han detenido, ha dado tu nombre para que le trajeran aquí...

La dejo con la palabra en la boca y camino hacia Chris.

—¡¿Me explicas lo que ha pasado?! ¡¿Por qué lo has hecho?! —le pregunto, situándome a escasos centímetros de él.

Me mira durante unos segundos, apretando la mandíbula, hasta que al final gira la cara y mira a un lado. Cansado de su actitud, cojo una llave de uno de los cajones del escritorio, agarro a Chris del codo y le arrastro hacia una de las celdas. Abro la puerta y le empujo dentro. Una vez en el centro de la celda, se da la vuelta y me mira fijamente.

—¡¿Qué?! —digo—. ¡¿Qué esperas que haga?! ¡¿Que te saque de aquí como si nada hubiera pasado?! Explícame una cosa... ¡¿Qué mierda de papel ocupo yo en tu vida?! Si no recuerdo mal, hace unas horas me mandabas a tomar por culo y me gritabas que tú no tenías padre, y ahora les das mi nombre a los agentes que te han detenido para que te traigan aquí. ¿Qué tengo que hacer? ¿En qué quedamos? ¿Soy o no soy tu padre?

—¡Eres tú el que me has traído aquí en contra de mi voluntad! ¡Pues bien, este soy yo! ¡¿No quieres tenerme?! ¡Pues acarrea con todas las consecuencias!

—Perfecto. Eso haré.

Sin más, le dejo ahí dentro y subo las escaleras, mientras Jimmy y Livy me miran sin dar crédito. Mi turno no empieza hasta dentro de un rato, pero que quiera darle una lección a Chris no significa que le vaya a dejar solo e irme a casa, así que me meto en el vestuario para cambiarme. Cuando ya estoy a medio vestir, Jimmy entra por la puerta.

—¿Qué cojones ha pasado allí abajo?

—¿Y qué se supone que debería hacer después del fin de semana que me ha hecho pasar? ¿Darle una palmadita en la espalda y llevarle para casa sin más?

—Lo que has hecho con Chris me parece una idea excelente. Me refiero a lo que ha pasado con la jefa... Aaron, ella es la que ha conseguido que el dueño de la licorería no denunciara a Chris... Ella es la que ha hablado en su favor, y vas tú y la tratas con una indiferencia de la hostia. Y si yo me he dado cuenta, créeme que ella también.

—Eso es lo que ella quiere.

Camino hacia el espejo del lavamanos. Me lavo la cara y me mojo el pelo, en un intento de asearme, cosa que no he podido hacer en casa por las prisas al salir.

—Pensaba que estabais bien. El viernes os vi iros juntos y parecíais... felices.

—Yo también lo pensaba —digo arremangando las mangas de la camisa mientras salgo del vestuario—, pero parece que las cosas han cambiado.

CAPÍTULO 8
Cuando nos hicimos daño

LIVY

Estoy encerrada en mi despacho desde que los chicos salieron. Hoy tenían que comprobar la seguridad alrededor del Madison Square Garden y es una misión que no requiere de mi intervención. Aaron lidera el equipo desde allí mismo. Intento concentrarme en los papeles esparcidos por encima de mi escritorio, pero soy incapaz de pensar en otra cosa que no sea él. Está claro que nuestra conversación de anoche le ha cabreado, pero necesito tiempo para poder poner orden a mi vida. Todo ha sucedido muy rápido y él apareció en ella de repente, sin darme tiempo siquiera a instalarme o acomodarme. Además, creo que a él también le vendrá bien tener algo más de tiempo para poder dedicarle a Chris. En cuanto pronuncio su nombre en mi cabeza, me acuerdo del impacto que he sufrido al verle. Es como la versión adolescente de Aaron, aunque su mirada es muy triste. En cuanto llegó a la comisaría, me acerqué a él para hablar, pero no abrió la boca en ningún momento ni levantó la cabeza para mirarme. Parecía muy asustado, hasta que su padre apareció y su actitud cambió por completo. Enseguida se puso en pie y le miró como si le estuviera retando, como si quisiera demostrarle que no le tiene miedo, ni a él ni a nada.

Movida por un impulso, salgo decidida de mi despacho y bajo al piso de abajo. Al fin y al cabo, es solo un crío asustado que ha perdido a su madre y que se encuentra, de repente, viviendo en una nueva ciudad, con un padre que no ha ejercido como tal en ningún momento de su vida. Quiero asegurarme de que está bien.

—¿Cómo va? —le pregunto al agente encargado de custodiar las celdas.

—¿Se refiere al hijo de Taylor? —me pregunta mientras yo asiento con la cabeza—. Es como un puñetero grano en el culo, señora. Eso de que Taylor dijera que es su hijo, no le creó demasiada buena prensa entre el resto de detenidos y un par de ellos han querido tocarle un poco las pelotas. Pero es un cabronazo, y lejos de amedrentarse, ha contestado a las provocaciones y se ha liado una pequeña trifulca... Le he tenido que cambiar de celda y encerrarle solo en la del fondo.

—¿Está bien?

—Sí, nada grave.

—¿Me abre su celda? Voy a llevarle a mi despacho para charlar un rato con él.

—Claro —dice poniéndose en pie con las llaves ya en la mano.

Conforme caminamos por el largo pasillo hasta llegar a la celda del fondo, algunos de los otros detenidos nos miran con curiosidad, y alguno me regala algún comentario bastante asqueroso conforme paso por delante. Cuando llegamos, veo a Chris sentado en el suelo, apoyando la espalda en una de las esquinas, con la cabeza agachada. En cuanto escucha el sonido de la llave al meterse en la cerradura, se incorpora de golpe. Se muestra muy confundido al verme, así que supongo que esperaba la presencia de su padre, no la mía.

—Ven, acompáñame a mi despacho.

Me sigue sin rechistar hasta que, al volver a pasar por delante de la primera celda, el mismo tipo de antes se acerca hasta los barrotes.

—¡Anda! ¿Tu papaíto te ha sacado las castañas del fuego, mariquita?

—Que te follen...

Chris le responde a tan poca distancia que el tipo mete el brazo entre los barrotes y le agarra de la sudadera. Tira con fuerza hasta hacer que el pecho de Chris golpee con fuerza contra el hierro. Enseguida, el agente saca la porra y consigue separarles golpeando los barrotes.

—Ven conmigo —le ordeno a Chris, tirando con fuerza de él mientras subimos las escaleras.

—Tengo que ir al baño —me dice muy serio.

—De acuerdo —claudico después de pensármelo un rato.

Entra y yo me quedo esperando en la misma puerta. Pasados varios minutos, empiezo a preocuparme y decido ir a buscarle. A simple vista, no veo a nadie, pero entonces escucho a alguien vomitar dentro de uno de los cubículos. Me acerco hasta la puerta y llamo con los nudillos.

—Chris, ¿eres tú? ¿Estás bien?

Nadie me responde, pero poco después, la puerta se abre y Chris sale de dentro con la cara desencajada. Se acerca rápidamente a los lavamanos, se enjuaga la boca y se lava la cara. Respira profundamente, cogiéndose con fuerza al frío mármol, hasta que parece recobrar la compostura.

—Chris... Es normal sentir miedo...

—Estoy bien —me corta de golpe caminando hacia la salida de los lavabos. Al ver que no le sigo, se gira y me dice—: ¿No quería hablar?

Salgo pasando por delante de él, mientras sostiene la puerta, y nos dirigimos a mi despacho. Cuando entramos, intento no llamar demasiado la atención, aunque es obvio que algunos agentes se dan cuenta de que he sacado al hijo de Aaron a mi despacho.

—Siéntate —le digo señalando el sofá, donde se deja caer con pesadez.

Hace una mueca de dolor con la boca y se lleva una mano al pecho, aunque enseguida se repone y me mira de forma altiva.

—Estoy listo para que me pegue la charla —me dice.

Yo no contesto, solo le miro preocupada, hecho que le debe de estar poniendo nervioso, porque se remueve incómodo en el sitio.

—¿Cómo estás? —le pregunto al cabo de un buen rato.

Chris arruga la frente y me mira receloso. Al final, rehúye mi mirada y se encoge de hombros a modo de respuesta.

—¿Y a usted qué coño le importa?

—Por supuesto que me importa. Y a tu padre también —contesto mientras a él se le escapa la risa.

—No me haga reír...

—Ha pasado un fin de semana horroroso... No sabía dónde estabas, ni cómo encontrarte...

—¡Vaya! ¡Qué novedad! Tengo quince años y nunca se ha preocupado por encontrarme, así que debería de estar acostumbrado.

—Chris, él se preocupa por ti...

—¡Y una mierda! ¡Él solo se preocupa por sí mismo!

—Me explicó lo que le pasó a tu madre... Pudo haberte dejado en el centro de menores, pero fue a por ti porque quiere que estés con él. Es tu padre, y te quiere...

—¡Él no me ha querido nunca! ¡Ni a mí ni a mi madre! ¡Se la tiró y cuando ella le dijo que estaba embarazada, pasó de ella! ¡No quiso siquiera que naciera!

—¿Cómo?

—Veo que le contó muchas cosas pero no toda la verdad... —me dice con los ojos llorosos mientras yo le miro totalmente confundida—. Le dio dinero a mi madre para que abortara y se desentendió de todo. Se mudó aquí a Nueva York y mi madre nunca más supo de él. ¡¿Qué le parece eso?!

No puedo creerlo... Quiero pensar que son mentiras que Chris me cuenta movido por la ira, o mentiras que su madre le contó, pero las lágrimas que veo en sus ojos no son de rabia, sino de puro dolor.

AARON

—Todo despejado en el perímetro Norte, Aaron —dice Jimmy por el auricular.

—Perímetro Sur también despejado, señor —oigo que me dice otro de mis hombres.

—De acuerdo. Nos retiramos. Voy a dar un último rodeo aquí y me reúno con vosotros en un momento.

—Recibido.

Todo se vuelve a sumir en el más absoluto silencio. Camino prácticamente a oscuras, con la única iluminación de una linterna acoplada a mi fusil. Se dice que existe otra Nueva York en el subsuelo y mis hombres y yo damos fe de ello, porque por más veces que recorramos las alcantarillas de la ciudad, nunca seremos capaces de conocerlas en su totalidad. La humedad es muy alta aquí abajo, así que siento las gotas de sudor resbalando por mi frente y por mi espalda. Dirijo el haz de luz de mi linterna a todos los rincones, hasta que oigo un ruido detrás de mí y doy un rápido giro de 180 grados, apuntando con mi rifle, con el corazón latiendo varias revoluciones por encima de lo normal. Mi enemigo resulta ser una rata, así que cuando se cuela por un agujero en la pared, bajo el arma y resoplo de alivio.

—¡Joder! —grito para liberar tensiones.

Estoy mucho más nervioso de lo habitual y solo puedo achacárselo a las dos personas que han trastocado mi mundo por completo en pocos días.

—¿Todo en orden, Aaron? —escucho entonces a Jimmy.

—Sí, despejado. Volvemos a la central.

Durante el trayecto de vuelta, estoy mucho más callado de lo habitual, concentrado en los mapas del alcantarillado que nos facilitaron desde el ayuntamiento. Marco con un rotulador la zona que hemos rastreado, y compruebo a la vez si nos falta algo por rastrear.

En cuanto llegamos a la central, doblo el mapa y me lo meto dentro del bolsillo del pantalón para acabar de marcarlo luego.

—Jimmy, toma —digo dándole mi casco y mi arma—. Haz el favor de guardarme tú todo y firma por mí. Voy a ver cómo está Chris.

—De acuerdo, tío.

Cuando voy a bajar las escaleras, echo mi habitual vistazo al despacho de Livy para verla, y es entonces cuando me quedo atónito. Me acerco lentamente para asegurarme de que lo que veo es cierto, hasta que llego a la puerta y, al abrirla, lo compruebo con mis propios ojos.

—¿Qué haces aquí? —digo abriendo la puerta de golpe.

Chris se levanta del sofá y se seca las lágrimas rápidamente con el dorso de las manos. Enseguida intenta cambiar su expresión y volver a dar la impresión de que todo le resbala.

—¿Le has dejado salir tú? —le pregunto a Livy.

—Eh... Sí... Solo quería asegurarme de que estaba bien... No podía dejarle ahí abajo, solo...

—Él se lo buscó, ¿no crees? ¿O es que a partir de ahora, los ladrones no reciben un escarmiento?

—Vamos, Aaron... Sabes que...

—¡No! ¡No tienes derecho a darme lecciones acerca de cómo criar a un hijo!

—¿Qué insinúas?

—Lo obvio. ¡No creo que estés en disposición de aconsejarme acerca de cómo criar a un hijo cuando los tuyos propios no te soportan!

Las palabras salen de mi boca sin pasar una censura previa, así que al segundo de soltarlas, ya me estoy arrepintiendo. Además, cuando luego veo la reacción de Livy, se me cae el alma al suelo. Su frente arrugada, sus ojos llenos de tristeza, sus labios apretados para impedir el temblor... Me estoy fijando en ella y en cambio soy incapaz de ver cómo se acerca hasta mí y me propina un fuerte tortazo, llegando a girarme la cara. Muevo la mandíbula mientras me la froto con la mano.

—Que le jodan, Teniente Taylor.

—¡Vaya! Ya he pasado de nuevo de ser Aaron al Teniente Taylor...

—Tienes razón... Quizá no soy la más indicada para dar lecciones, pero al menos yo no renuncié nunca a mis hijos. Yo les quise desde el mismo instante en que supe que iba a ser madre.

Arrugo la frente y la miro extrañado. Luego giro la cabeza hacia Chris, sin poderme creer que él le haya explicado todo eso.

—Se te olvidó contármelo, ¿verdad? Me hiciste creer que la madre de Chris y tú estabais separados y que no le veías debido a la distancia... Pero creía que te hacías cargo de él de alguna manera, que hablabas con él de vez en cuando, que le veías al menos una o dos veces al año.

—Yo no te dije que me ocupara de él...

—¡Pero me lo hiciste creer! ¡Cuando me dijiste que no sabías nada acerca de tu hijo, pensé que era porque no os veíais a menudo, no porque realmente no le conocieras!

—Chris, vámonos...

Cuando le miro, me doy cuenta de que no nos pierde de vista y de que nos mira a uno y a otro repetidamente. Empieza a caminar hasta la puerta, echando rápidos vistazos hacia Livy.

—Adiós, Chris. Cuídate mucho —le dice ella.

En cuanto abro la puerta del despacho de Livy, agarrando a mi hijo del codo, veo como todo el mundo nos mira, incluidos Jimmy, Finn y Carl. Camino con decisión hacia la salida, mientras la mayoría de gente disimula, haciendo ver que reanuda sus actividades.

—¡Eh! —me grita Chris—. ¡Deja de arrastrarme!

—Chris, por favor, no estoy de humor.

—De puta madre. Y yo no tengo tres años para que me tengas que llevar cogido de la mano —me dice soltándose de mi agarre de un tirón, parándose en mitad de la comisaría—. Además, que tu jefa y tú ya no folléis juntos, no tiene nada que ver conmigo. Así que no pagues tu frustración sexual conmigo.

Nada más soltar la bomba, sale por la puerta dando un fuerte tirón. Giro la cabeza para mirar alrededor y me encuentro con los ojos de varios agentes, que me observan casi sin parpadear.

LIVY

No puedo quedarme más tiempo encerrada en mi despacho. Necesito salir y que me dé el aire. Necesito pensar en todo lo que ha pasado hoy, en todo lo que nos hemos dicho, y en cómo hemos pasado de despertarnos abrazados el sábado a hacernos tanto daño el lunes por la mañana. Agarro el bolso y me lo cuelgo del hombro. Respiro profundamente varias veces antes de decidirme a salir del cobijo de mi despacho. Camino con decisión hacia la calle, con la cabeza bien alta, aunque sin mirar a nadie, hasta que justo antes de traspasar la puerta, Jimmy se planta frente a mí.

—Capitana...

—Teniente, hablamos mañana... No, no me encuentro muy bien... —digo sin mirarle a los ojos.

—Solo quiero que sepa que, por nosotros, por todos los de aquí, no hace falta que se preocupe. Nos... Nos da igual si usted y Aaron... Bueno, ya sabe... No nos importa. Estamos de acuerdo en lo que los dos decidan.

Aprieto los labios y levanto la vista para mirarle. Intento sonreír aunque, como lo que me sale es una mueca horrorosa, finalmente solo asiento levemente con la cabeza, justo antes de salir por la puerta.

Camino sin rumbo, rodeada de gente que parece ir a varias revoluciones por encima de las mías. Mientras yo lo hago cabizbaja y con paso lento, los demás pasan por mi lado e incluso me esquivan prácticamente corriendo. Es como, si de repente y sin previo aviso, la ciudad funcionara a una velocidad mucho más alta que la mía.

Cuando llega la hora, me dirijo al colegio de Max. La profesora me cuenta lo mismo de cada día: que, aunque no se ha integrado aún en la dinámica del grupo, y sigue sin comunicarse con nadie, Max parece haber aceptado que aquí es donde tiene que estar y ya no se pasa el día gritando y llorando. Si algún día eso me pareció un motivo de esperanza, hoy no hace otra cosa que recordarme que todo sigue igual y que Max no está mostrando ningún signo de mejora con respecto al pasado.

Cuando salimos a la calle, intento sonreír y mostrarme feliz, para así contagiar ese sentimiento a Max, aunque al ver que él no me presta atención, enseguida vuelvo a mi estado de apatía anterior. Caminamos hacia casa con paso lento y pesado, hasta que, al pasar frente a un supermercado, Max tira de mí hacia el interior. Le sigo mientras camina por los pasillos, mirando a ambos lados, hacia las estanterías. Al rato, se frena en seco y señala hacia arriba, mirándome con los ojos muy abiertos. En cuanto miro hacia donde apunta, mis labios dibujan una sonrisa. Cojo un par de paquetes y se los tiendo.

—No, más no —le digo al ver su cara—. Cuando se acaben, mamá te compra más. ¿De acuerdo?

Max asiente con la cabeza y se da la vuelta para dirigirse a la caja registradora. Deja los paquetes en la cinta y la dependienta le sonríe.

—¡Vaya! ¿Te los vas a comer todos tú? —le pregunta.

Yo abro la boca para contestar por él, como siempre hago cuando alguien le pregunta algo, pero me quedo de piedra al ver que Max niega con la cabeza.

—¿Ah no? ¿Los vas a compartir con mamá? —le vuelve a preguntar la dependienta mientras él vuelve a negar con la cabeza—. ¿Ah no? Pues con lo guapo que eres, entonces... ¡con tu novia! ¡Los vas a compartir con tu novia!

Yo río mientras veo que Max mueve la cabeza de un lado a otro, muy rápido y con la cara sonrojada.

—Bueno, algún día ya me contarás con quién compartes los pastelitos, ¿vale?

—¿Cuánto le debo? —le pregunto, tentada en pagarle con un billete de cincuenta dólares y pedirle que se quede con el cambio, solo por haber logrado que Max se comunique con ella, aunque haya sido con meros movimientos de cabeza.

AARON

Nada más salir de la central, voy con Chris al instituto más cercano de casa para matricularle. Mientras él rellena los papeles, yo me entretengo leyendo diferentes panfletos de las actividades que realizan o de los diferentes clubs a los que pueden apuntarse. ¿Club de debate? ¿Club de ajedrez? ¿Pero qué mierda es esta?

—¿Nos vamos? —me pregunta Chris.

Aún con el ceño fruncido y con el panfleto del Club de Ajedrez en la mano, giro la cabeza hacia él. Miro sus manos y luego me giro para comprobar que ha dejado los papeles en el mostrador.

—¿Te mola el Club de Ajedrez o qué?

—¿Eh? —Al darme cuenta de que aún llevo el tríptico en la mano, lo vuelvo a dejar en su sitio, poniendo cara de asco—. No, por Dios. ¿Y a ti?

Chris no me contesta, así que caminamos hacia la puerta, justo en el momento en el que entra un tipo joven con una mochila colgada a la espalda. Saluda afable a la secretaria y, justo antes de meterse en el despacho del director, nos mira y, sonriendo, nos dice:

—Hola. Soy Edgar Jones, el director.

—Eh... Hola... —le saludo extrañado.

—Tengo treinta años, no se asuste, no salí ayer de la facultad de magisterio —me informa mirando los papeles que Chris acaba de entregar—. Entonces, Chris, ¿nos vemos mañana?

—Eso parece... —responde con desgana.

—¿Te importa si charlo un poco con tu padre?

—Usted mismo —dice saliendo al pasillo.

Desde donde estoy, mirando a través de la ventana de la puerta, puedo ver como Chris se espera en el pasillo, apoyado contra la pared, mientras mira alrededor. Así que, tras comprobar que no se ha largado, me giro hacia el director.

—Quizá le gustaría acabar de rellenar bien la ficha de su hijo...

Me enseña entonces la solicitud y veo que faltan muchos datos. Cojo el bolígrafo que me tiende y voy completando toda la información. Así, relleno el campo de la dirección de casa y el del teléfono de contacto. Entonces, llego a los campos de información acerca de los padres o tutores, y resoplo resignado.

—No hace falta que nos de detalles. En realidad solo necesitamos un nombre y un número de teléfono para poder contactar con ustedes en caso de emergencia...

—Su madre murió hace pocas semanas y preferí traerle aquí conmigo antes que dejarle en un centro de menores —digo mientras escribo mi nombre al lado de la palabra "padre" y mi número de móvil—. Quizá no fue la decisión más acertada...

—¿Bromea? —dice el director—. Puede que ahora Chris no sepa valorar lo que ha hecho por él, pero tarde o temprano lo hará. Y usted, intente no perder la paciencia y contar hasta diez antes de hacer algo de lo que arrepentirse.

Vuelvo a mirar por la ventana y le veo sonreír. Me acerco lentamente y entonces encuentro el motivo de su sonrisa. Un grupo de chicas, algo más allá, que le echan miradas y ríen entre ellas. Al final, una de ellas se acerca y, sosteniendo una carpeta contra su pecho, le empieza a hablar.

—Además, se dará cuenta de que aquí goza de unos privilegios que no tendría en el centro de menores... —dice entonces el director.

En cuanto suena el timbre y la chica se aleja, me despido del director y salgo al pasillo.

—¿Nos vamos? —le digo mientras él sigue ensimismado, mirando hacia donde la chica se ha ido—. Entonces, me has dicho que te apuntarás al Club de Ajedrez, ¿no?

Chris no me contesta, pero sonríe levemente con la cabeza agachada, caminando a mi lado hacia la salida.

LIVY

Hoy Lexy no ha querido que la acompañara al colegio. Ha quedado para ir hacia allí con unas amigas que la han recogido a la puerta de casa. Aunque el hecho de no poder asegurarme que entra en clase, me mosquea un poco, reconozco que saber que ha hecho nuevas amigas, me alegra muchísimo. Eso, sumado a la satisfacción de contarle a la profesora de Max el maravilloso progreso que hizo ayer en el supermercado, hace que llegue a la central con una enorme sonrisa dibujada en la cara.

Cuando llevo poco más de media hora sentada detrás de mi escritorio, recibo una llamada de teléfono. Es una llamada de la Casa Blanca, pidiéndome a dos de mis mejores hombres para apoyar a los guardaespaldas del Presidente en su próxima visita a la ciudad. Al instante pienso en Aaron y en Jimmy, aunque una parte de mí quiere darle un escarmiento. Así pues, después de pensarlo detenidamente, al ir hacia la sala de operaciones para nuestra reunión diaria, lo hago con una sonrisa de satisfacción que me es imposible de borrar.

—Caballeros —digo nada más entrar, haciendo callar todos los murmullos al instante—. He recibido una llamada de la Casa Blanca para pedirme que les preste a dos de mis mejores hombres para ayudar en las labores de escolta al Presidente en su visita de la semana próxima.

Me dirijo hacia los monitores y los dejo a mi espalda, apoyando las manos en el tablero de mandos, enfrentándome por primera vez a las caras de mis hombres, después de que ellos se hayan enterado de que Aaron y yo nos acostábamos. Les miro demostrando muchísima seguridad, seguramente porque me agarro con fuerza al panel de mandos y porque, de momento, evito la mirada de Aaron, que siento clavada en mí como si me abrasara.

—Teniente Dillon... Sargento Hunning... La semana que viene se incorporarán al equipo de escoltas del presidente.

—¿Yo? —me pregunta Finn, totalmente pálido, echando rápidos vistazos a Aaron.

—Sí, usted, Sargento Hunning.

Los murmullos empiezan de nuevo, acompañados de miradas dirigidas a mí y a Aaron. Yo no me he atrevido a mirarle aún, pero entiendo que, como poco, mi decisión debe de haberle cabreado. Al fin y al cabo, ser escolta del presidente, aunque sea durante unas horas, te otorga cierto prestigio.

—De acuerdo... Una vez zanjado el tema, hablemos de la misión que nos atañe ahora. Ayer creo que realizaron el reconocimiento a más de la mitad del perímetro de seguridad alrededor del Madison Square Garden. ¿Es correcto?

Veo a Aaron mirándome fijamente, con la espalda muy erguida y la mandíbula apretada. Traga saliva repetidas veces y respira profundamente antes de abrir la boca.

—Sí, señora —Me acerca una carpeta y me la tiende, casi cuadrándose al hacerlo. Todo con una pose muy militar, muy seria, muy... fría—. Ahí dentro tiene un mapa de la zona donde he marcado el perímetro que hemos revisado hasta ahora. También me he permitido el lujo de marcarle las zonas donde, bajo mi modesto y novato punto de vista, deberíamos prestar especial atención.

—Perfecto —digo mirando el mapa, aunque siendo incapaz de fijarme en nada en concreto, totalmente aturdida por su cercanía.

—No —me dice cuando se lo intento devolver—. Me tomé la libertad de hacerle una copia. Tengo otra en mi posesión. Ya me dirá usted a quién se la doy para que siga llevando a cabo la misión.

Él retrocede hasta su posición inicial, dejándome con la boca abierta y con serios problemas para conservar mi actitud y la autoridad.

—Está bien. Pueden retirarse —En cuanto empiezan a moverse, llamo la atención de Aaron—. Teniente Taylor. ¿Me concede un minuto?

Soy consciente de las miradas de apoyo que recibe por parte de los demás conforme van saliendo de la sala. Sé que, si se tuvieran que decantar por un bando, su decisión estaría clara, pero por suerte para mí, la decisión acerca de mi puesto, no la toman ellos. Además, por desgracia para ellos, soy jodidamente buena en mi trabajo.

Cuando nos quedamos solos, cierra la puerta y se cruza de brazos, apoyando la espalda en ella. Nos miramos durante unos largos segundos, sin abrir la boca, hasta que finalmente, se abre de brazos y me pregunta:

—¿Y bien? Creía que entre ayer y hoy nos lo habíamos dicho todo, Capitana Morgan.

—¡¿Por qué no me dijiste que te despreocupaste completamente de tu hijo?! —le suelto de repente.

Resopla e intenta darse la vuelta, con intención de largarse, pero yo le agarro del brazo para impedírselo.

—¡Respóndeme! ¡¿Por qué no me contaste la verdad?!

—¡Porque yo no sabía que tenía un hijo! —me grita totalmente fuera de sí—. ¡Y sí, le di el dinero a Cassey para que abortara y pensé que lo había hecho! ¡Siento no haber sido tan responsable como tú y no haber decidido tener un hijo con alguien a quien no amaba!

—¡Vete a la mierda, Aaron!

—¡No! ¡Vete tú a la mierda! ¡¿Te piensas que tienes derecho a darme lecciones o consejos de paternidad?! ¡No sabes nada de mí! ¡Tenía veintidós años, Livy! ¡Cassey era solo una amiga con la que jugué a un juego que se nos fue de las manos! Mis padres habían muerto hacía poco y yo solo quería salir de Montauk y empezar a pensar un poco en mí... Alistarme en la policía y, bueno... hacer lo que realmente me gustaba.

Da la vuelta sobre sí mismo mientras se lleva las manos a la cabeza. Respira aceleradamente y puedo ver su pecho moverse arriba y abajo con rapidez.

—Nunca más volví allí. Cassey nunca se puso en contacto conmigo. Simplemente, es como si hubiera borrado eso de mi memoria, como si no hubiera sucedido nunca.

—¿Por qué no me lo contaste, Aaron? ¿Acaso pensaste que no era importante?

—¡¿Cómo quieres que te lo contara?! ¡¿Qué coño hubieras pensado de mí?! ¡Te veo la cara cuando me hablas de tus hijos, Livy! ¡Vi como, a pesar de tus desavenencias con Lexy, se te dibuja una sonrisa cuando la nombras! ¡O tus ojos llenos de ilusión cuando me explicas lo mucho que Max puede progresar en ese colegio! —me mira con los ojos muy abiertos, aún con la respiración agitada—. ¡¿Cómo querías que te dijera que no conocía a mi hijo porque yo no quería siquiera que naciera?! ¡¿Qué hubieras pensado de mí?!

—Pero... —empiezo a decir, viéndome forzada a carraspear para forzar que mis palabras salgan con fluidez—. Pensaba que creías que era la... peor madre del mundo.

—¿Estás loca? Eso lo dije para hacerte daño, porque estaba dolido contigo. Tú eres... eres jodidamente perfecta.

Nos miramos a los ojos, fijamente, sin parpadear. Entorno los ojos levemente mientras me obligo a no correr de nuevo hacia él. Al final, niega con la cabeza y me da la espalda para salir.

—Livy, ni tú ni Chris entrabais en mis planes... Intentaba hacer malabares para poder haceros encajar en mi mundo, y todo se ha venido abajo... Creía que lo podía tener todo, y estoy a punto de perderlo.

AARON

Paso el resto del día completamente despistado, pensando en lo que pude tener y he perdido. Dándome cuenta de que, despertar al lado de Livy, hacerla reír, ser el destinatario de sus abrazos, o el único culpable de sus orgasmos, ha hecho despertar en mí unos deseos que hasta ahora me eran desconocidos. El problema es que ahora que sé lo que se siente, dudo que pueda volver a mis antiguas costumbres.

Al volver a la central, después de acabar de asegurar el perímetro del Madison Square Garden, acabo el informe preliminar y me levanto para llevárselo a Livy. Aunque intentan disimularlo, sé que soy el objetivo de todas las miradas en cuanto me planto delante de su puerta.

—Capitana Morgan —digo llamando con los nudillos.

—Adelante.

—Le traigo el informe de hoy.

Me acerco, se lo dejo en la mesa y me doy media vuelta para irme, sin más.

—Gracias —oigo que dice a mi espalda—. Espere un momento. ¿Puede cerrar la puerta?

Resoplo y agacho la cabeza. No tengo fuerzas suficientes como para enfrentarme de nuevo a una guerra dialéctica. No me veo capaz de volver a verla gritarme o sufrir por mi culpa. Por suerte, cuando me estoy dirigiendo hacia la puerta para cerrarla, me suena el móvil en el bolsillo. Le hago una seña a Livy para que espere un segundo y descuelgo la llamada.

—¿Sí?

—¿El señor Taylor?

—Soy yo.

—Soy Edgar... El director del instituto de su hijo.

—Ah, sí —contesto extrañado—. ¿Qué...? ¿Qué ha pasado?

—Se ha metido en una pelea. Le hemos llevado a la enfermería y ahora está aquí en mi despacho... ¿Podría venir a hablar conmigo?

—Eh... Sí —digo consultando mi reloj y mirando a Livy—. Ahora mismo voy.

Cuelgo el teléfono y me quedo un rato mirando la pantalla. Cuando consigo reaccionar, levanto la cabeza y miro a Livy.

—Tengo que... Era una llamada del instituto... Me tengo que ir...

—Claro.

Ni siquiera me entretengo en cambiarme. Me monto en mi coche y conduzco como un loco. Dejo el coche en el aparcamiento y corro hasta llegar al despacho del director. Abro la puerta y miro alrededor, hasta que veo a Chris sentado en una silla, con una bolsa de hielo en la mano, apretándosela contra el pómulo izquierdo. En cuanto me ve, abre mucho los ojos, no sé si sorprendido por cara de preocupación o asustado por mi posible reacción. Me agacho frente a él y le aparto la mano para ver el alcance de la herida, justo en el momento en el que el director se asoma por la puerta de su despacho.

—Hola, señor Taylor. ¿Puede pasar un segundo? Chris, tú también, por favor.

Entramos y nos sentamos en las dos sillas frente a su escritorio.

—Empezamos bien nuestra relación, ¿verdad? —dice el director mirando a Chris—. Primer día, primera visita. Dime por favor que no va a ser siempre así, porque dimito ahora mismo y le paso el muerto a otro.

Chris se encoge de hombros mientras mantiene la cabeza girada, mirando por la ventana.

—Yo estoy aquí para contribuir en algo en vuestra educación y enseñanza, no para pegaros la charla ni imponeros castigos. Créeme, ese rollo no me va y es lo que menos me gusta de mi trabajo. Así que, por ser la primera vez, te voy a dar otra oportunidad y no te voy a imponer el castigo que debería. No me interesan los motivos por los que te has peleado con un chico de último curso que te saca diez centímetros de alto y varios más de ancho, solo que me des tu palabra de que intentaras no volver a meterte en estos berenjenales.

Observo a Chris mientras él se mantiene impasible. ¿Se supone que debería intervenir? ¿Se supone que me debería de sentir mal porque mi hijo se ha metido en una pelea cuando en realidad lo que siento es que se haya dejado golpear?

—¿Señor Taylor?

—¿Eh? Perdone...

—Le preguntaba si tiene alguna duda...

—No, la verdad. No sé el motivo de la pelea, pero confío en Chris y sé que habrá algún motivo de peso, o al menos, eso espero.

—De acuerdo entonces... —dice levantándose de su silla para acompañarnos a la puerta—. Nos vemos mañana, Chris. Gracias por haber venido tan rápido, señor Taylor. Veo que le he cogido en mitad de su jornada laboral.

—Eh... Sí... —contesto mirando mi uniforme mientras le estrecho la mano—. No importa.

Al salir a la calle, Chris se acerca a una papelera y tira la bolsa con hielo. En cuanto se sube, arranco el motor y, mirándole de reojo, le digo:

—No hace falta que te hagas el duro delante de mí. Es imposible que no te duela ya, así que al llegar a casa, te volverás a aplicar hielo.

—Estoy bien.

—Me alegro, pero te pondrás hielo igualmente.

Me esperaba que rechistara, pero en cambio, arruga la frente y agacha la cabeza, resignado. A estas horas hay bastante tráfico, así que enseguida nos vemos atrapados en un enorme atasco.

—¿Es verdad que confías en mí? —me pregunta de repente.

Giro la cabeza y le miro fijamente. Él intenta mantenerme la mirada, pero a los pocos segundos la agacha. De repente, deja de ser el chico chuleta y respondón que conocí hace pocos días, pareciéndose más a la imagen que proyectaba en aquellas fotos que encontré en su habitación.

—¿Por qué no lo iba a hacer?

—Porque no me conoces.

—Lo sé, pero eres mi hijo y por lo tanto, siempre voy a confiar en ti. Pase lo que pase y hagas lo que hagas.

—¿No...? ¿No quieres saber qué pasó?

—Sí, pero si no me lo cuentas, tendrás tus motivos. Será que nuestro nivel de confianza el uno en el otro, son muy distintos, cosa de la que por cierto, no te culpo.

En cuanto llegamos a casa, como una hora después por culpa del tráfico infernal, Bono se abalanza sobre mí.

—Lo sé, lo sé. Déjame que me cambie y ahora te saco.

—Puedo... Puedo sacarle yo, si quieres.

—¿En serio? —le pregunto mientras el perro nos mira intrigado—. ¿Quieres sacarle a pasear?

—Sí. En serio.

—Le preguntaba a Bono, no a ti —digo agachándome para ponerle la correa mientras Chris se ríe de mi broma—. Escúchame, Chris te va a sacar a pasear. Hazle caso y te daré comida de esa tan cara que guardamos para las ocasiones especiales.

Bono ladra y le doy unas palmadas cariñosas en su enorme cabeza. Cuando me incorporo, le tiendo las llaves de casa a Chris y le doy una bolsa de plástico.

—Toma, para recogerle la mierda. Me voy a dar una ducha y luego prepararé pasta con tomate para cenar. ¿Te gusta?

—Sí.

—Si te pierdes, no te preocupes, Bono sabe volver a casa.

CAPÍTULO 9

Cuando nos encontramos saldando deudas

LIVY

Max lleva acostado un rato y Lexy está acabando los deberes mientras yo veo la televisión. En cuanto me suena el móvil, me abalanzo sobre él como una desesperada. Cuando leo en la pantalla el nombre de mi hermana, me llevo una mano al pecho para intentar tranquilizarme.

—Tengo que dejar de hacer esto... —digo mientras aprieto el botón para descolgar.

—¿Dejar de hacer qué? —pregunta mi hermana.

—Perdona, pensaba en voz alta...

—¿Y qué tienes que dejar de hacer?

Antes de responder, me aseguro de que Lexy sigue en su habitación y no pueda oírme. Después de que el otro día leyera los mensajes que intercambié con Aaron, está bastante atenta a todo lo que hago o digo, como si me estuviera espiando, así que prefiero no arriesgarme.

—Dejar de comportarme como una adolescente cada vez que me suena el teléfono. Solo consigo provocarme taquicardias y cualquier día de estos me da un patatús.

—Entiendo entonces que lo vuestro sigue igual... ¿No habéis hablado hoy?

—Sí hemos hablado, sí. Hemos llegado a la conclusión de que no existe un "lo nuestro".

—¡¿Pero estáis tontos o qué?! ¿Qué ha pasado?

Me tiro los siguientes diez minutos contándole lo ocurrido esta mañana y los siguientes veinte respondiendo a sus preguntas.

—¿Y se fue? ¿Le dejaste ir? Después de decirte que eres perfecta, ¿le dejas ir? ¿Sin más?

—Bren, por favor... Recibió una llamada del instituto de su hijo... Era una emergencia. No quedaba bien que le acechara a preguntas del estilo: ¿en serio crees que soy perfecta? o ¿y cuánto de perfecta te parezco? Demasiado superficial, ¿no crees?

—De acuerdo... Pero quizá podrías aprovecharte de su piropo e intentar un acercamiento. No sé... Quizá enviarle un mensaje para preguntarle por su hijo, que una cosa lleve a la otra, y acabéis quedando mañana para follar en los vestuarios...

—Bren...

—Vale, vale... No sigas mi consejo al pie de la letra, pero por Dios, deja de pensar en qué dirán tus hijos, los demás agentes, tus superiores o el Presidente de los Estados Unidos, y piensa en tu felicidad por una vez en la vida.

Resoplo resignada, aunque sé que en el fondo tiene razón, y es lo que quiero hacer.

—¿Lo harás? —insiste mi hermana.

—Lo pensaré.

—Te llamo mañana para que me des detalles.

—De acuerdo. Hasta mañana.

Cuelgo la llamada y me quedo un rato mirando el teléfono. Escondo las manos en las mangas de mi enorme sudadera y encojo las piernas encima del sofá. Estoy indecisa, porque por una parte quiero seguir el consejo de mi hermana, pero por otra, sé que nuestros encuentros de hoy no auguran que esté muy receptivo a mis mensajes.

Camino hasta la cocina, cojo una copa y cuando voy a servirme un poco de vino, me acuerdo de las cervezas que compré por si él decidía pasar más tiempo en casa. Guardo la copa y cojo una de ellas de la nevera. Me vuelvo a sentar en el sofá, abro el programa de mensajes y miro fijamente el cursor mientras parpadea.

"Hola. ¿Va todo bien con Chris? Si necesitas cogerte algún día, por lo que sea, hazlo. No te preocupes por nada"

Después de releerlo varias veces, de cambiar palabras, de borrarlo entero y de volverlo a escribir decenas de veces, lo envío sin darle más vueltas. Dos minutos después, compruebo que me funcione la Wifi del móvil. Cinco minutos después, le envío un mensaje a mi hermana para comprobar que me funciona correctamente. Cuando un minuto después recibo la respuesta de Bren, confirmándome de Aaron pasa de mí, mi cabeza ya empieza a imaginárselo ocupado con alguna tía en los lavabos de una discoteca.

—¡Basta, Livy! —me digo a mí misma.

Dejo el móvil en el sofá y me levanto para poner un poco de orden en la cocina. Luego me fijo en las cajas apiladas a un lado del salón y opto por ponerme con ellas un rato. Una hora después, con toda mi ropa ya desempaquetada y guardada en el armario, me doy por vencida y me voy a la cama.

AARON

En cuanto llego de nadar, me encuentro a Chris en el salón, desayunando con Bono pegado a él.

—Bono, no pidas —le digo—. Tú tienes tu comida.

Dejo la bolsa de deporte en el suelo y me dirijo a la cafetera donde hay café recién hecho.

—Casi no queda —me dice Chris señalando la jarra de mi mano.

—Esta tarde iré a hacer la compra. ¿Hay algo que te apetezca especialmente? ¿Algo que te guste mucho y quieres que compre? ¿Coca-Cola? ¿Patatas fritas?

—No sé... Tú mismo. No importa —me contesta encogiéndose de hombros—. Esto... ¿tienes lavadora?

—El cuarto de las lavadoras está en el sótano del edificio. Deja lo que tengas para lavar en el cubo. Hoy viene María a limpiar, así que le pondré una nota para que haga la colada.

Se levanta y va hacia su dormitorio, con Bono siempre pegado a sus piernas. Sonrío al ver que parece que han hecho buenas migas. Cuando vuelve, mete su sudadera, los vaqueros y un calzoncillo en el cubo de la ropa, y entonces me acuerdo del poco equipaje que traía consigo.

—Oye... Si quieres, podemos ir juntos al supermercado, y luego podríamos ir a comprar algo de ropa...

—Es igual, no me hace falta.

—Chris, aparte del pantalón que llevas puesto y del que acabas de echar a lavar, ¿tienes alguno más? —le pregunto mientras él niega con la cabeza—. ¿Y sudadera? ¿O chaqueta? Ya empieza a hacer frío...

—No.

—¿Y piensas ir en manga corta al instituto? ¿En pleno noviembre? —digo señalándole con el dedo.

Chasqueo la lengua, caminando hacia mi dormitorio, y abro el armario. Busco entre toda mi ropa algo que le pueda servir, y entonces veo la sudadera de los Yankees. Recuerdo entre las fotos, aquella en la que salía vestido con el uniforme de un equipo de baseball, y esa otra de más pequeño en la que salía blandiendo un bate, así que me decido por esa.

—Toma. Creo que esta te irá bien —digo cuando vuelvo.

La coge entre sus manos y la mira fijamente, con los ojos muy abiertos. Se muerde el labio inferior con timidez, mientras me echa rápidos vistazos.

—No hace falta que...

—No me la pongo hace tiempo —le miento para intentar convencerle—. Te la puedes quedar si te gusta.

—Me... —carraspea, juraría que bastante emocionado, mientras se la pone—. Me encanta.

—Te queda bien —le sonrío.

—¿Eres...? ¿Eres aficionado al baseball? —me pregunta con timidez.

—Por supuesto. ¡Go Yankees! ¿Y tú?

—También. ¿Jugaste en algún equipo?

—En los Mustangs de Montauk. Solo unas temporadas, porque luego tuve que ayudar a mis padres en la tienda y no tenía tiempo para todo... ¿Y tú?

—También —me contesta con una sonrisa, agachando la cabeza—. A pesar de su enfermedad, mamá no quiso que lo dejara. Aunque al final, tuve que hacerlo para cuidarla...

—Seguro que hay un equipo en el instituto... Podrías apuntarte.

—Ya veremos... ¿Vienes del gimnasio? —me pregunta mirando mi bolsa en el suelo.

—Sí, voy cada mañana a nadar. Lo necesito porque tengo la espalda jodida, y cuando estoy de servicio paso muchas horas en la misma postura... Puedes venirte alguna mañana, si quieres. Suelo ir sobre las seis.

—¿Pero a esa hora están puestas las calles? —me pregunta, mirándome como si estuviera loco—. Si alguna vez vas a una hora más... normal, me avisas.

Nos quedamos en silencio durante unos segundos, agotados por la cantidad de información que hemos recibido el uno del otro en poco más de diez minutos de conversación. Al rato, Chris mira el reloj y se levanta de la silla. Deja el vaso y el plato en el fregadero y se cuelga la mochila al hombro.

—¿Quieres que te lleve? —le pregunto.

—No hace falta. He quedado —me informa sin poder disimular la pequeña sonrisa que se asoma en sus labios.

—Joder. No pierdes el tiempo, ¿eh?

—Se hace lo que se puede... —contesta caminando hacia la puerta mientras le da unas palmadas cariñosas a Bono en la cabeza.

—No te metas en líos, ¿vale?

—Tú tampoco... ¿Nos vemos esta tarde, entonces?

—Te llamo cuando salga de currar.

LIVY

He dormido poco y mal, así que por muchas cremas que me ponga, no consigo disimular las enormes ojeras que han aparecido debajo de mis ojos. Cuando he dejado a Max en el colegio, no he sido capaz de prestar atención a lo que me contaba su profesora. Luego, al salir, he estado a punto de morir atropellada dos veces al intentar cruzar unos pasos de peatones sin darme cuenta de que el semáforo estaba en rojo. Estoy despistada porque no puedo dejar de preguntarme una y otra vez, por qué Aaron no me ha contestado. Mi cabeza me grita que le he perdido para siempre, que se ha cansado de mis dudas y de mi indecisión. Mi corazón, en cambio, intenta ser más benevolente y me susurra cosas como que no ha podido contestarme porque estaba pasando tiempo con su hijo, o porque simplemente no ha visto mi mensaje.

En cuanto entro por la puerta de la central, saludo al sargento Meyers, que me tiende el correo dirigido a mi atención.

—¿Se encuentra bien, Capitana? —me pregunta con una sonrisa amable en la cara.

—Sí... No se preocupe. No he dormido demasiado bien.

—Si puedo hacer algo por usted, no dude en pedírmelo.

—Gracias —le contesto con una sonrisa sincera.

Cuando voy hacia mi despacho, saludando a todos con los que me cruzo, no puedo evitar echar un vistazo hacia la mesa de Aaron y es entonces cuando el corazón se me cae a los pies. Él está sentado en su silla mientras una mujer joven, vestida con un elegante traje de chaqueta y pantalón, está sentada encima de su mesa. Tiene las piernas cruzadas y se le insinúa descaradamente. Bueno, quizá no, pero ¿qué narices hace sentada de esa manera en su mesa? Él ni siquiera se fija en mí, solo tiene ojos para la arpía esa. Me maldigo a mí misma por haberme estado preocupando por su hijo, o por haberle dicho que cogiera unos días si los necesita, cuando en realidad está claro que estaba ocupado ligando.

Voy tan despistada, fulminándolos a los dos con la mirada, que al girar hacia mi despacho, me choco de frente con uno de los agentes, que iba hacia su mesa con un vaso de café en la mano.

—¡Oh mierda! —grito al sentir un calor abrasador en el pecho.

—Capitana, lo siento —se excusa alzando las manos como para intentar ayudarme.

Con todo lo que llevaba en las manos esparcido por el suelo, me miro la camisa, blanca hasta hace cinco segundos, marrón café ahora. Pero yo no me preocupo por la camisa, ni siquiera por el dolor que siento ahora mismo, sino por si él me ha visto, así que giro la cabeza levemente y veo que se ha puesto en pie y me mira fijamente, con un gesto de preocupación dibujado en la cara.

—¿Se encuentra bien? —me preguntan varios agentes.

—Sí, no se preocupen... Voy a intentar limpiarme esto...

Prácticamente llego a los lavabos a la carrera, más para dejar de sentirme como una estúpida que para intentar limpiar la camisa, cosa que sé de antemano que resultará prácticamente imposible. Igualmente, me acerco hacia el lavamanos y abro el grifo. Mojo un trozo de papel y empiezo a frotarlo con fuerza contra la mancha que, lejos de desaparecer, parece hacerse más grande por momentos. Es tal la impotencia que siento, que las lágrimas empiezan a manar sin consuelo de mis ojos.

—¡Imbécil! ¡¿Acaso no te das cuenta?! —le grito a mi reflejo.

—¿Estás bien?

En cuanto escucho su voz a mi espalda, me paralizo por completo. Al rato, me doy la vuelta hacia la puerta lentamente y entorno los ojos al verle. Enseguida, toda la rabia que siento hacia él, brota de mí y, apuntándole con el dedo, le grito:

—¡¿Acaso te parece que estoy bien?! ¡¿En serio eres tan tonto que tienes que preguntármelo?! ¡Lárgate Aaron! ¡No te necesito!

—Solo venía a traerte una camiseta limpia... Pensé que la necesitarías...

Da unos pasos para acercarse hasta mí y estira el brazo para dármela. Mira mi camisa y arruga la frente. Al momento, se acerca aún más, quedándose a escasos centímetros, y echa un vistazo a mi piel.

—Te has quemado un poco. Lo tienes rojo. Ven.

Me agarra de la mano y, sin importarle que los demás nos vean, salimos de los lavabos y tira de mí hacia los vestuarios. En cuanto entramos, se acerca hasta un botiquín colgado en la pared y saca una gasa y un pequeño espray. Sin mediar palabra, retira un poco la tela de la camisa, dejando entrever un poco de mi sujetador y mi piel roja, y agita el bote.

—Notarás frío —dice justo antes de aplicarlo encima de la piel roja.

Aún habiéndome advertido, no puedo evitar dejar escapar un pequeño grito debido a la impresión. Al momento, pone la gasa encima de donde ha aplicado el espray y se queda quieto, con sus dedos rozando mi pecho y su aliento acariciando mi piel. Durante unos segundos, nos miramos a los ojos y casi estoy a punto de venirme abajo y colgarme de su cuello. Es entonces cuando mi cabeza toma el mando de la situación, y me recuerda que aún estoy esperando a que me conteste el mensaje, además de otras cosas como que hay una tía sentada encima de su mesa.

—Puedo yo sola —le digo empujándole mientras me doy la vuelta—. Lárgate de aquí antes de que se piensen algo que no es.

—En estos casos, se suele decir "gracias" —me suelta—. Es cuestión de educación.

—Solo estoy demostrando la misma educación que tú.

—¿Perdona?

—Anoche te envié un mensaje preocupándome por tu hijo y no has sido capaz siquiera de contestarme. Supuse que no habrías podido, pero luego te he visto tonteando con tu nuevo ligue, así que doy por hecho que has tenido tiempo libre de sobra...

—¿Tonteando con un nuevo ligue? ¿De qué hablas? —me pregunta realmente descolocado, hasta que veo que se le empieza a dibujar una sonrisa socarrona—. ¿Con Deb? Solo estábamos charlando.

—No tienes que darme explicaciones.

—Pero parece que me las pides... Si no, ¿por qué ibas a estar echándomelo en cara? ¿Estás celosa?

Su sonrisa de superioridad ya es enorme, así que, antes de darle la satisfacción de verme llorar de nuevo y sin mostrar ningún pudor, me quito la camisa y me pongo la camiseta, la cual me queda enorme y para colmo de males, huele a él. Luego salgo del vestuario dando un portazo y dejándole ahí solo.

AARON

¿Todo eso ha sido por mi culpa? Su mala cara, su mal humor y ese numerito con el café, ¿han sido por mi culpa? ¿Todo porque no le contesté al mensaje? ¿Todo porque me ha visto con Deb? Cuando consigo reaccionar, la sigo hasta su despacho, entrando justo antes de que se cierre la puerta. Me quedo con la espalda apoyada en ella durante un rato, mientras la escucho sollozar. Creo que no se ha dado cuenta de mi presencia, así que, intentando que no se asuste, con sumo cuidado, digo:

—Livy...

—¡Joder! —dice dando un salto y girándose—. ¿Puedes hacer el favor de dejarme sola?

—No —contesto con sequedad—. Deb es la novia de Jimmy.

—¿Qué?

—Deb, la chica con la que dices que tonteaba antes, es la novia de Jimmy. Ha venido porque quiere prepararle una fiesta sorpresa por su cumpleaños, y sabía que hoy no estaría en la central porque está con lo del presidente. Y no, ninguno de los dos estábamos tonteando. Ella está completamente enamorada de ese capullo y yo...

Me quedo callado justo a tiempo. Me había envalentonado y he estado a punto de acabar la frase con algo de lo que seguro me iba a arrepentir luego. Así que lo pienso mejor y decido cambiar la frase en el último momento.

—Y yo nunca hago nada con la intención de hacerte daño. Anoche no te contesté el mensaje porque estuve con Chris. Esta mañana he ido a nadar y al volver a casa he estado charlando de nuevo con él. Iba a contestarte pero ya estaba de camino hacia aquí, y pensé en hacerlo en persona, pero entonces vino Deb a verme...

—Vale... —me dice ella secándose las lágrimas de las mejillas e intentando recuperar la compostura—. Muy bien.

—Me llamaron del instituto porque Chris se había metido en una pelea. Nada grave. Y no, no voy a coger ningún día por ello. Sé que soy prescindible, según pude ver ayer, pero no hace falta que me coja ningún día libre. Gracias de todos modos.

—Serás capullo... ¿Estás dolido porque elegí a Finn antes que a ti?

—Por supuesto. Sabes que soy el mejor cualificado para estar con el presidente estos días. Y que conste que eso no quiere decir que no confíe en mis chicos, porque sé que lo harán genial, pero reconoce que tu decisión se basó solo en tu rencor hacia mí.

Los dos nos quedamos inmóviles, mirándonos a cierta distancia, respirando de forma agitada. Quiero ver algún cambio en ella, alguna reacción que me indique que se ablanda, pero al no ser así, pasados unos segundos, chasqueo la lengua y me doy media vuelta.

—Si me necesita para algo, Capitana Morgan, estaré en el almacén haciendo una comprobación rutinaria —Abro la puerta y antes de salir, me giro y la señalo—. Ya me debe dos camisas y una camiseta.

LIVY

Me doy cuenta de que me he comportado como una imbécil con él, pero además, y mucho más grave, que todo esto me está afectando en mi día a día. Ayer tendría que haberme interesado por Lexy y quizá, haberla ayudado con los deberes, pero estaba más preocupada en enviarle un mensaje a Aaron. Y esta mañana, no he sido capaz de prestar atención a las explicaciones de la profesora de Max porque mi cabeza no dejaba de dar vueltas pensando en los motivos por los que Aaron no me había contestado al mensaje.

No me he movido del despacho en ningún momento, ni siquiera para comer. Y apuro al máximo el momento de salir por la puerta para ir a recoger a Max, solo para no tener que volver a enfrentarme a él. Me pongo el abrigo, tapando así la camiseta, esa que me ha dejado y que huele tanto a él. Por suerte, cuando lo hago, compruebo con un rápido vistazo que Aaron ya no está en su sitio. Me despido del sargento Meyers, que vuelve a interesarse por mi salud, y corro hacia el colegio de Max para llegar a tiempo a recogerle. La profesora me explica que hoy, aunque no se ha relacionado con ningún niño, ha hecho un gran avance, porque sin que ella se lo pidiera, se ha sentado a hacer un dibujo. Así, salgo del colegio muy contenta y decidida a pasar tiempo con mi hijo. Decidida a dejar de acordarme de Aaron para centrarme en mi vida.

—¿Me enseñas el dibujo que has hecho, Max? —le pregunto mientras vamos hacia casa.

Lo saca de su pequeña mochila y me lo tiende mirándome a los ojos, muy ilusionado. En el dibujo, veo a tres personas, una más alta y con pelo largo, que debo de ser yo, otra más bajita también con pelo largo, que debe de ser su hermana, y un personaje mucho más pequeño, que debe de ser él. A su lado, ha dibujado lo que creo que es un perro.

—¿Estos somos tú, Lexy y yo? —le pregunto mientras él asiente—. ¿Y esto es un perro?

Max agacha la cabeza y mira al suelo.

—Cariño, sabes que no podemos tener un perro... Estamos todo el día fuera de casa, y estoy liada aún con la mudanza. Además, hay demasiadas cosas nuevas... Ciudad, apartamento, trabajo, colegio...

Quizá cuando nos asentemos un poco más y tú seas algo más mayor...

Max hace una especie de puchero con el labio inferior, todavía sin levantar la cabeza. Lleva queriendo tener un perro desde que tiene uso de razón. Su padre nunca accedió a tener uno, así que seguramente haya pensado que ahora que no está, podríamos tenerlo. Pero realmente, no es el mejor momento para añadir una nueva responsabilidad a mi lista.

—¿Sabes qué vamos a hacer? Vamos a ir a una juguetería a comprar un cuaderno y unos colores nuevos para que puedas seguir pintando. ¿Quieres?

Al rato, Max asiente esbozando una tímida sonrisa. Sé que está mal intentar sobornarle de esta manera, pero ahora mismo necesito verle contento. Así pues, nos metemos en el metro y le llevo a Times Square. Sé que allí hay un Toys 'R Us enorme, con una noria en su interior. A grandes males, mayores sobornos. En cuanto entramos, Max abre la boca y los ojos de par en par, mirando de un lado a otro sin siquiera parpadear. Después de dar vueltas durante casi una hora, salimos con un cuaderno, una caja de rotuladores, una de lápices de colores, un coche de carreras y una enorme sonrisa en la cara de mi hijo. Así que me doy por satisfecha y estoy de tan buen humor que, al pasar por unos grandes almacenes, miro a Max y le pregunto:

—¿Te importa si entramos un momento a comprar unas cosas?

Él me mira y niega con la cabeza, así que le agarro de la mano y entramos dentro. Subimos a la planta de arriba y empiezo a mirar las estanterías hasta dar con lo que quiero.

—¿Puedo ayudarla en algo? —me pregunta la dependienta.

—Sí. Quiero esta y esta.

—¿En qué talla?

—Creo que debe de utilizar una talla 4 de camisa.

—Perfecto. ¿Para regalar?

—No —contesto con rapidez. No quiero que se piense que son un regalo, ya que más bien estoy saldando una deuda.

En cuanto pago y me da la bolsa, me doy la vuelta y busco a Max detrás de mí, pero ya no está. Doy vueltas de un lado a otro, sin llamarle porque sé que será en vano. Un dependiente ve la urgencia en mi cara y enseguida se acerca.

—¿Se encuentra bien?

—¡Mi hijo! ¡No encuentro a mi hijo!

—¿Cómo se llama? Avisaremos por la megafonía.

—Max. Tiene cuatro años. Es rubio, tiene los ojos azules y pecas en la nariz. Va vestido con unos vaqueros y una sudadera negra con capucha.

AARON

—No necesito probármelos. Esta es mi talla —me dice Chris con el vaquero en la mano.

—Bendito seas —bromeo—. Cógete un par más, vamos a pagarlo todo y nos largamos ya.

—Si no te gusta ir de compras, ¿por qué me has traído?

—Porque necesitabas ropa urgentemente, o al final acabarías por robarme todo mi armario.

—¿Y no se puede comprar por internet?

Me lo quedo mirando durante unos segundos, arrugando la frente.

—Eres un puto genio. ¿Cómo no se me había ocurrido a mí antes? Prométeme que no pisaremos nunca más un centro comercial.

—Prometido —me contesta él sonriendo—. Oye..., gracias... Te devolveré la sudadera...

—Te dije que te la quedaras. No seas cabezota, es un regalo.

—Vale —me dice frotándose la nuca con la mano—. No... No estoy acostumbrado a recibir regalos...

Estoy pagando los dos vaqueros, que se suman a la ropa interior, las dos sudaderas, tres camisetas, una chaqueta y un par de zapatillas Nike que ya llevamos, cuando escuchamos un mensaje por los altavoces.

—Atención, por favor. Se ha perdido un niño. Se llama Max y tiene cuatro años. Es rubio y de ojos azules. Viste unos vaqueros y una sudadera negra con capucha. Si alguien le encuentra, por favor, que le lleve al puesto de información. Gracias.

Me quedo de piedra al instante. Tanto el nombre, como la edad, como la descripción, coinciden con la foto que vi del hijo de Livy. Sin pensármelo dos veces, saco el teléfono y la llamo.

—¿Sí? —contesta con prisa al primer tono, sin siquiera fijarse en quien la llama.

—Livy, soy Aaron.

—Aaron, no tengo tiempo para...

—Ese al que llaman por los altavoces, ¿es Max?

—¿Cómo...? ¿Cómo lo sabes?

—Estoy en el centro comercial con Chris. Escúchame. Voy a pedir que cierren las puertas del recinto. No te pongas nerviosa y busca alrededor de la zona en la que estás. Recuerda que es un niño, así que no descartes cualquier sitio pequeño. ¿Dónde estás?

—En la planta de arriba.

—De acuerdo. Yo buscaré por aquí abajo. Llámame para lo que sea. Tendré el teléfono a mano.

—Vale...

En cuanto colgamos, veo que Chris me mira sin entender nada.

—¿Conoces a ese niño? —me pregunta.

—¿Te acuerdas de mi jefa?

—¿Esa a la que te tiras?

—Me tiraba.

—¿Fue mi culpa?

—En parte.

—Lo siento.

—A lo que iba. Es su hijo el que se ha perdido. Ayúdame a buscarle, ¿quieres?

—De acuerdo...

—Por cierto, es inútil que le llames. Es sordo.

En cuanto nos separamos, me acerco a un dependiente. Le enseño la placa y le pido que cierre las puertas del centro. En cuanto lo hace, informando previamente a sus superiores, se escucha un nuevo mensaje por los altavoces advirtiendo de ello al resto de clientes. Me planto en mitad del pasillo central. El sitio está abarrotado de gente, así que es prácticamente imposible distinguir nada. Entonces me subo a uno de los mostradores y lo intento desde una nueva perspectiva. Doy vueltas sobre mí mismo, mirando a todos lados, hasta que me doy cuenta de que estoy utilizando un enfoque equivocado. Me bajo, me alejo de los pasillos más abarrotados y me agacho hasta quedarme a la altura de un niño de cuatro años. Así, busco durante un rato, caminando en cuclillas, siempre atento al teléfono. De repente, veo la puerta de los lavabos y pienso que no pierdo nada por intentarlo. Entro y no veo a nadie, hasta que escucho un pequeño sollozo. Me planto frente a la puerta de donde provenía y, al ver que está cerrada por dentro con el pestillo, me tumbo en el suelo y meto la cabeza por el hueco de la puerta. Max está sentado en la taza del váter, con las piernas encogidas y la cabeza escondida entre ellas.

—Max... —intento llamarle sin asustarle, moviendo la mano hasta tocarle.

En cuanto lo hago, se endereza de golpe, mirándome con los ojos muy abiertos, llenos de lágrimas.

—No te asustes —le digo, hablando pausado y vocalizando lo máximo que puedo—. Soy amigo de tu mamá. Te está buscando. La voy a llamar, ¿vale?

Él me observa durante unos segundos, hasta que al final, asiente con la cabeza. Sin cambiar de postura, aún estirado en el suelo, boca arriba, con la cabeza metida por el hueco de la puerta, me llevo el teléfono a la oreja y llamo a Livy.

—¿Sí? ¿Aaron?

—Le he encontrado. Está en los lavabos de la planta baja.

—Voy para allá.

En cuanto cuelgo, le envío un mensaje a Chris para avisarle y luego me centro en tranquilizar a Max, que me mira con los ojos muy abiertos y la respiración agitada.

—¿Qué tal? —le pregunto mientras él se seca las lágrimas con las manos—. ¿Tenías ganas de hacer pis?

Max niega con la cabeza, apretando los labios con fuerza.

—Entonces, ¿te perdiste y te refugiaste aquí? —Max asiente con la cabeza, así que prosigo con el tono más suave posible—. Pues no te preocupes porque ya pasó todo.

Me remuevo incómodo y, haciendo una mueca de dolor, le pregunto:

—Oye, esta postura es algo incómoda... Voy a sentarme aquí fuera, ¿vale?

Rápidamente niega con la cabeza, muy asustado, poniéndose cada vez más nervioso.

—Vale, vale, tranquilo. No me voy a mover de tu lado. Entonces, ¿por qué no abres la puerta y vienes conmigo? Tu madre viene ahora mismo. Te lo prometo.

En cuanto veo que empieza a moverse, me deslizo hacia fuera y me quedo pegado a la puerta. Escucho el ruido del pestillo y, en el mismo instante en que la puerta se abre, él se lanza a mis brazos. Al principio me quedo parado, pero luego pienso en su situación, solo, perdido, asustado, y sin poder comunicarse con nadie. Así que me limito a quedarme sentado en el suelo y a abrazarle con fuerza, haciéndole sentir protegido, para convencerle de que no voy a dejar que nada le pase. Chris entra en ese momento y se nos queda mirando fijamente, con gesto serio. Pocos segundos después, Livy entra en el baño como una exhalación. Se agacha a nuestro lado y en cuanto toca a Max y él la mira, este se tira a sus brazos.

—Cariño mío... Lo siento, lo siento. Te perdí de vista...

—Está bien. Solo un poco asustado —le informo al cabo de un rato, mientras me pongo en pie.

LIVY

No sé cuánto tiempo llevo en la misma postura, abrazando a Max sin soltarle, por miedo a volver a perderle de nuevo. Cuando siento una mano en mi hombro, levanto la vista y veo a un agente de seguridad del centro comercial.

—Señora, hemos abierto ya las puertas de nuevo.

—Gracias —digo algo aturdida—. Gracias.

Miro alrededor en busca de Aaron, pero ya no está. Debe de haberse ido y yo no me he dado ni cuenta. Ni siquiera he podido darle las gracias.

—¿Necesita que la acompañen a casa? —me pregunta el agente.

—No, gracias. No se molesten.

Camino hacia el metro agarrando con tanta fuerza la mano de Max, que pienso que se la puedo llegar a romper. Él tampoco se queja, así que supongo que se siente más protegido así. En cuanto llega el vagón y nos podemos sentar en una de las sillas, pongo a Max en mi regazo y le acaricio el pelo.

—El señor que te salvó, ¿te dijo que era amigo de mamá? —le pregunto recibiendo un asentimiento con la cabeza por su parte—. Se llama Aaron y es policía, como mamá. De hecho, es el mejor policía que conozco.

Parece que eso llama su atención, ya que enseguida me mira fijamente. Quiero que se sienta seguro, y haré todo lo que esté en mi mano para conseguirlo.

—¿Sabes esos policías que salen en algunas películas, que se descuelgan de edificios con cuerdas? ¿Esos que llevan casco y porra para pillar a los malos? —Max asiente con la boca abierta—. Pues Aaron es el jefe de todos ellos.

En cuanto llegamos a casa y le explico la historia a Lexy, aunque al principio me mira como si me culpara de todo, luego se centra en su hermano y logra incluso sacarle alguna sonrisa. Al rato, después de bañarle, mientras ella se ducha y yo preparo la cena, Max se pone a dibujar en su cuaderno nuevo, tarea que reanuda después de cenar.

—Cariño, deberías irte a la cama —le digo acercándome a él.

Entonces veo su dibujo. Es un retrato de un policía, vestido de azul, con una porra a un lado y una pistola al otro, con la gorra puesta, una sonrisa en la cara y, cómo no, un perro a su lado.

—Cariño, ¡qué dibujo tan bonito! ¿Es Aaron?

Asiente con la cabeza y entonces me coge la cara con ambas manos y abre la boca como si fuera a decir algo por primera vez. Vuelve a centrarse en la hoja de papel y escribe una A. Me mira con el rotulador listo para volver a escribir y entonces me doy cuenta de que lo que me está pidiendo que haga. Tal y como me enseñaron todos los especialistas a los que hemos ido, hago cada sonido indicando la grafía con los dedos de las manos. Y así, una a una, Max escribe todas las letras de su nombre. Casi se me saltan las lágrimas al ver lo bien que le ha quedado y entonces, decido hacerle una foto y enviársela a Aaron junto con un mensaje.

"Antes no hemos tenido la oportunidad de darte las gracias. Espero que este dibujo que ha hecho Max para ti, ayude a hacerlo"

Le aúpo en brazos y le llevo hasta la cama. Pasamos antes por la habitación de Lexy, que está concentrada frente a su portátil. Max le da un beso de buenas noches y yo aprovecho para dárselo también. Hace dos días que no nos peleamos por nada, que no me recuerda lo mala madre que soy y que no me amenaza con largarse con su padre en cuanto salga de la cárcel, así que siento cierto optimismo con respecto a nuestra relación.

Entonces, al estirar a Max en su cama, siento cómo el teléfono vibra en mi bolsillo. Le arropo y saco el móvil, repitiéndome que puede que no sea él, más que nada para no llevarme ningún chasco, como ha ocurrido las últimas veces.

"¡Vaya! ¿Ese soy yo? Me ha sacado más guapo de lo que soy. ¿Y lo que hay a mi lado, ¿es un perro?"

Le leo el mensaje a Max y él ríe mientras a mí se me caen las lágrimas. Es la primera vez en mucho tiempo que le veo reír tan abiertamente, así que le animo y le pregunto:

—¿Qué le contesto? ¿Le digo que sí es él? ¿Y que sí es un perro?

Max asiente con firmeza y mira fijamente la pantalla del teléfono, con los ojos llenos de ilusión, mientras yo escribo.

"Dice que sí eres tú. El perro va de regalo. Max hace tiempo que quiere tener uno y no para de dibujarlos"

Envío el mensaje y miro a Max. Ambos nos encogemos de hombros y entornamos los ojos. La respuesta no se hace esperar, y esta vez es una imagen. En cuanto abro el archivo adjunto, Max se queda con la boca abierta, y yo también. Es una foto de Aaron, seguramente tomada por él mismo, posando al lado de un enorme perro. El animal es precioso y parece hasta que esté sonriendo. Max no le quita los ojos de encima. Yo, en cambio, no puedo apartar la vista de esos ojos azules y de esa sonrisa algo tímida. La imagen va acompañada de un texto.

"Este es Bono, mi perro. Max, cuando quieras, te lo presento"

En cuanto lo leo, Max asiente con la cabeza y se pone a dar saltos y palmadas encima de la cama. Está eufórico, y aunque me pese, tengo que parar este nivel de histeria o no se dormirá en horas.

"Le acabas de hacer el niño más feliz del mundo. Tendrías que ver cómo sonríe y salta en la cama. Pero ahora es su hora de acostarse o mañana no habrá quién le levante"

Intento que Max se estire, aunque me está costando lo mío. En cuanto recibo el siguiente mensaje, sonrío y se lo leo.

"Max, si me prometes que harás caso a mamá, mañana te recojo por tu casa y vamos a jugar al parque con Bono. ¿Qué te parece? ¿Trato hecho?"

Max me mira con los ojos muy abiertos, como si me pidiera permiso para hacerlo, así que elijo aprovechar la ocasión y le digo:

—Pero tienes que dormirte ahora mismo.

Al instante, se estira en la cama, se tapa con el edredón hasta la nariz, me tiende las manos para que me acerque a darle un beso y cierra los ojos con fuerza. Sonrío mientras me alejo hacia la puerta y le pego un último vistazo antes de salir. Gira la cabeza, me mira y me lanza otro beso, gesto que yo imito. Cierro la puerta y me dirijo a mi habitación, aún sin poderme creer el enorme paso adelante que ha dado Max esta noche. Es la primera vez en tiempo que le veo sonreír, la primera vez que le veo intentar comunicarse conmigo, la primera vez que le veo emocionarse por algo... Y todo es gracias a él.

"¿Ha funcionado?"

Me tiro a la cama de espaldas y empiezo a teclear de nuevo.

"A la primera"

"Vale, si te parece bien, mañana cumpliré mi promesa"

"Pobre de ti como no lo hagas. Él no te lo perdonaría en la vida. Por cierto, ¿qué hacías en un centro comercial? Pensaba que eras de esos tíos que evitaban un sitio de estos por todos los medios..."

"Y pensabas bien, pero Chris necesitaba ropa urgentemente. Aunque hemos llegado a un acuerdo: a partir de ahora compraremos la ropa por internet, desde casa, con una cerveza en la mano"

Sonrío, no solo por el tono de nuestra conversación, sino también por intuir que la relación de Aaron y Chris va por buen camino.

"¿Y tú qué hacías allí?"

Me pregunta.

"Saldar una deuda"

Me levanto y saco las dos camisas de la bolsa. Las extendiendo sobre mi cama y les saco una foto a ambas. Se la envío y las doblo mientras espero su respuesta, que no se hace esperar.

"¿Y mi camiseta?"

"En estos casos, se suele decir gracias" —escribo, imitando las palabras que me dijo esta mañana—. *"Espero que te queden bien"*

Me muerdo el labio inferior, imaginándome esas camisas ceñidas a su pecho. Al rato me río, cuando me imagino a mí misma arrancando los botones de un tirón. No me importaría hacerlo de nuevo, aunque eso me obligara a comprarle una nueva cada semana.

"Ya me lo dirás tú cuando me las veas puestas..."

Si te quedan igual que en mi imaginación... Pienso, justo en el momento en que vuelvo a recibir otro mensaje.

"Insisto: ¿Y mi camiseta del uniforme?"

"La llevo puesta ahora mismo... Y he decidido quedármela. Mañana rellenas una instancia y pides que te den otra"

"¿Y qué digo cuando me pregunten qué le pasó a la anterior? Que por cierto me dieron hace menos de un mes"

"Pues que la perdiste llevando a cabo una misión muy importante"

CAPÍTULO 10

Cuando empezamos a preocuparnos el uno por el otro

LIVY

—No lo sé, cariño. No sé a que hora vendrá a buscarte.

Max lleva toda la mañana sonriendo y "hablándome" sin parar. Mueve las manos con tal rapidez, que me es muy difícil entenderle.

—Cuando salga de trabajar, irá a su casa, recogerá a Bono y vendrá a buscarte. No te preocupes, en cuanto venga a recogerte al colegio, nos iremos para casa y le esperas allí.

Vuelve a tirar de la manga de mi abrigo para que le mire otra vez y entonces sus manos vuelven a moverse sin descanso.

—No cariño. Yo no voy a ir porque no puedo dejar sola a tu hermana. Pero te lo pasarás genial con Aaron y Bono, ¿a que sí?

Él asiente con la cabeza, entusiasmado, pero sigue moviendo las manos, hablándome sin parar. Creo que es la conversación más larga que hemos mantenido en mucho tiempo, por no decir nunca.

—¿Tú crees? ¿Tu hermana en el parque? ¿Realmente crees que le apetecería ir?

Max mira al cielo, pensativo, y al rato se le escapa la risa, negando a la vez con la cabeza. En ese momento, llegamos a la puerta del colegio. De repente, me suelta de la mano y sale corriendo hacia el interior. Me coge tan desprevenida, que no consigo alcanzarle hasta que entro en su clase y le veo hablándole a su profesora. Mueve las manos con rapidez mientras ella intenta entender todo lo que le está contando.

Al rato, me mira maravillada y yo me encojo de hombros, sin poder para de sonreír.

—¿En serio? ¿Esta tarde vas a ir a jugar al parque con Aaron y Bono? —le pregunta volviendo a prestarle atención—. ¡Qué suerte!

Max vuelve de nuevo hacia mí y me recuerda que le dé el dibujo a Aaron en cuanto le vea.

—No te preocupes cariño. Se lo daré.

Me da un beso y enseguida sale corriendo hacia una de las mesas. Empieza a apilar unos bloques de colores y cuando se le acerca otro niño, se pone a jugar con él.

—Esto es... ¡fantástico! —dice su profesora cuando se acerca a mí—. ¿Qué ha pasado desde ayer por la tarde?

—Pues que se perdió en el centro comercial y le encontró un... amigo mío —contesto sin poder evitar sonrojarme, hecho que no le pasa desapercibido a Karen—. Max confió en él y no sé aún por qué, algo debió ver en él... Y luego, además, Aaron le dijo que tenía un perro y Max se puso como loco...

—Me imagino. Le encantan...

—Y hoy han quedado para ir al parque, juntos...

—Pues sea lo que sea lo que vio en él, procure que no se pierda. No deje escapar a ese amigo suyo porque es increíble el cambio que ha conseguido provocar en Max en tan solo un día.

Aunque estamos en noviembre y llevo el abrigo puesto, aunque los servicios meteorológicos han pronosticado nieve para los próximos días, hoy ha amanecido el día con un sol precioso, así que decido aprovechar para ir hasta la central dando un paseo. Cuando estoy a punto de llegar a mi destino, paso por delante de la cafetería y decido entrar y pedir un par de cafés para llevar. Cuando salgo con ellos en las manos y agilizo el paso para que no se enfríen, escucho su voz.

—¡Livy! ¡Espera!

Me doy la vuelta y le veo correr hacia mí. Le hago un disimulado aunque exhaustivo repaso, de arriba abajo. Viste una chaqueta negra, unos vaqueros, unas zapatillas de deporte. Sonríe hasta que, al llegar a mi altura, se fija en mis manos.

—Ah, lo siento. Tienes planes...

—¿Qué? —respondo.

—Que has quedado con alguien —dice señalando a los dos vasos desechables.

—¡No, no, no! Es... Es para ti. Solo y sin azúcar, ¿verdad?

—Eh... Sí... —me contesta mientras una sonrisa vuelve a formarse en su cara.

—He pensado que sería una manera de darte las gracias por lo de ayer...

Le tiendo el vaso y él agacha la cabeza. Si no le conociera, diría que con cierta timidez.

—¿Quieres que vayamos juntos hacia la central? —le pregunto, mientras él asiente con la cabeza, aún sin mirarme a la cara.

Empezamos a caminar con lentitud, como si ambos quisiéramos alargar lo máximo posible el paseo, un trayecto de no más de cinco minutos.

—¿Cómo está Max? ¿Ha dormido bien?

—Mucho. Pero te advierto que está sobreexcitado, así que esta tarde puede volverte un poco loco...

—¿Tú no vas a...? ¿No vienes con nosotros al parque?

—¿Y qué hago entonces con Lexy? No puedo dejarla sola...

—Entiendo... Supongo que fui un imbécil al darle más importancia a este paseo de la que realmente tiene... Me lo imaginaba como una oportunidad de pasar algo de tiempo contigo, fuera de esas cuatro paredes —dice señalando al edificio de la central, cada vez más cerca de nosotros.

—Escucha, Aaron —digo agarrándole del brazo y obligándole a detenerse.

Él mira primero a mi mano, luego directamente a mis ojos, y por último alrededor, comprobando si alguien nos observa. Yo la aparto enseguida, pero no me muevo ni un centímetro, a pesar de que la distancia entre los dos es más bien escasa.

—Tú mismo me dijiste el otro día que ni yo ni Chris entrábamos en tus planes, y que intentabas hacer malabares para acoplarnos a los dos a tu vida... A mí me pasa lo mismo. Créeme cuando te digo que, después de tener que huir de Luke, teniéndome que enfrentar a una nueva ciudad, a un nuevo trabajo e incluso al odio de mi hija, lo que menos esperaba era conocer a alguien como tú.

—La cuestión es esa, Liv... ¿Qué soy para ti? ¿Qué quieres que sea? Te lo dije, yo quiero intentarlo, quiero hacerlo. Pero, ¿quieres tú?

Lanza la pregunta y se queda callado, observándome atentamente. Quiero contestarle, decirle que sí quiero, gritárselo a todo el mundo, pero no puedo hacerlo. En lugar de eso, empiezo a caminar hacia la puerta principal de la central. En cuanto se pone a mi lado, acelerando el paso para ello, sin girar la cara para mirarme, dice:

—Lo pillo. Ahora solo necesitas una niñera que lleve a tu hijo al parque.

—Aaron, por favor, no lo hagas más difícil...

Reduzco el tono de mi voz cuando varios agentes pasan por nuestro lado. Nos saludamos mutuamente y, aunque todos en la central están al tanto de que hubo algo entre nosotros, no quiero que piensen que aún lo hay, así que me separo varios centímetros, gesto que él no parece tomarse nada bien. Levanta las palmas de las manos en el aire y después de chasquear la lengua contrariado, las baja de golpe. Sin decirme nada, sube los escalones y abre la puerta de un tirón.

AARON

Me acabo el café de un trago y lo cuelo dentro de la papelera situada bajo mi mesa. Me quito la chaqueta y la cuelgo del respaldo de la silla. Sin perder tiempo, antes de verla entrar por la puerta, me dirijo a los vestuarios. Me visto con el uniforme, sin la camiseta que suelo ponerme bajo la camisa, hecho que me recuerda que tengo que pedir una nueva.

En cuanto vuelvo a mi mesa, encuentro un dibujo colocado encima del teclado del ordenador. Me dejo caer en la silla y lo miro con atención sin poder evitar la sonrisa. Recuerdo el poco rato que compartí ayer con Max, lo asustado que estaba y el intenso sentimiento de protección que provocó en mí. Supongo que saber que era el hijo de Livy, hizo que desarrollara un vínculo emocional más intenso, ya que este tipo de sentimientos nunca habían aflorado en mí.

—¿Ese eres tú? —me pregunta Wayne.

—Ajá —contesto pegando el dibujo en el armario que tengo a mi espalda.

—¿Quién te ha sacado tan favorecido? —insiste con una sonrisa burlona.

Giro la silla y miro detenidamente el dibujo. Imagino mi paseo de esta tarde, ese que llevo toda la noche imaginando en mi cabeza, ese que, según mis planes, iba a ser tan diferente a la realidad.

—El hijo de mi vecino.

Decido mentirle y seguir negando así que entre Livy y yo exista alguna relación, aparte de la meramente profesional. Es lo que ella quiere y, a riesgo de parecer un perdedor, estoy dispuesto a aceptarlo si con ello puedo volverla a besar de nuevo. Necesito volver a sentir su cuerpo debajo del mío, necesito oírla jadear de nuevo en mi oreja.

En ese momento, suena mi móvil y sonrío al ver el nombre de Jimmy en la pantalla.

—¿Qué pasa capullo? —le saludo.

—Ojito porque ahora me codeo con algunas de las personas más importantes del planeta...

—¿Qué tal te va? ¿Aún no te han vetado?

—¡Qué va! Pero son unos muermos, Aaron... Anoche, cuando el águila estaba en el nido, se me ocurrió insinuar que fuéramos a tomar una copa, y me miraron como si me estuviera limpiado el culo con la declaración de independencia.

—¿En serio?

—¡Sí, tío! ¿Te lo puedes creer? ¡Después del curro, esos tíos no van a beber juntos! Y te puedo asegurar que a muchos de ellos les vendría muy bien... Parece que llevan un palo de fregona metido por el culo todo el puto día.

—Me refería a eso de "el águila en el nido"...

—Sí —contesta riendo a carcajadas—. Como en las putas pelis, Aaron. En el fondo, me alegro de que la Morgan no te asignara aquí conmigo, porque me estoy imaginando escuchando por el pinganillo "el águila está en el nido" y no sería capaz de mirarte sin reírme a carcajadas.

Ambos reímos durante un rato, hasta que al rato, le pregunto:

—Bueno, ¿y a qué debo el placer, señor importante?

—Nada, quería saber si habías visto a Deb...

—¿A...? ¿A Deb? ¿Por qué crees que la he visto?

—Porque me lo ha dicho, canalla.

—Ah, entonces, sí, la he visto. ¿Para qué me lo preguntas entonces?

—Verás... Últimamente actúa de forma extraña... Recibe mensajes y llamadas y no me dice de quién, dice que va al gimnasio pero luego me entero por una amiga que no ha estado allí, se pasa horas con el portátil...

—¿Qué insinúas, Jimmy?

—Aaron, tío, creo que Deb me está engañando con otro tío...

Casi me atraganto con mi propia saliva al escuchar esas palabras. Pero lo que más me asombra de todo es la preocupación de Jimmy.

—Ese no es su estilo, Jimmy... Es más el tuyo.

—Vete a la mierda, Aaron.

—¿Acaso miento? Jimmy, ponerle los cuernos con otras tías es lo que tú le haces constantemente.

—Esto es diferente...

—¿Por qué si se puede saber?

—Porque... Porque es diferente... Pero yo sí la quiero...

—Y ella a ti, te lo aseguro. ¿Pero no crees tú que ponerle los cuernos no es una manera muy buena de demostrarle tu amor?

—¿Ella sabe que le pongo los cuernos? ¿Es por eso que fue a verte? Lo sabía, es por eso...

—No, Jimmy. Vino porque pasaba por aquí delante y entró para ver si estabas, para desearte suerte con la misión.

—¿En serio?

—Palabra.

—Joder, Aaron... Debes de pensar que soy un neurótico controlador, pero es que últimamente actúa de una manera tan rara... Como si me estuviera ocultando algo...

—No te preocupes Jimmy.

De repente el ritmo de todo el mundo a mi alrededor empieza a aumentar. Todos se mueven con una celeridad inusitada, y eso solo puede significar que algo ha pasado. En cuanto levanto la cabeza hacia el despacho de Livy, la veo salir de él como una exhalación, haciéndonos una seña a todos para que la acompañemos a la sala de operaciones.

—¿Qué pasa? —me pregunta Jimmy al oír el ruido de fondo.

—Creo que tenemos problemas. Te tengo que dejar. ¿Tenéis al aguilucho controlado?

—Sí, claro que sí —contesta riendo—. Hasta luego, capullo.

LIVY

En cuanto todos entran en la sala, cuelgo el teléfono y empiezo a darles toda la información de la que dispongo.

—Se acaba de activar el código rojo por un aviso de amenaza de bomba en Central Station. Van para allá varias unidades de la policía y de los artificieros. Vamos a apoyarles y trabajarán codo con codo con ellos —digo mientras le miro fijamente—. Teniente Taylor...

Él se acerca enseguida y empieza a dar indicaciones a todos, con una seguridad pasmosa. Enseguida distribuye a sus hombres en varios equipos y les asigna una zona de actuación. En cuanto acaba, se acercan a ponerse el pinganillo, les deseo buena suerte y salen todos hacia el vestuario.

—Teniente Taylor —le llamo en un arrebato.

Mientras todos salen, él se da la vuelta y me mira fijamente. Me he quedado muda y no consigo que las palabras salgan de mi boca. Sé lo que quiero decirle, pero no tengo el valor de hacerlo. Al ver mi cara de preocupación, entorna los ojos levemente y esboza una sonrisa. Camina con decisión hasta mí y, poniendo la palma de su mano en mi mejilla, acerca su boca a mi oreja y con voz ronca me susurra:

—No te preocupes porque no te librarás tan pronto de mí...

En cuanto se separa, me guiña un ojo mientras camina hacia atrás. A pesar de la situación, consigue sacarme una sonrisa, que conservo incluso mucho después de que hayan salido en los vehículos.

—Capitana Morgan, estamos en posición —me informa Aaron cuando llegan a la estación—. La zona está acordonada y los agentes intentan sacar a todo el mundo, haciéndoles un registro antes.

—De acuerdo. Caballeros, los datos de los que disponemos, son escasos. Sabemos que han avisado de la colocación de una bomba, pero no sabemos nada más. Teniente, los artificieros están buscando en cualquier bolsa, mochila o maleta que encuentren. Recuerden revisar también cualquier papelera, taquilla o buzón.

Escucho como Aaron les da varias indicaciones a sus hombres y cómo, al separarse, él se acerca al agente al mando de toda la operación. Enseguida se pone a su servicio y le informa de la zona que van a rastrear los chicos y de la que él mismo se va a encargar. Todo con una profesionalidad impecable.

En cuanto acaba, las imágenes de la cámara que lleva acoplada, me dejan ver que se dirige hacia el interior de la estación. Mucha gente sale por las puertas, muy asustados. Algunos llaman a gritos a sus conocidos, seguramente perdidos entre la multitud.

—Estoy en la sala principal —informa dando un giro de 360 grados sobre sí mismo—. Esto es un caos de gente...

—Teniente, busque cualquier cosa que se les pueda haber pasado por alto a los demás... —le pido—. Están revisando las mochilas y bolsas a todo el mundo, pero puede que alguien haya dejado algo allí donde está usted...

—Es imposible ver algo con tanta gente...

Pero entonces la cámara se queda fija en un punto. La imagen muestra a un hombre mayor, vestido con un abrigo sucio y raído. Tiene un cartel a sus pies, seguramente pidiendo limosna. Veo como

Aaron se acerca a él rápidamente, cómo se agacha delante y cómo le pide que se levante para salir de la estación.

—Por favor, levántese —le pide con delicadeza—. Estamos desalojando la estación.

—No puedo moverme... —susurra el hombre entre susurros, aún sin levantar la cabeza.

—Yo le ayudo —insiste Aaron tendiéndole la mano.

—¡No!

El hombre entonces se abre el abrigo y muestra que debajo lleva un chaleco con una bomba con temporizador acoplada en él.

AARON

—Mierda... Joder... Hoy es mi día de suerte... —susurro.

—¡Teniente Taylor! —oigo a Livy por el auricular.

—Capitana, avise a los agentes de que he encontrado la bomba. Pidan por favor que desalojen por completo la estación, sobre todo el vestíbulo.

Dejo el fusil a un lado, con el seguro puesto. Sé que de esa manera, Livy no tendrá una imagen de lo que sucede, pero prefiero tener las manos libres.

—De acuerdo... —digo dirigiéndome al hombre—. ¿Cómo se llama?

—Walter, pero todos me llaman Wally El Loco.

—¿Wally El Loco? ¿Y eso por qué? —le pregunto para hacerle hablar e intentar que se distraiga mientras observo detenidamente el artefacto.

Aparte del contador, que ahora mismo acaba de marcar los cinco minutos y sigue con la cuenta atrás sin descanso, hay varios cables de colores que salen de ambos lados del temporizador y que van a parar a unas cargas situadas a ambos lados del chaleco.

—Porque nadie me cree. Se piensan que lo que digo es mentira.

—¿Y qué es lo que dice, Walter?

—Que fui abducido por los extraterrestres. Me subieron a su nave y me hicieron infinidad de pruebas...

Mientras él va hablando, palpo con cuidado su espalda, comprobando que en la parte de atrás del chaleco, hay un candado que le mantiene encadenado a una tubería de la pared.

—Teniente, va para allá un grupo de artificieros. Hábleme de lo que ve —me informa Livy.

—Hay un temporizador. Estamos cerca de los cuatro minutos ya, y sigue bajando. De él salen tres juegos de cables de colores en cada lado, rojo, amarillo y negro, que se unen a una especie de baterías, a ambos lados del chaleco. Deben de ser... —dejo la frase en el aire porque no quiero pronunciar la palabra para no asustar más a Walter.

—Los explosivos, vale. ¿Cree que ha sido Walter?

—Ni por asomo.

—De acuerdo —vuelve a decir Livy—. Van para allá, Teniente. Al resto de unidades, por favor, ayuden a agilizar la evacuación del lugar. Pónganse a salvo en cuanto puedan...

—Capitana... Está encadenado a la pared...

—¿No puede quitarse el chaleco?

—No...

Vuelvo a centrar mi atención en Walter que, ajeno a mi conversación con Livy, sigue explicándome su traumática experiencia.

—Y como nadie me cree, por eso me llaman Wally El Loco.

—No les tiene que hacer caso, Walter. Mire, ahora van a venir unos compañeros que le van a ayudar con este chaleco...

—Pero no me puedo mover...

—Pues nos quedaremos los dos aquí.

—Usted me cree, ¿verdad? No me llama Wally...

—¿Por qué no iba a creerle?

—¿Y si le digo que yo no quería que nada de esto pasara? ¿Me cree también?

—Por supuesto. ¿Conocía a quién hizo esto?

En ese momento, aparecen dos artificieros. Yo me pongo a un lado, mientras Walter me mira con los ojos muy abiertos, aterrado. Me agarra de la mano por miedo a que me vaya.

—No, no, no. Tranquilo porque no le voy a dejar solo.

—No quiero morir —me dice con los ojos llenos de lágrimas—. El tío me dio cien dólares por hacer esto... Necesito el dinero para comer. Juro que no me lo gasto en drogas ni en bebida, pero tengo hambre.

—Walter, tranquilo. Yo le creo —digo mirando de reojo a los artificieros—. Ese hombre, ¿estaba con usted aquí mismo? ¿Le vio la cara?

—Sí. Hace algo más de una hora... Estaba tan cerca de mí como lo está usted ahora...

—¿Y le podría describir? ¿Si le viera, le reconocería?

—Creo... Creo que sí...

Los artificieros se disponen a cortar los cables y, aunque confío plenamente en sus habilidades y sé que no harían nada de lo que no estuvieran seguros al cien por cien, no puedo evitar sentir un sudor frío recorriendo mi espalda.

—¿Qué...? ¿Qué están haciendo? ¿Están cortando los cables? —pregunta Walter, muy nervioso.

—No se preocupe. Míreme y hábleme, no preste atención a lo que ellos hacen. Descríbame al tipo que le hizo esto —le digo para intentar mantenerle distraído.

—Es moreno, algo más joven que yo... Tenía la cara marcada...

—¿Por una cicatriz?

—No... Como marcas... Era... Es... —balbucea hasta que se queda con la mirada perdida.

—¿Walter? ¿Me oye?

De repente, empieza a levantar el brazo, apuntando con el dedo a algo o alguien situado a mi espalda. En cuanto me giro, veo a un hombre mirándonos fijamente, con los brazos inertes a ambos lados del cuerpo y con las manos cerradas en forma de puño.

—Es... Es ese de ahí... —susurra Walter.

En cuanto veo que ese tío empieza a correr, miro a los artificieros, que en ese momento cortan el último cable y la cuenta atrás se detiene al instante. Sonrío y Walter baja la cabeza para comprobar los progresos por él mismo.

—Estás a salvo, Walter —le digo.

—¡Gracias! ¡Gracias!

—Tengo que dejarte. Voy a por ese tío, ¿vale? Ellos se ocuparán de ti.

—Tenga —dice entonces, tendiéndome el billete de cien dólares—. Con todo lo que he liado, no me lo merezco.

—Quédeselo. Usted no ha hecho nada de nada —le digo guiñándole un ojo.

Empiezo a correr hacia el pasillo por donde ha huido el sospechoso. Por suerte, es una zona que ya ha sido despejada y, aunque no le veo, escucho una puerta cerrarse al fondo.

—Estoy persiguiendo al sospechoso que ha señalado la víctima. Voy por el pasillo que da a la avenida 42.

—Atención a todas las unidades disponibles —oigo que Livy les dice a los chicos—. Diríjanse a la calle 42 para dar apoyo al Teniente Taylor.

Entonces, justo cuando iba a salir por las puertas acristaladas, oigo un ruido a mi espalda. Doy media vuelta y veo una pequeña puerta que deben de usar solo los empleados de la estación y de las tiendas que hay en ella.

—¡Ojo! Parece que el sospechoso se conoce muy bien la estación. No ha salido por las puertas que dan a la calle 42. Se ha metido por una pequeña puerta que no tengo ni puta idea de a dónde va.

—¿Está seguro de que se ha ido por ahí?

—Sí, oigo el ruido de sus pisadas algunos metros por delante de mí.

—De acuerdo, Teniente. Informe cuando sepa a dónde va a parar ese callejón para que podamos enviarle el apoyo.

En cuanto salimos al exterior, le veo a solo unos metros de mí. Está en buena forma, pero le estoy ganando terreno con rapidez. Miro alrededor, intentando averiguar dónde estamos exactamente, pero entonces el tipo se agarra de una escalera de incendios y empieza a subir por ella.

—¿Dónde están Teniente Taylor? —escucho que me pregunta Livy.

—No lo sé. No hemos llegado a salir del callejón. Estamos subiendo por una escalera de incendios. Creo que subimos a la azotea de uno de los edificios. Desde allí seguro que puedo dar indicaciones exactas de dónde estamos.

—De acuerdo.

Persigo al tipo escaleras arriba hasta llegar a la azotea. Con tan solo echar un vistazo alrededor, me sitúo en décimas de segundo y enseguida informo de mi posición por radio. Escucho como Livy da las indicaciones a los chicos para que vengan a darme el apoyo necesario. Le veo correr hacia el siguiente edificio, con intención de saltar hacia su azotea. Al ver la distancia que hay, se frena un poco y entonces veo mi oportunidad de pillarle, pero se da la vuelta y, blandiendo una pistola que hasta ahora no le había visto en las manos, me apunta y dispara. Supongo que reaccionar nada más ver el arma, tirándome al suelo, hace que el proyectil no me alcance, pero siento una fuerte quemazón en un brazo.

—¡Teniente Taylor! ¡Teniente Taylor! ¡¿Qué ha sido ese disparo?!

La bala solo me ha rozado, provocándome un rasguño, pero aún así, al mirarme el brazo, veo bastante sangre. Cuando intento ponerme en pie, me encuentro con el tipo apuntándome a la cabeza. Trago saliva mientras me tumbo de nuevo en el suelo, enseñándole las palmas de las manos.

—¡Teniente Taylor! ¡Teniente Taylor! ¡¿Qué ha pasado?!

Veo al tipo apretar la mandíbula y entornar los ojos levemente. Duda durante unos segundos que a mí se me antojan horas.

—¡Aaron por favor! —grita Livy.

Su voz suena desesperada y sé que necesita que le diga que estoy bien, pero yo no me atrevo ni a abrir la boca. En vez de eso, solo puedo mirar el cañón de la pistola. Intento removerme para darle una patada en la pierna y hacerle caer al suelo, pero él se mueve con agilidad y aprieta el gatillo. La bala impacta un metro a la derecha de mi cabeza, y no porque haya fallado, sino porque ha querido dar un tiro de advertencia.

—Ni se te ocurra moverte ni un centímetro o te meto una de estas entre ceja y ceja.

Respiro con fuerza, sintiendo los latidos del corazón en mis oídos, retumbando dentro de mi cabeza. No quiero morir, no puedo dejar solo a Chris... Eso es lo único en lo que puedo pensar.

—Aaron, por favor —solloza Livy—. Háblame. Dime que estás bien.

Entonces cierro los ojos, rindiéndome, y veo imágenes suyas en mi cabeza. La veo sonriendo entre mis brazos, enfadada mientras me pega la bronca en su despacho, sonrojándose por alguno de mis comentarios, haciéndose la estirada de camino al parque, agobiada cuando hablaba de su hija, o llorando de emoción al abrazar a Max en el centro comercial. Y me doy cuenta de que me gusta siempre, ría, llore o me grite. Haga lo que haga, la necesito siempre a mi lado.

—¡Agente abatido! —oigo por el pinganillo a uno de los chicos—. ¡Repito, agente abatido!

Cuando abro de nuevo los ojos, me veo rodeado de tres agentes. Intento mirar hacia dónde estaba el tipo, pero no me dejan incorporarme.

—¿Dónde...? ¿Dónde está el tipo? —pregunto mientras me agarran de los hombros.

—Aaron, mírame —me dice uno de los chicos—. Tranquilo. Viene una ambulancia a buscarte.

—¡Ha sido solo un puto rasguño! Me podía haber matado y no lo hizo... ¿Dónde cojones está?

—Escapó, pero daremos con él.

LIVY

En cuanto escucho su voz, me dejo caer en una de las sillas. Las lágrimas corren por mis mejillas y me tapo la cara con las manos. Mi respiración es agitada, básicamente porque creo que aguanté el aliento en el mismo preciso instante en que escuché el primer disparo y no lo dejé ir hasta escuchar su voz.

—Capitana Morgan, se llevan al Teniente Taylor al hospital —me informa uno de los chicos.

—De acuerdo... —consigo decir, intentando que no se note que estoy llorando—. Gracias...

—Capitana... Solo fue un rasguño, no se preocupe. Aaron se pondrá bien...

—Sí... sí... lo sé... Gracias...

Me quito el pinganillo enseguida. Sé que antes me puse muy nerviosa y sé que todos pudieron oírme mientras yo gritaba su nombre, desesperada. Eso, sumado a los rumores que Chris creó, debe de haber provocado que nuestra relación sea, de nuevo, la comidilla de la semana.

Enseguida recibo una llamada de mis superiores, felicitándome por la gran actuación llevada a cabo. Yo no puedo hacer otra cosa que atribuirles el mérito a los chicos, especialmente a Aaron. Dada la importancia de la misión, añadida a la presencia del presidente en la ciudad, me piden que redacte el informe lo antes posible, con lo que me veo obligada a llamar a Bren para que recoja a Max en el colegio.

Casi tres horas después, aún sin noticias de Aaron, envío por correo electrónico el informe, cojo el abrigo y me voy de la central, arrastrando los pies y sintiéndome tan cansada como si hubiera corrido una maratón. Todos me miran al pasar, muchos de ellos me sonríen de forma comprensiva e incluso algunos se acercan para felicitarme y darme ánimos.

En cuanto llego a casa, Max se lanza a mis brazos, con una enorme sonrisa en la cara. Miro a mi hermana, que se encoge de hombros.

—Hola chicos... ¿Cómo ha ido el día? —digo poniendo la mejor de mis caras.

Max empieza a hablarme moviendo las manos con rapidez, tanto que me cuesta seguirle. Lexy, en cambio, cuando la miro, hace un ruido con la boca y se encoge de hombros. Al menos es una respuesta, así que no le insisto más y me centro en Max.

—Lleva así de nervioso desde que le he recogido en el colegio... —me dice Bren sin dejar de mirar el televisor.

Me agacho frente a él y resoplo antes de empezar a hablarle.

—Escucha, Max... Tengo algo que contarte... —titubeo mientras él asiente con la cabeza, sin poder borrar la sonrisa de su cara—. Verás, sé que habías quedado con Aaron para llevar a Bono al parque... Pero hoy no va a ser posible...

Su cara cambia de inmediato. Se queda muy quieto y serio de golpe. Sus ojos pierden ese brillo especial que en tan solo 24 horas me había acostumbrado a ver. En definitiva, vuelve a ser el Max de siempre, ese niño que no demostraba sus emociones, ese niño que no sonreía nunca y que se comunicaba los menos posible.

—Verás, cariño... Aaron seguro que quería venir, pero ha sufrido un accidente en el trabajo —le digo maquillando un poco la realidad—. Está bien, pero tiene una herida fea y no creo que pueda venir...

Max ya no me escucha más, porque sale corriendo hacia su habitación.

—¡Max, cariño! —digo, pero enseguida me llevo la mano a los ojos y me los froto de puro cansancio.

—Déjale un rato, Livy... ¿Qué ha pasado? —me dice Bren bajando la voz para que Lexy no nos oiga, aunque no creo que nos esté prestando atención porque está hipnotizada por su móvil.

—Eso es lo que ha pasado —digo señalando al televisor, donde ahora mismo explican el incidente.

—¿Vosotros...? ¿Tú has...?

—Estuvimos allí. Los artificieros consiguieron desactivar el chaleco bomba, con ayuda de mis hombres.

—Pero ahí han dicho que ha resultado herido un agente... ¿Ese agente es...?

—Aaron, sí.

—¿Y está bien?

—Eso creo... —digo peinándome el pelo con los dedos—. Me han dicho que la herida era superficial, le escuché hablar luego, pero no he podido hacerlo directamente con él...

En ese momento, veo a Lexy, que nos mira con la boca abierta, dejando de prestar atención al teléfono durante unos segundos.

—¿Estás bien? —me pregunta Bren.

—Sí, solo muy cansada. Ha sido un día horroroso, necesito una ducha y meterme en la cama...

En ese momento, suena el timbre de casa. Las dos miramos hacia la puerta, yo con el ceño fruncido.

—¿Scott viene a recogerte? —le pregunto a mi hermana.

—No. Está trabajando.

Entonces me encojo de hombros y me acerco hasta la puerta.

—¿Quién es? —pregunto antes de abrir.

—Soy yo.

Me quedo helada al momento. Miro hacia atrás, hacia mi hermana, buscando su complicidad, pero lo que encuentro es una enorme sonrisa y cómo mueve los brazos para animarme a abrir la puerta.

—Abre. Corre —me grita susurrando.

Resoplo justo antes de hacerle caso. Cuando abro la puerta, y le veo de pie en el rellano, con el brazo inmovilizado en un cabestrillo, las lágrimas se me agolpan en los ojos. Intento no moverme y respirar con toda la normalidad de la que soy capaz, básicamente porque siento los ojos de Lexy clavándose en mi espalda.

—Hola... —susurra él sonriendo.

—Hola —contesto, viéndome obligada a carraspear para deshacer el nudo que se ha formado en mi garganta.

Veo cómo dirige su mirada a mi espalda, donde sé que están mi hermana y Lexy, y cómo inmediatamente vuelve a mirarme a los ojos.

—¿Cómo estás? —le pregunto para disimular.

—Es solo un rasguño. Los médicos son unos exagerados —dice moviendo el cabestrillo—. Pero necesito ayuda para sacar a Bono.

Es entonces cuando me fijo en el perro, que hasta ahora ha permanecido sentado a su lado, prácticamente sin moverse. Sonrío y, como si me hubiera entendido, Bono ladea la cabeza y saca la lengua, volviéndose adorable de golpe. Seguro que en el mundo canino, está hecho un auténtico ligón, igual que su amo.

—¿Crees que Max querrá ayudarme?

—Él estará encantado. Pero, ¿seguro que puedes hacerlo? —le insisto.

—Seguro. Un rasguño de mierda no va a impedir que cumpla una promesa.

Sonrío de nuevo, recobrando de golpe las ganas de hacerlo.

—Espera, voy a avisarle.

Corro hacia el dormitorio de Max, intentando no dejar durante mucho tiempo a Aaron frente a Bren y Lexy, que seguro que no le han quitado el ojo de encima en todo el rato.

—Max —le digo cogiendo su cara entre mis manos—. ¿Aún quieres ir al parque con Bono y Aaron?

Él se seca las lágrimas con el dorso de la mano y asiente con tristeza.

—Pues corre al salón.

Abre mucho los ojos y se pone en pie de un salto. Sale corriendo de su habitación, mientras yo le sigo de cerca. Max se lanza en brazos de Aaron, sin darse cuenta de su brazo, y éste le estrecha con el que le queda sano. Sonrío cuando Max abraza la cabeza de Bono, sin ningún miedo, a pesar de que la cabeza del perro es más grande que la suya propia.

Max empieza a mover sus manos para comunicarse con Aaron. Este le mira confundido, hasta que levanta la vista hacia mí, pidiéndome ayuda.

—Max —le digo poniéndome a su lado y moviendo las manos a la vez—. Aaron no entiende la lengua de signos.

Él me mira y luego mira a Aaron, que niega con la cabeza apretando los labios y encogiéndose de hombros. Entonces, Max se pone de nuevo frente a él y, después de pensarlo durante un rato, se le ilumina la cara y se hace entender gesticulando. Le señala el brazo en cabestrillo y pone cara de preocupación.

—¿Que si me duele? —le pregunta Aaron mientras Max asiente con una sonrisa—. No. La bala solo me rozó. Me han puesto unos puntos de sutura, pero no duele nada de nada. Eso sí, necesito que me ayudes mucho con Bono...

Aaron me mira guiñándome un ojo y, agachándose a su altura, le habla vocalizando lo máximo posible.

—¿Te atreves a llevar tú solo a Bono? Te prometo que te hará caso. ¿A que sí, Bono? —le dice al perro, que ladra como dando su conformidad—. Pon la mano así y bájala lentamente.

En cuanto lo hace, Bono se tiende en el suelo. Max abre mucho la boca, alucinado, y nos mira a todos, muy orgulloso.

—¡Eso es! Ahora coge la correa —le dice tendién⁄ caminando hacia el final del pasillo. Pero Bon⁄ caminar hasta que des un tirón de la correa. Y p⁄ dar el mismo tirón pero esta vez hacia ti.

Max le mira a los labios, grabando cada una memoria, asintiendo a la vez con la cabeza. posición, mira a Bono y da un pequeño tiró⁄ indicado. El perro se pone en movimien⁄ justo a su lado, siguiendo el ritmo que Ma⁄

—¡Perfecto! Y ahora... para.

Da el tirón a la inversa y Bono se para en seco. Es un perro perfectamente entrenado, de lo contrario, no creo que Max pudiera controlarlo con esa facilidad. Miro a ambos sonriendo, hasta que levanto la cabeza y miro a Araron. Le descubro mirándome fijamente, y nos quedamos como hipnotizados, perdiendo la noción del tiempo. Max tira entonces de la manga de Aaron, llamándole la atención.

—De acuerdo, amiguito. Estás preparado. ¿Nos vamos?

Max asiente con la cabeza, así que cojo su abrigo y el gorro y le ayudo a ponérselos. Le doy un beso enorme en la mejilla y cuando me incorporo, miro a Aaron a los ojos.

—Gracias. No sé cómo podré pagártelo...

Él ladea la cabeza levemente, esbozando una sonrisa de medio lado. Sé lo que quiere decir, pero no lo hace en voz alta. Es algo que se quedará entre nosotros dos, al menos, de momento.

CAPÍTULO 11

Cuando los astros se alinearon en nuestra contra

AARON

Observo de reojo a Max, que camina muy serio, agarrando la correa de Bono con firmeza, tomándose el paseo como una enorme responsabilidad. Cuando nos paramos en un semáforo en rojo, ya muy cerca del parque, me agacho a su altura para hablar con él.

—¿Vas bien? —le pregunto levantando a la vez el pulgar.

Max asiente con la cabeza pero enseguida empieza a gesticular con las manos. Aunque las miro durante unos segundos, no soy capaz de entender nada.

—Frena, frena, frena... —digo alzando las palmas de las manos—. No entiendo nada, colega.

Él se muerde el labio y arruga la frente, pensativo, mirando al suelo mientras busca la manera de hacerse entender. En ese momento, el semáforo se pone en verde y yo agarro su mano para cruzar a la otra acera. Le sigo mirando cuando llegamos al otro lado, aún cogiendo su mano, mientras caminamos hacia el parque. En cuanto llegamos, nos dirigimos hacia una zona enorme de césped donde los perros corren a sus anchas. Me vuelvo a agachar y, mediante señas, le indico cómo quitarle la correa a Bono.

—Bono, escúchame —digo obligándole a mirarme, señalando al crío—. Max es el que manda hoy. Tienes que hacer caso de todo lo que él te mande.

Aún agachado, saco una pelota de baseball del bolsillo de la chaqueta y se la tiendo a Max, que la coge algo asustado. Bono se sienta frente a él, sacando la lengua y moviendo la cola, dispuesto a salir corriendo en cuanto le lance su pelota favorita.

—Vamos, Bono no se moverá hasta que tú lo hagas —le digo.

Max mira la pelota y luego a mí. Se señala con un dedo, inseguro, preguntándome si debe ser él el que lance la pelota. Yo asiento sin dejar de sonreír, intentando infundirle toda la confianza posible. Entonces, apretando los labios con fuerza, echa el brazo hacia atrás y lanza la pelota lo más lejos que puede. Es una distancia corta para lo que está acostumbrado a correr Bono, pero eso a él no le importa, solo quiere jugar. Enseguida sale disparado hacia donde ha caído la pelota y la trae de vuelta en pocos segundos, dejándola a los pies de Max, que le mira totalmente alucinado.

—Buen chico —le digo tocándole la cabeza a Bono, gesto que Max imita—. ¿Quieres probar una cosa diferente?

En cuanto Max asiente entusiasmado, cojo la pelota con una mano y le enseño a Bono la palma de la otra. Lanzo la pelota con todas mis fuerzas pero, a diferencia de antes, esta vez no sale corriendo. Miro de reojo a Max, que mira toda la escena con la boca y los ojos muy abiertos. Bono aguanta estoicamente sin moverse, aunque sé que se muere de ganas por salir corriendo detrás de la pelota. Entonces, con un rápido movimiento, aparto la palma de la mano de delante de su hocico y sale corriendo en busca de la pelota.

—¡Buen chico! —le felicito al cabo de pocos segundos, cuando vuelve a paso ligero con la pelota entre los dientes.

Max se sienta en mi rodilla y, sin ningún miedo, le quita la pelota de la boca y abraza la enorme cabeza de Bono.

—¿Quieres probar tú? —le digo muy despacio, señalándole con el dedo.

No entrabas en mis planes

Se pone en pie de un salto, asintiendo con la cabeza, y con mucha firmeza pone la palma de su pequeña mano delante del hocico de Bono. Sacando la lengua y echando el brazo para atrás lo máximo posible, coge impulso y lanza la pelota lo más lejos posible. Cuando lo hace, mira a Bono, que no se mueve del sitio aunque menea la cola entusiasmado por el juego. Max se mantiene impasible, sin apartar la palma, hasta que pasados unos segundos, sonríe y la mueve, haciéndole una seña para que corra a buscarla. Mientras Bono corre, Max da pequeños saltos y aplaude.

Nos tiramos así como media hora, hasta que Bono empieza a demostrar evidentes signos de agotamiento. Así pues, dejamos que se estire en el césped para recuperar las fuerzas y Max tira de mí hacia un parque infantil. Me quedo a un lado, apoyado en la cerca de madera que lo delimita, aunque no le pierdo de vista en ningún momento. Enseguida ve varios niños jugando al escondite y él les sigue, intentando formar parte del juego, pero en cuanto le hablan y él intenta comunicarse con ellos mediante el lenguaje de los signos, estos le miran haciendo una mueca con la cara, y otros incluso llegan a reírse de él. Le veo apartarse de ellos cabizbajo y bajar por el tobogán con cara triste, así que me acerco y me agacho frente a él.

—¿Quieres jugar conmigo a esconderte? —le pregunto.

Max mueve las manos para hablarme, pero sigo sin entenderle, así que se las agarro y, muy despacio, le digo:

—Vamos a tener que inventarnos una manera de comunicarnos... ¿Qué te parece? —le pregunto encogiéndome de hombros.

Max levanta el pulgar hacia arriba y asiente con la cabeza. Entonces, como si estuviéramos jugando a adivinar películas, empieza a gesticular.

—Yo... —digo cuando me señala mientras él asiente. Luego se tapa los ojos con sus pequeñas manos—. Yo la paro.

Asiente con la cabeza, sonriendo feliz, al ver que nuestro juego de mímica funciona. Luego empieza a levantar los dedos, uno a uno, como si estuviera contando.

—Tengo que contar... —digo, y luego hace una seña con los dedos como si quisiera describir algo pequeño— ¿Poco?

Él niega con un dedo y luego extiende los brazos.

—Mucho. No te preocupes, contaré muchísimo para que te dé tiempo de encontrar un buen escondite. Pero no vale salir del cercado del parque. Prométemelo —digo enseñándole el dedo meñique—. Tienes que poner así el dedo y los cruzamos... ¿Ves? Esto quiere decir que nos hacemos una promesa, y las promesas no se rompen, nunca.

En cuanto él asiente convencido y me tapo los ojos, oigo como sale corriendo. Al acabar de contar, compruebo que Bono esté cerca, y veo que está de lo más relajado, estirado fuera del cercado del parque, disfrutando de un poco de tranquilidad. Empiezo a caminar hacia la zona de juegos y me agacho para meterme por uno de los tubos. Me cuesta un rato llegar al otro lado, porque la postura no es la mejor para mi maltrecha espalda, por mi brazo inmovilizado, y porque por el camino me cruzo con varios niños que van en sentido contrario. Luego miro hacia arriba y veo que si subo por unas escaleras, hay dos tubos más como el que acabo de cruzar, así que subo hacia allí. Cuando estoy en la plataforma de arriba, meto la cabeza por ambos tubos, pero no hay rastro de él. Me meto por uno de ellos y empiezo a caminar en cuclillas. Mientras voy haciéndome a la idea de que pasaré una noche de perros por culpa de mi espalda, en uno de los huecos del tubo, veo un pequeño cuerpo encogido como un ovillo. Aunque está bien visible, él se tapa los ojos, como si el hecho de no ver, implicara que los demás tampoco pudiéramos verle a él. Para no asustarle, me acerco y me siento delante, observándole con una sonrisa. Tarde o temprano, levantará la vista por si me ve venir, y será entonces cuando se dé cuenta que le he encontrado.

No entrabas en mis planes

—¡Te encontré! —digo en cuanto lo hace y él, lejos de asustarse, se lanza hacia mí para abrazarme—. Oye, ¿te importa si salimos de aquí? Es que esto es muy pequeño, y me duele un poco la espalda...

Max asiente con la cabeza mientras me conduce a la salida. Se tira por el tobogán y, a pesar de que es algo que creo que no hago desde hace mínimo treinta años, le sigo. Cuando llego abajo, le veo sonreír orgulloso y enseguida se coge de mi mano para salir. Una vez al lado de Bono, me agacho frente a Max para cerrarle la chaqueta porque ya empieza a refrescar, pero con un solo brazo es algo complicado de hacer.

—¿Le ayudo? —me dice una mujer agachándose a mi lado.

—Ah... Sí, gracias —respondo algo sorprendido—. Es que con esto soy bastante inútil...

—Ya está —dice poniéndose en pie de nuevo, revolviendo el pelo de Max de forma cariñosa—. ¿Necesita que...?

Me señala la chaqueta con timidez, y entonces me doy cuenta de que la llevo desatada.

—No, no. Gracias. No tengo frío...

Entonces Max empieza a tirar de mí para empezar a alejarse. Le miro arrugando la frente, pero ella vuelve a hablarme.

—Le he visto ahí dentro, jugando con su hijo...

—No es...

Pero entonces, Max da un fuerte tirón de mi brazo. Le miro enfadado y en un acto reflejo, sin pensarlo, le grito:

—¡Max, para!

Su expresión cambia de inmediato y parece realmente asustado. Enseguida me agacho frente a él e intento tranquilizarle.

—Eh, colega, lo siento. No... No pretendía asustarte.

Los ojos se le llenan de lágrimas, pero aprieta con fuerza los labios para impedir que se le escapen y se da la vuelta. Bono se pone en pie y se pone a su lado, y a mí no me queda otra que hacer lo mismo.

—Lo... Lo siento —me disculpo con la chica.

—Tranquilo. Ya nos veremos por aquí.

LIVY

Hace ya algo más de dos horas que Aaron y Max se marcharon. Estoy nerviosa, no lo puedo negar. No porque no me fíe de Aaron, no porque crea que Max se pueda llegar a sentir cohibido con él, no porque tenga miedo de que Bono le pueda hacer daño... Tengo miedo de que se empiecen a llevar demasiado bien, porque eso me haría muy feliz y sería otra ventaja que añadir a mi lista mental de pros y contras a una posible relación con Aaron.

—Huele a quemado... —dice Lexy, que desde que se fueron, no ha abierto la boca pero no me ha perdido de vista.

—¡Mierda!

Corro hacia la cocina y apago el fuego. Aparto la sartén donde estaba cocinando la salsa de tomate para la pasta, justo en el momento en que suena el timbre de casa. Lexy, que antes no había movido un dedo para intentar salvar la cena, ahora da un salto para abrir la puerta, llegando antes que yo. En cuanto lo hace, Max entra corriendo, pasando entre nosotras, y se dirige a su dormitorio.

—Hola... —le saludo, siguiéndole con la mirada—. ¿Qué...?

Me deja con la palabra en la boca, pero su cara no me ha gustado nada, así que miro a Aaron.

—¿Qué ha pasado? —le pregunto.

—Pues no lo sé... Estaba contento... Hemos jugado con Bono y luego en el parque y luego se ha puesto así...

Veo como sus ojos se desvían hacia Lexy, que sigue inmóvil en el mismo sitio, mirándole fijamente como si quisiera fulminarle con la mirada.

—Lexy, cariño, ¿puedes ir a ver qué le pasa a tu hermano?

—No. Creo que deberías ir tú... —me contesta sin inmutarse.

—Lo... Lo siento... No sé qué ha pasado... Esto...

—Tranquilo —digo resoplando resignada—. Gracias igualmente por todo...

—Me... Me voy... —balbucea mirándonos a las dos mientras camina marcha atrás, con Bono al lado—. No quiero hacer esperar a Chris...

—Adiós...

Me gustaría que no se fuera y preguntarle cómo se encuentra, intentar convencerle de que estos cambios de humor, debido a su propia frustración de no poder comunicarse como él quiere, son habituales en Max, pero Lexy cierra la puerta de golpe. La miro contrariada, pero ella se da la vuelta y vuelve a sentarse en el sofá, tal y como estaba antes de que Aaron llamara a la puerta.

—¡¿Se puede saber qué haces?! —le pregunto al cabo de un rato.

—Ver la tele —responde desafiándome.

En un arrebato, camino hacia el sofá, cojo el mando a distancia y apago el televisor.

—Vale, y ahora que he conseguido tu atención, repito la pregunta: ¿Qué haces? ¿Qué te pasa? ¿Por qué has cerrado la puerta con esos modales?

—Uf, no me ralles... —dice levantándose y dirigiéndose a su habitación, pero yo no puedo permitir que se salga de nuevo con la suya, así que la agarro del brazo para impedir que se vaya—. ¿Qué haces?

—Estoy cansada de tu actitud, Lexy. Sé que esto no te gusta, pero tampoco le estás dando ninguna oportunidad... A nada, tampoco a mí...

—Porque todo esto es una mierda y a ti te odio por lo que le hiciste a papá.

Esa respuesta me hace mucho daño, y en un acto inconsciente, llevada por la rabia y la impotencia, le doy una bofetada en la cara. Ella me mira con los ojos llorosos y la boca abierta, aún alucinada de que haya sido capaz de hacer lo que he hecho. En realidad, ni yo misma me lo creo, no es propio de mí, pero las circunstancias me han sobrepasado.

—Lexy, espera... —digo cuando corre hacia su dormitorio pero estoy demasiado agotada para seguirla y tengo demasiados frentes abiertos ahora mismo, así que acabo por acurrucarme en el sofá.

No sé el tiempo que transcurre, pero al rato siento una presencia delante de mí. Abro los ojos y me encuentro a Max, con los ojos llorosos.

—Hola cariño —digo incorporándome y sentándole en mi regazo—. ¿Estás mejor?

Empieza a mover las manos, pero en lugar de contestarme a mi pregunta, me hace él una a mí que me deja atónita.

—¿Que si me gusta Aaron? —le pregunto mientras él asiente—. ¿Por qué me lo preguntas?

Arruga la frente y, apretando los labios, se cruza de brazos, dándome a entender que no va a responder a ninguna de mis preguntas hasta que no conteste yo a la suya. Agacho la vista y apoyo la frente en el pequeño hombro de Max. Aunque sé perfectamente la respuesta, lo pienso un rato antes de asentir con la cabeza. Entonces él coge mi cara entre sus manos y me obliga a mirarle. Se señala a sí mismo con un dedo y asiente mientras sonríe.

—¿A ti también, cariño? —río con los ojos llorosos—. ¿Y por qué te has enfadado con él?

Al principio parece darle vergüenza responderme, pero pasados unos segundos, empieza a mover las manos con mucha rapidez, contándome que una mujer se ha acercado a ellos y se hacía la simpática con Aaron, que este le contestaba y que eso no le ha hecho nada de gracia a Max. Conforme me lo va explicando, no puedo evitar que se me vaya formando una sonrisa, hasta que él me mira confuso, y me pregunta por qué me río.

—¿Por eso te has enfadado con él?

Cuando asiente, le abrazo con fuerza y le beso en el pelo, sin poder dejar de sonreír. Estoy contenta, pero a la vez sorprendida de que Max le haya cogido cariño tan rápidamente, aunque si lo pienso fríamente, yo tampoco he tardado mucho más en hacerlo.

AARON

Está claro que algo he hecho para cabrear a Max, aunque por más que lo pienso, y llevo todo el camino hacia casa haciéndolo, no consigo averiguar el qué. He repasado nuestra tarde al completo, una y otra vez, y parecía siempre contento, cuando salimos de su casa y fuimos al parque, cuando estuvimos jugando con Bono, y luego en el parque infantil. Incluso cuando le dije de irnos, se lo tomó bien. Se enfadó cuando esa chica me ayudó a abrocharle la chaqueta...

Cuando giro la esquina hacia mi calle, Bono sale corriendo hacia delante. Como voy totalmente enfrascado en mis cosas, soy incapaz de pararle, así que solo me queda gritarle:

—¡Bono! ¡Para!

Pero entonces, veo que se para al lado de una pareja. El chico se agacha y le rasca la cabeza a Bono de forma cariñosa. Cuando me acerco algo más, reconozco a Chris.

—Hola —le saludo mirándoles a los dos.

—Hola —me contesta.

Está nervioso, lo noto porque no para de frotarse las palmas de las manos contra el vaquero. Al final, algo incómodo por el silencio que se ha formado, le tiendo la mano a la chica.

—Hola, soy Aaron.

—Hola, yo soy Jill.

—Eh... Sí... Él es... Ella... —balbucea Chris, intentando encontrar las palabras adecuadas.

—Voy con Chris al instituto —me aclara Jill—. Vivo al final de la calle.

—Perfecto... —digo mirándola, pero como sé cuando sobro, enseguida añado—: Bueno, yo voy subiendo...

—¿Qué...? ¿Qué le ha pasado en el brazo? —me pregunta ella.

—Nada grave. Un rasguño. Es más aparatoso de lo que realmente es.

—No hagas la cena. Ya la hago yo ahora al subir —se ofrece Chris, señalando mi brazo inmovilizado.

—Puedo apañármelas solo...

—Y yo sé cocinar. Ahora subo. Voy a acompañarla a casa.

—De acuerdo. Me voy a dar una ducha, entonces. Encantado de conocerte, Jill.

—Igualmente.

Después de algo más de media hora, salgo del baño, ya duchado pero desnudo de cintura para arriba. Desvestirme no me ha costado tanto, porque llevaba una camisa, pero con la camiseta está siendo otro cantar. Cada vez que intento alzar el brazo, los puntos me tiran y parece como si se me fuera a rasgar la piel.

—Chris —le llamo al llegar al salón—. ¡Joder, qué bien huele eso!

—Risotto. Me lo enseñó a hacer mamá —me dice sin girarse, llevándose a la boca una cuchara para probar la comida.

—Pues si está igual de bueno que huele... Oye, ¿me echas un cable?

Cuando se da la vuelta y ve el vendaje del brazo, se acerca con la frente arrugada.

—¿Estás seguro de que no es nada? Si te lo han inmovilizado es por algo...

—Para que no lo mueva demasiado y se me salten los puntos. Por eso te necesito. Cuando intento meter el brazo por la manga de la camiseta, me tiran y me da la sensación de que se va a abrir la herida.

—¿Te lo has hecho trabajando?

—Ajá.

—¿Un corte?

—No, una bala.

Chris levanta la cabeza de golpe y me mira a los ojos. Se queda quieto, con mi camiseta entre sus manos, a medio poner.

—Muévete por favor... —le pido.

Me ayuda a ponérmela del todo y luego a inmovilizarme el brazo. Abro la nevera y saco un par de cervezas, que dejo encima de barra de la cocina, y me siento en uno de los taburetes. Mientras, Chris sirve la cena en los platos y se sienta a mi lado.

—¿Puedo? —me pregunta extrañado, señalando la botella frente a él.

—Para eso está ahí. No me creo que sea la primera que vayas a beber, así que no hace falta que disimules conmigo.

—Vale, lo confieso —dice llevándose la botella a la boca y dándole un largo sorbo—. No es mi primera vez.

—También se te ve muy suelto con las chicas... Esa tal Jill, ¿no será la causante de la pelea del otro día?

—Me temo que sí... A un tío del último curso, que se cree su dueño solo por haber salido con ella una tarde, no le hizo mucha gracia que hablara con ella y que nos miráramos en el recreo. Espérate a que se entere de que eso es lo más inocente que hemos hecho...

—Chris...

—¿Qué?

—¿No habréis...?

—¡No! Aún no, vaya... Pero bueno, no te voy a engañar, es algo que se me pasa por la cabeza, sí. Pero no te preocupes, en este caso, tampoco sería mi primera vez.

Meneo la cabeza de un lado a otra, resoplando sin poder dejar de sonreír.

—¿Qué? ¡Ni que tú a mi edad fueras un santo! Mamá me contó que no te distinguías precisamente por tu fidelidad...

—Solo te pido que vayas con cuidado... Ya me entiendes...

—No creo que seas el más indicado para dar consejos acerca de métodos de protección...

—No pretendo echarte el sermón. Solo te pido que, a diferencia de lo que hicimos tu madre y yo, penséis con esto —digo dándole unos golpecitos en la frente—. Oye, esto está cojonudo.

—Gracias. Sé cocinar más platos. Ya te iré deleitando con ellos.

—Al final vas a resultar una joya —bromeo.

Chris sonríe agachando la cabeza. Se le ve cada vez más cómodo conmigo y cada vez más integrado en su nueva vida. Tendré que darle también las gracias a Jill la próxima vez que la vea.

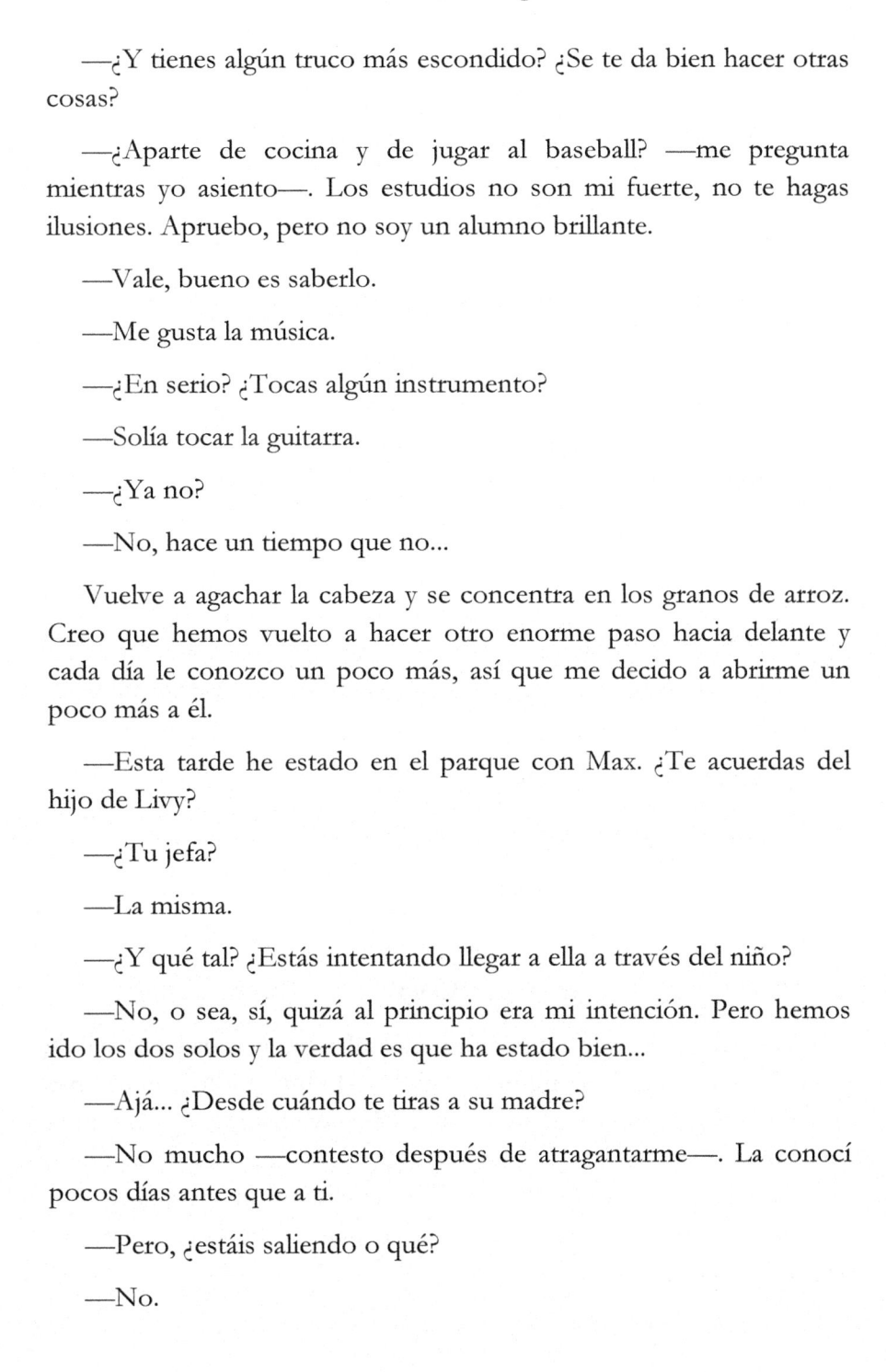

—¿Y tienes algún truco más escondido? ¿Se te da bien hacer otras cosas?

—¿Aparte de cocina y de jugar al baseball? —me pregunta mientras yo asiento—. Los estudios no son mi fuerte, no te hagas ilusiones. Apruebo, pero no soy un alumno brillante.

—Vale, bueno es saberlo.

—Me gusta la música.

—¿En serio? ¿Tocas algún instrumento?

—Solía tocar la guitarra.

—¿Ya no?

—No, hace un tiempo que no...

Vuelve a agachar la cabeza y se concentra en los granos de arroz. Creo que hemos vuelto a hacer otro enorme paso hacia delante y cada día le conozco un poco más, así que me decido a abrirme un poco más a él.

—Esta tarde he estado en el parque con Max. ¿Te acuerdas del hijo de Livy?

—¿Tu jefa?

—La misma.

—¿Y qué tal? ¿Estás intentando llegar a ella a través del niño?

—No, o sea, sí, quizá al principio era mi intención. Pero hemos ido los dos solos y la verdad es que ha estado bien...

—Ajá... ¿Desde cuándo te tiras a su madre?

—No mucho —contesto después de atragantarme—. La conocí pocos días antes que a ti.

—Pero, ¿estáis saliendo o qué?

—No.

—O sea, ¿solo quieres follar con ella pero sacas a su hijo de paseo? No me cuadra.

—Chris... Esa boca...

—Vale, lo siento —dice levantando las manos—. Pero sigo sin entenderlo.

—No podemos tener una relación porque no está bien visto...

—¿Dónde?

—En el trabajo. Es mi jefa. Si nos pillan los superiores, pueden pensar que nuestra relación interferirá en nuestro trabajo y pueden trasladarnos de comisaría, o incluso de ciudad.

—Pero no es justo.

—Lo sé... —digo frotándome la nuca.

—Estás enamorado.

Levanto la cabeza y le veo mirándome con una sonrisa dibujada en la cara.

—¿Te parece bien?

—¿Por qué me preguntas eso? Es cosa tuya...

—Porque me interesa tu opinión.

LIVY

Entro en la central, intentando disimular mi ansiedad por hablar con él. Saludo a todo el mundo, incluidos Jimmy y Finn, que ya han vuelto de su misión con el presidente. Mientras hablo con ellos, miro disimuladamente hacia la mesa de Aaron, y compruebo que no ha llegado aún. Me dan la enhorabuena por el éxito de ayer, gesto que agradezco pero que vuelvo a atribuir de nuevo a todo el equipo, en especial a Aaron.

—¿Cómo está? —me pregunta Jimmy cuando le menciono.

—Bien —digo sonriendo mientras me encojo de hombros.

—No me lo diga, se está haciendo el duro. Hace ver que no es nada para no preocupar a nadie, aunque por dentro esté rabiando de dolor.

—No sé si hace el duro, pero no le da la más mínima importancia a lo ocurrido.

—Confíe en él, Capitana Morgan.

Le sonrío a modo de respuesta justo antes de empezar a alejarme hacia mi despacho. Confío en él, pero estoy segura de que se hace el duro para no preocupar a nadie. Me siento detrás de mi escritorio y nada más encender mi ordenador y de introducir mis claves, escucho jaleo fuera. Cuando levanto la cabeza, le veo, rodeado de un montón de gente que se interesa por su salud. Él habla con ellos, con una sonrisa en la cara, haciendo gestos para quitarle importancia a todo. Seguro que está diciendo lo mismo que ayer: que si los médicos son unos exagerados, que si es más aparatoso de lo que realmente es... Pero yo escuché su respiración agitada cuando el loco ese le apuntaba con la pistola, sé que se quedó congelado y sin habla durante unos segundos, sé que le afectó. Aún así, no puedo evitar sonreír al verle, apoyando la cabeza en la palma de mi mano, como una adolescente embobada. En ese momento, su mirada se desvía hacia mí, pillándome en esa postura. Me incorporo de golpe, para intentar recuperar algo de dignidad, aunque enseguida veo cómo entorna los ojos y cómo las comisuras de sus labios se curvan hacia arriba. Pasado un buen rato, cuando le dejan libre por fin, empieza a caminar hacia mi despacho. Veo como nadie le pierde de vista mientras se acerca y me doy cuenta de que mi actitud de ayer no ha hecho más que acrecentar los rumores. En cuanto abre la puerta, soy incapaz de dejar de mirar por las ventanas de mi despacho para observar la reacción de los demás.

—Hola... —me saluda.

—Teniente Taylor —me apresuro a decir desviando los ojos hacia los demás, para ver si él se da cuenta de que somos el centro de todas las miradas—. ¿Cómo se encuentra?

—Bien. Es solo un rasguño.

Carraspeo y entonces él se da cuenta de mi nerviosismo. Gira la cabeza levemente y entonces ve a todo el mundo mirándonos.

—Parece que somos el centro de atención... —susurra.

—Lo sé... Puede que ayer se me notara un poco... preocupada, por el tono de mi voz... Y ellos se piensan que es por usted... —digo agachando la vista hacia los papeles de encima de mi mesa, tapándome la cara parcialmente con el pelo.

—¿Y no fue así?

—Teniente, por favor...

—Creo que tenemos que hablar.

—Sí, pero ahora no es el momento y este no es el lugar...

—¿Cómo está Max?

—Teniente, por favor, no me lo ponga más difícil...

Aaron nota el tono de súplica en mi voz y enseguida empieza a retroceder, sin dejar de mirarme.

—Si le parece bien, me quedaré vestido de calle porque me cuesta mucho trabajo cambiarme de ropa. De todos modos, si hubiera alguna urgencia, aunque no pueda hacer trabajo de campo, podría ayudar desde aquí...

—Claro —contesto antes de que salga por la puerta.

Le miro de reojo mientras se acerca a la máquina de café. Soy testigo del trabajo que le cuesta sacar unas monedas del bolsillo de su vaquero y cómo una agente aparece cinco segundos después para invitarle. Él le sonríe en agradecimiento, provocando en ella un serio problema en las bragas. Me descubro mirándola mal, siguiéndola con la mirada hasta que vuelve a su mesa, deseando que le entre una urticaria por haberle rozado el brazo a Aaron. De repente, me entra un correo electrónico y se escucha la notificación por los altavoces del ordenador. En cuanto miro quién me lo envía, levanto la vista y le encuentro mirándome directamente desde su escritorio.

"No te pongas celosa. Solo me ha invitado a café. Ha sido muy amable por su parte. Bastante más de lo que has sido tú, por cierto"

Le miro levantando una ceja, intentando parecer enfadada. Al instante, arrugo la boca y empiezo a teclear.

"No estoy celosa. Por mí te la puedes tirar si quieres"

Al leer el mensaje, echa la cabeza hacia atrás, riendo a carcajadas, hecho que suscita las miradas de algunos, pero enseguida vuelve a la carga.

"¿Estás enfadada por algo? Porque lo pareces"

Pienso mi respuesta durante unos segundos. Quiero decirle que estoy enfadada porque ahora mismo preferiría estar entre sus brazos a estar enviándonos mensajes. Que estoy enfadada porque sé que no está siendo sincero acerca del incidente de ayer, y me da igual que se monte esta especie de coraza de cara a los demás, pero me duele que lo haga también conmigo.

"Ahora en serio, ¿está bien Max? Estuve pensando toda la noche, y no se me ocurre qué pudo haberle sentado mal..."

Recibo el mensaje cuando estaba a medias del mío, así que borro lo que llevaba escrito y empieza a teclear de nuevo.

"Lo mismo que a mí ahora... Verte con otra mujer"

Me mira y arruga la frente, confundido. Entiendo que me pide explicaciones, así que sin esperar su correo, le escribo de nuevo.

"Es complicado... Solo tiene cuatro años, Aaron... Me dijo que no quiere que te rías con otras mujeres. Quiere que... Quiere que solo te rías conmigo"

Le observo leer el mensaje varias veces, tragando saliva a la vez.

"¿Y tú? ¿Quieres que solo me ría contigo?"

Quiero que lo hagas todo solo conmigo, pienso, pero en lugar de eso, le escribo:

"Me gustaría que empezaras por ser completamente sincero conmigo"

"¿A qué te refieres?"

Decido soltarlo de sopetón, como si le estuviera zarandeando para que confesara la verdad.

"Conmigo no hace falta que te hagas el duro. Necesito saber lo que pasó ayer, todo. Necesito saber qué sentiste... Nadie es lo suficientemente duro como para tener el cañón de un pistola apuntando a su cabeza y que eso no le afecte lo más mínimo"

Dejo los dedos inertes encima del teclado y le observo detenidamente. Aaron agacha la cabeza y se muerde el labio inferior durante un buen rato. No sé si está pensando qué responderme o si por el contrario, sabe perfectamente qué decirme, pero no se atreve a hacerlo. Finalmente, como si le hubieran dado cuerda, empieza a teclear con rapidez durante un buen rato. En cuanto me llega el mensaje, lo leo casi sin parpadear.

"Nunca me había afectado, Liv... He estado en la línea de fuego en otras ocasiones y nunca antes me había afectado tanto. Esta noche no he pegado ojo. En cuanto cerraba los ojos, volvía a ese momento en el que ese tío me apuntaba a la cabeza. Estaba aterrado, como nunca antes. ¿Y sabes qué vi en ese momento? A Chris. Pensé en él y en que no podía dejarle solo de

nuevo. Y luego, como un milagro, escuché cómo me llamabas, cómo susurrabas mi nombre al oído, y ya no sentí miedo. Cerré los ojos, me relajé y me recosté en el suelo. Sin más"

Mientras lo leo, con las manos delante de mi boca, se me humedecen los ojos. Cuando acabo, me los froto disimuladamente. No quiero que si alguien está mirando hacia aquí, me vea tan afectada.

"Tenemos que hablar... A solas. Lejos de las miradas de todos"

Él lee mi último mensaje y piensa un plan durante unos segundos. Luego veo cómo se le ilumina la cara, como cuando a un crío se le ocurre una travesura. Se pone en pie y empieza a caminar hacia mí. Me pongo muy nerviosa, negando con la cabeza mientras se acerca. Sin hacer caso de mi negativa, llama a la puerta de mi despacho y abriéndola, habla lo suficientemente alto para que todos le oigan.

—Capitana, tengo que ir al hospital a hacerme la cura de la herida.

Cuando acaba la frase, abre mucho los ojos, haciéndome la señal para indicarme que es mi turno.

—De acuerdo... —es lo único que se me ocurre decir.

—Iré conduciendo yo mismo...

Y entonces sé lo que está pensando. Me cambia la cara e intento sonar lo más exasperada posible.

—¿Ese es el reposo que el médico le pidió que hiciera? Una cosa es que venga a pasar el rato a la central y otra muy distinta es que conduzca. Puede poner en peligro a los demás ya que sus movimientos están limitados. Es como si le dejáramos coger un arma... —digo mientras él sonríe satisfecho.

—De acuerdo. Entonces, me lleva usted —suelta mientras me lanza las llaves de su coche y se da la vuelta, empezando a caminar hacia la salida.

Tardo unos segundos en reaccionar, hasta que finalmente me pongo en pie, y cogiéndome al quicio de la puerta, le grito:

—¡Usted no es nadie para darme órdenes!

—De acuerdo... —dice dándose la vuelta—. Entonces, ¿algún voluntario o voluntario para llevarme al hospital?

Por el rabillo del ojo veo como algunos, y algunas, hacen el ademán de ofrecerse, así que reacciono con rapidez.

—¿Y aprovechar para ir a tomarse unas cervezas? ¡De eso nada! Yo le llevo y así me aseguro de que no se entretenga por el camino —digo caminando hasta pasar por su lado, casi sin mirarle—. ¡Andando!

AARON

Camina decidida hasta la salida mientras yo la sigo de cerca, sin poder despegar los ojos de su culo y de sus interminables piernas.

—¿Dónde tiene el coche? —me pregunta.

Yo la miro sonriendo, sin despegar los labios, y señalo con el dedo hacia el aparcamiento anexo a la comisaría. Camina decidida hacia allí, interpretando a la perfección su papel de jefa toca-pelotas, papel que, lejos de molestarme, me pone a cien. Cuando se sube al coche y yo ocupo mi lugar en el asiento del copiloto, arranca el motor y aprieta el acelerador con demasiada fuerza. Frena al momento, asustada, y me obliga a poner las manos para no chocarme contra el salpicadero.

—Esto... Una duda que tengo... Una nimiedad sin importancia... ¿Sabes conducir?

—Sí sé, listo. Pero tu coche va raro. Solo tengo que cogerle el punto...

—Vale, pues por si acaso, antes de que vuelvas a apretar el acelerador, deja que me abroche el cinturón de seguridad.

Después de varios movimientos bruscos más, cuando por fin conseguimos adentrarnos en la circulación de la calle, la miro y la veo concentrada en el tráfico, quizá incluso algo tensa.

—Te tomas muy en serio tu papel... Ya te puedes relajar...

—Calla que me desconcentras. ¿A dónde vamos?

—Al hospital.

—Ah —dice girando la cabeza de golpe para mirarme—. Iba en serio...

—Bueno, no al principio, pero creo que ahora sí... Creo que se me ha saltado algún punto...

—¡Oh Dios mío! ¡¿Por mi culpa?! —me mira con los ojos muy abiertos, asustada, sin prestar atención al tráfico.

—¡Livy! ¡Mira hacia delante por favor! —le pido justo en el momento en que se vuelve a ver obligada a pegar un frenazo brusco.

—Perdón, perdón, perdón...

—Tranquila, no pasa nada... —digo.

Miro al techo del coche y cierro los ojos mientras empiezo a susurrar palabras sin sentido.

—¡¿Estás rezando?! ¡Que no es para tanto! —me dice dándome un manotazo en el pecho.

—Me estaba quedando contigo —contesto riendo—. Estoy acostumbrado a hacer trayectos en la furgoneta del SWAT, y sus conductores no son muy amigos de los giros suaves... Venga, que ya queda poco para llegar. Gira ahora a la izquierda y hasta el final de la calle.

Diez minutos después, Livy aparca mi coche y nos bajamos. En cuanto pongo los pies en la acera, me agacho y hago ver que lo beso, hasta que levanto la vista y veo sus zapatos de tacón delante de mí.

Mis ojos recorren el camino ascendente por sus piernas, su cintura y sus pechos, hasta que por fin me encuentro con sus ojos.

—Eres idiota perdido —me dice, con los brazos cruzados por encima del pecho.

Me pongo en pie y, pasando mi brazo sano alrededor de su cintura, la atraigo hacia mí. Acaricio su nariz con la mía y acerco mi boca a la suya. Espero unos segundos, hasta que veo que cierra los ojos y sus labios se separan.

—Pues algo me dice que te apetece que este idiota te bese...

Livy me agarra de la chaqueta, sonriendo con timidez, mordiéndose el labio.

—Aquí no parece haber nadie conocido... —digo mirando alrededor—. Tampoco parece que nos vayan a interrumpir... Nadie tiene intención de chivarse a tus superiores...

Y sin dejarme hablar más, me besa precipitadamente, demostrándome que me ha echado tanto de menos como yo a ella. Su lengua juega con la mía y sus dientes muerden mis labios mientras sus dedos se enredan con mi pelo en la nuca.

—No me duele tanto... —digo sin despegar mis labios de los suyos.

—Ni lo sueñes. Vamos a entrar ahí —contesta ella, señalando con el dedo hacia el hospital—, a que te curen eso.

—No tenemos mucho tiempo y no lo pienso malgastar vestido y rodeado de gente cuando podría tenerte desnuda entre mis brazos —Muerdo su labio inferior y tiro de él, provocando un largo jadeo que acojo en mi boca—. A mí no me engañas, mi idea te gusta... Lo noto...

Me separo unos pocos centímetros de ella, cubriendo con mi mano su mejilla, mientras acaricio sus labios con el pulgar. Livy abre la boca y se mete mi dedo en ella, mordiéndolo con suavidad.

—Vamos.

Apoya las palmas de las manos en mis hombros y se separa de mí mientras yo la miro arqueando las cejas.

—¿Estás de broma, no?

—¿Por?

Me acerco a ella, cojo su mano y, mirando a un lado y a otro, la llevo hasta mi entrepierna para que sienta la erección que me acaba de provocar.

—Ese es tu problema... —dice riendo mientras camina hacia dentro del hospital.

Cuando la veo cruzar las puertas, y entrar en el hospital, cuando la pierdo de vista, entonces reacciono y corro a su encuentro. La veo en el mostrador de urgencias, hablando con la recepcionista, que le señala a dónde tenemos que dirigirnos. Entonces me mira y me pilla sonriendo embobado.

—Venga. Ven —dice tendiéndome la mano, que agarro, dejándome conducir por ella.

Solo esperamos cinco minutos hasta que una enfermera me llama. Me sorprendo al ver cómo se levanta conmigo y camina a mi lado hacia la consulta.

—Hola —nos saluda un médico nada más entrar, mirando el ordenador—. ¿Aaron?

—Ajá —digo dándole la mano.

—Herida de bala... ¡Vaya! ¿De ayer mismo? ¿Y ya se le ha abierto?

—Eso creo...

—Los puntos deben estar frescos aún... —comenta mientras yo me quito la camisa poco a poco—. ¿Ha hecho el reposo que le recomendamos?

—No —se apresura a decir Livy—. No ha hecho nada de reposo.

—Pues ahí tiene la respuesta...

El médico empieza a quitar la venda que protege mi brazo y enseguida se ve la herida. Corta el hilo de los puntos con unas tijeras quirúrgicas y, ayudado por una enfermera, vuelve a coserme. Miro a Livy, que no pierde detalle de las manos del médico, con las suyas delante de la boca, mordiéndose las uñas de forma compulsiva.

—Eh... —le digo llamando su atención—. ¿Estás bien?

—Ajá... Es solo que es algo... Asqueroso...

Livy me agarra la mano que le tiendo y la atraigo hasta mí. La enfermera nos mira sonriendo, justo cuando el médico acaba con la sutura, y entonces ella empieza a vendarme de nuevo el brazo.

—Bueno, le doy las mismas directrices que le dieron ayer —dice el médico—. Y esta vez, por favor, intente seguirlas y la herida empezará a cicatrizar sin problemas.

—Me aseguraré de que lo haga, doctor —interviene Livy.

—Recuerde, nada de movimientos bruscos, que mueva el brazo lo menos posible...

—Así lo haremos. Gracias por todo.

Nos despedimos del médico y de la enfermera y salimos de nuevo al pasillo.

—Nada de movimientos bruscos... ¿Has oído, Liv? ¿Crees que podrás ser algo más suave conduciendo de vuelta? Ya sabes, velocidad constante, sin frenazos ni cambios de carril bruscos...

—Muy gracioso. Suficiente cargo de conciencia tengo ya como para que encima tú me digas esas cosas...

—Es broma... —le digo pasando el brazo sano por encima de sus hombros y atrayéndola hacia mí.

Consigo hacerla sonreír, hasta que de repente, veo cómo le cambia la cara. Se gira hacia mí y me mira con los ojos muy abiertos. Veo que se fija en una puerta que hay a mi espalda y, sin esperármelo, la abre y me mete dentro de un empujón.

—¿Qué pasa? —le pregunto, pero ella pone un dedo en mis labios y me hace callar.

Abre la puerta un poco y asoma la cabeza. Al no recibir respuesta, hago lo mismo y entonces veo el causante de su cambio repentino de humor: el Capitán Lewis acompañado de su esposa. Sin poder evitarlo, empiezo a reírme a carcajadas y Livy cierra rápidamente la puerta para no ser descubiertos.

—¿Se puede saber qué te hace tanta gracia? ¿Qué posibilidades teníamos de encontrarnos con él?

—Hombre, pues teniendo en cuenta que es una persona mayor, un hospital es uno de los sitios más probables en los que encontrárselo.

Me mira durante unos segundos hasta que a ella también se le empieza a escapar la risa. Rodeo su cuello y la atraigo hacia mí. Acaricio su pelo con delicadeza, apoyando los labios en su cabeza mientras ella sigue riendo contra mi pecho.

—Los astros se han alineado para impedir que tengamos un solo momento de intimidad.

—Pero no me negarás que tiene su punto divertido.

—Sí, pero yo solo quiero estar...

Se queda callada, apoyando las manos en mi pecho, hasta que chasquea la lengua y vuelve a asomarse para ver si el Capitán Lewis sigue ahí.

—Parece que podemos salir —dice.

—Liv...

—¿Qué?

Cojo su cara con una mano y la beso con delicadeza, sin prisas, recreándome en acariciar sus labios con mi lengua. Apoyo mi frente en la de ella y resoplo con fuerza.

—Yo también quiero...

Entonces me veo interrumpido por un sollozo. Los dos nos giramos de golpe y entonces nos damos cuenta de que en mitad de la habitación hay una cortina. Me acerco hasta ella y la corro hacia un lado, descubriendo a una anciana estirada en una cama.

—Lo siento —dice la mujer secándose los ojos—. Estaba dormida cuando entraron y luego ya no les quise interrumpir... Lo de ustedes dos es una historia preciosa, casi como de telenovela. Obligados a esconder su amor... ¡Qué romántico!

—Eh... Gracias, supongo —digo—. Aunque nosotros no le vemos las ventajas por ningún lado.

—Si no quieren esconderse, ¿por qué lo hacen?

—Es complicado... —contesta Livy.

—Las cosas son tan complicadas como uno mismo quiere creer que son —dice entonces la mujer, justo antes de que se le vuelvan a cerrar los ojos y se duerma.

Los dos nos quedamos callados, pensando en las palabras de la anciana. Yo estoy totalmente de acuerdo con ella, y sé que Livy también. Solo espero que pronto se atreva a dar un paso más. Seguiremos escondiéndonos de todo el mundo..., para siempre, si hace falta.

CAPÍTULO 12
Cuando todo entre nosotros cambió

AARON

—Entonces, ¿no puedes salir el viernes?

—No Jimmy, no puedo salir de fiesta contigo el viernes. Soy padre, ¿recuerdas?

—Sí lo recuerdo, pero que sepas que aparte de ser padre, eres un puñetero muerto.

—¿No tienes a nadie más? —le digo mientras caminamos hacia la central con sendos vasos de café en la mano.

—Sí, pero nadie puede. Resulta que todos estáis muy... ocupados.

—Pues haz bondad y quédate en casita como un buen chico.

—¡Pero es que Deb trabaja hasta tarde!

—Aún me pregunto qué ve en ti esa chica... —digo mirándole de reojo—. Mírate qué pintas llevas... Por más que te intentes ocultar en esa capucha, no consigues disimular tu aspecto dejado.

—Estoy bien... Solo que no me he afeitado.

—Ni afeitado, ni dormido, ni duchado... Y hueles a alcohol que tiras para atrás. ¿Saliste anoche también? Porque tienes una pinta horrible.

—Pero valió la pena, te lo aseguro... —me contesta moviendo las cejas arriba y abajo.

—Gilipollas...

—Te recuerdo que hasta no hace mucho, tú eras igual que yo. Porque ahora de repente te haya entrado la vena responsable, no te da derecho a juzgarme.

—Jimmy, si yo me tiraba a alguien, no traicionaba la confianza de nadie. Espero que te des cuenta de lo que tienes antes de que lo pierdas, antes de que Deb se entere y te mande a la mierda.

—Tenemos una relación abierta, Aaron. Cuando estamos juntos, lo pasamos bien, y cuando estamos separados, también...

Mientras él habla, dándome explicaciones que no me convencen, y que tengo mis dudas de que él mismo se las crea, levanto la vista al frente y entonces la veo. Está a punto de subir las escaleras, con el bolso colgado de un hombro, un portafolio debajo de la axila, la bolsa con la comida en una mano y un café en la otra. A pesar de la hora, ya lleva el pelo recogido en una cola casi deshecha y varios mechones cuelgan a ambos lados de su cara, indicativo de que su mañana debe de haber sido como mínimo, complicada. Sin poder evitarlo, se me dibuja una sonrisa en la cara y mi cabeza empieza a pensar qué excusa poner hoy para poder verla. Llevamos así casi dos semanas, buscando excusas para salir de la comisaría, para no ir a comer con los chicos, viéndonos en la otra punta de la ciudad para evitar encuentros con conocidos... Todo para poder pasar un rato a solas los dos...

—¿Me estás escuchando?

—¿Qué? —contesto mirándole—. Sí...

Jimmy mira hacia la comisaría y entonces la ve, atando cabos y dándose cuenta del motivo de mi distracción. Sonríe y niega con la cabeza.

—Sois imbéciles los dos... —dice—. ¿Acaso os pensáis que no sé lo que os traéis entre manos? ¿En serio piensas que no sabemos que os veis a escondidas? Y lo más importante, ¿te piensas que alguien se chivará a los jefazos?

Tiro el vaso de cartón en una papelera cercana y meto las manos en los bolsillos del pantalón. Aprieto los labios y hago una mueca con la boca, encogiéndome de hombros, antes de hablar.

—No soy yo el que ha elegido hacer así las cosas. Ella prefiere que lo mantengamos en secreto...

—A lo mejor es que le da vergüenza que la gente sepa que estáis liados...

—A lo mejor es que eres gilipollas...

—¡Joder, qué carácter! Follar, follarás más, pero no se te nota en el humor...

—Eso de que follo más es discutible...

—¡Venga ya!

—¿Qué quieres? Los ratos en los que nos podemos escapar son mínimos y por la tarde está con sus hijos...

—¿Y aún así no quieres salir conmigo el viernes para... liberar tensiones? Tío, estás fatal —me dice pasando un brazo por encima del hombro—. Siento tener que ser yo el portador de malas noticias, pero Aaron, te ha cazado. Estás enamorado.

Sonrío mientras subimos las escaleras de la comisaría y entramos. Me da unas palmadas en el pecho y nos separamos, él va hacia el vestuario y yo hacia mi mesa. Cuelgo mi chaqueta en el respaldo de mi silla y miro hacia su despacho. Habla por teléfono con alguien, con gesto serio, caminando arriba y abajo de su despacho, peinándose el pelo con los dedos, aún sin ser consciente de que la observo. La veo colgar la llamada y lanzar el móvil encima de su escritorio, resoplando contrariada, justo antes de darse la vuelta, mirarme y sonreír. Miro a un lado y a otro y la saludo susurrando, gesto que hace ella también. Me siento en mi silla y en cuanto mi ordenador se enciende, empiezo a escribirle un correo electrónico.

"¿Te das cuenta de que, aunque lleves un día de mierda, es verme y ponerte a sonreír?"

No puedo evitarlo, me encanta pincharla.

"¿Y cómo sabes que eres tú el motivo de mi sonrisa?"

"Porque tengo la esperanza de que así sea. Así sabré que despierto en ti los mismos sentimientos que tú en mí"

En cuanto escribo la respuesta, la observo detenidamente. No quiero perderme la expresión de su cara al leer mi mensaje, así que, cuando veo que se muerde el labio inferior y se tapa la boca con una mano, me doy cuenta de que he logrado mi objetivo y rápidamente escribo el siguiente mensaje.

"Eres una blanda"

Intento aguantar la carcajada cuando veo su frente arrugada. Tengo el poder sobrenatural de modificar su humor a mi antojo, pero lo que ella no sabe es que ella provoca lo mismo en mí. Cojo una carpeta cualquiera de encima de mi mesa y me levanto para dirigirme a su despacho. Llamo, aunque entro sin esperar respuesta, cierro la puerta a mi espalda y, tendiéndole el archivo, le digo:

—No te enfades conmigo...

—Eres un imbécil —me dice cogiendo la carpeta vacía, aunque haciendo ver que lee algo en su interior, solo para disimular—. Eres incapaz de decirme algo bonito sin cagarla después.

—Pero sabes que es broma... —digo y al ver como se agrandan los agujeros de su nariz, me apresuro a aclarar—: Lo segundo, broma lo segundo. Lo primero que te he dicho es verdad.

—Bueno, pues hoy no vamos a poder vernos. No me puedo escapar.

—¡Pero era broma! —digo dando varios pasos hacia la mesa, sin poder disimular la desilusión en mi rostro.

—No me seas egocéntrico, no es por ti. Tengo una reunión durante toda la mañana y luego tengo médico con Max.

—¿Está bien? —le pregunto asustado.

—Sí, solo vamos a ver a un especialista que me recomendó mi hermana... Es una eminencia y ha conseguido que algunos de sus pacientes vuelvan a oír...

—¿En serio? ¡Eso es una buenísima noticia!

—Bueno, no quiero hacerme ilusiones... Además, estos tratamientos suelen ser muy caros, pero no pierdo nada por intentarlo.

Me quedo en silencio durante un rato, confuso porque aunque me fastidia no poder estar con ella a solas en todo el día, no puedo evitar estar esperanzado por Max. Sería fantástico que ese crío pudiera oír. De repente escucho un carraspeo, y cuando alzo la vista, me encuentro a Livy mirándome con una sonrisa.

—¿Algo más, Teniente?

—No... Entonces, ¿hoy no nos veremos?

—No creo... —contesta sonriendo.

—Vale... —claudico caminando hacia la puerta, aunque justo antes de abrirla, añado—: Que sepas que te voy a echar de menos.

Agarro el picaporte de la puerta y al girarlo, la escucho susurrarme en voz baja:

—Eres un blando.

LIVY

El doctor Jones lleva un rato leyendo el informe de Max. En él están los resultados de todas las pruebas que le han hecho o todos los audífonos que ha probado. Yo le observo, algo nerviosa por su silencio, mientras Max, sentado en una mesa infantil a un lado del despacho, está dibujando muy concentrado.

Cuando por fin levanta la vista del informe, el doctor me sonríe y, después de echar un vistazo a Max, empieza a hablar.

—Señora Morgan, ¿ha oído hablar de los implantes cocleares?

—Sí, cuando me recomendaron que le pidiera una visita, me estuve documentando. Sé que es usted una de las eminencias en este campo y que ha puesto ese implante en muchos pacientes... Parece una operación algo complicada...

—No lo crea. Supongo que lo que más le preocupa es el implante interno. No le voy a negar lo evidente y le voy a hablar muy claro, tanto para lo bueno como para lo no tan bueno. Sería necesaria la anestesia general, ya que tenemos que colocar el dispositivo transductor con un imán, haciendo previamente un hueco en el hueso temporal.

—Sí... —contesto riendo de forma nerviosa, mirando las manos en mi regazo—. Eso mismo.

—Pero es una operación cien por cien segura. Y una vez hecho eso, un mes después, podremos colocar los implantes externos, el procesador de sonido y la bobina. A partir de entonces, después de una rehabilitación logopédica, su hijo podría empezar a comunicarse como una persona normal.

Giro la cabeza hacia Max que, ajeno a nuestra conversación, sigue pintando, absorto totalmente en su pequeño mundo.

—Creo que Max sería un candidato perfecto, señora Morgan. Cumple todos los requisitos para beneficiarse de un implante coclear —dice empezando a enumerar con los dedos—. Padece sordera total, los implantes de primer orden como los audífonos han fracasado, es menor de cinco años, usted y su padre no padecen sordera, y no padece ninguna otra enfermedad.

—¿Cuánto...? ¿Cuánto sería el coste total de todo?

—Contando la evaluación, la cirugía, el dispositivo, y la posterior rehabilitación, costaría alrededor de 30.000 dólares. Pero el seguro puede cubrirle una parte...

—¿Me podría elaborar un presupuesto por escrito para poder presentárselo a mi seguro?

—Por supuesto.

Pasamos el resto de la tarde en el parque, donde le veo corretear por el parque infantil, rodeado de otros niños, aunque jugando totalmente solo, ajeno a los demás. A pesar de todo, juega con una sonrisa en la cara y es entonces cuando sé que haré todo lo que haga falta para que a Max le pongan ese implante, aunque el seguro no me cubra nada y tenga que ahorrar esos 30.000 dólares, uno a uno.

Durante la cena, que transcurre tan plácida como las últimas, sin gritos ni peleas, sigo dándole vueltas al asunto. Pensando que si vendo mi parte de la casa de Salem, podría conseguir una buena parte de ese dinero, siempre contando que el seguro no cubriera ninguna parte.

Y sigo dándole vueltas cuando los niños ya están dormidos y yo estoy estirada en mi cama. Al menos, hasta que el sonido de mi teléfono me aleja de esos pensamientos.

"¿Cómo ha ido el médico con Max? Firmado: El Blando"

Y ahí está otra vez, demostrando su poder sobre mí, convirtiendo mi mueca de preocupación en una sonrisa.

"Bien, muy bien, de hecho. El doctor Jones dice que Max es un candidato ideal para un implante coclear. Versión corta: le implantan algo en el oído interno, conectado con un imán con un audífono algo más sofisticado. Con él, sería capaz de oír, y con el tiempo, de hablar"

"¡Eso es genial! Me alegro mucho, sobre todo por Max. ¿Cómo se lo ha tomado él? Estará muy contento, supongo"

"Aún no se lo he dicho. Necesito hablar antes con mi seguro para ver si cubriría todo el proceso, o al menos una parte. Solo es una formalidad, porque aunque no me cubra nada, aunque tenga que vender lo poco que tengo, pienso conseguir esos 30.000 dólares. Una vez tenga eso claro, veré como le explico la operación, porque es algo que quiero que sepa al detalle... A pesar de que eso pueda asustarle"

Su respuesta, como las anteriores, no se hace esperar.

"Liv, quiero ayudar"

El simple hecho de leer esas palabras hace que se humedezcan mis ojos. Mordiéndome el labio mientras sonrío, totalmente emocionada, me apresuro a contestarle.

"Ya estás ayudando, Aaron. Ahora mismo me estás ayudando a sonreír"

Tardo un rato en escribir de nuevo, porque estoy demasiado emocionada como para hacerlo, intentando deshacer el nudo que se me ha formado en la garganta que me hace complicado hasta respirar. Él tampoco me contesta, y empiezo a temerme que mis palabras le hayan podido incomodar... Aaron no se caracteriza por ser demasiado sentimental, de hecho, a veces parece que le avergüence decir ciertas cosas, así que decido cambiar de tema y de tono.

"¿Crees que Jimmy se huele algo de la fiesta de mañana?"

Pasan unos minutos hasta que leo que está escribiéndome la respuesta.

"Es tonto. No se huele nada"

¿Por qué está tan escueto de repente? ¿Soy yo, o el tono de su mensaje ya no es tan alegre como antes? ¿La habré cagado al ponerme tan sentimental de golpe?

"Mi hermana se quedará con los niños..."

Escribo esos puntos suspensivos a propósito, esperando que él los entienda, que sepa que tengo unas intenciones concretas para después de la fiesta.

Diez minutos después, sigo teniendo esperanzas de que me conteste.

Veinte minutos después, las lágrimas corren por mis mejillas, aún sin tener claro si el motivo es su indiferencia repentina o mi reacción a ella.

Media hora después, cuando mi móvil vibra de nuevo, estoy tan enfadada con él y conmigo misma por permitir que me afecte tanto, que tardo varios segundos en procesar lo que leo.

"¿Sigues despierta?"

Mi primera intención es no contestarle, aunque sé que no voy a ser capaz. Luego pienso en contestarle con varios insultos, pero luego decido ser tan escueta como él lo ha sido conmigo.

"Sí"

Esta vez, su respuesta no se hace esperar nada, así que supongo que debe de haber captado mi malestar.

"Pues ábreme la puerta"

Tengo que leer esa frase como diez veces antes de poder empezar a reaccionar. Con la boca abierta, totalmente descolocada, giro la cabeza hacia la puerta. Me empiezo a levantar, aún sin poderme creer que sea verdad, y camino sigilosamente hacia la puerta de entrada. Justo frente a ella, apoyo los brazos en el marco y pongo el ojo en la mirilla. Me quedo helada al verle de pie en el rellano, con las manos metidas en los bolsillos del vaquero. Apoyo la frente en la madera y después de unos segundos, giro el picaporte muy despacio, intentando hacer el menor ruido posible.

—Hola —susurra al verme.

—¿Qué haces aquí? —le pregunto.

—Verte sonreír... —contesta bajando la vista al suelo.

Me llevo una mano a la boca y siento como los ojos se me humedecen de nuevo.

—He dicho sonreír —dice acercándose a mí, cogiendo mi cara entre sus manos y secando mis lágrimas con sus dedos.

Sus ojos me miran embelesados, como si intentara grabarme en su memoria, sin soltarme. Es un momento tan intenso que me veo obligada a agarrarme a sus muñecas para no perder el equilibrio.

—No sabes cuánto te he echado de menos... —dice acercando su boca a la mía—. Soy incapaz de pasar un día entero sin verte.

Me besa con delicadeza, agarrándome del pelo de la nuca con una mano, echando mi cabeza hacia atrás, mientras la otra rodea mi cintura para apretarme contra su cuerpo. Dejo que saquee mi boca sin contemplaciones, mordiendo mis labios hasta que los siento hinchados, tan sensibles que un simple roce de su lengua me hace estremecer. Entonces su mano se posa en mi trasero y lo palpa a través de la fina tela del pijama. Se acerca aún más a mí y siento su entrepierna abultada rozando la parte baja de mi vientre. Ese simple contacto provoca que se me escape un jadeo.

—¿Quieres dar el espectáculo aquí fuera o nos metemos en tu casa? —susurra despegando su boca de la mía escasos centímetros.

—Pero Max y Lexy...

—A mí me da igual... Te arranco el pantalón aquí mismo si lo prefieres... —dice metiendo la mano por dentro del pijama y rozando mi piel con sus dedos.

No sé ni cómo consigo reunir la fuerza de voluntad necesaria para separarme de él, pero lo hago y, agarrándole de una mano, caminando de espaldas, le arrastro al interior de casa, cerrando la puerta principal con sumo cuidado. Me pongo un dedo delante de los labios para pedirle que haga el menor ruido posible, y le dirijo hacia mi dormitorio. En cuanto entramos y él cierra la puerta con cuidado, se da la vuelta y me observa con una sonrisa.

—Esto es una locura... —le susurro, sonriendo también mientras me encojo de hombros y junto las palmas de las manos frente a mi boca.

—Lo sé —responde mordiéndose el labio—. Pero no puedo más... Te necesito, aquí y ahora.

Recorre en un momento la corta distancia que nos separa y me coge en volandas. Cruzo las piernas alrededor de su cintura y apoyo los brazos en sus hombros, dejando mi cara a la altura de la suya.

—Pero tendremos que ser muy silenciosos... —susurro mordiendo su labio y tirando de él hacia mí.

Aaron echa la cabeza hacia atrás y se deshace de mi mordisco. Me mira con una sonrisa pícara de medio lado y, agarrándome del culo, me levanta algo más, hasta que mis pechos quedan a la altura de su boca. Siento sus dientes a través de la tela de la camiseta de mi pijama, ejerciendo la presión justa y necesaria para no hacerme daño, pero sí para provocarme unas descargas eléctricas que recorren todo mi cuerpo, de pies a cabeza. Sin poder evitarlo, dejo escapar un fuerte jadeo.

—Shhhh... —dice tapándome la boca con una mano.

Me deja con cuidado sobre la cama, boca arriba, y se vuelve a incorporar, mirándome fijamente, mientras la expectación me obliga a retorcerme sobre las sábanas. Se empieza a bajar la cremallera de la chaqueta, sin apartar los ojos de mí. Al quitarse el jersey, se le despeina el pelo, que lleva ligeramente más largo que cuando le conocí. El vendaje de su brazo ha desaparecido y ahora solo se cubre la herida con un pequeño apósito. Hago un repaso exhaustivo a su torso, totalmente moldeado, y observo cómo se mueven los músculos de sus hombros y brazos mientras de desabrocha el pantalón. Cuando la única prenda que le queda por quitarse es el bóxer ceñido a su piel, dejando poco trabajo a la imaginación, se empieza a acercar a mí. Apoya el peso de su cuerpo en sus antebrazos y acerca la boca a mi vientre. Besa mi piel, dibujando un camino ascendente, mientras levanta mi camiseta con la nariz. Al rato, se sienta sobre sus talones y me la quita, dibujando esta vez un camino descendente, empezando por mis labios. Cuando llega a mis pechos, donde se recrea durante más rato, le agarro del pelo mientras mi espalda se arquea de puro placer. Tengo que morderme el labio para no gritar, aunque cuando siento sus manos en la goma de mi pantalón, empiezo a sospechar que eso será algo complicado de cumplir. Me los quita muy lentamente, con delicadeza, haciendo de la espera una tortura. Cierro los ojos y entonces siento su aliento entre mis piernas. En un acto reflejo, intento cerrarlas, pero sus manos me lo impiden, abriéndome hasta dejarme totalmente expuesta, a su merced.

—Aaron... —jadeo agarrándole del pelo.

—Shhhh...

Su lengua recorre mi clítoris, volviéndome loca y provocando que se me escape un grito. Al instante me llevo las manos a la boca y él se estira encima de mí, apoyando su peso en los codos, mirándome con los ojos muy abiertos, expectantes por si mi grito ha despertado a Lexy. Pocos segundos después, cuando nos convencemos de que no se han despertado, a los dos se nos empieza a escapar la risa.

—¿Qué decías de ser silenciosos? —me pregunta burlándose de mí.

—La culpa es tuya —susurro acariciando su cara, repasando con los dedos sus cejas, su nariz perfilada, sus pómulos perfectos, sus labios tentadores y esa mandíbula cuadrada tan varonil.

Entonces, se separa levemente y dirige su erección a la entrada de mi vagina. Sin dejar de mirarme a los ojos, se hunde dentro de mí, hasta el fondo. Abro la boca pero consigo ahogar el grito, mientras Aaron mueve las caderas para repetir la acción, una y otra vez. Abro mis brazos, poniéndolos en cruz a ambos lados de la cama y me agarro con fuerza de las sábanas cuando siento sus dientes aferrándose a uno de mis pezones y tirando de él.

—Aaron... —murmuro entre jadeos.

Entonces, suelta mi pezón y vuelve a poner su cara frente a la mía, acogiendo mis jadeos en su boca, hasta que cuando envuelvo su cintura con mis piernas, él aprieta la mandíbula y resopla con fuerza.

—¿Qué? —me pregunta entre dientes.

—Aaron... Dios mío... No pares...

—Nunca lo haré... Nunca dejaré de amarte...

Justo en ese momento, arqueo mi espalda cuando un arrollador orgasmo recorre todo mi cuerpo, estallando en mi vagina con fuertes descargas que hacen convulsionar todo mi cuerpo durante varios segundos. Aaron sella mis labios con un beso, bebiéndose mis jadeos, mientras siento el calor de su semen en mi interior. Recuperamos el aliento a la vez, sin despegarnos ni un centímetro, él aún dentro de mí, hasta que pasado un rato, se tiende boca arriba y yo apoyo la cabeza en su pecho. Los latidos de su corazón retumban en su pecho y en mi oído. Son hipnóticos, relajantes, y provocan que mis párpados empiecen a pesar. Sus dedos acarician mi espalda y sus labios se apoyan en mi pelo.

—Quédate conmigo. Abrázame... —le pido entre bostezos pero sin perder la sonrisa.

—No puedo... Si tu hija me encuentra aquí por la mañana, puede desatarse la Tercera Guerra Mundial...

—Un rato al menos... Por favor... Te necesito...

—De acuerdo —susurra en mi oído—. Me quedo un rato contigo...

Hundo la cara en su cuello e inhalo con fuerza su olor. Me estoy quedando dormida repitiendo en mi cabeza la frase "nunca dejaré de amarte", que sé que dijo producto de la excitación del momento, pero a la que yo me agarro como a un clavo ardiendo.

AARON

Abro los ojos de golpe, dándome cuenta de que me he quedado dormido a pesar de que hice verdaderos esfuerzos por no hacerlo. Miro la hora en mi reloj y veo que son las cinco de la madrugada, así que me relajo un poco. Es poco probable que los niños de Livy se despierten tan temprano, así que aún estoy a tiempo de irme sin que me vean.

Me tomo algo de tiempo para admirarla. Como yo, se quedó dormida enseguida, desnuda. Aunque está tapada con el edredón, este deja entrever parte su espalda y de su perfecto trasero. Sin poderlo evitar, alargo el brazo y acaricio su piel con los dedos. Ella se remueve y se da la vuelta hasta quedarse de cara a mí. El pelo le cae revuelto sobre la cara, y se lo aparto con delicadeza, descubriendo que, aunque sigue dormida, tiene una sonrisa en los labios. La observo dormir durante un rato más, totalmente embelesado, hasta que me obligo a moverme para irme. Cuando salgo de la cama, la tapo bien con el edredón para que no coja frío y empiezo a vestirme sin hacer ruido. Cuando estoy listo, antes de salir, veo su agenda encima de la mesita de noche. La abro por el final, buscando una hoja en blanco donde poder escribirle una nota. La escribo y la dejo encima de la cama, en el sitio que antes ocupaba yo, y salgo de la habitación con sigilo. Cruzo todo el apartamento de puntillas, casi aguantando el aliento, hasta que me veo ya en la calle.

Llego a casa justo cuando amanece, así que como ya estoy desvelado, me voy a nadar. Me entretengo algo más de lo habitual, y cuando vuelvo a casa, Chris ya no está, así que suponiendo que se ha ido para el instituto, le escribo un mensaje al móvil.

"Chris, he pasado la noche con Livy y luego me he ido a nadar. Al volver no estabas, así que no te he podido recordar

que esta noche tengo lo de la fiesta de Jimmy y tampoco nos veremos..."

En cuanto lo envío, siento una especie de cargo de conciencia enorme. A pesar de no estar seguro de que nuestra relación haya avanzado lo suficiente, decido intentar planear algo para hacer juntos el sábado por la tarde.

"Oye, ¿te apetece que vayamos juntos al partido de los Yankees del sábado por la tarde? Puedo conseguir entradas si te apetece... Ya lo hablamos"

No espero que me conteste, así que guardo el móvil en el bolsillo y me marcho a trabajar. Justo cuando aparco el coche al lado de la central, recibo un mensaje de Livy.

"¿Solo y sin azúcar?"

Deseando no encontrarme a ningún compañero por el camino que se pueda apuntar al café, corro como un desesperado hasta que llego a la cafetería y la encuentro en la puerta, con dos vasos de café en la mano.

—Gracias —le digo.

—De nada —me contesta sonriendo.

Empieza a caminar y me pongo a su lado, guardando una distancia lo más cerca posible de ella, pero a la vez lo suficientemente alejada como para no levantar sospechas. Nuestras miradas tampoco se cruzan, sino que yo miro hacia mi vaso de café y ella mantiene la cabeza erguida, mirando al frente.

—No te escuché irte...

—Tampoco tus hijos, espero... Esa era la intención, ¿no?

—Sí.

—¿Viste mi nota? —le digo torciendo la boca en una mueca.

—Ajá... —me contesta sonrojándose al instante.

—¿Y...?

—Que vale.

—No te veo muy convencida.

—Porque de momento es algo que veo muy lejano...

—Porque tú quieres.

Hablamos sin mirarnos en ningún momento, como si en lugar de estar teniendo esta conversación tan privada, estuviéramos hablando de la nieve que, según el parte meteorológico, se espera que caiga con fuerza en los próximos días.

—Lo que tú digas...

—Nunca nos pondremos de acuerdo en este tema —resoplo finalmente—. Aunque prefiero esto a nada. Esta noche...

—Ajá.

—¿Tendremos que seguir disimulando?

—Pero solo hasta que nos vayamos de la fiesta.

—No es un evento tan importante... Con que hagamos acto de presencia durante una media hora, hay más que suficiente...

Livy agacha la cabeza, intentando aguantarse la risa como puede, mientras subimos las escaleras para entrar en la comisaría. Nos separamos en cuanto entramos. Ella, después de saludar a todo el mundo con una enorme sonrisa, se encierra en su despacho, mientras yo me siento detrás de mi escritorio.

—No sé qué le pasa a la Morgan, pero cada vez está más simpática —dice Jimmy, sentándose en la mesa de Finn, y mirándome desafiante—. Alguien la debe de tener bien contenta.

—Pues a mí me han dicho que está sola en la ciudad con sus dos hijos... —interviene Finn, entrando en el juego de Jimmy sin ser consciente de sus verdaderas intenciones.

—¿En serio? ¿No hay ningún macho en casa? Pues debe de tener un amigo por ahí que le está dando lo suyo a base de bien...

Al ver que yo no entro en el juego, Jimmy se pone en pie y, abriendo los brazos, dice:

—¿Acaso nadie me va a felicitar? ¿Nadie se ha acordado de qué día es hoy?

Se monta un alboroto cuando todos se acercan a felicitarle. Por supuesto que todos nos acordamos, básicamente porque estamos invitados a la fiesta de esta noche, pero parte del plan es que hagamos ver lo contrario, así que lo seguimos al pie de la letra. Espero a que esté algo más solo para acercarme a él.

—Ven aquí, capullo —le digo dándole un abrazo—. Treinta años ya... Te me haces mayor...

—No más que tú. Entonces, ¿seguro que no puedes escaparte para tomar algo conmigo? Es mi cumpleaños, colega...

—En serio que no...

—¿No me estarás dejando tirado por la Morgan...? Con lo que tú y yo hemos compartido... Se te ponen unas bragas a tiro y corres detrás como un puto perro.

—Jimmy...

LIVY

Me paso todo el día observándole a escondidas, disimulando para que nadie se dé cuenta, incluido él. Y tengo que reconocer que no es una buena decisión porque cuanto más le miro, más me gusta, rayando la obsesión.

Cuando desperté esta mañana, después de la desilusión inicial por no encontrarle a mi lado, vi la nota que me había escrito. Nota que decidí guardar, y que ahora sostengo en mis manos.

"Prométeme que algún día, tu cuerpo será lo primero que vea al despertar cada mañana"

Y yo que pensaba que Aaron no era capaz de ser romántico... Parece ser que tiene trucos escondidos, y tengo que admitir que me encanta. Me encanta el Aaron borde y punzante, el que sabe que es sexy y se aprovecha de ello, pero me deshago con el Aaron capaz de escribir algo tan bonito.

—Nos vamos —dice mi hermana entrando en mi dormitorio, pillándome con el papel en las manos.

—Vale —contesto de forma precipitada.

—¿Qué escondes?

—Nada.

—Livy, cielo, he sido capaz de encontrar y leer tu diario durante años. ¿Crees que un simple papelito se me va a resistir? Ahórranos tiempo y esfuerzo y déjame leerlo...

Se la tiendo con resignación, mordiéndome el labio mientras restriego las manos en mi regazo.

—¡La hostia! ¿Cuándo te ha escrito esto?

—Anoche —confieso.

—¡¿Anoche?!

—Shhhh... Baja la voz...

—¿Anoche de anoche? ¿Anoche de hace menos de veinticuatro horas? ¿Anoche os visteis?

—Fue una locura... —digo mientras asiento con la cabeza—. Estábamos enviándonos mensajes y de pronto, recibo uno en el que me pedía que le abriera la puerta y... bueno...

—¿Ha pasado la noche aquí? —me pregunta con los ojos muy abiertos mientras yo asiento con la cabeza.

—Se fue antes de que los niños se despertaran.

—¡Estáis enamorados! —dice con los ojos llenos de emoción, tapándose la boca con ambas manos—. ¿No te das cuenta? Está loco por ti, Livy.

—Eso parece, ¿verdad? —digo con timidez.

—¿Y a qué esperas para concederle lo que te pide?

—¿Estás loca? ¿Meterle en casa? En nuestro caso, uno más uno no son dos, son cinco, y tenemos que pensar en todos y cada uno de ellos antes de dar ningún paso...

—No te estoy diciendo que os caséis, ni mucho menos. Pero tenéis que dejar de esconderos... Intentar ser una pareja normal porque esto de irrumpir en tu casa a las tantas de la noche y marcharse de madrugada, es muy romántico y todo lo que tú quieras, pero no es nada práctico.

AARON

Salgo de casa con el teléfono en la mano, escribiendo otro mensaje a Chris, del que no sé nada desde ayer por la mañana, cuando desayunamos juntos antes de que él se marchara al instituto con Jill.

"Acuérdate de que esta noche no estaré. Si piensas traer a Jill, recuerda que hay preservativos en el cajón de mi mesita de noche. ¿Te has pensado lo del partido? Dime algo por si pido las entradas..."

Lo envío con pocas esperanzas de que me conteste, pero no me paro mucho a pensarlo porque enseguida me monto en el coche y me dirijo al local donde se celebra la fiesta. No quiero llegar tarde, en parte para dar la sorpresa a Jimmy, pero también para ver a Livy. Sé que lo voy a pasar fatal, porque tendremos que seguir disimulando y no sé si seré capaz de verla bailar con otro que no sea yo.

En cuanto entro en el local, saludo a todos y me quedo con Finn y su mujer, charlando de forma animada, hasta que la veo entrar. Desde ese momento, todos mis sentidos se centran en ella. Vestida de manera mucho más informal, con unos pantalones ajustados, una camisa entallada y esos zapatos negros de tacón que tanto me gustan.

—La Morgan viene sola... ¿Tú también crees que su cambio de humor se debe a que se está viendo con alguien?

—Eso espero —contesto sin pensar, hasta que veo el gesto confuso de Finn, y entonces reacciono—. Quiero decir... Por nuestro bien, para que no esté tan borde como al principio.

—No estaba borde. Solo que tú la sacabas de quicio...

La sigo con la mirada mientras camina por la sala, saludando a varios compañeros, hasta que se acerca a nosotros. Finn le da un par de besos y le presenta a su esposa, y entonces se me queda mirando. La situación es algo incómoda porque aunque lo normal es que nos demos dos besos, mi cabeza recrea imágenes de lo sucedido anoche y eso me pone muy nervioso.

—Teniente... —dice ella acercando su cara a la mía.

—Capitana... —contesto mientras mis labios tocan su mejilla.

En los escasos dos segundos que dura nuestro saludo, consigo arreglármelas para que mi mano se pose en su cintura y acaricie su piel a través de la fina tela de su camisa. La mujer de Finn y ella se ponen a hablar, pero soy incapaz de dejar de mirarla.

—Taylor, se te nota mucho... —me dice entonces Finn al oído.

—¿Qué? ¿Qué dices? —contesto contrariado—. Voy a... Voy a buscar una cerveza.

Intento entretenerme hablando con varios compañeros. Luego se me acerca Kirsten y, como siempre, se me insinúa de forma nada disimulada. En otro tiempo, después de dos frases y tres caricias en el brazo, ya me la habría llevado a un aparte y me estaría enrollando con ella, pero ahora no sé de qué me está hablando y a duras penas consigo mirarla.

En ese momento, alguien da la voz de que Jimmy y Deb ya han llegado. Cuando se apagan las luces de la sala, aprovecho para escabullirme y acercarme a Livy. Me sitúo detrás de ella, y de forma disimulada, le susurro al oído:

—Estás preciosa...

—¡Sorpresa! —grita todo el mundo a nuestro alrededor.

Muchos empiezan a silbar mientras otros aplauden. Yo sonrío sin apartar los ojos de Livy, que me mira y me guiña un ojo. Luego se da la vuelta y los dos nos centramos en el homenajeado, que está saludando a todo el mundo. Cuando llega a nosotros, le da dos besos a Livy y habla con ella un rato, justo antes de girarse hacia mí.

—Serás cabronazo... —me dice.

—Te dije que tenía algo importante que hacer...

Nos abrazamos durante un buen rato, hasta que los chicos nos llaman mariquitas y nos colocan unos vasos en la mano. La siguiente hora la pasamos charlando, riendo y bebiendo, aunque no pierdo a Livy de vista en ningún momento.

—¿Por qué te piensas que nadie la ha sacado a bailar? —me pregunta Jimmy, sorprendiéndome mientras la observo hablar con Deb.

Le miro sin decir nada, arrugando la frente sin saber qué contestar.

—Porque todo el mundo sabe que es tuya.

—Ella no es mía.

—Ya me entiendes... Nadie se acerca porque sabemos lo vuestro... —aclara—. Y no me digas que no estáis juntos. Aaron, haceos un favor y dejad de hacer el imbécil. Si es que dais más el cante preocupándoos por mantener la distancia que si os dierais un beso de tornillo en mitad de la pista.

Dos horas después, seguimos haciendo el imbécil. Nos hemos acercado en alguna ocasión, pero hemos evitado quedarnos a solas, justo lo contrario a lo que estamos deseando hacer. En ese momento, Jimmy, bastante perjudicado por la bebida, agarra el micrófono y empieza a hablar:

—¡Quería daros las gracias a todos por venir! Esto es... Ha sido una pasada... Y no tengo palabras suficientes para expresar lo que siento... —balbucea bastante emocionado, justo antes de mirar fijamente a Deb—. Y todo es gracias a ti. No sé qué he hecho para merecerte, pero quiero que sepas que te quiero un montón... Y que sí sé lo que tengo...

Deb arruga la frente al oír esta última frase aunque está tan emocionada, que enseguida se acerca para abrazar a Jimmy. Se besan apasionadamente durante unos segundos y, cuando todo el mundo pensaba que su espectáculo había acabado, él dice:

—Ah, y se me olvidaba una cosa. Me gustaría haceros una pequeña encuesta... ¿Cuántos de aquí conocéis al Teniente Taylor y a la Capitana Morgan?

Después del desconcierto inicial, se empiezan a alzar muchas manos, mientras Livy y yo miramos alrededor sin entender nada.

—Perfecto. Bajad las manos. Siguiente pregunta: ¿cuántos de vosotros pensáis que están haciendo el idiota? —pregunta mientras se empiezan a escuchar algunas carcajadas—. Esperad, voy a volver a formular la pregunta de otra manera. ¿Quién sabe o ha intuido que entre ellos hay algo?

Entre un gran alboroto, un montón de manos se alzan de nuevo al aire, muchos de ellos incluso girándose hacia nosotros.

—Capullo... —digo yo, moviendo la cabeza de un lado a otro, mirando de reojo a Livy que tiene la cara roja como un tomate.

—No es mi intención haceros pasar un mal rato. Solo quiero que sepáis que lo sabemos, y que nos da igual. Al contrario, nos alegramos por vosotros... ¿Qué me decís de un baile?

Jimmy señala al pinchadiscos y este enseguida le hace caso, poniendo una canción lenta. Todo el mundo nos mira. Livy tiene cara de querer salir huyendo, pero por alguna extraña razón, en lugar de hacerlo, se queda inmóvil en el sitio. Siento unas gotas de sudor bajando por mi espalda, mi pulso está acelerado y mi respiración entrecortada. Aprieto los puños con fuerza y resoplo, justo antes de reunir el valor para empezar a caminar hacia ella. Livy me mira con los ojos muy abiertos y yo le sonrío para intentar tranquilizarla. Le tiendo una mano, que ella agarra pasados unos segundos, y la llevo hasta la pista. Soy consciente de que todos nos miran, pero no voy a desaprovechar la ocasión de demostrarle a Livy que no es necesario que sigamos escondiéndonos. La abrazo por la cintura mientras me agarra de la camisa, escondiendo la cara en mi pecho. Al rato empieza a reír y me acaricia el pecho con ambas manos. Cuando levanta la cara, acerco mis labios a los suyos y la beso con delicadeza, pretendiendo que olvide que somos el centro de todas las miradas, para que se centre solo en nosotros dos y se olvide de todo lo demás. Parece que surte efecto, porque al rato siento sus manos acariciando mi cara, enredando sus dedos en mi pelo.

Perdemos la noción del tiempo, consiguiendo que realmente, en este momento y lugar, solo importemos nosotros dos, dejando de lado el trabajo y los hijos. Solos ella y yo.

—Livy —susurro en su oído—. Mírame.

En cuanto lo hace, sonríe y me mira a los ojos, sin echar siquiera un vistazo de reojo alrededor, centrándose solo en mí.

—Te quiero.

Veo cómo se le humedecen los ojos, y cómo abre la boca para responderme, justo cuando se escuchan los gritos de Jimmy.

—¡No! ¡Deb, espera!

—¡Olvídame!

Ella sale corriendo, ante el desconcierto de la gente que queda por aquí. Por suerte, muchos se han ido ya, y los que quedamos, excepto algún caso esporádico, somos los de más confianza.

—¿Qué cojones ha pasado? —digo cuando llego al lado de Jimmy.

—Janet le ha dicho a Deb que me acosté con ella.

—¿Quién es Janet? —le pregunto.

—Esa de ahí. Con la que me acosté la otra noche —contesta él señalando con la cabeza a una mujer bastante bebida que nos observa desde la barra.

—¿Y de qué la conoce Deb para invitarla a la fiesta?

—Trabaja con ella.

—¡¿Te tiraste a una compañera de trabajo de Deb?!

—¿Que hiciste qué, Jimmy? —le pregunta Livy, que ha aparecido a nuestro lado de repente.

—Capitana Morgan, yo...

—¡Oh vamos, Jimmy! ¡Joder! ¡Olvídate de los formalismos! —grita exasperada y, girándose hacia mí, añade—: Voy a buscarla y hablar con ella.

—De acuerdo.

Me da un beso y se aleja hacia la puerta, mientras yo la sigo con la mirada.

—Escucha, Aaron...

—¡Cállate!

—Lo siento...

—Es a Deb a quién debes pedir disculpas, y serle del todo sincero. Te lo advertí, Jimmy. Te dije que esto pasaría y que ella te pegaría una patada.

—He sido un gilipollas...

—Puedes apostarlo.

—¿Qué va a pasar ahora, Aaron? ¿Qué voy a hacer si me deja?

—¿Qué? Me dejas alucinado, tío. Parecía que hasta ahora lo único que querías era deshacerte de ella para salir de fiesta y liarte con cualquiera, ¿y ahora no sabes qué harás sin ella? Habértelo pensado antes, so idiota.

De repente, sin previo aviso, Jimmy rompe a llorar y se me tira a los brazos. Le llevo a un aparte y nos sentamos en un sofá. Dejo que llore en mi hombro, como un crío, que se desahogue, mientras le escribo un mensaje a Livy.

"¿Cómo está Deb? Jimmy está fatal"

La respuesta solo tardó unos segundos en llegar.

"Que se joda. No negaré que me alegro. Deb está fatal. La he acompañado a su apartamento y sigue llorando encerrada en el baño. Sé que no la conozco casi de nada, pero no quiero dejarla sola..."

—Mierda... —reniego, aunque sé que yo haré lo mismo con Jimmy.

"Joder... Pero lo entiendo... Yo me quedaré un rato con Jimmy, le llevaré a casa y luego me iré a casa. Lo siento... No quería que acabara así la noche..."

Espero paciente hasta leer su respuesta, que recibo con una sonrisa en los labios.

"No es culpa tuya. Además, has vuelto a conseguirlo. Ha sido una noche increíble, y todo gracias a ti"

CAPÍTULO 13
Cuando invertimos los papeles

AARON

—¿La llamo? ¿O la voy a ver?

—Ni una cosa ni otra. Duerme hasta que se te pase la cogorza. Cuando te despiertes, te pegas una ducha, te afeitas y te vistes con ropa limpia.

—¿Y la voy a ver a su casa?

—No.

—¿Y entonces qué hago?

—Rezar para que ella te llame.

—¿Y si no lo hace? Aaron, tengo que decirle que lo siento mucho. Quiero que sepa que estoy muy arrepentido y que no volverá a pasar...

—¿Y te piensas que te va a creer? —le digo de golpe y sin pestañear, dejándole con la boca abierta—. Dime una cosa... Si accede a hablar contigo, ¿le contarás toda la verdad? Porque esta noche ha averiguado que te has acostado con Janet, pero tú y yo sabemos que ella es solo la punta del iceberg... ¿Crees realmente que te mereces una segunda oportunidad?

—Joder... Joder... Mierda... —lloriquea mientras, apoyando la espalda en la pared de su dormitorio, se desliza hasta quedarse sentado en el suelo.

Me siento en su cama, justo frente a él, escuchándole llorar con la cabeza escondida entre las piernas. Aunque estoy agotado, no pienso dejarle solo, así que espero hasta que está más calmado y entonces le ayudo a ponerse en pie.

—Vamos —digo tumbándole en la cama.

—Yo no quería acostarme con esas tías... —balbucea mientras le quito los zapatos.

—Ya, te acostaste con ellas por obligación...

—No es eso... Ella pasa tanto tiempo fuera de casa, viajando y eso, rodeada de tipos trajeados, poderosos y elegantes, brillantes, con dinero...

—Es su trabajo, Jimmy. Cuando está fuera de casa es por trabajo, cuando viaja es por trabajo y los trajeados son sus compañeros de trabajo.

—Pero estaba celoso. Yo soy tan poca cosa comparado con ella. Deb es brillante, y sofisticada. Y yo... Yo soy un puto desastre. Soy policía porque no sé hacer otra cosa que dar puñetazos y disparar una pistola...

Soy testigo de una confesión completa. Por algo se dice que los niños y los borrachos siempre dicen la verdad.

—Supongo que pensaba: "tú estarás de viaje de negocios, pero yo no me voy a quedar en casa esperando a que vuelvas. Saldré a divertirme por ahí". Como si ella viajara por placer... Simplemente, no podía quedarme en casa, comiéndome la cabeza, pensando qué estaría haciendo o con quién lo haría.

Le tapo con el edredón cuando veo que se le cierran los ojos, y justo en ese momento, Jimmy me agarra la mano.

—Dile que lo siento, Aaron. Por favor.

—Duerme.

—Prométeme que hablarás con ella, por favor...

—Prometo que lo intentaré. Ahora duerme.

Salgo del apartamento de Jimmy cuando me aseguro de que ha cerrado los ojos y empiezo a escuchar sus ronquidos, justo después de dejarle un vaso de agua y una pastilla para el dolor de cabeza en la mesita de noche. Seguro que mañana la necesitará.

En cuanto llego a casa, me doy una ducha y justo al salir, aún mojado y con la toalla anudada a la cintura, cojo el teléfono y le escribo un mensaje a Livy.

"Acabo de llegar a casa. He dejado a Jimmy durmiendo en la suya. ¿Cómo está Deb? ¿Y tú?"

Lanzo el móvil encima de mi cama y me pongo un pantalón de chándal y una camiseta de manga corta. Voy a echar un vistazo a Chris, para ver cómo está, justo cuando me suena una llamada.

—Hola... —la saludo sonriendo al ver que es Livy.

—Hola guapo... —me contesta ella con voz de cansada.

Me dejo caer en la cama y me estiro boca arriba.

—¿Cómo estáis?

—Mal. Ahora se ha quedado dormida, pero me voy a quedar con ella... Está muy dolida, Aaron... Me ha dicho que sabía que salía contigo muchas noches, pero que en ningún momento pensó que le ponía los cuernos... La noche que nos conocimos, ¿él estaba contigo?

—Sí, pero esa noche se fue a casa con el marcador a cero...

—¿Cómo? —pregunta confundida a la vez que cabreada—. Aaron, ¿llevabais un tanteo?

—Sí, pero yo no... Yo no estaba con nadie cuando lo hacíamos...

—¡Pero él sí! ¡Por el amor de Dios! —me recrimina subiendo el tono de voz lo máximo que puede—. ¿No le dijiste nada?

—Miles de veces, pero es mayorcito, Livy.

—Entonces, ¿Janet no ha sido la única?

—No —le confieso.

—Joder...

—Jimmy está destrozado y quiere hablar con ella. No le intento excusar, pero creo que Deb debería escucharle.

—Ahora mismo, lo que querría hacer Deb es asesinarle.

—Lo sé, lo sé... Y por eso le he recomendado a Jimmy que no la atosigue, que espere a que ella esté preparada para hablar con él, si es que lo está algún día. Pero tiene mucho miedo de que no quiera...

—Él solito se lo ha buscado...

—Lo sé...

Nos quedamos callados durante unos segundos, pero no me importa, porque me conformo con poder escuchar su respiración.

—¿Qué haces? —me pregunta.

—Nada, estoy estirado en mi cama. Me acabo de duchar y me iba a echar un rato... Siento que la noche no saliera como esperabas...

—Te repito que no ha sido culpa tuya... Pero no te preocupes porque Jimmy me las pagará. Va a chupar turnos dobles hasta que cumpla los cuarenta.

Los dos reímos hasta que la oigo bostezar.

—Lo siento —se disculpa—. Estoy agotada.

—Te dejo dormir, entonces. ¿Quieres que te recoja por la mañana?

—No, tranquilo. Veré cómo está Deb y luego me iré a recoger a Lexy y a Max.

—Entonces mañana no nos vemos... —suspiro resignado.

—Aaron...

—Lo sé, lo sé... —claudico resignado—. Al menos, ahora puedo desear que llegue el lunes para poder verte y estar contigo en la oficina sin necesidad de escondernos... Eso sí se lo tenemos que agradecer a Jimmy.

—Sí... Eso sí...

—Hasta mañana, Liv.

—Hasta mañana, Aaron.

Tardo muy poco en quedarme dormido y parece que solo lo llevo haciendo quince minutos cuando escucho el timbre de la puerta. Me incorporo de golpe, confundido. Me froto los ojos para enfocar la vista y poder ver con claridad la hora que marca mi despertador. Cuando lo consigo por fin y compruebo que son casi las doce del mediodía, el timbre vuelve a sonar con insistencia.

—¡Voy!

Bajo de la cama, enredándome con la sábana, y caigo de bruces al suelo. Me vuelvo a incorporar y me doy cuenta de que lo hago demasiado rápido cuando la habitación da vueltas a mi alrededor. La persona al otro lado de la puerta se impacienta y empieza a golpear la puerta, así que camino por el pasillo aguantándome en las paredes de ambos lados con las manos para mantener la verticalidad. Cuando llego al salón, como si fuera un puto vampiro, me llevo las manos a los ojos y me encojo para poder soportar la claridad que entra por las ventanas sin cortinas. Cuando abro la puerta, me encuentro a Jill, con la cara desencajada, echando vistazos hacia dentro de casa.

—¿Jill?

—Señor Taylor... ¿Está Chris? —me pregunta mirándome de arriba abajo.

—Eh... Sí, supongo que en su dormitorio...

—No contesta a mis llamadas desde hace dos días, y ayer no vino a clase.

—¿Qué?

Sin entender nada, corro hacia el dormitorio de Chris y abro la puerta de golpe, comprobando para mi desesperación que no está. Jamás hasta ahora había sentido tanta inseguridad, preocupación y miedo a la vez. Cuando recupero la compostura, me dirijo hacia el armario y lo abro, rezando para que su ropa siga en él, aliviado al comprobar que sigue allí colgada.

—¿Desde cuándo dices que no le ves?

—Desde el jueves al mediodía, cuando salimos del instituto. Recibió su llamada al móvil y se puso muy nervioso. Cuando colgó, me dijo que tenía que venirse corriendo a casa y ya no le volví a ver...

—Espera, espera... ¿El jueves al mediodía? Yo no le llamé...

—Es lo que Chris me dijo —me dice arrugando la frente—. Yo solo escuché a alguien gritando al otro lado de la línea y teniendo en cuenta su... relación, cuando me dijo que era usted, no lo puse en duda...

—Pero ahora estábamos bien... O al menos, eso creía yo... Está claro que no somos un ejemplo de la relación perfecta entre un padre y un hijo, pero las cosas habían mejorado entre nosotros...

—¿Usted cree? Si ni siquiera sabía que su hijo no ha dormido en casa... ¿No ha intentado llamarle siquiera al móvil?

—Le... Le he enviado algunos mensajes, pero no me contestó y no quise agobiarle... He estado ocupado estas dos noches y pensé que estaría contigo...

Rebusco dentro de su mochila, sacando algunos libros, una libreta y su carpeta, que hojeo rápidamente para ver si encuentro algo, cualquier cosa. Supongo que debe de ser mi instinto de policía el que me hace actuar porque no sé qué espero encontrar en realidad. Luego busco en el montón de ropa sucia tirada en una esquina de la habitación. Meto la mano en los bolsillos de los vaqueros hasta que encuentro un papel arrugado en el que hay escrito un nombre, un número de teléfono y lo que parece ser una hora.

—¿Hal? ¿Hay algún Hal en vuestro instituto? —le pregunto enseñándole el papel a Jill.

—Eh... No me suena... ¿Qué significa todo esto? ¿Cree que ha podido quedar con ese tipo a esa hora? ¿Dónde?

Sin contestarle, busco un número en la agenda y me llevo el teléfono a la oreja mientras camino hacia mi dormitorio. Me pongo unos vaqueros y una camisa mientras hablo con la central.

—Soy el Teniente Aaron Taylor del SWAT. Necesito que me localicen un número de teléfono.

Me anudo los botones mientras recito los números escritos en el papel que reposa ahora en mi cama.

—Es un número de teléfono de un móvil desechable, señor —me informa el agente que me ha cogido el teléfono.

—¿Desechable?

—Sí señor.

—¿Puede decirme la zona?

—Puedo probar... —me dice mientras le escucho teclear durante unos segundos—. Triangulando las últimas llamadas que ha hecho, todas son por la zona de los Hamptons...

—¿Cerca de Montauk, quizá? —pregunto.

—Sí señor.

—Gracias agente.

Cuelgo y, sin perder tiempo, me acerco al armario y cojo la caja escondida en la estantería de arriba. Saco la pistola, compruebo el cargador y me la escondo a la espalda.

—¿Qué...? ¿Qué pasa? —pregunta Jill asustada—. ¿Dónde está Chris?

—Creo que en Montauk.

—¿Y por qué coge la pistola? ¿Con quién está?

—Por si acaso. No sé con quién está, pero si el tipo que le llamó y le puso tan nervioso es ese tal Hal, no tiene buena pinta, porque llamaba desde un número de un teléfono desechable.

—¿Y..?

—¿Quién tiene hoy en día un teléfono desechable? —le pregunto, y antes de recibir respuesta, añado—: Alguien que tiene algo que esconder.

LIVY

No me marcho de su casa hasta que me aseguro de que Deb está bien, o al menos medianamente bien. Me encuentro con mi hermana en el parque cercano a su casa. En cuanto Max me ve, viene corriendo hacia mí. Lexy, en cambio, aunque también me ha visto, se limita a mirarme de arriba abajo para luego girar la cara con una mueca de asco.

—¿Cómo ha ido? —le pregunto a mi hermana.

—Muy bien —me responde enseguida y, con una sonrisa en la cara, añade—: ¿Y a ti?

—¿Quieres la versión corta o la extendida? —contesto haciendo una mueca con la boca.

—Eso no pinta bien...

Le cuento toda la historia, sin dejar de prestar atención a Max, que juega a nuestro alrededor, dibujando formas en la arena.

—Me tienes que presentar a ese tal Jimmy.

—¿Para qué?

—Para arrearle una hostia —contesta Bren justo cuando me suena el teléfono. Sonrío y, sin dejar de hacerlo, le enseño la pantalla a mi hermana.

—Hola —le saludo, aunque enseguida, su tono de voz me hace palidecer.

—¡Liv! —me grita mientras escucho su voz entrecortada, como con interferencias—. ¡...Montauk! ¡Voy a buscar a Chris!

—¡Aaron! ¡Aaron! ¡No te entiendo! ¡Hay interferencias! —grito sin ser consciente de ello.

—¡...desaparecido! ¡Voy a Montauk a buscarle!

—¡¿Chris ha desaparecido?! Aaron por favor...

—¿Mejor ahora?

—Sí, sí.

—Voy de camino a Montauk para buscar a Chris. Creo que está metido en algún tipo de problema. No tengo tiempo de contarte mucho más ahora...

Mientras le escucho, siento como alguien tira de mi manga. Cuando agacho la cabeza, veo a Max mirándome con los ojos muy abiertos. Mediante señas, me pregunta si es Aaron con el que hablo, y cuando asiento con la cabeza, se le dibuja una enorme sonrisa y empieza a hablarme.

—Max, Max, espera. Ahora no puede hablar contigo.

—¿Qué quiere? —me pregunta Aaron desde el otro lado.

—Que vengas al parque con Bono... —resoplo y me agacho frente a Max para hablarle lo más tranquila posible—. Max, Aaron no puede venir. Se tiene que ir con su hijo a un sitio...

Max agacha la cabeza, justo cuando escucho a Aaron decirme:

—Liv, dile que en cuanto vuelva, le llevo al parque con Bono.

—Max, Aaron dice que en cuanto vuelva, vendrá a recogerte para sacar a Bono. ¿Te parece bien?

Se anima al instante, asintiendo con la cabeza, enseñando los dientes mientras sonríe abiertamente.

—Me parece que acepta —le digo a Aaron riendo, y dirigiéndome a mi hijo, añado—: Ve a jugar, corre.

Le observo y entonces me doy cuenta de que Lexy me mira fijamente entornando los ojos. Yo le aguanto la mirada, y cuando hago el ademán de acercarme a ella, se frota los ojos para secarse lo que parecen algunas lágrimas, se levanta y sale corriendo. Bren me mira y sale detrás de ella.

—Aaron, tengo que colgar... —digo resoplando—. A Lexy no le ha parecido tan bien como a Max que esté hablando contigo...

—De acuerdo —responde él con resignación—. Te enviaré algún mensaje para irte informando de todo.

—Vale... Ten cuidado, por favor.

—Descuida.

AARON

Estoy entrando en Montauk cuando llamo al asistente social. Descuelga al tercer tono.

—¿Señor Taylor?

—Hola.

—¿Cómo les va?

—Bueno, ahí vamos... Me gustaría preguntarle si por casualidad ha visto a Chris...

—¿Aquí? ¿En Montauk? ¿Qué ha pasado?

No entrabas en mis planes

—Hace dos días recibió una llamada algo extraña... Creemos que de un tipo llamado Hal, de aquí de Montauk... ¿Le conoce?

—¿Hal? Si es quien yo creo, no puede significar nada bueno. ¿Por qué?

—Chris desapareció poco después de recibir esa llamada telefónica. No sé exactamente dónde está, pero creo que puede haber venido hacia aquí para encontrarse con ese tal Hal. Necesito saber dónde vive ese tío...

—No tengo ni idea de donde vive, pero sé que suele dejarse ver por un local de las afueras, un antro que no tiene muy buena fama...

—¿A qué se dedica este tío? ¿Por qué Chris tendría su número?

—Digamos que es el tío al que todo el mundo recurre cuando está desesperado... Se dicen muchas cosas, pocas buenas, pero nadie ha podido probar nada, por eso sigue en la calle. En el fondo, no deja de ser un prestamista, y eso no es ilegal hasta la fecha...

—No entiendo nada...

—¿Quiere que me pase por el local? A echar un vistazo y a hacer un par de preguntas.

—No, yo me encargo. Dígame la dirección.

—A usted no le van a dejar entrar, y mucho menos le dirán nada. Déjeme probar a mí. Le llamo al salir, se lo prometo.

Al final decido seguir su consejo y aparco el coche en una cafetería, justo al lado de la carretera que va al faro. Me siento en la barra y cuando la camarera se acerca, le pido un café solo. No puedo dejar de mover la pierna de forma compulsiva, con la vista fija en mi teléfono, mientras me rasco la nuca. Cuando me sirven el café, agarro la taza y me doy cuenta del temblor de mis manos. Arrugo la frente y, confundido, dejo la taza de nuevo en la mesa, frotándome el vaquero con las palmas, intentando tranquilizarme, respirando profundamente por la nariz. Empiezo a lograrlo, obligándome incluso a cerrar los ojos, cuando escucho mi teléfono sonar y la ansiedad vuelve a apoderarse de mí.

—¡Sí!

—Chris no está en el local. Hal y sus hombres dicen no saber nada de él. De todos modos, como no me fiaba, he llamado a un tipo que suele frecuentar el local y que me debe un par de favores, y me ha confirmado que sí le ha visto allí hace unas horas.

—¡Joder! —digo rascándome la cabeza—. Tengo que encontrarle...

—Creo que sé dónde puede estar. Quedamos en el centro de menores en diez minutos.

Sin acabarme el café, dejo un billete encima del mostrador y salgo corriendo hacia fuera. Me monto en el coche y conduzco como un autómata, sin fijarme realmente en el tráfico, sin preocuparme por nada más que por encontrar a mi hijo.

—Ve hacia los muelles —dice Daniel cuando le recojo—. Cuando murió su madre y tuvo que quedarse en el centro de menores, se escapaba a menudo y se escondía en los barcos amarrados. Le tuve que recoger varias veces de allí.

Tardamos solo diez minutos en llegar. Aparco frente a la pasarela de madera y corro por ella hacia los amarres de los barcos. Afortunadamente, yo también me conozco esto como la palma de mi mano, y a pesar de estar anocheciendo y de la escasa luz, me muevo con agilidad entre los pasillos de madera.

—¡Chris! ¡Chris! —le llamo mientras subo a alguno de los barcos e intento abrir la puerta.

Daniel hace lo mismo con los barcos amarrados en la pasarela contigua, hasta que le oigo llamarme a gritos.

—¡Aquí! ¡Aaron, aquí!

Corro hacia el otro muelle y me subo de un salto al barco desde el que me llama. En cuanto entro, veo a Daniel frente a Chris, que está agachado en un rincón. Me arrodillo frente a él y le observo detenidamente.

—Chris, ¿estás bien? —le digo cogiéndole la cabeza con ambas manos.

Cuando me mira, veo sangre seca debajo de la nariz y el labio hinchado. Le agarro de los brazos y le levanto sin demasiada delicadeza. Le saco de la penumbra para poder valorar el alcance de las heridas.

—¡¿Qué te ha pasado?! ¡¿Quién te ha hecho esto?! —le grito zarandeándole.

—Yo...

—Aaron, tranquilo —me dice Daniel acercándose hasta nosotros—. Le estás asustando...

Le suelto y retrocedo varios pasos, llevándome las manos a la nuca mientras Chris se sienta en una silla, encogiéndose asustado.

—Chris, ¿quién te ha hecho esto? —le pregunta Daniel con un tono mucho más conciliador que el mío—. ¿Ha sido Hal?

Chris levanta la cabeza y le mira sorprendido. Luego desvía la mirada hacia mí, aunque al ver mi expresión de enfado, enseguida vuelve a agachar la cabeza.

—Chris, ¿por qué fuiste a ver a Hal? ¿Qué tienes tú que ver con ese tipo? —le insiste Daniel.

—Le... Yo le... Le debo dinero —dice sorbiendo por la nariz mientras se limpia con la manga de la sudadera.

—¿Dinero? ¿Por qué?

Chris me mira de reojo y se agarra la cabeza entre las manos mientras solloza sin parar. Daniel le coge de las muñecas y le busca la mirada, intentando infundirle confianza.

—Chris, queremos ayudarte...

—Se... Se lo pedí para pagar el entierro de mi madre... Y se lo tengo que devolver.

—¡¿Por qué hiciste eso?! —le grito de nuevo, volviéndome a acercar a él—. ¡Ese tío no es de fiar, Chris! ¡Tienes que pensar con la cabeza, joder!

Daniel se incorpora y, agarrándome por los brazos, me aleja de Chris para intentar que me tranquilice mientras me reprocha mi actitud con la mirada.

—¡Perdóname! —grita entonces Chris, poniéndose en pie y acercándose a nosotros, desafiándome con la mirada—. ¡El dinero que le diste a mi madre para que se deshiciera de mí, se nos acabó un poco antes!

Se planta frente a mí, con los ojos totalmente bañados en lágrimas, respirando de forma entrecortada. Me deja totalmente parado, siendo consciente por primera vez de lo mucho que debió de sufrir. Daniel, al ver que yo no reacciono, agarra a Chris y le abraza con fuerza, llevándole a un lado. Cuando deja de sollozar, estando ya más tranquilo, sigue explicándole.

—No sabía qué hacer... No teníamos dinero ahorrado... Nos lo gastamos todo en los medicamentos y en el hospital. Vendí lo poco que teníamos... Todas mis cosas... Pero aún así, me faltaban unos mil dólares.

—Y se los pediste a Hal... —dice Daniel mientras Chris asiente con la cabeza.

—No sabía a quién recurrir y necesitaba el dinero urgente... Tenía que enterrar a mi madre, necesitaba un sitio al que ir a... verla.

—¿Y has venido a devolvérselo?

—No todo —dice agachando la cabeza, esquivando mi mirada—. No he podido reunir más que trescientos dólares... He estado haciendo algún trabajo después de clase pero no he conseguido reunir tanto dinero en tan poco tiempo... Robé en una licorería el dinero que necesitaba, pero me pillaron y tuve que devolverlo...

—Chris... —resopla Daniel—. Lo habíamos hablado y pensaba que había quedado claro. Ese no es tu estilo. Tú vales más que todo eso...

—Lo sé, pero Hal no paraba de amenazarme para que le devolviera el dinero... El otro día me llamó y sabía demasiadas cosas de mí. Sabía que me he mudado, con quién vivo ahora, dónde estudio, el nombre de Jill... Así que decidí venir para darle los trescientos dólares y pedirle algo más de tiempo.

—Con esos tipos no se negocia...

—Créeme, lo sé —dice señalándose la cara—. Pero reconozco una amenaza cuando la oigo.

Ya no necesito escuchar más. Salgo del barco a toda prisa y me dirijo al coche. Conduzco hasta el primer cajero automático que encuentro y saco el dinero que Chris le debe a ese tipo. Luego me dirijo al local, siguiendo las indicaciones que antes me dio Daniel.

—¿Está Hal? —le digo a dos tipos apostados en la puerta.

Los tipos me miran de arriba abajo y luego, como si fuera transparente, vuelven a hablar entre ellos. Para su mala suerte, mi paciencia hace rato que se ha agotado, así que agarro a uno del cuello y lo estampo contra la pared. Presiono su cuello con mi antebrazo, mientras el tipo hace esfuerzos, en vano, para zafarse. Cuando su compañero se intenta abalanzar sobre mí, saco la pistola y le apunto a la cabeza.

—Repito. ¿Está Hal?

—Está... Está dentro —me dice el tipo al que estoy apuntando.

—Llévame con él.

Golpeo en la cabeza al tío que tengo inmovilizado y cuando cae a plomo contra el suelo, el otro tipo me mira aterrado. Le hago una seña para que se mueva y camine delante de mí, siguiéndole de cerca, escondiendo el arma para no llamar demasiado la atención del resto de tipos del interior del local. De todos modos, las visitas no suelen ser habituales, y la cara de mi acompañante indica que algo raro está pasando. Nos acercamos hasta la mesa más alejada de la puerta, alrededor de la cual están sentados tres tipos.

—Hal, este tipo quiere verte... —dice con miedo.

El tipo del medio levanta la cabeza y nos mira totalmente sorprendido.

—¿Y quién cojones es? —le pregunta al cabo de un rato, aún sin mirarme.

—No... No lo sé, señor —contesta tragando saliva con dificultad—. Pero ha dejado a Kenny fuera de combate de un golpe...

Hal levanta una ceja y entonces se empieza a interesar en mí. Ladea la cabeza mientras me repasa de arriba abajo. Es entonces cuando repara en mi pistola y hace un gesto con la cabeza a sus acompañantes para que se levanten. Cuando nos dejan solos, señala una de las sillas para que me siente.

—¿Qué puedo hacer por usted, señor...?

Ni me siento, ni respondo la pregunta. Lo único que quiero hacer ahora mismo es meterle un balazo en la sien, pero sé que si lo hago, no saldré vivo de aquí, así que me limito a mirarle, respirando con fuerza para intentar calmarme.

—Diles a todos que salgan del local —le digo muy serio, enseñándole la placa.

En cuanto la ve, abre los ojos como platos, y después de dos segundos de vacilación, con un solo movimiento del brazo, todos le obedecen sin rechistar. Cuando nos quedamos solos, muevo la pistola para hacer que se levante y, en cuanto lo hace, le asesto un puñetazo en la nariz. Saco el sobre con el dinero y lo tiro encima de la mesa. Le levanto, agarrándole de la camisa, y le pongo el cañón en la sien.

—Escucha, escucha —me suplica aterrorizado, levantando las palmas de las manos, removiéndose incómodo en el sitio—. No sé a qué viene todo esto...

—Hoy tú y tus hombres habéis pegado a un crío. Y habéis cometido un grave error, porque es mi hijo.

—¿Qué...? No... No sé de qué me hablas...

—Ahí tienes el resto del dinero que te debía —digo sin hacer caso de sus palabras—. Pero te advierto una cosa, si te acercas de nuevo a él, si le vuelves a tocar un pelo, o si simplemente le llamas, te juro que te mataré. Y puedes creerme que lo haré, sin pestañear. No puedo cerrarte el garito, pero puedo hacerte desaparecer sin dejar rastro. ¿Te ha quedado claro?

—Te juro que...

—¡¿Te ha quedado claro?! —le repito apretando con más fuerza el cañón de mi pistola contra su sien.

—¡Sí, sí! ¡Lo juro!

LIVY

Llevo algo más de media hora con el informe encima de mi mesa, intentando leer la primera página. Levanto la vista cada dos segundos y miro a través del cristal de mi despacho, esperanzada en verle entrar por la puerta.

Resoplo y vuelvo a mirar a los papeles de encima de mi mesa, repicando contra ellos con el bolígrafo, mientras mi pierna se mueve al mismo ritmo arriba y abajo de forma compulsiva. En ese momento, el teléfono empieza a vibrar encima de la mesa. Tengo que contenerme para no acabar dando un salto para cogerlo.

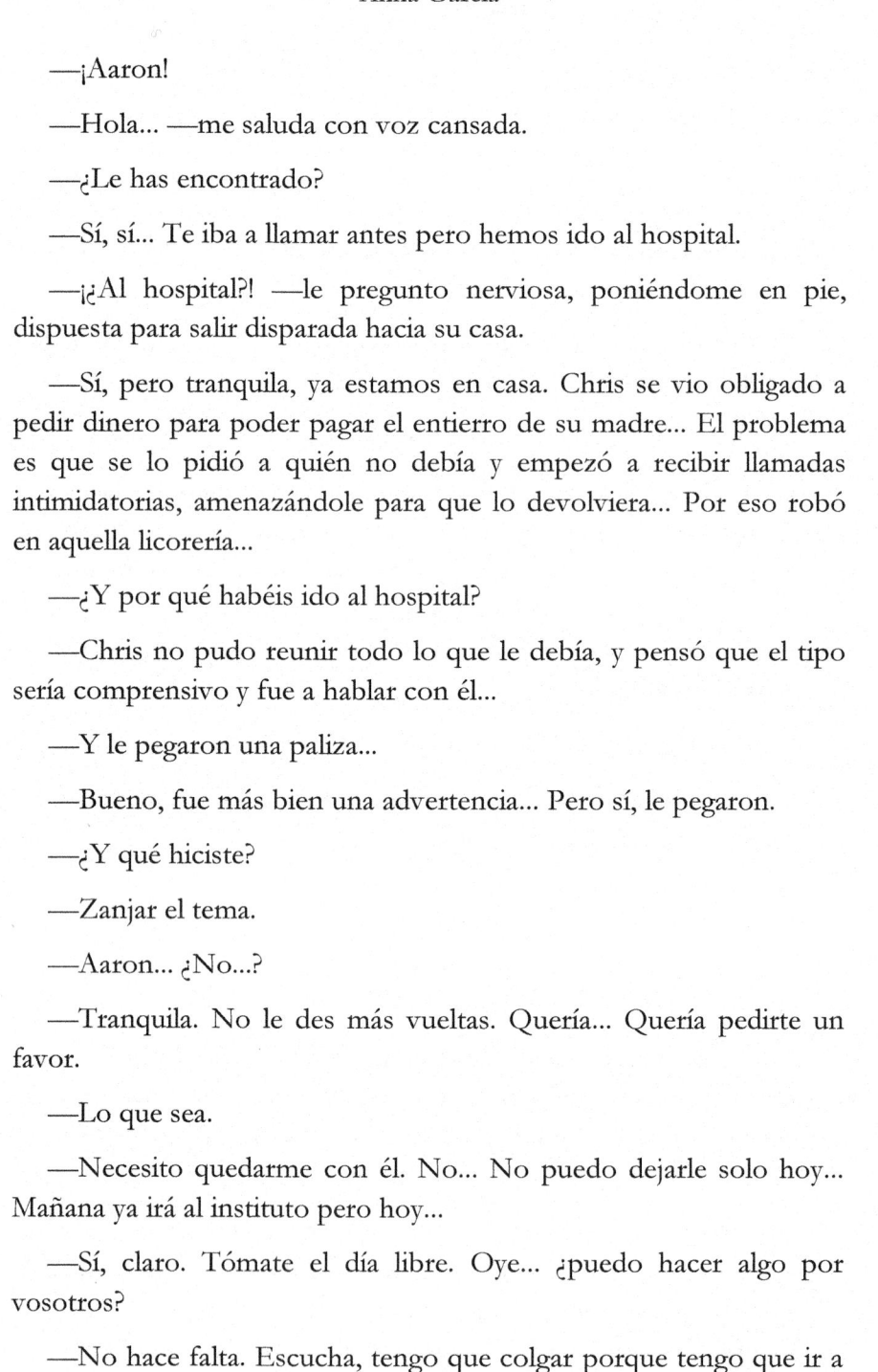

—¡Aaron!

—Hola... —me saluda con voz cansada.

—¿Le has encontrado?

—Sí, sí... Te iba a llamar antes pero hemos ido al hospital.

—¡¿Al hospital?! —le pregunto nerviosa, poniéndome en pie, dispuesta para salir disparada hacia su casa.

—Sí, pero tranquila, ya estamos en casa. Chris se vio obligado a pedir dinero para poder pagar el entierro de su madre... El problema es que se lo pidió a quién no debía y empezó a recibir llamadas intimidatorias, amenazándole para que lo devolviera... Por eso robó en aquella licorería...

—¿Y por qué habéis ido al hospital?

—Chris no pudo reunir todo lo que le debía, y pensó que el tipo sería comprensivo y fue a hablar con él...

—Y le pegaron una paliza...

—Bueno, fue más bien una advertencia... Pero sí, le pegaron.

—¿Y qué hiciste?

—Zanjar el tema.

—Aaron... ¿No...?

—Tranquila. No le des más vueltas. Quería... Quería pedirte un favor.

—Lo que sea.

—Necesito quedarme con él. No... No puedo dejarle solo hoy... Mañana ya irá al instituto pero hoy...

—Sí, claro. Tómate el día libre. Oye... ¿puedo hacer algo por vosotros?

—No hace falta. Escucha, tengo que colgar porque tengo que ir a comprar algo de comida y unos medicamentos...

Está raro, distante, aunque seguramente se deba a la tensión de todo lo que ha vivido y al cansancio acumulado porque, al fin y al cabo, no durmió mucho la noche antes de irse y seguro que tampoco la pasada.

—¿Quieres que...? ¿Quieres que vaya a veros y me quedo con Chris mientras tú vas a comprar? Para no dejarle solo...

Se hace el silencio entre ambos y espero paciente a que tome una decisión que no sé por qué le está costando tanto tomar. ¿Acaso no quiere verme? Cuando estoy a punto de hacerle esa misma pregunta, por fin escucho de nuevo su voz.

—Vale.

—Aaron —digo cuando veo que va a colgar sin más—, no sé dónde vives...

—Ah, sí, cierto... En el 457 de Hudson, en el Village. Segundo piso.

—Estoy allí en quince minutos.

En cuanto salgo de mi despacho, me dirijo hacia Jimmy, que sigue en el mismo estado de letargo desde que llegó.

—Tengo que salir. Volveré después de comer. Te quedas al mando, ¿vale, Jimmy?

Él no me habla, sino que se limita a asentir con la cabeza, con la vista fija en su teléfono, acariciando las teclas como si lo estuviera adorando.

—¿Jimmy? —insisto, hasta que, al cabo de un rato, resoplo y miro a Finn—. Mejor te quedas tú al mando, Finn.

—¿Yo?

—¿Crees que lo harás peor que Jimmy? ¿Teniendo en cuenta las condiciones en las que él está? —Finn mira a Jimmy, arrugando la frente, hasta que empieza a sonreír—. Váyase tranquila, Capitana.

Corro hasta la estación de metro y en diez minutos estoy caminando por su calle, mirando los números de los edificios hasta dar con el suyo. Es un edificio de ladrillo blanco, con la escalera de incendios en la fachada, en cuyos bajos hay una licorería.

—Hola —le saludo nada más me abre la puerta, abalanzándome en sus brazos.

Aunque él responde a mi gesto, le sigo notando distante, así que decido no alargar la situación y entro en el apartamento. En cuanto lo hago, veo a Chris sentado en uno de los taburetes de la cocina, con los codos apoyados en la barra, agarrándose la cabeza.

—Eh... —le digo sentándome a su lado mientras le acaricio la espalda.

—Hola —me saluda él esbozando una tímida sonrisa.

—¿Cómo estás?

—Bien.

—Voy a salir, ¿vale? —dice Aaron.

—De acuerdo —respondo mientras Chris asiente con la cabeza—. Aquí estaremos.

Chris se queda mirando la puerta cuando su padre se pierde tras ella. Pasados unos segundos, se levanta con desgana y se aleja hacia su habitación. Yo no me doy por vencida, y le sigo hasta allí. Le observo desde la puerta, tumbado boca arriba en su cama.

—Chris, quiero que sepas que puedes hablar conmigo cuando lo necesites, ¿de acuerdo? —le digo desde donde estoy.

Él se limita a mirar el techo, así que, después de darle un tiempo prudencial para pensarlo, entro en su habitación y me siento a su lado, en la cama.

—Ya no tienes que enfrentarte a las cosas tú solo, Chris. Puedes pedir ayuda, puedes explicarnos lo que te pasa porque queremos ayudarte. Puedes hablar con nosotros de lo que sea. Con tu padre también...

—Aún no sé cómo tengo que llamarle... —me confiesa al cabo de un rato—. Aún no sé cómo quiere que le llame. A veces pienso que si le llamo papá, se enfadará porque él en realidad no quiere serlo. Otras, creo que si le llamo Aaron, se ofenderá al pensar que no le considero como un padre...

—¿Y tú cómo quieres llamarle? Me parece que él acatará tu decisión...

Arruga la frente, pensándose la respuesta durante un buen rato. Se sienta en la cama, apoyando la espalda en el cabezal de la cama.

—No lo sé... —responde mirándose las manos.

—¿Y aún te piensas que no quiere ser tu padre? ¿Acaso piensas que si no lo quisiera hacer, te habría traído aquí con él? ¿O que habría salido corriendo a por ti?

—Me va a devolver al centro de menores.

—¿Te ha dicho él eso?

—No... Pero no me habla... Cuando me encontró, se puso frenético, gritándome y eso... Pero desde entonces, hace como si no existiera.

—Pero eso no quiere decir que quiera devolverte. Chris, tu padre está confundido. No está acostumbrado a preocuparse por un hijo, no sabe cómo comportarse contigo. Él tampoco sabe qué quieres de él...

Aprieta los labios con fuerza, y gira la cabeza para que yo no vea sus ojos llenos de lágrimas. Intenta hacerse el fuerte, pero está demasiado abrumado por todo lo sucedido, incapaz de contenerse por más tiempo. Le agarro por los hombros y le atraigo hacia mí, abrazándole con fuerza.

—No quiero irme —dice entre sollozos—. No quiero que me devuelva al centro de menores. Quiero quedarme con él.

—No te voy a devolver, Chris.

Ambos nos sorprendemos al escuchar su voz. Chris se separa de mí de golpe y nos da la espalda, secándose las lágrimas de forma precipitada. Carraspea y se pone en pie, nervioso.

—Chris, mírame. ¿Por qué piensas que te voy a devolver? —insiste Aaron.

—Porque... Porque no me has hablado desde que volvimos de Montauk. Entiendo que estés enfadado conmigo, pero prefiero que me grites a que me ignores...

—No estoy enfadado contigo, Chris. Estoy enfadado conmigo mismo. Nada de esto habría pasado si las cosas entre tú y yo hubieran sido diferentes... No puedo remediar lo que hice en el pasado, pero sí podría haberme preocupado un poquito más por ti. Tengo la sensación de que desde que te he traído conmigo a Nueva York, te he dejado solo, y cuando me has necesitado, no he estado ahí para ti.

Chris levanta la cabeza y mira a Aaron a los ojos. Se observan durante un buen rato, sin saber qué decirse. Cuando los ojos del chico se desvían hacia mí, le sonrío y asiento con la cabeza, intentando darle la confianza que sé que necesita en estos momentos para abrirle su corazón a su padre.

—Mamá nunca me habló mal de ti. Al contrario... No paraba de explicarme cosas buenas de ti... Que la hacías reír, que jugabas muy bien al baseball, que me parecía mucho a ti... Y yo me enfadaba con ella por eso, porque para mí era más fácil odiarte, que echarte de menos todos los días de mi vida. Me convencí de que eras un mal tipo. Me convencí de que estaba mejor sin ti y de que no te necesitaba...

Chris hace una pausa para coger aire. Su pecho sube y baja con rapidez, producto de su nerviosismo, pero está tan envalentonado, que no quiere perder la oportunidad de sacar todo lo que lleva escondiendo durante años.

—Pero todo eso es mentira... Porque he visto cómo eres con Max, por ejemplo —dice señalándome con una mano—, y no puedo evitar sentir algo de envidia porque yo no pude... disfrutar de eso. Porque todo lo que decía mamá era verdad... Eres muy guay. No, no quiero irme. No me devuelvas al centro de menores, por favor.

—Chris... Espera... Escucha. Necesito que me perdones por lo que os hice a tu madre y a ti. Era muy joven y nunca fui consciente realmente de las repercusiones de lo que hice. No quise ser tu padre entonces, pero sí lo quiero ser ahora.

A Chris se le dibuja una sonrisa en los labios, más aún cuando ve que Aaron se acerca hasta él y le estrecha entre sus brazos. Me siento un poco intrusa al poder ser testigo de esta escena, pero mis pies parecen anclados al suelo, completamente hechizada por la belleza de este momento.

—Quiero que me creas y que confíes en mí, ¿vale? —le dice Aaron mientras Chris asiente con la cabeza—. No te voy a fallar. Te lo prometo.

—Vale, papá...

CAPÍTULO 14
Cuando decidimos demostrar nuestras intenciones

AARON

—¡Ha sido genial! ¡Qué partidazo! ¿A que sí? ¿A que sí?

—Sí —contesto sonriendo al ver a Chris tan emocionado, caminando de espaldas por delante de mí.

—¡Jetter ha hecho un partido increíble! ¡Me encanta ese tío! ¡Es la hostia! Creo que la clave ha sido cuando en la segunda entrada ha hecho esa carrera para robar dos bases. ¿No crees? ¿Quién crees que es mejor Derek Jetter o A-Rod antes de que le sancionaran?

—No sé...

—A-Rod también era genial...

—Chris... —le intento acallar poniéndole las manos en los hombros.

—En el 2007 batió el récord de Home Runs. ¡54 hizo en una misma temporada! ¿Sabes lo que es eso?

—¡Chris!

—¿Qué? —me pregunta frenándose de golpe, con los ojos y la boca muy abiertos.

—Respira. ¿Tienes hambre?

—Mucha.

—¿Pizza?

—Genial.

—¿La compramos de camino a casa y nos la comemos allí? ¿O quieres que la comamos por ahí?

—En casa.

—Perfecto. Al menos, si tienes la boca llena, no hablarás tanto.

Al salir del metro en nuestra parada, de camino a la pizzería, Chris se para frente a una chica que está tocando la guitarra en la calle. Le observo desde una distancia prudencial, viendo lo atento que está escuchándola, observando cómo se fija en sus manos y en los detalles de la guitarra. Se agacha frente a ella y espera a que acabe de tocar para ponerse a charlar durante unos minutos. Cuando acaba, corre hacia mí con una sonrisa en la cara.

—Es como la que yo tenía —dice—. Es preciosa, ¿a que sí?

—¿La guitarra o la chica? —le pregunto mientras él sonríe sin despegar los labios.

Hace casi un mes que volvimos de Montauk, desde que decidimos dejar el pasado atrás y empezar desde cero. Un mes en el que hemos descubierto que tenemos mucho más en común de lo que pensábamos. Un mes en el que no ha habido día en el que no deseara viajar atrás en el tiempo para tener la oportunidad de hacer las cosas de otra manera. Un mes en el que he visto renacer un brillo especial en sus ojos. Ese brillo que vi en algunas de esas fotos y que mi ausencia y luego la enfermedad de Carrie, apagaron por completo. El mismo brillo que ahora vuelve a asomar en sus ojos al hablar de esa guitarra.

—Era mi tesoro más preciado... —dice girando la cabeza de nuevo hacia la chica—. Me la regaló mamá cuando tenía cinco años. La compró en una tienda de segunda mano...

A pesar de haberlo perdido todo, de haber tenido que vender todas sus cosas, incluso esa guitarra que tanto le gustaba, nunca se ha quejado y jamás me ha pedido nada. Así que, mientras él entra en la pizzería, corro hacia la chica y, después de darle unas monedas, le pregunto:

—¿Qué guitarra es? La marca y eso... Mi hijo tenía una igual y me gustaría comprársela para Navidad.

—Es una Vintage V100IT. Nueva cuesta unos 350 dólares. Quizá, de segunda mano la pueda conseguir por unos 200...

—Gracias —le digo sonriendo mientras me levanto, guardando en mi memoria los datos que me ha dado.

Después de pedir la pizza, charlamos durante un buen rato con el dueño del local, del que ya nos hemos hecho amigos debido a la asiduidad con la que nos vemos. Al llegar a casa, nos sentamos en el sofá para cenar y vemos las noticias deportivas.

—¿Qué pasa entre tú y Livy? —me pregunta de repente al cabo de un rato.

—¿Cómo? ¿A qué te refieres?

—A que ya no te veo pendiente del teléfono a todas horas, a que ya no te escapas a verla por las noches... ¿Seguís juntos?

—Sí —respondo sin más, encogiéndome de hombros—. Todo sigue igual...

Chris me mira fijamente durante un rato, pero al ver que yo no le doy más explicaciones, se encoge de hombros y vuelve a centrar su atención en la televisión.

LIVY

—Hola... —le digo cuando nos encontramos delante de la máquina del café.

—Hola —responde él sonriéndome, justo antes de darme un corto e inocente beso en los labios.

Al ver que algunos agentes se acercan, le cojo de la mano y le llevo a un rincón más apartado para que podamos charlar con más comodidad. No nos hemos acostumbrado a que todos en la central estén al tanto de nuestra relación y aún nos da algo de apuro que nos vean juntos, aunque solo sea hablando.

—¿Qué tal el partido de ayer?

—Muy bien.

—¿Qué hicisteis luego?

—Compramos una pizza y la cenamos en casa.

—Te eché de menos... —le digo acercándome unos centímetros.

Él me mira y, aunque me sonríe, no me dice nada, ni hace siquiera el intento de acercarse a mí. Le noto incómodo y, aunque no hemos hablado abiertamente de ello, siento que está así desde que volvió de Montauk con Chris, hará cosa de un mes.

Justo cuando voy a volver a hacer otro intento de acercamiento, él gira la cabeza y ve que Jimmy acaba de entrar por la puerta. Él es otro de los culpables de nuestro distanciamiento. Aún no ha solucionado las cosas con Deb y, sinceramente, tal cual la vi a ella aquella noche, no creo que se solucione nunca. Así que parece un alma en pena, viviendo con apatía, levitando más que caminando, totalmente deprimido.

—Voy a ver cómo está Jimmy. Luego hablamos —dice dándome otro beso rápido.

Entro en mi despacho y cierro la puerta a mi espalda, mirando hacia el escritorio de Jimmy mientras mi cabeza no para de dedicarle todo tipo de insultos. ¿Cómo narices va a estar? ¿Acaso no lo ve en su cara? Está como se merece estar, hecho una mierda. Justo como se sintió Deb cuando accedió a hablar con Jimmy y este le confesó que no solo le había puesto los cuernos con una compañera de trabajo, sino que se había liado con decenas de mujeres más. Intentó maquillarlo todo, confesándole que si se sentía inseguro era porque ella pasaba muchas horas fuera de casa y viajaba muchísimo, y pensaba que entre viaje y viaje, entre juicio y juicio, echaba una cana al aire. Se cree el ladrón que todos sin de su condición... Evidentemente, esa excusa no le sirvió a Deb como atenuante, y cortó de raíz cualquier tipo de relación con él.

Afortunadamente para mí, una hora después, los chicos tienen que salir a cubrir una manifestación, apoyando a los antidisturbios, y puedo concentrarme en mi trabajo. Al mediodía, poco después de que hayan vuelto, cojo el bolso y salgo de mi despacho. A pesar de que el resto del equipo ha salido a comer, Aaron sigue en su mesa, aún con el uniforme puesto, escribiendo el pertinente informe, así que me acerco hasta su mesa.

—¿Vamos a comer?

—Tengo que acabar esto —dice sin levantar la vista de los papeles.

—Ya lo acabarás luego —digo apartando el informe mientras me siento en su mesa, muy cerca de él, rozando su brazo con mi pierna de forma deliberada.

Aaron levanta la vista y me mira durante unos segundos. Luego vuelve a coger la carpeta y se separa de la mesa unos centímetros para poder seguir escribiendo.

—No, en serio —dice—. Quiero acabarlo cuanto antes para salir temprano esta tarde.

—¿Tienes planes? —le pregunto algo molesta, levantando las cejas.

—Sí.

Espero unos segundos para ver si añade algo más de información a su respuesta, pero al ver que no es así, aún a riesgo de parecer una entrometida, le pregunto:

—¿Con quién?

—Con nadie —responde él sin mirarme y sin dejar de escribir.

—¿Con Jimmy? Porque te voy a decir una cosa, le está bien merecido lo que le pasa. Le advertiste muchas veces que esto podía pasar...

—Livy —me corta mirándome fijamente a los ojos—, no he quedado con Jimmy.

—¿Pues entonces con quién?

—Te lo he dicho, con nadie.

—¿Y qué planes tienes?

—Unos que prefiero no contarte.

—¿No te estarás viendo tú también con otra? —le pregunto haciendo broma aunque con un punto de temor por su respuesta.

—Livy, por favor... —se queja chasqueando la lengua—. No digas tonterías. Sabes que no hay nadie más.

—Pero sigues sin contestarme.

—Voy a comprar unos regalos de Navidad. ¿Contenta? —dice dejando el informe encima de su mesa—. ¿Desde cuándo te has vuelto tan controladora?

—Desde que ya no quieres pasar tiempo conmigo.

—Sí quiero pasar tiempo contigo.

—¡¿Y por qué me da la sensación de que me evitas?!

—No te evito —me contesta en voz baja, mientras mira alrededor para comprobar que nadie nos está prestando atención.

—¿Y por qué no nos vemos tanto como antes?

—¿Cuándo quieres que nos veamos? ¿Paso por tu casa esta tarde? ¿Te acompaño a recoger a Max al colegio? ¿Quedamos el sábado para llevar a los niños a patinar a la pista de hielo?

—Sabes que eso no es posible...

—Pues eso —dice poniéndose en pie y caminando hacia mi despacho, mostrándome el informe mientras añade—: Creo que está todo. Te lo dejo encima de tu mesa.

Le sigo con decisión y cierro la puerta al entrar, quizá con más fuerza de la que hubiera querido, producto de mi cabreo.

—¡¿Qué ha cambiado?! —le pregunto a gritos mientras él mira alrededor, nervioso, comprobando que mi portazo no ha pasado desapercibido para los pocos agentes que quedan en la central—. Pensaba que estábamos de acuerdo...

—¿De acuerdo en que para vernos sin que Lexy se enfade, tenemos que hacerlo a escondidas? ¿De acuerdo en que para estar juntos, sin que tú pierdas ni un segundo con tus hijos, yo tengo que renunciar a estar con Chris? —dice caminando hacia mí, dejando su cara a escasos centímetros de la mía.

—Eh... No...

—¿Segura?

Me mira durante unos segundos mientras yo sopeso sus palabras. Realmente, dicho de esa manera, sí parece que si nos veíamos por la tarde o por la noche, cuando venía a escondidas a casa, era porque él dejaba solo a Chris.

—Chris me necesita tanto como tus hijos a ti, Livy. No quise hacerme cargo de él cuando nació, no le vi crecer, no estuve a su lado cuando su madre enfermó y murió... Pero ahora sí quiero estar ahí, y desde que tú y yo empezamos, no he hecho más que volver a dejarle de lado... ¿Quieres que nos veamos? Demuéstramelo. Pon de tu parte.

Veo cómo se da la vuelta y, en cuanto agarra el picaporte de la puerta, corro hacia él y le cojo del brazo para detenerle. Cuando se da la vuelta, le agarro de la camisa del uniforme y le beso con pasión. Mis manos se empiezan a mover y mis dedos se enredan en su pelo. Sé que su resistencia se hace añicos cuando una de sus manos se posa en mi cintura y la otra agarra mi nuca de forma posesiva. De repente, da un rápido giro y, sin saber aún cómo, mi cuerpo queda aprisionado entre el suyo y la puerta. Me agarra ambas manos y me obliga a soltarle el pelo. Las coloca con rudeza contra la madera, justo por encima de mi cabeza. La camisa se me levanta y deja al aire parte de mi estómago. Aaron agacha la cabeza, sin despegarse de mí ni un centímetro, y recorre mis costados con sus manos mientras su aliento se cuela por mi canalillo. Aprieta mis pechos hasta que se me escapa un sonoro jadeo que él acoge en su boca, justo antes de morderme el labio inferior. Me coge la cara entre sus manos y me observa fijamente, tan cerca que su aliento hace cosquillas en mis labios. Apoya su frente en la mía y cierra los ojos durante unos segundos.

—Aaron... —susurro incapaz de moverme, completamente a su merced.

—No tienes ni idea...

Camina varios pasos hacia atrás, como si de repente quisiera alejarse de mí, así que, algo asustada por su repentino cambio, intento acercarme a él. Al verme, levanta las palmas de sus manos para detenerme, cosa que hago al momento, porque algo en su cara ha cambiado. Arrugo la frente y ladeo la cabeza, totalmente confundida y muy asustada, porque esto se parece sospechosamente a una ruptura.

—Aaron, me estás asustando —digo con los ojos bañados en lágrimas a pesar de mis enormes esfuerzos por retenerlas—. ¿Qué pasa?

—No sabes lo difícil que es esto para mí... —dice frotándose la frente con los dedos de ambas manos—. Livy, el precio que estoy pagando por tener una relación contigo, es demasiado alto. Quiero a mi hijo, quiero ser padre y esta especie de... arreglo que tenemos, no me permite serlo. A lo mejor estoy siendo un egoísta, pero te quiero las veinticuatro horas del día y tú no estás dispuesta a concederme ese deseo. Aún no sé cómo cojones voy a ser capaz de decirte esto, pero ahí voy... No creo que una relación se trate de elegir entre los hijos y la persona que quieres, pero ya que tú sí lo haces y los antepones a ellos antes que a mí, si tengo que hacerlo yo también, yo también me quedo con mi hijo. Elijo a Chris.

AARON

Aún no sé cómo he sido capaz de decirlo, pero lo he hecho. Sé que le he roto el corazón, he visto las lágrimas rodar por sus mejillas, he escuchado su respiración entrecortada. Y aunque hubiera querido consolarla entre mis brazos, me he obligado a salir a toda prisa de su despacho. Incluso he corrido al salir de la central, alejándome de ella todo lo posible. Cuando creo estar a una distancia prudencial de ella, a pesar de que mi cabeza me sigue jugando malas pasadas y parece que aún soy capaz de escuchar sus sollozos, dejo de correr y, apoyando la espalda en la pared de un edificio, resbalo hasta quedarme sentado en el suelo. Me tapo la cara con ambas manos, cogiéndome el pelo con fuerza, mientras la gente que pasa por la acera, me esquiva sin prestarme atención. Al rato, levanto la cabeza y la golpeo contra los ladrillos del edificio. Tengo mucho miedo porque aún no sé cómo he sido capaz de alejarme de la única mujer con la que quiero pasar el resto de mi vida.

Afortunadamente, una llamada me salva de la tentación de salir corriendo de nuevo hacia Livy.

—Eh, Chris. ¿Qué tal? —le saludo.

—Hola papá —dice con naturalidad, sin ser consciente de lo feliz que esa palabra me sigue haciendo—. Escucha... Llegaré algo más tarde a casa porque voy a comprar el regalo de Jill.

—Vale, tranquilo. ¿Necesitas dinero?

—No, con lo que tengo ahorrado de las pagas que me das, me basta.

—De acuerdo —contesto mientras respiro con pesadez.

—¿Estás bien?

—Sí, sí, tranquilo —intento disimular mientras me obligo a ponerme en pie—. Es solo que estoy cansado. Hemos tenido una mañana dura.

—Vale. ¿Nos vemos luego?

—Nos vemos —contesto y en un arrebato, justo antes de colgar, añado—: ¡Eh! Te quiero, Chris.

Oigo su respiración al otro lado de la línea, y sé que está sonriendo.

—Y yo...

—Hasta luego.

—Adiós...

Cuando cuelgo, sé que he tomado la decisión correcta y, mucho más animado, me dirijo a la tienda de instrumentos musicales con cuyo dueño he hablado esta mañana para confirmarme que tienen la guitarra que quiero para Chris.

LIVY

Llevo encerrada en el baño desde hace más de media hora. Me duele la cabeza de tanto llorar y tengo los ojos hinchados, pero tengo que salir para que los demás no noten nada, así que me tapo la cara con el pelo y, agachando la cabeza, camino a toda prisa hacia mi despacho.

—Mira, ahí la tienes —oigo que dice Finn cuando ya tengo la mano en el picaporte de la puerta.

Levanto la cabeza y veo que está con Chris que, tras despedirse de él, empieza a caminar hacia mí.

—Hola... Esto...

—Pasa —le digo.

Cierro la puerta e intento recomponerme rápidamente, peinándome el pelo con los dedos. A pesar de que sé que sigo teniendo un aspecto horrible, esbozo una sonrisa y le miro.

—¿Qué haces aquí? Tu padre no trabaja esta tarde...

—Lo sé. Venía para hablar con usted porque necesito que me haga un favor.

—No me trates de usted, por favor...

—Vale... —dice sonriendo.

—Y ahora, ¿qué favor necesitas que te haga?

—Me tienen que enviar una cosa pero no quiero que llegue a casa... ¿Podría darles tu dirección?

Le miro arrugando la frente, algo extrañada por su petición y, por qué no decirlo, algo recelosa.

—No es nada malo... —añade adivinando mi preocupación—. O sea, puedes fiarte de mí... Sé que mis antecedentes no son los mejores para pedirte eso, pero de verdad que no es nada ilegal...

—Chris, como comprenderás, necesito más información...

—Es... Es un regalo de Navidad para mi padre... —dice rascándose la nuca con una mano mientras agacha la cabeza mostrando algo de timidez, un gesto que sin duda ha heredado de Aaron—. No me puedo arriesgar a que lo vea...

Me deja alucinada con sus palabras. Sabía que su relación había dado un giro radical, pero no creía que hubiera llegado a este extremo... Y tengo que decir que, aparte de una inmensa felicidad por los dos, siento una pizca de envidia. ¿Cómo es posible que ellos hayan conseguido llegar a este punto, a pesar de que se conocen desde hace tan solo unas semanas, y Lexy y yo parezcamos enemigas irreconciliables?

—Claro que puedes darles la dirección de mi casa —digo con los ojos llenos de lágrimas.

—¿Qué te pasa? —me pregunta con la frente arrugada, buscando mi mirada.

—No... No es nada, no te preocupes.

—Estás llorando... ¿Es por lo del regalo? No es para tanto...

—No... Solo estoy cansada.

—¿Por qué decís los dos lo mismo? Mi padre también está raro desde hace días y cuando le pregunto, me contesta exactamente eso, que está cansado. ¿Va todo bien entre vosotros?

—Sí, claro... —digo dándole la espalda.

—Livy...

Me agarra del codo un momento para detenerme y se pone delante de mí. A pesar de que rehúyo su mirada, él la busca con insistencia, hasta que me doy por vencida y dejo que vea cómo las lágrimas corren por mis mejillas. Me mira durante unos segundos hasta que, para mi sorpresa, en lugar de seguir insistiendo para averiguar qué me pasa, se acerca y me abraza con fuerza. No sé cuánto tiempo pasa, pero cuando me encuentro algo mejor, me seco los ojos y, apoyando primero las manos en sus hombros y luego acariciando su cara, empiezo a sonreír.

—Habla con él —me dice—. Sentaos y hablad hasta que aclaréis las cosas. Creo que los dos queréis lo mismo pero ninguno se atreve a confesarlo...

AARON

Esta última semana está siendo muy difícil. Intento mantener la distancia con Livy, a pesar de que lo que me gustaría sería agarrarla de la cintura y perderme en su boca, estrecharla entre mis brazos y no soltarla jamás. Pero desde que decidí prestar más atención a Chris, nuestra relación no ha hecho otra cosa que mejorar, y no quiero perder eso.

Levanto la cabeza levemente y miro hacia su despacho al escuchar su voz. Está en la puerta, hablando con uno de los agentes, sonriendo. Se toca el pelo con una mano mientras con la otra sostiene el picaporte de la puerta. En cuanto se mete dentro, gira la cabeza y nuestras miradas se encuentran durante unos segundos. Hay dolor en sus ojos, aunque también añoranza, justo como en los míos. Al instante se me forma un nudo en la garganta que me dificulta respirar. Trago saliva varias veces, hasta que se me escapa un jadeo.

—¿Por qué no os hacéis un favor y habláis?

Cuando giro la cabeza, veo que Jimmy se ha sentado a mi lado y que cuando le miro, hace un gesto con la cabeza hacia el despacho de Livy.

—Me parece que ya no tenemos nada más que hablar...

—Mira, os veo aquí, haciendo el gilipollas, y me dais tanta rabia... Si Deb me dejara estar tan cerca de ella... Si lo nuestro tuviera un arreglo tan fácil como lo vuestro...

—Jimmy, es ella la que tiene que aclararse y saber si realmente está interesada en nuestra relación... Yo no puedo seguir escondiéndome y viéndola a hurtadillas... Si ella quiere algo conmigo, ya sabe dónde estoy.

—Lo sé, lo pillo, ya me lo has contado... Todo ese rollo de que te has tomado muy en serio tu papel de padre. De acuerdo, pero mientras se decide, ¿es necesario cortar cualquier relación con ella?

Por el amor de Dios, Aaron. Ya ni siquiera os dirigís casi la palabra... Ve a hablar con ella, pregúntale cualquier tontería, lo que sea...

Agacho la vista, resoplando, mientras me froto la nuca con una mano.

—Aaron, no seas cabezota...

—Es que estoy cansado de ser yo el que hace sacrificios en esta relación...

—¿Estás cansado? ¿Cansado de sus besos? ¿De sus abrazos? ¿De su risa? ¿Cansado de la mujer de la que estás completamente enamorado? Lo dudo...

Jimmy se levanta y se dirige hacia el vestuario. Aunque su aspecto sigue dejando mucho que desear, parece que su ánimo va mejorando, o quizá es su resignación la que va en aumento. Cuando se pierde por las escaleras, miro de nuevo hacia el despacho de Livy. Esta sentada detrás de su escritorio, aguantándose la cabeza con ambas manos mientras se frota la frente. Hoy la veo especialmente inquieta y preocupada, y me duele verla así y no poder hacer nada para remediarlo. Así pues, a pesar de que siento que vuelvo a ser yo el que cede de nuevo, empiezo a teclear en mi ordenador.

"¿Estás bien? Pareces preocupada... ¿Puedo hacer algo?"

La veo dirigir la vista a la esquina inferior derecha de la pantalla, donde acaba de emerger el aviso de que ha recibido un nuevo correo electrónico. Su mano se mueve y sé que está leyendo mi mensaje. Las comisuras de sus labios se curvan hacia arriba levemente, y tengo que reconocer que ese gesto me encanta. Luego se coloca el pelo detrás de las orejas, mira fijamente la pantalla durante un buen rato, sopesando su respuesta, y sus dedos empiezan a moverse.

"Estoy algo nerviosa. Mañana le ponen el dispositivo transductor a Max. Sé que es una operación cien por cien segura, pero él está asustado y yo muy nerviosa... No deja de ser una

operación con anestesia general, en la que le abrirán la cabeza..."

En cuanto lo leo, me levanto y camino con decisión hacia su despacho. Llamo dos veces, picando con los nudillos en su puerta, y entro antes de escuchar su permiso para hacerlo.

—¿Mañana ya? —le digo nada más entrar—. ¿Por qué no me dijiste nada?

—Bueno, no es que hayamos hablado mucho últimamente... El médico me llamó la semana pasada y a primeros de esta le han hecho los análisis. De esta manera se han asegurado de que pueda pasar las Navidades en casa y en un mes, colocarle la parte externa... Ha ido todo muy rápido, pero si lo pienso durante más tiempo, puede que me entre más miedo...

—¿Conseguiste el dinero?

—Bueno... De momento, el seguro ha cubierto gran parte y para cuando tenga que pagar yo el resto, espero haber recibido respuesta por parte del abogado de Luke acerca de la venta de mi parte de la casa de Salem... —contesta moviendo las manos, nerviosa.

—Sigo queriendo ayudarte, Livy. Sabes que puedes contar conmigo si Luke te pone problemas...

—No es muy apropiado que después de lo que ha pasado entre nosotros... Después de cómo hemos acabado...

—¿Hemos acabado? —le pregunto cortándola.

—Bueno, digamos que, si no hemos acabado, no es que hayamos tenido mucho roce últimamente...

Sabiendo que tiene razón, resoplo resignado mientras agacho la cabeza, mirando al suelo, hasta que decido dejar al lado nuestras rencillas e interesarme por Max.

—¿A qué hora le operan?

—A primera hora de la tarde, aunque le ingresan por la mañana.

—Me... ¿Me necesitas para algo? ¿Te puedo ayudar con lo que sea?

—No, gracias. Creo que lo tengo todo cubierto. Mi hermana traerá a Lexy cuando salga del instituto y se ocupará de ella por las noches hasta que Max salga del hospital. Si todo va bien, en dos días le darán el alta hospitalaria y podremos pasar la Nochebuena en casa.

—De acuerdo...

—Escucha... Lo que sí necesitaré es que me sustituyas aquí. Ya le he transmitido mi decisión a los de arriba y están de acuerdo. Solo falta tu aprobación. Será solo por dos días...

—Sí, claro. Sin problemas.

Nos miramos durante unos segundos. Trago saliva varias veces, intentando deshacerme del nudo que se me ha formado en la garganta y que me impide respirar con normalidad.

—¿Me llamarás cuando acabe? —le pregunto finalmente, rompiendo un silencio que empezara a volverse muy incómodo.

—Lo haré —me responde sonriendo tímidamente.

LIVY

—¿Estás listo, enano? —le pregunta Lexy mientras Max asiente sonriendo, dándole un sobre cerrado—. ¿Esta es tu carta a Santa Claus? Perfecto. Te prometo que hoy se la llevo para que le dé tiempo a traerte lo que has pedido.

Sonrío mientras les veo conversar. Tengo que reconocer que Lexy, aunque a mí me odie, con su hermano se está portando igual de bien que siempre. Si cabe, incluso mucho más desde que sabe acerca de la operación.

—Luego vienes con la tía Bren, ¿vale? —le digo mientras ella asiente y le da un enorme abrazo a su hermano.

El trayecto en taxi hasta el hospital transcurre muy tranquilo. Max agarra mi mano con fuerza, sin dejar de mirar a través de su ventanilla. Escucho su respiración y veo como su pecho sube y baja con fuerza. Aprieto el agarre de mi mano y, cuando me mira, le sonrío para infundirle confianza.

—Todo irá bien —le susurro lentamente.

Asiente con la cabeza y vuelve a mirar hacia la carretera, hasta que el taxi se para. Pago al conductor y, en cuanto Max pone los pies en la acera, sale corriendo.

—¡Max! ¡Espera!

Pero cuando levanto la cabeza, veo que corre hacia Aaron, que está de pie al lado de la entrada del hospital. Al principio no reacciono y no consigo siquiera dar un paso. Veo como Max se tira en sus brazos y como Aaron le abraza con fuerza.

—Hola —le saludo con la voz tomada por la emoción, cuando consigo acercarme a ellos por fin.

—Hola. Espero que no te importe... —me dice Aaron.

—No —le contesto sonriendo.

Nos miramos a los ojos durante unos segundos, hasta que él vuelve a centrarse en Max.

—¿Cómo estás? —le pregunta, y Max se encoge de hombros y agacha la cabeza—. ¿Estás asustado?

Al ver que no le contesta y que aprieta los labios con fuerza, Aaron le deja en el suelo y se agacha frente a él. Colocándole bien la chaqueta, en un gesto que se me antoja de lo más cariñoso, le empieza a hablar de nuevo.

—Es normal tener miedo, Max. No tienes por qué avergonzarte.

Levanta la cabeza y, arrugando la frente, le señala con un dedito.

—Claro, yo también tengo miedo a veces. Pero ¿sabes qué me funciona en esos casos? —le pregunta mientras Max niega con la cabeza, muy atento—. Cierro los ojos y pienso en todas aquellas personas que quiero, porque son las que me dan fuerza y están ahí cuando todo acaba. ¿Qué te parece? ¿Por qué no lo intentas? Tendrás que respirar profundamente y, cerrando los ojos, pensar en tu madre, en Lexy, en tu papá...

Max yergue la espalda de golpe y niega con la cabeza, moviéndola de un lado a otro con decisión.

—De acuerdo, de acuerdo —le intenta calmar Aaron—. Piensa en quien tú quieras.

De repente, Max le señala con un dedo y se agarra de su cuello. Aaron se queda parado durante unos segundos, hasta que levanta la cabeza y me mira, pillándome con las manos frente a mi boca, totalmente emocionada. Se pone en pie y hunde la cara en su hombro, sin dejar de acariciarle la cabeza y la espalda.

—Tenemos que entrar —les digo con suavidad, apoyando la mano en la espalda de Max.

—Escucha —dice separándose de él—. Todo va a salir muy bien. Y Bono te estará esperando cuando salgas del hospital para ir a dar un paseo, ¿vale?

Max asiente con una enorme sonrisa en la cara y, sin previo aviso, le da un enorme beso a Aaron en la mejilla, agarrándose con fuerza de su cabeza. Tras el momento de estupor, este le deja en el suelo y vuelve a colocarle bien el abrigo y el gorro.

—Te estaré esperando, ¿vale? —le dice con la voz tomada por la emoción, justo antes de ponerse en pie.

Max se agarra de mi mano y nos mira.

—Gracias por esto... —le digo.

—¿Me...? ¿Me llamarás cuando acabe?

—Claro.

Trago saliva y le sonrío mientras empiezo a caminar de espaldas. Al rato me doy la vuelta y camino con decisión, con una enorme sonrisa en la cara.

—¡Livy, espera! —le oigo llamarme.

Camina hacia mí a paso ligero y se detiene a escasos centímetros. Me mira a los ojos con la boca abierta, intentando en vano que las palabras salgan de su boca. Finalmente, acerca su boca a mi oreja mientras la palma de su mano roza mi mejilla, y susurra:

—Sigo estando aquí...

AARON

La mañana ha resultado ser muy entretenida, lo que me ha ayudado a mantener la cabeza alejada de ese hospital. Sé que era una operación sin riesgo alguno, pero no he respirado tranquilo hasta que he recibido el mensaje de Livy informándome de que ya había acabado. Así pues, cuando llego a la central, antes incluso de cambiarme, la llamo.

—Eh... Hola...

—Hola Aaron.

—Me alegro mucho, Livy.

—Lo sé. Aún no se ha despertado de la anestesia y me han dicho que cuando lo haga, seguramente estará un poco atontado por los analgésicos, pero todo ha ido genial así que si todo sigue así, en dos días estaremos en casa.

La oigo hablar y sé que está sonriendo, y no puedo evitar contagiarme de su felicidad. Casi la puedo ver, caminando arriba y abajo del pasillo, con esa enorme sonrisa, gesticulando sin parar.

—Escucha... —dice ella, interrumpiendo mis pensamientos—. A Max le gustaría mucho verte... Para tranquilizarme, no paraba de pedirme que no me preocupara, que haría lo que le dijiste para intentar no tener miedo. Él... Él te tiene mucho cariño, Aaron.

—La verdad es que me encantaría ir a verle —contesto lleno de orgullo—. Te parece si... Podría ir a verle al acabar el turno...

—Claro, cuando te vaya bien...

—Se lo comentaré a Chris también...

—Genial. Escucha, viene el médico. Nos vemos luego.

—Ahí estaré.

Son casi las seis de la tarde cuando Chris y yo entramos en el hospital. Gracias a las indicaciones de Livy, llegamos a su habitación enseguida. La puerta está cerrada, pero podemos ver el interior a través de un cristal. Dentro, aparte de Max y Livy, están Lexy y la hermana de Livy.

—Tiene buena cara... —dice Chris, apoyando las palmas de las manos en el cristal.

—Es un valiente —añado yo sin dejar de mirarle.

Segundos después, Max gira la cabeza hacia el cristal y nos ve. Sonríe de inmediato, aunque el cansancio se hace evidente en su expresión. Con esfuerzo, levanta un brazo y nos saluda con la mano, gesto que ambos imitamos. Es entonces cuando ellas nos ven. Livy y su hermana sonríen. Lexy en cambio, clava sus ojos en mí, como si intentara atravesarme con ellos, arrugando la frente a la vez. Chris empieza a hacer muecas y Max ríe al verle. Livy se acerca a la puerta, haciendo una seña a Lexy y a su hermana, y salen al pasillo.

—Hola —nos saludamos sin acercarnos.

—Eh... —empieza a hablar Livy, vacilante—. Bren, me parece que no os había presentado oficialmente...

—No —sonríe ella mirándome—. Las dos veces anteriores que nos vimos, tenías un poco de prisa...

—Sí... —contesto yo riendo y tendiéndole la mano—. Aaron.

—Encantada.

—Y este de aquí es mi hijo, Chris.

—Hola —las saluda él.

—Lexy —interviene entonces Livy—, ellos son...

—Ya sé quiénes son —la corta de repente—. Me voy a casa.

—¡Lexy! ¡No puedes irte sola!

—Ya la acompaño yo —dice entonces Bren—. Mañana te llamo.

—Gracias...

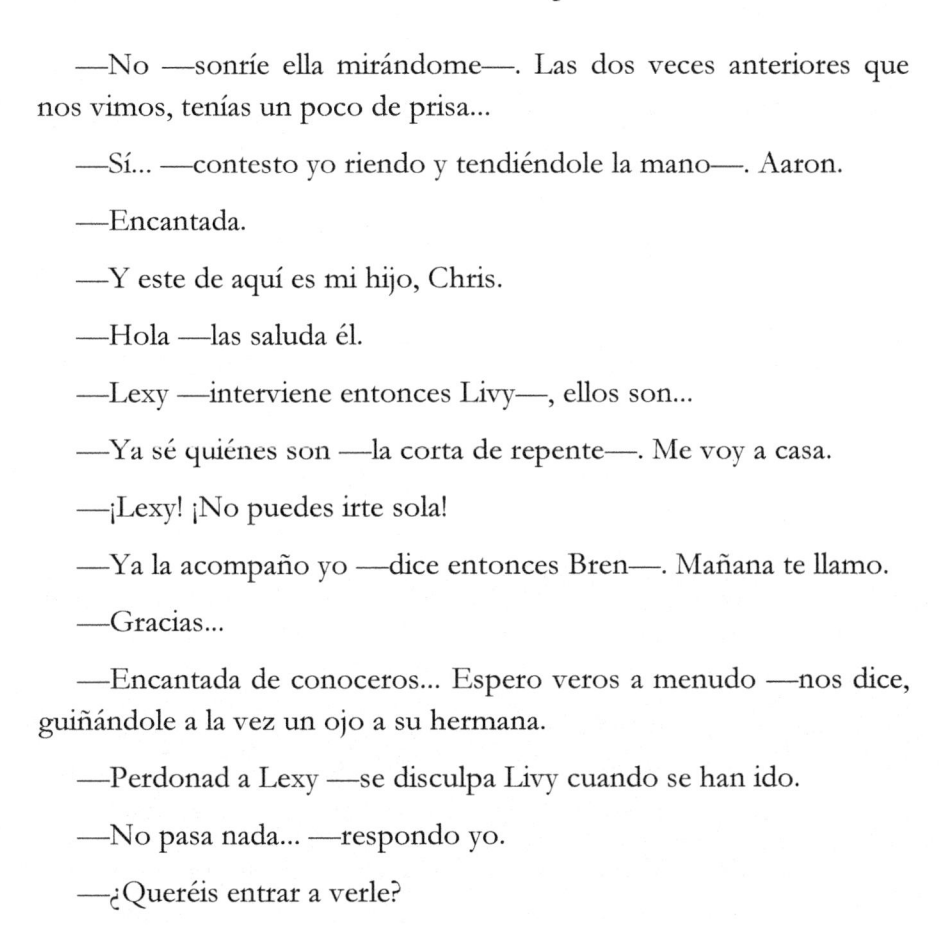

—Encantada de conoceros... Espero veros a menudo —nos dice, guiñándole a la vez un ojo a su hermana.

—Perdonad a Lexy —se disculpa Livy cuando se han ido.

—No pasa nada... —respondo yo.

—¿Queréis entrar a verle?

LIVY

—Eres un campeón, ¿lo sabías? —le dice Aaron mientras Max sonríe mordiéndose el labio inferior.

—¿Te duele ahora? —le pregunta Chris.

Max niega con la cabeza mientras los párpados se le cierran constantemente.

—Chris, vamos a marcharnos ya. Max necesita dormir —dice Aaron.

Max empieza a negar con la cabeza y se agarra de los antebrazos de Aaron para impedir que se vaya. Incluso llega a incorporarse un poco, a pesar de que el médico nos ha recomendado que no lo haga por si pudiera marearse.

—Max... —empiezo a decir intentando que se estire.

—Escucha, mañana vuelvo. Te lo prometo. Pero tienes que dormir para recuperarte lo antes posible porque tenemos que ir al parque, ¿recuerdas?

Max asiente con la cabeza mientras pasa los brazos alrededor del cuello de Aaron. Este le acaricia la cabeza con sumo cuido, sobre todo cuando pasa la mano por encima de la enorme venda que la cubre. Le besa en la frente y le observo mover los labios, susurrando unas palabras que nadie puede oír, ni siquiera Max, y a pesar de ello, no puedo evitar emocionarme al verles así.

—¿Te veo mañana, vale? Pero tienes que dormir. Tu madre me lo dirá, y si no has descansado lo suficiente, no vendré, ¿vale? ¿Me lo prometes?

Aaron levanta su dedo meñique y Max le imita al cabo de unos segundos, enseñando todos los dientes con una enorme sonrisa.

Les acompaño fuera de la habitación y nos quedamos callados, sumidos en una especie de silencio, no incómodo, pero sí extraño. Chris nos mira y luego, metiéndose las manos en los bolsillos y encogiéndose de hombros, dice:

—Te espero fuera, ¿vale? Voy a llamar a Jill.

—Vale. Ahora salgo —responde Aaron, dándole una colleja cariñosa a su hijo.

Los dos le observamos mientras se pierde por el pasillo. Cuando miro a Aaron, él sigue con la vista fija en el infinito, con una mirada llena de orgullo.

—Es un gran chico... —le digo.

—Lo sé. A pesar de mí, lo es.

—No lo debes de estar haciendo tan mal cuando se le ve así de feliz.

—Eso intento... Gracias.

Ambos nos volvemos a quedar callados, prendados el uno del otro, mirándonos con una sonrisa boba en la cara, hasta que al final me atrevo a preguntarle lo que lleva desde esta mañana rondándome la cabeza.

—¿Qué hacéis en Nochebuena?

—Eh... Pues no sé... No lo hemos pensado, pero supongo que nada especial. A lo mejor me lío la manta a la cabeza y en lugar de comida preparada, como algo especial, me animo a hacer algo casero... Aunque no creo que vaya mucho más allá de un plato de pasta —me contesta riendo.

—Venid a mi casa —le suelto de sopetón.

—¿A...? ¿A tu casa? ¿En Nochebuena? Pero, estarás con... Con tu familia...

—Max, Lexy, mi hermana, mi cuñado, mis padres y yo.

—¿Tus padres? —me pregunta con los ojos muy abiertos.

—¿Acaso tienes miedo?

Mientras espero su respuesta, me muerdo el labio inferior, muy nerviosa. Sé que lo que le estoy pidiendo que haga, es un suicidio, ya que no solo se va a tener que enfrentar a la animadversión de Lexy, sino que además va a conocer a mis padres. Unos padres totalmente inofensivos y a los que seguro que les caerá bien, básicamente porque están deseando que rehaga mi vida junto a cualquiera que no sea Luke, pero de los que no sabe nada.

—Quiero que formes parte de mi vida, y lo que opinen los demás, me da igual. Lexy tendrá que aprender a vivir con ello, y por mis padres, no te preocupes, les encantarás —insisto al ver que sigue sin abrir la boca—. Me pedías que te demostrara que quiero estar contigo, pues aquí está mi demostración. Puedes traer a Bono también.

Aaron relaja la expresión de su cara y se le escapa la risa. Parece que eso le sirve para liberar la tensión acumulada y enseguida recorre la corta distancia que nos separaba. Me agarra de ambos brazos y acerca su cara a la mía, justo antes de echar un vistazo por la ventana de la habitación de Max. Al ver que sonríe, giro la cabeza y descubro que el muy cotilla nos está mirando fijamente, sonriendo y levantando el pulgar.

—A él le tenemos de nuestro lado —me dice.

—Eso parece. Y espera a que sepa que te encantan sus pastelitos de color rosa.

—Eso me recuerda que no puedo presentarme en tu casa con las manos vacías.

—¿Eso es un sí? ¿Quiere decir que vendréis a pasar la Nochebuena en casa?

—Me parece que es un sí. Bueno, tendré que preguntarle a Chris si le apetece cenar comida casera y a Bono si no ha hecho planes por ahí... —bromea aproximando su boca a la mía y, justo antes de que nuestros labios se toquen, añade—: No me lo perdería por nada del mundo.

Agarra mi cara entre sus manos y apoya sus labios en los míos con suavidad. Su lengua roza mi piel y provoca una descarga de placer que se recorre mi cuerpo y explota en mi estómago. Abro la boca y se me escapa un jadeo, que él acoge en su boca, también abierta.

—No dejes de besarme nunca —le digo con los ojos llenos de lágrimas—. ¿Me oyes? Te lo exijo.

—Yo también te he echado de menos —me dice mirándome a los ojos—. No te imaginas cuánto.

Me abraza con fuerza durante varios minutos, aunque me sabe a poco. Es él el que se separa escasos centímetros de mí y, con una sonrisa en la cara, buscando mi mirada, me dice:

—Creo que el enano está cumpliendo. —Me giro para comprobar que Max se ha quedado dormido—. Será mejor que vayas a hacerle compañía a tu hijo, y yo que salga a comprobar que el mío no esté haciendo nada ilegal...

—No seas malo...

—Lo sé...

Ambos reímos e intentamos alargar un poco más el momento, hasta que él empieza a alejarse de mí, caminando de espaldas.

—Te llamo mañana —dice señalándome con un dedo.

—Vale.

—Y te volveré a besar —dice en voz alta, guiñándome un ojo, provocando que se me escape la risa—. Prometido.

CAPÍTULO 15
Cuando en Navidad se armó el Belén

AARON

—¡Vamos a llegar tarde!

—¡Lo sé! ¡Hago lo que puedo! —grito desde mi dormitorio.

Llevo más de media hora frente a mi armario, con los pantalones puestos pero con el torso desnudo, intentando decidir qué ponerme. Dudo entre ponerme una camiseta, un jersey o ir en plan más formal y ponerme camisa y corbata.

—¿Se puede saber qué narices haces aún así? —dice Chris asomándose por la puerta.

—¿Se puede saber qué haces tú con una de mis corbatas en el cuello?

—¿A que me queda bien?

Chris abre los brazos y se pavonea delante de mí, llegando incluso a dar una vuelta sobre sí mismo. La verdad es que está muy guapo, con su vaquero negro, la corbata a juego y la camisa blanca.

—No es para tanto, aunque no estás mal... —digo mirándole de reojo cuando se pone a mi lado.

—Todo el mundo piensa que somos iguales, así que ten cuidado con lo que dices —comenta metiendo las manos en el armario, mirando todas mis camisas—. Vamos a ver, ¿cómo quieres ir?

—Ese es el problema. No sé cómo se supone que debo ir vestido...

Chris se gira y me mira con una ceja levantada. Al rato, se le forma una sonrisa de medio lado en la cara.

—Estás cagado de miedo. Es eso, ¿verdad? —me dice girándose hacia mí—. El Teniente Taylor del SWAT está aterrorizado por culpa de una cena en casa de su novia...

Contrariado, agarro la primera camisa que veo en el armario y me doy la vuelta mientras me la pongo. Camino hacia el baño y al mirarme en el espejo, descubro que el miedo y la inseguridad que siento, se refleja en mi cara. Apoyo las manos en el lavamanos y resoplo con fuerza por la boca, intentando tranquilizarme.

—Papá... En serio, ¿estás bien?

Levanto la cabeza y le veo a mi espalda, mirándome con preocupación. Al ver que no le respondo, va de nuevo hacia el armario y vuelve poco después.

—Escucha, solo es una cena —dice acercándose y tendiéndome una corbata—. Ponte esta.

—¿Corbata? ¿Sí?

—Claro. A Livy le encantará que te pongas así de elegante por ella. Y tienes que darles buena impresión a tus suegros...

—¡Oh, joder! Qué horror...

—Tranquilo, les caerás bien. Además, Livy es mayorcita y es quien tiene la última palabra, así que lo que sus padres opinen de ti, importa bien poco. Peor lo tendría yo con los padres de Jill, que somos menores de edad y mis antecedentes no son de fiar...

—¿Tienes intención de conocer a sus padres? ¿Tan en serio vais?

—No por Dios... O sea, me gusta y eso, pero de momento paso de formalidades.

—Ya me lo dirás cuando sea ella la que te lo pida —Me vuelvo a mirar al espejo y, al rato, resoplo hastiado—. No me veo. Este no soy yo.

Lo pienso unos segundos y luego doblo las mangas de la camisa hasta dejarlas a la altura de los codos y me desato un poco el nudo de la corbata. Me mojo las manos y me peino el pelo con los dedos. Luego sopeso si afeitarme o no, pero decido no hacerlo al recordar que Livy me prefiere así.

—¿Qué tal? —le pregunto a Chris, poniéndome frente a él.

—No estás mal —contesta él guiñándome un ojo, imitando mi acción de antes.

Cuando vamos a salir por la puerta, cojo la bolsa que he dejado preparada con los pastelitos de Max, guardo mi regalo para Livy en el bolsillo interior de la chaqueta, y entonces me fijo en Bono.

—¿Qué cojones lleva puesto?

—Una pajarita —dice Chris con una enorme sonrisa—. Estamos todos decididos y comprometidos en ayudarte a causar buena impresión. Además, no me digas que no está tremendo.

Nieva y el tráfico de la ciudad es demencial, así que tardamos tres cuartos de hora en realizar un trayecto de poco más de diez minutos, a lo que tenemos que añadir los más de quince que tardamos en conseguir aparcar.

—Hubiéramos llegado antes a pie —dice Chris abriendo la puerta trasera del todoterreno para dejar bajar a Bono.

Cuando llamo al timbre y escucho su voz, el pulso se me vuelve a acelerar. Nos abre la puerta y tengo que subir las escaleras obligándome a coger largas bocanadas de aire por la boca. Al llegar frente a su puerta, le hago una seña a Bono y este se sienta al instante. Miro a Chris, que me sonríe apretando los labios mientras los ojos se le achinan. Justo cuando voy a llamar al timbre, la puerta se abre y ella aparece ante mis ojos. Nos miramos fijamente durante un rato, inmóviles, como si no existiera nadie más alrededor, hasta que ella se decide a hablar.

—Hola... Pasad. ¡Pero qué guapo vienes, Bono!

Dudo acerca de cómo saludarla al entrar, y la situación empieza a ser algo incómoda, ya que parece que ambos nos encontramos en la misma tesitura. Miro disimuladamente alrededor y veo a Lexy, que no nos pierde de vista, además de a Bren y al que debe de ser su marido. De momento, ni rastro de sus padres.

Justo cuando Livy me agarra de la mano y empieza a acercarse a mí, escuchamos las pisadas de Max. En cuanto aparece en el salón y me ve, corre hasta mí.

—Hola —le saludo mientras le cojo en brazos—. ¿Cómo estás hoy?

Max asiente con la cabeza. Se le ve muy contento y emocionado.

—Está bastante excitado —dice Livy poniéndose a nuestro lado, apoyando una mano en mi hombro mientras le alisa la camisa a Max—. Tienes que tomártelo con más calma, cariño. Acuérdate de lo que dijeron los médicos.

Le siento en la encimera de la cocina y, mostrándole la bolsa, le digo:

—Te he traído una cosa.

En cuanto la coge y ve lo que hay dentro, me mira con los ojos muy abiertos y empieza a reír y a dar palmas.

—Te los debía. ¿Me perdonas por habérmelos acabado?

Max asiente y se vuelve a tirar a mis brazos. Al darme la vuelta, veo que nos hemos convertido en el centro de atención, incluso del de sus padres, que nos observan desde el lado opuesto del salón.

—Os presento —dice Livy dirigiéndose a su familia—. Ellos son Aaron, su hijo Chris y este peludo es Bono. Chicos, a mi hermana y a Lexy ya las conocéis. Él es mi cuñado, Scott y ellos son mis padres, Robert y Diane.

LIVY

Chris y Aaron se acercan a todos y les dan la mano. Cuando mi padre le coge por banda y empieza a preguntarle acerca del trabajo, mi madre se acerca hasta mi hermana y hasta mí y, haciendo ver que nos ayuda en la cocina, me susurra:

—¿De dónde narices ha salido ese hombre?

—¿Por? —le pregunto con algo de miedo.

—Porque está buenísimo.

—Mamá, por favor.

—¿Qué? Soy mayor, pero no ciega.

Bren se muere de la risa, mientras yo le miro de reojo. Al instante me sonrojo cuando me doy cuenta de que Aaron también me está mirando de forma disimulada, mientras mi padre le da conversación. Max ya no está en sus brazos, y tampoco veo a Bono, así que doy por hecho que se lo ha llevado a su habitación. Chris está de pie, con las manos en los bolsillos, hablando con Scott, mientras Lexy se mantiene al margen de todos.

—Es normal que no esté encantada con su presencia aquí— interviene mi madre al ver mi cara de preocupación cuando veo la actitud de Lexy—. Menos aún cuando te niegas a contarle la verdad acerca de lo que hizo su padre.

—Ya lo hemos discutido muchas veces, mamá.

—Lo sé. Conocemos tu postura y respetamos tu decisión, pero aprovecho para volver a recordarte que ni tu padre ni yo estamos de acuerdo. Problemas he tenido para impedir que tu padre cogiera un avión hasta Salem para hacerle una visita nada cordial a Luke... En cambio, como puedes observar, parece que Aaron le encanta.

Vuelvo a mirarles y mis ojos se encuentran con los suyos de nuevo. Me sonríe y yo hago lo mismo, admirando detenidamente lo guapo que va vestido. Tan elegante con esa corbata, pero a la vez, tan fiel a su estilo, con las mangas de la camisa arremangadas a la altura de los codos.

—A papá le gustaría cualquiera que no fuera Luke —digo yo.

—Te equivocas —me corta mi padre, que ha aparecido a mi lado, abriendo la nevera para coger un par de cervezas—. A mí me gusta cualquiera capaz de hacerte sonreír como lo estás haciendo esta noche. Hacía mucho que no la veía en tu rostro y la echaba de menos, así que solo por eso, Aaron ya tiene mi bendición.

—Gracias, papá —digo dándole un beso en la mejilla.

Max sale a buscar a Chris y a Lexy y se los lleva por el pasillo, supongo que hacia su habitación. No sé qué narices está tramando, pero me gusta que Lexy se distraiga un poco y no se pase la noche observándonos, atenta a cualquier gesto de complicidad entre nosotros.

—Livy, ¿no te queda vino? —dice mi hermana de repente.

Cuando me giro, las veo a ella y a mi madre abriendo los armarios de la cocina, buscando en ellos.

—Eh... Sí que había... —contesto arrugando la frente mientras me acerco a ellas—. No compré pero porque tenía dos botellas en este armario...

Cuando lo abro, veo que, efectivamente, las botellas no están. Abro los otros armarios, a sabiendas de que siempre guardo las botellas en el mismo, pero por si acaso se me haya podido pasar.

—Es igual. Ve a comprar alguna botella más, ¿no?

Cuando levanto la vista hacia mi hermana, las veo a ella y a mi madre mirándome con una sonrisa cómplice en la cara y sé que la misteriosa desaparición tiene mucho que ver con ellas.

—¿Qué habéis hecho? —les susurro gesticulando con énfasis.

—Yo nada —se disculpa mi madre señalando a mi hermana con un dedo y luego al fregadero.

—¿Has vaciado dos botellas de un vino carísimo por el desagüe? ¿Sabes lo que valían esas botellas? —digo desesperada.

—No sé... ¿Más o menos que poder tener quince minutos a solas con Aaron?

Me quedo atónita mientras mi hermana y mi madre me miran orgullosas, con aires de superioridad, esperando que les dé las gracias por su maravillosa estratagema. Y la verdad es que es una idea brillante. Cuando se me empieza a dibujar una sonrisa, mi madre, de forma muy hábil, se aleja de nosotras y, subiendo el tono de voz lo suficiente para que todos la oigan, y haciendo gala de sus maravillosas dotes de actriz, pregunta:

—¿Sabes si hay algún sitio abierto dónde poder comprar una botella?

—Pues creo que a dos manzanas hay un colmado regentado por una familia de paquistaníes que está abierto hasta tarde... Voy a ver si hay suerte —digo caminando hacia el perchero de la entrada y cogiendo mi abrigo.

—¿Pero vas a ir sola, cariño? —pregunta mi padre, que no estaba metido en el ajo, pero con cuya intervención seguro que contaban las víboras que tengo por madre y hermana.

—Sí, está aquí cerca...

—Te acompaño —dice Aaron poniéndose en pie.

Se acerca hasta la cocina, tira la botella de cerveza vacía en el cubo de la basura, y coge su abrigo también.

—Me quedo mucho más tranquila si vas con ella, Aaron. Gracias, cielo —dice mi madre, como si la idea de que Aaron me acompañara no se les hubiera pasado por la cabeza en ningún momento.

—Echad un ojo a esos tres... —les digo—. Y no dejéis que Max suba a Bono a su cama, que lleva toda la semana preguntándome si se puede quedar a dormir con él y me temo que esa sigue siendo su intención.

—De acuerdo. Nosotras vigilamos la cena —dice mi hermana guiñándome un ojo, gesto que no pasa desapercibido para Aaron.

En cuanto salimos al pasillo y cierro la puerta, bajo las escaleras intentando esconder la sonrisa e intentando disimular la sensación de nerviosismo que siento ahora mismo en el estómago.

—Eh... —dice agarrándome del brazo cuando llegamos al vestíbulo.

Me mira y se acerca a mí, pasando los brazos alrededor de mi cintura.

—Estás preciosa.

—Tú también estás muy guapo. Mucho. Demasiado. Creo que mi madre se ha enamorado de ti.

—¿Quiere decir eso que la tengo en el bote?

—Eso parece...

Aaron acerca sus labios a los míos y se queda parado a escasos milímetros. Veo sus ojos moverse, examinando cada poro de mi piel. La expectación se hace patente en mí cuando, en un acto reflejo, cierro los ojos e inspiro con fuerza por la nariz, dejándome invadir por completo por su olor. Siento sus manos enmarcando mi cara y sus dedos acariciando mis mejillas y enredándose en mi pelo. El calor de su lengua abrasa mi boca y enciende mi deseo y mis ganas de sentir su piel contra la mía. Así pues, empiezo a tomar la iniciativa y muerdo sus labios con fuerza, hasta que siento el sabor metálico de la sangre en mi boca. Se separa de mí escasos centímetros y se lleva un dedo a los labios. Cuando ve su dedo teñido de rojo, clava los ojos de nuevo en mí. Pasados unos segundos, sonríe con malicia y me agarra del pelo, tirando de él con brusquedad, dejando mi cuello totalmente expuesto y a su merced. Hunde su cara en mi cuello y succiona mi piel con sus labios mientras una de sus manos se posa en mi trasero.

Camina hasta que mi espalda choca contra una de las paredes del vestíbulo. Su mano se traslada desde mi culo hasta mi pierna, agarrándome por detrás de la rodilla y levantándola. Siento su erección apretándose contra la parte baja de mi vientre y noto cómo la tela de mi tanga se humedece.

De repente se despega de mí y casi no me da tiempo a abrir los ojos, que ya tira de mí, agarrándome de la mano, conduciéndome hacia el cuarto de las lavadoras. Cuando entramos y cerramos la puerta a nuestra espalda, se abalanza de nuevo sobre mí, caminando conmigo a cuestas hasta que mi cuerpo choca contra una de las lavadoras. Sus manos recorren mis piernas, subiéndome a la vez el vestido, y sus dedos agarran la goma de mi tanga. Me mira mordiéndose el labio inferior, y segundos después tira con fuerza de ella hasta quedarse con la prenda en su mano. Lejos de enfadarme o preocuparme, estoy tan excitada que ni siquiera me inmuto. Siento sus dedos rozando mi clítoris y jadeo de placer, echando la cabeza hacia atrás. Ni siquiera soy consciente de cuando se ha bajado los pantalones, pero pocos segundos después, sus certeras caricias son sustituidas por unas profundas embestidas. Me agarra de la cintura mientras se hunde una y otra vez en mí. Cuando, haciendo acopio de toda mi fuerza de voluntad, consigo abrir los ojos, la imagen que veo de él solo consigue excitarme aún más. Le veo sudando, con el pelo despeinado y la mandíbula apretada, mirándome fijamente. Sintiéndome sexy como nunca nadie me había hecho sentir antes, le agarro de la corbata y le atraigo hacia mí. Enrosco las piernas alrededor de su cintura y me cuelgo de sus hombros, sellando mis labios con los suyos. De repente, cuando estoy a punto de llegar al momento álgido, confundiéndose con nuestros jadeos, escuchamos unos pasos al otro lado de la puerta y el ruido del picaporte al empezar a girarse. Con rapidez, y haciendo gala de una agilidad y fuerza envidiable, Aaron se esconde detrás de unos armarios. Hundo la cara en su hombro mientras aguantamos incluso la respiración, rezando para que quien quiera que sea, no camine hasta el fondo de la habitación donde, con un simple giro de cabeza, seríamos descubiertos. Oímos como una de las puertas de las lavadoras se abre y cómo alguien mete algo en su interior. Despego la cara de su hombro y miro a Aaron a los ojos. Ambos intentamos contener la risa y esperamos pacientemente hasta que la lavadora se pone en marcha y escuchamos de nuevo la puerta abrirse y cerrarse después. Él pone un dedo en mis labios, pidiéndome silencio y saca un poco la cabeza. Cuando vuelve a mirarme, veo que su expresión se relaja levemente.

—¿Quién cojones pone una lavadora el día de Nochebuena por la noche? —me pregunta divertido mientras yo río a carcajadas y, mirando al techo, continúa—: Es que parece hecho a propósito. ¡¿Acaso no podemos follar tranquilos?!

Cuando consigo calmar la risa, le acaricio la cara y, mirándole fijamente a los ojos y acercando mi boca a la suya, le confieso:

—Te quiero tanto que me asusta...

—¿De qué tienes miedo?

—De no saber qué hacer si un día no estás conmigo.

—Siempre estaré contigo —dice él hundiendo los dedos en mi pelo y besando mis labios mientras empieza a mover las caderas de nuevo—. Mientras tú quieras que esté.

Pocos segundos después, me invade uno de los orgasmos más intensos de mi vida. Quizá sea por la noche que es, la cual estoy compartiendo con mi familia y con él. Quizá sea por la excitación de haber estado a punto de ser descubiertos mientras hacíamos el amor. Incluso quizá sea por haber pronunciado las palabras mágicas, por haberle abierto mi corazón de par en par.

Dos fuertes embestidas después, Aaron se vacía en mi interior, emitiendo un sonido gutural, casi animal, y apoyando la frente en el hueco de mi hombro inmediatamente después. Resopla con fuerza por la boca, intentando recuperar el aliento mientras yo le acaricio el pelo de la nuca.

AARON

No sé siquiera el tiempo que llevo con la cara hundida en su hombro, abrazándola con fuerza, cuando escucho su voz.

—Creo que deberíamos plantearnos el ir a por esas botellas de vino, o bien volver a subir y mentir vilmente, diciendo que el paquistaní de mi barrio es el único con el suficiente espíritu navideño como para cerrar su tienda en Nochebuena.

—¿Y si nos encerramos aquí hasta mañana? Supongo que tus padres cuidarán de mi hijo y del perro...

—Por mucho que a mí me tiente la idea, no creo que les hiciera mucha gracia a los demás. Al fin y al cabo, la idea de mi madre y de mi hermana era conseguirnos un poco de tiempo a solas, no una noche entera.

—Espera... —digo dejándola de pie en el suelo mientras me subo los calzoncillos y los pantalones—. ¿Teníais todo esto planeado?

—Ellas, no yo. Tiraron todo el vino por el desagüe para que tú y yo saliéramos a por más. Y pobres, no quise hacerles un feo, después de todo lo que habían trabajado...

—O sea que lo has hecho por ellas —digo moviendo la cabeza haciendo ver que estoy molesto, pero sin poder reprimir una sonrisa.

Acerco mi cara a su cuello y le hago cosquillas con mi nariz mientras ella se retuerce entre mis brazos.

—Como si a ti no te hubiera parecido genial la idea... —dice al rato, poniéndose el vestido en su sitio hasta que, arrugando la frente, añade—: ¿Lo he soñado, o me has roto el tanga?

—Culpable —confieso levantando una mano en el aire.

—¿Y se supone que tengo que salir ahí fuera sin ropa interior?

—Me gusta la idea... —digo intentando agarrarla de nuevo de la cintura mientras ella se escurre hacia el pasillo y luego hacia la calle.

En cuanto salimos, se sube el cuello del abrigo y mira al cielo. Los copos de nieve caen sobre nosotros y se enganchan en su pelo rubio, justo antes de fundirse. Alguno se posa en su cara, antes de correr la misma suerte. Es una visión perfecta, que grabo en mi memoria para siempre.

—¿Qué miras? —me pregunta con una enorme sonrisa.

—A ti... —Me acerco a ella hasta acariciar su mejilla con mi mano—. Nunca me había sentido así, Liv. Tú... Me haces feliz.

—¿Sabes...? —dice mirándome de soslayo, con la cabeza agachada—. ¿Me prometes que si te cuento una cosa, no te reirás?

Abro los brazos y levanto los hombros, encogiendo la cabeza, dispuesto a escuchar lo que tenga que decirme.

—Nunca he soportado las películas románticas.

—Eh... Vale... Prometo no llevarte a ver ninguna.

—No —dice riendo—. Nunca las he soportado porque no me veía reflejada en las protagonistas. No sabía por qué de repente se sonrojaban cuando el protagonista las miraba. O por qué se ponían nerviosas cuando él las tocaba o cruzaban alguna palabra. O por qué, de repente, sonreían sin motivo aparente. Pero ahora sí lo sé y es por tu culpa.

—Lo... ¿Lo siento?

—No lo sientas, porque me encanta esta sensación —dice dando vueltas sobre sí misma, extendiendo los brazos y mirando al cielo, gritando—: ¡Estoy enamorada!

La estrecho entre mis brazos mientras ella se pone de puntillas para besar mis labios con delicadeza. Mientras nuestras bocas se tocan, nos miramos a los ojos con adoración. Estamos solos en toda la calle porque, además de ser un momento para estar sentados alrededor de una mesa, nadie en su sano juicio saldría con este tiempo.

Sin soltarnos de la mano, empezamos a caminar calle abajo, y lo hacemos sin prisa, como si estuviéramos paseando. La veo mirando nuestras manos entrelazadas y cuando llamo su atención y levanta la cabeza, veo sus ojos ilusionados. Sonrío agachando la cabeza y la atraigo hacia mí, estrechándola contra mi cuerpo mientras paso un brazo por encima de sus hombros.

—Me encanta poder pasear así, junto a ti —me dice.

—Cuando quieras repetir, solo tienes que decírmelo.

Pasa sus brazos alrededor de mi cuerpo y caminamos agarrados hasta que llegamos a la tienda que, tal y como creía Livy, está abierta.

—Si comparo el vino que voy a tener que beber con el que han tirado por el desagüe, me entra hasta urticaria —dice cuando caminamos de vuelta a su casa.

—En este caso, el fin justifica los medios, ¿no crees?

Me mira de reojo, con la cara tapada parcialmente por algunos mechones de pelo, intentando contener la sonrisa mordiéndose el labio inferior.

—Por cierto, llevo lo que queda de tu tanga en el bolsillo, ¿lo quieres? —le digo para intentar hacerla sonrojar.

—Quédatelo, como un recuerdo —me responde, dejándome con la boca abierta, justo antes de añadir—: Pero quiero que conste en acta que yo sí te he comprado las camisas que te debía...

LIVY

Mientras estoy metiendo la llave en la cerradura de la puerta de casa, Aaron se pega a mi espalda y posa sus labios en mi cuello, haciéndome cosquillas.

—Aaron, compórtate —digo mientras me remuevo nerviosa, sin poder dejar de sonreír.

En cuanto abro la puerta, él se separa un paso de mí y entramos disimulando todo lo posible. Nos quitamos las chaquetas y camino hacia la cocina para dejar las botellas en el mármol. Nos cuesta disimular la sonrisa, y mi madre y mi hermana no nos pierden de vista, mirándose entre ellas con complicidad.

—¿Dónde estabais?

Cuando escucho la voz de Lexy a nuestra espalda, se me congela la sonrisa.

—Hemos ido a comprar vino —le informo cuando me doy la vuelta.

—Pues habéis tardado mucho. La tienda está a solo dos manzanas.

—Está nevando y hemos ido despacio para no caernos. Tu madre no es que lleve unas botas de montaña, precisamente —interviene Aaron muy hábilmente, señalando mis zapatos de tacón.

La explicación parece convencer a Lexy, que se da la vuelta y se dirige al sofá.

—Gracias —le susurro al ponerme a su lado.

—De nada. Pero yo que tú me pondría un pañuelo en el cuello.

—¿Pañuelo? ¿Qué dices? —pregunto confundida.

Camino decidida hacia mi dormitorio y, en cuanto me miro al espejo, veo una marca visible en mi cuello. La rozo con los dedos, mirándola embelesada, hasta que mi hermana irrumpe en la habitación. Nos miramos la una a la otra durante unos segundos, hasta que ella se decide a hablar primero.

—Te iba a preguntar qué tal había ido, pero creo que ya sé la respuesta —dice mirando la marca de mi cuello.

Abro el cajón de mi ropa interior y empiezo a ponerme el tanga.

—¿Dónde está tu tanga? —me pregunta atónita.

—Lo que queda de él, en el bolsillo de su pantalón.

—Oh por Dios... ¡Qué perra suertuda!

La miro sacando la lengua mientras me anudo un pañuelo en el cuello para disimular la marca, y salimos de nuevo al salón ya que no le quiero dejar solo durante mucho tiempo. Justo en ese momento, mi madre está poniendo la bandeja con el pollo en una punta de la mesa.

—Ahora os iba a llamar para cenar. Lexy, cariño, avisa a tu hermano y a Chris.

Max aparece corriendo por el pasillo, con Bono pisándole los talones. Extiende una toalla en el suelo, al lado de su silla y le hace una seña al perro para que se estire a su lado. Este le obedece al instante, ante el asombro de Aaron. Cuando Lexy va a sentarse en su silla habitual, justo al lado de Max, este la aparta, negando con la cabeza. Luego agarra a Aaron de la mano y le conduce hasta la silla.

—¡Max! ¡Esta es mi silla! —se queja ella mientras Max sigue negando con la cabeza.

Aaron está confundido, sin saber qué hacer, porque no quiere molestar a ninguno de los dos. Me mira pidiéndome ayuda, así que decido intervenir.

—Lexy, cariño, siéntate en otro sitio. Deja que Aaron se siente al lado de Max.

—Ven, cariño —interviene mi madre para facilitar las cosas—, siéntate a mi lado.

—¡No! ¡Este es mi sitio!

—Lexy, no te comportes como una cría. Es solo una silla.

—No importa... Puedo sentarme en otro sitio... —dice Aaron, aunque Max no le suelta y le impide moverse.

—Lexy, haz el favor de sentarte al lado de la abuela —repito muy seria.

Me mantiene la mirada durante unos segundos, arrugando la boca, desafiándome, hasta que al final claudica y, muy indignada, se dirige hasta la silla que le he asignado y se deja caer en ella.

AARON

A pesar del incidente con Lexy, la velada está resultando muy amena, y la cena buenísima. Todos hemos acabado con nuestro plato, algunos como Chris, más de una vez. Incluso Bono ha dado su visto bueno al pollo, gracias a Max, que no ha parado de darle parte de su comida. Ahora, la madre de Livy lleva un rato haciendo una disertación acerca de las bondades de una planta llamada Aloe Vera, mientras su padre se queja de que, desde que la ha descubierto, todo lo soluciona con ella.

—Yo os lo advierto —dice él—. Ni se os ocurra comentar que os duele algo o tenéis alguna herida porque seguro que lleva un trozo de rama en el bolso.

—Tú ríete pero ¿cómo crees acaso que se te curó ese brote de herpes?

—¡Mamá, por favor! —se queja Bren—. Que estamos comiendo...

Chris y Scott, en cambio, parecen estar pasándoselo en grande, ya que ríen a carcajadas. Robert, siguiendo con su show, se acerca a Chris y le susurra:

—Vivo con el miedo de sufrir una diarrea... Imagínate que me mete la rama esa por el culo...

—¡Robert, por favor! —le recrimina la madre de Livy que, para cambiar de tema, le pregunta a Chris—. Cariño, ¿te ha gustado el pollo?

—Estaba buenísimo —contesta secándose las lágrimas que las carcajadas le han provocado.

—¿Tienes más hambre? Porque ha quedado para repetir.

—No, gracias. Estoy lleno. Pero si sobra y me puedo llevar a casa...

—Chris, tío, córtate un poco... —le digo.

—¿Tú sabes el tiempo que hace que no como algo casero? —me responde—. No te lo tomes a mal, pero lo más casero que me he llevado a la boca últimamente son tus espaguetis con tomate...

—No me digas más —le dice Livy—. Te llevas lo que sobre y ya me encargaré yo de que comas comida casera en condiciones más a menudo.

—¡No sé cómo tomarme eso! —digo mirando a Livy, haciéndome el ofendido—. ¿Tan poca fe tienes en mi comida casera?

—¿La verdad? Sí, tengo muy poca fe en tus dotes culinarias en general —me responde ella—. Pero tranquilo, porque sé que tienes otras virtudes.

Livy y yo nos miramos con complicidad, sonriendo de oreja a oreja. Me siento muy cómodo en este ambiente, cenando como si fuéramos una familia, y Livy parece sentirse igual. Lexy, en cambio, nos mira con rabia.

—¿Tu madre no cocina? —le pregunta a Chris de repente, dejándonos a todos con la boca abierta.

—Lo hacía —responde él con naturalidad—, y muy bien, por cierto.

—¿Por qué ya no cocina? ¿Por qué no vives con ella? ¿Dónde está?

—Lexy... —la reprende Liv, pero Chris enseguida responde con total naturalidad.

—Porque murió.

Aunque Chris parece poder hablar de ello con normalidad, yo siento una punzada en el corazón cada vez que habla de Cassey. No puedo evitar sentirme algo culpable porque, aunque yo no tuviera nada que ver con su situación, si las cosas hubieran ido de otra manera, habría podido ayudar a hacerla más llevadera para todos.

—Olivia nos contó un poco tu historia. Déjame decirte que fuiste muy valiente —le dice el padre de Livy.

—Sí, bueno... Supongo que todo el mundo en mi situación hubiera hecho lo mismo...

—Debes de estar muy orgulloso de él —comenta entonces Diane, mirándome a mí.

—Mucho... —contesto mirando a Chris—. No creo que pueda perdonarme nunca que permitiera que pasara por ello solo.

—No sabías nada —comenta Chris encogiéndose de hombros.

—¿De qué murió? —pregunta Lexy de forma directa.

—De cáncer.

—¿Hace cuánto?

—Unos meses.

—¿Cuántos años tenía?

—Lexy... —vuelve a llamarle Livy la atención.

—No importa —dice Chris sonriendo—. Tenía treinta y cinco.

—¿Y la cuidaste tú solo?

—Sí.

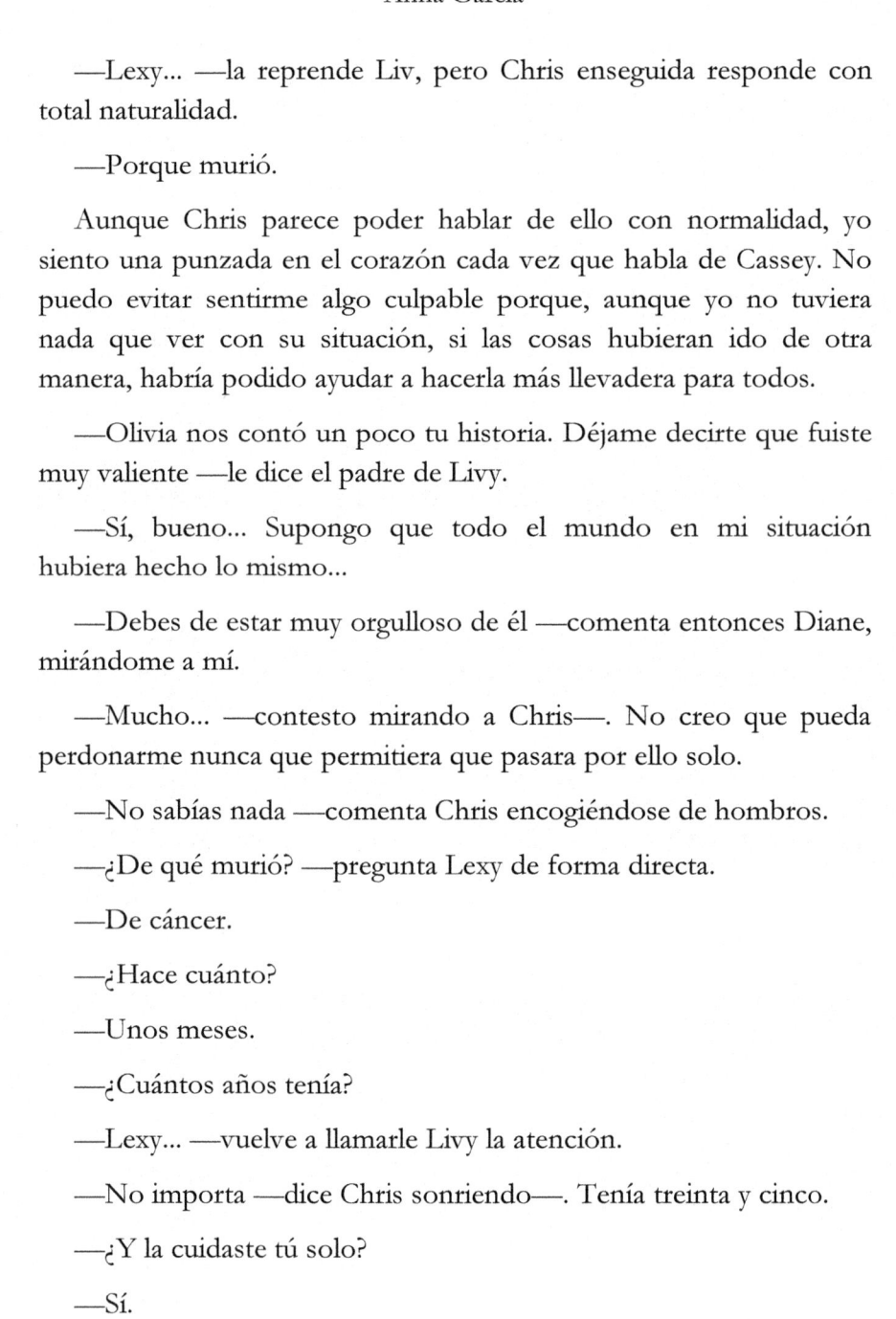

Lexy gira la cabeza hacia mí y me lanza una mirada fría y calculadora.

—¿Dónde estabas tú? ¿Dejaste que pasara por todo él solo?

—¡Lexy! —le grita Livy.

—Yo... —empiezo a decir.

—Mi padre y mi madre nunca estuvieron juntos —me corta rápidamente Chris.

—¿Os abandonó?

—No. Mi madre decidió ser madre soltera.

—¡Lexy! ¡Basta ya! —grita Livy—. ¡Te estás pasando!

—¿Por qué? ¿Por querer conocer la historia del tío que quieres que ocupe el lugar de papá?

—¡A tu cuarto! —le vuelve a gritar Livy.

—Yo no... Yo no intento ocupar el lugar de nadie, Lexy... —digo cuando veo que la niña se levanta y camina hacia su habitación.

Me fijo en Max y veo que me mira con los ojos y la boca muy abiertos. Miro a Livy, que se coge la cabeza con ambas manos, totalmente abatida. Giro la cabeza hacia Brenda y su marido, que salta a la vista que están muy incómodos, mientras los padres de Livy miran a Chris como con pena. Cansado de todo ello, chasqueo la lengua y mirando a Liv, empiezo a levantarme de la mesa.

—Escucha, esto no ha sido una buena idea. Tenías razón, no están preparados...

—Aaron, no... —dice ella poniéndose en pie, pero la corto levantando las palmas de las manos entre los dos, como si con ellas estuviera creando un escudo.

—Ellos son lo primero, y en eso estamos los dos de acuerdo. Siento haberte forzado a llegar a esta situación.

Veo las lágrimas rodar por sus mejillas, pero cuando voy a acercarme a ella, Max se agarra de mis piernas, llorando desconsoladamente mientras niega con la cabeza. Me agacho a su altura y acaricio la venda que le cubre parte de la cabeza.

—No pasa nada, colega. Vendré a verte, y saldremos con Bono al parque, y merendaremos pastelitos de esos. Podemos ir juntos al cine, si quieres.

Él me mira fijamente los labios, interpretando cada uno de sus movimientos, pero nada de lo que digo sirve para consolarle ya que sigue llorando y aferrándose a mi camisa. Entonces, sin previo aviso, se suelta y corre hacia el pasillo. Al rato escuchamos sus gritos y a Lexy pidiéndole que pare. Todos corremos hacia el dormitorio lo más rápido que podemos y en cuanto entramos, vemos que Max grita y tira al suelo todo lo que encuentra, intentando demostrar su frustración.

—¡Max, cariño! —grita Liv.

De repente, agarra una de esas bolas decorativas con nieve dentro del escritorio de su hermana y lo levanta como si se lo fuera a tirar. Corro hacia él y justo cuando lo iba a lanzar, se lo quito de las manos, dejándolo de nuevo en la mesa y le abrazo contra mi pecho.

—Tranquilo, Max. Relájate. Respira.

Todo el mundo nos rodea, intentando calmar al crío, pero entonces levanto la cabeza y veo a Lexy llorar, completamente sola, sentada en su cama. Ella me mira a los ojos, y veo el miedo reflejado en ellos, siendo consciente de su fragilidad e inseguridad. Al fin y al cabo es solo una niña confundida que se siente muy sola. Entonces veo que Chris se le acerca y, sentándose a su lado, la estrecha entre sus brazos con fuerza.

LIVY

Estoy en la cocina, guardando las sobras del pollo en un envase de plástico para que Chris y Aaron se lo lleven. Scott y mi padre están sentados frente al televisor mientras mi madre y mi hermana están plantadas a mi lado, mirándome preocupadas mientras las lágrimas corren por mis mejillas.

—Liv... —empieza a decir mi hermana, pero yo niego con la cabeza levantando una mano para hacerla callar.

—Esto no puede seguir así —dice entonces mi madre—. Sabes que adoro a mi nieta, pero Lexy se está comportando como una niña malcriada. Tiene que entender que tienes todo el derecho de rehacer tu vida y que eres tú quien elige a esa persona.

—Es todo demasiado complicado...

Camino hacia el pasillo para ver cómo le va a Aaron con Max. La puerta de su habitación está medio cerrada, pero me apoyo en el marco y ladeo la cabeza para ver qué pasa dentro. Veo a Aaron, sentado en la cama de Max, con la espalda apoyada en el respaldo, sosteniéndole en brazos mientras le acaricia la cabeza. Justo en ese momento, Chris sale de la habitación de Lexy y al verme, tras cerrar la puerta sin hacer ruido y darse la vuelta, me saluda con la mano. Se pone a mi lado y mira también por el hueco de la puerta.

—¿Estás mejor? —le pregunta Aaron a Max en ese momento, levantándole la cara para que pueda leerle los labios.

Max, con los ojos rojos y la cara mojada por sus lágrimas, asiente con la cabeza.

—Te prometo que no me voy a alejar de ti. Aprendí la lección y casi pierdo a Chris... Eso no me pasará contigo. Siempre estaré ahí para ti, y seremos siempre amigos, ¿vale?

Max sorbe por la nariz, agarrando con fuerza la tela de la camisa de Aaron mientras vuelve a apoyar la cabeza en su pecho.

—No te voy a perder —dice Aaron apoyando los labios en la cabeza de Max.

En el pasillo, Chris agacha la cabeza y empieza a caminar hacia el salón. Al rato, veo que Aaron tapa a Max con una manta y con sumo cuidado para que no se despierte, le tumba sobre su cama. Cuando sale de la habitación y me ve en el pasillo, aprieta los labios haciendo una mueca y agacha la cabeza. Le agarro de la mano y le acompaño hacia fuera. En cuanto ve a Chris apoyado contra el mármol de la cocina, se acerca a él y le abraza durante un buen rato. Cuando se separan, Chris nos mira a ambos.

—Lo siento mucho —dice agachando la cabeza.

—Tú no tienes la culpa de nada, Chris. Soy yo la que te tengo que pedir disculpas por el comportamiento de Lexy —le contesto yo.

—No pasa nada. Está confundida y cabreada. Supongo que si hace unos meses me hubiera encontrado en su situación, me habría comportado bastante peor que ella. Ella solo quiere estar con su padre y no entiende por qué tú no.

Resoplo mientras me peino el pelo hacia atrás con las manos.

—Nos... Nos tenemos que ir, Chris. Coge tu abrigo.

Aaron se aleja y, dándonos la espalda, se empieza a poner la chaqueta. Le observo con el corazón encogido porque no quiero que se vaya. Se queda quieto y se da la vuelta pasados unos segundos, llevando un sobre en la mano. Se lo piensa durante un rato y luego lo vuelve a guardar. Cuando se da la vuelta, camina con decisión hacia mí y, cogiéndome de la mano, me lleva a un aparte.

—Escucha, no quiero que pienses que me había olvidado de ti.

—Aaron, no...

—No me lo pongas más difícil —me hace callar poniéndome una mano en los labios—. Te había traído tu regalo de Navidad, pero ahora mismo no tiene mucho sentido dártelo porque era algo para disfrutar juntos...

—Esto suena a despedida y no tiene por qué acabar así...

—Pero tiene que acabar. Lo hemos intentado, Liv, pero no puedo forzar a Lexy a que me acepte. Está en su derecho de no hacerlo y nunca se me ocurriría ponerte entre la espada y la pared.

—No...

Le observo con los ojos totalmente bañados en lágrimas, sollozando en silencio, totalmente rota por el dolor. Sus dedos secan algunas de mis lágrimas, pero enseguida se separa de mí y se empieza a despedir uno a uno de todos.

—Chris, nos vamos.

Me acerco a la cocina, secándome la cara rápidamente, y cogiendo la bolsa con la comida, me acerco a Chris.

—Te he guardado la comida aquí dentro...

Chris no me da opción a seguir hablando, porque enseguida me abraza y me vuelvo a derrumbar.

—No llores, por favor —susurra en mi oído—. Os voy a ayudar, lo prometo.

Me separo unos centímetros de él y, mientras le acaricio las mejillas con ambas manos, intentando sonreír al verle hacerlo a él, vuelvo a acercar la boca a su oreja y le hablo al oído.

—También te he metido aquí dentro el regalo de tu padre.

—Genial —me contesta con gesto ilusionado.

—Cuídale mucho, ¿vale? —le pido.

—Lo haré.

AARON

No he pegado ojo en toda la noche. Al final cansado de dar vueltas en la cama, decidí levantarme y desde entonces, estoy sentado en uno de los taburetes de la cocina, con una taza de café delante de mí, apoyando los codos en la barra mientras me aguanto la cabeza con las manos. Cierro los ojos y resoplo con fuerza cuando la voz de Chris me sobresalta.

—¿Papá?

Me doy la vuelta sin bajar del taburete y compruebo que ya ha encontrado la guitarra. Tiene una gran sonrisa en la cara y me mira fijamente, con los ojos llenos de lágrimas.

—Veo que has encontrado lo que te ha traído Santa...

—Es...

Se le corta la voz mientras mira su nueva guitarra, igual a la que él tenía y se vio obligado a vender para poder pagar los medicamentos de su madre. Entonces, de repente y aún incapaz de hablar, corre hacia mí y se me tira a los brazos.

—Gracias. Gracias. Gracias —repite al rato.

—Te lo mereces. ¿Es como la tuya?

Sin despegar la cara de mi pecho, asiente con la cabeza durante unos segundos. Cuando parece recuperar la entereza, se separa de mí y, mirándome con una sonrisa, me dice:

—Yo también tengo algo para ti.

Arrugo la frente, agarrándole de los brazos, mientras le miro entornando los ojos.

—No te preocupes, no lo he robado —me aclara.

—¿Te das cuenta de que decir eso no dice mucho de ti?

—Soy plenamente consciente de mis antecedentes y, aunque estoy trabajando para remediarlo, sé que es difícil quitarse la mala fama de encima... Pero esta vez es verdad. ¡Te lo juro! —grita mientras corre hacia su cuarto.

Cuando vuelve, me tiende un paquete y me mira ilusionado, mordiéndose el labio inferior, sin quitarme los ojos de encima.

—No tenías que haberme comprado nada... —le digo.

—No lo he comprado.

—No lo has comprado, ni robado... Ahora sí que me tienes intrigado.

—¡Venga! ¡Ábrelo! —me apremia.

Sonrío mientras rasgo el papel de envolver y saco una camiseta de los Mustangs, el equipo de baseball de Montauk en el que ambos jugamos.

—¡Vaya! ¡Qué pasada! Una camiseta de los Mustangs —digo cogiéndola entre mis manos como un tesoro.

—No es una camiseta cualquiera, es la tuya —dice dándole la vuelta.

Me quedo con la boca abierta al ver mi apellido cosido en la parte de atrás de la camiseta. Miro a Chris entornando los ojos, intentando buscar las palabras adecuadas para darle las gracias, aunque es él el que se adelanta.

—La tenían guardada en una caja del vestuario, junto a otras más. El entrenador siempre quiso que me la llevara a casa —dice agachando la cabeza mientras sigue tocando la tela con los dedos—. Pero yo nunca quise hacerlo... Hasta ahora. Pensé que podrías, no sé, quizá enmarcarla o algo así...

—Me encanta, Chris —digo empezando a notar cierto escozor en los ojos, así que enseguida intento bromear—. Creo que la última vez que me la puse, tendría más o menos tu edad, así que tendré que enmarcarla porque lo que es ponérmela...

—Entonces, ¿me la puedo poner yo? —me pregunta ilusionado.

—¿Quieres...? —empiezo a preguntar, muy sorprendido, aunque al ver su cara, digo—: Claro. Quédatela si quieres.

—No, es tu regalo —me dice con la camiseta ya puesta, abriéndose de brazos para que se la vea puesta, mirándome como si me pidiera la aprobación.

—Para mí, que te la quieras poner ya es mi regalo. Además, te queda perfecta.

—Guay... Pues entonces, me la quedo mientras me quepa y luego la enmarcamos, ¿vale?

—Trato hecho, Taylor —le digo señalándole la camiseta, aún sin poderme creer que quiera llevar mi apellido en su espalda.

Chris sonríe, rascándose la nuca con timidez, achinando los ojos y haciendo aparecer un par de hoyuelos en las mejillas.

—¿Y cuando me vas a tocar algo?

—Cuando quieras. Deja que practique un poco, que llevo unos meses sin tocar.

—Te tomo la palabra.

—Oye... voy a ir a casa de Jill a llevarle una cosa... ¿No te importa, no?

—Claro que no —contesto sonriendo.

—¿Al final no le diste el regalo a Livy?

—No tenía mucho sentido regalarle una noche de hotel para los dos solos cuando está claro que no podemos estar juntos, ¿no?

CAPÍTULO 16
Cuando la sorpresa se transformó en desilusión

LIVY

Son las ocho de la mañana, y Max y Lexy aún duermen. Yo, en cambio, me he pasado toda la noche en vela, llorando mientras daba vueltas en la cama. Así que hace poco más de media hora, decidí levantarme y me preparé un té. Llevo abrazando la taza con las manos desde entonces, sorbiendo los mocos por la nariz, con los ojos hinchados, recordando todas y cada una de las palabras que Aaron pronunció anoche.

Entonces empiezo a escuchar voces al otro lado de la puerta principal. Extrañada, levanto la cabeza y arrugo la frente mientras camino con paso lento, acercándome con sigilo hasta poder pegar la oreja a la madera.

—No mamá, no piques al timbre porque los niños deben de estar durmiendo. Espera que la llamo al móvil —oigo la voz de mi hermana.

Abro la puerta de repente y me las quedo mirando fijamente.

—¿Se puede saber qué narices estáis haciendo en mi puerta a estas horas de la mañana?

—¡Te hemos traído el desayuno! —dice mi madre con una sonrisa en la cara, levantando una bolsa marrón mientras mi hermana asiente con la cabeza, mostrando una bandeja con tres vasos de café.

—¿Estáis de broma, no? —les pregunto.

Las dos se miran y, sin hacer ningún caso a mi pregunta, me obligan a moverme a un lado y entran en mi casa, dejando el desayuno encima de la mesa de la cocina.

—¿Al marcharos os fuisteis de fiesta y habéis decidido acabar la noche en mi casa para desayunar? De lo contrario, no se me ocurre otra explicación para que aparezcáis por aquí a estas horas...

—Hemos venido para ver cómo estabas —confiesa finalmente mi hermana.

—Estamos preocupadas por ti, cariño —añade mi madre.

—Estoy bien.

—Es verdad. Mamá, no sé cómo no nos hemos dado cuenta de que Liv está perfectamente. Quizá sus ojeras nos hayan confundido, ¿o serán sus ojos hinchados? No, espera —dice Bren girando la cabeza ahora hacia mí—, quizá sea por el hecho de que los extras de The Walking Dead tienen mejor cara que tú.

Mi madre nos escucha mientras saca los churros y los pone en un plato. En cuanto los veo, se me empieza a revolver el estómago. Quizá sea producto de mi malestar, o puede que algo me sentara mal ayer, pero aunque me siento en una de las sillas, el malestar no desaparece.

—¿Estás bien? —me pregunta mi madre apoyando su mano en mi brazo—. Estás pálida.

Bren me acerca un par de churros en una servilleta. Al tenerlos tan cerca, su aroma me invade, y es el detonante que necesitaba para salir disparada hacia el baño. Llego justo a tiempo de levantar la tapa y arrodillarme frente al váter, antes de vomitar todo el contenido de mi estómago.

—Livy... ¿Estás bien? —me pregunta mi hermana, asomándose por la puerta.

Al rato me levanto, no sin esfuerzo y, apoyándome en el lavamanos, abro el grifo y me miro en el espejo, justo antes de mojarme la cara. Me seco con una toalla y camino hacia la cocina hasta dejarme caer de nuevo en una de las sillas. Con una mueca de asco, aparto los churros y el vaso humeante de café de mi vista, y mis manos vuelven a abrazar mi taza de té. Con algo de miedo, le doy un par de sorbos muy cortos y, cuando voy a apartar la taza de mi cara, mirando por encima de ella, me doy cuenta de que mi madre y mi hermana me miran fijamente, con la boca abierta.

—¿Qué? —les pregunto.

—Nada... —contesta mi madre esquivando mi mirada.

Bren la mira durante unos segundos, hasta que chasquea la lengua contrariada y de forma muy directa, me pregunta:

—Liv, ¿estás embarazada?

—¡¿Qué?! Definitivamente, estáis piradas.

—¿Y por qué vomitas?

—Para tu información, hermanita, no todas las mujeres que vomitan están embarazadas.

—A mí no me interesan las demás, me interesas tú. Mamá, ayúdame porque sé que estás pensando lo mismo que yo —le reprocha Bren—. Insisto, ¿hay alguna posibilidad de que estés embarazada?

—Te lo repito: no. Tomo la píldora y no me he olvidado ni una.

—¿Hace cuánto que no te viene la regla?

—Bren, por favor, no me toques las...

—No me has contestado —me corta ella.

Me quedo con la boca abierta, mirándola contrariada. Luego miro a mi madre, buscando algo de apoyo, pero la encuentro totalmente inmóvil, atenta a mi respuesta.

—¿Tú también, mamá? ¿Por quién me tomáis? ¿Por una adolescente inconsciente? ¡Por favor, que tomo la píldora!

—No pensamos que seas una inconsciente, cariño —interviene mi madre después de que Bren le eche una mirada de las suyas—, pero ayer tu hermana y yo comentábamos que parecías... diferente...

—¿Diferente? —les pregunto mientras intento averiguar por sus caras a qué se refieren—. ¿Diferente en qué sentido? ¿Feliz? Bueno, al menos lo era hasta ayer...

—No es eso... —balbucea de nuevo mi madre.

—A lo que íbamos, ¿fecha de tu última menstruación?

—¿Ahora quién eres, mi ginecóloga? —le pregunto, pero al ver su cara, chasqueo la lengua y me pongo a pensar—. El mes pasado me vino el día...

Palidezco al instante, al darme cuenta de que estamos en diciembre y no recuerdo haberla tenido desde poco después de llegar a la ciudad, a primeros de octubre.

—¿Livy...? —insiste mi madre al ver mi cara.

—Primeros de octubre... —digo con un hilo de voz, agachando la cabeza a la vez.

—¡¿Qué?! —gritan las dos a la vez.

—¡Bajad la voz! —les digo— ¡Que vais a despertar a los niños!

De repente, tras unos segundos previos de estupor, comenzamos a pelearnos en voz baja, gesticulando para darles a nuestras palabras todo el énfasis que nuestro tono de voz no nos permite.

—¡Pero eso son más de dos meses, Liv! —dice mi hermana—. Llama a tu ginecóloga, ¡ya!

—¡Mi ginecóloga está en Salem! No tengo ninguna aquí...

—Me cago en la madre que te parió... —se desespera Bren mientras empieza a buscar en su bolso.

—¡Brenda! ¡Modera esa lengua! —le reprocha mi madre—. Además, yo no tengo la culpa de que tu hermana haya salido a tu padre.

Mientras miro a mi madre levantando las cejas, pidiéndole explicaciones, mi hermana saca su teléfono móvil del bolso y después de trastearlo un rato, se lo lleva a la oreja.

—Wendy, ¿estás trabajando? Necesito un favor. Sí, feliz navidad para ti también...

Camina arriba y abajo del salón, hablando y mirando el reloj, mientras mi madre y yo la seguimos con la mirada.

—Gracias Wendy. Te debo una —dice delante de mí, colgando luego la llamada—. Tenéis hora a las once de la mañana.

—¿Perdona? —pregunto totalmente confundida.

—Wendy, una de las ginecólogas de mi hospital, os ha hecho un hueco en urgencias a las once de hoy para hacerte una ecografía. De algo te tiene que servir tener una hermana enfermera, ¿no?

—Pero es Navidad... Los niños tienen que abrir sus regalos...

—Te da tiempo de sobra. Nosotras nos quedamos con ellos.

—Ah, ¿es que vosotras no venís conmigo? —pregunto asustada—. Como hablabas en plural cuando decías que teníamos hora...

—Claro, pero me refería a ti y a Aaron —me contesta Bren sin siquiera pestañear—. Porque supongo que si estás embarazada, debe de ser de él, ¿no?

—¡Por supuesto que es de él! ¡¿Por quién me tomas?! O sería... ¡¿Cómo narices quieres que le llame después de como acabamos ayer?! ¡¿Qué quieres que le diga?! Aaron, feliz navidad. Tengo un regalo para ti: una visita al ginecólogo porque puede que esté embarazada!

—Bueno, no uses esas palabras, pero básicamente, sí, eso es lo que deberías decirle.

AARON

No hay prácticamente nadie en Central Park. Lógico, teniendo en cuenta que es el día de Navidad y que nadie en su sano juicio saldría a pasear nevando. Mucho menos a correr, como estoy haciendo yo, acompañado de Bono. La música del móvil retumbando a través de mis cascos, salpicada de vez en cuanto por la voz de robot del programa de correr que me va informando de los kilómetros y del ritmo que llevo, me están ayudando a dejar de pensar en Livy. Algo que no he podido hacer desde que salí anoche de su apartamento.

Entonces, la música se para y escucho el sonido de mi tono de llamada a través de los auriculares. Saco el teléfono de la funda que llevo en mi brazo y lo pego a mi oreja.

—¡¿Diga?! —digo resoplando mientras aminoro un poco el ritmo.

—¿Aaron?

En cuanto escucho su voz, me freno de golpe. Intento recuperar el aliento a marchas forzadas, pero debo de tardar algo más de lo que a mí me parece, porque enseguida ella insiste.

—¿Me oyes? ¿Sigues ahí?

—¡Sí, sí!

—¿Estás bien?

—¡Sí! —resoplo de nuevo con fuerza.

—¿Qué haces?

—Correr.

—Es Navidad, Aaron.

—¿Y?

—Es igual, déjalo.

No entrabas en mis planes

Sin tiempo a contestar nada, ella cuelga la llamada. Me separo el teléfono de la oreja y miro la pantalla, aún sin saber qué ha pasado en realidad. Levanto la cabeza, arrugando la frente, totalmente confundido. Miro a Bono, que se ha sentado a mi lado, con la lengua fuera, esperando ansioso a que emprenda de nuevo la carrera para salir corriendo a mi lado. Entonces se estira encima de la nieve, como si supiera de antemano que la cosa va para largo, así que la llamo.

—¿Qué? —responde después de varios tonos.

—Eso mismo te iba a preguntar yo... ¿Por qué me cuelgas?

—Porque no te veía muy predispuesto a hablar.

—Bueno, me has pillado corriendo, estaba recuperando el aliento...

—Por eso, que mejor no te molesto.

—¡Livy, espera! ¡No me cuelgues!

Los dos nos quedamos callados, escuchando nuestra propia respiración. Al rato, después de dar varias vueltas sobre mí mismo, decido adoptar un tono mucho más conciliador.

—Ya he parado y me he recuperado. No me molestas... —digo, escuchando su respiración y suspiros, hasta que al rato vuelvo a hablar—. ¿Estás bien?

—No...

Contesta sin rodeos, poniéndose a llorar al instante.

—Livy, por favor, no me asustes... ¿Es por lo de ayer? Pensaba que estábamos los dos de acuerdo en que si nuestra relación afectaba de algún modo a nuestros hijos, no seguiríamos adelante...

Mientras hablo, escucho sus sollozos y me pongo cada vez más nervioso. Me remuevo incómodo, sin saber bien qué hacer. Bono me ve y se incorpora de golpe.

—Escucha, Livy. Nunca antes me había sentido así por nadie, y te quiero, más de lo que te puedas llegar a imaginar. Pero me pongo en tu piel y yo no querría ver sufrir a mi hijo por culpa de nuestra relación. No soportaría verme en la situación de tener que elegir, porque aunque los dos sois lo más importante de mi vida, él es mi hijo y ahora que quiero realmente ser su padre, no me arriesgaría a perderle...

—Aaron, creo que estoy embarazada.

El teléfono se me resbala de la mano y cae en la nieve, pero yo estoy totalmente paralizado, incapaz siquiera de respirar, así que tardo un buen rato en reaccionar y agacharme. Cuando lo hago, me pongo de nuevo el móvil en la oreja y carraspeo varias veces para forzar a que me salga la voz.

—Pero... Pero me dijiste que te tomabas la píldora...

—Y así es. Y no me he olvidado de tomarme ninguna.

—Pues entonces no me cuadra... ¿Estás segura de que es mío?

Se forma un silencio incómodo entre los dos y justo cuando se me ocurre que quizá mis palabras no hayan sonado como yo quería, ella lo rompe.

—¡Gilipollas! —me grita colgando la llamada entre lágrimas.

—¡Livy! ¡Espera, Livy! ¡Mierda!

Desesperado, empiezo a caminar hacia la salida del parque, con Bono siguiéndome de cerca, volviéndola a llamar. Los tonos se suceden sin que ella descuelgue, pero yo insisto una y otra vez. Una vez fuera del parque empiezo a correr hacia su casa. Si no resbalo por el camino por culpa de la nieve, si me juego el pellejo y cruzo las calles sin importarme el color del semáforo, puede que en poco más de diez minutos esté allí.

LIVY

—¿Qué te ha dicho? —me pregunta mi hermana cuando salgo de nuevo al salón.

—¿En serio? —digo—. ¿De verdad que mi cara no te da una pequeña idea de su respuesta?

—¡Será malnacido! —interviene mi madre, acercándose para abrazarme.

—¿Se ha desentendido? —me pregunta Bren—. ¿En serio?

—No... —Quiero aclararle las cosas, pero de repente me siento aún más agotada que esta mañana. Si pensaba que la noche había sido horrible y que no podía ir a peor, me equivocaba. Perderle ya ha sido duro, pero tener que enfrentarme a un posible embarazo sin él, será algo muy difícil de llevar.

—Aunque en el fondo, no sé de qué nos extrañamos... —continúa hablando Bren—. ¿Acaso no dejó a la madre de Chris tirada como una colilla cuando la dejó preñada?

—Eso no es justo, Bren... —digo casi sin fuerzas.

—Tú misma me lo contaste.

—Lo sé, pero no es lo mismo. Él no se ha desentendido, pero ha alucinado cuando se lo he dicho. Comprended que después de lo de anoche, cuando aún ambos nos estamos haciendo a la idea de que lo nuestro es imposible, la noticia de un embarazo no es la más apropiada.

En ese momento escuchamos un ruido en el pasillo y me recompongo a marchas forzadas. Me peino el pelo con las manos y mi madre me seca los restos de algunas lágrimas que aún quedan en mi cara. Ajeno a todo, Max aparece en el salón mirando alrededor, con los ojos muy abiertos.

—¡Feliz Navidad cariño! —digo agachándome a su altura.

Esboza una sonrisa forzada, con la desilusión reflejada en su rostro. Me incorporo y miro a mi madre y a mi hermana, que me devuelven un gesto comprensivo. Le agarro de la mano y con la voz más alegre que puedo poner, le intento animar.

—¡Vamos a ver qué te ha traído Santa Claus! ¡Mira, está lleno de regalos! Vamos a ver qué pone aquí... ¡Max! ¡Pone tu nombre, así que debe de ser para ti!

Le pongo el regalo en el regazo y él lo empieza a desenvolver. Cuando ve el camión de bomberos con luces, su cara se ilumina levemente y yo respiro algo más tranquila. Al momento, mi madre y mi hermana se acercan para echarme un cable y Max acaba desenvolviendo todos los regalos en los que pone su nombre. Su ánimo mejora algo más, aunque sé que lo sucedido anoche sigue pesándole.

—¿Quieres que te acompañe al hospital? —me pregunta mi hermana disimuladamente.

—Te lo agradecería —le contesto mirando el reloj—. Voy a vestirme.

Tan solo quince minutos después, con Lexy aún durmiendo y tras convencer a Max de que se queda con su abuela y de que volveré lo antes posible, Bren y yo salimos a la calle. En cuanto el aire helado nos toca la cara, nos subimos el cuello de las chaquetas y empezamos a caminar calle abajo, hacia la estación de metro más cercana.

—¿Qué harás si estás embarazada? —me pregunta.

—La verdad es que no paro de hacerme esa misma pregunta desde hace un buen rato.

—¿Y?

—Y... no lo sé. No es, ni por asomo, el mejor momento.

—Pero... —añade mi hermana, que me conoce lo suficiente como para saber que, si llevo toda la mañana dándole vueltas al tema, es porque no tengo nada clara mi decisión.

—Pero... no lo sé tampoco.

Bren me agarra del brazo de forma cariñosa y yo apoyo la cabeza en su hombro.

—¡Livy! ¡Livy, espera! —oigo su voz cuando estamos a punto de bajar las escaleras de la boca del metro.

Nos damos la vuelta y le veo correr hacia nosotras, con Bono pegado a sus piernas. Cuando llega a nuestra altura, respirando de forma atropellada, nos mira fijamente.

—¿Qué quieres, Aaron? —le digo finalmente, cansada de esperar a que abra la boca—. Tenemos algo de prisa.

—¿A dónde vais?

—Bren ha conseguido que me hagan un hueco para realizarme una ecografía en el hospital donde trabaja. Así que si no te importa... —digo tirando del brazo de mi hermana, mientras me doy la vuelta y empezamos a bajar las escaleras.

—¡Espera! ¡Quiero ir contigo!

Me doy la vuelta lentamente, mientras él baja las escaleras y Bren se separa de mí unos pasos. Cuando vuelvo a tenerle delante, soy incapaz de aguantarle la mirada porque los ojos me empiezan a escocer, señal de que las lágrimas están a punto de volver a asomar. Disimulo colocándome varios mechones de pelo detrás de las orejas, justo antes de fijarme en Bono.

—No puedes venir con Bono.

Él se da la vuelta, como si acabara de caer en el hecho de que Bono está con él.

—Puedo llevármelo yo a tu casa —me dice mi hermana—. Y luego lo recogéis... Max seguro que estará encantado...

Aaron me vuelve a mirar, como preguntándome si la solución de Bren me parece bien, así que al cabo de un rato, miro a mi hermana y le pregunto:

—¿Segura? ¿No te importa?

—No, para nada. Supongo que este bicho me hará caso, ¿no? Al menos hasta llegar al apartamento... A partir de ahí, estoy segura de que Max se hará cargo de él.

—¡Sí! —asegura Aaron, acercándose a mi hermana—. Es un perro muy obediente. Bono, ve con ella.

Al instante, el perro se acerca a mi hermana y se sienta a su lado. Ojalá Lexy me obedeciera la mitad que ese animal a Aaron, me descubro pensando, justo antes de ver cómo mi hermana se va con Bono y él aparece a mi lado.

—¿Vamos? —dice haciéndome una seña con la mano.

El trayecto en metro lo realizamos en el más absoluto silencio, intentando incluso no mirarnos a los ojos. De todos modos, de reojo veo cómo sus ojos se desvían hacia mi vientre en repetidas ocasiones. Me dan ganas de abrirme el abrigo, subirme el jersey y enseñarle mi, por ahora, estómago plano. Arrugo la frente y me muerdo el labio inferior, pensando: ¿qué quiere decir "por ahora"?

AARON

A pesar de ser Navidad, parece que los turistas ya se han despertado y el vagón va abarrotado. Al entrar, estoy a punto de pedirles a unos chicos que le cedan el asiento a Livy, pero al ver que ella se apoya en una de las paredes, decido ponerme delante e intentar protegerla de cualquier golpe.

No puedo apartar los ojos de su vientre. Debe de estar de muy poco, porque no le he notado nada, y ahora, mirándola, tampoco nadie podría adivinar que está embarazada. Sé que en el caso de estarlo, ese bebé es mío, pero lo que no consigo entender es cómo ha podido pasar tomando la pastilla anticonceptiva. Levanto la vista y sé que me ha pillado. Miro hacia el lado contrario y carraspeo para disimular. En ese momento, el vagón hace un movimiento brusco y por instinto, la protejo con mi cuerpo mientras apoyo una mano en la pared del vagón y pongo la otra en su barriga. Es solo una corta sacudida, que pasa muy rápido, pero por alguna razón me quedo inmóvil. Ambos miramos mi mano, aún posada en su vientre, y cuando nos miramos a los ojos, la aparto rápidamente.

—Lo... Lo siento —balbuceo.

Afortunadamente, llegamos enseguida a nuestra parada y salimos al exterior. Mientras camino, el aire fresco golpea mi cara y consigo recobrar algo de mi sentido común. Ese bebé es una mala idea ahora mismo, supongo... Espero que ella tenga las ideas más claras que yo.

—Soy Olivia Morgan. Tengo una cita a las once con la doctora Wendy Roberts... —dice Livy a la recepcionista.

—Sí, claro. Segunda planta, sala de espera B. Allí la llamarán.

Caminamos por el pasillo y me detengo frente a los ascensores, pero ella sigue caminando hasta empezar a subir por las escaleras.

—¿Qué haces? —digo cuando me sitúo a su lado.

—Subir... —me responde mirándome con una ceja levantada, descolocada por mi pregunta.

—¿Estás segura de que puedes hacer este tipo de esfuerzos?

—¿Subir hasta la segunda planta? Creo que lo soportaré...

Nos sentamos en la sala de espera que nos ha indicado la recepcionista. Estamos en la planta de maternidad, eso está claro, ya que estamos rodeados de pósters de bebés rechonchos y otros menos agradables... Me llama la atención uno en particular, uno que no puedo dejar de mirar, donde la cabeza de un recién nacido asoma por la entrepierna de su madre. Se me está revolviendo el estómago, justo cuando empezamos a escuchar unos gritos provenientes de una de las habitaciones a la izquierda de la sala de espera. Giro la cabeza en esa dirección, abriendo los ojos como platos, justo cuando una doctora aparece en la sala.

—¿Eres Livy? —dice plantándose frente a nosotros, tendiéndole su mano—. Soy Wendy.

—Hola. Gracias por hacerme un hueco... —le contesta Livy.

—Venid conmigo.

Nos sentamos frente a su escritorio y nos hace unas cuantas preguntas. A raíz de las respuestas de Livy, averiguo que el último periodo lo tuvo a primeros de octubre, poco después de mudarse a Nueva York. También averiguo que yo he sido el único con el que Livy se ha acostado, algo que ya sabía, pero que no negaré que me gusta oír.

—Ven. Pasa conmigo a la habitación de al lado. Puedes venir con nosotros, si quieres...

En cuando entramos, la doctora le tiende una bata a Livy, le dice que se desnude de cintura para abajo y le pide que se estire en la camilla. Mientras lo hace todo, yo permanezco inmóvil, aterrado de dar un paso en falso.

—Siéntate aquí si quieres...

La doctora señala un taburete con ruedas situado al lado de la camilla, donde me siento muy despacio. Luego coge un aparato alargado y después de ponerle un preservativo, lo embadurna con un líquido translúcido y se acerca a Livy. Aparto la mirada, muy incómodo, pero la miro a la cara para asegurarme de que está bien.

En cuanto la pantalla colgada frente a nosotros se enciende, los dos la miramos embelesados. No sé si Livy es capaz de ver algo claro, pero yo no. Giro la cabeza hacia un lado y hacia otro, pero aún así no puedo ver más allá de unas sombras.

—Te informo que entras dentro de ese pequeño porcentaje de mujeres que se queda embarazada aún tomando las pastillas anticonceptivas —dice la doctora sonriendo.

—¿No...? —Livy empieza a hablar, pero se ve obligada a carraspear para aclararse la voz—. ¿No debería escucharse el corazón?

—Debería... —confirma la doctora.

En ese momento, giro la cabeza hacia ambas y trago saliva varias veces. Livy sigue con vista fija en la pantalla, mientras la doctora mueve el aparato y mueve un cursor en la máquina de las ecografías.

—Livy... —dice después de varios minutos—. Me temo que se trata de un embarazo ectópico... Para que me entendáis, el feto debería de estar alojado en el útero, y no lo está. Está en la trompa de Falopio...

—¿Quieres decir que...? —Livy vuelve a quedarse sin voz y se aclara la garganta de nuevo—. ¿No estoy...? O sea sí, pero...

—No va a llegar a término. El feto no puede desarrollarse. Tenemos que provocarte un aborto, Livy...

No dejo de mirar la pantalla en ningún momento. A pesar de que la doctora ya ha sacado el aparato, la imagen sigue fija en el televisor, y yo estoy absorto en ella. Ahí estaba mi bebé, de hecho lo está, pero por alguna razón que se me escapa, no puede quedarse.

—Hoy en día, no hace falta intervención quirúrgica. Te pincharíamos metotrexato y abortarías por ti misma. Sin necesidad de hospitalización, ni cirugía, ni anestesia...

Me siento mareado y cierro los ojos. Mis oídos no procesan todos los sonidos, o no llegan a mi cerebro con claridad, porque oigo la conversación a trozos. Cuando los abro, la pantalla está apagada, pero yo no quiero perder de vista a mi bebé, así que giro la cabeza hacia el vientre de Livy. No puedo creer que esté ahí dentro y, esta vez que sí lo quiero, tenga que renunciar a él.

LIVY

—De acuerdo... Sí... Vale...

Respondo como una autómata, mientras mi cabeza repite una y otra vez que esto es lo mejor que podría pasarnos. Este bebé llegaba en el peor de los momentos y, como diría mi madre, la naturaleza es sabia. ¿Quiere decir eso que, inconscientemente, mi cuerpo ha provocado el aborto? Siento náuseas y la habitación me da vueltas.

—Livy, ¿estás bien? ¿Estás mareada? No te preocupes, es normal. Tómate el tiempo que necesites.

Wendy se quita los guantes y tira los restos de la inyección en una papelera. Luego se pone a escribir en un formulario. Giro la cabeza hacia Aaron, al que no he prestado atención desde que entramos. Sigue mirándome la barriga, con la mandíbula totalmente desencajada. Puedo apreciar varias gotas de sudor en su frente, y veo como su pecho sube y baja con rapidez.

—Yo tengo que seguir con las urgencias... —dice Wendy, tocándome el brazo de forma cariñosa—. No hay prisa. Cuando te sientas mejor, te vistes.

—Gracias.

—Tómate unos días de reposo. Luego, vida normal. No hace falta que te diga que esto no tiene porqué volver a pasar, así que no te preocupes, podrás volverte a quedar embarazada de nuevo.

—De acuerdo —contesto.

¿Embarazada de nuevo? me pregunto a mí misma. No creo que sea una buena idea...

—No sé si este bebé entraba en vuestros planes, pero de todos modos, lo siento mucho —dice justo antes de salir por la puerta.

¿Entrar en nuestros planes? ¿Este bebé? Ni siquiera esta relación entraba en nuestros planes...

Varios minutos de silencio incómodo después, resoplo y me incorporo lentamente. Apoyo los pies en el suelo y, tras comprobar que no me mareo, me dirijo al pequeño cuarto para ponerme mi ropa de nuevo. Cuando acabo, sin decirle nada a Aaron, cojo el pequeño informe que Wendy ha hecho y salgo de la habitación y luego de la consulta. Cuando llego a los ascensores, mientras espero a que uno pare, él se pone a mi lado. Mantiene la cabeza agachada y realiza así todo el camino. A pocas paradas de metro de mi casa, cansada de verle mirar mi barriga, le doy un pequeño empujón con ambas manos y le grito:

—¡Quieres hacer el favor de dejar de mirarme la barriga!

Él me mira sorprendido, así como algunos de los pasajeros que nos acompañan en el vagón. Afortunadamente, esto es Nueva York, y enseguida dejamos de ser interesantes. Durante escasos segundos, me mira a los ojos, pero luego, como si una fuerza superior le forzara, vuelve a mirar hacia abajo. Desesperada, a pesar de que aún estoy a dos paradas de casa, en cuanto el convoy se detiene, aprieto el botón para abrir las puertas y me apeo a toda prisa. Camino con rapidez, subiendo las escaleras hacia la calle a un ritmo frenético. ¿No tengo que abortar? ¿Qué mejor forma que subiendo escaleras?

—¡Livy, espera! —oigo que grita a mi espalda.

Cuando salgo a la superficie, me sitúo más rápido de lo que yo pensaba y enseguida emprendo el camino a casa. Camino tan deprisa que tarda unos metros en darme alcance.

—¿Qué entiendes tú por tomarte las cosas con calma? —me reprocha agarrándome del brazo.

—¿No tengo que perderlo? —digo mientras empiezo a caminar de nuevo, con él a mi lado, siguiéndome el ritmo—. Pues hago todo lo posible por que sea cuanto antes. ¿No es eso lo que todos queréis?

—No te entiendo...

—¡No te hagas el tonto! ¡A ti este aborto te viene de maravilla!

—¿A ti no? —pregunta atónito—. Es decir, ¿tú...? ¿Querías tener este bebé?

—¡No! ¡Sí! ¡Joder! ¡No lo sé! Seríamos unos padres horrorosos.

—¿En serio crees eso?

—¿Acaso tú no?

Me mira con los ojos muy abiertos, respirando de forma atropellada mientras aprieta la mandíbula con fuerza.

—Liv, estoy tan confuso como tú.

—¡Y una mierda! ¡Te has ahorrado un dinero!

—¿Perdona?

—Sí... Ya me han provocado el aborto. En unos días, ya no habrá feto. Y sin necesidad de que me des ni un duro para deshacerme de él. Te ha salido la jugada redonda.

AARON

La observo caminar con paso decidido, pero yo soy incapaz de moverme. Me acaba de romper el corazón y, aunque sé que lo que me ha soltado no es mentira, aún no puedo creer que piense que sería capaz de hacerlo de nuevo. Las cosas han cambiado mucho desde aquel día, hace algo más de quince años. No tengo la misma edad, no necesito huir de un pueblo que me estaba consumiendo, tengo el trabajo que siempre había soñado, una estabilidad económica que antes no tenía, soy mucho más maduro, he descubierto que soy padre y además me encanta serlo y, sobre todo, estoy enamorado. Enamorado de la única mujer que ha conseguido ocupar todos mis pensamientos, de la única que ha conseguido cambiarme. ¿Acaso no le he demostrado lo suficiente lo mucho que la quiero? ¿Acaso no ha visto todo lo que he cambiado por ella?

La sigo casi sin fuerzas, caminando como un autómata. Veo cómo entra en su portal y cómo se da la vuelta para mirarme y comprobar que me quedo allí, esperando a que me devuelvan a Bono. Apoyo la espalda contra la fachada del edificio y miro hacia el cielo. Sus palabras me han dejado completamente roto por dentro y no tengo fuerza siquiera para disimular mi tristeza. Aprieto la mandíbula con fuerza hasta que oigo unos pasos a mi espalda. En cuanto me giro, veo a Max corriendo hacia mí, acompañado de Bono. Parece muy contento y lleva un camión de bomberos en las manos.

—¡Hola! —le saludo agachándome a su altura—. Aquí fuera hace un poco de frío y no llevas chaqueta. Ven, vamos a sentarnos en las escaleras de la portería.

En cuanto me siento en las escaleras, él lo hace en mis piernas, de cara a mí. Veo que la hermana de Livy ha bajado también, para echarle un ojo a Max. Me saluda con la mano, sonriendo con dulzura. Yo le devuelvo el gesto, aunque mi sonrisa no es ni mucho menos sincera.

—¿Y este camión de bomberos tan chulo? —le pregunto a Max cuando me centro de nuevo en él—. ¿Te lo ha traído Santa Claus?

Max asiente con una enorme sonrisa dibujada en la cara. Parece que está mucho más animado que ayer.

—¿Te ha gustado que Bono haya venido a verte? ¿Sí?

Empieza a mover las manos, hablándome, e intento hacerme una idea de lo que me quiere decir, pero me cuesta seguirle.

—Dice que le ha encantado que Bono venga, pero que también quiere pasar tiempo contigo. Que le prometiste que no te alejarías de él.

Max nos observa mientras yo miro a Bren, escuchando sus palabras. Cuando giro la cabeza y me encuentro con sus ojos, siento como las lágrimas se agolpan en mis ojos. Deja el camión en uno de los escalones y coloca sus pequeñas manos en mis mejillas. Arruga la frente, quizá extrañado por mis lágrimas, que intenta secar con los dedos.

—Creo que me vendría bien un abrazo... —le digo—. ¿Me lo das?

Al instante, se acerca a mí y pasa sus brazos alrededor de mi cuello. Siento sus pequeños dedos en mi piel y su respiración en mi oreja. Es una sensación muy reconfortante, que no quiero que acabe nunca, así que le aprieto contra mi cuerpo, poniendo una mano en su espalda y la otra en la parte de atrás de su cabeza. Se me escapan varios sollozos a los que Max reacciona apretando la presión sobre mí.

—Gracias —le digo cuando le separo de mí—. Lo necesitaba.

—Max, cariño, deberíamos subir a casa... —dice Bren, que se ha mantenido en un segundo plano hasta ahora.

—Ve, vamos. Te prometo que nos volveremos a ver pronto, ¿vale?

Max se levanta y empieza a subir las escaleras, mirándome mientras me dice adiós con la mano. Yo hago lo mismo, hasta que veo que Bren se planta delante de mí y, dándole la espalda al crío, para que no pueda saber lo que hablamos, me dice:

—Gracias.

—¿Por...? ¿Por qué?

—Por haber hecho sonreír de nuevo a mi hermana. Hacía muchos años que no era tan feliz —sube los primeros escalones, pero se detiene y se da la vuelta para añadir—: Tampoco te alejes mucho de ella, ¿vale?

Cuando llego a casa, Chris aún no ha vuelto. Camino hacia la nevera, quitándome la chaqueta y tirándola en el sofá. Saco una cerveza, quito el tapón y le doy un largo sorbo. Me siento frente al televisor y cambio de canal hasta que encuentro una reposición de un partido.

Escucho un ruido y me sobresalto. Me parece que me he quedado dormido. La botella ha desaparecido de mi mano y tengo una manta sobre el cuerpo.

—Lo siento. No pretendía despertarte —se disculpa.

—No pasa nada... —digo desperezándome.

—¿Estás bien? No tienes buena cara.

Me encojo de hombros a modo de respuesta, y me acerco hasta sentarme en uno de los taburetes de la barra de la cocina. Al ver que no respondo, deja de mirarme y sigue sirviendo la comida en dos platos.

—¿Qué es esto? —digo mirando la comida.

—La madre de Jill quería que me quedara a comer. Cuando le he dicho que no porque no quería dejarte solo, insistió en que me llevara todo esto... Y ahí ya no pude decirle que no.

—¿Cómo lo haces? Eres como un embaucador que consigue que todo el mundo le dé comida...

—Creo que la palabra que buscas es gracias —dice moviendo las cejas arriba y abajo con rapidez.

Sonrío abiertamente hasta que la imagen de esa pantalla, en la consulta ginecológica, me viene a la mente. Entonces agacho la cabeza y aprieto la mandíbula con fuerza.

—¿Papá? ¿Estás bien? —me pregunta sentándose a mi lado, aunque colocándose de cara a mí.

Le miro durante un rato, con el pulso acelerado, resoplando con fuerza, hasta que me atrevo a decir:

—Livy está embarazada. Bueno, lo estaba. No, lo está, pero no lo estará.

—¿Emba...? No lo entiendo... ¿Va a abortar?

—Tiene que hacerlo... Le han puesto una inyección para que lo haga de forma natural. El embarazo va mal. No recuerdo la palabra exacta... Es algo así como que el feto no está donde debería estar...

—Lo siento... Espera... Lo... ¿Lo siento? O sea... ¿Queríais tenerlo? ¿Lo buscabais?

—No fue buscado. Liv toma la pastilla anticonceptiva. Y en cuanto a la otra pregunta, mi respuesta es no lo sé. Nunca me planteé tener un bebé con ella, pero una vez que estaba ahí... No sé, no me pareció tan mala idea...

—¿Y cómo está Livy?

—No lo sé. Asustada, confundida, descolocada, enfadada conmigo y, creo que triste.

—Los dos queríais ese bebé.

—Aunque fuera una locura, creo que sí.

Sin mediar palabra, se pone en pie y cogiéndome la cabeza, me estrecha entre sus brazos.

—Lo siento mucho, papá.

—Yo no la hubiera dejado sola —digo, agarrándome a su sudadera—. He cambiado, Chris.

—Lo sé, y seguro que ella también.

CAPÍTULO 17
Cuando el pasado nos acabó de separar

LIVY

Como el colegio aún no ha empezado, les pido a mis padres que se queden con los niños mientras yo estoy fuera. Ellos acceden encantados, sin hacer preguntas, hasta que al entrar en casa, me ven vestida con mi indumentaria habitual de trabajo, un traje compuesto de una falda, su chaqueta a juego y una camisa.

—Aún duermen —susurro cuando les abro la puerta y les dejo pasar.

—¿A dónde vas, cariño? —pregunta mi padre.

—¡No pensarás ir a trabajar! —interviene mi madre.

—¡Shhhh! Mamá, por favor —le reprocho su tono—. Pues claro que voy a ir a trabajar.

—Pero cariño, el médico te recomendó reposo.

—No puedo quedarme sentada... esperando. Necesito hacerlo, necesito ir a trabajar y pensar en otra cosa que no sea... Bueno, ya sabéis... —digo señalando mi barriga con las manos, pero sin tocarla.

—Prométeme al menos que te lo tomarás con calma —vuelve a insistir mi madre.

—Mamá, los que se descuelgan por fachadas de edificios y desactivan bombas, son mis hombres. Yo me limito a darles órdenes desde mi despacho.

—Sé por qué lo digo. Promételo.

—Lo prometo...

En cuanto salgo a la calle, me pongo mi gorro blanco de lana en la cabeza y subo el cuello del abrigo para resguardarme bien. Decido ir caminando a la central, cruzando el parque, ya que, a pesar de la nieve que se acumula en las zonas de césped, los operarios del ayuntamiento han despejado los caminos para que puedan ser transitables. Así, me encuentro con que no estoy sola ni mucho menos, y que varios corredores y ciclistas, para los que da igual que llueva o nieve, han salido a practicar deporte. Miro el reloj y compruebo que he salido muy temprano, de hecho, bastante más de lo habitual. Podría haberme quedado en casa y salir más tarde, pero necesito mantener la mente ocupada, algo que espero conseguir trabajando. Desde ayer, no paro de pensar en la vida que se estaba formando en mi interior. En ese bebé que no estaba planeado y que venía en el peor de los momentos. Ese bebé por el que, sin embargo, he llorado toda la noche pensando en que no le voy a poder estrechar entre mis brazos.

Un mar de dudas se creó en mi cabeza desde el mismo momento en que me di cuenta de que mis síntomas podrían ser motivados por estar embarazada. Pero por alguna razón que aún no logro entender, todas esas dudas se resolvieron en el preciso instante en que la doctora me dijo que tenía que abortar. De repente supe que sí quería ser madre de nuevo, cuando ya era algo tarde...

Estaba confusa, descolocada, asustada y sobre todo, cabreada. No con nadie en concreto, sino con el destino, que quiso arrebatarme a mi bebé cuando aún no me había hecho a la idea de que estaba ahí. Me dieron ganas de gritarle, pedirle o más bien suplicarle que sí quería tenerle, que sí quería ser madre, como si mis dudas iniciales hubieran sido las causantes del forzado aborto. Y como eso habría sido una locura hacerlo, me desahogué con Aaron. Le dije cosas totalmente injustas, palabras que nunca sentí y que no son ciertas. Supongo que para mitigar mi dolor, para hacerlo más llevadero, necesitaba pensar que alguien se alegraba de la noticia. Sin siquiera hablarlo con él, sin tener en cuenta su cara de desolación cuando la doctora nos dio la noticia o su dolor al escuchar mis duras palabras. Así que, si hace dos noches fue él el que puso algo de distancia entre nosotros, yo ayer la aumenté de forma exponencial.

Al menos, sé que estaremos un tiempo sin cruzarnos por la oficina, porque él se cogió algunos días libres, de la cantidad que aún tiene acumulados, para poder estar con Chris. Ese es otro motivo por el que me he decidido a ir a trabajar, porque sé con seguridad que no me lo voy a encontrar.

Estoy a punto de llegar al otro lado del parque cuando me fijo en un par de corredores que vienen en sentido contrario al mío, unos metros por delante de mí. Me llama la atención el vaho que sale de sus bocas, así como que, aunque de cintura para arriba van bien abrigados con forros polares y gorros de lana, de cintura para abajo solo llevan un pantalón corto. Solo verles me provoca un escalofrío, aunque cuando de verdad me quedo helada es cuando los tengo lo suficientemente cerca como para darme cuenta de que son Aaron y Chris. Se me acelera el pulso al instante, pero consigo reaccionar a tiempo y, caminando a paso ligero, salgo del camino y me adentro en la zona de césped, donde la nieve acumulada enseguida me cubre hasta los tobillos. Evidentemente, aunque esta mañana no me he puesto mis finos zapatos con tacón de diez centímetros, mis botas tampoco están pensadas para caminar a través de dos palmos de nieve.

—Mierda, mierda, mierda... —maldigo sintiendo el frío helado en los pies mientras doy rápidos vistazos hacia atrás, con la esperanza de que no me hayan visto.

Para mi desgracia, al dar el siguiente paso, el pie se me hunde hasta casi la rodilla y pierdo el equilibrio. Aunque durante la caída me he calado entera, e incluso tengo nieve por dentro de la ropa, yo no me preocupo tanto del frío como de pasar desapercibida cosa que, como puedo comprobar al mirar de reojo, no he conseguido. Los dos me ven y corren para socorrerme.

—¿Se encuentra bien? —dice Aaron ayudándome a levantarme.

—Deje que la ayudemos —añade Chris.

Entonces, cuando me levantan y nuestras caras se encuentran, los tres nos quedamos inmóviles y en silencio. Al mirarle a los ojos me doy cuenta de que yo tenía razón, verle no me hace ningún bien. Así que, con un enorme nudo en la garganta que me impide decir nada, ni siquiera darles las gracias por haberme ayudado a levantarme, empiezo a caminar de nuevo a través de la nieve, pero esta vez para intentar volver al camino.

—Livy, espera... —escucho la voz de Aaron detrás de mí.

A pesar de que sé que estoy cometiendo un error, empiezo a correr para alejarme de él.

—¡Livy! —dice agarrándome del brazo.

Resignada, me doy la vuelta y dejo que vea mi cara, totalmente bañada en lágrimas. Me mira entornando los ojos y con el ceño fruncido, mientras respira profundamente para recuperar el aliento. Tiene la cara muy roja debido en parte al esfuerzo, aunque también al frío. También me fijo en sus labios, algo cortados, los cuales se humedece con la lengua antes de hablar.

—¿Qué haces? —me pregunta haciendo el ademán de acercarse a mí, aunque al segundo se arrepiente y se queda en el sitio.

—Ir a trabajar —le respondo esquivando su mirada mientras me seco las lágrimas.

—¿A...? ¿A trabajar?

—¡Sí! ¿Acaso el frío te vuelve sordo? —contesto de forma borde, pensando que quizá mi actitud le mantenga alejado de mí.

—Pero la doctora... —se corta mirando al suelo, intentando encontrar las palabras indicadas para no empeorar mi estado de ánimo—. Ella te recomendó reposo... No deberías...

—Estoy perfectamente, hoy es laborable y alguien tiene que hacerse cargo de la unidad. El que está de vacaciones eres tú, no yo.

En ese momento, mi vista se desvía a Chris, que se mantiene expectante en un segundo plano, varios metros por detrás de su padre. No nos quita ojo de encima y veo como nos mira preocupado.

—¿Y...? —vuelve a hablar Aaron, haciendo que centre mi atención de nuevo en él—. ¿Y tienes que caminar a través de la nieve? No es que lleves un calzado muy apropiado que digamos... Además, no estás en condiciones de...

—¡¿No estoy en condiciones de qué, Aaron?!

—Ya sabes... —dice señalando sutilmente mi barriga con sus manos—. No deberías hacer tonterías.

—¿Por qué? ¡Dime por qué! ¡Dilo! —le grito totalmente fuera de mí.

Ladea la cabeza, dolido y muy confundido, pero no dice nada, así que empiezo a retroceder, alejándome de él sin dejar de mirarle a pesar de lo mucho que me duele hacerlo. Me doy la vuelta y camino a toda prisa hasta que salgo del parque y llego a la acera. Esta vez, para mi alivio, no me sigue. Las lágrimas casi no me dejan ver nada, pero sigo al mismo ritmo hasta que llego a la cafetería donde solíamos vernos cada mañana. Entro y antes de pedir, me dirijo al baño, donde paso algo más de quince minutos encerrada en uno de los cubículos, llorando sin parar.

AARON

Me he quedado totalmente inmóvil, incapaz de moverme, con la vista clavada en el lugar en el que he dejado de verla.

—¿Papá? ¿Estás bien? —me pregunta Chris, apoyando su mano en mi hombro, con cara de preocupación.

Soy incapaz de articular palabra, así que me limito a negar con la cabeza. ¿Por qué se comporta así conmigo? ¿Por qué no me deja ayudarla? ¿Por qué me hace sentir culpable, no solo de haberse quedado embarazada, sino también de haber tenido que abortar? ¿Por qué...?

—Vamos para casa —dice Chris tirando de mi brazo.

Como un autómata, empiezo a caminar sin prestar atención al camino, siguiendo a Chris. Lo hacemos en silencio, aunque él no me pierde de vista, observándome de reojo de vez en cuando. Cuando llegamos a casa, se quita el gorro y el forro polar, y se dirige a la cocina para encender la cafetera. Apoya las manos en la barra de la cocina y resopla, más por impotencia que por cansancio, supongo. Cuando levanta la cabeza y me ve estático en mitad del salón, camina hacia mí, me quita el gorro y me lleva hasta uno de los taburetes de la cocina.

—Toma —me dice poniendo frente a mí, una taza de humeante café—. Te vendrá bien.

Luego se sienta a mi lado y me mira, calentándose las manos, aprovechando el calor de la taza.

—¿Ella sabe que tú querías a ese bebé?

Tras varios segundos de vacilación, niego con la cabeza y, al ver que sigo callado, Chris no se rinde y vuelve a la carga.

—Papá, tienes que decírselo. Ella, por alguna razón, te culpa de haberlo perdido...

—¿Acaso eso cambiaría las cosas entre nosotros? —pregunto con la voz tomada por la emoción.

—¡Claro que sí! Vuestra relación puede irse a la mierda...

—Chris, nuestra relación ya se ha ido a la mierda.

—¡No! O sea... puede que sí... —dice mientras yo le miro con los ojos muy abiertos, asombrado por su apabullante sinceridad—. Pero no puedes permitir que se piense que eres un cretino, porque no es así.

—No sé si está enfadada conmigo por haberse quedado embarazada o por no estarlo...

—En cualquiera de los dos casos, no es culpa tuya, no es culpa de nadie...

Sopeso sus palabras durante un rato. Aprieto los labios hasta convertirlos en una fina línea. Sé que no tengo la culpa, pero no puedo soportar verla sufrir y no saber qué hacer para remediarlo.

—Papá, ve a hablar con ella.

—No quiere verme.

—¿Y ya está, entonces? ¿Te rindes? ¿Así de fácil? ¿Eso es lo mucho que estás dispuesto a luchar por ella? ¡Pues vaya mierda! —me dice.

—Pero...

—Escúchame —me corta—. Ve, aunque diga que no quiere verte y sé sincero con ella. Recuérdale que la quieres. Dile cómo te sientes ahora mismo. Confiésale que tú sí querías tener ese bebé con ella y que realmente sientes que lo hayáis perdido...

—¿Y me creerá? Ella se piensa que sigo siendo el mismo que hace quince años...

—Livy no siente todo lo que te ha dicho. Te ha recriminado cosas por despecho, pero no creo que las sienta realmente... Ella también te quiere, papá...

—No debería haber ido a trabajar... —susurro entre dientes, clavando la vista en mis manos, que agarran la taza de café con fuerza.

—Pues tú sabrás lo que tienes que hacer...

Giro la cabeza para mirarle y él se encoge de hombros, sonriendo mientras sus ojos se achinan. Realmente me he acostumbrado muy rápido a ver esa cara, hasta el punto de no querer que deje de sonreír nunca.

—¿No te importa? —le pregunto—. Cogí vacaciones para pasar tiempo contigo...

—No pasa nada. Lo primero es lo primero.

—Tú eres lo primero.

—Vale, pues lo segundo es lo segundo.

Me pongo en pie y le abrazo, apretando su cabeza contra mi pecho. Le revuelvo el pelo y le levanto la cara para que me mire a los ojos.

—¿Te las apañarás bien? —le pregunto.

—¿Lo dudas?

—Para nada.

LIVY

—¿Capitana Morgan?

Reconozco esa voz en cuanto la escucho. Levanto la cabeza lentamente y le veo en la puerta, agarrado al marco. Me pongo en pie de golpe y retrocedo unos pasos, hasta que mi espalda toca contra los archivadores del fondo.

—Tranquila, Livy —dice enseñándome las palmas de las manos.

—¿Qué haces aquí, Luke?

—Me soltaron la semana pasada... He pagado por mi error, Olivia. Yo no...

—¿Cómo nos has encontrado?

—Lexy me llamó. Olivia, lo siento. Necesito que me perdones y me des otra oportunidad.

Da un par de pasos hacia mí, pero yo levanto una mano y le señalo con el dedo.

—No puedes estar aquí.

—¿No? ¿Por qué? Que yo sepa, no pusiste ninguna orden de alejamiento...

—Pero...

—Espera, Liv. Por favor, escúchame. Estos dos meses que he pasado sin ti... Han sido horrorosos... Pero he podido pensar mucho y... Y me he dado cuenta de que fui muy injusto contigo. Estaba celoso, Livy. No soportaba que tuvieras más éxito profesional que yo, que ganaras más dinero... Que fueras... Perfecta.

—¿Perfecta? ¿Por eso me pegaste? ¿Por ser perfecta?

—Liv... Solo fue una vez y estoy muy arrepentido.

—¡Ah, vale! Como solo fue una vez, lo olvidamos, ¿no? ¡¿Es eso?!

Luke mira alrededor, temeroso de que alguien nos esté escuchando. Nadie lo hace, pero por si acaso, cierra la puerta.

—No, Olivia, no... Créeme si te digo que nunca podré olvidar lo que hice. De hecho, aparte de la ayuda psicológica que he recibido en la cárcel, he solicitado seguir recibiéndola en la calle. Estoy recibiendo ayuda, Livy, y me está ayudando mucho.

Me mira durante unos segundos, atento a mi reacción y esperando a que yo diga algo. La verdad es que aún estoy procesando la información. Que Luke haya admitido que nuestros problemas empezaron por sus celos, es un paso adelante. Que accediera a recibir ayuda psicológica, algo increíble. Pero que siga recibiéndola sin verse obligado a ello, es un milagro.

—Livy, no te voy a mentir. Vengo con intención de quedarme. Quiero que volvamos a ser una familia, quiero estar contigo y con los niños. Necesito que me perdones y sé que eso no es algo que vaya a ocurrir de la noche a la mañana. Por eso estoy dispuesto a esperar. Voy a hacer todo lo posible para que me perdones, para que me quieras y te vuelvas a enamorar de mí.

En ese momento, mientras yo escucho esas palabras, con los ojos muy abiertos, con la vista clavada en el suelo, y con un nudo en la garganta que me impide hablar y casi respirar, la puerta de mi despacho se abre de golpe.

—¡Liv!

En cuanto escucho su voz, levanto la cabeza. Mira a Luke y sé que sabe quién es. Luego me mira a mí, como intentando averiguar qué hace él aquí. Lo único que se me pasa por la cabeza contestar es que él no debería estar aquí, que ninguno de los dos debería.

—Teniente Taylor... —consigo decir después de varios segundos de silencio incómodo—. ¿Qué hace aquí?

Aaron no me responde. Me mira durante un rato, justo antes de girar la cabeza hacia Luke. Ambos se miran y siento miedo. Miedo de que Luke sea capaz de darse cuenta de algo. Miedo de que Aaron se lo diga.

—Venía para... —empieza a decir Aaron, aunque se ve obligado a carraspear varias veces para aclararse la voz—. Venía a preguntarle si necesita algo de mí...

Si mi juicio no me falla, creo que esa era la manera sutil de Aaron de decirme que sí sabe quién es él y de preguntarme si necesito ayuda. A pesar de todo lo que le he dicho, a pesar de mi comportamiento, él sigue preocupándose por mí y decidido a protegerme.

—Eh... No, no. Estoy bien. Gracias —contesto con una leve sonrisa.

—Me... Estaré en mi mesa por si me necesita...

—No —contesto de forma precipitada—. No hace falta, Teniente. Tómese el día libre tal y como tenía pensado. Disfrute de su hijo...

Aaron me mira y, de forma imperceptible para Luke pero no para mí, entorna levemente los ojos y mueve la cabeza. Yo asiento e intento sonreír, aunque sé que no debe de parecer un acto muy sincero.

—Como quiera...

Inclina la cabeza y mira a Luke de reojo. Luego se da la vuelta y, justo cuando yo empezaba a respirar con relativa normalidad, me vuelvo a tensar.

—Teniente Taylor —dice Luke.

Aaron se queda parado frente a la puerta, dándonos la espalda. Al rato se empieza a dar la vuelta y le mira.

—Solo quería darle las gracias por su trabajo —prosigue tendiéndole la mano para estrechársela—, y sobre todo por preocuparse por mi mujer.

Me quedo con la boca abierta, totalmente petrificada. Miro a Luke, que sigue con la mano extendida, y a Aaron, que la mira fijamente, aún decidiendo si estrechársela o no.

—No hay de qué —le contesta para mi alivio—. Es mi trabajo.

AARON

Salgo del despacho receloso. Sé que ella me ha dicho que estaba bien y que me podía ir a casa, pero también conozco los motivos de su "separación temporal". Voy hacia mi mesa aún sin tener clara mi decisión, cuando Jimmy se me acerca.

—¿Quién cojones es ese?

—No lo sé —respondo sin mirarle.

—Y una mierda. Te ha dado la mano...

—¿No tienes otra cosa mejor que hacer que espiar a la gente?

—¿La verdad? No.

—Te prefería cuando no habías superado lo de Deb y parecías drogado.

—No te equivoques, no lo he superado. Pero me he dado cuenta de que la cosa no va a cambiar, y que tendré que vivir con ello. Estoy esforzándome y creo que si me centro en el trabajo, lo lograré antes.

—Qué suerte la mía...

—Y ahora, desembucha. ¿Quién es ese tío? La Morgan llegó triste y de mala leche, cosa que supongo que debe de ser culpa tuya. Pero luego apareció ese tipo, y se puso tensa de golpe... No sé... Ese tío la ha puesto nerviosa...

—¿Ha hecho algo cuando llegó? O sea, ¿cómo se saludaron?

—¿Quieres saber si se besaron o se dieron la mano? —me pregunta mientras yo me encojo de hombros—. No, no se acercó a ella. Mantuvo la distancia en todo momento. ¿Me vas a decir quién es o no?

—Su marido.

—¡¿Su...?!

—Baja la voz —le pido acercándome a él.

—¡Me cago en la leche! ¡¿Te estabas tirando a una mujer casada?! ¡Pensaba que estaba separada o divorciada!

—¿Quieres hacer el favor de bajar la voz?

Desesperado, me llevo las manos a la cabeza y al darme la vuelta, miro hacia su despacho. Siguen hablando, él sigue manteniendo una distancia prudencial y hasta me parece verla sonreír. Chasqueo la lengua y entonces decido hacerle caso e irme a mi casa. Sin decirle nada a Jimmy, camino hacia el exterior, hasta que escucho su voz de nuevo.

—¡¿Cuándo pensabas contármelo?! ¡Pensaba que éramos colegas! —dice una vez se coloca a mi lado—. Una mujer casada, Aaron...

—¿En serio, Jimmy? ¿Intentas darme lecciones de moralidad? ¿Tú?

—No, lo sé, lo sé, pero... Joder Aaron, pensaba que lo vuestro iba bien... Que era algo serio. Parecíais... No sé, me daba la sensación de que estabais enamorados el uno del otro...

Llegamos a mi coche y aprieto el mando a distancia para abrir la puerta. Jimmy me agarra del hombro y me obliga a detenerme. Resignado, me doy la vuelta y apoyo la espalda en el lateral de mi todoterreno.

—Lo estábamos... Bueno, yo sigo estándolo.

—¿Ella no? —me pregunta con tacto.

—No lo sé... —contesto moviendo la cabeza y agachando la vista al suelo.

De repente soy consciente de todo lo ocurrido en las últimas veinticuatro horas y me siento totalmente abatido. Me froto la nuca con una mano, dudando si contárselo todo a Jimmy, hasta que siento sus manos en mis hombros.

—¿Qué ha pasado? —me pregunta realmente preocupado.

—Demasiado... Ha pasado demasiado... Pero digamos que podemos resumirlo en que su hija no me soporta porque se piensa que quiero ocupar el lugar de su padre y entonces decidimos que el bienestar de nuestros hijos estaba por encima de nuestra relación. Al día siguiente de decidir dejar lo nuestro, nos enteramos de que estaba embarazada. Fuimos a que le hicieran una ecografía y entonces nos dijeron que tenía que abortar porque el feto no estaba colocado donde debería.

Cuando acabo de hablar me quedo callado, pero Jimmy aún debe de estar procesando toda la información.

—¿Y qué hace ahí ese tío? ¿Sabías que seguía casada? ¿Por qué pensábamos todos que estaba sola en la ciudad?

—Sí, sabía que estaba casada... Bueno, en trámites de separación. Ella había interpuesto la demanda de divorcio pero él no la había podido firmar porque estaba en la cárcel. Ella vino a Nueva York para empezar una nueva vida alejada de él —contesto como si estuviera recitando una lección de memoria—. Y en cuanto a lo que hace aquí él... Supongo que intentar recuperarla. ¿Quién en su sano juicio dejaría escapar a una mujer como Livy?

—¿En la cárcel? ¿Por qué?

—Le pegó.

—¿Y dejas que se acerque a ella?

—Sí... O sea, no... ¡Joder! ¡No sé qué hacer! —enloquezco llevándome las manos a la cabeza—. Ella me ha pedido que me fuera... y confío en ella, Jimmy. Créeme, es una mujer muy fuerte. Ese tipo no la va a pillar desprevenida nunca más. Además, ¿tú crees que si quisiera hacerle daño, se presentaría en una comisaría, donde está rodeado de decenas de agentes de policía?

Jimmy sopesa mis palabras durante un rato. Sabe que tengo razón, además de que conoce a Olivia casi tanto como yo.

—Ella te quiere, Aaron —dice para intentar animarme.

—Pero con él tiene una historia, además de dos hijos maravillosos. Hijos que necesitan a su padre, más que nunca. Y yo... Yo no tengo nada que ofrecerle, Jimmy.

Abro la puerta y me subo al coche. Cuando me dispongo a cerrar la puerta, él reacciona y la agarra para impedírmelo.

—¿Y ya está? ¿Te rindes, sin más?

—Lo que quiero es que tenga la familia que ella quiere tener.

Cierro la puerta y arranco el motor. Me adentro rápidamente en el intenso tráfico de la ciudad y conduzco hacia casa. Luego recuerdo que Chris no está en casa, así que decido hacer una parada en el bar de la esquina.

LIVY

—Me hospedo en un hotel en Lexington con la 42. Mi idea es alquilar un apartamento, pero aún no he tenido tiempo...

—Luke...

—Lo primero que he hecho al llegar es venir a verte... Ya tengo hora con el psicólogo que me recomendó mi médico —dice sacando una tarjeta y tendiéndomela. Cuando la cojo, la miro y luego resoplo—. Me gustaría ver a los niños... Les echo de menos... Pero solo cuando tú me digas que puedo hacerlo...

Respiro profundamente porque, aunque ambos sabemos que no le puedo negar ver a sus hijos, que me ceda el control es algo que no sé si tomármelo como parte de los buenos resultados de su terapia o como una simple estrategia para conseguir que baje la guardia.

—Olivia, he vendido nuestra casa. El dinero para la operación de Max está en tu cuenta del banco.

—¿Has...? ¿Lo has hecho? —le pregunto mientras él asiente.

—Olivia, también quería darte las gracias.

—¿Las gracias? —contesto descolocada.

—Sí... Por no contarles a los niños mi incidente... Ya sabes, por no decirles que yo...

—¿Que me pegaste? Puedes decirlo. Seguro que es algo que tu psicólogo te recomienda que hagas.

—Sí...

—Luke, dime una cosa, ¿qué te contó Lexy?

—¿Cómo?

—Aparte de decirte dónde estábamos... ¿Qué te dijo?

—No mucho...

—Luke, ¿quieres ver a tus hijos? Pues dime la verdad.

—Me dijo que me echaba de menos... Que Max también, y que sabía que, en el fondo, tú también...

—¿Y la creíste? —le pregunto desafiante, levantando una ceja.

—No, pero sí cuando me dijo que estabas saliendo con alguien —me suelta, dejándome con la boca abierta—. No pasa nada... Lo entiendo... O sea, está claro que una mujer como tú no pasa mucho tiempo sola... ¿Quién es? ¿Sigues...? ¿Estás aún con él?

Trago saliva mientras yo misma me hago esa pregunta. Desearía gritarle que sí, decirle que estoy completamente enamorada de otro hombre, que somos muy felices juntos y que espero un hijo suyo, pero de todo eso, lo único cierto es que sigo pensando en él todos los segundos de mi vida.

—Me voy a tomar tu silencio como un no...

—Luke, déjame sola, por favor —digo caminando hasta mi silla.

Miro hacia los papeles esparcidos encima de mi mesa y cojo de nuevo el bolígrafo entre mis dedos. Hago ver como que centro mi atención en ellos, mirando todas las palabras pero incapaz de darle sentido a ninguna de ellas.

—Llámame, por favor. No te voy a decepcionar. Sé que piensas que la gente no puede llegar a cambiar, pero yo sí lo he hecho. He cambiado por ti, y sé que puedo hacerlo aún más.

Sin levantar la vista ni decirle nada, veo de reojo como sale de mi despacho y camina hacia la salida. Cuando ya no le veo, me siento tan abrumada que me veo obligada a salir de mi despacho. Agarro mi bolso para retocarme el maquillaje y disimular así la mala cara que debo tener y cuando salgo, mi mirada se cruza con la de Jimmy, que seguro que no se ha perdido nada de lo sucedido en el interior de mi despacho. Es entonces cuando compruebo que Aaron me ha hecho caso y se ha marchado. Hago una mueca con la boca y camino hacia los baños. Necesito un rato a solas para pensar en todo lo sucedido. Me encierro en uno de los cubículos y en cuanto pongo el cerrojo, me siento en la taza del váter y empiezo a sollozar. Mi respiración se vuelve precipitada y, por más intentos que hago por tranquilizarme, no lo consigo. Escondo la cabeza entre las piernas, haciéndome casi un ovillo y me tiro así un buen rato. Cuando me tranquilizo, justo antes de decidir salir, cuando voy a hacer pis, me doy cuenta de que estoy sangrando. Con más entereza y sangre fría de la que me creía capaz, saco una compresa de mi bolso y la engancho en mis braguitas. Cuando me subo los pantalones y salgo del váter, camino hacia los lavamanos y me miro en el espejo. Me mojo la cara repetidas veces y después de secarme y acicalarme un poco, me vuelvo a mirar. La vista se me va instintivamente hacia mi barriga, y me descubro acariciándomela.

—Lo siento... —se me escapa decir.

De algún modo, siento como si me estuviera despidiendo de él, como si mi cuerpo y mi cabeza estuvieran dando por zanjada esta corta etapa de mi vida en la que, por primera vez en mucho tiempo, se me ocurrió pensar en mí antes que en los demás y fui feliz.

AARON

—Oiga... Perdone...

Siento cómo me zarandean con delicadeza, así que empiezo a incorporarme. Miro alrededor e intento situarme y hacer memoria. Arrugo la frente mientras miro alrededor. Estoy en un bar y, según compruebo por las ventanas, debe de ser de noche.

—El teléfono le ha sonado varias veces. Creo que alguien debe de estar intentando localizarle.

Busco en mis bolsillos hasta dar con mi móvil. En cuanto lo saco y veo en la pantalla el nombre de Chris, contesto rápidamente.

—Chris...

—¡Joder! ¿Papá, estás bien? ¿Dónde estás?

—Eh... Sí... Sí... Estoy bien —digo dándome la vuelta, aún encima del taburete, comprobando que soy el único cliente que queda en el bar.

—Son las dos de la madrugada. Te he llamado un millón de veces...

—Lo siento... Cuando volvía para casa decidí parar a tomarme algo...

—¿Dónde estás?

—En el bar de la esquina de nuestra calle.

—Voy a buscarte.

No pasan ni cinco minutos y Chris aparece frente a mí. Yo sigo en la misma postura, con la espalda apoyada en la barra y la cabeza agachada, mirando al suelo, totalmente derrotado. Él me busca la mirada y veo la preocupación en sus ojos.

—¿Nos vamos a casa? —me pregunta mientras yo asiento aún sin levantar la cabeza—. ¿Está pagado todo esto?

—Sí, no te preocupes —le responde el camarero.

Aunque no necesito de su ayuda para mantener el equilibrio, Chris no me quita el ojo de encima y está pendiente de mí hasta que llegamos a casa y me dejo caer en el sofá.

—Papá... Llamé a Livy cuando no te localizaba... —me dice con cautela—. Lo siento...

—¿A Livy?

—Sí, sabía que habías ido a verla y como no volvías... Me dijo que te habías ido, aunque no entró en detalles... Pero supongo que la cosa no fue demasiado bien, ¿no?

—No llegamos a hablar —respondo negando con la cabeza—. Cuando llegué a la central, estaba con su marido en su despacho.

—Su... ¿El gilipollas que le pegó? —pregunta mientras yo asiento con la cabeza, frotándome los ojos—. ¿Y no hiciste nada?

—Ella me dijo que estaba bien... Y realmente parecían estarlo. Estaba claro que yo sobraba allí.

—¿Crees que le va a perdonar? ¿Crees que volverá con él?

—No lo sé, pero yo no voy a interponerme entre ellos. Supongo que tienes razón, me he rendido.

—¿Y serás capaz de ver cómo es feliz en brazos de otro?

—No lo sé... Si hace falta, pediré el traslado a otra unidad o buscaré otro trabajo...

—Pero papá...

Me aguanto la cabeza con las manos, apoyando los codos en las rodillas. Chris se asusta y me ve tan frágil y derrotado, que deja de insistir y se limita a sentarse a mi lado y me abraza con fuerza.

—Lo siento, papá. Lo siento mucho. Decidas lo que decidas, estará bien.

LIVY

Al día siguiente, tal y como Luke me dijo, compruebo que en mi cuenta corriente hay cerca de cincuenta mil dólares. Mientras me tomo un café, miro fijamente la pantalla de mi portátil, encogida en el sofá de casa. Salem siempre fue nuestro hogar y Luke adoraba vivir allí, así que, que haya dado el paso de venderla y acabar de golpe con todo lo que teníamos, me demuestra que quizá sí quiera cambiar de verdad. No puedo evitar sonreír, aunque me siento mal haciéndolo por lo que ha pasado con Aaron y con el aborto, así que me muerdo el labio inferior para intentar contener mi demostración pública de felicidad. En ese momento, Lexy y Max aparecen por el pasillo.

—Buenos días, chicos —les digo mientras Max se sienta en mi regazo y me abraza, aún bostezando.

Miro a Lexy, que empieza a preparar el desayuno para ella y para su hermano. Me pongo en pie, llevando a Max a cuestas y le siento en el mármol de la cocina mientras empiezo a calentar la leche.

—Esta tarde... ¿Os parece bien si vamos al parque?

A Max se le ilumina la cara de golpe y empieza a asentir mientras da palmas con las manos. Lexy, en cambio, frunce el ceño y me mira haciendo una mueca con la boca. Entonces me doy cuenta de que debería matizar un poco mis palabras para confesarles mis verdaderas intenciones.

—He pensado que podríamos quedar allí con papá...

Entonces es cuando se cambian las tornas. A Lexy se le ilumina la cara mientras que a Max se le humedecen los ojos. Quiero prestarle atención e interesarme por lo que le pasa, pero enseguida Lexy se me agarra a la cintura y me abraza con fuerza.

—¿En serio, mamá? —me dice con los ojos bañados en lágrimas aunque sonriendo de oreja a oreja, como hacía muchos meses que no hacía—. ¿Papá está en Nueva York?

—Sí, cariño —digo sin poder evitarlo.

Y me abrazo a ella porque echaba de menos a mi niña, esa que con su sonrisa iluminaba mis días. Añoro ser su amiga y su cómplice y, sinceramente, necesitaba este abrazo más que nunca.

—¿Le has visto? ¿Has hablado con él? —me pregunta ilusionada.

—Sí —contesto sin dejar de sonreír al verla tan feliz.

Entonces, Max empieza a gritar mientras se agarra la cabeza con las manos. Se mece hacia delante y hacia atrás y cuando intento abrazarle para tranquilizarle, niega con la cabeza y me da patadas.

—¡Max, tranquilo! —intento decir.

Mis palabras se ahogan entre sus gritos, algo que hasta ahora nunca había hecho. Sí había emitido algún sonido como forma de demostrar su malestar, pero nunca con esta fuerza. Yo insisto y a pesar de los golpes que me da, consigo inmovilizarle con ayuda de Lexy.

—Max, cálmate, por favor —le pido en un tono mucho más conciliador.

—¡Max! —le grita Lexy—. No pasa nada. Es papá. ¡Papá ha vuelto! ¡E iremos al parque! ¡Jugará contigo en el parque!

De repente, Max la mira con ojos llenos de odio y la cara totalmente bañada en lágrimas y, con todas sus fuerzas, grita:

—¡Noooooooo!

Nunca hasta ahora había dicho ninguna palabra, así que nos deja a las dos totalmente petrificadas. Dejamos de agarrarle y le miramos sin decir nada, viendo como su pequeño pecho sube y baja con rapidez. Empiezo a llorar desconsoladamente y no sé si es de alegría por haber escuchado su voz por primera vez en la vida o de tristeza al ver que la decisión que he tomado le ha hecho tanto daño y aún no sé exactamente por qué.

—Mi vida —sollozo—. Tranquilo. No pasa nada. Papá te quiere un montón, y te echa de menos. Ha venido hasta aquí para estar con vosotros.

Su pequeño cuerpo empieza a temblar aunque es imposible que sea de frío, así que le abrazo con fuerza contra mi cuerpo. Mientras le tranquilizo, siento como sus dedos se agarran con fuerza a mi camiseta.

—Todo va a salir bien. Estaremos bien, cariño. Te lo prometo.

CAPÍTULO 18

Cuando empezamos a poner kilómetros entre nosotros

LIVY

Mientras nos adentramos en el parque, Max me agarra de la mano con fuerza, mirando a un lado y a otro, muy nervioso. Yo le acaricio con el pulgar constantemente y cada vez que levanta la cabeza para mirarme, le regalo la sonrisa más tranquilizadora que puedo poner. Lexy, en cambio, no ha parado de hablar en todo el día. Ha sufrido una transformación inmediata y, de repente, se ha convertido en la niña de siempre, dulce, cariñosa y alegre.

Cuando estamos llegando a la entrada del zoo, veo a Luke caminando de un lado a otro. Parece nervioso, porque se frota las manos constantemente contra el pantalón, hasta que Lexy le llama a gritos y sale corriendo hacia él.

—¡Papaaaaaaaaaaaa!

Luke la acoge entre sus brazos y besa su pelo con devoción. Luego se agacha a su altura y la mira detenidamente, como si quisiera comprobar que está tal y como él la recuerda. Cuando llegamos a su altura, siguen abrazados y Lexy le está diciendo lo mucho que le ha echado de menos.

—Y yo a vosotros, mi vida. Lo siento muchísimo. Nunca más me alejaré de vosotros, ¿vale? Te lo prometo.

En cuanto se fija en nosotros, me saluda tímidamente con una mano y me mira agradecido, cediéndome en todo momento el mérito por este encuentro. Me da la sensación de que se siente tan culpable por lo que pasó que, a pesar de que son sus hijos y tiene todo el derecho a verles, si yo no hubiera accedido, él habría aceptado mi decisión.

—Hola Max —dice moviendo las manos a la vez, y mirando la venda en su cabeza, añade—: Me han dicho que fuiste muy valiente.

Max se esconde detrás de mis piernas y, aunque su cara refleja la desilusión, Luke decide no forzar la situación y le deja espacio, volviéndose a centrar en Lexy y en mí.

—¿Qué queréis hacer? —nos pregunta.

—Bueno, habíamos pensado que desde que vivimos aquí, no habíamos visitado el zoo... ¿Qué te parece? —le digo—. Será divertido para los niños.

—¡Fantástico!

Caminamos durante casi dos horas. Lexy se lo está pasando en grande. Luke disfruta de su compañía y de la mía. El único que parece no estar disfrutando es Max que, a pesar de estar en un sitio al que sé que le apetecía mucho venir, no se ha separado de mí en ningún momento y no ha dado ninguna muestra de interés, a pesar de los intentos de todos.

—¿Queréis que vayamos a tomar un chocolate caliente? —dice Luke cuando el frío se intensifica.

En cuanto entramos en la cafetería y cogemos sitio, mientras él va a pedir, siento a Max en mi regazo y, haciendo que me mire a la cara, le pregunto:

—¿Estás bien, cariño?

Max asiente sin inmutarse, sorbiendo los mocos por la nariz.

—¿Te lo has pasado bien? —insisto, aunque al verle negar con la cabeza, se me cae el alma a los pies y le abrazo contra mi cuerpo.

—Aquí están —dice Luke dejando la bandeja con cuatro vasos encima de la mesa—. Max, te he traído uno por si cambias de idea. Si no, estoy seguro de que habrá alguna candidata dispuesta a bebérselo.

Lexy sonríe mirándole y luego da un sorbo, manchándose el labio superior.

—¡Qué bien te queda el cambio de look, cariño! —le dice.

—¿Qué? ¿Qué cambio de look?

—El bigote que te has dejado... Déjame decirte que te queda de lo más... ¿cómo se dice? ¿Guay?

Lexy se limpia el labio con un dedo y luego se lo chupa, justo antes de darle un manotazo cariñoso a su padre mientras todos nos reímos. Todos menos Max, claro está, que al escucharme reír, ha empezado a gritar.

—¡No! ¡No! ¡No! ¡No! ¡Noooooooooooooo!

Luke se le queda mirando con la boca abierta, sonriendo a pesar del cabreo del pequeño. Justo como yo hice ayer.

—¿Desde cuándo habla? —pregunta sorprendido.

—Desde anoche —contesto yo.

—Pero eso es... ¡fantástico! —dice con una enorme y sincera sonrisa dibujada en su cara y, acercando la mano a la cabeza de Max para intentar acariciarle, añade—. Cariño, estoy muy orgulloso de ti.

—¡Noooooooooooooo! —grita dándole un manotazo para apartarle—. ¡Aaron! ¡Aaron! ¡Aaron!

Al escucharle decir ese nombre, palidezco de inmediato, abriendo los ojos de par en par. Lexy, en cambio, le mira arrugando la boca, contrariada. Afortunadamente, Luke no debe de saber a quién se refiere porque le mira sorprendido, sin entender nada.

—¿Aaron? ¿Quién es Aaron? —pregunta mirándome.

—Nadie —se apresura a responder Lexy.

De todos modos, entre mi cara y la actitud de su hija, Luke parece empezar a atar cabos. Para mi sorpresa, lejos de enfadarse, aprieta los labios y agacha la cabeza, resignado.

—Papá, ¿nos vamos a volver a Salem?

—¿No te gusta Nueva York? Por lo poco que he visto, parece una ciudad increíble... Además, aquí tu madre tiene un trabajo muy importante que le gusta mucho.

—¿Y tú? —insiste ella.

—Yo me voy a tomar un tiempo para acostumbrarme a la ciudad y ya veré qué hago.

—¿Y dónde vives?

—En un hotel, aunque tengo pensado alquilar un apartamento más adelante.

—¿Y por qué no te mudas a casa?

Me atraganto al escuchar la pregunta y enseguida le echo una mirada de advertencia a Luke. Pero no hace falta porque, sin siquiera mirarme, acercándose a Lexy y con un tono de voz muy calmado y conciliador, le contesta.

—Cariño, las cosas no son tan fáciles... Durante bastante tiempo, no hice las cosas bien.

—¿Por eso estuviste en la cárcel?

—Exacto. Y tengo que ganarme el perdón. El de tu madre y el mío propio.

Está claro que Luke no es el mismo que hace unos meses, pareciéndose más al hombre con el que me casé. Parece haber aceptado su culpa, tener claros sus errores y sinceras intenciones de enmendarlos.

AARON

Me paso toda la noche y parte de la mañana pensando en cómo comportarme cuando la vea en la central. Preguntándome si tiene sentido que le diga todo lo que había pensado, si merece la pena confesarle que ese aborto me dolió tanto como a ella.

Luego, cuando no la veo en la central, no puedo dejar de imaginármela con su marido, pensando qué estarán haciendo, y parece que me siento incluso peor. Por más que intento concentrarme, mi cabeza no para de jugarme malas pasadas y me estoy volviendo loco.

—Taylor... ¡Taylor!

—¡Sí! ¡Sí! ¡Dime!

—Joder... Llevo un rato llamándote, tío —se queja Finn.

—Lo siento. Estaba distraído...

—Ni que lo jures... Toma —dice tendiéndome un café—. Me parece que lo necesitas. ¿Estás bien?

Agarro el vaso y clavo los ojos en él durante un buen rato. Al final, resoplo y sonrío, justo antes de levantar la cabeza y mirarle negando con la cabeza.

—No. No lo estoy, Finn. De hecho, creo que me estoy volviendo loco.

—Me estoy perdiendo algo... —dice, pero entonces mi vista se dirige de forma inconsciente hacia el despacho de Livy y Finn me sigue la mirada—. Espera, espera. ¿Tiene todo esto algo que ver con la Morgan? ¿Va algo mal entre vosotros? ¿O va tan jodidamente bien que te estás poniendo nervioso?

Durante unos segundos, no le contesto, y tampoco dejo de mirar hacia el despacho de Liv. Entonces, sin vacilar y de forma muy directa, le pregunto:

—Finn, ¿Sabes de algún sitio donde estén buscando a alguien?

—¿Buscando a quién? ¿Te refieres a algún desapare...? Espera, espera —La cara de Finn parece iluminarse de golpe—. No, no, no, no. No estarás preguntándolo en serio.

—Así es.

—No. No conozco a nadie.

—Vamos, Finn.

—¡No puedes estar hablando en serio! Esto no funcionará sin ti.

—Por supuesto que lo hará. Jimmy o tú mismo estáis sobradamente preparados para ocupar mi puesto. Y Olivia es una gran jefa, lo ha demostrado día a día, misión a misión...

—¿Tan mal ha acabado la cosa?

Muevo la cabeza y me encojo de hombros mientras muevo mis manos dándole a entender algo así como "más o menos".

—Y no puedo venir cada día, verla y trabajar junto a ella sin perder la cabeza. Me vuelvo loco sin ella, Finn, pero tenerla cerca y no poder... tocarla, o besarla, o... —digo mientras me froto la nuca—. Necesito alejarme...

Ahora el que resopla es Finn que, apoyándose en su escritorio con los brazos cruzados, piensa su respuesta antes de decir:

—Cuando estuvimos con el presidente, Jones nos preguntó por ti.

—¿Jones? ¿El jefe de seguridad de la Casa Blanca?

—Sí, se jubila en pocos meses, pero antes de irse quiere tener atado a su sucesor. Y quiere a alguien de confianza. Y no paró de preguntarnos por ti y nos insinuó que tú eras su primera opción.

—No me ha llamado para comentármelo.

—¿Bromeas? Porque Jimmy y yo se lo quitamos de la cabeza —me confiesa mientras yo le miro alucinado—. ¿Qué querías? Nadie en su sano juicio querría perderte como jefe. Y además estaba todo tu tema con la Morgan...

—¿Sabes si ha cubierto ya el puesto?

—Ni idea.

Saco mi teléfono y busco el número de Jones. Él era yo hace unos años. Es decir, él era el Teniente al mando del SWAT cuando yo entré y yo le sucedí cuando recibió un disparo y tuvo que retirarse forzosamente del trabajo de campo. Cuando estoy a punto de darle a la tecla para marcar, lo pienso mejor.

—¿Qué estoy haciendo? ¿En qué estoy pensando? —susurro para mí mismo, aunque en voz alta—. Ese trabajo es en Washington...

—Claro.

—No puedo hacerle eso a Chris. No puedo volverle a mover ahora que parece haber encontrando su sitio.

—Es tu vida, Aaron —me dice.

—Pero ya no estoy solo. Ya no tengo que pensar solo en mí.

LIVY

—Mamá, ¿hoy veremos a papá?

—No lo sé, cariño —le contesto sin dejar de mirar la pantalla de mi teléfono.

—Podríamos ir al parque. A Max le encanta. O podríamos ir a patinar sobre hielo. En Bryant Park hay una pista más pequeña y con menos gente. A lo mejor allí haríamos menos cola de espera.

—Ajá...

—Max, ¿a ti qué te parece? ¿Qué prefieres, parque o patinar? —le pregunta poniéndose frente a él, ayudándose del lenguaje de signos.

—¡No! —le grita Max enfadado, bajándose del sofá y corriendo hacia su habitación.

—¡Joder! ¡Hablas poco pero cuando lo haces, eres un borde! ¡Que sepas que me gustabas más cuando no hablabas! ¡Eras más simpático!

—Lexy...

—¿Qué? No me oye aún...

—Ya, pero a partir de mañana sí te podrá oír, así que será mejor que te vayas acostumbrando a no decir estas cosas.

—Vale, entonces, ¿qué le digo a papá? —me insiste con el teléfono en la mano.

—No lo sé, cariño. Lo que tú prefieras —le contesto con desgana, volviendo a centrar la atención en mi móvil.

—Mamá, ¿cuánto vas a tardar en perdonar a papá?

—¿Cómo? —le pregunto, aunque la he oído perfectamente y solo intento ganar tiempo para pensarme la respuesta, la cual tengo muy clara en mi cabeza, pero soy incapaz de confesar para no perder de nuevo a mi pequeña.

—Que papá te quiere y quiere volver a vivir con nosotros, pero necesita que le perdones... ¿Cuánto falta?

—No lo sé cariño —le miento—. Eso no es algo que se pueda precisar... Necesito tiempo...

—Pero... De Aaron te enamoraste enseguida. No te hizo falta tanto tiempo...

En cuanto le nombra, me quedo helada. Tiene toda la razón, enamorarme de Aaron fue muy fácil, el problema está siendo olvidarme de él. Hace dos semanas de nuestra ruptura, dos semanas desde que Luke volvió a nuestras vidas, dos semanas intentando esquivarnos el uno al otro y coincidir el menor tiempo posible en la central, dos semanas sin llamarnos, escribirnos y casi ni hablarnos, pero mi corazón sigue dando un salto mortal hacia atrás con tirabuzón cada vez que escucho su nombre o le veo.

—Ir a patinar estará bien —le digo mientras sonrío, intentando desviar la atención de su pregunta.

Lexy me mira durante un rato. Incluso me da la sensación de que por un momento se da cuenta de mis verdaderos sentimientos, así que enseguida me dirijo al cuarto de baño para meter prisa a Max para que no lleguemos tarde.

—¿Te escribo luego un mensaje para confirmarte dónde y cuándo hemos quedado con papá? —me pregunta Lexy apareciendo por la puerta del baño.

—Vale —le contesto sonriendo mientras le tapo la boca a Max, impidiendo que vuelva a gritar de nuevo.

—De acuerdo. Nos vemos luego —nos dice dándonos un beso ambos—. Os quiero.

Me dejo caer en la taza del váter y cojo el peine con desgana. Me dispongo a rociar el pelo de Max con algo de colonia y en cuanto aprieto el vaporizador, él me esquiva para que no le caiga ni una mísera gota.

—Max, por favor, no me pongas las cosas más difíciles.

Le agarro por los hombros para impedir que se mueva y le echo algo de colonia en el pelo. Luego se lo peino, retirándoselo de la frente para que no le tapen los ojos, porque lo tiene ya demasiado largo, poniendo especial cuidado en no tocar la venda que cubre el lugar donde está puesto el aparato auditivo. En cuanto dejo el peine apoyado en el lavamanos y me pongo en pie, él se revuelve el pelo y se mira en el espejo para comprobar que vuelve a estar como antes, como a él le gusta.

—Max, por favor. Lo tienes muy largo y si te lo dejas así, te tapa casi los ojos. No vas a poder ver —insisto peinándoselo de nuevo con los dedos—. Además, ten cuidado con el apósito que si te lo tocas así, puede despegarse.

—¡No! ¡No!

Se lo despeina y sale corriendo hacia su dormitorio. Cuando reacciono, le sigo y en cuanto entro, le veo metiendo sus cosas en la mochila con gesto contrariado. Me agacho y le agarro por los hombros para darle la vuelta y mirarle a los ojos. En ese momento me doy cuenta de las lágrimas que ruedan por sus mejillas.

—No, por favor, no me hagas esto... —le digo agarrándole de las manos y caminando hacia su cama—. Necesito que seas feliz... ¿Por qué no os ponéis de acuerdo tú y Lexy? Ahora que ella es feliz, tú pareces estar todo el día enfadado y triste... Quiero que los dos seáis felices, mi vida. ¿No puedes sonreír para mamá?

Después de secarle las lágrimas de la cara con mis dedos, ladeo la cabeza y le miro expectante. Entonces, lentamente, levanta un dedo y me señala.

—¿Qué? ¿Yo? —le pregunto mientras él asiente—. ¿Yo, qué?

Y entonces, mueve sus pequeños dedos hacia mi cara y los pone en las comisuras de mis labios. Las estira para obligarme a sonreír y entonces entiendo lo que quiere decirme. ¿Cómo puedo pedirle que sonría para mí cuando yo soy incapaz de hacerlo con sinceridad? Cuando separa las manos de mi cara y mis labios vuelven a su posición inicial, hace una mueca con la boca y, tras colgarse la mochila de los hombros, camina hacia la puerta.

AARON

—¡Papá! ¡Te suena el móvil! —grita Chris mientras yo estoy en la ducha.

—¿Puedes cogerme el recado? —salgo en un minuto.

Me enjuago el pelo rápidamente y en cuanto salgo de la ducha, me anudo una toalla a la cintura y me miro en el espejo. Hace como una semana que no me afeito y quizá debería de hacerlo, pero no me apetece nada, como todo últimamente. Así pues, decido dejar el afeitado para otro momento y me peino el pelo con los dedos, el cual también debería empezar a pensar en cortármelo. Llego a la cocina vestido de cintura para abajo, con la camiseta en la mano.

—¿Quién era? —le pregunto a Chris mientras me la pongo por la cabeza.

—¿Le vas a decir que no al presidente de los Estados Unidos?

—Chris... No... —digo mientras me dirijo a la máquina del café.

—Papá, era un tal Jones el que te llamaba. Quería que te pensaras mejor tu negativa a su oferta de trabajo como jefe de seguridad de la Casa Blanca. Papá, repetiré la pregunta: ¿te han ofrecido trabajar para el presidente y les has dicho que no?

Dándole la espalda, vierto algo de café en una taza, pero entonces siento su presencia en mi espalda y sé que no se va a dar por vencido tan fácilmente. Cuando me doy la vuelta, sigue ahí, mirándome directamente a los ojos, esperando mi respuesta.

—Sí —contesto abriendo los brazos.

—¿Sí? —repite Chris imitándome—. ¿Por qué lo has rechazado? Quieres alejarte de Olivia, y eso lo entiendo y estoy de acuerdo, así que, ¿por qué?

—Porque es en Washington.

—¿Y no te parece lo suficientemente alejado de Olivia?

—Me parece demasiado alejado de ti.

—Si te fueras, ¿me dejarías aquí?

—Si me fuera, ¿querrías venir?

—¡Claro! ¡Sí! O sea, supongo, sí. Si tú quieres que vaya...

—Pero no puedo ir moviéndote de un lado a otro a mi antojo... Además, ahora tienes una vida montada aquí... Amigos, amigas, Jill...

—Pero tú eres mi familia, la única que tengo.

—¿Vendrías conmigo? —vuelvo a preguntarle, arrugando la frente, totalmente confundido a la vez que abrumado y emocionado de saber que Chris estaría dispuesto a hacer ese sacrificio por mí.

—Claro... —contesta con un hilo de voz

Le miro durante un rato, hasta que al final se me escapa una sonrisa y le estrecho entre mis brazos.

—Lo tendré en cuenta, ¿vale?

—Vale.

—Gracias.

—¿Bromeas? ¿Mi padre jefe de seguridad del presidente? ¿Tú sabes lo que te hace ligar eso?

Al llegar a la oficina, como cada día desde hace algo más de dos semanas, me dirijo al vestuario con la cabeza agachada, mirando de reojo hacia su despacho cuando paso por al lado. No está dentro, y tampoco su abrigo ni su bolso, así que no debe de haber llegado aún. Eso me da unos minutos extra para poder respirar con relativa normalidad.

—Jones me ha dicho que has rechazado el trabajo —me suelta Jimmy nada más entrar en el vestuario.

Abro mi taquilla y me quito la camiseta y los vaqueros. Me pongo los pantalones del uniforme y justo cuando voy a sacar la camisa, veo una camiseta blanca, bien doblada, en el interior de mi taquilla. La cojo con cuidado, dándome cuenta de que no es nueva, imaginándome que debe de ser la que le dejé en su día a ella. Sin siquiera pensarlo, me la acerco a la nariz e inspiro con fuerza, invadiéndome al instante el aroma habitual de su ropa.

—¡Eh! ¡So marica! ¡Deja de esnifar suavizante y hazme caso! Joder, desde que no follas estás realmente raro...

—Déjame en paz, Jimmy.

—¿Por qué has rechazado el curro? ¿No querías alejarte de ella?

—¿Por qué tenéis todos tanto interés en que me vaya?

—Porque nos preocupamos por ti. Entendemos tus motivos para irte pero no queremos que aceptes cualquier curro con tal de conseguirlo. Y ese trabajo, amigo mío, es el indicado. Y lo sabes.

—Jimmy...

—Si no, ¿qué harás? ¿Aceptarías un puesto de menor rango en el SWAT de otra ciudad? ¿Empezar desde cero? ¿Volver a ganarte la confianza de los demás?

—Jimmy...

—¿Seguridad privada? No me digas que aceptarías ser el guardaespaldas de algún famoso de tres al cuarto antes que el del hombre más poderoso del mundo...

—¡Jimmy, escúchame! Le dije que no, pero esta mañana le llamé para pedirle que me dejara pensarlo unos días más.

—¡Sí! —grita alzando los brazos y apoyando luego las manos en mis hombros—. Pero dime una cosa, ¿qué necesitas pensar? ¿Qué necesitas ver para convencerte?

LIVY

En cuanto llego a la central hago lo mismo que cada mañana desde hace algo más de dos semanas, entrar con la cabeza agachada y casi sin respirar hasta encontrarme bajo el cobijo de las cuatro paredes de mi despacho. Una vez dentro, cuelgo mi abrigo y mi bolso y miro de reojo, de forma disimulada, hacia su mesa. Y esta vez no es diferente. Para mi suerte, él no está en su sitio, así que me permito relajarme durante unos segundos.

Me siento detrás de mi escritorio y, tras encender mi ordenador, al escuchar un murmullo en la sala, levanto la cabeza sobresaltada. El corazón me late a una velocidad vertiginosa, y no me calmo hasta comprobar que él no tiene nada que ver. Resoplo y apoyo los codos en la mesa, aguantándome la cabeza con las manos. Sé que mi comportamiento es totalmente irracional e infantil, pero no soy dueña de mis actos. Mi corazón se revoluciona, mi cuerpo empieza a temblar sin parar y mi cerebro es incapaz de pensar de una forma lógica. Ni siquiera he sido capaz de enfrentarme a él para devolverle su camiseta, aquella que me prestó en su día y que ya era incapaz de ponerme o incluso de verla sin echarme a llorar. Así pues, ayer, cuando ya se habían ido todos, bajé al vestuario y la guardé en su taquilla.

Entonces unos golpes en mi puerta me devuelven a la realidad. En cuanto miro hacia su procedencia, resoplo con resignación al comprobar que es Luke.

—Hola —me saluda con timidez—. ¿Puedo pasar?

—Adelante —le contesto con una sonrisa forzada.

—He estado hablando con Lexy. Esta tarde vamos a patinar...

—Lo sé.

—Bien, bien...

Luke camina por mi despacho mientras yo le sigo con la mirada. Lleva las manos en los bolsillos y las saca repetidas veces con intención de decir algo, pero enseguida se arrepiente y vuelve al punto de partida.

—Luke, ¿has venido hasta aquí para comentarme los planes de esta tarde? Porque podrías haberme llamado...

—Solo quería saber si te parece bien —me corta de repente, como si hubiera recordado lo que venía a decirme.

—¿Si me parece bien? ¿El qué? No te entiendo...

—Quiero decir, que vea a menudo a los niños...

—Son tus hijos, puedes verles cuando quieras.

—Y a ti...

—Luke, tengo trabajo que hacer —le digo señalando las carpetas esparcidas por mi mesa.

—No pareces... No parece que quieras verme. O sea, no pareces disfrutar de ello —Cuando voy a abrir la boca, levanta una mano y me hace callar—. Espera... Sé que cometí un error y sé que no tengo derecho a pedirte que me perdones, pero dime al menos que lo estás intentando... Porque no lo parece...

Me muerdo el labio inferior y busco las palabras adecuadas. Lo único bueno de intentar perdonarle es ver la cara de felicidad de Lexy, así que sí, tiene razón, no disfruto saliendo con él y no estoy poniendo mucho empeño en perdonarle, aunque sé que tengo que hacerlo. Por el bien de mis hijos y por el mío propio. Antes quizá no fuera feliz, pero no era todo tan complicado.

—Luke, necesito tiempo —digo poniéndome en pie—. Solo te pido eso. No... No quiero engañarte. Quiero que mi sonrisa sea sincera, pero para ello necesito tiempo.

—Dime una cosa: ¿lo estoy haciendo bien? Porque si hay algo que esté haciendo mal, si hay algo que deba cambiar, por favor, dímelo...

Se acerca hasta mí, quedándose a unos escasos diez centímetros de mí. Mueve una mano para intentar tocarme y yo me remuevo con rapidez, esquivándola. Sé que mi brusco movimiento le ha podido desanimar, así que enseguida le sonrío e intento hacer la mejor actuación de mi vida, mostrándome lo más sincera posible.

—En cuanto a lo de mañana de Max... Me gustaría ir con vosotros...

—Claro... —le contesto con total sinceridad, agradecida por la enorme implicación que parece tener ahora en el tema. Implicación que habría agradecido hace unos meses.

Estoy totalmente sobrepasada por los acontecimientos, así que no veo venir cuando él hace otro acercamiento y coloca una de sus manos en mi cintura. Su cara también se acerca a la mía y aunque por un momento creo que su intención es besarme, luego se aleja de mis labios y susurra en mi oído:

—Gracias.

AARON

La impotencia y la ira se apoderan de mí, así que me pongo la camisa y cojo la camiseta. Subo las escaleras de dos en dos, con prisa y sin pensar. No sé qué le diré cuando irrumpa en su despacho, solo sé que esta situación ha llegado demasiado lejos. ¿Qué nos ha pasado para que no podamos ni mirarnos a la cara?

—Olivia, escucha... —digo nada más abrir la puerta.

En cuanto levanto la cabeza y les veo agarrados, se me hiela la sangre. No es que parezcan estar juntos, ni intimando, pero él la está agarrando de la cintura y a ella no parece importarle.

—Teniente Taylor —dice Livy de inmediato, alejándose de Luke—. ¿Quería algo?

—Eh...

No sé qué decir, me quedo completamente en blanco.

—No os preocupéis, yo ya me iba —dice entonces Luke—. Os dejo trabajar.

Ninguno de los dos le hacemos caso porque estamos más ocupados mirándonos fijamente e intentando controlar nuestras pulsaciones. Mi pecho sube y baja con rapidez, y mi corazón roza la taquicardia cuando veo que Luke se acerca a ella y le da un beso en la mejilla. Aunque es un roce casto e inocente, mis instintos me apremian para que le agarre de un brazo y se lo retuerza en la espalda, cogiéndole del pelo y golpeando su cabeza contra el escritorio para rematar la faena.

—Nos vemos esta tarde.

—Vale. Adiós —le contesta ella sonriendo.

En cuanto sale del despacho, Livy le sigue con la mirada y cuando supongo que le ha perdido de vista, se gira de nuevo hacia mí y se fija en la camiseta que llevo en las manos.

—¿Qué quiere, Teniente Taylor?

—Espero no haber interrumpido nada importante...

—Teniente, si me disculpa, si su visita es por mera cortesía, le doy las gracias y le pido que se retire y me deje trabajar.

—¿Así van a ser las cosas entre nosotros a partir de ahora? —le digo enseñándole la camiseta.

—Solo le he devuelto la camiseta que usted me dejó. En su día me dijo que la acababa de pedir y que le pondrían pegas para darle una nueva...

—¡Oh, vamos! ¡Venga ya! —contesto desesperado, sin importarme que algún agente me pueda oír, acercándome a ella lo suficiente como para poder inhalar su perfume—. ¡¿Y la tienes que meter en mi taquilla en lugar de dármela en mano?! ¡¿Lo nuestro se acabó y ya no somos capaces siquiera de mirarnos a la cara?!

—Yo...

—¡Ese tío vuelve poniendo cara de pena, te susurra promesas a la oreja y, a pesar de lo que te hizo, y no me refiero solo a la agresión, ¿te abres de piernas a las primeras de cambio?!

Sin mediar palabra, Livy me da un tortazo en la cara. Al instante, me froto la mejilla y la miro a los ojos, bañados en lágrimas.

—Eres un gilipollas. Un completo y auténtico gilipollas. Mi corazón da un vuelco cada vez que te veo y me cuesta incluso respirar. No me he atrevido a devolvértela en mano porque me duele demasiado verte. Mírame —dice enseñándome sus manos temblorosas—, estoy temblando y todo es por tu culpa... ¿Te piensas que esto es fácil para mí? ¡Pues te equivocas! ¡Me siento como si fueras mi dueño! ¡Me controlas!

—¡Tú me controlas a mí! —la corto gritando. En ese momento, nuestra discusión ya no pasa desapercibida para nadie, y todos los agentes miran hacia el despacho de Livy—. ¡Todos mis sentimientos están controlados por tu mirada! ¡No puedo respirar sin ti! ¡No puedo dormir sin ti! ¡Estoy siempre pendiente de ti! ¡Existo solo por ti! ¡Yo te pertenezco! ¡Te quiero! ¡Estoy enamorado de ti! Y... Y... Y no puedo hacerlo... No puedo estar aquí...

Con escozor en los ojos y la respiración totalmente alterada, salgo de su despacho deprisa y corriendo. Cruzo la central hacia la salida, sin importarme ser el centro de atención de todos, a sabiendas de que vamos a ser los protagonistas de todas las conversaciones durante mucho tiempo. Una vez en la calle, saco el móvil del bolsillo y busco un número en la agenda. Me lleva un rato debido a las lágrimas que se agolpan en mis ojos, pero cuando lo encuentro, me llevo el teléfono a la oreja.

—Jones, acepto. Cuenta conmigo.

LIVY

—¿Lista, cariño? —le pregunta Luke a Lexy.

—¡Sí! —contesta ella abrazándose a las piernas de su padre.

Ambos ya tienen los patines puestos y, bien abrigados incluso con gorro y guantes, esperan su turno para entrar a patinar. Mientras, Max y yo les esperaremos fuera.

—Max, aún estás a tiempo de pensártelo mejor... —le dice Luke agachándose a su altura mientras Max se esconde detrás de mis piernas, negando con la cabeza—. ¡Vamos! ¡Pruébalo! Si no te gusta, siempre estás a tiempo de salirte.

Max vuelve a negar con la cabeza, pero Luke extiende los brazos para intentar agarrarle. Después de unos segundos de tira y afloja, Max vuelve a gritar:

—¡Goooooooooooooooooooool!

—Vale, vale... Perdona —se disculpa Luke mientras yo me agacho y le cojo en brazos, alejándome con él hacia uno de los bancos.

—Ya está, cariño. Tranquilo. Mamá se queda aquí contigo —digo meciéndole suavemente para tranquilizarle y, a sabiendas de que no me escucha y no puede leerme los labios, le digo—: Lo siento cariño. Perdóname. Yo también le echo de menos, todos los días, pero ahora tenemos a papá, y nos quiere mucho...

Aprovechando que Max no se despega de mí, hundo la cara en su pequeño hombro y dejo que las lágrimas resbalen por mis mejillas. En parte, son consecuencia de mi estado de ánimo, aunque también tienen mucho que ver con ver sufrir a Max y con la discusión de esta mañana en mi despacho.

De repente, Max se revuelve en mi regazo y se las apaña para bajarse y salir corriendo. Yo, aún algo aturdida, miro hacia la pista de patinaje, donde Luke y Lexy siguen dando vueltas, ajenos a nosotros. Así pues, salgo corriendo hacia donde ha ido Max. Aunque sé que es inútil, le llamo a gritos, desesperada. Entonces veo a un grupo de gente arremolinada alrededor de alguien que está cantando en mitad del césped. En cuanto me acerco a ellos, le veo en primera fila, con la cara totalmente iluminada, los ojos muy abiertos y una enorme sonrisa. Me llevo las manos a la boca, presa de la emoción por encontrarle y por ver ese cambio tan notable en su estado de ánimo. Entonces me fijo en el chico que está cantando y, aunque se me hiela la sangre, no puedo evitar sonreír al verle. Entonces entiendo que Max esté tan atento a él, a pesar de que seguro que no escucha nada de lo que está cantando.

Chris parece algo abrumado por haberse convertido en el centro de atención, y mira todo el rato a una chica, con la cara totalmente sonrojada y una sonrisa tímida. Ella en cambio, le mira totalmente embelesada, mordiéndose el labio inferior mientras le escucha cantar, mientras ve cómo canta para ella. Mira alrededor, también perpleja de que de repente haya tanta gente alrededor, pero realmente el mérito es de él.

Cuando acaba, todo el mundo a su alrededor empieza a aplaudir, incluidos Max y yo, y muchos empiezan a pedirle que cante de nuevo. Chris intenta excusarse y sentarse en el césped, al lado de la chica, pero entonces Max se acerca a él y con una sonrisa en la cara, asiente con la cabeza.

—¡Eh! ¿Qué haces aquí? —le pregunta mirando alrededor hasta que nuestros ojos se encuentran y nos saludamos—. ¿Te ha gustado?

Max asiente, aunque tanto Chris como yo sabemos que no está emocionado por la canción, sino solo por el mero hecho de haberle visto. Luego levanta la vista hacia mí de nuevo y yo me encojo de hombros.

—Pero es que... Yo no... —dice poniéndose en pie y llevándose una mano a la nuca, gesto que ha heredado de su padre, mirando a todo el mundo alrededor—. En serio que yo solo intentaba cantarle una canción a mi novia... ¿Te das cuenta de que todo esto es por tu culpa?

Ella ríe mientras coge su teléfono móvil y empieza a grabarle.

—¿Qué se supone que tengo que hacer?

—¡Cantar otra canción! —dice alguien justo antes de que otros apoyen la decisión.

Después de vacilar durante un buen rato, con mucha timidez, se vuelve a colgar la guitarra y de forma mágica, consigue que los murmullos se apaguen. Empieza a tocar, sin siquiera mirar la guitarra, sin despegar los ojos de Max. Empieza a cantar con una sonrisa en la cara, y la verdad es que suena muy bien. Me hipnotiza porque, además de hacerlo realmente bien, se parece mucho a su padre, y cuando le veo sonreír a Max, es como si pudiera revivir los días en que Aaron lo hacía.

—Canta bien —dice Luke, al que de repente tengo detrás.

Cuando me doy la vuelta, asiento con la cabeza mientras sonrío. Entonces me fijo en Lexy. Está mirando a Chris con la boca abierta y, sin decirnos nada, camina hacia delante, hasta situarse al lado de Max. Luke la sigue con la mirada, y entonces se da cuenta de la expresión de su hijo.

—No... No puede ser que le esté escuchando, ¿verdad?

—No... —contesto sin poder dejar de sonreír.

—Pues por alguna razón, le gusta.

Asiento y miro a Max y a Lexy, ambos escuchando sonrientes a Chris, que solo tiene ojos para ellos. Cuando acaba, deja la guitarra a su espalda y, después de negarse a seguir cantando, la gente se empieza a dispersar. Entonces se agacha frente a Max y este se tira a sus brazos.

—¿Se conocen? —me pregunta Luke, aunque yo ya no le hago caso.

—¿Te ha gustado? ¿Sí? —le pregunta Chris a Max, mientras este asiente y mira a un lado y a otro—. ¿A quién buscas? ¿A Bono?

Max asiente de nuevo, sin perder la sonrisa a pesar de la negativa de Chris.

—No. Bono no ha venido. Supongo que debe de estar en casa.

—¿Aaron?

Al escucharle pronunciar su nombre, Chris abre mucho los ojos y le mira con la boca abierta. Yo me quedo helada, incapaz de mirar a Luke por miedo a que esté atando cabos.

—Espera, espera... ¿Desde cuándo hablas? —pregunta Chris mirándonos a todos.

—Desde hace unos días —le informa Lexy—. Pero no te emociones, solo dice No y Aaron.

—¡Vaya! ¡Pues espera a que se entere mi padre! —dice mientras yo cierro los ojos y arrugo el rostro, temiendo por las consecuencias de la bomba que Chris acaba de soltar sin querer—. No, él tampoco ha venido. Estoy solo con Jill.

—¡Hola! —dice ella poniéndose en pie y dándole la mano a Max.

—Jill, él es Max. Ella es su hermana, Lexy. Ella la madre de los dos, Olivia.

—Así que tú eres la famosa Jill de la que Chris habla —digo dándole la mano mientras Chris sonríe y Jill le mira orgullosa.

—Y usted la famosa Olivia de la que el señor Taylor no para de hablar... —contesta siguiéndome la corriente.

Debo de haber palidecido varios tonos, incluso ya no soy capaz de sentir los latidos de mi corazón. Entre todos se han encargado de ayudar a Luke a atar cabos y, si ha estado lo suficientemente atento, sabrá que el famoso Aaron y el Teniente Taylor son la misma persona.

—Y usted es... Perdone, me parece que no nos han presentado. Soy Chris, y ella es Jill.

—Él es mi padre —se apresura a informarle Lexy.

—Soy Luke —dice adelantándose para darle la mano.

Chris sonríe y nuestras miradas se cruzan durante unos segundos. No nos hace falta hablar ya que ambos nos entendemos.

—Se hace tarde... —se excusa al rato.

—Sí... —digo yo.

—Adiós, Liv.

—Adiós, Chris. Cuídate, ¿vale?

—Lo mismo digo...

Entonces vuelve a agacharse frente a mis hijos. Max se vuelve a echar a sus brazos y hunde la cara en el hueco de su hombro.

—Ha molado mucho —le dice Lexy.

—Recuerda que me prometiste improvisar conmigo alguna vez... Me lo prometiste en Navidad. Ya sabes, yo toco y tú cantas.

—Algún día —responde ella agachando la cabeza.

—Y tú, amiguito... —le dice separando su cabeza para que pueda leerle los labios.

En cuanto le ve los ojos llenos de lágrimas, se queda callado y se limita a abrazarle de nuevo con fuerza. Dirige la mirada hacia nosotros y, tras dudarlo unos segundos, se lo lleva a un aparte y, tras sentarse en un banco, le coge la cara y le habla muy despacio. Después de secarse las lágrimas, Max empieza a asentir y al final, acaba riendo. Cuando vuelven, el humor de mi hijo ha mejorado ostensiblemente, y continúa así durante el camino a casa. Luke nos acompaña hasta la puerta y, después de despedirse de los niños en la puerta, cuando yo voy a entrar en casa, me agarra del brazo para impedírmelo.

—Liv, espera...

—¿Qué? —le contesto cruzándome de brazos, con actitud seria.

—Solo quería decirte que no pasa nada... Lo entiendo y sé que no tengo derecho a reprocharte nada. No voy a decir que no me importa porque no sería verdad. De hecho, nada me gustaría más que darle un par de puñetazos en la cara, pero lo entiendo. Solo dime una cosa... ¿Lo vuestro...? ¿Estáis...?

—No, Luke. Lo nuestro es historia —digo llorando y sin fuerzas para disimularlo.

—Vale —dice él muy serio, retrocediendo varios pasos.

—Hasta mañana, Luke —me despido cerrando la puerta entre nosotros.

AARON

Chris y yo estamos frente al televisor, viendo un partido de fútbol. Restos de envoltorios de comida tailandesa nos rodean, y Bono camina entre ellos, buscando algún resto que llevarse a la boca.

—Bono, en tu cuenco tienes comida. No me seas rastrero —le digo.

En ese momento, Chris recibe unos mensajes y, al ver su cara de bobo, sé que son de Jill. Cuando levanta la vista y me pilla mirándole, se encoge de hombros y me dice:

—Es Jill...

—Ya —le contesto asintiendo y mostrando una sonrisa burlona.

—Esta tarde me ha medio obligado a dar un pequeño concierto en el parque...

—¿Perdona? —le pregunto incorporándome en el sofá.

—Me pidió que le cantara una canción y cuando lo hice, un grupo de gente se puso alrededor mío para escucharme y... Bueno, al final acabé cantando otra porque me lo pidieron.

—¿Hablas en serio?

Chris asiente mordiéndose el labio inferior y encogiéndose de hombros.

—Al final te habrá escuchado tocar toda la ciudad menos yo. Me prometiste una demostración...

—No era mi intención... —dice sonriendo—. Algún día, te lo prometo.

—¿Por qué no ahora?

—¿Ahora de ya?

No entrabas en mis planes

—Sí, ¿qué hay de malo? —le digo, dejándole sin palabras durante bastante rato, hasta que al final arrastra los pies hasta su habitación y vuelve con la guitarra colgada al cuello.

—Yo no... Bueno... Esto me da un poco de vergüenza...

—¿Tienes vergüenza delante de mí, pero no delante de un montón de desconocidos?

—Es... diferente. He soñado toda mi vida con este momento —me dice mientras yo frunzo el ceño, aún sin comprender bien sus palabras—. Soñaba con esto... Con que me encontraras y fueras genial. Con que quisieras quedarte conmigo. Con que me escucharas cantarte esta canción... Es igual, me callo ya...

Chris agacha la cabeza y mira hacia su guitarra, empezando a tocar las primeras notas y cantando poco después. Al escucharle, me incorporo del todo y me siento al filo del sofá, con los codos apoyados en mis rodillas, escuchándole con atención, totalmente hipnotizado por lo bien que suena. Veo cómo cierra los ojos para evitar mirarme y cómo en algún trozo de la canción, la voz se le traba por la emoción. Cuando acaba, tarda un rato en mirarme, pero cuando lo hace, me encuentra con la boca abierta.

—Eso ha sido... —empiezo a decir, viéndome obligado a tragar saliva varias veces para poder continuar—. Una pasada. Eres bueno, Chris, muy bueno.

—Gracias —dice con la cara sonrojada mientras deja la guitarra apoyada en el lateral del sofá.

—Ven aquí —le digo, haciendo que se siente a mi lado, abrazándole mientras él se agarra a mi camiseta—. Te quiero, más que a nadie en el mundo. No lo olvides, ¿vale?

Se estira en el sofá, apoyando la cabeza en mi pierna, y nos quedamos en silencio durante un buen rato, sumidos cada uno en nuestros propios pensamientos.

—Esta tarde he visto a Livy y a los niños en el parque. Y he conocido a ese tal Luke...

En cuanto escucho su nombre, una punzada de dolor encoge mi corazón. Noto como mi expresión se ensombrece y cómo mi estado de ánimo decae por segundos. Se sienta y me mira a la cara, expectante ante mi reacción.

—Papá, ella no es feliz con él... Y Max tampoco... —insiste él al ver que yo no hablo—. No sé qué os habéis dicho, no sé cómo habéis acabado, pero sea como sea, ella aún te quiere. Y sé que tú también a ella.

—He aceptado el trabajo en Washington —le suelto de repente mientras él me mira con los ojos muy abiertos.

—¿Sin más? ¿Te largas sin luchar por ella?

—No... No puedo seguir siendo testigo de su reconciliación... No... No puedo... Cada vez que les veo juntos, me entran unas ganas locas de darle de puñetazos en la cara hasta que mis nudillos sangren... Pero ella parece haber tomado una decisión...

—Washington, entonces...

—Pero no voy a pedirte que lo dejes todo por...

—Me voy contigo —me corta de golpe.

—Pero Chris... Aquí tienes tu vida ya...

—Pero no te tendría a ti.

CAPÍTULO 19
Cuando nos dimos un minuto más

LIVY

Estamos esperando en la consulta del médico, impacientes hasta que acaben de ponerle a Max el implante externo. Se trata solo de acoplar el procesador de sonidos en la parte posterior de su oreja y enganchar, mediante imanes, la bobina a la cabeza. Es algo que nos han comentado que no tienen por qué tardar más de treinta minutos en ponerle, así que cuando llevamos esperando cerca de cuarenta minutos, Luke se levanta y empieza a dar vueltas de arriba abajo de la habitación. Lexy no para de morderse las uñas y yo retuerzo la tela de mi camisa sin ninguna contemplación.

—Bueno, ya estamos —dice el médico nada más abrir la puerta, cuando por fin vuelven, llevando a Max agarrado de la mano.

Le sienta en una silla y él se coloca a su lado, mirándonos a todos con una enorme sonrisa en la cara.

—Aún no lo hemos encendido, así que de momento no oye nada. ¿De acuerdo? Tenemos que ajustar el volumen y eso lo tenemos que hacer con su ayuda.

—De acuerdo —contesto yo muy nerviosa.

—Como verán, el dispositivo es sencillo y bastante discreto. De hecho, a su hijo se le ve la bobina porque es rubio, si no, se disimularía mucho más —con delicadeza, hace que Max gire la cabeza para que nosotros podamos ver lo que le han puesto.

—¿Puede dormir con ello? ¿Hacer vida normal?

—Bueno, digamos que si un balón le golpea justo en este punto —dice señalando la bobina—, le podría doler bastante, pero puede jugar, correr, y llevar la vida que hacía hasta ahora. Incluso nadar. Y en cuanto a lo de dormir, por supuesto. Incluso él será el que decida si quiere apagarlo cuando se vaya a la cama o no...

—Vale —digo con las lágrimas asomándome, mordiendo mi labio inferior.

—No le voy a avisar de cuando lo enciendo, y entonces le haré una señal a usted para que hable mientras yo ajusto el volumen —dice señalándome.

—Está bien.

Entonces el médico toca el aparato colocado detrás de su oreja y asiente mirándome. Max mira los pósters y marcos colgados de las paredes, totalmente abstraído, como si nada hubiera cambiado y sin entender qué hace allí realmente. Yo le miro con la mente totalmente en blanco. Hay tantas cosas que quiere decirle y he soñado tanto con este momento que, una vez tengo la oportunidad de hablar y que él me escuche, no consigo encontrar las palabras adecuadas.

—¿Max? ¿Cariño? —digo por fin, con la voz tomada por la emoción.

Al instante, gira la cabeza hacia mí y la ladea. Entorna los ojos un poco y despega los labios levemente. Parece confundido, dudando si realmente ha oído algo o ha sido solo producto de su imaginación.

—¿Me has oído? —vuelvo a decir—. Max, soy mamá.

Abre los ojos y la boca de par en par. Se levanta de la silla y se acerca hasta mí. Pone sus pequeñas manos a ambos lados de mi cara y me mira fijamente la boca.

—Max... ¿Me oyes?

Entonces, sin mediar palabra, se tira a mis brazos y empieza a llorar desconsoladamente, asintiendo con la cabeza sin parar. Lexy se abraza a nosotros y le acaricia la cabeza a Max, que inmediatamente se gira para mirarla.

—Hola enano —le saluda ella mientras él ríe con la cara totalmente mojada.

—Hola Max —le saluda entonces Luke.

Su reacción con él es totalmente distinta. Aunque no deja de sonreír, no se le acerca, sino al contrario, se aferra a mí con más fuerza. Por suerte, la comprensión y paciencia de Luke no tiene límites, y se conforma con que le haya oído y no le haya gritado como venía haciendo últimamente.

—Bueno campeón —interviene entonces el médico, hablándole muy calmado, vocalizando mucho para que a Max no le cueste seguirle—. Parece que nos oyes a todos, ¿verdad? ¿Está bien el volumen? ¿O crees que deberíamos subirlo?

Max asiente con la cabeza y levanta el pulgar.

—Te voy a dar una cosa. Un regalo. ¿Lo quieres? —le vuelve a preguntar mientras Max asiente de nuevo. El médico se agacha y saca unos auriculares de una caja—. Aquí hay poco ruido, pero ahí fuera, en la calle, la cosa es muy distinta. Al principio sobre todo, te puedes llegar a agobiar, así que te recomiendo que cuando eso te pase, antes de que te duela la cabeza, te pongas estos cascos. ¿De acuerdo?

Max sonríe mientras se los pone. Nos mira enseñándonos todos los dientes, totalmente en éxtasis.

—Y ahora que nos oyes, podrías intentar decir alguna palabra, ¿no? Podrías empezar con las fáciles como mamá o papá, o los nombres de ellos... Pero no te agobies, a tu ritmo. Mamá te traerá unos días a la semana a rehabilitación y te ayudaremos. ¿De acuerdo?

—Sí —contesta Max, haciendo las delicias de todos nosotros al escuchar su voz.

—Pues ala, ve a casa a descansar. Nos vemos la semana que viene y espero que me puedas contar algunas cosas.

—Sí —repite asintiendo con la cabeza.

—No tengo palabras... —le digo al médico mientras le abrazo.

—No hace falta que me diga nada. Es una gozada verle y escucharle.

Ya en la calle, Max mira a todas partes, apretando mi mano con fuerza cuando el claxon de algún coche o la sirena de los camiones de bomberos le sobresaltan. Al final, acabo por ponerle los cascos, muy a su pesar a tenor de la cara que pone.

—Cariño, poco a poco. En casa te los quitas. O cuando haya menos ruido...

AARON

—Entonces, ¿es definitivo? —me pregunta Finn mientras yo asiento apretando los labios con fuerza.

—Joder... ¿Y cuándo te vas? —interviene Jimmy.

—Cuando empaquete mis cosas y las envíe para allá. No me lo llevo todo, porque no alquilaré ni venderé mi apartamento, por si venimos de visita alguna vez, así que no tardaré mucho.

—¿Pero ya tienes piso allí?

—Sí, me lo han buscado ellos... Cerca de la Casa Blanca.

—¡Joder, cómo suena eso! —ríe Jimmy.

—Y ya hemos visto un instituto cerca de casa, así que en cuanto lleguemos, le matriculo y vuelta a empezar.

—Y te olvidarás de todos nosotros... Codeándote con algunos de los hombres más poderosos del planeta...

—Sabes que no.

—No, tengo la impresión de que de algunos no te vas a olvidar tan fácilmente —dice Jimmy—. O debería decir mejor de algunas...

—¿Te das cuenta de lo que vas a hacer por culpa de una mujer? Tú. Don sexo sin compromiso, el rey de los polvos en los lavabos de las discotecas, el Don Juan del gimnasio...

—Ella no es como las demás... —digo agachando la cabeza.

—Y entonces... ¿Ya no trabajarás más con nosotros?

—No, mi renuncia es irrevocable y con efecto inmediato, y ya está en poder de los de arriba... Vendré para despedirme de todos dentro de unos días, pero antes quería decíroslo a vosotros y a ella... Aunque, por lo que veo, no está.

—No, lleváis tanto tiempo dándoos esquinazo, que apuesto a que no te acordabas de que hoy tenía lo de su hijo...

—¿Lo de...? ¡Oh joder! ¡Mierda! ¡Max! Lo olvidé...

—¿A dónde vas? —me gritan los dos mientras corro hacia la salida.

Me dirijo hacia el hospital sorteando a la gente, incluso cruzando los pasos de peatones en rojo, arriesgándome a una muerte segura si uno de los coches no me esquiva a tiempo. No puedo creer que lo haya olvidado. No puedo creer que la pelea y distanciamiento con su madre me hayan hecho olvidar lo que me hizo prometer, que estaría a su lado en este momento.

Después de realizar parte del recorrido en metro y de correr durante otros quince minutos, giro la esquina de la calle del hospital pero me freno de golpe. A lo lejos, de espaldas a mí, veo a Max muy sonriente, agarrado de la mano de Livy. Lexy está a su lado también, así como Luke. Al momento, agacho la cabeza, decidiendo si acercarme a ellos o no. Son una familia, o al menos, intentan serlo de nuevo, y yo no soy nadie para interponerme en su camino. Por mucho que les quiera y me duela alejarme de ellos. Ella ha tomado una decisión, correcta a mi modo de ver, ya que yo también antepondría la felicidad de mi hijo a la mía propia. Así pues, con la decisión ya tomada, levanto la vista de nuevo y empiezo a retroceder sin dejar de mirarles. Lexy gira la cabeza en ese momento y me ve. No se mueve, pero tampoco me pierde de vista en ningún momento y, aunque soy incapaz de ver la expresión de su cara, sé que no le hace ninguna gracia mi visita. Levanto las palmas de las manos para que entienda que no tengo intención de entrometerme, mientras sigo retrocediendo hasta perderles de vista.

A pesar de estar lejos de casa, decido volver a pie. Camino cabizbajo entre la multitud de gente, con las manos metidas en los bolsillos del vaquero y el cuello de la chaqueta subido para resguardarme el cuello del frío. En ese momento, siento la vibración de mi teléfono en el bolsillo interior de la chaqueta.

—Eh... —saludo a Chris al descolgar.

—¡Hola! ¿Qué haces?

—Estoy volviendo a casa.

—¿Ya has hablado con Olivia?

—No.

—No entiendo... ¿No ibas para eso? ¿Para decírselo en persona y que no se enterara por vuestros jefes?

—Esa era la idea, pero hoy no ha ido a trabajar porque le ponen el aparato ese a Max...

—¡Oh mierda! ¿Era hoy? ¡Lo olvidé!

—Yo también... Le prometí que estaría allí, y lo intenté... Corrí hacia el hospital y les vi...

—¿A Max y a Livy?

—Y a Lexy. Y a Luke...

—Oh.

—Sí. Oh.

—No pudisteis hablar demasiado entonces...

—Nada, de hecho. No me atreví a inmiscuirme. No tenía derecho a hacerlo...

Justo después de decir eso, se me escapa un suspiro, y sé que Chris ha sido capaz de escucharlo.

—Papá...

—No te preocupes, estoy bien... Dentro de poco pondré kilómetros entre nosotros y juro que intentaré olvidarme de ella con todas mis fuerzas.

—¿Y crees que lo vas a conseguir? ¿Apostamos algo?

—¿Tan poca fe tienes en mí?

—¿Quieres que sea sincero?

Río porque sé que tiene razón. El simple hecho de pensar en olvidarla, ya me duele, así que no quiero ni pensar cómo será intentarlo.

—Oye, estoy pensando en comprarle algo a Max y hacérselo llegar antes de irnos...

—¡Genial! ¿Tienes algo pensado?

—Sí —contesto sonriendo—. Nos vemos en un rato y te cuento.

LIVY

—Si mañana me necesitas en algún momento... —me dice Luke.

—No te preocupes. Volvemos a la rutina. Yo a trabajar y los chicos al colegio. Pero gracias. Si te necesito te llamaré.

Luke me mira sonriendo. Desde lo de Max, pasa mucho tiempo en casa con nosotros, y la verdad es que se ha convertido en una gran ayuda.

—¿Qué te apetece para comer, Max? —le pregunta Luke desde la cocina.

Max ni siquiera levanta la vista de su cuaderno de pintar, haciendo ver que no le ha oído, cosa que todos sabemos que no es verdad. Luke, lejos de enfadarse, se acerca hasta él sonriendo.

—Tierra llamando a Max —dice agachándose a su lado—. ¿Pasta, pizza, carne...? ¿Un suculento y generoso plato de brócoli, quizá?

Max arruga la boca, demostrando que escucha todo lo que su padre le dice, pero lejos de contestar, se gira y le da la espalda. Luke agacha la cabeza, apesadumbrado, pero, haciendo gala de una infinita paciencia, se repone de este nuevo desplante de Max.

—¡Adjudicado el plato de verdura! —dice poniéndose en pie y caminando de nuevo hacia la cocina.

—Max —intervengo entonces—. Tu padre te ha hecho una pregunta. ¿Quieres hacer el favor de contestarle?

—¡No! —grita Max.

—¿Eso significa que no quieres contestarme o que no quieres verdura? —insiste Luke.

—¡Tú no mi papá!

Hace unos días que va con el implante al completo y ha asistido a su primera clase de rehabilitación para ayudarle a hablar y empezar a comunicarse, pero hasta ahora no había dado signos de mejora. Pasado el impacto inicial, en el que él mismo se emocionó al escuchar mi voz y la de su hermana, sabíamos que podía oírnos porque el aparato funciona correctamente, pero no porque él hiciera ningún intento de comunicarse con nosotros. Cuando Luke no está, se muestra más receptivo y contesta a nuestras preguntas con movimientos de cabeza, pero cuando él está, se abstrae y se encierra en su pequeño mundo.

Por eso, en cuanto oigo su voz, empiezo a llorar. No porque sus palabras hayan sido duras, que lo son, sino porque es la primera vez que Max hace el intento de comunicarse con nosotros. Incluso Lexy, que estaba en su habitación, aparece y mira a su hermano con la boca abierta.

—Pues siento comunicarte que los padres no se eligen —le dice Luke sin gritar pero con gesto serio, demostrando que el comentario no le ha hecho ni pizca de gracia.

Max, lejos de amedrentarse, se pone en pie y camina con decisión hacia él.

—¡No! —le grita dándole un empujón con los ojos llenos de lágrimas—. ¡Vete!

Luke retrocede con los ojos muy abiertos, muy sorprendido por la reacción de Max, mientras este sigue le sigue golpeando con sus pequeñas manos cerradas en puño. Al instante, me agacho a su lado y le cojo en brazos para separarle, mientras Lexy se acerca a su padre.

—Vamos cariño —le susurro—. Tranquilízate, por favor...

—¡No quiero! —me grita apretando los dientes de pura rabia y, mirando de nuevo a su padre, señalándole desafiante, añade—: ¡Vete!

—¡¿Y quién quieres que venga?! ¡¿Aaron?! ¡¿Dónde está Aaron ahora?! ¡¿Quién está a tu lado ahora?! —le grita entonces Luke, perdiendo del todo los papeles.

—Luke, vete, por favor —le pido muy calmada aunque con gesto serio.

—¡¿En serio?! —me pregunta con los ojos muy abiertos—. ¡¿Después de todo lo que estoy haciendo?!

—Luke, vete —repito.

Después de mirarnos durante un rato, Luke se deshace de malas maneras del agarre de Lexy y se va muy cabreado, dando un portazo al salir. En cuanto nos quedamos solos, vuelvo a centrar mi atención en Max y se me parte el alma al ver su cara desencajada y llena de lágrimas. Su pequeño cuerpo tiembla y le estrecho entre mis brazos de inmediato.

—No llores, cariño mío. Por favor...

—No está... —solloza, roto completamente de dolor—. Aaron no está...

—Sí está —dice de repente Lexy.

Me quedo helada al escucharla. Al principio dudo de la veracidad de sus palabras, pensando que las haya dicho solo para tranquilizar a su hermano, pero después pienso que Lexy no se inventaría algo así, teniendo en cuenta que sus planes son que las cosas vuelvan a ser como antes, y Aaron no forma parte de ellos. Max deja de llorar y la mira con los ojos muy abiertos, esperando una explicación, así que ella le coge en brazos y carga con él hasta el sofá.

—Aaron sí está. Te vino a ver al hospital. Yo le vi. No se ha olvidado de ti —le dice.

—No dice nada a yo.

—Porque no quería meterse...

—No viene...

—¿Le llamamos para que venga?

Max asiente enérgicamente con la cabeza y, cuando aún no he sido capaz de digerir todo lo que acabo de averiguar, veo como Lexy se pone el móvil en la oreja.

—¿Chris? Sí, soy yo... Esto... Me diste tu número para que te llamara cuando te necesitara...

¿Chris le dio su número a Lexy? Seguramente sería el día de Nochebuena, esa fatídica noche en la que todo se empezó a resquebrajar.

—Max quiere ver a tu padre...

AARON

Estoy muy nervioso, como si tuviera quince años y estuviera a punto de tener mi primera cita. Miro el reloj constantemente, frotándome las palmas de las manos contra el vaquero y picando con el pie contra el suelo de forma repetitiva. Max y yo vamos a poder disfrutar de un día entero para nosotros y quiero que se lo pase en grande, a pesar de que voy a tener que darle la noticia de que nos mudamos a Washington. Sé que Livy ya ha sido informada, porque se incorporó al trabajo hace unos días y, siguiendo mi recomendación, le dio mi puesto a Jimmy. De repente, Bono, que estaba estirando a mi lado, se sienta y levanta las orejas.

—¡Aaroooooooooooooooooooon!

Me pongo en pie golpe, con los ojos y la boca muy abiertos, viendo como Max corre hacia mí con los brazos abiertos. Por un momento, dudo incluso de que haya sido él el que me ha llamado, pero en cuanto se me tira encima y le escucho reír, se me disipan todas las dudas.

—¡Hola! —le digo totalmente emocionado, mirándole mientras le acaricio la cara—. ¿Cómo estás?

—Bien —me contesta a la vez que levanta el pulgar, como hacíamos siempre, mirando fijamente mis labios con gesto ilusionado—. ¡Oigo a tú!

—¡Jajaja! ¿Sí? ¿En serio? ¡Es genial escucharte! Hablas muy bien.

Entonces hunde la cara en el hueco de mi hombro, rodea mi cuello con sus brazos y siento sus pequeños dedos en mi nuca.

—Te he echado de menos. Mucho. Incumplí mi palabra, y lo siento. ¿Me perdonas? —le pregunto mientras él asiente con la cabeza.

En ese momento me fijo en ella. Me sonríe sin despegar los labios, abrazándose el cuerpo con ambos brazos. Está incluso más guapa que de costumbre o quizá sea yo, que la estoy echando de menos cada segundo de mi vida.

—Gracias —le digo con sinceridad, sin importarme que vea las lágrimas que se agolpan en mis ojos.

—Gracias a ti. Lexy nos explicó que fuiste al hospital...

—No quise...

Empiezo a responder, pero al ver que Max está muy atento a lo que decimos, recuerdo que ya es capaz de escucharnos, así que me quedo callado y le miro, revolviéndole el pelo en un gesto cariñoso.

—Tienes el pelo muy largo ya.

—Y tú —me responde poniendo sus manos en mis mejillas—. Y barba.

Parece que entonces se da cuenta de la presencia de Bono, que desde que le ha visto está sentado, esperando su turno para recibir su dosis de caricias, con la boca abierta y la lengua fuera. Le dejo en el suelo frente a él y enseguida le abraza la enorme cabeza.

—¡Ya hablo! —le dice justo en el momento en que Bono ladra como si le diera su aprobación.

Los dos les miramos mientras Max da pequeños saltos y Bono corre a su alrededor, compartiendo su felicidad.

—Fue todo bien, ¿verdad? —le pregunto a Livy, mirándola de reojo.

—Sí.

—Y se ha espabilado mucho con el habla, según veo.

—Hasta hoy, no.

Entorno los ojos, confundido, intentando averiguar si lo que he entendido es lo que realmente ha querido decir, pero no me hace falta pensar mucho ya que enseguida me lo aclara.

—Ha dicho alguna palabra suelta, sobre todo con Lexy, pero hasta este mismo instante, no ha mantenido una conversación. Hasta que te ha visto... Solo contigo —me dice con gesto serio, sin siquiera mirarme y, sin relajar la expresión, añade—: Así que os vais...

—Te han informado de ello...

—Sí, ya me he enterado, aunque no por ti...

—Iba a hacerlo...

—Pero no lo hiciste.

—¡¿Perdona?! ¿Estás enfadada? No creo que tengas derecho a estarlo. En parte, tú has sido la causante de mi decisión. Verte de nuevo con él... Como si nada hubiera pasado... —digo con rabia y una mueca de asco dibujada en la cara—. Además, fui a verte, pero no estabas y luego vino lo de Max... Pensé que no querrías que te molestara con tonterías.

—¿Tonterías?

—Ya me entiendes, Liv... Pensé que tu hijo era lo más importante en ese momento...

—Y lo es, siempre lo son. Si no fuera así, no habríamos llegado a esta situación, ¿no? —dice girando la cabeza y mirándome con dureza—. ¿Y cuando os vais?

—Pasado mañana.

Los ojos se le humedecen al instante aunque, para no dejar escapar las lágrimas, aprieta la mandíbula con fuerza. Entonces, cuando Max se acerca a nosotros de nuevo, ella se agacha a su lado y le da un beso en la mejilla.

—Nos vemos luego, ¿vale? Pórtate bien y sobre todo, pásalo en grande.

—Vale —le contesta él levantando el pulgar.

—Te llamaré luego —le digo cuando nos da la espalda.

—Ajá... —responde ella sin girarse.

La miro mientras se aleja, sin poder evitar pensar que tengo que atesorar estos momentos en mi cabeza ya que puede que sean los últimos que comparta con ella. Entonces siento como Max me da la mano y cuando agacho la cabeza, me sonríe enseñándome todos los dientes.

—¿Sabes una cosa? Te he comprado algo...

—¿Regalo? —me pregunta ladeando la cabeza.

—Sí —contesto, sonriendo al ver que aún no sabe construir bien las frases—. Toma.

Agarra con ambas manos el paquete que acabo de sacar del bolsillo interior de la chaqueta y lo mira embelesado. Nos sentamos en un banco y le observo mientras arranca el papel sin ningún miramiento. Cuando ve la caja, le da varias vueltas y se la acerca a los ojos.

—No sabes lo que es, ¿verdad? —le pregunto a sabiendas de que no tiene ni idea—. Es un Ipod. ¿Y sabes para qué sirve? Para escuchar música. Atento.

Desenrollo los auriculares, los conecto al pequeño aparato y se los pongo en las orejas, muy despacio, para que él vea en todo momento lo que hago.

—¿Preparado? —le pregunto antes de poner en marcha la música—. Chris te ha grabado algunas canciones...

—Vale —dice levantando en pulgar.

Cuando aprieto al botón, ajustando el volumen a una intensidad adecuada, su cara se ilumina. Levanta la cabeza y mira al cielo, de un lado a otro. Entonces se quita uno de los auriculares y se sorprende al darse cuenta de que la música solo suena en su oído, a través de ese pequeño auricular que ahora mira fijamente.

—Antes de ponerte el audífono, tú no podías escuchar a los demás. Ahora, solo tú podrás escuchar lo que suena por aquí. ¿Qué te parece?

—¡Gusta!

—¿Sabes quién es el que canta? —le pregunto.

—No.

—Es Chris. Me dijo que el otro día le viste cantar en el parque y quería que le oyeras. Te ha cantado más. Si aprietas este botón de aquí, pasas de una a otra.

Le observo sonreír, feliz, apretando donde le he dicho, pasando de una canción a otra. Balancea las piernas hacia delante y hacia atrás e incluso mueve la cabeza siguiendo el ritmo.

—Y eso no es todo... —le digo buscando por la pantalla táctil hasta dar con lo que quiero—. También te hemos grabado varios mensajes para que escuches nuestra voz siempre que quieras.

Max me mira mientras escucha atentamente lo que suena por sus auriculares.

—Tú —dice señalando su oreja.

—¿Soy yo? ¿Sí?

—¡Sí! —contesta aplaudiendo, justo antes de girar la cabeza hacia Bono y señalarle—. ¡Ahora Bono!

—Sí, Bono también quiso contribuir en la sorpresa. Y... Además... —vuelvo a decir tocando otro icono de la pantalla—. También tiene cámara de fotos. Chris ha estado haciendo pruebas y verás que ya ha hecho unas cuantas.

Le siento en mi regazo mientras miramos las fotos que hay guardadas. En la mayoría sale Chris haciendo el idiota, aunque también aparecemos Bono, que parece que sonría en todas, y yo. Entonces, después de explicarle como se hacen, nos enfoca y hace una foto. Salimos perfectos, yo mirándolo mientras él sonríe enseñando todos los dientes. Parece que le ha cogido gusto al tema, porque entonces saca la lengua y se hace otra, riendo al ver cómo ha quedado. Luego se gira de cara a mí y me saca un primer plano.

—¿Te gusta? —le pregunto.

—¡Sí! —dice poniéndose en pie y fotografiando todo lo que se le pone por delante.

—Max, te tengo que explicar una cosa... —le agarro de los brazos y le atraigo hacia mí, agachando la mirada, intentando encontrar las palabras adecuadas, hasta que él guarda el Ipod en el bolsillo de su chaqueta, se sienta en mi regazo y me agarra la cara con ambas manos—. Verás, me tengo que ir a trabajar a otra ciudad. No estaré lejos, pero no nos podremos ver mucho.

—No... —dice mientras se le humedecen los ojos—. Perdón, perdón, perdón...

—¿Por qué me pides perdón? Tú no has hecho nada malo.

—Tú perdón a mamá.

—Ella tampoco ha hecho nada. Nadie tiene la culpa. Me voy a Washington porque me han enviado allí a trabajar —le miento—. Pero ahora que podemos hablar por teléfono, lo haremos a menudo. Y cuando tenga algún día libre, vendré a verte. Te lo prometo, y esta vez, de verdad. Nada ni nadie va a impedir que venga a verte. Son unas tres horas y pico de coche, muchísimo menos si vengo en avión.

—¿Chris? —me pregunta ladeando de nuevo la cabeza.

—Se viene conmigo, sí.

—Yo con tú.

—¿Y dejarías sola a mamá y a Lexy?

—Mamá y Lexy con tú también.

—No te voy a mentir —le confieso resoplando con fuerza—. Me encantaría. Pero a veces las cosas no salen como uno quiere. Yo no soy tu papá, colega. Luke es tu papá, y te quiere un montón, y quiere estar con vosotros. Tú tienes tu familia y yo la mía... ¿Lo entiendes?

Agacha de nuevo la cabeza y escucho como sorbe por la nariz.

—Oye, no quiero que estés triste porque hoy tenemos todo el día para nosotros. Vamos a pasárnoslo bien y, antes de que te des cuenta, volveremos a vernos y repetiremos un día como este. ¿Vale?

—Vale —contesta no muy convencido.

—Y quiero que le hables a mamá, porque a ella le hace muy feliz oírte, ¿sabes? Y te quiere muchísimo.

—¿Tú? ¿Tú quieres?

—¿A ti? Ya sabes que sí.

—A mamá.

—También —le confieso encogiéndome de hombros.

Agacha la cabeza y arruga la boca un rato. Se frota las manos la una contra la otra mientras piensa.

—Yo le diré. Cada día. Por tú y por yo.

—¿Le dirás que la quieres todos los días? ¿De tu parte y de la mía? —le pregunto mientras él asiente con orgullo—. Me parece una idea perfecta. Oye, ¿vamos a jugar con Bono mientras esperamos a que llegue Chris?

En cuanto le nombro, su humor mejora un poquito. Cuando aparece y acabamos pasando toda la mañana jugando en el parque, está muchísimo más animado, y ya, cuando después de comer una pizza y un helado, le propongo ir al cine, su sonrisa es de oreja a oreja. Se porta muy bien durante toda la película, a pesar de que es su primera vez y de que al final acabo sentándole en mi regazo, abrazándole cuando el volumen de la película sube y veo que se tapa las orejas con las dos manos.

Está oscureciendo cuando, muy a mi pesar, emprendemos el camino hacia su casa. Durante el trayecto, no para de hablar y no nos suelta la mano en ningún momento. Cuando veo que las fuerzas le empiezan a abandonar, le cojo en brazos y camino con él a cuestas, sin dejar de acariciar su espalda. Chris me mira sonriendo y sé que ambos estamos pensando en lo mismo: en lo mucho que nos hubiera gustado compartir un momento como este cuando él era pequeño.

—¿Cuándo llamas? —me pregunta Max devolviéndome a la realidad.

—¿Que cuándo te llamaré? —digo mientras él asiente—. En cuanto nos instalemos. Pero oye, tú también nos puedes llamar. Solo tienes que pedirle el teléfono a mamá. Cuando necesites hablar con nosotros, se lo pides. Ella seguro que te deja.

—Guay. Mola.

—¿Guay? ¿Mola? ¿Chris, tienes algo que decir?

—¿A que mola? ¿Y qué más, Max?

—Flipante —dice asintiendo con la cabeza, orgulloso a la vez que lo dice.

—A tu madre no sé yo si le va a flipar tanto que digas esas palabras...

—Olivia es guay —interviene Chris.

—Mamá mola...

LIVY

—¡¿Pasado mañana?!

—Sí.

—¿Y cuándo pensaba decírtelo? ¿O se iba a ir sin despedirse?

—Dice que verme con Luke le hizo tomar la decisión... Y que quiso decírmelo pero que con todo lo de Max, no tuvo ocasión.

—Ya... Hombres... Si tuvieran el cerebro en la cabeza en lugar de en la entrepierna... —resopla Bren—. ¿Así que jefe de seguridad de la Casa Blanca?

—Eso me dijeron los de arriba cuando me informaron de su renuncia. Él no ha llegado a comentármelo porque no hemos tenido mucho tiempo para hablar...

—Por favor, ¡qué sexy! —dice sonriendo mientras me agarra del brazo—. Irá con traje y con el pinganillo ese en la oreja. Con cara de malote borde... ¿No te lo has imaginado y has mojado las bragas?

—¿Pero tú no estabas enfadada con él?

—¿Enfadada con el guardaespaldas macizo del presidente de los Estados Unidos? ¿Estás de broma o qué? ¿Y cuándo dices que viene?

—Deben de estar al caer... Hace un rato que me llamó para decirme que ya volvían para casa.

—¿Dónde está Luke?

—En terapia.

—Ya está el cabronazo haciendo méritos... —dice entre dientes, aunque luego, mucho más animada, pregunta—: ¿Así que no viene esta noche?

—No.

—Invita a Aaron a cenar.

—¡¿Qué?! ¡No!

—¡¡Vamos!! ¿Vas a dejar escapar la oportunidad de estar con él un rato más? Quizá sea la última vez que podáis cenar juntos tranquilamente...

—¿Tranquilamente? ¿Hace falta que te recuerde que vivo con la peor enemiga de Aaron?

—La bicha esa...

—¡Oye! ¡Que es mi hija!

—De acuerdo... Pero te recuerdo, que la bicha de tu hija parece tener su corazoncito y gracias a ella, tu hijo hoy volvía a sonreír.

—Lo hacía por su hermano, no porque de repente le caiga bien Aaron.

En ese momento suena el timbre de la puerta y las dos nos quedamos quietas, mirándonos fijamente, con los ojos muy abiertos. Debemos de pasarnos un buen rato así, porque el timbre vuelve a sonar con insistencia. Lexy aparece por el pasillo, mirándonos extrañada, mientras camina hacia la puerta. En cuanto la abre, Max entra por ella corriendo. Se lanza al cuello de su hermana y le da un beso en la mejilla y luego corre hacia mí.

—¡Mamá! ¡Mira! —dice enseñándome algo que lleva en la mano, y que si no me equivoco, debe de ser uno de esos reproductores de música.

—¡Guau, cariño! ¿Es lo que creo que es? —digo mientras le cojo en brazos.

—¡Música por aquí! —dice señalándose las orejas—. ¡Solo para yo!

—Eso es fantástico.

—Es regalo para yo de Aaron y Chris.

Entonces levanto la vista hacia la puerta y les veo a los dos, aún en el pasillo, con Lexy frente a ellos.

—Gracias —le dice Aaron mientras ella asiente con la cabeza.

—Eh —la saluda Chris sonriendo, con sus ojos achinados y sus típicos hoyuelos en las mejillas.

—Eh —le responde ella levantando una mano.

Entonces, siento cómo alguien me empuja y cuando miro hacia atrás, veo a mi hermana hablándome entre dientes.

—Haz. Algo. Ya.

—No... —susurro.

—¡Ya! —insiste en un tono de voz algo más alto mientras me empuja de nuevo.

Me doy cuenta de que acabamos de llamar la atención de los demás y de que nos miran atentamente, así que, sintiéndome acorralada, camino hacia la puerta con Max aún en brazos.

—Pasad, por favor —se me ocurre decir—. No teníais por qué comprarle nada a Max, pero sin duda, le ha encantado. Gracias.

En ese momento, Max le enseña a Lexy su nuevo juguete y a ella se le ilumina la cara.

—¡Venga ya! ¡¿Tienes un Ipod?! ¡¿Mamá, el enano tiene un Ipod antes que yo?!

—Juro que yo no he tenido nada que ver. Esto es cosa de Aaron... —le digo mientras me encojo de hombros.

—¡Regalo para yo! —dice Max con una enorme sonrisa en la cara—. ¡Mira! ¡Ven!

Dejo a Max en el suelo y este enseguida agarra a Lexy y a Chris de la mano y se los lleva hacia su dormitorio.

—¡La hostia! ¡Qué tarde se ha hecho! —dice Bren, pasando por nuestro lado y saliendo al rellano—. Te llamo mañana, hermanita.

—De acuerdo... —le digo mirándola con los ojos entornados mientras ella me dice adiós con una mano y una enorme sonrisa dibujada en la cara, justo antes de morderse el labio inferior y hacer gestos obscenos con las manos.

—Adiós —se despide de Aaron mirándole de arriba abajo, dejando ir incluso un largo suspiro.

—Hasta otra —responde él.

Cuando nos quedamos solos, nos miramos sin saber bien qué decir. Luego sonreímos de manera forzada al mismo tiempo, agachamos la cabeza casi al unísono y reímos por lo bobos que debemos de parecer.

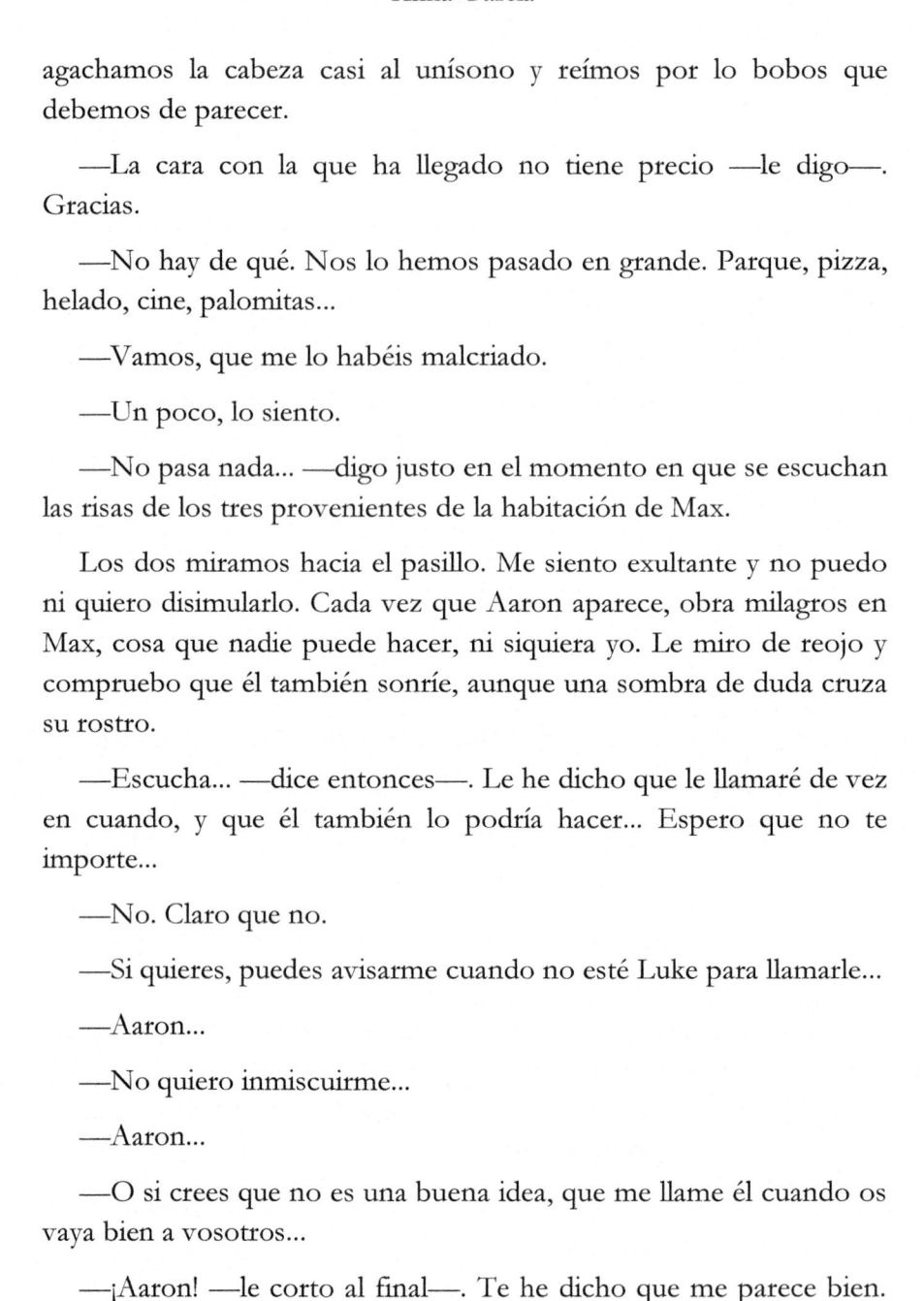

—La cara con la que ha llegado no tiene precio —le digo—. Gracias.

—No hay de qué. Nos lo hemos pasado en grande. Parque, pizza, helado, cine, palomitas...

—Vamos, que me lo habéis malcriado.

—Un poco, lo siento.

—No pasa nada... —digo justo en el momento en que se escuchan las risas de los tres provenientes de la habitación de Max.

Los dos miramos hacia el pasillo. Me siento exultante y no puedo ni quiero disimularlo. Cada vez que Aaron aparece, obra milagros en Max, cosa que nadie puede hacer, ni siquiera yo. Le miro de reojo y compruebo que él también sonríe, aunque una sombra de duda cruza su rostro.

—Escucha... —dice entonces—. Le he dicho que le llamaré de vez en cuando, y que él también lo podría hacer... Espero que no te importe...

—No. Claro que no.

—Si quieres, puedes avisarme cuando no esté Luke para llamarle...

—Aaron...

—No quiero inmiscuirme...

—Aaron...

—O si crees que no es una buena idea, que me llame él cuando os vaya bien a vosotros...

—¡Aaron! —le corto al final—. Te he dicho que me parece bien. Si a Luke no le gusta que le llames, es su problema. A mí me parece bien y Max no te perdonaría que no lo hicieras, así que...

—Es solo una pataleta, Liv. Max entrará en razón, y acabará aceptando la vuelta de Luke...

—Supongo... —respondo, y sin siquiera pensarlo, añado—: Pero no sé si yo lo haré...

Me muerdo el labio al instante, arrepintiéndome de mis palabras nada más salen de mi boca. Permanecemos en un completo silencio, solo roto por el sonido de nuestras respiraciones pesadas. Oigo incluso cómo traga saliva, justo antes de recorrer la corta distancia que nos separa. Se detiene cuando su pecho roza el mío y su aliento acaricia mis labios.

—Escucha —dice con voz ronca—. Sé que no me debes nada... No soy el padre de tus hijos, ni tu marido, ni tu pareja... Dios, ni siquiera hace el suficiente tiempo que nos conocemos como para considerarme un amigo íntimo... Pero déjame pedirte algo, solo una cosa... ¿Me das un minuto? Solo un minuto...

—¿Un...? ¿Un minuto para qué? —le pregunto con la voz tomada por la emoción.

—Para abrazarte, para sentirte como si fueras solo mía durante un rato. Sé que suena triste, pero me conformo solo con eso.

Totalmente emocionada por sus palabras, me limito a asentir con la cabeza mientras él me acoge entre sus brazos. En cuanto me abraza, apoyo la cabeza de lado en su pecho y cierro los ojos, inspirando profundamente por la nariz, inhalando su olor. Escucho los latidos de su corazón y su ritmo me hipnotiza. Me agarro con fuerza a su sudadera cuando siento como me empiezan a fallar las piernas. No sé el tiempo que llevamos así, seguro que más del minuto que me pidió, cuando escuchamos una risita a mi espalda. Nos separamos al instante, y nos giramos hacia su procedencia, encontrándonos con los chicos mirándonos fijamente. Chris y Max sonríen mientras Lexy entorna los ojos con recelo, aunque sin montar ninguna escena.

—Chris, ¿nos vamos? —dice Aaron después de carraspear para aclararse la voz.

—Sí —contesta él despidiéndose de Lexy con un abrazo y de Max con un complicado choque de manos.

Cuando llega a mi lado, me abraza y me besa en la mejilla, mientras Max corre a los brazos de Aaron.

—Tenemos un trato, ¿vale? —le dice este.

—Vale —contesta Max levantando el pulgar.

—Te quiero mucho, pequeño.

—Yo también a tú.

Aaron hunde la cara en el pequeño hombro de Max, cerrando los ojos con fuerza. Se tiran así largo rato, pero no me atrevo a interrumpirles. Cuando se separan, ambos con los ojos llorosos aunque sonriendo, Aaron le deja en el suelo y empieza a caminar de espaldas, acercándose a la puerta. Le dice adiós a Lexy con la mano, gesto que ella imita, y luego clava los ojos en mí, sin parpadear. Justo antes de cerrarse la puerta, Max me agarra de la mano y, sin esperármelo, me dice:

—Mamá, te quiero.

Le miro sorprendida pero feliz y, en cuanto me agacho y le cojo en brazos, veo como mira a Aaron levantando el pulgar. Es un momento muy triste, pero ver cómo lo está encajando Max, me ayuda a seguir adelante. Él es feliz a pesar de la marcha de Aaron, y la felicidad de mis hijos es lo único que me importa en estos momentos.

CAPÍTULO 20
Cuando empezamos a sincerarnos

LIVY

Llevo un buen rato sentada en el sofá y he rellenado tres veces la copa que sostengo en la mano. La televisión sigue encendida, aunque hace bastante rato que no le presto atención porque tengo la mente ocupada en otras cosas. O más bien, en otra persona. Durante la cena logré mantener el tipo bastante bien, gracias sobre todo a que Max no calló en todo el rato, explicándonos a su hermana y a mí todo lo que había hecho con Aaron y Chris. Escucharle hablar es una gozada y, como además aún no sabe utilizar bien según qué palabras, resulta de lo más simpático.

—Aaron coge a yo —nos decía al explicarnos que Aaron le había cogido en brazos en el cine cuando él se asustaba por el volumen de la película—. Mucho ruido pero mola.

—Parece un Minion de esos de la peli de dibujos animados hablando, mamá —dijo Lexy, riendo.

Yo misma sonrío al recordarlo, aunque enseguida se ensombrece mi expresión al volver a ser consciente de la realidad, de que Aaron se ha ido, de que le he perdido, quizá para siempre. Me viene a la mente el recuerdo de lo que nos hemos dicho esta noche, de ese momento en el que yo le confesé que sigo sin olvidarle y que veo difícil hacerlo, algo que llevo ocultando desde hace unas semanas, intentándome convencer de que sí podré hacerlo. Por suerte o por desgracia, los niños olvidan rápido, y cuando él me dijo que Max acabaría por aceptar a Luke, supe que tenía razón, pero también me di cuenta de que el problema no era él, sino yo. Vuelvo a recordar ese minuto que no dudaría en volver a concederle. Me asalta la imagen de sus brazos rodeándome, protegiéndome, como siempre ha hecho, y recuerdo lo que sentí en ese momento... Fue como si mi cuerpo se relajara, como si estuviera por fin en casa, en el lugar en el que debo estar.

—Mamá, ¿estás bien?

La voz de Lexy me sobresalta. Giro la cabeza de golpe y la veo de pie al lado del sofá, vestida con su pijama y con el pelo revuelto, mirándome con el ceño fruncido.

—Sí, cariño. No te preocupes. No tenía sueño y me he quedado a ver la tele un rato...

—¿Desde cuándo te interesa la vida de la familia Kardashian?

—¿Qué? ¿La vida de quién? —le pregunto confundida.

Lexy, se sienta a mi lado en el sofá y señala hacia la televisión.

—Eso es el programa de los Kardashian... ¿No decías que estabas viendo la televisión?

—Ah... Sí... Bueno, ahora no estaba prestando mucha atención...

—Mamá, en serio, ¿estás bien?

Agacho la cabeza al notar las lágrimas que asoman en mis ojos y trago saliva para intentar deshacer ese nudo que me impide respirar con normalidad.

—¿Estás llorando? ¿Te encuentras mal?

—No... —contesto con la voz tomada—. Estoy bien... Solo cansada.

—Estás triste, desde hace días...

Aprieto los labios con fuerza y junto las manos en mi regazo, rascándome la piel de forma compulsiva. Al rato, Lexy pone su mano encima y, buscándome la mirada, insiste:

—¿Mamá? ¿Ya no quieres a papá?

—Lo intento, cariño... —le respondo pasados unos minutos con las lágrimas resbalando por mis mejillas—. Te juro que lo intento...

—¡Pero es mi padre! ¡Y el de Max! ¡Somos una familia!

—Por eso lo intento con todas mis fuerzas.

—¿Le querías antes de mudarnos a Nueva York? ¿Antes de que fuera a la cárcel? ¿O le has dejado de querer de golpe?

—Las cosas no iban bien desde antes de mudarnos, cariño. Ya llevábamos un tiempo algo distanciados. No se puede dejar de querer a alguien de la noche a la mañana...

—¿Pero...? —Lexy se queda callada durante unos segundos, sopesando sus palabras, hasta que por fin se atreve a seguir—: Pero en cambio sí fuiste capaz de enamorarte de Aaron de la noche a la mañana...

En sus ojos no veo odio ni resentimiento, sino tristeza y resignación. Aprieta los labios y hace una mueca, justo antes de escapársele un sollozo y llevarse las manos a la cara.

—Lexy, mírame —digo poniendo mi mano en su barbilla para obligarla a levantar la cabeza—. No te quiero engañar. Estoy enamorada de Aaron... Pero hago todo lo posible por dejar de estarlo... De hecho, los dos lo intentamos...

—¿Los dos...? —me pregunta confundida, con la cara mojada por las lágrimas—. ¿Los dos intentáis no quereros? ¿Aaron se va por...?

—Ninguno de los dos quiere que nuestra relación os afecte ni a ti, ni a Max, ni a Chris... Y teníamos claro que si alguno de los tres no estaba de acuerdo, lo dejaríamos. Para nosotros, sois lo primero.

Nos mantenemos la mirada durante un buen rato. Sé que está pensando en todo lo que le he confesado esta noche y sé que hemos dado un paso enorme en nuestra relación. No me ha hecho falta explicarle las verdaderas razones por las que su padre y yo nos separamos y, después de esto, no creo que sea necesario hacerlo.

Finalmente, me atrevo a acercarme a ella y, lentamente, levanto mis brazos y le doy un fuerte abrazo.

—Quiero que tengas claro que te quiero muchísimo, cariño —le digo besando su cabeza.

—Lo sé... —me contesta al rato, entre suspiros, mostrando una tenue sonrisa sin despegar los labios—. Deberías dormir un poco, mamá.

—Tienes razón —digo mientras nos ponemos en pie y caminamos por el pasillo.

—Mamá, ¿me arropas? —me pregunta cuando llegamos a la puerta de su dormitorio.

—Claro que sí.

En cuanto entramos, se mete en su cama y la tapo con el edredón hasta la barbilla, tal y como hacía cuando vivíamos en Salem. Entonces, acerco mi nariz a la suya.

—¿Qué me dices de un beso de esquimal? ¿O eres demasiado mayor?

—Vale, venga. Pero uno solo.

Frotamos nuestras narices mientras sonreímos abiertamente y, aunque me pasaría un buen rato con ella, atesorando este fantástico momento que parece el primer paso hacia una reconciliación, la veo bostezar y decido dejarla dormir de nuevo.

Cuando salgo, antes de ir hacia mi dormitorio, entro un momento en el de Max para ver como está. Me acerco hasta su cama y veo que se ha dormido con los cascos puestos y el Ipod en la mano. Se los quito de las orejas con cuidado de no despertarlo y entonces, compruebo que sigue encendido. Algo indecisa, me siento a su lado en la cama y me llevo un auricular a la oreja.

—*Probando. Probando. ¿Se me oye? Di algo, papá.*

—*Algo, papá.*

—Qué gracioso... Ja, ja y ja. Max, te estoy grabando esto para que nos escuches siempre que quieras y, ¿sabes qué? Bono también quiere participar. ¡Di algo Bono!

Río tapándome la boca para no despertar a Max cuando oigo los ladridos, y sigo sonriendo mientras les oigo hablar, metiéndose el uno con el otro, demostrando la buena sintonía que tienen entre ellos. Entonces la grabación se corta y miro la pantalla negra. Toco un botón y de pronto se ilumina, mostrándome todos los iconos. Aprieto el de las fotos y las paso una a una, mordiéndome el labio inferior cuando veo un primer plano de Aaron en el que parece rehuir la cámara, mirándola de reojo, como con timidez. Luego veo que también hay vídeos guardados y, como si ver una imagen congelada de él no fuera suficiente tortura, reproduzco uno de ellos para verle en movimiento.

Se me corta la respiración al ver a Aaron sonriendo, con su barba incipiente y el pelo algo largo y despeinado. Mientras habla, no puedo despegar la vista de sus labios y recuerdo cuando los tenía a mi alcance y me besaban con pasión. Cuando el vídeo se acaba, lo vuelvo a poner y esta vez me quedo hipnotizada por sus infinitos ojos azules, que brillan emocionados. Cuando vuelve a terminar, consciente de que no me he enterado de nada de lo que dice porque estaba demasiado ocupada admirándole, vuelvo a reproducirlo.

"Eh... Hola... No estoy seguro de que esto se me dé muy bien, pero necesito que me escuches y recuerdes esto... Aunque estemos lejos, siempre estaré pendiente de ti. Siempre podrás contar conmigo. Me acordaré de ti cada segundo del día y te llamaré siempre que pueda. No te olvides de nuestro trato. Me prometiste que todos los días le dirías a mamá que la quieres, por ti y por mí, ¿recuerdas?"

He tenido suficiente dosis de masoquismo por un día, así que apago el Ipod a pesar de que el vídeo no ha acabado y lo dejo en su mesita. Le doy un beso en la frente a Max y salgo de la habitación con prisa. Cuando llego a la mía y cierro la puerta a mi espalda, me apoyo contra ella y me dejo resbalar hasta quedar sentada en el suelo. Doblo las rodillas y me abrazo las piernas, meciéndome lentamente mientras me dejo arrastrar por todos los sentimientos que intentaba guardar en mi interior y que ahora mi cuerpo exterioriza haciéndome temblar, llorando y sollozando sin remedio.

AARON

—Esta es la sala de prensa. Aaron, te presento a Bill Novak, el jefe del gabinete de prensa de la Casa Blanca.

—Hola —le saludo yo.

—Encantado —me contesta el tipo—. Intenta que no se meta en demasiados problemas y así no tendré que mentir demasiado a los buitres de ahí fuera.

—Lo tendré en cuenta... —contesto sonriendo aunque algo preocupado, ya que es la cuarta persona que me presentan y que pone las palabras presidente y problemas en la misma frase.

—Nos vemos luego, Bill —interviene Jones justo antes de despedirnos.

En cuanto salimos al pasillo, caminamos por un largo pasillo en el que me presenta a varias personas más, hasta que llegamos a unas enormes puertas de caoba. Jones se detiene frente a ellas y me mira de frente, resoplando con fuerza.

—Y aquí está el despacho oval. Él pasa la mayor parte de su tiempo aquí dentro... ¿Preparado?

—Claro —contesto extendiendo los brazos.

En cuanto pica en la puerta con los nudillos, escuchamos una profunda voz que nos da permiso para entrar. Traspasamos las puertas y, antes de fijarme en mi nuevo jefe, miro alrededor de la sala, poniendo especial atención en las ventanas y en el techo, buscando cámaras y lugares desde los que este despacho pueda ser visto desde el exterior. Cuando acabo el repaso exhaustivo y miro al frente, me encuentro con Jones y el presidente mirándome con una enorme sonrisa en la cara.

—Ahora ya sé por qué insististe en que fuera él —dice al rato el presidente.

—Se lo dije, señor —contesta Jones.

—Hay una cámara aquí arriba —dice el presidente señalando al techo, dándose cuenta de mis preocupaciones nada más entrar—, justo en el centro de la estancia. Y en cuanto a las ventanas, dan al jardín trasero. Son imposibles de ver desde la calle.

—Aaron, te presento al presidente Jefferson Smith III —me informa Jones.

—Señor —digo yo dándole la mano mientras inclino la cabeza.

—Creo que nos vamos a llevar bien... Te puedo llamar Aaron, ¿verdad? Solo tienes, ¿cuántos? ¿Treinta y algo?

—Treinta y siete, señor.

—Sangre joven, eso es lo que necesitamos. Aaron, este es el Vicepresidente Robins, mis asesores Terry, Julia y Mick, el Secretario de Defensa Hagel, el Secretario del Tesoro Lew, el Fiscal General Holder, la Secretaria de Interior Jewell, mi secretaria Alice y aún te faltarán por conocer a los Secretarios de Industria, Transporte, Educación, Salud, Trabajo... Él es mi "quarterback", Tom, y ese maletín que es como un apéndice de su mano, es el famoso "balón". Como ves, nadie se quería perder tu incorporación... Jones nos ha hablado maravillas de ti.

—Espero cumplir las expectativas, señor —digo intentando procesar toda la información que me acaba de dar en pocos segundos.

Había oído hablar de ese famoso maletín que contiene los secretos mejor guardados de los presidentes de los Estados Unidos, además de las claves para detonar, en cualquier momento, cualquiera de las cabezas nucleares repartidas de forma estratégica por todo el mundo.

—Yo también. Mi vida puede depender de ello —me contesta sonriendo—. Si nos disculpan... Grace, ¿puedes avisar a mi familia?

Enseguida, una chica que se mantenía al margen, con una libreta pegada al pecho, inclina la cabeza y sale por la puerta mientras el resto se van retirando.

—No quiero agobiarte el primer día... Demasiada gente y, al fin y al cabo, quién te interesa soy yo, ¿no?

Me limito a sonreír, con las manos a la espalda y la postura erguida, cuando la puerta se vuelve a abrir y aparece la primera dama seguida de la hija de ambos.

—Aaron, te presento a mi esposa, Margarett y a mi hija Caitlin.

—Señora. Señorita —las saludo dándoles la mano e inclinando la cabeza, tal y como hice con él antes.

—Jones nos habló maravillas de ti, así que espero que mantengas a mi marido lo más vivo posible...

Los dos ríen mientras su hija pone los ojos en blanco e inmediatamente saca el teléfono y comprueba sus mensajes.

—Caitlin por favor —dice el presidente—. ¿Acaso no puedes dejar ese trasto ni por un segundo?

—Tengo una vida alejada de este calabozo blanco, papá.

—Perdona el comportamiento de nuestra hija —dice la primera dama—. Tengo entendido que tienes un hijo de la misma edad que Caitlin, así que ya debes de estar acostumbrado a estas salidas de tono... ¿Chris, verdad?

—Sí, señora.

No entrabas en mis planes

—Como ves —interviene de nuevo el presidente—, todos nos hemos estudiado muy bien tu ficha...

—Quizá algún día le apetezca venir y bañarse en la piscina...

—¡Mamá!

—¡¿Qué?!

—No dejas venir a mis amigos, pero en cambio el hijo del "segurata" de papá sí puede entrar, ¿no?

—Podéis ser amigos...

—¡Ya tengo amigos! ¡Y ese tío es un completo desconocido! —grita saliendo del despacho seguida de cerca por su madre.

—Disculpa a mi hija...

—No pasa nada. señor.

—Y ahora que estamos solos, vayamos a lo que me interesa.

—Usted dirá, señor.

—¿Te ha enseñado Jones la puerta de atrás?

—¿Señor? ¿La...? ¿La puerta de atrás?

—Ya veo que no... Maldito cabronazo...

El presidente camina hacia las ventanas de detrás de su escritorio y me hace una seña para que me acerque, poniendo un dedo en sus labios para pedirme silencio. Sin entender nada, camino lentamente hacia él.

—¿Te acuerdas de la cámara que te mencioné antes? ¿La del techo?

—Sí, señor.

—Pues tiene un punto ciego —dice moviendo las cejas arriba y abajo.

—Ah... Vale... Es bueno saberlo...

—No me sirve de mucho porque en la puerta hay una mirilla —me explica señalando hacia la puerta—. ¿La ves?

—Sí, señor.

—Pues haga lo que haga, esté con quién esté, Tom o el jefe de seguridad, o sea tú, mira por ella para comprobar que estoy bien. Así que, como puedes comprender, ando corto de intimidad. Así que, por eso, a lo que íbamos... Al menos dos noches a la semana, necesito salir.

—¿Salir? ¿A dónde, señor?

—A divertirme. A tomar algo —responde sin más—. Conozco un sitio discreto...

—¿A...? ¿Divertirse?

—Ajá —dice moviendo la cabeza arriba y abajo con una sonrisa despreocupada en la cara—. ¿Qué día te va bien? Yo me adapto a ti, aunque Jane no puede los lunes y miércoles.

—Señor, con el debido respeto, permítame que le interrumpa... ¿Quién es Jane?

—Mi novia.

—¿Su...?

En ese momento se escuchan unos golpes en la puerta.

—¡Adelante!

—Señor, su reunión con el enviado de la Liga Americana del Rifle es en quince minutos.

—¡Gracias, Grace! Si me disculpas, Aaron, puedes retirarte. Te avisaré si te necesito.

—Sí, señor...

En cuanto salgo, camino con el ceño fruncido por pasillo hasta que me encuentro con Jones que, al ver mi cara, dibuja una mueca y levanta las palmas para disculparse.

—¿Cuándo pensabas hablarme de la puerta de atrás? —le acuso.

—Iba a hacerlo... No es tan malo como parece... El sitio es de fiar, selecto y discreto. Y Jane es de confianza. Están enamorados y no haría nada que perjudicara al presidente.

—¡Jones! ¡¿Qué somos?! ¡¿Niñeros?!

—Más o menos...

—¿Más o menos? ¿Me estás diciendo que, aparte de salvarle la vida de posibles amenazas, tengo que acompañarle de fiesta?

—Sí... —responde agachando la cabeza—. Pero solo dos días a la semana... Tres a lo sumo...

—¡¿Y te parece poco?! ¡¿Has pensado que tengo un hijo?!

—Sí... Lo sé... Escucha, Aaron... —dice cogiéndome del brazo y llevándome a un aparte.

—¡No! ¡¿Qué te hace pensar que a pesar de esto, sigo queriendo el trabajo?!

—Porque lo necesitas —me responde agachando la cabeza.

—¿Estás de broma? ¿Te crees que necesito esto?

—Sé que no necesitas el dinero. Sé que no necesitas darte notoriedad... Pero sí necesitas alejarte de Nueva York y mantener la cabeza ocupada...

LIVY

Han pasado ya dos semanas desde que Aaron se fue, y no puedo describirlas de otra manera que como un puñetero calvario.

Dos semanas en las que he intentado desempeñar mi trabajo lo mejor posible, a pesar de todas las veces en las que me he quedado con la mente en blanco mirando hacia su mesa, o de todas las veces en las que mi corazón ha dado un vuelco, subiendo hasta mi garganta cuando llaman a mi puerta y luego bajando hasta mis pies al ver que no es él.

Dos semanas en las que mi relación con Luke sigue igual. Él haciendo verdaderos esfuerzos por volvernos a convertir en la familia ideal que éramos, y yo haciendo verdaderos esfuerzos porque mi sonrisa parezca sincera y no se vea demasiada forzada.

Dos semanas en las que la relación con Lexy parece haber vuelto a ser la de hace unos meses. Han vuelto las confidencias, las risas, las noches de sofá y manta y hemos dejado atrás las malas caras, los gritos y las peleas.

Dos semanas en las que las dotes de conversación de Max han ido a mejor, y las risas a su costa han ido aumentando de forma exponencial. Su falta de vocabulario y sus años de inexperiencia no han mermado para nada sus ganas de hablar... Y no solo en casa, sino también en el colegio e incluso por la calle, con cualquiera que quiera escucharle o tenga tiempo para charlar un rato con él.

En ese momento, llaman a mi puerta y salgo de mi ensoñación. Levanto la vista y, como es habitual, mi corazón se me sube a la garganta y me impide casi respirar.

—Adelante —digo con la voz entrecortada.

En cuanto veo entrar a Luke, se apodera de mí la misma sensación de desazón de las últimas dos semanas, aunque como también es habitual, dibujo en mi cara la mejor de mis sonrisas de circunstancias.

—¡Hola! —me dice nada más entrar, con su porte estupendo, su voz arrebatadora, su mirada sexy, su sonrisa encantadora y la cara de enamorado que pone cada vez que me ve.

—Hola Luke.

—¡Os invito a cenar! —me dice de repente.

—Eh... A... ¿A cenar? ¿Esta noche?

—Sí... ¿Por qué te parece tan raro? Cenas todos los días, ¿no?

—Sí... Pero... ¿Con los niños...?

—Sí, cuando he hablado en plural, me refería a ti y los niños, no a ti y a tus hombres...

Intento pensar una excusa creíble en décimas de segundo, pero mi capacidad de reacción está muy mermada últimamente y me quedo en blanco. Al rato, viéndome sin escapatoria, solo soy capaz de decir:

—Vale. ¿Dónde tienes pensado ir?

—A mi casa.

Al principio no reacciono, pero al ver su cara de orgullo y sus ojos llenos de emoción, intento sonreír mientras él asiente.

—Sí, he encontrado un apartamento en alquiler. Está cerca del tuyo, a dos manzanas, y es perfecto. Es una planta baja y tiene un pequeño jardín trasero. El barrio te gusta, los colegios de los niños están igual de cerca que de tu apartamento...

En ese momento dejo de prestarle atención porque bastante tengo con escuchar a mi cabeza. ¿Me lo parece a mí o trata de venderme su casa? ¿Se piensa que tengo intención de mudarme con él? ¿Le habré dado yo esperanzas de que nuestra relación vaya por buen camino? Estoy segura de que no, aunque tampoco he hecho mucho por demostrar mis reticencias al respecto.

—Toma, esta es la dirección. ¿A las siete os va bien?

AARON

—Esta noche tengo que trabajar otra vez, Chris...

—El "presi" quiere marcha de nuevo, ¿eh? Yo que vosotros le cambiaba el nombre en clave porque más que águila, parece un búho. ¡No veas lo que le va la noche al tipo!

—¿Te das cuenta de que te podrían detener por saber más de la cuenta? Tienes información acerca del presidente que mucha gente consideraría como de alto secreto...

—Soy demócrata —dice levantando ambas manos en su defensa—. No puedes culparme por criticar a un presidente al que yo nunca hubiera votado.

Ambos nos miramos de reojo, sonriendo de medio lado con complicidad.

—Volveré pronto... O al menos lo intentaré... —digo finalmente—. A quién quiero engañar, no lo haré...

—Papá —me interrumpe Chris—. Está bien, en serio. Forma parte de tu trabajo.

—Te prometo que mañana hacemos algo juntos... ¿Corremos por el parque? O una peli en el cine... O simplemente apago el teléfono y nos encerramos en casa —le digo mientras él sonríe asintiendo con la cabeza—. ¿Y a ti qué tal te va con Caitlin? ¿Os habéis vuelto a ver?

—Es una pija engreída...

—Pero...

—Pero compartimos el mismo gusto musical... Y tiene acceso a los mejores clubes de la ciudad.

—Joder, Chris, creía que habíamos hablado de ello...

—¡¿Qué?! Le mola el buen soul y como hija del tipo más importante del planeta, conoce unos cuantos sitios guapos donde tocan música en directo... De hecho... Esta noche me ha preguntado si quiero volver a acompañarla...

—¡Chris!

—¡¿Qué?!

—Que tienes quince años y no puedes ir por ahí de noche, tú solo...

—¿Solo? No me hagas reír... Tú mejor que nadie debes saber la de escoltas que lleva Caitlin consigo... Créeme, si quisiera estar solo, no me iría con ella de fiesta... Vamos, papá... Por favor... Me va a llevar a uno de los mejores clubes de la ciudad... Por favor... Vamos rodeados de guardaespaldas, me recogen en la puerta y me vuelven a dejar aquí, sano y salvo... De hecho, son los hombres a tu cargo los que lo harán. Si no me crees, solo tienes que llamarles...

—Pero ¿ya os dejarán entrar en ese sitio? Sois menores...

Chris me mira alzando las cejas y entonces me doy cuenta de la estupidez de mi pregunta. Por supuesto que les dejarán entrar. ¿Quién se atreve a decirle que no a algún habitante de la Casa Blanca? Ni yo mismo me niego a las salidas nocturnas del presidente, por mucho que sé que son totalmente perjudiciales para su imagen y, sobre todo, para su seguridad.

—Está bien —resoplo finalmente mientras él hace un gesto de alegría con los puños—. Pero mantenme informado.

—Sí, señor.

—Quiero un mensaje cuando te recojan, otro cuando lleguéis al sitio, otro cuando os vayáis y otro cuando llegues a casa.

—¡Señor, sí, señor! ¡Le informaré incluso de cuando vaya a mear, señor!

—No vayas de graciosillo que te la ganas —digo agarrándole de la cabeza y atrayéndole hacia mí para darle un abrazo.

—Lo sé... Solo intentaba picarte... ¿Tienes tiempo de una cerveza?

Ambos nos sentamos en el sofá, como hacíamos muchas noches en Nueva York, con los pies encima de la mesa de delante de la tele, comentando las noticias deportivas y emocionándonos al ver que los Yankees mantienen la buena racha de victorias. Miro de reojo a Chris mientras sonríe escuchando el promedio de bateo de su jugador favorito, y me doy cuenta de que, a pesar de todo lo sucedido estas últimas dos semanas, soy feliz viéndole sonreír. A pesar de haber tenido que renunciar al trabajo que tanto me gustaba. A pesar de haber abandonado una ciudad a la que consideraba mi hogar. A pesar de haberme alejado de Max. A pesar de haber dejado escapar al amor de mi vida. A pesar de haber perdido la oportunidad de ser padre de nuevo y poder hacer las cosas bien desde el principio... A pesar de todo eso, soy feliz.

—¿Ya estás pensando en ella otra vez? —me pregunta Chris cuando levanto la vista y le descubro observándome detenidamente.

—¿Qué? No... Bueno, no del todo...

—¿Has hablado con ella?

—No mucho. Lo justo antes de que me pase a Max y justo antes de colgar... Hola, adiós, todo bien, y cosas así...

—Entonces, ¿no se lo has dicho?

—¿El qué? ¿Que yo sí quería tener ese bebé? —le pregunto mientras él asiente con la cabeza—. No. Ya sabes que no cambiaría las cosas...

—Pero sí cambiaría la opinión que ella tiene de ti.

—Pero ahora su opinión ya no importa. Ella es feliz con Luke. Vuelven a ser una familia...

—¿Quién te ha dicho que es feliz con Luke? ¿Ella? ¿Te ha dicho que es tan feliz como tú presumes de ser aquí?

—Soy feliz aquí.

—No, no lo eres.

—Sí lo soy.

—No. Como yo tampoco lo soy. Simplemente, nos hemos adaptado al medio que nos rodea. Nos lo hemos tomado como: "vale, aquí es donde se supone que debemos de estar, así que intentemos integrarnos y buscarnos la vida para pasar el rato lo mejor posible". De ese modo, yo aguanto a una pija mimada porque me lleva a sitios guays y tú sacas a pasear al búho para estar el máximo de tiempo ocupado para evitar pensar en ella cada cinco segundos.

—¿No eres feliz? —le pregunto simplemente, como si no hubiera escuchado el resto de su discurso, totalmente acertado, dicho sea de paso.

—No me malinterpretes... Soy feliz porque estoy contigo, pero no me puedes negar que ambos estaríamos mejor en Nueva York...

—Mujeres, ¿eh? —resoplo al cabo de un rato.

—Sí... Oye, hazme caso por una vez... Cuando vuelvas a llamar a Max, trata de alargar un poquito la conversación con Livy. Hablar ayuda a mitigar la añoranza y puede que te ayude a sentirte algo más cerca de ella.

LIVY

—Y esta es la habitación de invitados... He puesto un par de camas por si alguna vez os queréis quedar a dormir...

Cuando habla mira a Lexy y a Max. Ambos observan todo el apartamento con gesto de sorpresa, aunque en el caso de Lexy, con una sonrisa en la cara, y en cambio Max lo hace con reticencia.

—¿Y bien?

—Papá, ¡me encanta! —grita Lexy echándose en sus brazos—. ¿Cuándo puedo quedarme, mamá?

—No sé... —balbuceo al pillarme totalmente fuera de juego.

—¡Pero si es que hasta tenemos nuestra propia televisión en la habitación! ¡Y con consola de videojuegos! ¡Mira Max! ¡Flipa!

Veo como Max se acerca lentamente y agarra el mando que le tiende Lexy, que ya ha encendido el televisor y se ha sentado en una de las camas. Su hermano hace lo mismo, aunque muy lentamente, mirándolo todo con recelo. En cuanto el juego se pone en marcha,

Lexy le enseña los botones que debe apretar y tan solo cinco minutos después, están los dos intentando hacer llegar a Mario y a su hermano Luigi hasta el final del nivel, rompiendo ladrillos y aplastando setas a diestro y siniestro. Max saca la lengua y mueve el mando hacia la derecha, como si de ese modo ayudara al personaje a correr más, y salta de alegría cuando consiguen llegar sanos y salvos al final de nivel. Puedo ver la sonrisa en su cara cuando su padre le pregunta si le gusta. Soy testigo de cómo mantiene la primera conversación con Luke. Estoy ahí cuando este se acerca, se sienta en la cama, le pone en su regazo y Max no hace nada por alejarse de él. Soy consciente que Luke hace todo lo posible por ponerle de su parte, por ganarse su cariño, y creo que lo está consiguiendo... Y entonces solo quedaré yo...

Camino hacia el salón y vuelvo a mirar por las ventanas hacia el pequeño jardín trasero. Al ser oscuro, veo mi propio reflejo en ellas y soy plenamente consciente de mi aspecto. Si la cara es el espejo del alma, tal y como dicen, mi alma está muy triste y se siente cada vez más sola. No busco bandos ni aliados, esto no es una guerra, pero de algún modo, que Max no quisiera tener a Luke cerca, me ayudaba a mantener la distancia. Ahora, si él también sucumbe a él, no me quedará más remedio que claudicar y perder la batalla... O eso, o confesar mis verdaderos sentimientos, admitiendo que no siento nada por Luke y que sigo enamorada de Aaron, acabando así con toda posibilidad de volver a ser una familia feliz.

—¿Estás bien?

Cuando vuelvo a enfocar la vista, veo el reflejo de Luke a mi espalda. Como hago siempre, ya casi como un acto reflejo, sonrío y me encojo de hombros, negando con la cabeza.

—Entonces, ¿te gusta? —me pregunta mientras se agacha frente al horno para comprobar los progresos de su pizza casera la cual, para qué negarlo, huele de maravilla.

Cuando me mira, asiento con la misma sonrisa en la cara y lee observo moverse con soltura, como hacía cuando estábamos en casa. Mi cabeza empieza a obligarme a hacerle un repaso de arriba abajo para intentar convencerme de que vuelva a darle una oportunidad. Aparte de hacerme admirar su cuerpo, su sonrisa pícara y sus preciosos ojos rasgados, me repite una y otra vez que ha cambiado y que está esforzándose al máximo por hacer las cosas bien, sin atosigarme y sin poner a los niños en mi contra, respetando siempre mis decisiones.

En cuanto nos sentamos a la mesa y les veo conversar de forma animada, por momentos tengo flashes de momentos vividos en Salem, con la diferencia de que ahora Max habla, ríe y participa de la conversación.

—¿Podemos ir a la habitación a jugar con la consola? —le pregunta Lexy a su padre cuando todos hemos dado cuenta de un delicioso Coulant de chocolate.

—Eso no depende de mí. Aunque sea mi apartamento, aquí también manda vuestra madre...

—¿Podemos mami? Lexy juega con yo, sin pelea ninguna. Estaremos tranquilos y nada roto. Prometido —insiste Max provocando que se me escape la risa.

—Está bien... —claudico al final.

Luke sonríe al verles irse corriendo y felices.

—¿Café? —me pregunta empezando a recoger los platos—. ¿O quieres una copa de algo? No tengo mucha variedad, pero...

—Un café estará bien.

Me levanto para ayudarle a recoger, pero entonces él se acerca rápidamente y me lo impide poniendo una mano en mi cintura mientras con la otra me quita la copa de la mano. Mantiene el contacto durante más tiempo del estrictamente necesario y nos miramos a los ojos hasta que me aparto con un movimiento que puede llegar a parecer brusco, pero necesario en ese momento.

—¿Solo o cortado? —me pregunta él como si no hubiera pasado nada.

—Solo, como siempre... —le contesto acordándome sin querer de Aaron y de lo poco que tardó él en aprenderse cómo me gustaba el café.

—¿Cuántas de azúcar?

—Ninguna...

Me mira como si lo acabara de descubrir, frunciendo el ceño. Apesadumbrada, camino hacia el sofá, siendo consciente más que nunca de que me estoy tirando de cabeza a un precipicio, aunque repitiéndome una y otra vez que lo hago por la felicidad de mis hijos.

—Toma —me dice tendiéndome una taza—. Cuidado que quema un poco.

Se sienta en el sofá de lado, con su rodilla rozando mi pierna, mirándome embelesado.

—Esto es increíble, Liv... Quiero decir, no sé cómo darte las gracias por esto... Que vuelvas a permitirme formar parte de la familia después de lo que hice...

Rehúyo su mirada cuando siento el nudo en mi garganta, sabiendo que las lágrimas se empiezan a acumular en mis ojos. Intento retenerlas pero en cuanto parpadeo, algunas resbalan por mi cara.

—Eh... —siento la mano de Luke en mi mejilla, secándolas con delicadeza mientras acerca su cuerpo al mío—. No llores...

—Estoy bien —digo con un hilo de voz, sonando lo menos bien posible.

Justo en ese momento, Luke me coge la cara entre sus enormes manos y me obliga a mirarle a los ojos. Segundos después, sin darme tiempo a reaccionar, se abalanza sobre mí. Sus labios chocan contra los míos y su lengua trata de invadir mi boca mientras sus manos recorren mis costados. Se posan enseguida en mis pechos, que amasa sin ninguna contemplación, poco antes de cansarse de ellos y dirigirse a mi culo. No recuerdo cómo eran los besos con él antes, pero lo que sí sé es cómo eran con Aaron, y estos no se parecen en lo más mínimo. El simple hecho de notar su aliento cerca, provocaba que mi cuerpo necesitara de sus caricias, que mis labios rogaran por un beso o mi entrepierna palpitara de deseo.

—Luke... —intento decir moviendo la cara para escapar de su acoso—. Luke, para...

—Olivia... —jadea en mi oreja mientras pongo las manos en sus hombros.

—Luke, no... ¡Luke, no! ¡Basta!

Por fin consigo escabullirme a un lado, y sin pensarlo demasiado, agarro la taza de café de la mesa de centro y se lo derramo en los pantalones. Al instante se pone en pie y empieza a hacer aspavientos.

—¡¿Pero a ti qué cojones te pasa?!

—¡¿A mí?! ¡Perdona pero no era yo la que te estaba forzando!

—¡¿Forzando?! ¡Vamos! ¡Tú lo querías tanto como yo! ¡Pude verlo en tus ojos!

—¡¿Que lo viste en mis ojos?! ¡Joder, qué poco me conoces, Luke! ¡Qué tonta he sido al pensar que habías cambiado! ¡No me conoces ni lo más mínimo! ¡Llevo días haciendo verdaderos esfuerzos por estar a tu lado y sonreír al mismo tiempo! ¡Créeme, en mis ojos habrás podido ver muchas cosas estos días, pero deseo seguro que no!

—¡¿Has estado jugando conmigo todo este tiempo?! ¡¿Me haces creer que me das otra oportunidad cuando en realidad no me la vas a dar?!

—Puede que sí... —confieso pasados unos segundos, dándome cuenta de que es posible que no haya sido muy justa con él en ese sentido—. Pero lo he hecho por los niños...

—Mamá...

En ese momento me doy la vuelta y veo a Max y a Lexy en el marco de la puerta, mirándonos asustados.

—No pasa nada...

—¿Papá? —insiste Lexy—. ¿Por qué gritabas?

—Por nada, cariño —me adelanto yo a contestar—. Coged vuestros abrigos, que nos vamos.

—Yo no me voy —dice ella.

—Lexy, cariño...

—¡Me quiero quedar a vivir con papá!

—Por favor...

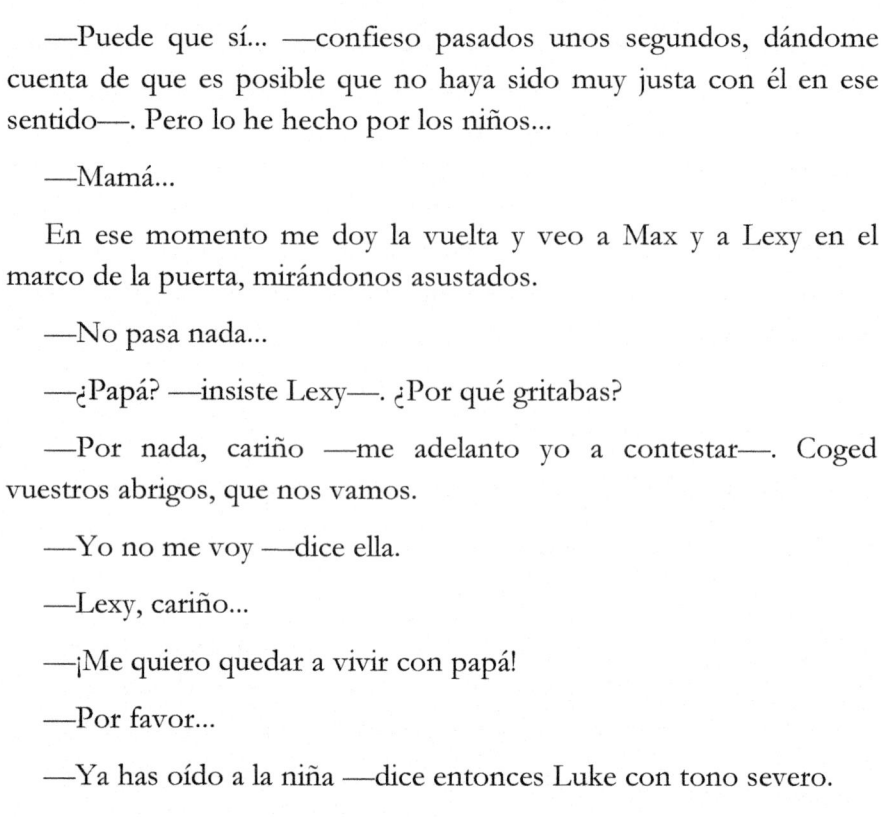

—Ya has oído a la niña —dice entonces Luke con tono severo.

Me giro al instante hacia él, mirándole con los ojos llenos de rabia. Me puede haber quitado toda oportunidad de volver a ser feliz al lado de un hombre, pero no voy a permitir que me separe de mis hijos.

—¡De eso nada! ¡Yo tengo la custodia de los niños y se vienen conmigo a casa!

Luke se acerca hasta mí, asustado por mi tono de voz y por la rabia en mis ojos. Pero entonces Max se interpone entre nosotros y, asustado y totalmente fuera de sí, empieza a gritar golpeándole las piernas.

—¡No! ¡Vete lejos! ¡Tú no pegas más a mami! ¡Yo vi a tú pegar! —grita sin descanso y, cogiendo mi móvil del bolso, prosigue—: ¡Vete o llamo a policía!

—¿Mamá? —dice Lexy mirándome mientras yo abrazo a Max para tranquilizarle, pero al ver que no le doy ninguna explicación, insiste con su padre—: ¿Papá? ¿Qué es eso que dice Max? ¿Es verdad? ¿Pegaste a mamá?

Luke no le contesta, se limita a mirarnos a los tres, asustado.

—Max, ¿es verdad? —le pregunta entonces Lexy—. ¿Viste eso de verdad?

—Sí... —contesta con lágrimas en los ojos, las mismas que corren por mis mejillas—. Él hace pupa a mami. Pega con la mano y mamá llora mucho.

—Max, fue un error... Papá se equivocó —se excusa Luke.

—Entonces, ¿es verdad? —nos pregunta mirándonos a ambos.

Al ver que nadie se mueve, se levanta con decisión, recoge los abrigos y prácticamente nos obliga a ponernos en pie.

—Lexy, cariño... —dice Luke.

—¡Calla! —le grita ella—. ¡Y no te vuelvas a acercar a nosotros nunca más!

AARON

Cuando me levanto de la cama y llego a la cocina, encuentro a Chris delante de la cafetera, con los auriculares puestos. Se mueve a un lado y a otro mientras canta en voz baja Sunny de Bobby Hebb, la canción que debe de estar escuchando. Sin haberse percatado aún de mi presencia, me siento en la mesa de la cocina y le observo con una sonrisa en los labios, satisfecho al comprobar con mis propios ojos que al menos alguien parece haber disfrutado esta pasada noche. En cuanto se gira, se queda parado, aunque enseguida esboza una enorme sonrisa que se me contagia.

—Parece que ayer lo pasasteis bien.

—¡Estuvo genial! Tocaron unos tipos estupendos, y me dejaron improvisar con ellos... ¿Y sabes qué? El dueño del local me ha dicho que si quiero, puedo pasarme alguna noche entre semana con mi guitarra y me dejará subirme al escenario. Me dijo que no me dejaría sin tu permiso, pero me lo das, ¿verdad? ¿Verdad que sí?

—¿Y las clases?

—Solo será una noche de vez en cuando... Y te prometo que me levantaré temprano igual al día siguiente para ir al instituto... Puedes venir conmigo si quieres y sentarte para escucharme... Y aplaudirme cuando acabe de cantar... No creo que lo haga mucha gente más...

—¿Por qué dices eso?

—Tendrías que haber escuchado al grupo de anoche... Fue increíble, papá... Y luego se sube un niñato como yo...

—Pero si el dueño del local te dijo que te dejaba subirte alguna noche, por algo sería...

—Supongo... —dice agachando la cabeza y mirando al suelo durante unos segundos, hasta que se da cuenta de que no me he negado y levanta la cabeza de golpe—. Entonces, ¿es un sí?

—Bueno, es un "si los estudios no se resienten, puedes ir".

—¡Genial! Te prometo que no te fallaré —dice entusiasmado hasta que, pasados unos segundos, alza la cafetera y me pregunta—: ¿Café? Tienes pinta de necesitar varios litros... ¿Noche difícil?

—Algo así...

—¿Qué tocó ayer? ¿Apartamento de ella, discoteca, paseo a la luz de la luna...?

—Apartamento de ella.

—Bueno, más tranquilo, ¿no?

—Sí... —contesto agachando la cabeza mientras me rasco la nuca.

—Papá —Chris busca mi mirada—. ¿Me has hecho caso?

—¿Qué?

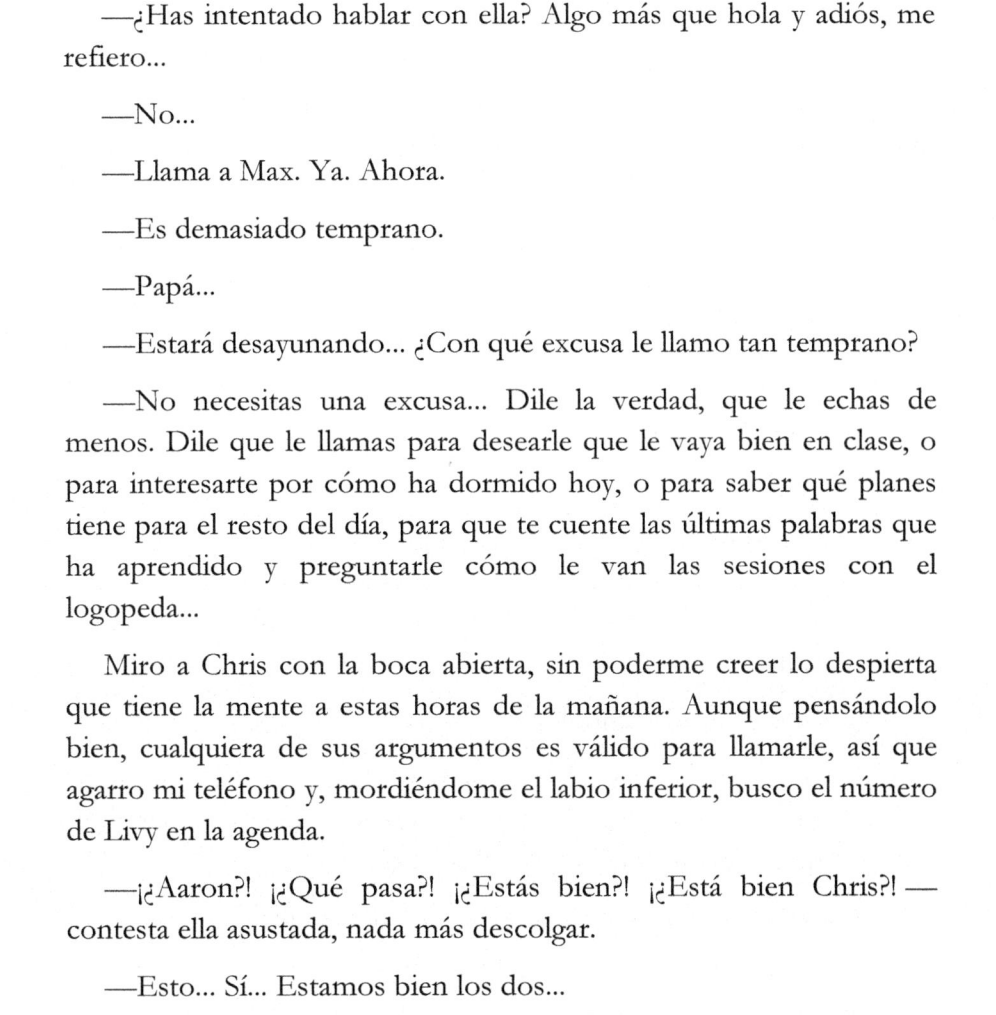

—¿Has intentado hablar con ella? Algo más que hola y adiós, me refiero...

—No...

—Llama a Max. Ya. Ahora.

—Es demasiado temprano.

—Papá...

—Estará desayunando... ¿Con qué excusa le llamo tan temprano?

—No necesitas una excusa... Dile la verdad, que le echas de menos. Dile que le llamas para desearle que le vaya bien en clase, o para interesarte por cómo ha dormido hoy, o para saber qué planes tiene para el resto del día, para que te cuente las últimas palabras que ha aprendido y preguntarle cómo le van las sesiones con el logopeda...

Miro a Chris con la boca abierta, sin poderme creer lo despierta que tiene la mente a estas horas de la mañana. Aunque pensándolo bien, cualquiera de sus argumentos es válido para llamarle, así que agarro mi teléfono y, mordiéndome el labio inferior, busco el número de Livy en la agenda.

—¡¿Aaron?! ¡¿Qué pasa?! ¡¿Estás bien?! ¡¿Está bien Chris?! —contesta ella asustada, nada más descolgar.

—Esto... Sí... Estamos bien los dos...

—¡¿Y por qué me llamas tan temprano?!

—Para... —Rápido, rápido, piensa en cualquiera de los pretextos que me dijo antes Chris, pienso agobiado—. Saber qué tal había dormido hoy Max...

Vale, genial... De todas las excusas de Chris, elijo la más inverosímil de todas...

—Bien... ¿Seguro que va todo bien, Aaron?

—Sí, es solo que... —Levanto la vista y veo que Chris me mira expectante, con las cejas levantadas, encogiéndose de hombros mientras me apremia con las manos para que siga hablando, para que intente retenerla al otro lado de la línea el mayor tiempo posible—, que me apetecía hablar con vosotros.

—Ah, vale, está bien. Pues bien, Max ha dormido bien. Ahora está en su habitación vistiéndose. Espera que te lo paso...

—¡No! —digo de repente, aunque al ser consciente de que puede sonar como algo que no quiero, añado—: O sea, sí quiero hablar con él, pero también me apetece hablar un rato contigo...

—Vale...

Ambos nos quedamos callados durante un rato. Nervioso, miro a Chris, que extiende los brazos y me mira alucinado. Me doy la vuelta y empiezo a caminar por el salón, intentando huir de la mirada inquisitiva de mi hijo.

—¿Cómo va por la central?

En cuanto las palabras salen de mi boca, Chris resopla con fuerza. Me encojo de hombros, dándole a entender que he soltado lo primero que se me ha pasado por la cabeza.

—Cagado —susurra al pasar por mi lado mientras yo le doy un pequeño empujón que él se toma a broma.

—Bien, va bien. Jimmy lo está haciendo de maravilla, y los chicos se están comportando como unos magníficos profesionales.

—Son unos tipos geniales...

—Todos te echan mucho de menos.

—Yo también.

—¿Y tú qué me cuentas? ¿Qué tal con tu nuevo amigo?

—Bien.

—¿Te da muchos problemas o hace caso de lo que le dices? ¿Cómo es eso de tener que cuidar del hombre más poderoso del planeta.

—Está bien...

—Escucha, ¿no querías hablar?

—Sí...

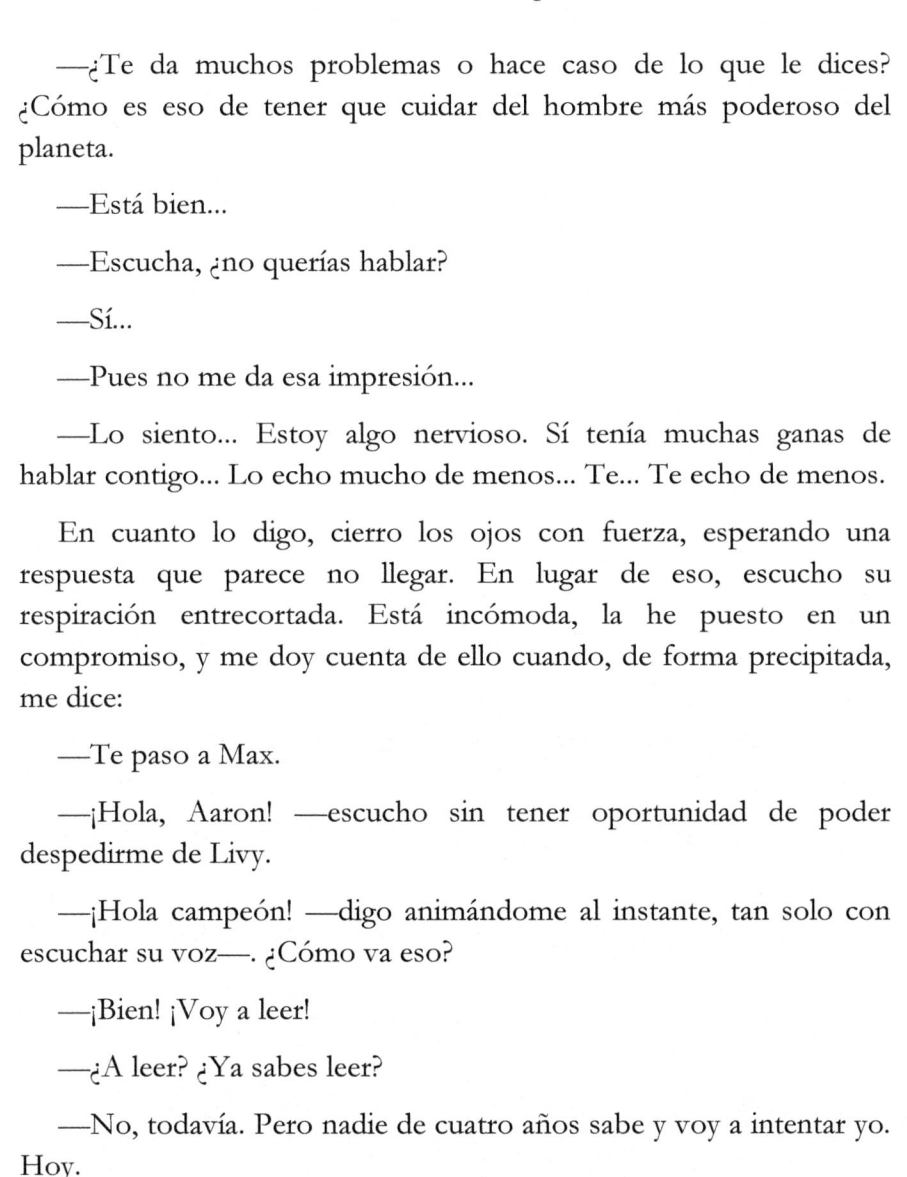

—Pues no me da esa impresión...

—Lo siento... Estoy algo nervioso. Sí tenía muchas ganas de hablar contigo... Lo echo mucho de menos... Te... Te echo de menos.

En cuanto lo digo, cierro los ojos con fuerza, esperando una respuesta que parece no llegar. En lugar de eso, escucho su respiración entrecortada. Está incómoda, la he puesto en un compromiso, y me doy cuenta de ello cuando, de forma precipitada, me dice:

—Te paso a Max.

—¡Hola, Aaron! —escucho sin tener oportunidad de poder despedirme de Livy.

—¡Hola campeón! —digo animándome al instante, tan solo con escuchar su voz—. ¿Cómo va eso?

—¡Bien! ¡Voy a leer!

—¿A leer? ¿Ya sabes leer?

—No, todavía. Pero nadie de cuatro años sabe y voy a intentar yo. Hoy.

—¡Eso es genial, Max!

Hablamos durante un buen rato, incluso llega un momento en el que escucho el ruido de varios claxon, y sé que ya están a en la calle. Río con todo lo que me explica y realmente me interesa todo lo que dice. Solo maldigo una cosa, no poder vivir a su lado todo lo que me cuenta. De repente, la voz de Max suena mucho más baja, como si se hubiera apartado de su madre y me estuviera contando un secreto.

—Papá ya no aquí.

—¿Qué? ¿Por qué hablas tan bajo? Casi no puedo oírte...

—Mamá y papá se pelean y yo dije fuera, no pegas más. Lexy dijo también fuera a papá.

—¿Lexy sabe la verdad...?

—Sí. Y papá ya no está. Vuelve Aaron, por favor.

—No es tan fácil... —resoplo resignado, aún asimilando las palabras que acabo de escuchar.

—Vuelve con yo. Mamá sigue queriendo a tú y Lexy ya no quiere a papá aquí, ha dicho fuera.

—Max...

—Llego al cole. Tengo que ir. Yo llamo a tú luego. Vuelve, por favor.

—Max, las cosas no funcionan así... No puedo irme de aquí sin más, ni tampoco volver y hacer ver que todo sigue igual...

—Aaron —escucho entonces la voz de Livy y me quedo callado de golpe, dudando si me ha oído algo de lo que he dicho.

—Lo... Lo siento... Por lo de Luke...

—Veo que las noticias vuelan...

—¿Cómo se lo ha tomado Lexy?

—Mal. Está enfadada con su padre por lo que hizo y conmigo por no contárselo.

—Totalmente normal.

—Lo sé... Cometí un error...

—Estás a tiempo de enmendarlo. Podéis empezar de cero las dos.

No entrabas en mis planes

—Sí... Estaría bien empezar de cero...

Sé que habla de la relación con su hija pero, por unos segundos, sueño que también lo dice por mí... Sería genial volver a Nueva York y poder empezar desde cero con ella. Haría las cosas muy diferentes, sin esconderme de nadie, disfrutando de ella cada segundo del día. Pero ahora es tarde y todo ha cambiado. Quizá, el destino que nos unió en su día, haciendo que nos conociéramos en esa discoteca aquella noche, y que quiso que nos reencontráramos en la comisaría al día siguiente, atrayéndonos el uno hacia el otro constantemente, se cansó de darnos oportunidades y ahora está empeñado en separarnos para siempre.

CAPÍTULO 21
Cuando acortamos las distancias

LIVY

—Me cuesta porque es "difisil", pero lo hago cada vez más bien... Eso, difícil...

Mientras guardo la compra del supermercado en los armarios de la cocina y en la nevera, observo a Max que, tumbado en el sofá, charla con Aaron. Hablan cada dos o tres días, y siempre tienen algo interesante que contarse, a veces hasta por una hora, y siempre ríen a carcajadas. Personalmente, prefiero que llame Aaron, porque eso me permite hablar con él un rato, antes de pasarle el teléfono a Max. Desafortunadamente, esta vez ha sido el enano el que ha querido llamarle para explicarle que en el supermercado, hemos encontrado unos pastelitos rosa con relleno de chocolate en lugar del habitual. Eso quiere decir que, cuando acaben de hablar, colgarán y no tendré la oportunidad de escuchar su voz. En ese momento, se abre la puerta principal y Lexy llega del colegio, con la mochila a la espalda.

—Hola, mamá —me saluda antes de darme un beso en la mejilla—. ¿Qué hay de cena?

—Tu hermano quiere un bocadillo de lomo con queso. ¿Te apetece o te hago otra cosa?

—Me apunto a ese bocadillo —responde sorprendiéndome gratamente ya que, hace unas semanas, estoy segura de que su respuesta hubiera sido una mueca de asco seguida de una queja.

Ya hace casi un mes que Luke se marchó de vuelta a Salem y, aunque al principio Lexy estuvo varios días enfadada, después de varias charlas y de dejarle tiempo y espacio para pensar, se fue calmando hasta volver a ser la misma niña de siempre.

—Perfecto entonces. ¿Qué tal ha ido en clase?

—Muy bien. El examen me salió bordado —responde con una enorme sonrisa en la cara.

Mientras le doy un abrazo pasando un brazo por sus hombros, Max se incorpora y asoma la cabeza por el respaldo del sofá.

—Creo que sí... —le oigo decir, y entonces le pregunta directamente a su hermana—: ¿Estás contenta con el examen?

—¡Sí! ¿Con quién hablas? —le pregunta Lexy.

—Con Aaron.

—Pásamelo —dice ella corriendo hacia él.

Me quedo con la boca abierta mientras la veo agarrar el teléfono y dejarse caer en el sofá, sonriendo de oreja a oreja. ¿Qué me he perdido? ¿Desde cuándo Lexy quiere hablar con Aaron?

—¡Hola! —la oigo decir—. El truco me fue genial, aunque estuve a punto de olvidarme Iowa y creo que he confundido Indiana con Illinois...

¿Aaron sabía que Lexy tenía un examen? ¿Quiere decir eso que han hablado por teléfono antes? Seguro que sí, ya que Aaron parece que le dio algún truco para aprenderse los tan temidos estados y poder aprobar este examen que ella tanto temía.

—Sí, aparte de esa, ninguna más, así que no sacaré un diez, pero al menos, espero un ocho...

Y lo mejor de todo, Lexy sonríe abiertamente mientras habla con él.

—Pues eso... Gracias...

Cuando Lexy le devuelve el teléfono a Max, este la mira satisfecho, enseñando todos los dientes, y enseguida vuelve a hablar con Aaron mientras su hermana va a dejar la mochila a su habitación. Cuando vuelve a aparecer, yo sigo con la boca abierta. Se pone a mi lado y empieza a ayudarme a guardar las cosas, ajena a mi estupor hasta que me mira y frunciendo el ceño, me pregunta:

—¿Qué?

—¿Perdona? —consigo decir al final—. ¿Me puedes explicar qué ha sido eso?

—Bueno... La última vez que Max y Aaron hablaron, como el enano se lo cuenta todo, le dijo que yo estaba muy preocupada por el examen de geografía de hoy y le dijo que él utilizó un truco para aprendérselas en el cole, que si necesitaba ayuda, que le llamara.

—¿Y le llamaste?

—¡Me dirás! ¡Cualquiera aguanta tu charla si cateo! No me mires así, mamá... Sabes que tengo razón.

—No te miro así por eso, te miro así por la sonrisa que había en tu cara cuando hablabas ahora con él. ¿De repente te cae bien?

—Está bien —dice encogiéndose de hombros, sonriendo sin despegar los labios—. Ya sabes, no hemos hablado mucho, pero parece un buen tipo...

—Un buen tipo... ¿Tú sabes lo difíciles que nos pusiste las cosas?

—Me lo imagino...

—¡No, no te lo imaginas! —le grito algo desesperada.

—A mi favor diré que no disponía de toda la información... Si hubiera sabido lo que ocurrió realmente entre papá y tú... No es que me cayera mal Aaron, nunca tuve nada en contra de él, pero de repente estaba ahí, ocupando el sitio de papá...

—¡Él nunca quiso ocupar el sitio de papá!

—Mamá... —dice Max, aunque no le hacemos caso.

—Vale, pero yo no lo sabía...

—No le diste ninguna oportunidad, Lexy...

—Lo siento...

—Mamá... —insiste Max.

—¿Lo sientes? ¡Cariño, se mudó de ciudad!

Veo como Lexy agacha la cabeza y se muerde el interior de la mejilla, y de repente me siento culpable por hacerla sentir así. Recorro los escasos pasos que nos separan y la abrazo, acariciando su pelo.

—Lo siento mucho, mamá.

—Está bien. No te preocupes. Yo también lo siento.

—¡Mamá! —grita Max, ya cansado de que no le hagamos caso.

—¡¿Qué, Max?! —contesto en un tono algo más alto del que hubiera querido.

—Es Aaron. Para tú —me dice sonriendo enseñándome todos los dientes.

¿Para mí? ¿Aaron quiere hablar conmigo? Esto no es algo habitual. Suelo hablar con él cuando llama a Max, casi nunca cuando es al revés.

—¿Mamá? —me llama la atención Lexy—. ¿Has oído? Es Aaron... ¿Te pones o no?

—Sí... Sí —contesto mientras camino hacia Max y le cojo el móvil, recelosa por lo que tenga que decirme—. Hola...

—Hola, ¿cómo estás?

—Bien... —contesto nerviosa, colocándome unos mechones de pelo detrás de la oreja—. ¿Va todo bien? ¿Ha pasado algo?

—No, claro que no... ¿Por qué lo preguntas?

—Porque no tocaba que habláramos...

—¿Cómo?

—Déjalo, son cosas mías...

—¿Quieres que cuelgue?

—¡No! ¡Ni se te ocurra! —grito, y al momento me doy cuenta de que me he delatado yo solita, hecho que deja de importarme cuando le escucho sonreír al otro lado.

—Eso está mejor... ¿Qué haces?

—Pues...

Empiezo a decir, mordiéndome el labio inferior mientras me giro y pillo a Lexy y a Max mirándome con una sonrisa burlona en la cara. Entorno los ojos y arrugo la boca, señalándoles mientras los dos ríen a carcajadas y se pierden por el pasillo corriendo.

—¿Qué pasa ahí? —me pregunta Aaron.

—Nada... Este par, que se burlan de mí...

—¿Por qué?

—Porque... —digo mirando al techo, decidiendo si debo atreverme o no a confesárselo y, aunque me da mucha vergüenza, me lío la manta a la cabeza y cerrando los ojos con fuerza, añado—: Porque no puedo dejar de sonreír mientras hablo contigo, y eso parece ser que les hace mucha gracia.

—Pues a mí me encanta saberlo...

AARON

Mientras llamo a la puerta con los nudillos, rezo para que al presidente no se le haya ocurrido hacer una escapada nocturna sorpresa para encontrarse con Jane. Hoy no toca, o al menos no me ha avisado con antelación como suele hacer.

—¿Me ha llamado, señor? —digo al entrar en el despacho oval.

—Sí. Pasa.

—Usted dirá —digo con las manos a la espalda.

—Jane va a venir a verme...

—¿Perdone? ¿Aquí? ¿Ahora? ¿Esta noche?

—Ajá. Margarett está de viaje, así que no hay peligro de que nos pille...

—Señor, con el debido respeto, no es solo de su mujer de quién debería preocuparse... Hay cientos de periodistas apostados a la puerta...

—Por eso te he llamado. Necesito que la recojas y la traigas aquí. Solo te pido eso. Luego, puedes irte.

—Señor...

—Aaron, ¿has estado enamorado alguna vez?

La pregunta me coge desprevenido. No sé si producto del cansancio o de lo mucho que la echo de menos, se me forma un nudo en la garganta que tardo varios segundos en deshacer.

—Sí, señor.

—¿Y no habrías hecho todo lo posible por pasar con ella todos los segundos de tu vida?

—Por supuesto, señor.

—Yo también... El problema es que estoy enamorado de una mujer a la que se supone que no debo amar.

El presidente se acerca hasta mí y me muestra una fotografía enmarcada que reposa encima de su escritorio. En ella se le ve junto a su esposa, ambos sonriendo, agarrados por la cintura. Luego saca su cartera del bolsillo interior de la americana y de dentro coge una pequeña y arrugada foto. En ella se le ve junto a Janet y su sonrisa es muy diferente de la primera, más natural, más sincera. Incluso la pose es mucho más relajada, abrazándola por la espalda, pasando un brazo de forma protectora por el pecho y la cintura.

—Margarett es hija de un ex senador republicano, de buena familia, conservadora y con buena imagen. Nos casamos, tuvimos a Caitlin porque teníamos que hacerlo más que porque quisiéramos, y hasta hoy. Ella era la esposa perfecta para un futuro presidente de los Estados Unidos.

Mientras habla, señala la fotografía enmarcada y yo la miro detenidamente.

—Pero yo estaba enamorado de Janet... Procedente de una familia modesta, profesora de historia en un colegio de primaria, demócrata convencida, miembro activo de Greenpeace, y una acérrima luchadora en contra del uso de las armas... Perfecta para mí, pero no para mis jefes de campaña. No me convenía tener a mi lado una mujer como ella si quería llegar a ser presidente de los Estados Unidos. No tuve el valor de plantarles cara y decirles que preferiría a Janet antes que a todo esto —dice levantando los brazos y señalando alrededor—. Así que claudiqué, me casé con quién me convenía y no con quién yo quería.

Escucho su explicación con la boca abierta, siendo consciente por primera vez de que el hombre más poderoso del planeta, el tipo para el que trabajo, es humano y comete los mismos errores que los demás.

Por eso, media hora después, estoy frente al edificio de apartamentos donde vive Janet, esperándola para llevarla junto al amor de su vida. En cuanto sube, me saluda con su característica sonrisa sincera y afable. Durante el trayecto, la observo a ratos por el espejo interior, sin poder dejar de pensar que ella tampoco lo ha tenido fácil. Enamorada de alguien inalcanzable, al que no podrá tener a no ser que renuncie al cargo, cosa nunca vista hasta ahora, o a su matrimonio conservador, algo poco usual en el seno del partido republicano conservador.

—Siento que hayas tenido que venir a buscarme, Aaron —me dice de repente.

—No es molestia, señora.

—Pero, ¿no era hoy que tu hijo tocaba en el local ese?

La miro de nuevo a través del espejo interior, frunciendo el ceño, sorprendido de que se haya acordado, ya que se lo comenté de forma casual hace unos días.

—Sí, pero aún llego a tiempo.

—Lo hará genial.

—Lo sé.

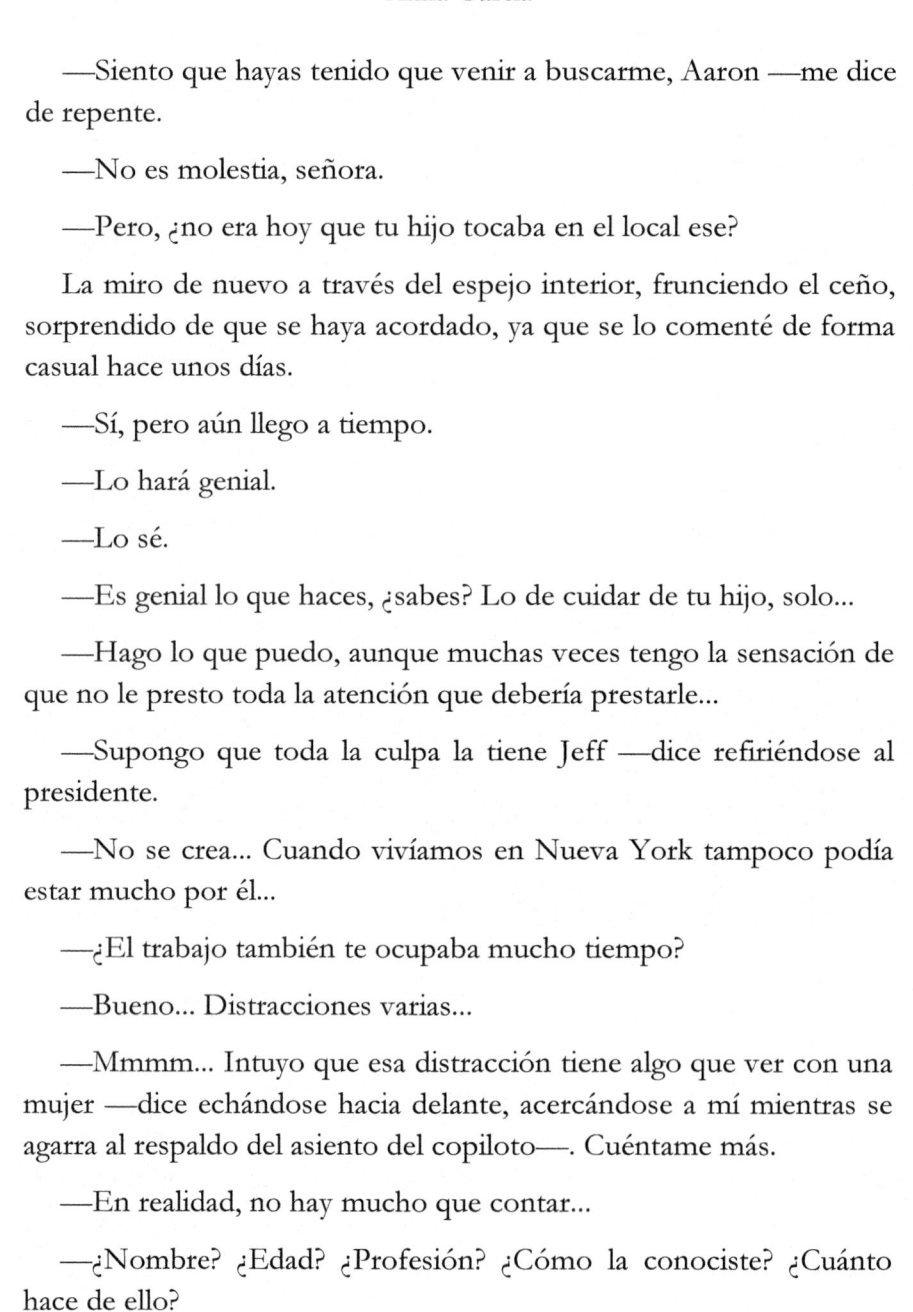

—Es genial lo que haces, ¿sabes? Lo de cuidar de tu hijo, solo...

—Hago lo que puedo, aunque muchas veces tengo la sensación de que no le presto toda la atención que debería prestarle...

—Supongo que toda la culpa la tiene Jeff —dice refiriéndose al presidente.

—No se crea... Cuando vivíamos en Nueva York tampoco podía estar mucho por él...

—¿El trabajo también te ocupaba mucho tiempo?

—Bueno... Distracciones varias...

—Mmmm... Intuyo que esa distracción tiene algo que ver con una mujer —dice echándose hacia delante, acercándose a mí mientras se agarra al respaldo del asiento del copiloto—. Cuéntame más.

—En realidad, no hay mucho que contar...

—¿Nombre? ¿Edad? ¿Profesión? ¿Cómo la conociste? ¿Cuánto hace de ello?

Después de prestar especial atención al tráfico al girar en una de las calles principales de la ciudad, la miro de reojo, esperando que haya desistido en su intento de sonsacarme información, pero sigue mirándome expectante.

—Vamos... ¿Qué te cuesta? ¿A quién quieres que se lo cuente? Si en teoría, tú y yo no nos conocemos, porque debo negar cualquier relación o incluso conversación con cualquiera cercano a Jeff...

Resoplo resignado, sonriendo, justo antes de confesar:

—Livy. 35 años. Es Capitana del SWAT. La conocí en una discoteca hace unos meses...

—Espera, espera... ¿Tú no eras Teniente del SWAT? —pregunta mientras yo asiento con la cabeza—. ¿Qué es más, Capitana o Teniente?

—Capitana...

—¡No me jodas! ¡¿Era tu jefa?!

—Sí...

—Doy por hecho por tu cara que ya no estáis juntos...

—No.

—¿Porque era tu jefa?

—No... Por muchos motivos, pero no por ese...

—¿Motivos definitivos?

—Bueno... De momento, ella vive en Nueva York y yo aquí...

—Pero eso se puede remediar con unas horas de coche o de avión...

Acerco el coche al puesto de control y, tras enseñar mis credenciales, me dejan entrar. Una vez dentro del recinto, aparco en la parte de atrás, alejados de posibles miradas ajenas, y la acompaño al interior. En cuanto llegamos a la residencia presidencial, en la parte central del edificio y entramos, el presidente aparece de repente, con una enorme sonrisa en la cara. Corre hacia Janet y, agarrándole del trasero, la levanta en volandas y le da un apasionado beso. Al instante, agacho la cabeza por respeto, esperando a que el presidente me dé permiso para irme.

—Aaron —llama mi atención pocos minutos y varios arrumacos con Janet después—, gracias.

—Ve con tu hijo —añade Janet mirando su reloj—. Corre, no vaya a ser que te lo pierdas.

—Gracias. Señor, señora —les saludo con una inclinación de cabeza dándole el mismo trato a Janet que el que le daría a la primera dama, ya que para mí se merece el mismo respeto. Además, cuando salgo saludo con un movimiento a Tom y su inseparable maletín, así que sé que no estará solo. A menudo me pregunto si Tom tendrá familia... aunque siempre acabo llegando a la conclusión de que su trabajo es totalmente incompatible con una esposa e hijos.

Media hora después, entro en el pub y me acerco a la barra. Me siento en uno de los taburetes sin perder de vista el escenario, encima del cual está Chris. No le acompaña nadie más excepto su guitarra. Solo su voz y el sonido de las notas que emiten esas cuerdas cuando él las roza. Tiene mucho talento, eso es innegable, y estoy muy orgulloso de él. En ese momento, levanta la vista y me ve. Le saludo con un movimiento de la mano, alzando la botella de cerveza que el camarero me acaba de servir y él sonríe asintiendo. Está feliz y eso es todo lo que cuenta. Todos los esfuerzos merecen la pena y todo excepto él deja de importarme de repente.

La gente aplaude en cuanto acaba la canción y él da las gracias con timidez, algo que a unas chicas sentadas en una mesa frente a mí, parece encantarles ya que ríen y se hacen confidencias entre ellas. No puedo evitar sentirme muy orgulloso, hasta que me doy cuenta de que una de esas chicas es Caitlin, la hija del presidente. Me pongo tenso al instante, buscando posibles amenazas alrededor, comprobando si ha venido con la escolta o por el contrario se ha escapado, evaluando posibles vías de escape e incluso buscando las cámaras de seguridad que puedan estar grabándolo todo. En ese

No entrabas en mis planes

momento, Caitlin se levanta y se acerca a la barra, así que nuestras miradas se encuentran y ella, aunque parece sorprendida al principio, enseguida recupera la compostura.

—¿Qué haces aquí, Caitlin?

—Lo mismo que tú, por lo que parece. ¿A que es bueno?

—¿Sabe tu padre que estás aquí? ¿Lo sabe algún escolta?

—No y no —contesta altiva.

—¿Has venido sola?

—No, con mis amigas, Morgan y Stella. ¿Te las presento?

—No me toques las pelotas, Caitlin.

—¡Vaya! —dice con las cejas levantadas, sorprendida por mi lenguaje.

—Lo siento... Yo... No debería haber... Tengo que llevarte de vuelta.

—¡No! ¡Venga! ¡Nos perderemos a Chris! ¡Los dos!

Me ve vacilar durante unos segundos, así que enseguida ve su oportunidad e insiste.

—Y créeme, que esté yo aquí, le da igual, pero que estés tú, le hace muy feliz. No ha parado de especular si vendrías o no... Vamos, Aaron...

—En cuanto acabe, te llevo de vuelta a casa —claudico finalmente—. Y no puedes moverte de tu sitio hasta entonces.

—Prometido —dice ella levantando dos dedos y sonriendo de forma pícara.

Y lo cumple, hasta que poco más de veinte minutos después, Chris se acaba bajando del escenario entre aplausos y algunos vítores. Se acerca a mí y me mira expectante.

—¿Y bien? —me pregunta extendiendo los brazos—. ¿Qué te ha parecido?

Antes de que pueda contestar, Caitlin y sus amigas se acercan hasta nosotros y enseguida ocupan toda su atención. Normal cuando tienes quince años y tres chicas te dedican decenas de piropos y miradas.

—Colton, el dueño del local del que te hablé, me ha pedido que vuelva una noche de la semana que viene. ¿Puedo, papá?

—Si tú cumples tu parte del trato, yo cumpliré la mía.

—¡Genial!

—Pero para que puedas cumplir tu promesa, deberíamos irnos ya para casa y antes tenemos que dejar a Caitlin en la suya.

Cuando por fin estamos solos, conduciendo de vuelta a casa, miro a Chris por el rabillo del ojo. Sonríe mirando al techo del coche, poco antes de girar la cabeza hacia su ventanilla, admirando el obelisco en homenaje a Washington.

—¿Qué miras? —dice cuando me pilla observándole.

—A ti. Se te ve feliz.

—Lo soy.

—Pues si tú lo eres, yo también.

—Eso no es verdad —suelta de repente, dejándome helado.

Aparco el coche a pocas manzanas de casa y caminamos el resto del trayecto hasta allí. Ambos con las manos en los bolsillos, protegiéndonos del frío.

—¿Crees que no soy feliz?

—No lo creo, lo sé. Vamos a probar una cosa. Cierra los ojos y piensa en cómo te gustaría que fuera el futuro... ¿Te ves viviendo en Washington? ¿Trabajando para el presidente? —Tardo unos segundos en contestar, así que él insiste—: Tómate el tiempo que quieras, pero sé sincero conmigo.

—No... —contesto con un nudo en la garganta.

—Si pudieras elegir el mejor futuro para ser feliz, ¿quién formaría parte de él?

—Tú...

—Vas bien —dice riendo—, pero soy tu hijo. Digamos que no cuento porque soy menor de edad y yo iré donde tú vayas... Así que, ¿alguien más?

—Livy...

—Eso es... —suelta, agarrándome por los hombros—. Tú serás feliz donde esté Livy, y no es aquí precisamente.

LIVY

Una semana más... Una semana más... Dentro de nada va a hacer dos meses que Aaron se marchó, y aún sigo mirando con melancolía hacia su mesa. Le echo tanto de menos que me duele acordarme de él, aunque tampoco puedo evitar hacerlo, ni quiero. Es algo así como un acto de masoquismo, supongo.

Lo bueno es que ahora, siempre que habla con Max, también lo hace conmigo y nuestras conversaciones son cada vez más largas. Ayer por la noche, por ejemplo, estuvimos tanto rato hablando, que Max se durmió en el sofá antes de que se lo pudiera pasar. Sonrío al recordarlo, mordiéndome el labio mientras apoyo la espalda en el respaldo de la silla y miro al techo. Fue como hace unos meses, cuando podíamos pasarnos horas hablando por teléfono o escribiéndonos mensajes, a pesar de haber estado todo el día juntos, con la diferencia de que ahora no le tengo a mi lado. En ese momento, suena el teléfono de mi mesa y me incorporo de golpe.

—Morgan —contesto con seriedad.

—Capitana Morgan...

Su voz me deja helada y tengo que mirar la pantalla del teléfono para comprobar que, efectivamente, el prefijo corresponde a la ciudad de Washington.

—¿Qué haces llamándome aquí? —le pregunto sonriendo.

—¿No te alegras de oírme? ¿Cuelgo?

—¡No! —¡Mierda! Otra vez suplicándole, aunque me da igual—. Solo te lo pregunto porque normalmente hablamos por el móvil... Además, que ayer ya hablamos durante un buen rato...

—Vale, te cuelgo.

—¡Que no!

—Es que tanto entusiasmo por tu parte me abruma...

—No seas tonto... —digo notando cómo me sonrojo y cómo mi corazón late desbocado—. No me canso de hablar contigo...

—Eso está mejor... Yo también te echo de menos... Lo de anoche fue genial.

—Sí... Pero Max está algo enfadado. Dice que si vamos a hablar tanto rato, que nos llamemos en otro momento...

—¡Jajaja! Vamos, que tenemos que guardar nuestro turno...

—Algo así.

—Lo tendré en cuenta entonces...

—Ya lo estás haciendo bien. A esta hora no molestamos al señorito.

—Bueno, en realidad, el motivo de mi llamada es de trabajo.

—¿De trabajo?

—Sí. Para informarte de que el presidente va para allá. Visita relámpago. Dos días a lo sumo. Tiene varias reuniones en la ONU. Mismo hotel, misma ruta de siempre...

—Ah.

—Así que, aunque me lo sé de memoria, por protocolo, deberías facilitarme el plan de seguridad para estos dos días. La cantidad de hombres de los que disponemos y sus nombres, los planes de evacuación en caso de emergencia, las medidas preventivas de seguridad que vais a realizar...

—¿Tú vienes con él?

—Aunque me alegra saber que te interesas por mí, me preocupa un poco, laboralmente hablando, que no hayas hecho ni puñetero caso a todo lo que te he dicho.

—¡No seas idiota! Sabes que lo tengo todo controlado.

—Lo sé.

—¿Y bien?

—Sí, Chris y yo venimos también.

Mi respiración se acelera y, aunque intento que no se note mi entusiasmo, no puedo evitar que mis manos empiecen a temblar y mis ojos se humedezcan por la emoción.

—De todos modos, no creo que tenga mucho tiempo libre... Que el viaje sea relámpago, implica hacer todo en un tiempo muy reducido...

—Pero nos veremos, ¿no? Aunque sea trabajando...

—Eso espero, pero no me puedo separar de él...

—Vale —digo, intentando no sonar demasiado desilusionada.

—Chris me ha dicho que quiere veros... Él se quedará en mi apartamento.

—Claro. Le llamaré para que venga a cenar a casa.

—Ojalá las cosas pudieran ser diferentes, Liv... —Su tono se vuelve más grave y mucho menos alegre—. Me apetece verte... Creo que lo necesito. Pero no puedo...

—Lo sé —le corto entre sollozos antes de que siga hablando—. Lo entiendo. La vida del hombre más importante del planeta está en tus manos...

—Haces que suene hasta importante...

—Lo es.

—No es para tanto.

—Pues yo estoy muy orgullosa de ti.

—Si te dijera que me importa más tu sonrisa que la vida del presidente de los Estados Unidos, ¿seguirías pensando lo mismo?

—Confío en tu profesionalidad.

—Yo empiezo a dudar de ella...

Nos quedamos un rato callados, escuchando nuestras respiraciones entrecortadas.

—Tengo que colgar —le digo pasados unos segundos, con la cara totalmente mojada por las lágrimas—. Ahora te envío todo lo que me has pedido.

—Está bien.

Cuelgo sin darle tiempo a decir nada más porque sus palabras, aunque me gustan porque sé que me echa tanto de menos como yo a él, me duelen demasiado. Ese sentimiento masoquista sale a relucir de nuevo. La simple idea de verle en persona, aunque sea solo durante un rato y esté trabajando, aunque no podamos estar a solas, aunque no pueda abrazarle y besarle tanto como yo deseo, me parece estupenda.

AARON

—Aquí tienes las llaves de casa. Llámame en cuanto llegues. Toma algo de dinero para comprar comida. Acuérdate de mirar el buzón por si hubiera mucho correo acumulado. María pasa de vez en cuando pero no sé cuando fue la última vez que fue.

Chris asiente con una sonrisa en la cara, removiéndose inquieto.

—¿Has oído algo de lo que te he dicho? —le pregunto, recibiendo una negativa con su cabeza como respuesta—. Anda, corre, ve con Jill. Ya te llamaré yo luego.

—Gracias.

—¡Acuérdate de que esta noche cenas en casa de Livy! —le grito antes de verle salir por las puertas del hotel donde estoy hospedado acompañando al presidente.

Antes de salir, se da la vuelta y levanta los dos pulgares, sonriendo de pura felicidad. Levanto la mano para despedirle, dando el visto bueno a los agentes apostados en la puerta principal, con un ligero movimiento de cabeza, para que le dejen salir.

—Se le ve contento —dice el presidente poniéndose a mi lado.

—Mucho.

—Me da a mí que la causante de esa sonrisa, es una chica.

—En su mayor parte, sí.

—En el fondo, somos todos iguales... ¿Qué hay de ti? ¿Vas a verla?

—No lo sé, señor.

—Deberías. ¿Nos vamos?

En cuanto cruzamos las puertas, rodeados de grandes medidas de seguridad, veo que el coche presidencial nos espera en la misma puerta. Durante los escasos pasos que damos hasta el vehículo, no paro de mirar a todos lados, sin perder de vista al presidente, recibiendo información de parte de todos los agentes apostados en los diferentes flancos.

—Todo en orden —digo por el micrófono en cuanto nos metemos en el coche—. Iniciamos el recorrido hacia la sede de las Naciones Unidas.

El trayecto resulta de lo más tranquilo. En la parte de atrás, el presidente lee el periódico mientras dos de sus asesores le informan de diferentes aspectos de las reuniones del día. Yo presto atención al tráfico que nos rodea, aunque no estoy centrado del todo. Sé que en cuanto lleguemos a la ONU escucharé su voz a través del pinganillo de mi oreja y sé que será capaz de verme a través de las cámaras que lleven Jimmy y los demás. Daría lo que fuera por verla también, aunque entonces no sé si sería capaz de desempeñar mi trabajo tal y como se me exige.

El coche se detiene y, antes de salir, resoplo varias veces y hablo de nuevo por el micrófono:

—Aquí Taylor. Hemos llegado a destino. Vamos a salir del coche. Unos minutos de saludos protocolarios y posado para la prensa y entramos.

—Buenos días, señor Taylor. Aquí la Capitana Morgan. Todo en orden. Los hombres están en posición.

No puedo evitar que las comisuras de mis labios se tuerzan hacia arriba al escucharla. Abro la puerta y el presidente sale del coche. Me mira y levanta las cejas al verme sonreír.

—Veo que ella está por aquí —me dice al oído, de forma muy discreta.

Yo no le contesto porque, a diferencia de a él, a mí sí me pueden escuchar todos, pero agacho la cabeza, algo sonrojado, corroborando de esa manera sus sospechas. Palmea mi hombro en un gesto de complicidad y enseguida se dispone a hacer su papel, saludando a la gente que le vitorea y a los periodistas que tratan de llamar su atención para conseguir la mejor instantánea. Yo miro alrededor, sabiendo perfectamente donde estarán colocados los chicos, sonriendo de forma discreta al saber que me estarán viendo. En cuanto entramos dentro del edificio de las Naciones Unidas y el presidente se mete en un despacho para la primera reunión, me aposto en la puerta. Siento el teléfono vibrar en mi bolsillo y, tras mirar a un lado y a otro para comprobar que no existe peligro, lo saco y compruebo que he recibido un mensaje.

"Si llego a saber que el traje y la corbata te quedan tan bien, hubiera impuesto una norma de vestuario en la unidad"

Hago verdaderos esfuerzos para que no se me escape una carcajada. Tras levantar la vista de nuevo, le doy a responder y, tras pensarlo durante un rato, escribo:

"Me parece que estamos es desigualdad de condiciones. No sé si me acaba de convencer esto de que me veas y no poder verte..."

Como un crío, me emociono al ver que ella está escribiendo de nuevo, y casi aguanto la respiración hasta que el teléfono vuelve a vibrar en mi mano.

"Pues yo le he cogido el gustillo a esto de hacer de voyeur. Por cierto, ¿la cena del presidente de esta noche sigue en pie? ¿No habrá surgido algún imprevisto de última hora como una diarrea horrorosa repentina que le obligue a guardar dieta y quedarse en la cama?

Ojalá, me descubro pensando mientras niego con la cabeza, sosteniendo el móvil con ambas manos.

"Me temo que no tendré tanta suerte... Pero contad con Chris"

De repente me doy cuenta de que llevo un buen rato con la vista fija en la pantalla del teléfono, sin importarme nada más, ni siquiera la seguridad del tipo para el que trabajo. Levanto la vista y miro a un lado y a otro del pasillo. Tom sigue ahí plantado, al otro lado de la puerta y, después de mirarle durante unos segundos, sé que todo sigue en orden. En cuanto me llega otro mensaje, vuelvo a centrar toda mi atención en el móvil.

"Lo sé. Max y Lexy están entusiasmados y yo estoy deseando estrecharle entre mis brazos"

Me muerdo el labio inferior mientras mi mente no deja de imaginarse de nuevo entre sus brazos.

"¡Joder, cómo envidio a Chris!"

No puedo creer que teniéndola tan cerca no vaya siquiera a verla, ya no digo estrecharla entre mis brazos.

"¿Cuándo os vais?"

Demasiado pronto, pienso. Nunca antes había deseado trabajar durante más horas.

"Mañana por la mañana..."

En ese momento se oye ruido al otro lado de la puerta, así que guardo el teléfono en el bolsillo y me pongo alerta. El presidente se despide del tipo con el que estaba reunido, un magnate chino con intención de invertir miles de millones de dólares en nuestro país. Luego me mira y resopla agotado.

—¿Está usted bien, señor? —le pregunto.

—Sí, solo algo aburrido y muy cansado. Aunque, como se suele decir, sarna con gusto no pica... —contesta moviendo las cejas arriba y abajo, dando a entender que la culpable de su cansancio es Janet—. Venga, que cuanto antes acabemos, antes podremos volver a casa. Vamos a por la siguiente reunión.

Rápidamente se nos acercan los jefes de protocolo y de relaciones internacionales y le informan de los detalles de la siguiente reunión. Cuando me quedo en un segundo plano de nuevo, saco el teléfono y, sin llegar a leer el mensaje que he recibido, le escribo:

"Tengo que volver al curro. Intento hablarte luego"

LIVY

Resoplo resignada al leer su último mensaje. Me peino el pelo con los dedos de forma compulsiva y golpeo repetidamente el suelo con mi pie. Me levanto y camino de un lado a otro hasta que, de forma instintiva, miro hacia su escritorio vacío. Producto de la rabia y de la impotencia se me empiezan a humedecer los ojos, así que, como no puedo permitirlo, salgo de mi despacho como una exhalación con el paquete de tabaco en la mano y me dirijo a la calle. Giro la esquina y trato de encender un cigarrillo, trabajo que me lleva algo más de tiempo del necesario debido al temblor de mis manos. Cuando lo consigo, me cruzo de brazos y apoyo la espalda en la fachada del edificio.

—Capitana Morgan.

Me incorporo de golpe y tiro el cigarrillo al suelo.

—¡Joder, Jimmy!

—Lo... Lo siento —dice mostrándome las palmas de sus manos—. No pretendía asustarla.

—¡Pues lo ha hecho! ¡¿Es que acaso no tiene nada que hacer?! ¡¿No tiene un informe que rellenar?!

—La he visto salir corriendo y... Parecía afectada...

Consciente de que él no tiene la culpa de mi enfado y de que quizá mi reacción ha sido desmedida, muevo la cabeza a un lado y a otro y trato de encender otro cigarrillo. Esta vez, las lágrimas se unen al temblor de manos y estoy a punto de desistir, cuando él me quita el encendedor de las manos y lo enciende por mí. Doy una larga calada y vuelvo a apoyar la espalda en la pared. Echo la cabeza hacia atrás y cierro los ojos hasta que, pasado un rato, le tiendo el paquete.

—No le voy a decir que no... —dice encendiendo uno y dándole varias caladas—. Joder... No puedo negar que echaba esto de menos...

Me mira durante un rato, esperando a que diga algo, pero no tengo ganas de hablar. No puedo ni quiero mostrar mi debilidad delante de él...

—¿Vais a veros? —me pregunta de repente, empezando a tutearme, supongo que debido a que nuestra conversación empieza a tomar un camino mucho más personal.

Giro la cabeza y le miro con los ojos muy abiertos. Lejos de estar afectado, el tío sigue fumando sin inmutarse. Cuando se da cuenta de que le estoy mirando, se queda inmóvil. Cansada de ocultar mi tristeza, me dejo llevar por mis sentimientos y empiezo a llorar desconsoladamente.

—Ay joder... ¿He dicho algo inapropiado? —dice tirando el cigarrillo al suelo, intentando consolarme pero sin saber si tocarme o no, si acariciarme o mantener las manos alejadas de mí—. ¿No vas a ver a Aaron?

—¡No! —grito llorando sin consuelo—. ¡No le voy a ver!

Me tapo la cara con las manos y entonces él se decide a abrazarme. Cuando me calmo, cosa que me lleva algo más rato de lo normal, me seco los ojos y él busca mi mirada, asegurándose de que realmente esté mejor.

—¿Has hablado con él? —me pregunta con cautela—. Quiero decir, aparte de esta mañana...

—Sí...

—¿Y no podéis veros? ¿Ni siquiera un rato? —insiste mientras yo niego con la cabeza.

—Se van mañana al mediodía y no tiene ni un rato libre...

—¿Y...? —balbucea rascándose la nuca—. ¿Y os queréis seguir viendo? O sea, ya sabes... ¿Queréis...? ¿Queréis volver a estar como antes?

—No lo sé. No tengo nada claro, y creo que él tampoco. Solo sabemos que queremos vernos pero que no podemos hacerlo... De hecho, tenía tantas ganas y esperanzas de verle, que no he llegado a plantearme lo que pase a partir de entonces, cuando él vuelva a Washington...

—¿Crees que después de pasar la noche contigo, Aaron volvería a Washington? Es capaz de dejar plantado al presidente por ti.

—No puedo permitir que vuelva a cambiar de vida por mi culpa.

—No por tu culpa... Sino por la esperanza de un futuro a tu lado.

Sonrío al imaginarme un futuro al lado de Aaron. Sería maravilloso, lo sé, aunque a la vez lo veo tan inalcanzable... Chasqueo la lengua y me intento reponer, peinando mi pelo con los dedos y alisando mi camisa. Resoplo e intento poner la mejor de mis sonrisas. Jimmy me mira y pone cara de circunstancias.

—No te esfuerces en disimular. Esa sonrisa es horrorosa y se ve forzada.

—Muy amable por tu parte.

—A mandar —dice haciendo una reverencia burlesca.

Caminamos de vuelta a la comisaría y él pasa un brazo por encima de mis hombros. Ha conseguido hacerme reír a pesar de todo, y aunque me sigue pareciendo un capullo de pies a cabeza, eso es algo que le tengo que agradecer.

AARON

Llevo todo el día de arriba abajo, tan ajetreado que nos dirigimos al restaurante para cenar con no sé qué directivo de no sé qué empresa, y aún no he podido llamar a Livy tal y como le dije que haría. Intento no bajar la guardia pero el silencio durante el trayecto y el cansancio acumulado, provocan que cierre los ojos unos segundos. En cuanto lo hago, su imagen se apodera de mi cabeza. Me la imagino riendo junto a los chicos, sentados alrededor de la mesa, en su apartamento. La veo escuchando atentamente a Chris, el cual, con total entusiasmo, le explica sus pequeñas incursiones en los escenarios. Vestida con la enorme sudadera de la academia de policía, esa que se ponía para estar por casa, con el pelo recogido en una coleta, con varios mechones despeinados... Tan natural y tan preciosa a la vez...

Siento que el coche se detiene y abro los ojos de golpe. Miro a un lado y a otro y cuando giro la cabeza para mirar al presidente y nuestros ojos se encuentran, me sonríe.

—Lo siento, señor... —me disculpo al comprobar que me ha pillado con los ojos cerrados.

—Aaron, no pasa nada. Eres humano.

—No puedo permitirlo. Lo siento. No volverá a pasar.

El presidente niega con la cabeza mientras resopla resignado. Me apeo del coche, abro su puerta y caminamos hacia el restaurante. Le abro la puerta y, tras saludar al maître, este nos acompaña hasta un salón privado. En cuanto abro la puerta y veo quiénes están sentados alrededor de la única mesa de la sala, me quedo helado. Me giro hacia el presidente, que me mira con una enorme sonrisa en la cara, encogiéndose de hombros.

—Aquí le tenéis, chicos —dice mirándoles.

—¿Qué...? —empiezo a decir, pero enseguida Max corre hacia mí y se agarra a mis piernas.

Levanto la vista hacia Livy, que parece tan confundida como yo, mirando a Lexy y a Chris, que sonríen orgullosos.

—¿Qué está pasando? —les pregunta.

—Que no podíamos permitir que no os vierais —dice Lexy.—. Simplemente eso.

—Y dicho esto, nosotros nos vamos —añade Chris acercándose hasta mí—. Aquí tienes las llaves de casa. Nosotros pasaremos la noche en casa de Livy. Lexy y yo cuidaremos de Max. No os preocupéis porque está todo pensado.

—Además, yo les llevo ahora hacia allí —añade el presidente.

—Pero... Señor, ¿y su cena importante...? —digo mirándole, aunque él me corta enseguida.

—¿Dije que tenía una cena importante? Me debí de confundir. Estos chicos me dijeron que tenías un compromiso ineludible con la Capitana Morgan, y no me pude negar...

A Max se le escapa la risa y mira a Lexy y a Chris con complicidad, levantando el pulgar. Chris le coge en brazos, despegándole de mis piernas, no sin esfuerzo.

—Vamos, Max. Ya lo habíamos hablado. Solos mamá y Aaron, ¿recuerdas?

—Sí. Lo sé. Pero quiero "disir" un secreto a Aaron.

Me tiende los brazos y, aún algo aturdido, le cojo y le sostengo. Acerca la boca a mi oreja y poniendo sus pequeñas manos alrededor de la boca, me dice:

—Mamá está enamorada de tú.

Entonces me mira de frente, directamente a los ojos mientras asiente sonriendo, enseñando las dos filas de dientes.

—Lo tendré en cuenta —digo riendo.

—Vamos, Max. Nos tenemos que ir que la pizza nos espera —interviene Lexy acercándose a nosotros.

—Lo siento... —susurra cuando llega a mi lado—. Por todo.

Niego con la cabeza y nos miramos a los ojos durante unos segundos, sonriéndonos con complicidad, justo antes de que todos caminen hacia la puerta, incluido el maître.

—Gracias —les digo a todos justo antes de que salgan.

—A mí no me mires... —responde el presidente señalando a los niños—. Nos vemos mañana al mediodía.

—Sí, señor.

Me quedo mirando hacia la puerta incluso tiempo después de cerrarse, frunciendo el ceño, aún en shock debido a la sorpresa. Cuando me doy la vuelta y miro a Livy, trago saliva varias veces, inmóvil. Ella clava sus ojos en mí y me observa de arriba abajo, con la misma expresión de confusión que yo. Al rato, se le escapa un fuerte sollozo y, llevándose las manos a la boca, me dice:

—Llevo tiempo deseando que llegara este momento, demasiado... Pero luego me hice a la idea de que no te iba a ver y ahora... Simplemente no me hago a la idea... No me lo creo... No...

Corro hacia ella y la beso con anhelo, pasando un brazo alrededor de su cintura, apretando mi cuerpo contra el suyo, mientras acaricio su pelo con la otra mano. Echaba tanto de menos poder tocarla, besarla y sentirla, que no quiero despegarme ni un milímetro, pero siento la necesidad de decirle muchas cosas así que, apoyando mi frente en la suya y enmarcando su cara entre mis manos mientras las suyas se apoyan en mi cintura, le digo:

—No tuve oportunidad de decírtelo, pero lo hago ahora... Sé que es una locura, pero yo sí quería a ese bebé. Le habría cuidado y me habría hecho cargo de él... Aunque ya no hubiéramos estado juntos... Yo no... Yo... He cambiado, Livy...

—Shhhh... —dice apoyando dos dedos en mis labios—. Lo sé. Siento lo que te dije en ese momento porque sé que no era verdad. Para mí era más fácil culparte de todo porque podía centrar mi rabia en ti, en lugar de en el hecho de que ya no estuviéramos juntos o de tener que renunciar a la vida que crecía en mi interior.

—¿Cómo hemos acabado así? —le pregunto agachando la cabeza—. ¿Por qué tengo que echarte de menos todos los segundos de mi vida?

En ese momento llaman a la puerta y el camarero se asoma con cautela.

—Disculpen —se excusa—. Les dejaré algo más de tiempo...

—No, espere —dice Livy separándose de mí aunque sin soltarme la mano—. No quiero desperdiciar ni un minuto de este regalo. ¿Qué te parece? ¿Disfrutamos de nuestra primera cita en condiciones?

CAPÍTULO 22

Cuando disfrutamos nuestra primera cita

LIVY

—¿Pero vosotros no ibais a cenar en tu casa? —me pregunta Aaron.

—Esa era la idea inicial, pero esta mañana me llamó Chris y me dijo que se negaba a que por su culpa tuviera que cocinar. Que sabía que además, por culpa de la visita del presidente, estaría liada en la comisaría hasta las tantas, y que nos invitaba a cenar.

—¿Y no sospechaste nada?

—¡Qué va! Los tres se lo tenían muy callado. Yo no conocía el restaurante, y cuando llegué con Lexy y Max, me dio la impresión de ser muy caro y me sorprendió un poco que Chris lo conociera... Pero cuando llegó, nos pusimos a hablar y me olvidé del tema...

Él sonríe moviendo la cabeza de un lado a otro. Está tan guapo que no puedo dejar de mirarle. Ha llegado vestido con el mismo traje que esta mañana, aunque ahora ya se ha quitado la americana y se ha arremangado las mangas de la camisa hasta los codos. También se ha aflojado un poco la corbata, sin llegar a quitársela porque sabe lo mucho que me gusta verle así vestido. Cuando me mira, compruebo como sus espectaculares ojos azules brillan más que nunca. Me observa durante un buen rato, sin decir nada y sin dejar de sonreír.

—¿Qué? —le pregunto algo sonrojada.

—Que aún no puedo creer todo esto... Cuando te vi con Luke, me volví loco y supe que no podía quedarme aquí. No podía ser testigo de vuestra reconciliación. Simplemente, era incapaz de verte en manos de otro. Y cuando llegué a Washington, me centré en el trabajo y en Chris, convenciéndome de que tenía que olvidarme de ti. Esto es como un regalo caído del cielo... Y tengo algo de miedo porque no sé cómo voy a ser capaz de volver a vivir alejado de ti...

Solo pensar en ello, se me encoge el corazón, así que enseguida trato de cambiar de tema y disfrutar del momento. Yo también pienso en su marcha, pero no voy a permitir que eso me amargue la noche.

—No pensemos en ello. Te propongo un trato: vamos a disfrutar de este regalo, de nuestra primera cita.

—Vale. Trato hecho —dice sonriendo—. Pero esto no es, ni por asomo, nuestra primera cita. Si no recuerdo mal, en nuestra primera cita, lo pasamos muy bien en el almacén de una discoteca.

—Eso no fue una cita. Digamos que fue un encuentro casual con final feliz —contesto, provocando sus carcajadas.

—Vale, pues luego tuvimos otra cita en la que te llevé a comer fuera.

—¿Perdona?

—¿Acaso no recuerdas aquel perrito en el parque? O quizá estabas demasiado ocupada haciendo ver que yo no te ponía nerviosa.

—Ah, ¿que esperas que cuente como cita aquella vez que me llevaste a comer un triste bocadillo y te comportaste como un capullo engreído? Pues me parece que tu concepto de cita y el mío distan mucho el uno del otro.

—Bueno, entonces, ¿qué me dices de nuestra tercera cita? Te saqué a bailar, te empotré contra una pared, luego te llevé a la azotea del One World Trade Center y acabamos en tu casa, donde te volví a follar.

—Reconozco que eso estuvo algo mejor, aunque acabó de forma algo, digamos, precipitada.

—Llámame antiguo, pero que tus hijos llegaran a casa y se encontrasen con un tipo en calzoncillos en su cocina, no me pareció correcto.

Río a carcajadas, tanto por su comentario como por la cara de circunstancias del pobre camarero al escuchar nuestra conversación mientras nos sirve los segundos platos.

—Y para que no digas que no soy original, en otra ocasión, dejé que me pegaran un balazo para que pudieras acompañarme al hospital a que me hicieran las curas y así pudiéramos tener un rato a solas. Eso también cuenta como cita.

—¡Oh, qué detallazo fue eso! Ver una herida abierta, llena de sangre, y cómo te volvían a coser luego, fue algo que toda mujer desea ver en una cita...

—Te sorprenderías... —contesta mirándome con expresión pícara—. Y luego, para que no digas que no te sorprendo, para la siguiente me presenté en tu casa.

Me muerdo el labio al recordar esa. Al rememorar sus movimientos lentos y certeros, su cuerpo sudoroso encima del mío, ambos haciendo verdaderos esfuerzos para ser lo más silenciosos posible, y lo que me hizo sentir.

—Y también tuvimos otra cita mucho más familiar, cuando en Nochebuena fuimos a tu casa. Está bien, no salió como esperábamos, pero ahí estaba yo, dando la cara frente a tus padres... Y follándote luego en el cuarto de lavadoras, eso también, pero creo que les di una buena impresión a tus padres...

En ese momento, el camarero vuelve para llevarse la botella de vino ya vacía y preguntarnos si queremos otra botella.

—Estaba muy bueno, y a lo mejor estoy cometiendo una insensatez pero, ¿me podría traer una botella bien fría de cerveza en lugar de vino? —digo yo con algo de recelo.

—Por supuesto, señora. ¿Y para usted, señor?

—Es la mujer de mi vida —le dice Aaron, encogiéndose de hombros mientras me mira embobado—. Lo mismo para mí.

El camarero vuelve a irse y regresa pocos segundos después. Parece como si el presidente les hubiera dado instrucciones expresas para que nos tratasen como si se tratara de él mismo el que fuera el cliente, así que dos segundos después, volvemos a quedarnos solos.

—O sea que, técnicamente, esta sería nuestra séptima cita.

—¿En serio sabes realmente lo que es una cita? ¿Una de verdad? ¿Dónde han quedado las flores, los paseos de la mano, las pelis en el cine, las cenas a la luz de las velas o los bailes agarrados?

—En los años cincuenta. Eres una antigua.

—Soy una romántica.

Aaron resopla y deja caer los brazos a ambos lados de su plato. Me mira durante unos segundos hasta que al final se le dibuja una sonrisa de medio lado y, sin decirme nada, se levanta y camina hacia la puerta.

—¿A dónde vas? —le pregunto.

Sale del salón privado sin contestarme, pero no me da tiempo a preocuparme porque, pocos segundos después, reaparece en la sala con un ramo de flores de plástico en la mano.

—¿Qué es esto? —le pregunto riendo.

—Flores —contesta tendiéndome el ramo, que cojo con reticencias, aunque sin dejar de sonreír—. Es lo mejor que he podido encontrar. Será un restaurante de lujo y lo que tú quieras pero, entre tú y yo, en el tema floral, son unos cutres.

—Estás pirado —digo llevándome una mano a la boca.

—Lo que digas, pero ya puedes ir tachando la cena y las flores de tu lista "mi cita ideal" —suelta en tono de burla—. Y la noche justo acaba de empezar.

AARON

Esta noche solo tengo una misión: hacerla feliz. Quiero verla sonreír, sonrojarse, que se sienta la mujer más especial del mundo y que se olvide, al menos durante unas horas, del dolor por haber perdido a nuestro bebé.

—¿Qué van a querer de postre? —pregunta entonces el camarero, mirándola a ella primero.

—No sé... Algo que tenga mucho chocolate...

Mi mente perversa asocia las palabras postre, chocolate y Livy, y empiezo a tener un serio problema en la entrepierna. De forma disimulada, me remuevo en la silla, colocándome bien el paquete y la observo mientras se lleva un dedo a la boca y se muerde una uña. Podría pasarme toda la noche observándola, con su pelo rubio cayendo sobre sus hombros, los ojos brillando emocionados y esa sonrisa espectacular.

—¿Señor...?

—Aaron...

—¿Eh? ¿Qué? —pregunto mirando al camarero.

—El postre, señor...

—Ah, lo que sea... Lo mismo que ha pedido ella.

—¿Estás bien? —me pregunta Livy cuando el camarero se marcha—. Pareces despistado.

—Tú me despistas. Incluso estando a kilómetros de distancia.

—Pues tienes un trabajo algo delicado como para no estar concentrado al cien por cien...

—Culpa tuya —contesto encogiéndome de hombros.

En ese momento me llega un mensaje al móvil y en cuanto lo abro, veo que es una foto que me envía Chris. En ella salen él, Max y Lexy sentados en el sofá del apartamento de Livy, sosteniendo cada uno un enorme trozo de pizza en la mano.

"Por si os interesa... Como podéis ver, nos las apañamos bien"

En cuanto se lo muestro a Livy, coge el teléfono con ambas manos y veo cómo los ojos le brillan de emoción.

—Qué guapos son... —dice sin dejar de mirar la pantalla de mi móvil.

—Tenemos tres hijos fantásticos... —digo agachando la cabeza—. Chris ha sido un apoyo enorme para mí... Sin él no hubiera podido aguantar este tiempo alejado de... De todo esto...

—Chris es un regalo, Aaron. Eres consciente de ello, ¿verdad?

Asiento apretando los labios durante un buen rato hasta que, bastante emocionado, después de tragar saliva varias veces, digo:

—Lo sé, y te puedo asegurar que no hay día que no desee poder volver atrás en el tiempo y hacer las cosas de diferente manera. Sé que yo no sabía nada, pero aún así, me avergüenzo tanto de lo que hice... Y a pesar de todo... Pienso muchas veces que, a pesar de lo que hice, Cassey nunca le contó nada malo de mí...

—Porque es evidente que no tenía nada malo que contar, Aaron —dice ella cogiéndome las manos—. Ella sabía que no podía forzarte a que te enamoraras de ella... Sabía que no puedes forzar a una persona a que quiera a otra... Y quizá, darle el dinero para abortar no fue la mejor de tus decisiones, pero tenías veinte años y toda una vida por delante. No te desentendiste, quisiste ayudarla, a tu manera, aunque al final ella tomara otra decisión.

—Aún así, no puedo dejar de agradecérselo... Si ella le hubiera hablado mal de mí o no hubiera dado mi nombre a los de asuntos sociales antes de morir... No quiero ni pensar en lo que hubiera sido de él...

Se levanta y se sienta en mi regazo, de costado. Me coge de la barbilla y me gira la cara para que la mire a los ojos. Ladea la cabeza cuando lo hago y se acerca lentamente para besarme. Sus labios acarician los míos con suavidad y cierro los ojos en un acto reflejo, centrando toda mi atención en ese contacto, que se ha convertido en lo único que me importa en este momento. Cuando noto sus dedos acariciando mi cara, el camarero entra con los postres. Abro los ojos y la miro, aunque ella, lejos de alejarse de mí, se recuesta en mi pecho y, apoyando la cabeza también, me observa sonriendo.

—Gracias —le digo al camarero cuando se dirige a la puerta, palabra que agradece con un gesto servicial de la cabeza.

Livy dibuja una línea imaginaria con el dedo por mi mandíbula hasta llegar al mentón, desde donde empieza a bajar por el cuello, pasando por encima de mi nuez, que sube y baja cuando trago saliva.

—Te quiero —susurra moviendo los labios.

—Y yo —contesto.

Nos miramos a los ojos, sonriendo aunque, en mi caso al menos, muy nervioso. Son demasiados los días que llevo esperando para volver a disfrutar de un momento como este y son decenas de sentimientos los que me gustaría expresar y que retengo para no parecer un panoli sentimental. Pero sin embargo, una frase se repite mi cabeza una y otra vez: pídeme que vuelva y lo haré...

—¿Puedo contestarle el mensaje? —me pregunta de repente, devolviéndome a la realidad.

—Claro —le digo.

Hace una foto a los dos platos de postre y luego sus dedos se mueven a toda velocidad. Antes de enviarlo, me lo enseña.

"Nosotros también... ;)"

—Lexy se va a morir de envidia cuando la vea. Con lo que le gusta el chocolate...

—¿Sí? Pues le guardaré mi trozo.

—¿No te lo vas a comer?

—¿Lo quieres tú?

—No... Sí... O sea sí, pero no debo. ¡Ah, mierda! ¡Cómetelo antes de que me entre la tentación de devorarlo! ¿Por qué te lo pides si no te lo pensabas comer?

—Sí me lo pensaba comer, pero si lo queréis tú o Lexy, es para vosotras.

En ese momento vuelve a llegar un mensaje a mi teléfono, que aún tiene Livy en sus manos.

—Tenemos respuesta de Chris.

—A ver...

"Livy, de parte de tu hija: un minuto en tu boca, toda la vida en las caderas"

—Está muerta de envidia —dice Livy riendo a carcajadas.

—Eso lo arreglo yo fácilmente.

Le quito el teléfono de las manos, pongo la cámara delantera y me hago una foto señalando mi plato. Luego escribo el mensaje y cuando lo envío, ella me lo vuelve a arrebatar de las manos.

"No te preocupes Lexy, yo te guardo mi trozo. Si no llega a tus manos será porque tu madre se lo ha zampado antes"

—¡Serás capullo! —me recrimina dándome un manotazo en el hombro cuando lo lee mientras yo río y la abrazo con fuerza—. Eres un pelota rastrero...

—¿Qué quieres? Me tengo que ganar a mis dos chicas. A ti te tengo ya en el bote, así que ahora tengo que centrar mis esfuerzos en ella...

LIVY

—¿Y bien? ¿Qué quieres hacer ahora? —me pregunta.

Repantigado en su silla, con las piernas abiertas y un brazo encima del respaldo, me mira a los ojos con una sonrisa pícara que me sugiere decenas de opciones al instante, aunque en todas acabamos desnudos en menos de cinco minutos, y eso nos ocasionaría algún problema con nuestro amable camarero y con el restaurante...

—¿Qué nos queda por tachar de la lista? —insiste de nuevo al ver que no contesto.

—Veamos... —digo mirando al techo mientras enumero con los dedos—. Ir al cine... Bailar... Pasear...

Aaron se echa hacia delante, apoyando los codos en las rodillas.

—Me parece que no nos queda tanto tiempo como para hacer todo eso... ¿Qué te parece reducir un poco esa lista? Y quizá también podríamos añadir alguna... —dice subiendo y bajando lentamente las cejas.

—Vale... Pues... Acepto que no me lleves al cine...

—¿Y...? —me insta a seguir hablando, pero al ver que le miro con los ojos muy abiertos pero sin hablar, añade—: ¿No me perdonas lo del baile? Y lo de pasear a estas horas tampoco lo veo yo muy normal...

—Pero entonces... ¿Ya está? ¿Aquí se acaba nuestra cita?

Aaron me mira pensativo durante un rato, hasta que se le dibuja una sonrisa en la cara. Entonces se pone en pie y me tiende una mano. Cuando se la cojo, me ayuda a levantarme y entonces se pega a mi cuerpo. Acerca la boca a mi oreja y, susurrando, me dice:

—Yo tenía algo más en mente...

Su nariz acaricia la piel de mi cuello, debajo de la oreja, y acto seguido siento sus labios, que besan cada centímetro de mi piel. De forma inconsciente, cierro los ojos y ladeo la cabeza para darle vía libre. Él acepta la invitación al momento, y enseguida siento sus dientes dándome pequeños mordiscos. Me agarro firmemente de sus bíceps cuando mis rodillas empiezan a flaquear, y sin poderlo evitar, dejo escapar un fuerte jadeo, demostrando lo mucho que mi cuerpo le ha echado de menos.

—Pero para ello —dice separándose unos centímetros, haciendo de ello una tortura para mi cuerpo—, deberíamos saltarnos no solo el cine, sino también el paseo y el baile...

Siento cómo sus dientes aprisionan mi labio inferior y tiran de él, obligándome a abrir la boca de par en par, hecho que él aprovecha para introducir la lengua en ella, sin contemplaciones. Sus grandes manos se posan a ambos lados de mi cara y sus pulgares acarician mis mejillas mientras el resto de dedos se enredan en mi pelo. Estoy totalmente a su merced, y sería capaz de renunciar al cine, al paseo, al baile, e incluso a respirar, con tal de acabar desnudos y de que me penetre con tanta rudeza que pueda sentirle en mi entrepierna durante varios días.

Así pues, haciendo acopio de toda mi fuerza de voluntad, me separo de él y le agarro de una mano, tirando de él hacia la salida del restaurante. Cruzamos el salón, donde el resto de comensales están cenando, y veo como el que ha sido nuestro camarero, nos sonríe desde la lejanía, haciendo un movimiento de cabeza para despedirse.

En cuanto salimos a la calle, me freno en mitad de la acera y miro hacia un lado y hacia otro, buscando el coche de Aaron. De repente caigo en la cuenta de que su coche está en Washington y me doy la vuelta hacia él, con los ojos y la boca muy abiertos, siendo consciente por primera vez de que estamos algo lejos de su casa.

—Parece que sí vas a tener el paseo romántico que querías, ¿eh?

—No había caído...

—Yo tampoco —me contesta sonriendo—. Y estamos como a... Veinte minutos a pie de mi casa. A no ser que prefieras ir en metro...

—Ni hablar. Ahora que sé que puedo tenerlo, quiero mi paseo.

Aaron se acerca a mí y con un gesto cariñoso, me sube el cuello del abrigo y besa la punta de mi nariz. Él no lleva abrigo, tan solo la americana, aunque no voy a ser yo quien se queje, porque está realmente arrebatador. Sin dejar de mirarme ni de sonreír, empieza a caminar de espaldas, tirando de mi mano hasta que yo empiezo a caminar también y me pongo a su lado. Andamos en silencio, disfrutando de cada segundo, desviando la vista hacia nuestras manos entrelazadas. Cuando ve que yo también las miro, la aprieta con fuerza y acaricia el dorso con el pulgar. Al llegar al parque, cuando dejamos el amparo de los edificios, se nota algo más el frío y me encojo de forma inconsciente. Aaron se da cuenta y enseguida me atrae hacia él, pasando un brazo por encima de mis hombros. Apoyo la cabeza en él y suspiro con fuerza, dejándome llevar.

—¿Estás bien? ¿Tienes frío? ¿Estás cansada?

—Sí... —respondo de forma despreocupada, con los ojos cerrados.

—¿Tienes frío? Espera que me quite la americana...

—¿Qué? ¡No! Que digo que estoy bien... Perdona es que estaba algo distraída...

—Encima que te saco a pasear, te distraes... No hay quién te entienda...

—Tú me distraes. Este paseo me distrae. Toda esta noche me distrae...

Dejamos el parque atrás y cuando estamos cerca de su casa, al girar la esquina, escuchamos música y jaleo procedente de un pub. Varios chicos beben en la puerta, con las botellas de cerveza en la mano, y nos vemos obligados a sortearlos para dejarles atrás. Cuando lo hacemos, Aaron se frena en seco y me mira entornando uno de sus ojos.

—¿Qué? —le pregunto mirando alrededor.

—¿Quieres bailar conmigo?

—¿Cómo? —pregunto alucinada—. ¿Aquí?

Se encoge de hombros y camina lentamente hacia mí, hasta recorrer la corta distancia que nos separaba. Dejo que rodee mi cintura con su brazo y que se pegue a mi cuerpo. Nuestras caras se quedan a escasos centímetros una de la otra, y su aliento acaricia mis labios. Cuando consigo reaccionar un poco, paso mi brazo alrededor de su cuello y me dejo mecer a un lado y a otro. Al rato, apoyo la frente en su pecho y siento como sus labios se posan en mi cabeza mientras los dedos de su mano acarician la parte baja de mi espalda.

Los chicos que bebían en la puerta del pub, deben de pensar que estamos locos, pero ahora mismo, eso me da completamente igual. Ahora mismo, solo existimos él y yo en el mundo. Bueno, él, yo y Michael Bublé cantándonos. El destino ha querido que sea "Home" la canción que bailemos en nuestra primera cita de verdad. Además de ser una canción preciosa, no puede tener más significado para los dos ahora mismo. Cuando se me escapa un sollozo, Aaron me agarra de la barbilla y me obliga a mirarle a los ojos. Al ver mis ojos llenos de lágrimas, entorna los ojos levemente y seca con el pulgar la primera que se me escapa.

—Es preciosa —intento aclarar el motivo de mi llanto.

—Tú también, y no por eso voy a llorar.

Se me escapa la risa y, sin darme tiempo a reaccionar, me abraza con fuerza y me besa lentamente, saboreando cada rincón de mi boca. Pronto dejo de escuchar los vítores que el grupo de chicos nos dedican, me olvido de que estamos en plena calle y rodeo su cintura con ambas manos hasta llegar a tocar su culo. Me aprieto contra él y siento su creciente erección apretándose contra la parte baja de mi vientre.

—¿Hemos bailado lo suficiente para ser nuestra primera cita? —me pregunta sin despegar sus labios de los míos.

—Sí... —jadeo.

—¡Joder, menos mal!

De repente me coge en volandas y, sin ninguna dificultad, empieza a caminar calle abajo, conmigo a cuestas, sin dejar de besarme.

—¡Vamos tío! —le gritan los tipos del pub—. ¡Que hoy fijo que mojas! ¡Qué suerte, colega!

Por el rabillo de ojo, veo como levanta el pulgar hacia ellos y a mí se me escapa la risa. Y no puedo parar de hacerlo cuando, al llegar a su portal, sin dejarme que ponga los pies en el suelo, apoya mi espalda contra la puerta mientras busca las llaves. Cuando lo consigue y la abre, me lleva hasta el ascensor y aprieta el botón. Hundo los dedos en su pelo mientras le sigo besando, frotándome descaradamente arriba y abajo contra su erección. Diez segundos después, separa sus labios de los míos y mirando hacia el indicador de planta del ascensor, gruñe exasperado y, cansado de esperar, empieza a subir las escaleras a pie.

—Aaron, por Dios, que no soy inválida —río apretando la frente contra la de él mientras enmarco su cara con mis manos.

—Ni hablar. Añade esto a tu lista. ¿No me digas que ser todo un caballero y subirte así a casa, no me da puntos extra?

—Créeme, esta noche estás dando la vuelta al marcador...

Le beso de nuevo y llevo mis manos hasta el cuello de su camisa. Empiezo a aflojar el nudo de su corbata y desabrocho los primeros botones. De forma precipitada, tiro de su americana e intento quitársela por los hombros mientras muerdo su cuello. A todo esto, intenta meter la llave en la cerradura, pero después de muchos intentos, soy yo la que se desespera y se la quito. Le obligo a que me deje en el suelo y le doy la espalda mientras abro la puerta. Se pega a mí y besa mi cuello mientras sus manos recorren mis costados. En cuanto entramos, cierra la puerta a su espalda con el pie y empieza a desnudarme con prisa.

—Te necesito... —jadea—. Ahora mismo.

Cuando solo me queda el tanga y el sujetador y se dispone a quitármelos, niego moviendo la cabeza y un dedo, y empiezo a retroceder.

—Llevas demasiada ropa... —le digo.

—Culpa tuya... Yo no he perdido el tiempo contigo...

Me muerdo el labio inferior mientras camino de espaldas hacia su dormitorio. Él me sigue, esbozando una sonrisa pícara que, combinada con sus increíbles ojos azules, consigue que moje el tanga. En cuanto llegamos, me siento a los pies de su cama y, apoyando las manos en el colchón, le admiro de arriba abajo.

—¿Y bien? —me pregunta tirando la americana a un lado y abriéndose de brazos.

—Tú mismo...

Después de mirarme durante un rato, se afloja del todo la corbata, dejándola caer sobre sus hombros y empieza a desabrocharse los botones de la camisa lentamente. Casi relamo mis labios al ver de nuevo su torso desnudo y me doy cuenta de lo mucho que lo he echado de menos. No puedo dejar de mirar su pecho esculpido y sus abdominales definidos, todos y cada una de ellos, hasta llegar a mi parte favorita, los huesos de la cadera que le asoman por encima de la cintura del pantalón y que me pasaría la noche acariciando, lamiendo y mordiendo. Observo cómo lleva las manos al cinturón y cómo lo desabrocha lentamente. Luego, con la misma parsimonia, empieza a desabrochar el botón del pantalón hasta que la impaciencia se apodera de mí y, apartándole las manos, me decido a acabar el trabajo por él. Cuando lo consigo, y le bajo los pantalones, acaricio la longitud de su erección a través de la tela del bóxer ceñido. Acerco la boca y le muerdo con cuidado, escuchando cómo resopla apretando los dientes con fuerza. No me da tiempo a "jugar" mucho más, porque segundos después, me obliga a ponerme en pie, da un tirón al tanga y enseguida siento como se clava en mi interior sin ningún miramiento. Antes de poderme reponer de la primera embestida, vuelve a penetrarme hasta el fondo y siento la pared fría a mi espalda. Intento agarrarme a algo cuando vuelve a mover las caderas, pero solo consigo tirar varias cosas de una estantería. Antes de poder comprobar qué he tirado, Aaron coge mis brazos y los pone contra la pared, por encima de mi cabeza, entrelazando los dedos de sus manos con los míos. Aprieto con más fuerza el agarre de mis piernas alrededor de su cintura y le miro a los ojos. Su cara está a escasos centímetros de la mía, su aliento se confunde con el mío, su boca acoge mis jadeos como si fueran los suyos propios, y el sudor de su frente impregna la mía. Algo abrumada por el cúmulo de sensaciones que recorren todo mi cuerpo, cierro los ojos durante unos segundos, y cuando los vuelvo a abrir, le encuentro observándome con una sonrisa de medio lado.

—No tienes ni idea de lo jodidamente sexy que eres —dice clavando su mirada en la mía mientras me embiste una y otra vez.

Suelta mis manos y dibuja con sus dedos un camino descendente a través de mis brazos hasta llegar a mis pechos. Los amasa y muerde mis pezones con rudeza, aunque me conoce lo suficiente como para saber hasta dónde puede llegar. Despego los brazos de la pared y apoyo los codos en sus hombros, hundiendo las manos en su pelo. Tiro de él y le obligo a despegarse de mis pechos y mirarme a la cara.

—Te amo —digo contra su boca.

AARON

Cojo su cara entre mis manos y observo cada detalle de nuevo, como si no conociera de memoria cada poro de su piel.

—Y yo...

Pero no es verdad... Al menos, no toda la verdad... Creo que lo que siento por ella es tan grande, que llamarle amor me parece poca cosa. Vivo con la convicción de que haría lo que fuera por verla sonreír, vendería mi alma al diablo por estar junto a ella el resto de mi vida e incluso daría mi vida a cambio de la suya si fuera necesario.

Camino hacia la cama y la recuesto en ella. Aguanto el peso de mi cuerpo en mis antebrazos, y así puedo ver su reacción a cada embestida. Su espalda arqueándose, su piel húmeda y brillante por el sudor, sus dientes mordiendo el labio inferior, su pelo rubio extendido encima de mis sábanas blancas y sus manos aferrándose a ellas.

Aprieto la mandíbula con tanta fuerza que escucho mis dientes rechinar. Estoy casi a punto de correrme, pero me niego a hacerlo antes que ella. Solo cuando la escuche gritar de placer, me permitiré el lujo de hacerlo. De repente, siento sus uñas en mi espalda, arañándome sin contemplación y es ese leve dolor el que me vuelve loco. Rápidamente agarro sus manos y las llevo al cabecero de la cama. Cierro sus dedos alrededor de los barrotes de madera y acerco mi boca a su oreja.

—Ni se te ocurra soltarte o dejo de moverme...

—Necesito tocarte —jadea ella.

—Ahora solo necesitas sentirme.

Me arrodillo sin salir de su interior, agarrando una nalga de su trasero con una mano mientras la otra se posa en su plano vientre, que se contrae de placer. Acerco mi boca a su piel y la lamo, dibujando un camino ascendente hasta sus pechos. Conforme mi lengua sube hacia sus pechos, me hundo en su interior, hasta el fondo. Repito esta acción varias veces, lamiendo su sudor, saboreando su piel, hasta que sus jadeos se hacen más sonoros y sus piernas se cierran alrededor de mi cintura con firmeza. Vuelvo a acercar mi cara a la suya porque quiero besarla mientras se corra, quiero acoger sus jadeos en mi boca.

—Córrete conmigo —me dice entonces al oído, y es esa súplica en ese tono de voz tan sexy el que me hace caer al abismo irremediablemente.

Mis jadeos se confunden con los suyos y nuestros cuerpos convulsionan a la vez. Mi boca está pegada a la suya y mi respiración entrecortada se cuela entre sus labios. La abrazo con tanta fuerza que siento en mi piel el latir acelerado de su corazón, así que doy por hecho que ella puede sentir el mío.

Minutos después, cuando consigo recobrar algo el aliento, salgo de su interior y apoyo la espalda en el colchón. Tiro de Livy hacia mí, sin dejar de abrazarla porque necesito tenerla a mi lado, y beso su frente mientras ella apoya su mano en mi pecho.

—Te he echado tanto de menos... —susurro acariciando su pelo.

—Shhhh... —dice poniendo sus dedos en mi boca—. Déjame soñar que esa frase es innecesaria entre nosotros...

—Vale.

—Y no me sueltes en toda la noche.

—Vale.

—Y sueña conmigo.

—Eso será fácil cumplirlo, porque lo hago incluso despierto.

—Y prométeme que cuando abra los ojos, tú serás lo primero que vea.

—Hecho.

Tan solo cinco minutos después, Livy está profundamente dormida. Su mejilla reposa en la almohada, y sus labios están ligeramente abiertos, expulsando el aliento que acaricia mi boca. A pesar de estar agotado, no quiero dormirme. Primero porque quiero disfrutar de su visión durante el mayor tiempo posible, y segundo porque tengo miedo de despertar y que todo resulte haber sido un sueño.

Dos horas más tarde, ella cambia de postura y se da la vuelta. No quepo en el hueco que ha dejado delante de ella y tampoco quiero moverla y llegar a despertarla, así que me pego a su espalda y rodeo su cintura con mi brazo.

Tres horas después, cuando ya está girada de nuevo de cara a mí, se empieza a remover, desesperezándose, y sus ojos empiezan a abrirse lentamente. Después de parpadear unas cuentas veces, se humedece los labios y sonríe al verme frente a ella.

—Misión cumplida —digo pegándome a ella y besando sus labios con delicadeza—. Temía que abrieras los ojos estando de espaldas a mí y la mesita de noche fuera lo primero que vieras...

Sonríe de forma perezosa y sé que esta es la imagen con la que definitivamente podría despertar cada mañana: su sonrisa.

Diez minutos después, aún abrazados, cuando creo que está lo suficientemente despierta, tiro de su barbilla hacia arriba hasta mirarnos a los ojos.

—Escucha... —digo señalando al techo.

—¿El qué?

—Esto...

—No se oye nada...

—Precisamente. Solos tú y yo. Sin llamadas de teléfono, sin interrupciones, sin gritos, sin tener que salir a hurtadillas... Así que sí, te tengo que dar la razón en algo. Es la primera vez que me despierto a tu lado y no tengo que salir por patas.

Livy ríe con ganas, agarrándose a la sábana que la cubre. Instintivamente, llevo la mano a su pelo y se lo acaricio, retirándoselo de la cara con delicadeza.

—Necesito ir al baño —me dice minutos después.

—Ni hablar. De aquí no te mueves.

—Créeme, no quiero separarme de ti, pero de verdad que necesito ir. Además, te conozco lo suficiente como para saber que matarías por un café.

Cuando se levanta, después de admirar su cuerpo desnudo hasta que cierra a puerta del baño, me levanto, me pongo el bóxer y el pantalón y me dirijo a la cocina. Abro varios cajones y armarios hasta comprobar que Chris no ha pasado por el supermercado.

—¿Tienes hambre? —le pregunto a Livy asomándome a la puerta del baño.

—La verdad es que sí...

—Pues vístete porque vamos a desayunar fuera.

LIVY

Los dos nos vestimos entre risas, caricias y besos poniendo de manifiesto que este es, de largo, el mejor despertar que he tenido en años. Salimos a la calle como una hora después, y caminamos hacia el metro agarrados de la mano. Pasamos frente a varias cafeterías e incluso un par de pastelerías, pero él no se detiene en ninguna y tira de mí, sonriéndome cada vez que le pregunto dónde me lleva.

—Te llevo a disfrutar del mejor desayuno que puedas desear...

Cogemos el metro y seis paradas después, nos bajamos en la estación de al lado de mi casa.

—¿Dónde...? Espera... Esta es mi calle... —le digo cuando giramos la esquina y veo a unos metros el bloque de apartamentos donde vivo.

—Veo que has hecho verdaderos progresos desde la primera vez que nos vimos... Tu sentido de la orientación ha mejorado mucho.

—Han cambiado muchas cosas desde esa noche. Pero, ¿por qué estamos en mi calle?

—Porque como te he dicho, vamos a disfrutar del mejor desayuno del mundo.

En cuanto llegamos a mi edificio, Aaron llama insistentemente al timbre del interfono. Pasa un buen rato hasta que se oye la voz somnolienta de Lexy.

—¿Sí?

—Nosotros —responde Aaron—. Ábrenos, Lexy.

—Pero...

—Lexy, soy mamá —intervengo yo—. Ábrenos, cariño.

Parece que yo acabo de convencerla porque pocos segundos después, la puerta del portal se abre y subimos rápidamente las escaleras. En cuanto llegamos a mi puerta, Aaron llama con los nudillos al encontrárnosla cerrada. Vuelven a pasar varios minutos hasta que Lexy abre. Con el pelo totalmente despeinado y con cara de sueño, nos mira de arriba abajo arrugando la frente.

—¡Buenos días! —le dice Aaron, entrando en mi apartamento mientras tira de mí.

—¿Qué...? ¿Qué hacéis aquí? —nos pregunta ella.

—Venimos a desayunar —contesta él.

—Pero... Pero es muy pronto, ¿no?

—Cariño, son las diez de la mañana —digo yo—. ¿Tu hermano aún duerme?

—Supongo...

—Lexy, ¿a qué hora os fuisteis a dormir? —le pregunto.

—Y lo más importante —interviene Aaron—. ¿Café y tostadas o leche con cereales?

Lexy nos mira a ambos, confundida y sobre todo, muy dormida aún, con lo que doy por hecho que la respuesta a mi pregunta es algo entre muy tarde y hace escasas dos horas.

—¿Qué hacéis aquí? ¿Qué hora es?

Cuando giramos la cabeza, veo a Chris aparecer por el pasillo. Vestido con los mismos vaqueros que ayer y con una camiseta de manga corta, con el pelo revuelto y con unas ojeras enormes bajo los ojos.

—¡Buenos días, hijo! —le dice Aaron—. ¿Café?

—Sí...

Mientras yo me sitúo al lado de Aaron para ayudarle a preparar el desayuno, Chris se deja caer en una silla de la mesa de la cocina. Lexy se sienta a su lado, y se miran alucinados y confusos, aunque enseguida se les empieza a dibujar una sonrisa en la cara.

—¿Y bien? —les pregunto—. ¿A qué hora os fuisteis a dormir?

—Muy tarde... —contesta Lexy sin poder reprimir la risa.

—Estuvimos improvisando un rato... Y Max estuvo bailando y cantando... Aunque él cayó mucho antes y le metimos en la cama —añade Chris.

Aaron deja el recipiente lleno de café encima de la mesa y yo un plato con tostadas. Luego dejo también los cuencos llenos de leche, la caja de cereales y el chocolate para untar.

—Voy a despertar a Max. ¿Vienes? —le pregunto a Aaron.

En cuanto entramos en la habitación, me siento a un lado de su cama y le acaricio el pelo. Aaron se sienta a mi lado y me observa atentamente, sonriendo con ternura. Acerco mis labios a la frente de Max y mientras le beso, empiezo a susurrar.

—Cariño... Hemos preparado el desayuno... Y hay chocolate.

Max se remueve en la cama y me da la espalda, pero entonces es Aaron el que habla.

—Y si no te despiertas, yo me comeré todos los pastelitos rosa...

Max se incorpora de golpe y mira a Aaron con los ojos muy abiertos. Luego me mira a mí, muy ilusionado, y cuando le sonrío, se lanza a los brazos de Aaron.

—¡Aaron! ¡Bien! ¿Desayunas con yo? Digo... ¿conmigo?

—Ajá.

Él le coge en brazos y caminamos hacia la cocina de nuevo, donde Chris y Lexy están dando cuenta del desayuno, hambrientos.

—¿Y bien? ¿Cómo os fue? —pregunta Chris mucho más despierto.

—Muy bien —contesta Aaron con Max sentado en su regazo.

—Sí. Estuvo genial, chicos... —añado—. Gracias.

—¿Os distes besos? —pregunta Max mirándonos.

Los dos nos miramos y, después de sonreír y agachar la cabeza, contesto.

—Alguno, sí.

Después de mirar a Aaron durante un buen rato, giro la cabeza y descubro a Lexy observándome detenidamente. Al principio está seria, pero al cabo de unos segundos, sonríe mordiéndose el labio inferior.

—Me gusta verte así, mamá —me dice.

—Lo mismo digo, cariño.

—Por cierto... —dice entonces Aaron levantándose de la silla con Max en brazos, caminando hasta su americana, que ha dejado doblada en el respaldo del sofá—. Esto es tuyo, Lexy.

Aaron le tiende un pequeño envase de plástico transparente y a Lexy se le ilumina la cara. Es el trozo de pastel de anoche, el que prometió guardarle. De alguna manera, consiguió hacerlo sin que yo me diera cuenta de ello.

—Gracias —le dice Lexy con sinceridad.

—De nada. Arriesgué mi vida para que tu madre no se lo comiera...

—¡Oye! —le recrimino dándole un manotazo.

Al rato, Max empieza a contarnos, a su manera, todo lo que hicieron anoche. Lo bien que se lo pasaron los tres solos, con Chris tocando la guitarra y Lexy y él cantando. Les observo uno a uno, viéndoles reír, hablando de forma animada, como si fuéramos una familia normal. Chris mira orgulloso a su padre, Lexy le habla con una enorme sonrisa en la cara y Max no se despega de él ni un centímetro. Está siendo una mañana maravillosa, el colofón perfecto a una cita maravillosa, al menos hasta que el teléfono de Aaron nos devuelve a la cruda realidad.

AARON

Cuando escucho mi móvil, algo se encoge en mi interior. De forma inconsciente, agarro a Max con más fuerza contra mi cuerpo, como si no quisiera alejarme de él. Livy me mira y su expresión se ha entristecido de golpe. Aprieto los labios y la miro resignado cuando, muy a mi pesar, me pongo en pie y le tiendo a Max, al que ella abraza, mientras el pequeño nos mira sin entender a qué viene este silencio repentino.

—Taylor —contesto cuando descuelgo el teléfono.

—Hola Aaron.

—Buenos días, señor.

—¿Cómo ha ido?

—Muy bien. Gracias.

—Espero que no tan bien como para olvidarte de mí...

—No, señor...

Aunque cuando lo digo, se me forma un nudo en la garganta y me veo obligado a darme la vuelta y alejarme de ellos, acercándome a las ventanas que dan a la calle.

—Vale, salimos en una hora...

—Sí, señor. En un rato estaremos allí.

—Vale...

Los dos nos quedamos callados, sin saber qué decirnos. Supongo que el presidente quería asegurarse de que volvía a Washington con él, que lo de anoche no me había hecho cambiar de opinión.

—Nos vemos en un rato —dice justo antes de colgar.

Cuando se corta la comunicación, miro la pantalla del teléfono antes de darme la vuelta. Al hacerlo, entorno los ojos y trago saliva repetidas veces antes de levantar la cabeza. Aunque siento las miradas de todos, me quedo estancado en Livy. Después de unos segundos en los que ambos parecemos a punto de echar a llorar, ella se obliga a disimular y esboza una sonrisa de circunstancias.

—¡Vamos, chicos! ¡A desayunar! Que mamá tiene que ir a trabajar y vosotros, aunque tarde, tenéis que ir al colegio...

—¿Al cole? —se queja Max poniendo cara de pena—. No quiero. Tú trabaja, Chris cuida a Lexy y a yo. ¿A que sí, Chris?

—Me parece que me tengo que ir, Max...

—Sí... —afirmo—. Date algo de prisa, que nos marchamos en una hora...

—¿A dónde vas? ¿A trabajar?

—Sí.

—¿A la tarde me llevas al parque?

Me quedo callado, mirándole mientras intento encontrar las palabras adecuadas. Chris camina hacia el baño para acabar de vestirse y Lexy agacha la cabeza y mira fijamente su trozo de tarta de chocolate.

—Vamos, cariño. ¡A vestirnos!

Veo cómo Livy se pierde por el pasillo cargando en brazos a Max y me dejo caer con pesadez en una de las sillas.

—Aaron... —llama mi atención Lexy, casi susurrando y sin mirarme—. Mamá te necesita y me parece que tú también a ella... ¿Por qué no...? ¿Por qué no vuelves? Yo no... O sea, que me caes bien y...

—No es culpa tuya, Lexy.

—¿Y por qué me siento como si lo fuera? —me dice con la cara bañada en lágrimas, como puedo comprobar cuando levanta la cabeza y me mira.

—Te prometo que no es así. Es más complicado que todo eso...

Los gritos y llanto de Max me hacen enmudecer de golpe. En ese momento aparece Chris y se sienta al lado de Lexy.

—Livy está hablando con él... Le he dicho adiós con la mano pero no creo que deba entrar...

Me levanto y camino hacia el pasillo. Me quedo en la puerta y observo cómo Livy abraza a Max y le mece en sus brazos, intentando calmarle.

—¡No! ¡No se va!

—Cariño, se tiene que ir a trabajar...

—¡¿Y por qué viene si no se queda?!

—Para vernos... Porque nos echa de menos...

—¡Si no se queda, que no venga! Porque me pongo triste cuando se va.

—Max... —intervengo en ese momento, haciendo que los dos me miren de repente.

—¡Me has dicho mentiras!

—No... Max... Yo no...

—¡Vete! ¡No te quiero!

—Max, no me digas eso, por favor. Porque yo sí te quiero, muchísimo además.

—¡Pues no me pongas triste! ¡Vete!

—Aaron, por favor —interviene entonces Livy—. Vete.

Me quedo helado, con la boca abierta, inerte en el sitio, sin poder de reacción. Una mano me agarra de la camisa y tira de mí hacia atrás, arrastrándome hasta que llegamos a la calle. Chris se pone frente a mí y espera hasta que consigo enfocar la vista y le miro.

—Vamos, papá.

Las dos horas siguientes las vivo como si mi alma estuviera fuera de mi cuerpo. Me muevo, hablo y desempeño mi trabajo por inercia, aunque con total apatía y muy distraído. Chris se marcha para el aeropuerto junto al resto de guardaespaldas, mientras yo acompaño al presidente en el coche oficial.

—Entonces, ¿fue todo bien?

—Sí, señor.

—Pues cualquiera lo diría a tenor de tu cara...

—Es que no sé si verla fue una buena idea —consigo decir, incapaz de mirarle a la cara porque no quiero que vea mi fragilidad. Se supone que tengo que protegerle, y ahora mismo no puedo hacerlo ni de mí mismo.

—Aaron, vi cómo os mirabais. Por supuesto que fue buena idea verla. Lo duro es dejar de hacerlo ahora... ¿No?

Carraspeo para intentar deshacer el nudo de mi garganta al recordar que no he podido despedirme de ella, al pensar que me llevo de vuelta a Washington casi todo lo que quise confesarle.

—Aaron, ¿te puedo dar un consejo? —me pregunta el presidente incorporándose en su asiento mientras yo asiento—. Nunca antepongas el trabajo al amor de tu vida. Yo antepuse ser presidente de este país a estar con Janet y cometí el peor error de mi vida. Por favor, no me hagas cargar con el peso de haber sido el causante de vuestra infelicidad...

—Señor, yo...

—Tipos como tú dispuestos a jugarse la vida por mí, los hay a patadas... —añade riendo para quitarle hierro al asunto—. Estoy seguro de que mujeres dispuestas a acostarse contigo las habrá a patadas, al menos eso es lo que opina Janet, pero seguro que ninguna es tan especial como Livy.

Me quedo un rato pensativo, mirándome las manos, que reposan en mi regazo. Cuando levanto la cabeza y miro por la ventana, soy consciente de que me estoy alejando de ella.

—¿Podemos hacer una pequeña parada en el camino? —le pregunto de repente.

—Por supuesto que podemos. Ese avión no despegará sin mí.

LIVY

Consolar a Max me ha llevado mucho rato y, aún así, me he visto obligada a dejarle en el colegio muy enfadado. Nada más entrar en clase, se ha comportado como el primer día que llegó, alejándose de todo el mundo, sentándose en una esquina.

Lexy se ha ido a clase con la convicción de ser la mayor causante de mi tristeza. Piensa que ella es la culpable de que Aaron y yo ya no estemos juntos y, aunque tanto él como yo le hemos intentado convencer de lo contrario, su cara demostraba su pesar.

Desde que he llegado a la comisaría, me he encerrado en mi despacho y me he sentado detrás de mi escritorio, intentando hacer ver que todo va bien. Nada más lejos de la realidad, como se empeñan en demostrar las lágrimas que se agolpan en mis ojos y que me impiden leer con claridad los informes que tengo encima de mi mesa.

De repente se forma un gran revuelo fuera. Levanto la vista y veo a un montón de agentes de pie, mirando hacia un lado de la comisaría. Me pongo en pie lentamente y empiezo a caminar hasta salir de mi despacho. Las miradas de varios agentes de desvían hacia mí y es entonces cuando le veo, caminando con paso firme hasta mí. Me llevo una mano a la boca y las lágrimas que retenía en los ojos, corren libremente por mis mejillas. Cuando llega a mi altura, coge mi cara entre sus manos y me mira con devoción.

—¿Qué...? ¿Qué haces aquí? —digo mirando a su espalda, donde entonces veo al mismísimo presidente de los Estados Unidos, conversando y haciéndose fotos con algunos agentes—. ¿Qué hace él aquí?

—Le he pedido hacer una parada de camino al aeropuerto porque necesito decirte algo. Escúchame bien. No quiero que salgas con nadie y necesito que me esperes, porque voy a volver. Necesito estar contigo, necesito despertar a tu lado todas las mañanas, quiero besarte siempre que me apetezca y estrecharte entre mis brazos siempre que lo necesites.

Sin poderme contener más, agarrándome con fuerza de su americana, me lanzo a su boca. Nos besamos con pasión, sin importarnos ser el centro de atención de toda la comisaría, incluso del mismísimo presidente.

—¿Eso es un sí? ¿Quieres que vuelva y lo intentemos de nuevo? —me pregunta mientras yo asiento muy emocionada—. Te prometo que en cuanto lo tenga todo arreglado, me vuelvo. Te lo prometo. Espérame, por favor.

—Te esperaré toda la vida si hace falta...

—No voy a tardar tanto —dice riendo mientras me estrecha entre sus brazos y algunos de los chicos aplauden y nos vitorean.

El presidente carraspea sutilmente y Aaron se separa de mí unos centímetros. Me levanta la cara y me penetra con sus increíbles ojos azules.

—Me tengo que ir... —dice sonriendo.

—Vale —le contesto totalmente emocionada—. Tú ten mucho cuidado. No hagas locuras ni heroicidades. Porque te prefiero lejos a no tenerte de ningún modo, ¿de acuerdo?

—Te lo prometo.

—Y usted —digo dirigiéndome al presidente—, ya puede cuidármelo mucho y no meterse en líos innecesarios, porque como le pase algo a Aaron, me convertiré en su peor pesadilla... Y sé dónde vive.

—Dios me libre —contesta el presidente mostrándome las palmas de las manos.

—Tranquila —me repite Aaron besándome repetidas veces—. Te llamaré esta noche... Y si ya no está muy enfadado conmigo, me gustaría hablar con Max...

—De acuerdo.

—Te quiero —dice retrocediendo mientras nuestras manos se sueltan.

—Y yo —le susurro con el corazón latiéndome a mil por hora.

Antes de traspasar la puerta, me guiña un ojo y luego se da la vuelta. Me quedo quieta en el sitio durante un buen rato, incluso cuando ya, pasado el revuelo inicial, muchos agentes han vuelto a sus quehaceres. Siento los latidos de mi corazón retumbando en mis oídos, y tengo que hacer verdaderos esfuerzos para dejar de sonreír y comportarme como la jefa seria que se supone que debo ser. Cruzo la mirada con la de Jimmy, que me observa desde su escritorio. Me sonríe y levanta un pulgar, justo antes de que mi teléfono vibre en mi bolsillo.

"Dime que tú tampoco puedes dejar de sonreír..."

CAPÍTULO 23
Cuando sumamos 1+1 y nos dio 5

AARON

—¿Qué vas a hacer este fin de semana? —me pregunta Livy.

—Lo mismo que el pasado...

—¿Este hombre no te da días libres nunca?

—No muchos, la verdad —contesto riendo—. Además, tengo que enseñar al nuevo... Y cuanto antes lo sepa todo...

—Antes vuelves a casa...

—Eso es...

Nos quedamos un rato en silencio, escuchando nuestra respiración. Últimamente nos pasa a menudo y, lejos de importarnos, sé que los dos sonreímos mientras permanecemos callados.

—¿Qué estás haciendo ahora? —me pregunta al cabo de un rato.

—Nada... Estoy esperando a que Chris llegue a casa y, como estoy demasiado agotado para cocinar, nos iremos a cenar fuera.

—Son las nueve de la noche. ¿Dónde está Chris a estas horas? —pregunta mientras a mí se me escapa una carcajada—. ¿De qué te ríes?

—De nada... Solo es que... Has puesto un tono muy de madre preocupada...

—Lo siento... No me di cuenta...

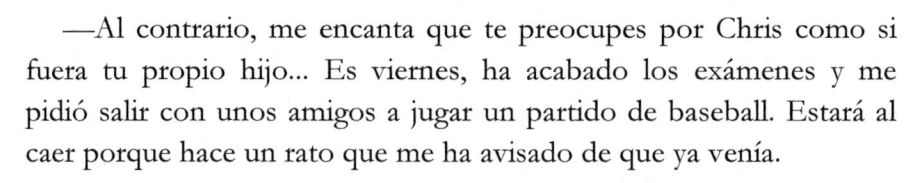

—Al contrario, me encanta que te preocupes por Chris como si fuera tu propio hijo... Es viernes, ha acabado los exámenes y me pidió salir con unos amigos a jugar un partido de baseball. Estará al caer porque hace un rato que me ha avisado de que ya venía.

—Parece que se ha adaptado rápido a Washington...

—Chris se adapta rápidamente a todo... —contesto con una enorme sonrisa de orgullo.

—¿Llevas puesto el babero? —se mofa de mí.

—Sí... —contesto sin contradecirla porque estoy tremendamente orgulloso de Chris, y sé que se me nota, tanto cuando le miro como cuando hablo de él.

—Ahora en serio... —prosigue ella—. ¿Cómo lleva él lo de volver a Nueva York? ¿Lo habéis hablado? Porque me siento muy culpable...

—Livy...

—Tengo la sensación de que estoy poniéndoos las cosas muy difíciles... Me siento como...

—Liv...

—No puedo evitarlo. Me siento como si manejara vuestras vidas a mi antojo y...

—¡Olivia!

Consigo que se calle al instante y puedo escuchar su respiración entrecortada.

—Tranquila, no te preocupes. Él tiene tantas ganas de volver como yo. Os echamos demasiado de menos...

—Y nosotros... —dice empezando a sollozar.

—Eh... Venga... No llores, por favor...

—No lo puedo evitar... Esto es muy duro... La paciencia no es una de mis virtudes.

—Sabes que si pudiera, cogería un avión hoy mismo para ir a verte...

—Lo sé...

—Te amo.

—Y yo.

En ese momento entra Chris por la puerta y al instante sé que algo le pasa, porque se dirige rápidamente a su dormitorio sin siquiera saludarme ni mirarme.

—Escucha, te tengo que dejar. Chris acaba de llegar y algo le pasa.

—¿Qué quieres decir? ¿Está bien? ¿Le ha pasado algo?

Se me vuelve a escapar la risa y ella rápidamente se da cuenta de su histeria injustificada y, justo después de chasquear la lengua, me dice:

—Lo siento. Te dejo para que vayas a hablar con él. ¿Me dirás algo luego?

—Descuida. Hasta luego.

—Adiós. Te amo, tío bueno.

—Y yo a ti, maciza.

Cuelgo con la sonrisa instalada en mi cara y me guardo el teléfono en el bolsillo mientras camino hacia el dormitorio de Chris. En cuanto llego, me encuentro la puerta cerrada, así que llamo con los nudillos. Al rato, cuando sigo sin escuchar respuesta por su parte, insisto.

—¿Chris? ¿Estás bien?

Entonces le escucho sollozar y llamo con más insistencia.

—¿Puedo entrar? —le pregunto con el ceño fruncido—. Chris, voy a entrar.

En cuanto lo hago, sin esperar a que él me dé permiso, le encuentro sentado en la cama, dándome la espalda, con la cabeza agachada. Me acerco con sigilo, hasta que al llegar a su lado veo que sostiene el teléfono entre las manos. En cuanto me ve, gira la cabeza hacia el otro lado. Me siento a su lado, aunque guardando la distancia para darle espacio y espero un tiempo prudencial. No estoy acostumbrado a verle así y me tengo que concienciar de que no es un compañero de trabajo al que dar consuelo, sino que es un adolescente, además de mi hijo. Después de verle pasarse la manga de la sudadera por los ojos varias veces y de escucharle sorber por la nariz otras tantas, me atrevo a intervenir:

—¿Estás bien, colega? ¿Ha pasado algo esta tarde?

Le observo detenidamente para intentar ver si tiene alguna herida producto de alguna pelea, pero no consigo ver nada extraño. Lo que no para de mirar es la pantalla del teléfono, así que me imagino que lo que sea que le pase, tiene algo que ver con lo escrito en esa pantalla.

—¿Te has peleado con alguien? Sabes que puedes confiar en mí, ¿verdad? Puedo ayudarte...

—Me ha dejado.

—¿Qué? —le pregunto totalmente descolocado.

—Jill me ha dejado.

Se gira y me mira con la cara totalmente mojada por las lágrimas, con los ojos muy rojos y la mandíbula desencajada.

—¡Me ha enviado un puñetero mensaje para dejarme!

Me tiende el móvil y, aún sin saber qué decirle para consolarle, lo cojo y leo el mensaje.

"Hola Chris. Siento decírtelo de esta manera, pero no quiero engañarte... He conocido a alguien y me ha pedido que saliéramos. Quiero que sepas que le voy a decir que sí... Me gusta mucho y tú estás muy lejos... Lo siento. Quiero que seamos amigos..."

Oh mierda... Puta frase... Si las mujeres supieran el daño que hacen con esa maldita frase... Podemos ser amigos... Como si nos dieran las migajas, las sobras que el otro tipo deja... Aunque una cosa hay que atribuirle a la chica y es que, si no miente, ha cortado con él antes de ponerle realmente los cuernos.

Chasqueo la lengua y miro a Chris, que aprieta la mandíbula con fuerza, lleno de ira en su mirada, intentando frenar a la vez el torrente de lágrimas.

—Soy patético... Un capullo de manual, ¿no? —me pregunta mirándome—. Me dejan por mensaje y yo lloro como una nenaza...

—Eh... No pasa nada por llorar... Escucha, no pretendo hacer de abogado del diablo, pero, a su manera, ha sido muy legal...

—¿Por qué? ¿Por avisarme de que me va a poner los cuernos antes de hacerlo?

—Bueno... Técnicamente, cuando lo haga ya no estaréis juntos...

—¡Oh joder! ¡Mierda! Si lo sé... ¡Me tendría que haber tirado a Caitlin! De hecho —dice agarrando su teléfono con manos temblorosas—, le voy a enviar un mensaje ahora mismo...

—Dame el teléfono, Chris —le pido—. No te fuerces a hacer algo que no sientes...

—Caitlin se me ha insinuado varias veces y sé que podría follármela cuando quisiera...

—¡Chris! ¡Basta! —le digo subiendo el tono de mi voz y agarrándole de los hombros—. Tú no eres así, y lo sabes...

—¡Y tú qué cojones sabes cómo soy!

Aprieto los labios con fuerza y le quito el móvil. Él intenta volverlo a coger, forcejeando conmigo sin éxito, hasta llegar a intentar propinarme un puñetazo, que esquivo con facilidad. Aguanto un empujón y entonces le estrecho entre mis brazos, inmovilizándole para intentar tranquilizarle. Cuando noto que se relaja, aflojo yo también mi agarre, dejando que llore contra mi hombro.

—Perdóname —me dice al cabo de un buen rato—. Lo siento mucho. No quería decir eso...

—No pasa nada. No te preocupes. Oye, vamos a cenar algo y a bebernos unas cervezas.

Chris se separa de mí y se seca de nuevo la cara con las mangas de la sudadera. Camina hacia el baño y se moja la cara. Mientras lo hace, le escribo un mensaje a Livy para que se quede más tranquila. Después de un breve intercambio de mensajes, me guardo el teléfono, dispuesto a dedicarle a mi hijo toda mi atención.

LIVY

"Jill ha cortado con Chris. Le ha enviado un mensaje"

¿Qué? Pobrecito mío... Mis dedos vuelan por el teclado de mi teléfono para obtener más información.

"¿Qué? No me lo puedo creer. ¿Por qué? ¿Un triste mensaje? ¿Está con otro tío? ¿Cómo está él?

Me muerdo una uña mientras espero su respuesta que, afortunadamente para mi salud cardíaca, no se hace esperar.

"No con otro. Le gusta pero aún no. Hecho polvo"

—¡¿Qué?! ¡¿Pero esto qué cojones significa?! —grito desesperada—. ¡¿Es que justo ahora te has vuelto medio tonto?!

No entiendo nada del mensaje, y de repente estoy muy enfadada con Aaron por su manera tan escueta de responder. Luego me intento calmar a mí misma, recordándome que es preferible que se centre en intentar consolar a su hijo a contestarme.

—¿Mamá?

Giro la cabeza hacia la puerta de mi dormitorio y veo la cabeza de Lexy asomando.

—Cariño, siento haberte despertado...

—¿Estás bien? ¿A quién le gritabas?

—A Aaron... —digo alzando un brazo para pedirle que se acerque y se estire conmigo en la cama.

—¿Os habéis enfadado? —me pregunta preocupada, metiéndose a mi lado en la cama, tapándose con el edredón.

—No, no, tranquila... Estamos bien.

—¿Y por qué le gritas?

—No le gritaba a él... Bueno sí, pero no a él, sino a un mensaje que me ha enviado.

—Joder, mamá... Qué rarita eres a veces...

—¡Oye! —le recrimino, aunque entonces decido explicarle la situación para que me entienda del todo—. Verás... Jill ha cortado con Chris y...

—¡¿Qué?! ¡Joder, pobre! Estará hecho polvo...

—Pues sí...

—Tengo que escribirle para ver cómo está y darle ánimos...

—Espera Lexy... Ahora está con Aaron. Se lo ha llevado a cenar fuera para intentar animarle.

—Pero... —Lexy chasquea la lengua aunque al final claudica, resignada—. ¿Qué le dijo? ¿Pasó algo?

—No he entendido muy bien qué ha pasado, aunque creo que Jill ha conocido a otro o está con otro... Y que Chris lo está pasando un poco mal...

—¡Será puta!

—¡Lexy!

—¡¿Qué?! ¡Es Chris! ¡Y me duele que le hagan daño! ¡No se lo merece!

—¿Mami?

Entonces las dos miramos hacia la puerta y vemos cómo Max asoma la cabeza.

—¿Te hemos despertado, cariño? Lo sentimos mucho... —le digo tendiéndole los brazos para que se acerque.

—¿Tiene Chris pupa? ¿Tiene daño? —pregunta mientras se acurruca entre mis brazos.

—No, mi vida, no te preocupes.

—Está un poco triste porque le ha dejado la novia... —le aclara Lexy.

—¿Jill ya no quiere a Chris?

—Parece que no, cariño...

—¿Por qué?

—Porque ahora le gusta otro chico...

—¿Está triste?

—Sí, cariño. Pero Aaron está con él...

Entonces recuerdo que Aaron trabajará todo el fin de semana y me doy cuenta de que Chris se quedará solo. Miro a mis hijos, a los que abrazo mientras se apoyan contra mi pecho. Beso sus cabezas y les acaricio, sin poderme quitar de la cabeza la sensación de que puedo hacer algo más por Chris...

—Mamá, tenemos que ayudar a Chris... —dice entonces Lexy.

Esas parecen ser las palabras que me faltaban oír para hacerme decidir. Me incorporo, obligando a mis hijos a hacerlo también. Se giran y me miran mientras yo les sonrío. Me levanto de la cama para coger mi portátil. Cuando me vuelvo a sentar a su lado, me conecto a internet y después de buscar durante unos minutos, les miro y les pregunto:

—¿Cómo lo tenéis para pasar el fin de semana en Washington?

Las caras de los dos se iluminan al instante. Lexy sonríe de oreja a oreja y Max se lanza a mis brazos.

—¡Sí! ¡Sí! ¡Vamos, mami! ¡Vamos con Chris y Aaron!

Confirmo los billetes, pago con mi tarjeta de crédito y cuando cierro el portátil, miro el reloj de la mesita de noche.

—¡Hecho! A las ocho de la mañana tenemos que estar en el aeropuerto. Nuestro vuelo sale a las nueve, así que poco después de las diez, podemos estar en Washington.

—¡Mola! —dice Max—. Llama a Aaron y dice tú.

—Díselo a Aaron —le corrige su hermana.

—No... Será una sorpresa —le digo.

—Gustan mucho a yo...

—Me gustan mucho a mí —insiste Lexy.

—Te quiero a tú y a tú. Y a Chris. Y a Aaron. Y a Bono también.

Lexy desiste de volver a corregirle y ríe conmigo mientras le abraza con fuerza. Le da un beso largo en la mejilla y, cuando separa sus labios de la mejilla de él, imitando su forma de hablar, le dice:

—Para tú.

AARON

—¿Estarás bien?

—Sí...

—¿Seguro?

—Que sí.

—¿Sabes qué podemos hacer? ¿Y si te vienes conmigo? Pasas un rato con Caitlin y eso...

—No me apetece mucho.

—Pues ven conmigo igualmente. Tráete el portátil o lo que quieras...

—Papá, en serio, estoy bien...

—Es que no quiero dejarte solo —contesto, incluso respirando con dificultad.

—Estoy acostumbrado...

Sé que lo dice sin mala intención, pero ese recordatorio constante de lo solo que le dejé, de lo que tuvo que sufrir y sobre todo, de lo mucho que me perdí, sigue doliéndome en el fondo de mi alma.

—Perdona... No quería... —empieza a decir, aunque enseguida se queda callado.

Chasquea le lengua y se frota la nuca con una mano, alejándose hacia el sofá y dejándose caer a plomo en él. Recuesta la espalda y mira al techo, tapándose los ojos con ambos puños. Me duele verle así y, aunque sé que no será la última vez que sufra de mal de amores, y que nadie ha muerto por ello, me gustaría protegerle para no verle sufrir más. Me siento en la mesita de delante de la tele, frente a él, y apoyo la mano en su rodilla.

—Chris... Me gustaría decirte que esto nunca volverá a pasar, o que no volverás a sufrir por esto, pero no es verdad...

—Pero... ¿por qué duele tanto, papá? —dice aún sin mirarme, dejando caer los brazos a ambos lados del cuerpo, totalmente derrotado.

Bono, que hasta ahora se había mantenido erguido, observando a Chris, se tumba en el suelo y cierra los ojos, como si compartiera el decaimiento del que se ha convertido en su mejor amigo.

—Porque duele mucho querer a alguien que no puedes tener...

Me siento a su lado en el sofá, y adopto su misma postura. Los dos nos quedamos un rato mirando el techo, sopesando mis palabras. Al rato, aún con la cara mojada, me mira.

—¿Cómo lo haces? ¿Cómo puedes vivir alejado de Livy? —me pregunta—. Sé lo mucho que la quieres, así que no entiendo cómo pudiste mudarte aquí y no volverte loco...

—Tú me mantienes cuerdo.

Me mira sonriendo, sin despegar los labios, y sorbe por la nariz. Mira al infinito, con la mirada perdida, desenfocada, hasta que me decido a acercar mi brazo y atraerle hacia mí. Apoyo su cabeza en mi hombro y le agarro la cara con una mano. Le doy un beso en la cabeza y entonces él se agarra de mi muñeca.

—Escucha... Si necesitas más tiempo antes de volver a Nueva York...

—¡Ni hablar! ¡Ni lo sueñes! Ni se te ocurra pensarlo. Nos volvemos a Nueva York en cuanto enseñes a tu sustituto.

—Pero...

—No. Si veo que lo llevo muy mal, me cambiaré de instituto. Y hablando de enseñar al nuevo... Vete. Ya. Ahora mismo.

Resoplo resignado poniéndome en pie. Arrastro los pies hasta el dormitorio para ponerme la corbata y entonces escucho el sonido del timbre.

—¿Vas tú? —pregunto.

—¡Sí!

Escucho la puerta abrirse y la voz inconfundible de Max, aunque no puedo creer que sea él.

—¡Sorpresa! —le oigo gritar mientras yo corro hacia la puerta.

En cuanto llego al salón, me quedó paralizado, con los ojos muy abiertos y una enorme sonrisa en la cara.

—¿Qué hacéis aquí? —dice Chris riendo.

—Hacerte compañía —le responde Livy abrazada a él—. No podíamos permitir que pasaras por esto solo...

—¿Sabéis lo de...? —pregunta Chris girándose hacia mí, que me encojo de hombros, con una expresión de culpabilidad dibujada en la cara.

—No culpes a tu padre. Estaba preocupado por ti.

—Además, somos una familia y me tenéis que contar todo a yo —dice Max, que no se ha despegado de Bono desde que ha entrado por la puerta.

Lexy y Livy abrazan a Chris, mientras este las mira emocionado y también algo abrumado.

—Yo nunca... Nunca he tenido una familia... —susurra Chris.

—Pues oye, no somos perfectos, pero si no te importa demasiado, nosotros estamos disponibles —le dice Lexy, consiguiendo hacerle sonreír.

—No me importa para nada —le responde él abrazándola—. Te he echado de menos, pesada.

—Y yo a ti, listillo.

Estoy demasiado emocionado como para moverme del sitio. Tampoco me veo capaz de hablar porque no quiero inmiscuirme. Prefiero seguir siendo testigo de la felicidad de mi hijo. Este es su momento. Ellos están aquí para él y no puedo alegrarme más por ello. Por eso, muy emocionado, me limito a agachar la cabeza y a meter las manos en los bolsillos del pantalón.

—Hola... —Max entra en mi campo de visión, abrazándose a mis piernas y mirando hacia arriba, sonriendo de oreja a oreja, enseñándome todos sus pequeños dientes.

—Hola, colega... —digo agachándome frente a él.

No entrabas en mis planes

—¿Te gusta la sorpresa?

—Mucho.

—Mami "dise" que tienes que trabajar y como Chris está triste, hemos venido a "disirle" que no lo esté. Mami va a hacer comida buena para que no comáis de la basura.

—¡Oye, tú! Si vas a chivarte de todo lo que digo, al menos hazlo bien —le reprocha Livy desde donde está mientras yo no puedo dejar de reír—. Comida basura, no de la basura...

—Bueno, eso... Que venimos a cuidar a Chris.

—Me parece una idea genial —le digo—. ¿Sabes qué? Me quedo mucho más tranquilo sabiendo que te quedas con él...

—Tú tranquilo. Yo cuido de él. Y de ti también, si quieres —dice colgándose de mi cuello.

—Sí quiero. Me parece que yo también necesito algo de mimos... —contesto hundiendo la cara en el pequeño hueco de su hombro.

Totalmente sobrepasado por los acontecimientos, me derrumbo y se me empiezan a escapar algunas lágrimas. Intento que no se me oiga ni que nadie lo note, pero Max se separa de mí unos centímetros y, agarrándome la cara, busca mi mirada. Al ver mis lágrimas, abre la boca sorprendido y me da varios besos en la cara. Al ver que no funciona, se remueve para que le deje bajar y corre hacia su madre, a la que agarra de la mano y arrastra hacia mí.

—Mami cuida a tú... —me dice.

LIVY

En cuanto Max me arrastra hasta él y le veo llorar, le abrazo y beso su cuello repetidas veces mientras acaricio su espalda con ambas manos, todo para intentar consolarle. Siento sus manos temblorosas rodeando mi cintura y su aliento pegado a mi hombro.

—De acuerdo, vale... Lo siento...

—Además, la mía lleva un tiempo estancada, y viendo el futuro que me espera, no parece que vaya a cambiar la situación en breve... —dice frotándose las manos contra el pantalón.

—No tienes pinta de haber tenido nunca demasiados problemas para ligar... Así que doy por hecho que tu negatividad la provoca tu ruptura con Jill. Pensaba que lo vuestro no era nada serio... Te ha afectado demasiado...

—Yo también...

—No sabes lo que tienes hasta que lo pierdes, ¿no?

—Algo así, supongo... No paro de pensar en si podría haber hecho algo para no llegar a esta situación. Quizá debería haberla llamado más a menudo, o haber sido algo más romántico con ella... Ya sabes, menos bruto, decirle que la quiero...

—¿La quieres?

—Eso creo... No tengo otra explicación para lo mal que me siento...

—¿Sabes algo más de ella? ¿Intentaste llamarla o algo?

—No me pienso arrastrar... Me dijo que había conocido a otro, pues perfecto. Bien por ella.

—¿Le contestaste al menos al mensaje?

—No. Porque lo primero que se me pasó por la cabeza fue llamarla de todo menos bonita y cuando se me pasó el enfado, más o menos anteayer, ya no tenía sentido contestarle.

—¿Y qué pasará cuando la veas de nuevo?

—Es algo en lo que no paro de pensar...

—¿Quieres cambiar de instituto?

—Cariño... —le digo algo asustada mientras le acaricio el pelo de la nuca.

—Gracias —solloza—. No puedo creer lo que estáis haciendo por Chris... Y nunca te lo voy a poder agradecer lo suficiente...

—No podía quedarme en casa cruzada de brazos, sabiendo que Chris lo estaría pasando mal y de rebote tú también por no poder estar con él todo lo que querrías...

—No sabes lo bien que le viene esto... Yo hago todo lo que puedo, pero sigo pensando que le falta una figura materna...

—Bueno, tú me dijiste una vez que sabes que no eres el padre de mis hijos, pero que quieres ayudarme a criarlos... Pues yo te digo lo mismo.

Le cojo de la cara y, después de acariciarle y peinarle algún mechón rebelde, apartándoselo de la frente, le miro a los ojos, ladeando la cabeza y sonrío con ternura.

—Además, también lo he hecho por mí. ¿Qué quieres? Soy un poco egoísta.

Cuando veo que mi comentario ha hecho efecto y ha despertado su curiosidad, me encojo de hombros y prosigo con mi explicación.

—Necesito despertarme a tu lado de nuevo... Te echo demasiado de menos...

Oigo como Aaron ahoga un jadeo y al instante su agarre se aprieta a mi alrededor. Siento sus dedos clavándose en mi piel y su cuerpo tan cerca que noto los latidos de su corazón contra mi pecho.

—¿Sabes qué? Voy a preparar una suculenta cena casera para esta noche. Y cuando vuelvas de trabajar, cenaremos tranquilamente los cinco y luego nos acurrucaremos en el sofá a ver la tele, sin más. Y luego, cuando nos vayamos a la cama, me conformaré con que me abraces y no me sueltes en toda la noche. Y que cuando abra los ojos, quiero encontrarte allí. Y necesitaré que me beses, al menos una vez cada diez segundos, para que cuando esté de vuelta en Nueva York, pueda sentir aún tus labios sobre los míos.

Siento su cuerpo temblar entre mis brazos y empiezo a preocuparme de verdad. Le fuerzo a separar su cara de mi hombro y, cogiéndola entre mis manos, beso sus labios con delicadeza.

—No te quiero ver así... —le digo al cabo de un rato mirándole a sus infinitos ojos azules.

—No... No estoy triste... Simplemente, no sé qué he hecho para mereceros... No... No sé qué hice para que os cruzarais en mi vida, y tengo miedo de que todo esto sea como una especie de sueño y...

—Eh, eh, eh —le corto poniendo dos dedos en sus labios, justo antes de acercar mis labios a los suyos y besarle como si no hubiera un mañana, saqueando su boca con mi lengua, con anhelo, demostrando lo mucho que le he echado de menos—. ¿Te parece este beso un sueño, o te ha parecido lo suficientemente real?

—Sí... —contesta sonriendo con timidez.

—Aquí estaremos cuando vuelvas de trabajar...

—Vale.

—Te lo prometo.

—Vale.

Aún descolocado, empieza a separarse de mí, caminando de espaldas, sin dejar de mirarme.

—Espera —le pido, corriendo hacia él, que se ha quedado quieto y expectante.

Le arreglo el nudo de la corbata y le aliso la americana con cariño, mientras él me mira fijamente, con semblante serio.

—Ahora ya estás perfecto, como siempre...

Me vuelvo a acercar a él y le doy un beso casto en la boca, simplemente apoyando mis labios en los suyos.

—Mami, déjale de dar besos ya... —dice Max.

—Sí, mamá, por favor, no seas empalagosa... —añade Lexy.

—¡Oye! —les reprocho.

—A mí no me importa que seas empalagosa... —interviene entonces Aaron.

Cuando le miro, le veo sonreír de nuevo y se me olvida el enfado al instante. Empieza a ser de nuevo el Aaron que conozco, algo canalla y pícaro, del que estoy locamente enamorada.

—Portaos bien —nos dice.

Luego se acerca a Chris y le abraza. Veo cómo le habla al oído mientras este asiente con la cabeza.

—Hasta luego —le dice Lexy justo antes de abrazarle.

Aaron no reacciona al instante, sino que se queda parado, sin saber qué hacer, mirándola. Tengo que reconocer que yo estoy igual, aunque cuando le veo abrazarla, se me humedecen los ojos por la emoción.

—Ahora toca a yo —dice Max empujando a su hermana para separarla de Aaron, que se agacha frente a él.

—Sabes que para ti siempre me guardo el abrazo más especial...

—Lo sé.

—¿Cuidarás de Bono?

—Sí. ¿Puedo llevarle al parque?

—Vale. Encárgate de que te haga caso, ¿de acuerdo? Tú ya sabes cómo hacerlo.

—¡Sí, señor! —dice cuadrándose en pose militar justo antes de reír a carcajadas mientras Aaron le coge en brazos y le zarandea.

—Te quiero, enano.

—Yo más a tú.

AARON

Pensar que cuando llegue a casa, ella estará allí esperándome, que Chris no va a estar solo hoy, o el simple hecho de sentarnos todos juntos a la mesa esta noche, son la causa de que llegue a la Casa Blanca con una enorme sonrisa en la cara.

—¡Pero bueno! Señor Taylor, ¿alguna noticia que deba conocer? —me dice Novak, el jefe de prensa, cuando me lo cruzo por el pasillo, de camino al despacho oval.

—Que esta noche ceno comida casera —le contesto sonriendo mientras le señalo con dos dedos.

Él hace una mueca con la boca, extrañado por mi respuesta, esperándose quizá que el motivo de mi alegría fuera algo más espectacular. El problema es que lo que puede resultar cotidiano para el resto de gente, para mí es algo nuevo. Sé que son pequeñas cosas, pero me hacen mucha ilusión.

En cuanto llego a la puerta del despacho oval, llamo con los nudillos y cuando él me da permiso, entro con decisión.

—¡Buenos días, Aaron!

—Señor —contesto haciendo un gesto con la cabeza, cogiendo el informe de la visita de hoy que él me tiende.

Sonrío al comprobar que solo tiene que asistir al funeral de un ex senador republicano. Si no calculo mal, siendo el funeral a las doce del mediodía, a las dos podríamos estar de vuelta. Así que, excepto sorpresas de última hora, podría incluso llegar a pasar la tarde con Livy y los chicos.

Cuando levanto la vista, descubro que el presidente me mira fijamente, y se me congela la sonrisa de golpe.

—Estamos de muy buen humor hoy, ¿no? ¿Mi agenda te parece bien?

—Sí, señor.

—¿Te alegras porque podrás llegar hoy pronto a casa?

—Sí, señor.

—¿Hay alguien especial esperándote? —Agacho la cabeza y asiento apretando los labios—. ¿Livy ha venido a pasar el fin de semana?

—Sí, señor. Llegó esta mañana por sorpresa...

—¡Vaya!

—Sí...

—¿Y qué planes tenéis?

—Cenar en casa, ver la televisión... —contesto encogiéndome de hombros—. Quizá no parezca un plan espectacular, pero no necesito más...

—Suena fantástico, Aaron.

Nos miramos con complicidad, dándome cuenta de que para él, ese mismo plan con Janet, resultaría absolutamente perfecto.

—¿Estás deseando perderme de vista, no?

—Un poco sí, la verdad, señor —río agachando la cabeza mientras él pasa un brazo por encima de mis hombros.

—Te voy a echar de menos, aunque sé que el sentimiento no será mutuo.

—No es verdad... He estado a gusto aquí...

—¿A pesar de haber tenido que hacer de niñera, chófer y mensajero, además de guardaespaldas?

—Sí, a pesar de eso.

—Entonces, ¿te vas simplemente por el mero hecho de que ella vive en Nueva York?

—Básicamente, sí.

—¿Y si le hago una oferta para que se mude aquí?

—Señor, con el debido respeto, tengo treinta y siete años y no he podido ejercer nunca de padre ni de novio, o lo que sea que seamos... Me apetece disfrutar de un tiempo sabático para poder dedicarme a ellos...

—Joder... Qué envidia me das...

—Siempre puede renunciar al cargo...

Me mira con una ceja levantada, esbozando una sonrisa de medio lado.

—Eso provocaría unos cuantos ataques al corazón... Aparte del desprestigio del partido republicano. Imagínate, renuncio al cargo y me divorcio porque tengo una relación con una mujer de firmes convicciones demócratas.

—Sería la noticia del año, eso es innegable.

—Además que tampoco quiero someter a Janet a esa presión...

—A lo mejor ella está dispuesta a que la someta a esa presión con tal de estar a su lado...

—¿Tú crees? —me pregunta con el ceño fruncido.

—No lo sé, señor. ¿Lo ha hablado con ella? ¿Le ha dicho alguna vez que sería capaz de renunciar a todo esto por ella?

—¿Crees que serviría de algo? ¿Crees que ella estaría dispuesta a ser el punto de mira de medio país?

—Si no se lo pregunta, no lo sabrá nunca...

LIVY

—Esto huele de maravilla...

—Gracias, cariño.

—¿Puedo ayudar en algo?

—No, tranquilo, lo tengo todo controlado. Lo que sí necesitaré es una salsera...

—¿Salsera? —me mira sonriendo con las cejas levantadas—. Me parece que te has equivocado de casa...

—Bueno, pues algún recipiente donde poner la salsa aparte y que cada uno se eche lo que quiera...

Chris piensa durante unos segundos y luego abre un armario, aunque no muy convencido.

—¿Te sirve una jarra de cerveza?

—¿Hablas en serio? ¿No tenéis nada más?

—Aquí vivimos dos tíos, Livy... Salsera seguro que no tenemos... Incluso tengo mis dudas de que mi padre sepa que eso existe...

—Está claro que necesitáis a una mujer en vuestras vidas.

—Está claro que sí...

Resignada, me encojo de hombros y cojo la jarra que me tiende. Luego se sienta en el mármol de la cocina, cerca de mí y me observa mientras me muevo con agilidad por la cocina de su casa. Lexy y Max aparecen también y se sientan también, ella al lado de Chris y Max en su regazo.

—Bueno, pues creo que lo tengo todo listo.

Cuando levanto la vista, les veo a los tres riendo por algo que Max ha dicho. Luego, Chris levanta la vista y me descubre mirándoles. Le sonrío y él imita mi gesto. Está radiante de felicidad y creo que hemos conseguido que no se acuerde de Jill, al menos no demasiado.

—Voy a poner la mesa —dice entonces.

—¡Yo ayudo a tú!

—¡Y yo!

—¡Pero bueno! ¿Y por qué en casa no encuentro nunca tantos voluntarios?

En ese momento, se abre la puerta principal y Aaron aparece. Al instante, Max corre hacia él y se agarra a sus piernas.

—¡Hola! —saluda Aaron—. ¡Menudo recibimiento!

—Hola, papá —le saluda Chris, acabando de poner los vasos en la mesa—. ¿Tenemos salsera?

—¿El qué? —pregunta frunciendo el ceño.

—¿Lo ves? —me dice Chris, sonriendo de medio lado.

—Dame, Aaron, que te ayudo —le dice entonces Lexy.

Le coge una bolsa que lleva en una mano y la barra de pan de la otra ya que Aaron aún es incapaz de dar un paso porque Max sigue agarrado a sus piernas. Se agacha, le coge en brazos y entonces se acerca hasta mí.

—Hola... —me saluda.

—Hola... Te he echado de menos...

—Y yo...

Le cojo la cara con ambas manos y le doy un beso largo, cerrando los ojos, mientras siento cómo rodea mi cintura con un brazo y me atrae hacia él. Al rato, apoya su frente en la mía y acaricia mi mejilla, sonriendo abiertamente.

—Estás preciosa —me dice, desviando su vista hacia abajo—. No sabes la de veces que me he imaginado llegando a casa y que me recibieras con esta enorme sudadera puesta...

—¡Anda ya! ¡No seas tonto!

—No te miento...

—Tengo hambre —escuchamos que dice Max.

Los dos giramos la cabeza y le vemos mirándonos con los ojos muy abiertos. Nos habíamos olvidado por completo que Aaron le sostenía en brazos y estaba siendo testigo directo de nuestro intercambio de mimos y confidencias.

—¿Qué hay en la bolsa? —le pregunta a Aaron.

—Una sorpresa para tú —responde él imitando su manera de hablar.

—¿Para yo?

—Ajá...

Aaron deja sentado en el mármol de la cocina a Max y este enseguida se abalanza sobre la bolsa. En cuanto mete la cabeza dentro, se le dibuja una enorme sonrisa en la cara y se le escapa una carcajada.

—¿Qué es? —pregunto muriéndome de curiosidad.

—¡Pastelitos rosas! —grita Max alzando la bolsa.

—No os esperaba y no estaba preparado... Pero no puedo permitir que te levantes y no tengas tus pastelitos rosas para desayunar...

—¡Bieeeeeeeeeeen!

—Con una condición.

—¿Qué? —pregunta poniéndose serio de golpe.

—Que los compartas conmigo.

—¡Sí!

Max se cuelga de nuevo del cuello de Aaron.

—Eres un mimado, enano —interviene Lexy.

—Hay algo para ti también —dice Aaron.

—¿Para mí? —Lexy corre hacia la bolsa y mete la cabeza en la bolsa. Cuando la saca, mira a Aaron con la boca abierta—. ¿Ese trozo de pastel de chocolate es para mí?

—Ajá.

—¡Gracias!

—Vale, y mi regalo, que es esta suculenta cena, ¿para cuándo? —dice Chris.

—Deja que me cambie de ropa, vengo ahora mismo y nos ponemos a ello.

—Voy con tú —dice Max agarrándose a Aaron como si fuera un koala, al ver que este tenía intención de dejarle en el suelo.

—Vale...

—Me parece que no te lo quitas de encima en toda la noche... —me dice Livy.

Les veo perderse por el pasillo, mientras Max no para de hablar y Aaron le escucha asintiendo con la cabeza.

—Espero que Aaron no se arrepienta de que hayamos venido... —dice Lexy—. Va a acabar agotado de nosotros...

—Eso mismo estaba pensando yo —comento.

—Qué va... —interviene entonces Chris—. Es genial teneros por aquí... Ha sido genial. Gracias, muchas gracias.

Lexy le mira y al rato le abraza colgándose de su cuello. Está claro que han conectado muy bien, los tres, aunque la relativa poca diferencia de edad entre ellos dos, hace que tengan mucha complicidad.

—A ver cuando venís vosotros... —le dice ella.

—Ojalá sea pronto... Mi padre hace todo lo posible...

—¿Mamá, vivirán en nuestra casa o nosotros en la de ellos?

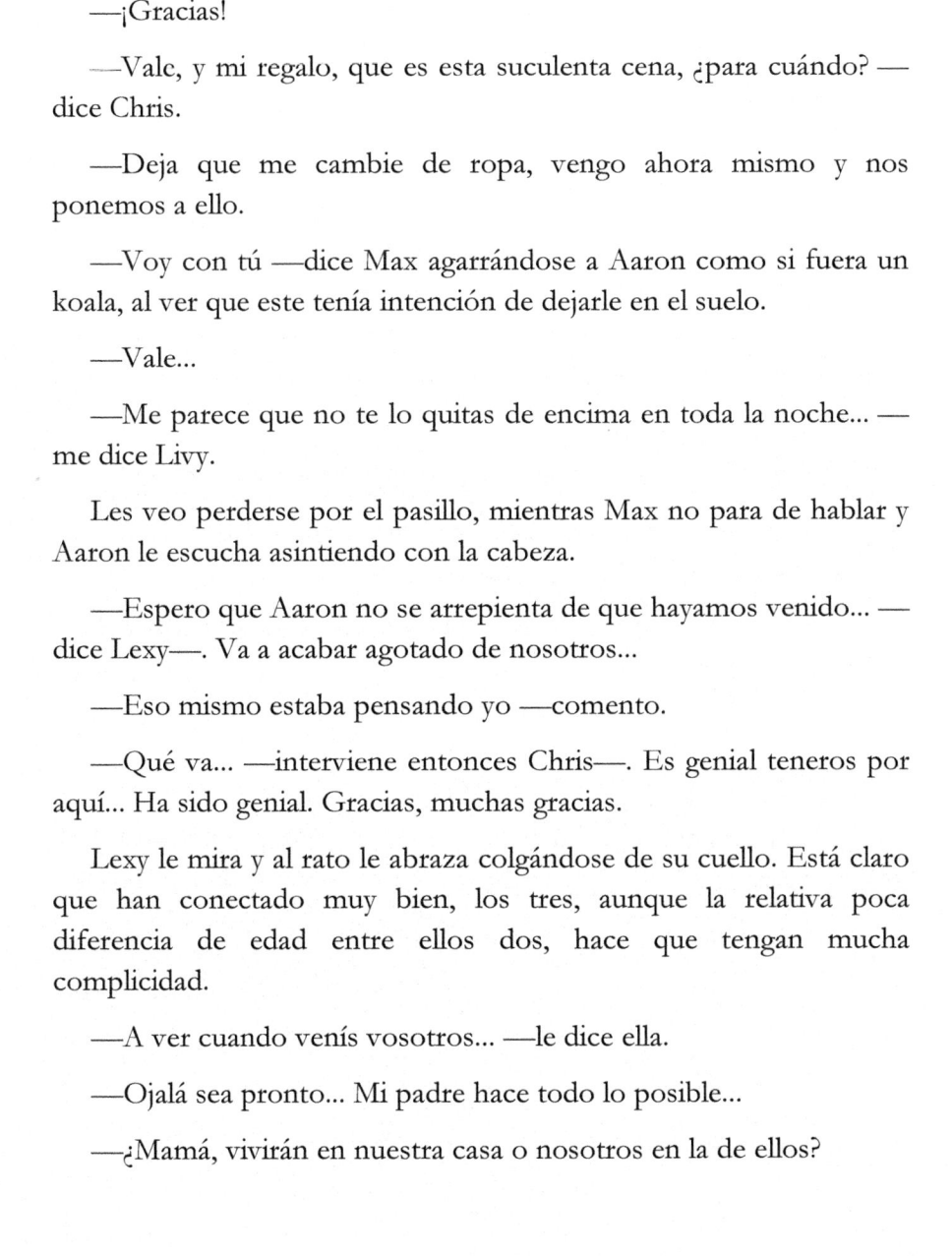

—Eh... No lo sé...

Aaron aparece de nuevo, vestido con unos vaqueros y una camiseta de manga larga, con Max enganchado a su espalda. Los chicos se sientan alrededor de la mesa mientras yo saco el pollo del horno y echo la salsa en la jarra de cerveza.

—¿Y esto? —pregunta Aaron señalándola.

—Esto es tu salsera...

—Ah...

Entonces le siento a mi espalda, rodeando mi cintura con ambos brazos y hundiendo la nariz en mi cuello. Dejo la fuente encima del mármol de la cocina temiendo que se me resbale de las manos, y ladeo la cabeza para darle acceso pleno a mi piel. Pongo mis brazos encima de los de él y me dejo llevar por sus caricias, sus besos y su fuerte agarre.

—Esto... Vosotros a lo vuestro, pero nosotros vamos cenando...

La voz de Chris nos sorprende a nuestro lado. Nos mira sonriendo, con la fuente en las manos.

—No, cenamos todos juntos —dice Aaron abriendo la nevera—. ¿Cerveza, Chris?

—Sí, por favor.

—Yo también, Aaron —dice Lexy.

—Buen intento —le contesta este—. ¿Coca-Cola, naranjada, tónica, agua...?

—Coca-Cola —contesta ella resignada.

—¡Yo también! ¡Coca-Cola! —dice Max con los brazos levantados en el aire.

—Buen intento. Tú agua —le contesto yo.

—¡Jope! —se queja este.

AARON

—Y Bono hizo salto alto y coge el palo así...

Los chicos y Livy ríen a carcajadas y yo no puedo dejar de observarles. Podría acostumbrarme a esto cada noche, sin lugar a dudas. Entonces, al girar la cabeza, descubro a Livy mirándome fijamente. Apoya la barbilla en la palma de la mano mientras con la otra, remueve los restos de su comida en el plato. Junta los labios y me lanza un beso, que yo acepto con una sonrisa tímida, agachando levemente la cabeza y mirando de reojo a los chicos.

—¿Quién es la señora de las fotos? —pregunta entonces Max.

—¿Qué fotos? —contesto yo mirando alrededor.

—Esta... Espera...

Max se baja de la silla y corre por el pasillo, volviendo al rato con el fajo de fotos de Chris en las manos.

—¡Max! ¿Has estado fisgando? ¡No puedes coger cosas que no son tuyas! —le reprocha Livy mientras él pone cara de culpabilidad y agacha la cabeza.

—No pasa nada... —dice Chris subiendo a Max en su regazo, mientras mira detenidamente las instantáneas—. Era mi mamá, Max...

Chris le mira mientras el pequeño pasa las fotos, una a una, mirándolas detenidamente. Lexy también se acerca y se coloca justo detrás de Chris.

—Qué guapa... —dice ella.

—Sí... —contesta él con gesto decaído mientras Lexy pasa sus brazos alrededor de su cuello, abrazándole por la espalda, y entonces añade—: ¿Sabes quién es este, Max?

—¡Tú!

—No —contesta Chris sonriendo y señalándome—. Es Aaron.

—¿En serio? —dice Lexy cogiendo la foto.

—Sí. Es papá con... ¿Cuántos eran? ¿Veinte años?

—Más o menos —contesto yo sin darle importancia, intentando quitarle hierro al asunto ya que empiezo a sentirme algo incómodo con la conversación.

—¿Son tu papá y tu mamá juntos? —dice Max.

—Sí. Es la única foto que mamá tenía de ellos dos...

Miro de reojo a Livy para ver cómo le sienta que Chris guarde esa foto. No parece incómoda, pero entonces Lexy le acerca la foto.

—Mira, mamá. Son iguales, ¿a que sí?

—Sí—dice al mirarla. Sonríe y me mira, pero yo agacho la cabeza. Me incomoda que vea una foto mía con otra chica, aunque no hubiera nada entre nosotros y ella esté... Bueno, no esté ya entre nosotros—. Qué guapa era...

—Gracias... —contesta Chris emocionado cuando Livy le devuelve la foto.

—¿Te acuerdas de tu mamá? —le pregunta entonces Max.

—Claro.

—¿Y estás triste?

—¡No! ¡No! No te preocupes, Max —dice arropándole con los brazos—. La echo de menos, pero no estoy triste. Tengo a mi padre, y a vosotros...

—Y yo te presto a mi mamá —le corta Max entonces, dejándonos a todos con la boca abierta, sobre todo a mí—. Ella es muy buena, y muy guapa también. ¿A que sí?

—Mucho —contesta Chris sonriendo.

—Mami, ¿a que tú puedes cuidar también de Chris?

—Max, cariño, claro que puedo cuidar de Chris, pero eso no me convierte en su madre.

—Chris, ¿tú quieres que mi mami sea también la tuya?

—Max, Chris ya tenía una mamá... —interviene Lexy.

—Pero puede pedirse otra, ¿no? Como yo, que tengo un papá, pero quiero pedir que Aaron también lo sea.

Me mira serio, con los ojos muy abiertos, hasta que al cabo de unos segundos sonríe enseñándome todos los dientes.

—¿Quieres? —me pregunta—. ¿Quieres ser mi otro papá y el de Lexy? ¿Quieres cuidarnos?

Soy incapaz de reaccionar, a pesar de que siento los ojos de todos clavados en mí. Max me mira con los ojos muy abiertos, expectante por mi respuesta. Con algo de miedo, giro la cabeza hacia Lexy. Su animadversión hacia mí fue lo que nos separó a su madre y a mí hace unos meses, y su reacción es casi la que más me importa. Ella lo sabe, y al poco de mirarla, me sonríe y, encogiéndose de hombros, me dice:

—¿Y bien? ¿Quieres?

Livy apoya la cabeza en una mano y me mira emocionada. Asiente con la cabeza y hace verdaderos esfuerzos por retener las lágrimas en sus ojos.

—Claro que quiero —respondo.

Al instante, Max corre hacia mí y se sienta en mi regazo.

—Genial —dice hundiendo la cara en mi camiseta—. Esto mola mucho.

LIVY

—¿Duermen ya? —me pregunta Aaron en cuanto entro en su dormitorio y cierro la puerta a mi espalda.

—Por fin —respondo alzando los brazos—. He arropado también a Chris.

Aaron se acerca lentamente y rodea mi cintura. Me mece suavemente, como si estuviéramos bailando, y me mira a la cara, negando con la cabeza mientras sonríe.

—Gracias. Es... Es increíble lo que has hecho por Chris. Está tan feliz, que no sé cómo voy a poder agradecértelo.

—A mí se me ocurren varias cosas, pero te repito que no hay nada que agradecer. Lo hago encantada. Es mi chico también... Además, no estoy haciendo nada que no estés haciendo tú. Mírate, de ser un soltero mujeriego, has pasado a estar atado y con tres hijos... ¿Estás seguro de dónde te metes?

—Segurísimo. Y hablando de meterme en algún sitio...

Me levanta con mucha facilidad y me agarra del trasero mientras yo enrosco las piernas alrededor de su cintura y apoyo los brazos en sus hombros. Cuando se asegura de que estoy firmemente agarrada a él, mueve sus manos hasta mi cabeza y deshace la coleta que recogía mi pelo, que cae sobre su cara y mis hombros. Cuando llegamos a los pies de la cama, me deja en el suelo y con movimientos muy lentos, me quita la sudadera. Desliza la yema de los dedos por mi torso mientras de deshace de mi camiseta de tirantes, y antes de quitarme el sujetador, se agacha y desabrocha mis pantalones. Vestida tan solo con la ropa interior, agacho la cabeza, y nuestras miradas se encuentran. Empieza a besar mis piernas, acercándose cada vez más a la tela de mis braguitas. Entre beso y beso, me mira de reojo, atento a todas y cada una de mis reacciones, así que estoy segura de que verá cómo resoplo y echo la cabeza hacia atrás al notar su aliento en mi pubis. Siento cómo la tela se escurre entre mis piernas y cuando consigo abrir los ojos, me doy cuenta de que se ha vuelto a incorporar y me mira fijamente a los ojos, esbozando una sonrisa de medio lado mientras sus dedos bajan los tirantes de mi sujetador. Cuando me tiene totalmente desnuda, me tiende encima de la cama con delicadeza, besando mi piel sin descanso. Se coloca encima de mí, apoyando el peso de su cuerpo en sus manos. Como si estuviera haciendo una flexión, dobla los codos y su cara se acerca a la mía. Lame mis labios hasta que estos se abren levemente y entonces siento el calor de su lengua en mi interior. La intensidad de su beso va subiendo hasta que escuchamos como llaman a la puerta. Nos quedamos los dos quietos al instante, intentando averiguar si el ruido ha sido solo producto de nuestra imaginación. Pero entonces volvemos a escuchar los tímidos golpes, y esta vez acompañados de una vocecilla.

—¿Mami?

—Oh, mierda... —me quejo mientras apoyo las manos en los hombros de Aaron para apartarle.

—Ve a ponerte algo encima —dice él—. Ya voy a ver yo qué quiere.

Escucho sus voces desde el baño, donde me apresuro a ponerme el pijama. En cuanto salgo, les encuentro en la cama estirados, desde donde me miran sonriendo.

—¿Qué pasa, Max?

—Pregunta si puede dormir con nosotros —me informa Aaron.

Miro a Max algo enfadada por habernos roto el momento, pero al ver su cara le perdono enseguida. Luego miro a Aaron para pedirle disculpas, pero compruebo que no hace falta dárselas porque le abraza con fuerza, como si no quisiera dejarle escapar.

—¿Tienes miedo, cariño? —le pregunto al estirarme a su lado.

—No. Pero quiero dormir con Aaron y con tú. Por favor... Solo esta noche. Aaron "dise" que tú mandas, que él sí me deja...

Miro a Aaron, que me observa apretando los labios y poniendo una mueca de circunstancias. Susurra un lo siento y se encoge de hombros, apretando la cabeza de Max contra su pecho.

—Está bien —claudico mientras los dos se miran y sonríen—. Aaron, ve a cambiarte, va...

Vuelve vestido con un pantalón corto y sin camiseta, haciéndome arrepentir al instante, al ver sus abdominales y hombros marcados, de haber dejado que Max duerma con nosotros. En cuanto se estira en su lado de la cama, yo me acurruco a su lado y el enano se le tumba encima.

—Max, no seas pesado... —le pido.

—No pasa nada —dice Aaron besando la cabeza de Max—, pero tienes que dormir, ¿vale? Porque si no mañana estarás muy cansado.

—Vale... —contesta Max justo antes de bostezar.

Tan solo cinco minutos después, duerme plácidamente encima del pecho de Aaron, el cual acaricia su pelo una y otra vez.

—Lo siento... —le susurro al oído—. Así no era como yo quería acabar el día.

—¿Bromeas? Este final es perfecto.

CAPÍTULO 24

Cuando decidimos que alguien entrara en nuestros planes

LIVY

—Escucha, escucha. E..., ra..., se..., u..., na..., veeeee..., z...

—Max, por Dios, ¿no pensarás leerle toda esa página?

—¡Mami! ¡Ya me has liado! Ahora tengo que volver a empezar... Voy otra vez, Aaron. E..., ra...

Desesperada, resoplo y me alejo hacia la cocina. Llevo más de veinte minutos esperando a que Max me pase el teléfono y me deje hablar con Aaron, y después de varios intentos para que lo haga, me doy por vencida y me dispongo a poner una lavadora para mantenerme entretenida. El problema es que una lavadora, una pila de ropa doblada y un viaje a los contenedores de basura de la calle después, ellos siguen hablando.

—Max, a ducharte, venga —digo finalmente, cansada de esperar.

—¡Jo, mamá! ¡Es muy pronto!

—No es pronto, Max. Mañana hay colegio y son las seis de la tarde. En una hora estaremos cenando y en dos estarás durmiendo.

—¡Pero estoy limpio! ¡Mira, huéleme el sobaco!

—No seas guarro, por favor. ¡Tira para el baño!

—Lo haces solo para hablar con Aaron.

—También, pero una cosa no quita a la otra. ¡Venga! ¡Desfilando!

—¡Jope! Aaron, la pesada de mamá me obliga a lavarme. ¿Hablamos mañana? Vale, adiós.

Max me tiende el teléfono, pero justo cuando lo voy a coger, aparece Lexy y lo agarra antes. Me mira sonriendo y levantando un dedo, dándome a entender que será solo un momento. Max ríe a carcajadas mientras se pierde por el pasillo.

—¡Estás acabada! Si piensas que yo he tardado, ahora lo vas a flipar —dice cuando ya no le veo.

—Aaron, ¿me pasas con Chris? —oigo que le pide Lexy.

—¿Perdona? —digo desesperada—. Si quieres hablar con Chris, ¿por qué no le llamas al móvil?

—Porque me acabo de quedar sin batería. Es solo un minuto —me dice, justo antes de sentarse en el sofá y empezar a ignorarme—. ¿Chris? Hola. Sí, es que no tengo batería en mi móvil. Ya... Oye, ¿cómo era esa cantante que me dijiste...?

Me cruzo de brazos y la miro desafiándola, intentando incomodarla para que la conversación dure lo menos posible. Mi nivel intimidatorio debe de estar en horas bajas, porque lejos de surtir efecto, queda anulado cuando Lexy se levanta y camina hacia su dormitorio con mi teléfono en la oreja.

—¡Lexy!

—Un minuto mamá, que ya casi estoy.

Levanto los brazos y los dejo caer exasperada.

—¡Mami! ¡Ya estoy! —grita entonces Max desde el baño.

—¡¿Y qué quieres?! ¡¿Un premio?! Ponte el pijama y sal, que tu hermana es la siguiente.

—¡Ese es el problema! ¡Me he olvidado el pijama en el dormitorio!

—¡Pues sal y vístete en tu habitación!

—¡Vale!

En ese momento se abre la puerta y Max sale desnudo, aún algo mojado. Corre por el pasillo hasta que llega a la puerta de la habitación de su hermana.

—¡Estoy en pelotillas! ¡Estoy en pelotillas! —grita y baila haciéndole burla mientras se pasea por delante de Lexy.

—¡Anda! ¡Guarro! ¡Tápate, renacuajo! —ríe ella.

—Max, por favor... —intento recriminarle, pero al final desisto—. Lexy, tu turno. A ducharte.

—Voy, un segundo.

—Por favor, estoy muy cansada y aún tengo que hacer la cena y no me habéis dejado hablar con Aaron ni un segundo...

—Ya acabamos...

Cansada de excusas, me acerco hasta Lexy y le quito el teléfono, colgando la comunicación en un arrebato inconsciente, producto del cabreo.

—¡Mamá!

—Lexy. Ducha. Ya —digo señalando el baño.

Cuando se pierde por el pasillo, resoplando para demostrar su hastío, el teléfono suena en mi mano. En cuanto descuelgo, me lo llevo a la oreja y escucho la voz de Chris.

—¿Lexy?

—No, Chris, no soy Lexy.

—¿Dónde está?

—La he asesinado —contesto justo antes de escuchar a Chris reír—. ¿No tienes nada que hacer? ¿Deberes? ¿Ducharte? ¿Hacer la cena?

—Las tres cosas...

—Pues venga. Ya estás tardando.

—Vale. Adiós Livy.

—Adiós, cariño.

—¿Cuelgo o te paso a mi padre?

No me hace falta contestarle, porque enseguida escucho la voz de Aaron pegándole la bronca, ante la diversión de Chris.

—Hola.

—Hola —contesto con voz ilusionada.

—¡Mamá! Ya estoy...

—¡No, Max! ¡No existo! ¡No tienes madre! Al menos durante un rato —digo caminando hacia mi dormitorio.

Max aprieta los labios y hace una mueca con la cara. Se encoge de hombros y camina hacia el salón. De fondo, al otro lado de la línea, escucho la risa de Aaron.

—Por fin solos... —digo estirándome en la cama—. Dame una buena noticia... Dime que vuelves ya.

Oigo cómo Aaron chasquea la lengua y luego se hace el silencio. Su falta de palabras me hace ponerme en lo peor y, totalmente derrotada, vuelvo a hablar:

—¿Cuánto más tardarás?

—No lo sé... Una semana, quizá dos...

—Eso mismo llevas diciendo tres semanas ya...

—Lo sé... Pero no te enfades conmigo...

—¡Es que te echo de menos! Mañana hará veinticuatro días que no nos vemos...

—Veintitrés...

—¿En serio? ¿De verdad crees que es buena idea ponerte quisquilloso conmigo ahora mismo?

—Lo siento...

Resoplo con fuerza, agotada, y me doy cuenta de que estoy pagando mi cansancio y mi frustración con la persona que menos se lo merece.

—No, soy yo la que lo siento. Perdóname.

—Yo también te echo mucho de menos... Ya no falta nada, Liv. Ya verás como en menos de lo que te esperes, estaremos en Nueva York de nuevo...

—Lo sé...

—¿Qué tal va en la comisaría?

—Mal.

—¿Ha pasado algo?

—No...

—Ah, entiendo... —Aaron se da cuenta de que mi negatividad va intrínsecamente ligada a su ausencia, pero no se rinde y sigue intentando animarme—. ¿Y por casa? Max habla cada vez mejor. Su vocabulario es mucho más extenso y estructura las frases de maravilla.

—Sí —contesto con sequedad y muy deprimida.

—Livy...

—¿Qué?

—Anímate, va... No me gusta verte así.

—¡Pues vuelve ya!

—No es tan fácil... No todo el mundo está dispuesto a jugarse la vida por alguien.

—Y menos cuando ese alguien se empeña en ponerla en peligro continuamente. ¡Dile que se esté quieto, joder! ¡Que ya no tiene edad para irse de putas por ahí!

—Livy, estás siendo injusta...

—¡Tú defiéndele! ¡Él es el causante de que aún estemos separados, Aaron! —contesto contrariada—. ¡Es igual!

Y sin pensarlo, cuelgo el teléfono. Suena a los pocos segundos, pero cuelgo al ver que es él. Vuelve a sonar y repito la acción. No suena una tercera vez, sino que me llega un mensaje.

"Vale, no insisto más. Mañana hablamos, si es que quieres cogerme el teléfono".

AARON

—Está tan enfadada que da realmente miedo.

—¿Enfadada? ¿Contigo? —me pregunta Chris.

—Conmigo, con sus hijos, con el mundo... Empieza a desesperarse. Quiere que volvamos ya.

—¿Y cuando piensas decirle que ya tenemos fecha de vuelta?

—Pues tenía intención de que fuera sorpresa, pero viendo su mal humor, no sé yo si mi integridad física corre peligro... Pero es tan divertido verla así...

—Eres un monstruo. Y lo pagarás caro, cuando te vea no va a saber si besarte o arrearte un puñetazo.

—¿Tú crees? Sería genial. ¿Tú sabes lo que será canalizar toda esa ira hacia dónde a mí me conviene? —digo apretando los labios mientras suelto aire, mirando al techo.

—Eres un salido...

—¿Qué quieres? Llevo demasiado sin follar.

—¡Joder, papá! ¡Córtate un poco!

—¿Por qué?

—Porque tu vida sexual no es mi tema favorito de conversación...

—Ni hablar. Me enfrentaré a ello como un hombre... Ya tendré tiempo de llorar mis penas en mi habitación por la noche —dice riendo.

—¿Quién sabe? A lo mejor ella, al verte de nuevo, se replantea las cosas...

—Mmmm... Puede que estos meses me hayan hecho madurar un poco. Ya sabes, tocar en un garito, improvisar con músicos de verdad... Quizá incluso codearme con la hija del presidente me haya hecho más interesante. ¿Qué opinas? ¿Me ves diferente?

Me lo quedo mirando de arriba abajo, haciendo ver que me estoy pensando la respuesta, aunque no me da tiempo a dársela, porque él vuelve a hablar.

—Caitlin cree que debería cortarme el pelo, que me haría mayor. ¿Crees que le gustaría más? Bueno, de hecho, cuando nos conocimos yo lo llevaba rapado... Quizá no me lo cortaría tanto, pero sí algo... Parecería más maduro, ¿no crees?

Me encojo de hombros y muevo la cabeza, dándole a entender mi indecisión, pero de nuevo no me deja hablar.

—Sí, creo que lo haré... A lo mejor es eso, que hace tiempo que no nos vemos y... Sí, puedo conquistarla de nuevo. ¿No te parece? No puede haberse olvidado de lo bien que lo pasábamos juntos. No me creo que ese gilipollas me llegue a la altura... ¿Tú qué crees? Di algo, ¿no?

—¿Puedo? —le pregunto mientras él hace una mueca con la boca al darse cuenta de que realmente no me ha dado mucho pie a hablar—. Yo solo te digo una cosa. No te rindas, nunca. Pero ten en cuenta sus sentimientos. Si a pesar de haberlo vuelto a intentar, ella sigue prefiriendo al otro chico, retírate. Si la quieres tanto como dices, querrás que sea feliz, y si tiene que ser en brazos de otro, que así sea.

—Por eso aceptaste este trabajo, ¿no?

—Sí, pero en tu caso, con un simple cambio de instituto, bastará, ¿vale? Se acabaron los cambios de ciudad...

—Me parece perfecto.

LIVY

Otro día de mierda ha pasado. Queda un día menos para volver a verle, aunque el problema es que no sé cuándo acaba esta cuenta atrás. ¿Un día menos de cuántos? ¿De cinco? ¿De diez? ¿De semanas?

—Capitana Morgan...

—¡¿Qué?! —contesto en un tono bastante más alto del que debería, aunque al instante me doy cuenta e intento rectificar—. Perdona Jimmy... Dime...

—Le venía a decir que me marcho ya... ¿Quiere que la acerque a casa?

—Eh... —dudo, mirando todos los papeles esparcidos por encima de mi mesa. Tener la cabeza a varios kilómetros de distancia, es lo que tiene—. No, no, aún me queda un rato por aquí.

—¿Y no lo puede acabar mañana? Sus hijos la estarán esperando en casa...

—Créeme, están acostumbrados. Además, mi hermana está con ellos.

—Lo digo porque es muy tarde ya... Y luego tendrá que ir sola a casa... Y si Aaron se entera de que lo permití, soy hombre muerto.

—Será nuestro secreto... Gracias Jimmy, pero no te preocupes.

—Como quiera... Hasta mañana.

—Hasta mañana.

En cuanto se va, la sala se queda vacía. Solo queda el agente del mostrador de entrada y los agentes de guardia de esta noche, que permanecen en la sala de descanso de al lado de los vestuarios. Así pues, sumida en un intenso silencio, hundo de nuevo la cabeza en los papeles. El problema es que, tal y como me lleva pasando estas últimas semanas, mi mente empieza a jugarme malas pasadas, y los recuerdos vividos juntos vuelven a abordarme sin remedio. Mire a donde mire, todo me recuerda a él, así que vuelvo a sacar el teléfono del bolso para ver si tengo alguna noticia suya. Chasqueo la lengua, contrariada, al ver que no hay nada nuevo... Sé que ayer no fui muy simpática, sé que después de colgarle el teléfono, intentó llamarme varias veces y que fui yo quien no quiso hablar con él, pero ya está, ¿no? Debería haberme llamado ya, porque desde anoche que no sé nada de él...

—¿No me llamas? Pues perfecto, yo tampoco lo haré —le hablo a mi teléfono mientras me peino el pelo con los dedos de las manos y me concentro en los papeles que sepultan mi mesa.

Repiqueteo con el bolígrafo encima de ellos, muevo el pie de forma compulsiva, leo la misma frase un mínimo de diez veces y, finalmente, me doy por vencida. Agarro el abrigo y el bolso y salgo a la calle. Camino durante muchos minutos como si intentara batir el récord del mundo de marcha, hasta que me paro en seco, doy alguna vuelta sobre mí misma y doy un grito desesperado. Saco el móvil y, sin pensarlo demasiado, busco su número en la agenda y le llamo. Espero, por su bien, que cuando descuelgue, sienta por su tono de voz que me ha echado de menos, y que tenga una muy buena excusa para no haberme llamado. Cinco interminables tonos después, descuelga.

—Dime.

Definitivamente, ese saludo no era el que me esperaba, y ese tono no denota demasiada añoranza.

—¡¿Dime?! ¡¿Dime?! —grito sin intención de disimular ni un pelo—. ¡Espero que tengas una buena excusa para no haberme llamado!

—Te llamé anoche, me colgaste, te llamé tres veces más y me colgaste todas ellas...

—¡Y me dijiste que me volverías a llamar!

—Y lo iba a hacer... Cuando llegara a casa.

—¡Pensaba que me llamarías antes! —le reprocho con las lágrimas ya cayendo por mis mejillas, los ojos empañados y la voz gangosa por culpa de los sollozos—. ¡Idiota!

—Livy... ¿Estás bien? ¿Ha pasado algo? —me pregunta con tono sonriente—. ¿O estás aún enfadada por la tontería de ayer?

—¡¿Tontería?! ¡Lo de ayer no fue ninguna tontería!

—Vale, está bien... ¿Estás enfadada por eso tan importante por lo que discutimos ayer?

—¡Vete a la mierda, Aaron!

—Livy, perdóname. ¿Es eso lo que quieres oír?

—No es eso... Es que...

—Liv, me da igual el motivo de tu enfado. No quiero discutir. Sea lo que sea lo que hice, lo siento. Aún si no hice nada, lo siento igualmente.

—Es que... Es que...

Lo siguiente que sale por mi boca son un montón de sonidos ininteligibles, seguidos de unos cuantos sollozos. Aaron espera pacientemente a que me calme, y cuando lo hago, lo primero que oigo es:

—Livy, te amo con locura.

Sus palabras me hacen enmudecer, aunque no frenan para nada mis lágrimas, que brotan incluso con más fuerza. Intento contestarle, pero de nuevo las palabras que me salen son ininteligibles. Al rato, le escucho reír y me dice:

—Liv, respira, no entiendo nada... ¿Estás en la calle?

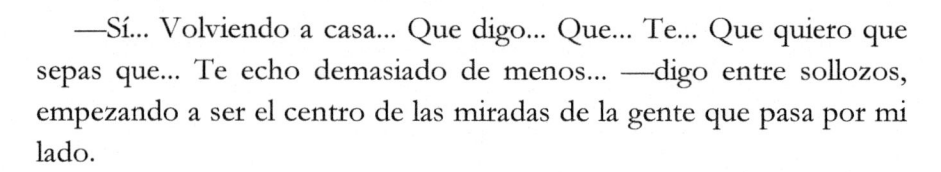

—Sí... Volviendo a casa... Que digo... Que... Te... Que quiero que sepas que... Te echo demasiado de menos... —digo entre sollozos, empezando a ser el centro de las miradas de la gente que pasa por mi lado.

—Yo también...

—Y que... He sido una imbécil al apartarte de mí...

—Vale...

—Y que... Que yo también te quiero... Tantísimo que no sé siquiera qué estoy haciendo... Me he vuelto totalmente irracional...

Me encuentro dando vueltas sobre mí misma para ubicarme, ya que he caminado sin fijarme hacía dónde lo hacía durante demasiado tiempo. Me aparto el pelo de la cara con una mano y luego seco mis lágrimas con la manga de la chaqueta.

—Sé que no tengo derecho a manipular tu vida a mi antojo... Pero... ¡Quiero que vuelvas!

—De acuerdo...

—¡Porque no puedo más! ¡Necesito ser feliz...! ¡Ya mismo!

—Ahora mismo...

—¡Quiero ser feliz, y quiero serlo contigo! —grito llorando desconsolada, hasta que al fin me doy cuenta de su respuesta—. Espera... ¿De acuerdo? ¿Has dicho ahora mismo?

—Ajá...

Escucho su voz como en estéreo y, confundida, me aparto el teléfono de la oreja. Miro la pantalla y compruebo que sigue en línea. En un acto reflejo, y casi aguantando la respiración, me doy la vuelta lentamente y mi vista se fija en una figura que permanece quieta a unos pocos metros de mí. Viste un traje negro y corbata del mismo color, con una camisa blanca sacada por fuera de la cintura del pantalón. Sostiene un teléfono en una mano y tiene la otra metida en el bolsillo del pantalón. Me mira ladeando la cabeza, y entonces se le dibuja en la cara una sonrisa de medio lado.

—Estoy de acuerdo en todo lo que has dicho... —susurra.

Despego lentamente el teléfono de mi oreja y sin llegar a colgar la llamada, me lo guardo en el bolsillo. Al rato, al ver que sigo inmóvil, él imita mi gesto y entonces abre los brazos y se encoge de hombros.

AARON

Tarda un rato en reaccionar, pero cuando lo hace, corre hacia mí y se lanza a mis brazos. La estrecho firmemente entre ellos, hundiendo la cara en el hueco de su hombro, inhalando con fuerza su aroma, concentrándome en el sonido de su respiración entrecortada y en el ritmo acelerado de los latidos de su corazón.

—No te pude llamar antes porque estábamos de camino. Ni siquiera he pasado por casa a cambiarme —susurro en su oreja—. Yo también estoy perdido sin ti... Te necesito. Te amo Olivia Morgan. Quiero estar contigo, quiero ayudarte a criar a Lexy y Max, quiero que seas como una madre para Chris y quiero tener hijos contigo...

Ella se separa levemente de mí y apoya la frente en mi pecho mientras yo sigo hablando. Le agarro la cara con delicadeza y la obligo a mirarme. Seco sus lágrimas con mis dedos y luego sonrío, intentando contagiársela a ella también. Se agarra con fuerza a las solapas de mi americana y finalmente la veo sonreír, mordiéndose el labio inferior.

—Ayer cuando hablamos, ¿sabías que vendrías hoy?

Apretando los labios con fuerza, con la culpabilidad escrita en mi cara, asiento con la cabeza, temiéndome el manotazo que Livy me propina segundos después.

—¿Cómo pudiste hacerme eso?

—Era divertido y... ¡Ahhhhh! —me quejo del pellizco que me da.

—Lo siento, me ha parecido divertido dártelo.

—No me has dejado acabar... —digo frotándome el pecho con una mueca de dolor—. Y... Quería darte una sorpresa.

Acerco mi boca a la suya, algo temeroso de recibir algún golpe más, pero cuando nuestros labios se tocan, siento como una descarga recorre todo mi cuerpo y se centra en el centro de mi estómago. Nunca me cansaré de besarla y sé que nunca tendré suficiente de ella.

—Oh... Joder... —digo abrazándola de nuevo con fuerza—. No sabes las ganas que tenía de hacer esto... Y solo pensar que lo voy a poder hacer siempre que quiera...

—Me gusta cómo suena esa palabra...Siempre... Por cierto, ¿cómo has sabido que estaba aquí?

—Llamé a Jimmy y me dijo que se había ido hacía un rato y que tú te quedabas trabajando un poco más, así que seguí tu itinerario habitual...

—¿Y Chris? ¿Le has dejado en casa?

—No... —digo dando la vuelta sobre mí mismo y señalando hacia la carretera, hacia mi coche aparcado—. Está ahí... Si le dejaba en casa, no te pillaba.

Al ver que miramos hacia allí, Chris sale del coche y se queda de pie al lado del mismo, con las manos metidas en los bolsillos. Livy empieza a caminar hacia él y yo la sigo de cerca.

—Hola, cariño —le dice estrechándole entre sus brazos.

—Hola, Liv.

—¿Cómo estás?

—En casa, por fin... Así que bien.

—Estás muy guapo con este corte de pelo.

—Gracias.

—Le vas a poner las cosas muy difíciles a Jill cuando te vea.

—Esa es la idea...

—Tan canalla como tu padre, ¿eh?

—Recojo el testigo, porque él ya no lo hará más.

—Ese es mi chico —dice Livy chocando la mano con Chris.

—No me gusta que os llevéis tan bien...

En ese momento, Bono ladra dentro del coche, haciéndose notar. Cuando Chris le abre, se sienta frente a Livy, sacando la lengua mientras golpea el suelo con la cola.

—Él también se alegra mucho de verte, como puedes observar —comento.

—Y yo también. Y ya verás cuando te vea Max... No para de hablar de ti... —dice acariciando su cabeza justo antes de mirarme de nuevo—. Oye, venid a casa. Prepararé cualquier cosa de cenar...

—¡Sí, por favor! —salta Chris bajo la atónita mirada de los dos—. Esto... Sé que ha sonado desesperado, pero creo que si como un plato más de espaguetis con tomate a la Taylor, moriré.

—¡Trato hecho! Te prometo que nunca más tendrás que probarlos —le dice Livy agarrándole del brazo.

—Hola. Sigo aquí, ¿vale? Esto que estáis haciendo, hiere mis sentimientos —digo abriendo la puerta del coche para que Livy se siente a mi lado mientras Chris y Bono se colocan en el asiento trasero.

—Vale, tú cena tus suculentos espaguetis que yo ya me apaño con la cena de Livy...

—Tampoco me habéis hecho tanto daño... Os perdono.

Arranco el coche y enseguida me adentro en el tráfico de la ciudad. Sin dejar de fijarme en la carretera, echo vistazos a los dos, que conversan de forma animada. Al rato, mi mirada se cruza con la de Chris, que me sonríe con complicidad. Tenía razón, este es nuestro sitio, nuestro hogar.

LIVY

En cuanto abro la puerta de casa, Bono entra como una exhalación, buscando a Max. Cuando llega frente a él, se sienta en el suelo y mueve la cola mientras saca la lengua.

—¿Qué...? No... ¿Bono? —balbucea Max, con los ojos muy abiertos, muestra de su sorpresa.

Dos segundos después, se le tira al cuello mientras juegan a revolcarse por el suelo. Está tan animado y distraído, que no se ha dado cuenta de la presencia de Aaron y Chris. Lexy sí, que enseguida corre hacia ellos.

—¿Qué hacéis aquí? —le dice a Chris—. ¿Venís de visita o para quedaros?

—Para quedarnos, espero —le contesta él.

Mi hermana les saluda a los dos y, justo antes de irse, se acerca a Aaron y oigo que le dice:

—Gracias por hacerme caso y no alejarte mucho de ella.

—Es imposible hacerlo —le contesta él en voz baja.

En ese momento, a Max parece que se le enciende una lucecita y se incorpora de golpe. Mira a Aaron con los ojos muy abiertos, respirando con fuerza. Sin poderlo evitar, llora desconsoladamente, aunque lo que más nos asombra a todos es que no se mueve del sitio y su pequeño cuerpo empieza a temblar.

—Eh, eh, eh... —Aaron corre hacia él y se agacha para cogerle en brazos—. ¿Estás bien, campeón?

Max asiente, agarrándose a las solapas de la americana de Aaron con tanta fuerza que los nudillos se le vuelven blancos.

—¿Te quedas con yo? —le pregunta con los ojos vidriosos y las mejillas mojadas—. ¿Para siempre?

—Para siempre —le contesta él.

Max me mira, como si no se pudiera creer del todo la situación, como si quisiera asegurarse y para ello necesitara de mi confirmación. Yo asiento con una sonrisa en la cara mientras le acaricio la espalda.

—¿Te quedas a vivir aquí?

—Bueno, eso aún no lo hemos hablado... Quizá necesitemos un sitio donde quepamos todos y estemos algo más anchos, ¿no? —comenta Aaron mirándome a mí.

La verdad que es algo que no hemos tenido tiempo de meditar, pero tiene razón y, en ese caso deberíamos empezar a buscar algún sitio. Solo de pensar en una nueva mudanza, me dan escalofríos, aunque sin duda, la promesa de un futuro al lado de Aaron y Chris reduce el hastío de forma exponencial.

—¿Tú ya sabes dónde te estás metiendo? —pregunta Lexy entonces—. ¿Acaso no conoces la poca habilidad de mi madre por desembalar cajas? ¿No recuerdas este salón lleno hasta arriba de decenas de ellas?

—Bueno, para eso os tenemos a vosotros, ¿no? Podréis ayudar... —contesta Aaron.

—¿Cómo? —pregunta Lexy con las cejas levantadas.

—Pesan mucho —dice Max.

—Bueno, quién más ayude, quizá pueda tener la opción de elegir habitación... —dice mirando primero a Lexy y luego a Max—. U obtener algún privilegio como una consola de videojuegos...

Los dos le miran con los ojos muy abiertos mientras yo no puedo dejar de sonreír.

—Parece que estáis interesados. ¿Tenemos trato?

—Tenemos trato —afirma Lexy mientras Max asiente con la cabeza.

Mientras Max secuestra a Aaron y se lo lleva a su habitación, yo me dispongo a hacer algo de cena.

—¿Qué te apetece, Chris?

—Dios mío, el simple hecho de que me lo preguntes, ya me hace ilusión —se mofa, provocando las carcajadas de Lexy—. Tú ríete, pero si mi padre se ofrece algún día a hacerte algo para comer, huye lo más rápido que puedas.

—¡Te estoy oyendo, listillo! —grita Aaron desde lejos.

—Pues entonces haremos hamburguesas y patatas fritas —digo yo.

Media hora después, estamos todos sentados alrededor de la mesa. Conversamos de forma animada, y los chicos sienten mucha curiosidad por saber cosas acerca de la nueva casa.

—A ver, tranquilos, porque eso es algo de lo que aún ni habíamos hablado... —dice Aaron.

—Pero yo no quiero cambiarme de colegio —comenta Lexy.

—No tienes por qué hacerlo, cariño... Como Max tampoco cambiará ni Chris tiene por qué dejar su instituto...

—De hecho, este barrio me gusta... —añade Aaron—. Podríamos mirar algo por aquí cerca...

—Sí, y yo puedo ir en metro al instituto. No me importa —concluye Chris.

—¿Y tú de qué vas a trabajar, Aaron? —le pregunta Lexy.

—No sé... —responde él, encogiéndose de hombros—. Ya veré. Me voy a tomar un tiempo para pensarlo...

—De papá. Va a trabajar de papá —Max lo suelta y le mira sonriendo, enseñándole todos los dientes—. Puedes llevar a yo al cole todos los días y luego vuelves a por yo, puntual, no como mami que llegaba tarde siempre. Quiero que te vea mi profe.

—Y también podemos ir juntos a nadar por la mañana temprano y a correr a última hora de la tarde... —añade Chris.

—Ah, y entonces, a media tarde, podrías llevarme de compras a mí, ¿no? ¿Mamá, recuerdas ese vaquero que me gusta y que nunca tienes tiempo de acompañarme a comprar? Puedo ir con Aaron...

Lexy me mira ilusionada, aunque no puedo decir lo mismo de la cara de Aaron, que me mira suplicándome que le salve de la situación. Cuando abro la boca para hacerlo, Max se adelanta.

—Mamá sí tenía tiempo, pero "dise" que ese pantalón parece una braguita y no te lo va a comprar.

—¿Mamá? —dice Lexy mirándome con cara de enfado.

—¡Max! —grito para llamarle atención al bocazas de mi hijo.

—¿Mamá? —insiste Lexy—. ¿Es cierto lo que dice el enano?

—Cariño... Ese pantalón es un poco corto...

—¡Pero es lo que está de moda!

—Tienes doce años. La moda debería importarte una mierda.

—Has dicho una palabrota —interviene Max.

—¡Pero todas mis amigas los tienen!

—Tus amigas tienen también doce años y supongo que unos padres más liberales que yo...

—¿Aaron, tú me dejas llevarlos?

—Eh... —balbucea él, casi atragantándose con su propia saliva, mientras yo hago aspavientos detrás de Lexy para que Aaron se niegue en rotundo—. Lexy... Si tu madre piensa que no, es no... Lo siento... Siempre puedes comprarte unos vaqueros algo más largos... Más al gusto de tu madre...

—Aaron, no vas bien. Se supone que tienes que ganar puntos conmigo...

—Eh... Siempre podemos llegar a un acuerdo... No compramos un pantalón tan corto pero compramos dos algo más largos... O uno largo y una cazadora... O...

—Para el carro que te embalas... —le digo.

—¡Pero esa idea me gusta! —me dice Lexy.

—Tú calla, que me parece que te estás aprovechando...

—Es igual... —interviene de nuevo Aaron—. Total, son solo un par de pantalones. No me importa que se aproveche de mí.

—Papá, ¿volverás a un centro comercial? ¿No íbamos a comprar la ropa por internet para no tener que volver a pisar uno en la vida?

—¿Volverías a pisar uno, por mí? —dice Lexy con la boca abierta.

—Bueno... Yo... —intenta contestar, pero se queda sin argumentos.

—Eres genial, Aaron —le corta Lexy, poniéndose en pie y echándose a sus brazos.

Al principio, él se queda parado y sorprendido, pero luego la abraza también, y mirándome por encima del hombro de Lexy, dice:

—Pues parece que ya tengo la agenda completa.

AARON

Estamos recogiendo los platos de la mesa cuando Lexy comenta:

—Ya me bajé la canción que me dijiste, Chris.

—¿Y?

—Es algo difícil...

—¡Qué va! Enséñame a ver...

Lexy le agarra de una mano y se lo lleva hacia su habitación. Max, con su plato entre las manos, les ve irse y luego nos mira a nosotros. Se acerca hasta la cocina lentamente pero sin quitarnos el ojo de encima, deja los platos encima de la encimera y al dar media vuelta, corre hacia el pasillo. Livy sonríe mientras le ve irse y yo, al ver que estamos solos, me acerco hasta ella por la espalda y rodeo su cintura. Beso su cuello y hombro e inhalo con fuerza su aroma. Ella se agarra a mis brazos y echa la cabeza hacia atrás, apoyándola en mi hombro. La mezo de un lado a otro, como si estuviéramos bailando.

—Aún no me puedo creer que estés aquí...

—Y yo aún no puedo creer que pueda vivir esto todos los días...

—Te advierto que no siempre es tan idílico... Lexy tiene días malos, Max se enfada a menudo consigo mismo y lo suele pagar con los demás, y yo me pongo muy irritable cuando me viene la regla...

—Y yo te advierto que, de vez en cuando, Chris hace cosas que no entran dentro de la legalidad...

—Podré soportarlo... Además, tengo las llaves de cierto calabozo que no le será desconocido...

—Pues yo también podré aguantar los enfados de Lexy y Max y en cuanto a tu irritabilidad... Bueno... Se me ocurre una manera de solucionarlo...

Se da la vuelta de golpe, y mis manos pasan de estar en su vientre a rozar la parte baja de su espalda. Me mira entornando un ojo, supongo que sin saber cómo interpretar mis palabras.

—¿Estás insinuando que...?

—Sí.

—Pero...

—¿Pero qué? —le pregunto, y al ver su incapacidad para rebatirme, prosigo—: Livy, todo lo que me ha sucedido en los últimos meses, estaba fuera de mi control... Nada de esto entraba en mis planes y no puedo ser más feliz, pero, por una vez, me gustaría ser feliz gracias a algo que sí he elegido yo, algo que hayamos planeado...

—Algo así como ser dueños de nuestra felicidad y no dejarle ese mérito al destino, ¿no?

—Exactamente.

—Seamos claros... ¿Estamos hablando de que quieres que tengamos un bebé?

—El destino fue un cabronazo al quitarnos a nuestro bebé, y quiero volver a intentarlo... Quiero demostrarle que cometió un error al hacerlo...

Livy sonríe y me besa, acogiendo mi cara entre sus manos. Me tomo eso como un sí. Mi corazón late desbocado, retumbando en mis oídos.

—Pues sí vamos a necesitar un sitio más grande, sí...

Escuchamos la voz de Lexy a mi espalda, y en cuanto nos separamos y nos giramos, nos damos cuenta de que estamos siendo observados por los tres. Al principio estoy algo preocupado por su reacción, pero enseguida veo sus sonrisas y me relajo de forma considerable.

—Has dicho una palabrota —dice entonces Max.

—¡Que va! —contesto.

—¡Sí!

—A ver, ¿qué he dicho?

—Cabronazo.

—¡Ah! ¡Tú también lo has dicho! —dice caminando hacia él, agarrándole y haciéndole volar por los aires—. ¡Te pillé otra vez!

Voy con él hacia el sofá, le estiro en él y empiezo a hacerle cosquillas. Nos tiramos jugando un buen rato, hasta que nos tomamos un descanso. Max se estira encima de mí mientras recupera el aliento y entonces Livy se sienta a nuestro lado en el sofá.

—Deberías irte a la cama, Max... —dice peinando su pelo con cariño.

—No... Un rato más con Aaron...

—Mañana hay colegio y ya vas más tarde de lo que deberías.

—Haz caso a mamá, Max. Vamos. Te prometo que mañana nos volvemos a ver.

—No te vayas —me pide con cara de pena—. Quédate a dormir.

—No puedo, cariño. Estoy muy cansado y tampoco hay sitio para todos...

—Sí hay. Tú y mami sois novios, así que puedes dormir con ella.

—Vale —respondo riendo—. ¿Y dónde metemos a Chris?

—En el sofá...

—Cariño —interviene Livy—. Aaron y Chris están muy cansados del viaje, y necesitan descansar... Y este sofá no es lo más adecuado para ello...

—¡No es justo! Mañana ya empezáis a buscar una casa nueva con una cama para todos...

—¡Hecho! Para Bono también —dice Livy.

—No "hase" falta. Bono puede dormir con yo.

—De eso nada. Bono no sube a las camas.

—Pero mamá, se pone triste... Mira —se queja Max, señalando a Bono y, susurrándole y moviendo las manos, dice—: Pon triste Bono. Pon triste.

Bono ladea la cabeza sin entender nada, y al rato ladra y mueve la cola la mar de contento.

—Esto tenéis que ensayarlo más... —le digo—. Venga, yo te llevo a la cama y me quedo contigo hasta que te duermas. Además, te prometo que mañana estaré puntual en la puerta del cole para recogerte. ¿Trato hecho?

—Bueno... Vale... ¡Pero buscad la casa nueva! Y sobre todo que tenga cinco camas... ¡Ah, y una cuna para el bebé nuevo!

CAPÍTULO 25
Cuando nos mudamos de vida

LIVY

—¡Mamá! ¡¿Dónde estás mis vaqueros negros?!

—¡Tú sabrás! —le contesto desde la cocina, con los labios de Aaron pegados a mi cuello, su nariz haciendo cosquillas bajo mi oreja y sus manos aferradas a mi cintura.

—¡Gracias por la ayuda!

Aaron ríe contra la piel de mi cuello y me hace tantas cosquillas que me obliga a retorcerme y apartarme un poco.

—Ya te vale... —me dice.

—Contigo pegado a mí, me es muy difícil pensar con claridad. Además, no tengo ni idea de a qué pantalones se refiere...

—A los negros, ya te lo ha dicho...

—Tiene mínimo tres pares de vaqueros negros...

—¡Tu madre pregunta que qué pantalones negros! —grita Aaron sonriendo, encogiéndose cuando le doy un manotazo en el estómago.

—¡Aquellos que me compraste en GAP, mamá! ¡Esos que tienen ese roto en la rodilla!

Aaron me mira con las cejas levantadas, mientras yo resoplo con fuerza, viéndome obligada a volver a responder a Lexy, aunque lo que realmente me apetece es echar a patadas a los chicos de casa, arrancarle la camiseta a Aaron, tumbarle encima de la encimera de la cocina y cabalgar encima de él. Desde que volvió a Nueva York, no se puede decir que hayamos pasado mucho tiempo a solas. Mientras yo trabajo, él se encarga de los chicos. Cuando yo acabo mi turno, visitamos casas y apartamentos en venta, al menos hasta que dimos con el idóneo. Por las noches Aaron y Chris cenan con nosotros y luego se van a casa. Por las mañanas, Chris se queda en casa desayunando y Aaron viene hacia aquí, para luego acompañar a Max y Lexy al cole. Viene temprano, antes de que los chicos se despierten y, usando la copia de la llave que le di hace unos días, entra sin hacer ruido y se mete en la cama conmigo. Me despierta con un reguero de besos y muchas mañanas acabamos disfrutando una lenta y silenciosa sesión de sexo. Luego, cuando me suena el despertador, desayunamos los cuatro juntos y vuelta a empezar.

—¡¿Has mirado en el cubo de la ropa sucia?! —grito.

—¡Lo haría! ¡Si no estuviera metido en una caja!

Aaron vuelve a besar mi cuello y yo vuelvo a cerrar los ojos y a ladear la cabeza, acariciando su mejilla con mi mano.

—Ya veo que mi problema os interesa mucho. Gracias —dice Lexy irrumpiendo en la cocina.

—Lexy, créeme, no poderte poner el pantalón que quieres, no es un problema —le digo.

—Además, así vas muy guapa —interviene Aaron.

—No lo intentes arreglar, aunque agradezco el detalle —dice Lexy dándole un beso en la mejilla a Aaron.

—¿Tostadas o cereales? —le pregunta.

—Solo leche, y desnatada si puede ser —contesta ella.

—Vale. Leche y tostadas.

—¡No quiero tostadas!

—Vale, pues cereales —insiste Aaron mientras yo sonrío.

—No.

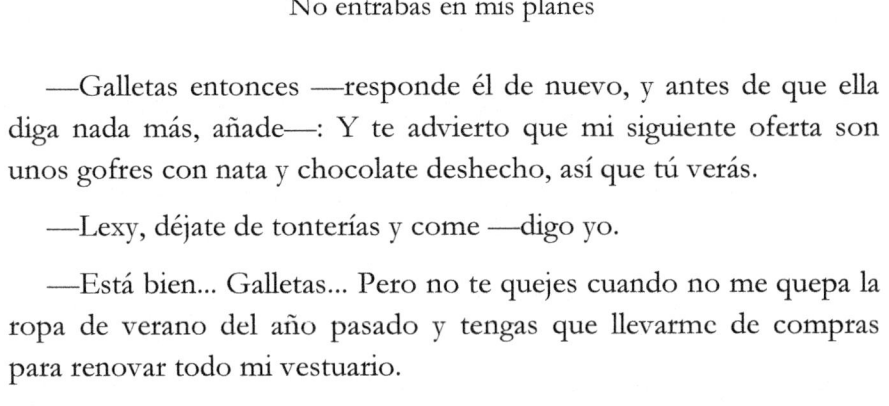

—Galletas entonces —responde él de nuevo, y antes de que ella diga nada más, añade—: Y te advierto que mi siguiente oferta son unos gofres con nata y chocolate deshecho, así que tú verás.

—Lexy, déjate de tonterías y come —digo yo.

—Está bien... Galletas... Pero no te quejes cuando no me quepa la ropa de verano del año pasado y tengas que llevarme de compras para renovar todo mi vestuario.

Aaron le sonríe mientras echa leche caliente dentro de una taza y se la tiende a Lexy.

—Yo sí quiero "gofes" —dice Max, que aparece corriendo en la cocina y se echa a mis brazos.

—¿Te sirven unos pastelitos rosa? —le pregunto—. Porque la plancha de los gofres está guardada en alguna de esas cajas de por ahí y no tengo ganas de ponerme a buscar.

—¡Jo! ¡Qué rollo! ¡No tenemos de nada! ¿Cuándo vamos a la casa nueva?

—¡Eso! Yo necesito tener mi ropa colgada en un armario y no desperdigada en varias cajas...

—Y yo no encuentro el coche de bomberos que me regaló tito Scott.

—El coche de bomberos está debajo de la cama, Max —digo yo—. En cuanto a lo de mudarnos... Ayer acababan los pintores, ¿no?

—Eso espero. En cuanto les deje en el colegio, me pasaré a echar un vistazo.

—Si han acabado, puedo llamar a los de la mudanza para decirles que empiecen...

—¿Entonces dormimos hoy ya allí? —pregunta Max ilusionado.

—No, cariño. Porque si, con suerte, podemos avisar a los de la mudanza, estaremos en la misma situación que aquí, con todas nuestras cosas metidas en cajas...

—Pero viviremos en la misma casa —insiste Max.

—¡Pero si Aaron vive prácticamente con nosotros! Está aquí tanto cuando te duermes como cuando te despiertas.

—Pero Chris no, y Bono tampoco.

Aaron y yo nos miramos durante unos segundos. La verdad es que nosotros también tenemos muchas ganas de mudarnos, pero queremos que los chicos tengan todas las comodidades posibles. Aaron vendió su apartamento en menos de una semana y los nuevos inquilinos están esperando a que ellos se muden para instalarse.

—Hacemos un trato —dice Aaron—. Si los pintores han acabado, llamamos a los de la mudanza y les pedimos que empiecen hoy mismo. De este modo, con suerte, en dos o tres días, estaremos instalados. ¿Hecho?

—Hecho... —contesta Max, chocando el puño con Aaron, aún sin hacer desaparecer del todo de su cara esa expresión de contrariedad.

AARON

Camino de habitación en habitación con las manos en los bolsillos y una sonrisa en la cara, al pensar en todas las historias de las que estas paredes recién pintadas serán testigo. No puedo evitar emocionarme al recordar la ilusión con la que Livy y los chicos recorrían la casa. Max saltaba y daba palmas a ver el pequeño jardín en el que podría jugar con Bono, Lexy daba vueltas en su habitación e intentaba hacerse una idea de lo grande que podía ser su nuevo armario, y Chris contaba los pasos que había de punta a punta de la suya, alucinando por la amplitud. Livy miraba por la ventana del salón, abrazándose el cuerpo.

—¿Qué te parece? ¿Es esta? —le pregunté—. ¿Te ves soportándome bajo este techo durante el resto de tu vida?

—Me parece que sí —contestó mordiéndose el labio inferior.

Me paro en el mismo sitio en el que ella estaba y me dejo resbalar por la pared hasta quedarme sentado en el suelo. Miro alrededor, apoyando los brazos en las rodillas, y me doy cuenta de que, a pesar de no tener ni un mueble, a pesar de que está completamente vacía, ya siento esta casa como mi hogar.

En ese momento, oigo como meten la llave en la cerradura y la puerta principal se abre de sopetón. Me pongo en pie mientras Livy entra como una exhalación.

—¡¿Qué pasa?! ¡¿Qué es lo que va mal?! —me pregunta abriendo los brazos y dando vueltas sobre sí misma para intentar averiguarlo.

Por lo visto, mi malvado plan ha tenido un resultado magnífico. Camino hacia ella lentamente, con las manos en los bolsillos.

—Aaron, ¿qué pasa? ¿Dónde está el problema enorme que no podía esperar?

Me encojo de hombros y aprieto los labios con fuerza, poniendo cara de culpable a medida que veo como su expresión empieza a ensombrecerse.

—¿Aaron...?

—Esto... Yo solo...

Su cara demuestra algo más de preocupación de la que yo hubiera querido, por eso empiezo a pensar que engañarla no ha sido tan buena idea como me parecía hace una hora, cuando la llamé al móvil y le dije que teníamos un grave problema con la casa.

—¡Aaron, por favor! ¡¿Se puede saber qué narices pasa?!

—Que quería estar contigo.

—¡¿Cómo?! ¡¿Se puede saber qué...?!

Pero entonces se calla de golpe al ver lo que saco del bolsillo del pantalón.

—¿Me has hecho salir del trabajo para ver cómo hago pis en eso?

—Sí —contesto con timidez—. No podía esperar a esta noche...

—No me lo puedo creer...

Su voz suena entrecortada, y para cuando levanto la cabeza para mirarla, la tengo frente a mí. Nos miramos a los ojos durante unos segundos hasta que ella se decide a hablar.

—Estás loco. Y yo igual de cabreada que de emocionada, así que no sé si pegarte una hostia o besarte.

—Si se me permite opinar, me decanto por la segunda opción...

Entonces, mis palabras obran su magia y Livy pega sus labios a los míos, besándome con lentitud. Al rato, se separa de mí y esboza una sonrisa de felicidad.

—Quiero que lo primero que hagamos juntos en esta casa, sea saber que vamos a tener un bebé —le digo entonces.

—No quiero que nos ilusionemos demasiado. Acuérdate de la última vez...

—Lo sé, lo sé —la corto poniendo dos dedos en sus labios—. Pero tienes un retraso de ¿cuánto?, ¿dos semanas?

—Sí...

—Y la doctora dijo que lo que pasó aquella vez, no tenía por qué volver a repetirse...

—Lo sé...

—Pues vamos a ser positivos...

Livy mira fijamente la caja que aún sostengo en la mano y, después de cogerla, me agarra de la mano y tira de mí hacia el baño de lo que será nuestra habitación. Se sienta en el váter y hace pis en la prueba. Luego pone el capuchón de plástico, se sube los pantalones de nuevo y, una vez lista, se encoge de hombros y me mira algo nerviosa.

—¿Y bien? —le pregunto, nervioso.

—Tenemos que esperar. No es inmediato... —dice metiendo la prueba en el bolsillo delantero de mi camisa.

—Ah... Vale...

Salimos a la habitación y tiro de ella hasta sentarnos en el suelo. Recuesta la espalda en mi pecho mientras yo la abrazo. Echa la cabeza hacia atrás y respira profundamente.

—Siento haberte asustado, pero no sabía cómo sacarte de la comisaría.

—La verdad es que venía hecha una furia, pensando que los pintores no habían acabado aún o que se había reventado una cañería, o vete tú a saber...

—Por cierto, ¿te gusta la pintura? Ha quedado bien, ¿no? —digo mientras los dos miramos alrededor de la estancia.

—Sí. Ha quedado perfecto. Ya podemos llamar a los de la mudanza, ¿no?

—Ya lo he hecho —digo mientras ella se gira hasta quedar de cara a mí—. Esta tarde empiezan.

—Eres increíble —comenta con una enorme sonrisa en la cara.

—No es para tanto... Solo es que no quiero soportar más quejas de los chicos... Además, yo tengo las mismas ganas que ellos de mudarme aquí.

Livy se inclina hacia mí y rodea mi cuello con sus brazos. Siento la calidez de su aliento en mi piel y el suave contacto de sus labios.

—Además, ¿sabes qué día es hoy? —le pregunto con recelo, con miedo de parecer demasiado sentimental.

—No puedo creerlo... —Livy se separa de mí unos centímetros y me mira fijamente a los ojos, con la sorpresa dibujada en la cara—. ¿En serio? No puedo creer que te acuerdes...

—¿Cómo voy a olvidar que hace justo un año que irrumpiste en mi vida y la pusiste patas arriba? ¿Cómo quieres que pase por alto el hecho de que, desde esa noche, no he podido sacarte de mi cabeza ni un segundo? ¿Cómo quieres que no me acuerde de darte las gracias por hacerme cambiar y querer ser mejor persona? Te colaste en mis planes, Liv... Para siempre.

—Para siempre...

Me inclino sobre ella con cuidado, colocando una mano en su espalda hasta tumbarla en el suelo, boca arriba. Aguanto el peso de mi cuerpo con mis brazos y me acerco para besar sus labios, aunque entonces, la prueba de embarazo sale del bolsillo de mi camisa y cae encima de ella. Sin cambiar de postura, Livy la coge y la sostiene entre las manos mientras yo la miro expectante. Mira fijamente la pequeña pantalla, pero se mantiene inexpresiva durante un buen rato. Siento los latidos del corazón retumbando en mis oídos y noto cómo la respiración se me vuelve más y más pesada... Hasta que la veo sonreír. Gira lentamente la prueba y me muestra la pequeña pantalla, en la que veo dos rayas de color violeta.

—Cariño, vamos a tener un bebé.

Nos besamos de nuevo y siento como las lágrimas resbalan por mis mejillas y mojan las de Livy. Es una sensación extraña porque no puedo parar de llorar, pero tampoco de reír...

—Este es el mejor regalo que podíamos soñar para celebrar nuestro primer aniversario —digo.

—¿Quiere decir que no me has comprado nada? —me pregunta.

—Sí, la prueba de embarazo...

—¿Y si llega a salir negativa?

—Pues esta noche te habría regalado un nuevo intento... —respondo moviendo las cejas arriba y abajo.

LIVY

—Gracias doctora. Allí estaremos. Sí, mañana a las diez.

En cuanto cuelgo el teléfono, le envío un mensaje a Aaron para confirmarle la cita que tenemos mañana en el hospital, con la misma ginecóloga de la vez anterior, además de confirmarle que ya salgo de la comisaría. Hemos quedado en mi apartamento, para darles juntos la sorpresa a los tres. La de que ya podemos mudarnos a la nueva casa, no la del embarazo, en lo que ambos hemos coincidido en que es demasiado pronto para decírselo.

"Perfecto. Aquí estamos... Los chicos no paran de preguntarme si los pintores han acabado ya... Les he dicho que no y están indignadísimos. De hecho, Lexy insistía en que le diera su teléfono para meterles bronca. Me recuerda a alguien y no caigo a quién... Vuelve pronto antes de que puedan conmigo y confiese... Soy débil..."

Sonrío al leer el mensaje mientras meto el billete de metro por la máquina y el torno me deja pasar.

"Por cierto, te quiero"

Y lo vuelve a conseguir con el siguiente mensaje. En cuanto se abren las puertas del convoy, una marea humana sale de dentro y otra igual de inmensa me engulle para hacerme subir. De ese modo, me es imposible conseguir un asiento libre, así que me apoyo en una de las paredes, cerca de la puerta. El teléfono vuelve a vibrar en mi mano, y leo el mensaje mordiéndome el labio inferior.

"Por cierto, estás en tu derecho de pedirle a alguien que te ceda el asiento. Aprovéchate"

Niego con la cabeza mientras recuerdo aquel fatídico día en el que volvíamos del hospital, después de recibir la horrible noticia de que íbamos a perder a nuestro bebé. Recuerdo la mirada de Aaron, la cual no podía apartar de mi barriga. Recuerdo esa sacudida que dio el convoy y cómo él se puso frente a mí, colocando su mano en mi vientre para protegerle.

"Sé que no lo vas a hacer, pero tenía que intentarlo. Si el metro va muy lleno, bájate en la siguiente estación y ven caminando. Te iré a buscar a donde me digas"

Miro alrededor para comprobar que, afortunadamente, no hay tanta gente en el vagón como suele ser habitual. No me apetece caminar, estoy demasiado cansada.

"Vale, tampoco lo harás... Te conozco demasiado y me consuela saber que estás leyendo mis mensajes, aunque no me contestes. ¿Estás sonriendo, verdad?"

Sin pensarlo dos veces, conecto la cámara frontal del teléfono y me tomo una foto sonriendo y haciendo ver que le lanzo un beso. Su respuesta no se hace esperar, tal y como me imaginaba.

"Ya tengo nuevo fondo de pantalla en mi teléfono"

Cuando llegamos a mi parada, me apeo y camino las escasas dos manzanas hasta mi apartamento. Cuando abro la puerta, no veo a nadie en el salón, pero en cambio, escucho sus voces procedentes de las habitaciones.

—Venga, escribe C, O, C,...

—¿Otra "ves"?

—Otra vez, sí.

Me apoyo en el marco de la puerta y les observo durante un rato. Max escribe en una de las cajas con sus cosas mientras Aaron le deletrea las letras.

—Hola... —les saludo sonriendo.

—¡Mami! —responde Max—. Mira, estamos escribiendo en las cajas para saber lo que hay en cada una.

—Me parece una idea estupenda —digo sentándome a su lado y dándole un beso a Aaron.

Él me mira con ternura y sus ojos se desvían a mi barriga, que roza con los dedos de su mano, de forma disimulada.

—¿Cómo estás? —susurra en mi oído.

—Bien. Igual que esta mañana —le contesto—. Tranquilo, ¿vale?

—Mamá —nos interrumpe Lexy, apareciendo en la habitación junto a Chris y Bono—. ¿Has llamado a los pintores?

—Sí. De hecho, vamos a ir ahora mismo para allá para pegarles la charla y meterles prisa —digo disimulando—. Dejad que me quite los tacones y me ponga algo más cómodo.

Camino hacia mi dormitorio y en cuanto entro, me quedo sin respiración. Sobre la cama, hay un precioso ramo de rosas rojas. Me llevo una mano a la boca mientras me doy la vuelta lentamente. Veo a Aaron apoyado en el marco de la puerta, sonriendo de medio lado.

—Feliz primer aniversario —me dice cuando me agarra por la cintura.

—Yo no... —sollozo—. Yo no te he comprado nada...

—Tú eres mi regalo —me dice y, acogiendo mi cara entre sus manos, secando mis lágrimas con los pulgares, añade—: No me llores porque las tiro a la basura, ¿eh?

Entonces escuchamos una risa detrás de nosotros y cuando nos giramos, vemos a los tres mirándonos con una sonrisa en la cara.

—¡Felicidades! —dice Chris.

—¡Regalo para tú, mami! ¿Dónde está regalo para Aaron? —pregunta Max mirándome fijamente.

—Tú eres mi regalo. Y tu madre, y tu hermana, y Chris, y la casa nueva —se apresura a decirle Aaron, agarrándole en brazos.

—Felicidades, mamá —me dice Lexy abrazándome.

—Gracias, cariño.

—Un año, ¿eh? Vaya...

—Bueno, un año desde que nos conocimos. Hemos tenido nuestros...

—Altibajos —añade Aaron mientras nos miramos a los ojos, embelesados, sonriendo como un par de bobos, hasta que al rato, cambia el tono y dice—: ¿Nos vamos?

—¡Sí!

Solo tenemos que caminar diez minutos para llegar a nuestra nueva casa. Max y Bono van delante, seguidos de Lexy y Chris, que conversan tranquilamente, volviendo a poner de manifiesto la buena sintonía que hay entre ellos. Nosotros les observamos desde detrás, paseando agarrados de la mano.

—¿Lo preparaste todo? —le pregunto cuando parece que estamos a una distancia prudencial de ellos.

—Ajá... Todo listo...

AARON

En cuanto entramos en casa, Lexy entra decidida y con cara de enfado, pero enseguida empieza a intuir que algo pasa. Da vueltas alrededor, con el ceño fruncido, mientras Livy y yo la observamos detenidamente.

—¿Dónde están los pintores? —nos pregunta.

—No sé... —respondo yo siguiéndole la corriente.

—Pero esto está pintado, ¿no? —interviene Chris.

—Parece... —contesta Liv sin poder disimular la sonrisa.

Después de mirar en todas partes del piso de abajo, los tres suben por las escaleras corriendo, seguidos de cerca por Bono, hasta que el grito de Lexy nos indica que ya ha visto la sorpresa que le hemos preparado en su habitación. En cuanto llegamos, la vemos con las puertas de su nuevo armario totalmente abiertas, admirando el interior y acariciando los estantes con los dedos.

—¿Es para mí? —nos pregunta—. ¿Entero?

—Eso parece, ¿no? —le contesta su madre.

—¿Pero vosotros sabéis la de ropa que me cabe aquí dentro? —pregunta muy ilusionada.

—¡Mierda! Corre Livy, llévatela de aquí mientras yo lo empiezo a desmontar.

—¡No! —contesta Lexy agarrándome de los brazos justo antes de abrazarme, gesto que yo imito, dándole un beso en la cabeza.

—¿Te gusta? —le pregunto.

—Me encanta. ¡Es genial! Muchas gracias...

—De nada, preciosa.

—¿Y yo? —pregunta entonces Max.

—No sé, cariño... Ve a mirar a tu habitación... —le dice Livy.

Su reacción no se hace esperar, y sale corriendo como una exhalación.

—¡Bieeeeeen! ¡Una cama para Bono! ¡Para que duerma con yo aquí!

—Peeeeero, con una condición. Bono tiene que dormir en su cama, no en la tuya. Para eso la hemos puesto ahí, ¿de acuerdo? Ya no tienes excusa, su cama es tan cómoda como la tuya, ¿vale? —le dice Livy.

—Sí, sí. Vale. Bono, ven, prueba tu cama. ¿Gusta? ¿Sí? ¿Sí?

Bono se estira en ella después de dar varias vueltas sobre sí mismo, como si quisiera buscar la postura ideal. Luego Max se acurruca a su lado.

—Max, cariño. Es de Bono.

—Estaba probando si es cómoda.

—Quedas tú, Chris —dice entonces Livy.

—¿Yo? —contesta extrañado, nada habituado a recibir regalos ni sorpresas.

—Claro...

Chris sonríe con timidez, arrugando la frente a la vez, muy sorprendido. Max le agarra de una mano y le arrastra hasta su habitación, seguido de cerca por nosotros. En cuanto entramos, veo que se fija en la pared, y cómo se acerca lentamente, hasta quedarse a escasos centímetros del mural de fotos que Livy enmarcó para él. Abre la boca como para decir algo, pero se limita a tocar los cuadros con los dedos. Está muy emocionado y yo no puedo sentirme más orgulloso de él. Apoyo la espalda en la pared, atrayendo a Livy y abrazándola por la espalda. Ella agarra mi brazo y me lo aprieta, apoyando la cabeza en mi pecho, mientras mira a Chris con los ojos llorosos.

—Esto es... —dice él girando la cabeza para mirarnos.

—Te cogí prestadas las fotos para llevarlas a restaurar y enmarcar... Espero que no te importe... —le confiesa Livy.

—¿Bromeas? Esto es genial. No puedo creer que lo hayáis hecho...

—Son preciosas, cariño. No podía permitir que estuvieran escondidas.

—No quiero que... O sea... No os importa que las tenga, ¿verdad? —nos pregunta agachando la cabeza.

—¡Claro que no! Es tu madre, Chris —le contesto yo.

—O sea, Livy, yo... Te estoy tan agradecido por todo y por... Por hacer de madre conmigo... O sea...

Livy camina de repente hacia él y le estrecha entre sus brazos con fuerza.

—Te quiero, Chris. Mucho. Muchísimo. Como si fueras mi propio hijo.

—Y yo —contesta él—. Yo también te quiero.

Al rato, se separa de ella y, algo avergonzado, se acerca hasta mí y esconde la cara en mi pecho. Yo le revuelvo el pelo de forma cariñosa y espero a que se recupere.

—Gracias, papá. Ahí falta una foto, por eso... Tendremos que hacernos una todos y así la podré enmarcar y colgar al lado de esas.

—Me parece una idea estupenda —contesto yo.

—Entonces, ¿los pintores han acabado? —pregunta Lexy—. ¿Nos habéis engañado?

—Ajá —contesto asintiendo a la vez con la cabeza—. Queríamos daros una sorpresa.

—¿Y cuándo nos mudamos?

—Bueno, mañana haremos la mudanza definitiva, así que...

—¡Hoy mismo! —grita Max saltando.

—¿Qué parte de mañana, no has entendido? —le pregunta Livy.

—Pero... ¿No podemos quedarnos?

—¿Dónde quieres dormir? No tenemos camas...

—¿Y a cenar? —insiste Lexy, apoyando la causa de su hermano.

—No hay gas y en la cocina no hay ni un plato aún...

—Pues pedimos unas pizzas —interviene entonces Chris—. Vamos, ¿no me digáis que no soñáis con una celebración de aniversario como esta? Es muy romántico... Sentados en el suelo, con nosotros tres, cenando pizza... ¿Quién no envidiaría una cita como esta?

LIVY

La verdad es que esta cena no es lo que yo entiendo como una celebración de aniversario ideal, pero es de largo, la mejor que he tenido nunca. Sentados en el suelo, en mi caso apoyada contra el pecho de Aaron, que ha insistido en que lo haga para que esté más cómoda. Comiendo pizza sin platos, cortándola con las manos, ensuciándonos sin importarnos. Haciendo planes sobre la casa, sobre nuestra nueva vida en común.

—¿Y en la habitación que queda? ¿Que ponemos? —pregunta Lexy.

—¡Un cuarto de jugar! —contesta Max levantando los brazos.

—Buen intento, Max... —contesta Aaron—. Creo que en tu cuarto tienes el suficiente sitio para jugar...

—Ya lo pensaremos... —miento, porque si todo sale como debe, en algo menos de nueve meses, esa habitación tendrá un nuevo inquilino.

No podemos evitar miramos y sonreír, aunque intentamos disimular nuestra ilusión delante de los chicos, ya que es demasiado pronto para contárselo. Aaron incluso lleva un rato acariciando mi vientre con las yemas de sus dedos.

—¿Nos partimos otra cerveza, papá? ¿Tú quieres una, Livy?

—No, gracias. Hoy me apetece agua.

—Y tú deberías hacer lo mismo —le advierte Aaron—. Una cerveza en una ocasión especial, vale. Dos no.

—Paso. No sé cómo puedes beber agua cuando comes pizza. Es como... antinatural.

—No me apetece beber cerveza... —miento, porque siento que, como asegura Chris, estoy cometiendo un crimen contra la humanidad.

—Esperad un momento... —dice entonces Aaron, levantando una palma de la mano y frunciendo el ceño mientras escucha—. ¿Tanto silencio no es sospechoso?

—La verdad es que no se les oye... —digo yo—. ¿Cuánto rato hace que Max y Bono han subido arriba?

—Como media hora...

Aaron se levanta y me ayuda a incorporarme. Subimos las escaleras y caminamos hacia el dormitorio de Max, cuya puerta encontramos medio cerrada. Cuando Aaron abre con sigilo, le vemos acurrucado en la cama de Bono, durmiendo profundamente junto al animal, que le rodea el pequeño cuerpo con una de sus patas.

—Me parece que esto de que no duerman juntos, va a ser casi imposible... —digo.

—Bueno, tú le has dicho que Bono no duerma en su cama, pero no le has prohibido a él dormir en la de Bono...

—Demasiadas emociones por un día... Me parece que se está haciendo tarde, ¿no?

—Sí. Volvamos a casa. Ya le llevo yo en brazos.

Tan solo media hora después, Aaron ya ha metido a Max en su cama y nos estamos despidiendo en el salón. Chris me da un beso en la mejilla y sale al rellano para dejarnos algo de intimidad.

—Nos vemos mañana...

—Sí...

—Disfruta de tu última noche de libertad, porque a partir de mañana, no vas a volver a dormir sola nunca más.

—Bueno, si lo piensas detenidamente, hoy tampoco dormiré sola... —susurro agachando la cabeza y mirando hacia mi vientre.

—Es verdad... Tengo a mi compinche aquí... —dice poniendo la mano por debajo de mi ropa, apoyando la palma contra mi piel—. Cuida de mamá por mí, ¿vale?

AARON

—Cuando salga del instituto, te llamo, ¿vale?

—Ajá.

—He dejado cerradas todas mis cajas y he escrito mi nombre en la solapa, tal y como me dijiste.

—Mmmm.

—Y la bomba está escondida en una de ellas...

—Vale...

Oigo a Chris reír, buscando mi mirada con insistencia, hasta que cuando le presto atención, me dice:

—¿Estás bien?

—Sí, ¿por?

—Porque no me has hecho ni puto caso. No has oído ni una palabra de lo que te he dicho. Llevas toda la mañana como ausente y tu café —dice metiendo el dedo dentro de mi taza—, está congelado ya.

Me la quita, tira el líquido al fregadero y vuelve a llenarla con café.

—Gracias —digo cuando me la vuelve a tender.

—De nada. Y ahora, cuéntame, ¿qué pasa? Hoy es un gran día, ¿no? Deberías de estar exultante de felicidad.

—Y lo estoy...

—Pues cualquiera lo diría... Tienes cara de asustado. ¿No te estarás arrepintiendo, no?

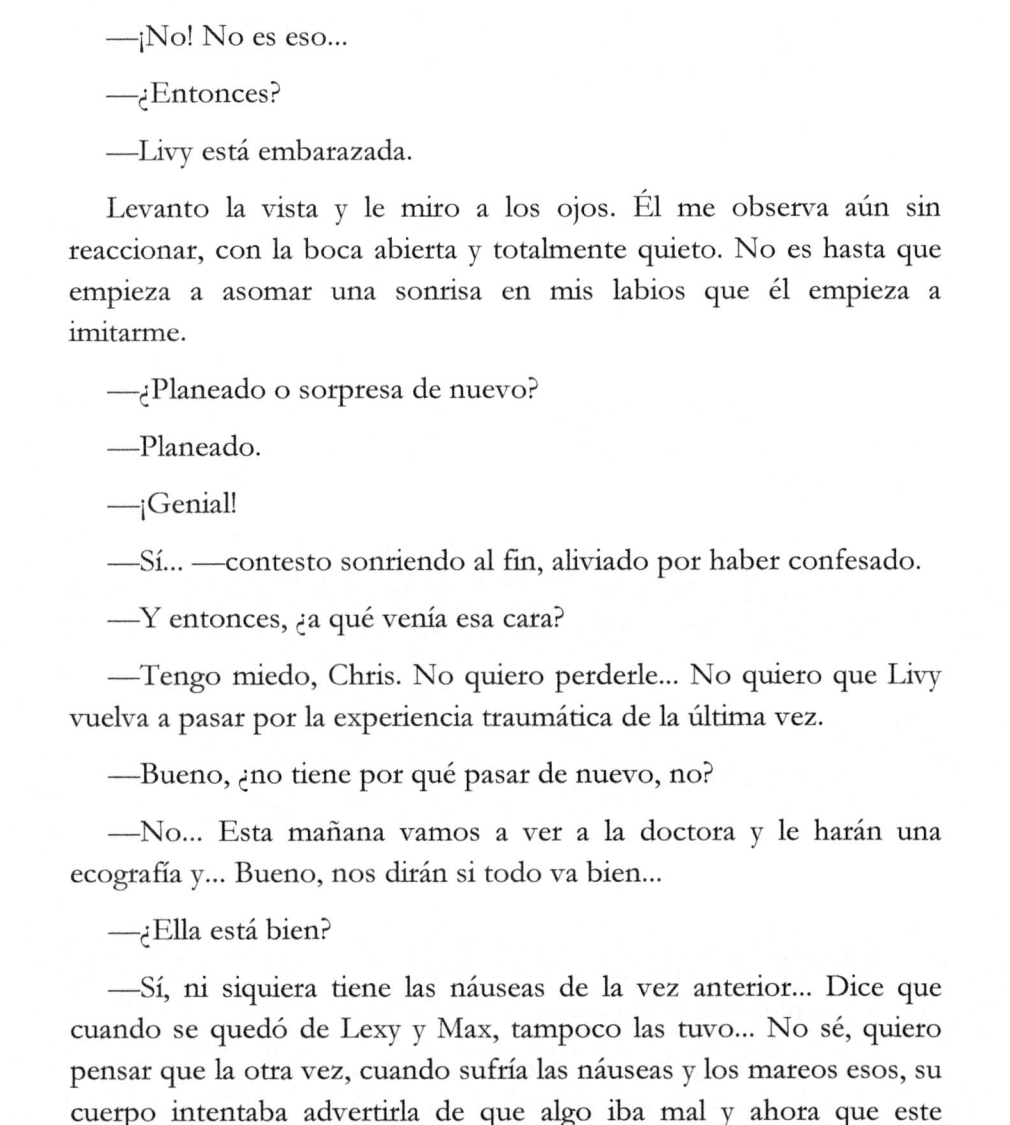

—¡No! No es eso...

—¿Entonces?

—Livy está embarazada.

Levanto la vista y le miro a los ojos. Él me observa aún sin reaccionar, con la boca abierta y totalmente quieto. No es hasta que empieza a asomar una sonrisa en mis labios que él empieza a imitarme.

—¿Planeado o sorpresa de nuevo?

—Planeado.

—¡Genial!

—Sí... —contesto sonriendo al fin, aliviado por haber confesado.

—Y entonces, ¿a qué venía esa cara?

—Tengo miedo, Chris. No quiero perderle... No quiero que Livy vuelva a pasar por la experiencia traumática de la última vez.

—Bueno, ¿no tiene por qué pasar de nuevo, no?

—No... Esta mañana vamos a ver a la doctora y le harán una ecografía y... Bueno, nos dirán si todo va bien...

—¿Ella está bien?

—Sí, ni siquiera tiene las náuseas de la vez anterior... Dice que cuando se quedó de Lexy y Max, tampoco las tuvo... No sé, quiero pensar que la otra vez, cuando sufría las náuseas y los mareos esos, su cuerpo intentaba advertirla de que algo iba mal y ahora que este embarazo es como los dos anteriores... Es como... Como si todo fuera a salir bien.

—Es que va a salir bien. Seguro. Ya lo verás. Lo hacéis todo a lo grande, ¿eh papá? No os conformabais con mudaros a una casa nueva... Teníais que mudaros de vuestra antigua vida también, ¿eh?

—Eso parece... Pero, ¿sabes qué? Me apetece mucho hacerlo. Quiero saber qué se siente al coger a un bebé en brazos que es como..., como una parte de uno mismo. En el fondo debo de ser algo masoquista, porque quiero saber qué me perdí.

—Ese bebé va a tener mucha suerte... —contesta sonriendo con los ojos achinados.

—Seguro que sí —añado agarrándole del cuello para acercarle a mí y darle un abrazo—. Va a tener al mejor hermano mayor del mundo.

—Bueno, repito porque antes no te has enterado de nada. Mis cajas están marcadas y cerradas, y te llamo al salir del instituto. Pero, si puedes, mándame un mensaje cuando salgáis del médico y me dices cómo está todo, ¿vale?

—Vale. Pero sobre todo, pase lo que pase, no les digas nada a Lexy y Max. Aunque Livy esté embarazada, esperaremos un poco a decírselo porque aún debe de estar de muy poco.

—Hecho. Seré una tumba. Pero dile a Livy que lo sé, porque con ella no podré disimular...

—Hecho. Te veo luego, colega.

—Hasta luego, papá. Te quiero.

—Y yo.

—Dale un beso a Livy de mi parte.

—Y tú uno a Jill de la mía.

Chris se da la vuelta y me mira arrugando la frente. Sospecho por su leve cambio de humor desde hace unos días, que la cosa con Jill empieza a mejorar. Me comentó que no se veían fuera de clase, pero que coincidían en muchas asignaturas y que sus cruces de miradas eran constantes. Me dijo también que estaba saliendo con un chico del último curso, pero que en el fondo, él no se rendía porque sabía que ella seguía sintiendo algo por él, que se lo notó cuando se volvieron a ver.

—Aún estamos trabajando en ello... Ya hemos pasado de las miradas a los tímidos acercamientos. Ayer le conseguí sacar alguna sonrisa y hoy estoy decidido a hacer algún avance significativo más.

—No te rindas.

—Jamás —dice guiñándome un ojo antes de salir por la puerta.

LIVY

Estoy sentada en una de las sillas de la sala de espera, con el bolso en el regazo, repicando en el suelo con el pie de forma reiterativa. A mi alrededor hay un montón de gente, en su gran mayoría mujeres, unas con unas barrigas enormes y cara de cansancio, otras con la ilusión reflejada en los ojos, y unas pocas con cara de susto. Supongo que la misma cara que tenía yo en esta misma sala hace unos meses, muy diferente a la que tengo ahora.

Aaron, que ha cedido su asiento a una mujer que, según hemos sabido después, ha salido ya de cuentas, camina arriba y abajo de la sala. De vez en cuando se acerca a alguno de los cuadros colgados de las paredes, la mayoría pósters relacionados con la alimentación infantil o con las diferentes etapas del crecimiento. Ahora tiene un pequeño tríptico que ha cogido de una de las mesitas y lo lee con detenimiento, apoyando la espalda en una de las paredes acristaladas. Agacho levemente la cabeza para leer de qué va y sonrío al leer la frase: "Ahora que vais a ser padres". Le veo fruncir el ceño, como si estuviera aprendiéndose una lección. Entonces una de las puertas de las consultas se abre y Aaron se incorpora de golpe. En cuanto escucha el nombre de otra mujer, suelta el aire que parecía haber retenido en los pulmones, y gira la cabeza hacia mí. Yo le miro de forma comprensiva, sonriendo para intentar tranquilizarle. Al darse cuenta de ello, resopla y sonríe también, mirando al suelo avergonzado, mientras se acerca. Se agacha delante de mí y, apoyando las manos en mis rodillas, abre la boca para hablar, pero yo me adelanto:

—Estoy bien. Los dos lo estamos —digo poniendo una mano en mi vientre, gesto que él imita. Le acaricio la mejilla y, buscando su mirada, añado—: Tranquilo. Todo irá bien.

Aaron aprieta los labios y asiente, aunque no muy convencido. Justo en ese instante, una enfermera sale de una de las consultas y me llama. Él se levanta de sopetón y, agarrando mi mano, me ayuda a ponerme en pie. De repente su pulso se ha acelerado, su respiración se ha hecho más pesada y sus ojos se han abierto como platos.

—Sí. Aquí —respondo con tranquilidad, caminando mientras tiro de Aaron.

En cuanto entramos, Wendy nos sonríe desde detrás de su mesa.

—¡Hola! Cuando he leído tu nombre en la lista de visitas del día, me he alegrado muchísimo. Supongo que lo de la otra vez, resultó ser una mala noticia después de todo...

—Sí... —respondo—. Aunque nos costó un tiempo darnos cuenta...

—Bueno, lo importante es que eso quedó en el pasado y estáis aquí de nuevo. Y con unas caras muy diferentes a las de entonces, si me permitís decíroslo... Al menos la tuya...

Las dos miramos a Aaron, que sigue de pie, al lado de la puerta, frotándose las manos contra el pantalón de forma compulsiva.

—¿Aaron...? —le llamo y, mirando de nuevo a Wendy, le digo—: Está algo asustado... No quiere... Bueno, no queremos que pase lo de la otra vez...

—Y yo os dije que no tenía por qué volver a pasar...

—Ya, es lo que le repito una y otra vez...

—Livy, ¿tú te encuentras bien?

—Muy bien.

—Pues eso es lo que importa. Vamos a verle...

La seguimos hacia la sala contigua. Como la vez anterior, yo me desnudo de cintura para abajo, me tapo con la sábana que me da y me estiro en la camilla. Aaron se sienta en el taburete de mi lado y no despega los ojos de la pantalla de televisión colgada frente a nosotros. Veo como su nuez sube y baja varias veces cuando traga saliva y, de nuevo, le agarro de la mano para intentar tranquilizarle. Cuando gira la cabeza hacia mí, le susurro:

—Te quiero...

A Aaron se le escapa la risa, y alguna que otra lágrima, producto del estado de nervios en el que está sumido. No puede hablar, pero asiente con la cabeza y aprieta mi mano con fuerza.

—Vamos allá, chicos —dice entonces Wendy.

La pantalla del televisor se ilumina y los dos la miramos de golpe. Como la vez anterior, el sonido de unos rápidos latidos de corazón resuenan por toda la habitación. Lejos de alegrarnos, seguimos conteniendo la respiración. De acuerdo, ya sabemos que el corazón de un bebé late en mi interior, pero también lo hacía la vez anterior y tuvimos que renunciar a él. Durante unos minutos que se nos antojan horas, Wendy cambia de enfoque unas cuantas veces y congela la imagen otras tantas. Todo ello sin mostrar ninguna expresión y en un completo silencio, hasta que por fin, dice:

—Livy, Aaron, os presento a vuestro precioso, sano y, sobre todo, bien colocado, bebé.

Los dos giramos la cabeza de golpe hacia ella. La miramos con los ojos muy abiertos, aún sin podernos creer la noticia. Segundos después, al ver que seguimos sin reaccionar, asiente con la cabeza, con una enorme sonrisa dibujada en la cara.

—¿De verdad? ¿Está...? ¿Está bien? —pregunto.

—Sí, Livy. Está bien. Estás embarazada de ocho semanas solo... Pero tiene las medidas perfectas, se está formando perfectamente y está donde tiene que estar, en el útero.

—Vale —digo con lágrimas resbalando por mis mejillas.

—¿Aaron...? ¿Estás bien?

Cuando Wendy se lo pregunta, giro la cabeza hacia él y le descubro mirando de nuevo la pantalla. Después de unos segundos, asiente con la cabeza y, apoyando la mano con suavidad en mi vientre, dice:

—¿Puedo volver a escucharle?

—Claro... Espera...

Wendy aprieta varios botones de la máquina y enseguida el latido acelerado vuelve a resonar por la sala. Aaron cierra los ojos y al poco rato se le dibuja una enorme sonrisa en la cara.

—Es nuestro bebé —dice al rato—. Vamos a tener un bebé.

Me mira ilusionado, con lágrimas en los ojos, las mismas que ruedan por mis mejillas. Sin dejar de tocar mi vientre, acerca su cara a la mía y rozando mis labios con los suyos, me dice:

—No te voy a dejar sola. Lo sabes, ¿verdad?

Asiento con la cabeza mientras le cojo la cara con ambas manos.

—Ni a ti ni a nuestros chicos —añade.

—Lo sé.

—Voy a ser el mejor padre del mundo.

—Ya lo eres.

AARON

—Si no dejas de mirarme la barriga, alguien se va a dar cuenta...

—Lo siento, lo siento... Es que no lo puedo evitar.

—Y tampoco hace falta que me vengas a buscar al trabajo todos los días... Puedo caminar, no soy inválida. Y, que yo sepa, no tengo prohibida la entrada al metro aún...

—Pero siempre va muy lleno y no siempre hay gente dispuesta a cederte el asiento... Y te pueden dar un golpe... Y puede darte un golpe de calor... Y desmayarte...

—Y ahora mismo puede caer un rayo y fulminarnos.

—Aquí dentro del coche, estaríamos seguros...

—¡Aaaah! —grita ella desesperada, haciendo ver que se estira de los pelos—. Aaron, por favor... Ya me entiendes...

Resoplo resignado mientras vuelvo a fijar mi atención en el tráfico.

—¿Aaron? —insiste ella.

—¿Qué?

—Que no me ignores...

—No te ignoro. Simplemente, has tomado tu decisión y yo no tengo opción a réplica. Así que, es lo que hay.

—No, eso no es así. Y lo sabes. Tú también tienes derecho a darme tu opinión, pero en este caso, soy yo la que sabe si me encuentro bien o mal... Lo que no voy a hacer es quedarme en casa de brazos cruzados si estoy perfectamente... Estoy embarazada, no enferma ni inválida.

—Vale, vale... Lo siento...

Livy se acerca hasta mí y, apoyando una mano en mi pierna, me da un beso en la mejilla.

—No pasa nada. Sé que lo haces porque te preocupas por mí...

Empieza a darme besos por el cuello, mientras yo empiezo a retorcerme.

—Aparta loca —río—. Que sabes que no soy inmune a tus encantos...

Me hace caso al instante y vuelve a su asiento. Apoyando la espalda en la puerta y encogiendo las piernas, se sienta de lado, sin dejar de observarme. Cuando paramos en un semáforo, giro la cabeza y le sonrío. Y de nuevo, de forma inconsciente, mis ojos bajan inevitablemente hasta su vientre.

—No sé si la miras tanto porque esperas que salga un Alien de aquí dentro en cualquier momento...

—Perdón, perdón, perdón —me disculpo volviendo a mirar al frente—. Es que es como hipnótico...

—Vamos a fracasar estrepitosamente... No vamos a conseguir ocultar la noticia ni medio día...

—Bueno... Solo tenemos que disimular delante de dos de ellos... —confieso con la boca pequeña.

Ella gira la cabeza hacia mí de golpe. Me mira con los ojos y la boca muy abiertos mientras yo me encojo en mi asiento, encogiéndome de hombros para intentar protegerme de la enorme bronca que me va a caer.

—¿Se lo has dicho a Chris?

—Sí... Esta mañana me notó raro y... Yo estaba muy nervioso... Y se lo solté.

—Ah, genial...

—Lo siento... Pero sabes que Chris no dirá nada...

—Espero que Lexy tampoco lo haga.

La miro sorprendido, justo cuando detengo el coche en nuestra nueva calle, al encontrar un hueco donde aparcar.

—¿Lexy lo sabe también?

—Sí... —contesta Livy con una sonrisa de circunstancia dibujada en la cara—. Esta mañana me pilló frente al espejo, mirándome de costado y con la camisa subida. Tenía la sensación de que la falda no me iba tan holgada como antes y estaba comprobando si ya se me notaba la barriga...

—¿Y sabrá guardar el secreto?

—Me juró que sí lo haría...

Aún no muy convencido, salgo del coche y camino hasta la acera. Livy se baja del coche y se agarra a mi brazo, mirándome suplicando perdón.

—Míralo por el lado positivo, solo lo saben ellos dos. Max, mi hermana y mis padres aún no se han enterado...

—¿Tú crees? —digo señalando al frente.

Cuando Livy mira hacia donde yo le indico, aprieta su agarre en mi brazo. Su madre y su hermana se nos acercan con paso muy decidido, dejando al padre de Livy unos metros atrás, siguiéndolas con cara de resignación.

—¡Olivia Diane Morgan! —grita Bren señalándonos.

—Esto no va bien... —le digo entre dientes.

—No me sueltes, por favor... —me pide—. ¡Hola! ¿Qué hacéis aquí? ¿Habéis...? ¿Habéis venido a ver la nueva casa?

—¡No trates de cambiar de tema! —grita de nuevo Bren—. ¿Te piensas que ibas a visitarte en el hospital donde trabajo sin que yo me enterara?

—¿¿Qué?! ¿Visitarme...? No...

—¡Oh, vamos! Ruby le dijo a Jen que vio tu nombre en la lista de los pacientes de Wendy. Jen se lo dijo a Carlos, Carlos a Rose y Rose me lo dijo durante nuestro descanso.

—¿Qué sois? ¿Enfermeras o agentes de la C.I.A.? Nos vendrían bien un par de agentes nuevos... —empiezo a decir pero la mirada de Bren y su madre me paralizan al instante.

—Yo no tengo nada que ver con esto —susurra entre dientes su padre, acercándose con disimulo hasta mí.

—Livy, cariño... —interviene entonces su madre—. ¿Por qué no nos querías decir que estabas embarazada?

—Pues porque... Porque... ¡Estoy embarazada! —dice sonriendo mientras abre los brazos.

Las dos se la quedan mirando con gesto contrariado, pero Livy no se rinde y sigue forzando la sonrisa. Su padre y yo observamos la escena y, yo no sé él, pero yo tengo miedo incluso de respirar por las consecuencias que me pueda acarrear interrumpirlas. Segundos después, el enfado se torna en llanto y las tres se abrazan y lloran, hablándose en un idioma ininteligible, que ellas sí parecen conocer.

—Enhorabuena —vuelve a susurrarme su padre.

—Gracias —contesto en voz baja—. Estoy cagado de miedo.

—¿Por el bebé?

—También, pero más por esto. No entiendo nada.

—Haces bien. Yo tampoco y lo llevo viviendo años.

—¡Aaron, cielo! —grita su madre, obligándome a ponerme en guardia al instante—. ¡Enhorabuena!

—Gracias... Sí... Gracias.

—Livy nos ha explicado la situación y que no queríais decirnos nada por lo que pasó la vez anterior... Lo comprendemos... Y quiero que sepas que si en algún momento necesitas que cuidemos de los chicos, incluido Chris, solo tienes que llamarnos.

—Gracias —respondo.

—Cariño, Chris se cuida solo. Créeme —interviene su padre.

—Sí, ya...

—De hecho, él es el que está cuidando de Lexy y Max ahora mismo —les informo señalando hacia nuestra casa.

—Hablando de los chicos... Mamá, papá, Bren... Max es el único que no sabe nada aún. Así que os pedimos discreción...

—Y digo yo, Liv... Siendo el único que queda, ¿no será mejor que se lo digamos? Sé que es pronto aún, pero me parece injusto que todos lo sepan menos él...

La miro esperando su respuesta, hasta que asiente con la cabeza.

—Es verdad, tienes razón. Vamos a contárselo...

LIVY

—¿No os quedáis a cenar, abuela?

—No, Lexy. Os dejamos solos porque... Porque tenéis cosas de las que hablar —dice guiñándole un ojo.

Menos mal que hemos decidido contárselo a todos, porque su dotes para el disimulo son realmente nulas. En cuanto salen por la puerta, Aaron y yo nos miramos y, asintiendo con la cabeza, les llamo:

—¡Chicos! ¡Venid un momento, por favor!

Lexy y Chris vienen sin rechistar. Ambos expectantes de saber qué nos ha dicho el médico, pero disimulando lo mejor que pueden ya que no saben que el otro lo sabe. Como Max aún no ha aparecido y aún le oímos en el jardín, jugando con Bono, me acerco a los dos, dejando la barra de la cocina entre nosotros, y les digo:

—Podéis dejar de disimular. Los dos lo sabéis. De hecho, todo el mundo lo sabe. Bueno, todos menos Max.

—¿Qué os han dicho? —pregunta Chris.

—¿Está todo bien? —insiste Lexy—. ¿Habéis oído su corazón?

—¿Es un niño o una niña?

—Eso no se sabe aún, so memo.

—¿Ah, no? ¿De cuánto estás?

—De poco. Dos meses como mucho, así que se supone que nacerá en... ¿Mayo?

Aaron y yo les observamos mientras discuten, moviendo la cabeza de un lado a otro, como si fuéramos espectadores de un partido de tenis. Permanecemos callados hasta que ellos, al darse cuenta de que ninguno de los ha hablado, nos miran de nuevo con expectación.

—¿No decís nada? —nos pregunta Lexy.

—¿Podemos? —interviene Aaron.

Chris y Lexy sonríen agachando la cabeza, avergonzados al darse cuenta de su particular tira y afloja.

—Perdón —dicen los dos a la vez.

—Nos han dicho que está todo bien, que el bebé está sano y en su sitio. Estoy de ocho semanas, sí, así que debería de nacer en mayo... Y no, no sabemos aún si será niño o niña, pero hemos decidido que sea una sorpresa.

—Sí —añade él—. No nos hace falta ninguna información aparte de que el bebé está sano, así que...

—¡No! ¿Y cómo vamos a llamarle? —se queja Lexy.

—Por su nombre... —contesta Chris—. A los bebés, cuando nacen, se les suelen poner nombre, ¿sabes?

—Idiota. Me refiero a ahora... Quiero llamarle de alguna forma mientras esté ahí dentro —dice Lexy señalando mi barriga.

—¿Llamar a qué?

Los cuatro nos damos la vuelta y miramos a Max, que acaba de hacer acto de presencia junto a Bono. Están tan sincronizados que ladean la cabeza a la vez.

—Verás, Max —dice Aaron cogiéndole en brazos y sentándole en uno de los taburetes—, tenemos algo que contarte.

—¿El qué...? —nos pregunta frunciendo el ceño con recelo—. ¿No te vas, no? ¿Aaron...?

—¡No, no, no! No me voy a ninguna parte...

—Es solo que... Bueno... Dentro de unos meses... Vas a tener un hermanito o hermanita —digo yo.

Max me mira fijamente, con la boca abierta, y luego mira a Aaron.

—Aquí dentro —interviene Lexy señalando mi vientre—, hay un bebé.

—Vas a dejar de ser el enano de la familia... —le dice entonces Chris.

Al ver que su reacción no es para nada la que esperábamos, Aaron se acerca a él y, cogiéndole en brazos, se acerca a mí. Pone la palma de su mano en mi vientre y habla de nuevo:

—Verás Max, tenemos que pedirte un favor muy grande. En unos meses vas a tener un trabajo muy importante... Vas a ser hermano mayor... Y te necesitamos para que le cuides y le protejas, para que le enseñes cosas... Es una responsabilidad muy grande, y por eso queríamos preguntarte antes por ello...

—Sí... ¡Sí! —contesta por fin.

Lentamente, acerca la mano hacia mi barriga y en cuanto posa la palma, levanta la cabeza y me mira mientras se le dibuja una enorme sonrisa en la cara. Yo también sonrío, aunque siento cómo mis ojos se humedecen y enseguida tengo que hacer verdaderos esfuerzos para no romper esta perfecta escena con mis lágrimas.

—Hola, bebé —dice Max acercando la boca a mi barriga—. Soy Max, tu nuevo hermano. Bienvenido a nuestra nueva familia, a nuestra nueva casa y a nuestra nueva vida.

CAPÍTULO 26

Cuando decidimos tomarnos las cosas con calma

AARON

—Me voy, papá —me dice Chris con la mochila colgada de un hombro—. ¿A qué hora nos vemos?

—A las cuatro en la puerta del hospital. Sé puntual. Recuerda que le hacen la ecografía a esas horas y os dejan entrar, como un favor especial porque Bren trabaja allí...

—Lo sé, lo sé. Allí estaré. Adiós, enano —dice revolviendo el pelo de Max que lleva rato ya listo y agarrado de mi mano y con la mochila colgada en los hombros.

—Adiós, colega —le contesta.

—¿Llevas dinero para la comida? —le pregunto justo antes de que salga por la puerta.

—¡Sí! —dice levantando el pulgar mientras le pierdo de vista.

—¡Lexy, espabila! ¡Llegaremos tarde! —grito entonces, mirando hacia las escaleras.

—¡Voy! —contesta ella aún desde su habitación.

—Es una tardona —dice Max moviendo la cabeza a un lado y a otro—. Mujeres... Son un rollazo.

—Ya cambiarás de opinión —le sonrío, justo cuando escuchamos los pasos de Lexy bajando los peldaños.

Me giro para agarrar la bolsa del desayuno y dársela, y en cuanto me doy la vuelta de nuevo y la veo, la miro con una ceja levantada.

—¿Tu madre te deja ir así vestida?

—¿Qué pasa? ¿Cómo voy?

—"Pareses" un payaso —interviene Max riendo.

Lexy abre los brazos y me mira desafiante mientras yo le hago un repaso de arriba abajo. Aparte de sus inseparables botas militares de color negro, lleva unas medias de rayas de colores y una minifalda negra. Pero lo que más me llama la atención es la fina camiseta que lleva puesta que, además, deja al descubierto uno de sus hombros.

—¿No llevas nada más debajo? ¿No vas a pasar frío? —le pregunto finalmente, intentando sonar preocupado por el frío y no porque se le vea la tira del sujetador.

—Para eso llevo la chaqueta —contesta con tono exasperado, como si estuviera perdiendo la paciencia, enseñándome la cazadora de cuero colgada de su mochila lateral.

—¿Y por qué no la llevas puesta? —le pregunto imitando su tono.

—Porque ahora mismo no tengo frío.

Resoplo al intuir que se avecina otra de nuestras interminables guerras dialécticas, una como esas que últimamente tengo también casi a diario con su madre. Esta misma mañana, sin ir más lejos, hemos tenido una cuando yo le he vuelto a preguntar que cuándo iba a coger la baja y ella me ha vuelto a contestar lo mismo de siempre: cuando se encuentre mal. A partir de ahí, la cosa ha ido de mal en peor.

—Liv, estás de ocho meses. Da igual que no te encuentres mal. No puedes ir a trabajar —le dije.

—¿Por qué?

—Porque no estás ágil, porque no descansas todo lo necesario, porque a este paso la barriga no va a dejarte alcanzar el teclado del ordenador cuando te sientes detrás de tu escritorio, porque está Jimmy para sustituirte, porque coger la baja es lo que hacen todas las mujeres en su sano juicio...

—¿Estás insinuando que estoy gorda? —me cortó enseguida, quedándose solo con una parte de mi discurso, olvidando el resto de motivos.

—¡No! ¡Estoy insinuando que estás embarazada de ocho meses!

—Vale, y si me quedo en casa, ¿cómo pretendes que mate las horas? ¿Limpiando?

—¿Descansando? ¿Leyendo? ¿Durmiendo? ¿Viendo la televisión? Podrías venir conmigo a nadar al gimnasio...

—¡Sí, claro! No se me ocurre otra cosa mejor que hacer que ponerme un bañador ahora mismo... Estaría para que me saquen fotos, vamos... Olvídalo —me dijo para zanjar la discusión—. Nos vemos luego. A las cuatro en la puerta del hospital. ¿Recoges a Max y Lexy? ¿Se lo recuerdas a Chris?

—Ajá... —resoplé resignado, agachando la cabeza.

—No te enfades... —me pidió acercándose a mí todo lo que su inmensa barriga nos permitía.

—Sí me enfado, porque no me haces ni puñetero caso.

—Escúchame. Estoy bien, perfectamente bien. Y él o ella también —dijo tocándose la barriga y agarrando mi mano para que la posara también—. Y te queremos.

—Y yo.

Y así se acabó la discusión, con su clara y aplastante victoria, como siempre. Aaron cero, Livy... he perdido la cuenta ya.

—Mamá me deja —insiste Lexy, devolviéndome al presente con su contundente y cada vez más recurrente frase. Se está volviendo una experta en jugar con mis ganas de caerle bien y tenerla de buenas, aunque yo tampoco me chupo el dedo.

—Vamos a comprobarlo —digo sacando mi móvil—. Sonríe.

Sin darle tiempo a taparse ni a reaccionar siquiera, le hago una foto y se la envío a Livy.

"¿Está permitido o traspasa los límites del código aceptado de vestimenta?"

Mientras espero la respuesta de su madre, le tiendo la bolsa con el desayuno, que ella coge con desgana.

—Tú antes molabas... —me reprocha—. Desde que tienes a mamá en el bote, te has vuelto como ella...

—Cuando vivas en tu propia casa y yo no tenga que rendir cuentas ante tu madre, te vistes como quieras. De momento, es lo que hay.

En ese momento me llega el mensaje de Livy y en cuanto lo leo, sonrío y le enseño la pantalla a Lexy.

"Ese hombro tapado. No hace falta que todo el colegio sepa que ya usa sujetador"

—¿Lo ves? Sube a ponerte otra cosa.

Sin decir nada, deja caer la mochila al suelo y sube los escalones pisando con fuerza para hacer patente su enfado.

—¿Por qué lleva sujetador si no tiene tetas? —me pregunta Max haciendo una mueca con la boca.

—Escúchame y sigue este sabio consejo que te servirá durante toda tu vida: oír, ver y callar...

Cinco minutos después, Lexy vuelve a bajar con una camisa de cuadros puesta, abierta y con las mangas recogidas a la altura de los codos, pero al menos ya no lleva el hombro al descubierto.

—Esa camisa es de Chris —le dice Max.

—Me la deja —le contesta Lexy mientras yo le echo a Max una mirada de advertencia.

—Lo sé, lo sé... Oír, ver y callar —me repite él en voz baja.

Mientras caminamos hacia el colegio de Lexy, la primera parada de nuestro recorrido, varias amigas suyas se nos van añadiendo por el camino. Ellas van delante, hablando y riendo de forma escandalosa, mientras yo llevo a Max subido en mis hombros.

—Te recojo a las tres —le digo a Lexy cuando llegamos a la puerta de su colegio.

—Vale.

—¿Llevas algo de dinero para la cafetería?

—Se me acabó ayer... —me dice agachando la cabeza.

—Pero si le diste... —empieza a quejarse Max, que se calla en cuanto le doy unos pequeños golpes en la pierna, justo antes de sacar un billete de cinco dólares del bolsillo y dárselo a su hermana.

—¡Gracias! —dice ella dándome un abrazo—. Empiezas a molar de nuevo.

—Ya... Me siento utilizado... ¡Que te dure! —le grito mientras sube las escaleras hacia la puerta principal.

Tan solo diez minutos después, llegamos al colegio de Max. Como cada día, entro con él y le acompaño hasta su clase. Este será el último curso que asista aquí porque el próximo, irá al mismo colegio que Lexy, ya que ha mejorado muchísimo y está haciendo verdaderos esfuerzos por ponerse al nivel de un niño normal de su edad. Quizá le cueste algo al principio, pero estamos seguros de que lo conseguirá.

—Pórtate bien y estudia mucho —le digo agachado frente a él.

—Prometido.

—Te recojo luego, ¿eh?

—¡Sí! ¡Qué ganas!

En ese momento, su profesora se acerca hasta nosotros.

—¡Qué contento estás hoy, Max!

—Es que voy a ver a mi hermanito.

—O hermanita, ¿no? —dice ella agachándose frente a él.

—Aaron y yo preferimos que sea un chico porque las chicas son un poco pesadas... Se visten como payasos y piden dinero cada día... Se piensan que el dinero "crese" de los árboles...

Su profesora y yo tenemos que hacer verdaderos esfuerzos para no soltar una carcajada. Además, me apresuro para aclarar sus palabras, antes de que lleguen a oídos de Livy y me metan en un problema.

—Yo no he dicho en ningún momento que prefiera un chico. Me da igual, mientras venga sano.

—Ya me lo dirás de aquí a unos años... —me dice arrugando la frente, como si tuviera veinte años más de los que tiene.

LIVY

—¡Oh, por favor! Deja de darme patadas... Te lo suplico...

Me recuesto en la silla, echando el respaldo hacia atrás todo lo que puedo, intentando encontrar una postura cómoda. Además, siento como un molesto cosquilleo empieza a recorrerme la parte baja de la espalda, como si se me estuviera pinzando el nervio ciático. Cuando el dolor se hace casi insoportable, me veo obligada a ponerme en pie y caminar un poco por mi despacho para intentar que se me calme. Llevo un buen rato paseando cuando escucho unos suaves golpes en la puerta.

—Adelante —digo intentando poner mi mejor tono de "me encuentro perfectamente y todo va fenomenal".

—Capitana —dice Jimmy nada más entrar, justo antes de cerrar la puerta a su espalda y de levantar la cabeza—, aquí tiene los informes de...

Se queda callado al verme apoyada en mi mesa, en una postura algo forzada. Esbozo una sonrisa que, por su reacción, en lugar de tranquilizarle, debe de haberle aterrado.

—¿Querías algo, Jimmy?

—Esto... Los informes de... ¿Se encuentra usted bien?

—Perfectamente. ¿Qué informes?

—Los que me pidió antes de...

Jimmy chasquea la lengua y, dejando las carpetas encima de mi escritorio, me agarra de ambos brazos y me ayuda a caminar hasta el sofá situado frente a mi mesa, en la pared opuesta.

—Livy, ¿quieres que avise a Aaron?

—¡No! No te preocupes, me encuentro perfectamente.

—Salta a la vista lo maravillosamente bien que estás.

—¿Insinúas que tengo mala cara? ¡¿Qué quieres?! ¡Estoy embarazada de ocho meses!

—Ah no, no, no... No voy a entrar en ese juego —dice alzando las palmas de las manos entre nosotros—. Algo me han contado acerca de lo susceptible que estás y no voy a picar. Livy, con total tranquilidad, si te encuentras mal, dímelo y te acerco a casa.

—No es nada. Cada día es igual, y al rato se me pasa.

—¿Cada día? ¿Te pasa esto cada día? ¿Desde hace cuánto? Y lo más importante, ¿sabe Aaron que te pasa?

—Eh... No pasa nada...

—Vale, sí te pasa cada día y Aaron no lo sabe. Eres consciente de que si se entera de esto y de que lo sé y no se lo he dicho, me matará, ¿verdad?

—Lo que me pasa es totalmente normal... El bebé da patadas y mi espalda empieza a acusar el peso de la barriga... Pero se me pasa siempre. Lo juro. Tengo dos embarazos de experiencia y en los dos ha pasado lo mismo.

—¿Da patadas? —me pregunta dibujando una sonrisa en la cara.

—Todo el santo día...

—Va a ser jugador de Rugby, como tito Jimmy... ¿A que sí, pequeño?

—Mira, ven. Trae la mano.

Algo receloso, me mira con la boca abierta. Cuando se la agarro y la acerco hasta mi barriga, se queda muy quieto, hasta que el bebé da una enorme patada y él se sobresalta y me mira con los ojos como platos.

—¡Madre mía!

—¡Jajaja! Pues así todo el día... Me tiene frita...

—Aaron tiene que estar encantado... La última vez que nos vimos, no paraba de hablar de vosotros y del bebé... Es muy feliz contigo, lo sabes, ¿verdad? —me pregunta mientras yo asiento con la cabeza—. Me alegro mucho por vosotros...

Se queda con la mano en mi barriga y la vista fija en ella durante un buen rato, sumido en sus propios pensamientos. Apoyo la mano en la suya y, ladeando la cabeza, le miro con cariño.

—¿Y tú cómo estás? Me dijo Aaron que estás viéndote con una chica...

—Bueno, es muy pronto para decir nada aún... —dice sonriendo, aunque mordiéndose el labio inferior, avergonzado por tratar el tema conmigo—. Nos gustamos pero... No... No quiero precipitarme ni hacer las cosas... bueno, como siempre las he hecho... O sea, mal.

—Quiero verte feliz, Jimmy.

—Puede que con ella lo sea... y me estoy portando bien —dice mientras yo asiento con la cabeza—. Y tú deberías de hacer lo mismo. ¿Por qué no te coges el resto de la mañana libre? ¿No tienes médico esta tarde? Pues aprovecha y descansa. No hay nada demasiado urgente, nada que no pueda esperar a mañana. Ve con Aaron y pasad un rato a solas. ¿Cuánto hace que no estáis los dos solos? Y no es por nada, pero con cuatro hijos, tardaréis en volver a tener otra oportunidad.

—Da igual... Iba al gimnasio a nadar, así que tampoco podríamos estar juntos...

—Pues ve con él. Nadar te vendrá bien, ¿no? En el agua no te sentirás pesada... Flotarás y eso...

Le miro muy seria, borrando la sonrisa de mi cara de golpe. Él me mira fijamente, asustado sin saber qué ha dicho que me haya podido sentar mal.

—Flotar como una boya, ¿no?

—¡No, no, no! —se excusa alzando las palmas de las manos—. ¡No me refería a eso...!

Al rato, me doy cuenta de que tiene razón en todo y empiezo a ver las cosas desde otra perspectiva. No sentirme tan pesada me vendrá muy bien, además, es cierto que Aaron y yo necesitamos pasar algo de tiempo juntos y a solas.

—No tengo bañador talla vaca... —susurro.

—Gilipolleces. Tienes biquini, ¿no? —me pregunta mientras yo asiento—. Pues ya tienes plan.

AARON

Abro el grifo de la ducha y me coloco justo debajo, aún sin ponerme el gorro de baño, dejando que el agua rebote contra mi cabeza y resbale por todo mi cuerpo. Apoyo las palmas de las manos en las frías baldosas y me relajo cerrando los ojos.

—Buenos días, Teniente Taylor —escucho la voz de Stacey a mi espalda y enseguida siento sus pechos contra mi piel y sus manos rodeando mi cintura.

Con un sutil movimiento, me aparto a un lado y la miro. Luce un bañador muy sexy que, como siempre, deja ver su cuerpo espectacular. Su piel está mojada y lleva el gorro en la mano, así que doy por hecho que ya se iba.

—No coincidimos nunca ya... —dice acercándose a mí.

Sonrío cortés mientras retrocedo hasta que mi espalda choca contra las frías baldosas de la pared. De forma descarada, sin importarle que alguien nos pueda ver, se aprieta contra mi cuerpo.

—Yo ya me iba, pero me puedo quedar si quieres compañía...

La agarro de los hombros y la aparto con firmeza.

—No, gracias —digo mientras la dejo a un lado y empiezo a alejarme hacia los trampolines de la piscina.

—¡Tú te lo pierdes! —oigo que me grita.

Cuando me giro para contestarle, me quedo de piedra. A su espalda, unos metros por detrás de ella, casi al lado de la puerta que lleva a los vestuarios, veo a Livy de pie, observando la escena con los ojos muy abiertos. Lleva un biquini negro y retuerce el gorro de baño entre las manos. Me mira y luego le hace un repaso de arriba abajo a Stacey. Al rato, avergonzada, agacha la cabeza y se toca la barriga. Camino con decisión hasta ella, y cuando estoy a escasos centímetros, le cojo la cara entre las manos y la beso con dulzura.

—¡Hola! ¿Qué haces aquí?

—Intentar pasar algo de tiempo contigo... —contesta mirando por encima de mi hombro, seguramente a Stacey—. Es... ¿Es una amiga tuya?

—Es profesora aquí en el gimnasio.

—Parece muy cariñosa...

—Livy...

—Es muy guapa, y tiene un cuerpazo...

Sin dejarle decir nada más, sello sus labios con los míos, esta vez con mucho más ímpetu que antes, saqueando su boca sin contemplaciones hasta que la oigo jadear. Se agarra de mis muñecas y sé que es el signo inequívoco de que mi beso está surtiendo el efecto que yo quería, hacerla olvidarse del resto del mundo, Stacey incluida.

—Vamos —digo agarrándola de la mano y llevándola hacia las duchas.

Abro el grifo de nuevo y, abrazándola por la espalda, nos colocamos debajo del chorro de agua. Ella se sobresalta un poco por el cambio de temperatura y se aferra con fuerza a mis brazos mientras yo beso su hombro con dulzura. Cuando estamos listos, le doy la vuelta y le ayudo a ponerse el gorro, con cuidado de no tirarle del pelo. La dejo junto a las escaleras y no la pierdo de vista mientras se adentra en el agua. Cuando la veo agarrarse al borde, me pongo el gorro y me lanzo de cabeza. Sin emerger a la superficie, doy la vuelta y buceo hasta ella. Cuando salgo, lo hago justo delante y, sonriendo, la agarro y la beso.

—¿Qué tal? —le pregunto.

—Bien.

La observo mientras mira alrededor, sé que buscando a Stacey, que ha desaparecido como por arte de magia. Cuando vuelve a mirarme, me pilla embobado.

—Qué poca gente... —comenta—. Seguro que en recepción han avisado a los clientes de que dejaran sitio a la ballena...

—No digas gilipolleces... Eres y estás preciosa.

—Aún no sé cómo me he atrevido a meterme dentro del biquini. Ni siquiera sé si me lo he puesto del derecho...

—Espera...

Me hundo y desciendo lentamente, acariciando sus piernas a la vez y cuando estoy a la altura de la braguita del biquini, beso su piel con delicadeza. Veo cómo se remueve y escucho su risa amortiguada.

—Está del derecho —digo al emerger a la superficie.

Se intenta agarrar de mis hombros, pero su barriga nos separa demasiado y no nos deja abrazarnos como Dios manda, así que me sitúo detrás de ella y la abrazo. Impulsándome con los pies, como si nadara de espaldas, la llevo de un lado a otro. Consigo que se relaje lo suficiente para dejarse llevar de un lado a otro, manteniendo los ojos cerrados. Al rato, temiendo que se duerma, acerco mi boca a su oreja y empiezo a susurrarle:

—No me digas que esto no es genial... ¿A que ahora te arrepientes de no haberme hecho caso antes?

—Ajá...

—Tú, yo, Hulk y nadie más...

—No le llames Hulk...

—Se ha ganado el mote a pulso... Con las patadas y puñetazos que pega, si al nacer no es de color verde, creo que incluso me llevaré una desilusión.

—Tonto... —dice, aunque sin mucha convicción, ya que está de lo más relajada y a gusto—. ¿Lexy se cambió de ropa?

—Se puso una camisa de Chris encima.

—¿Y Max llevó sus deberes?

—La hoja con las frases, la de las sumas y el dibujo para colgar en clase.

—¿Y le recordaste a Chris que sea puntual?

—Ajá. Aunque le enviaré un mensaje recordándoselo porque algo me dice que ya ha habido acercamiento con Jill y cuando está con ella, se le va la sangre a la entrepierna.

—Lo tienes todo controladísimo. Estás hecho un padrazo...

—Gracias... Y hablando de entrepierna... —le cojo una mano y la llevo hacia abajo, pero antes de que llegue a su destino, se zafa de mí y, dándose la vuelta, con los ojos muy abiertos, me da un manotazo en el hombro.

—¡Aaron Taylor! Ni se te ocurra —dice dándose la vuelta.

—¿Por qué no? —sonrío con picardía, apretando mi erección contra su trasero.

—Porque estamos en un sitio público —contesta nadando hacia las escaleras.

Afortunadamente, la agilidad no es uno de sus fuertes últimamente y, buceando, consigo interponerme en su camino y emerger justo delante de las escaleras. La miro a los ojos con mucha intensidad y casi puedo sentir cómo su resistencia se va resquebrajando. Se muerde el labio inferior con lascivia y cuando lo suelta, me quedo embobado comprobando cómo vuelve a su color rosado habitual. Ese es el momento que ella aprovecha para pillarme desprevenido, hundirme y subir los tres peldaños de las escaleras para salir del agua. Cuando la voy a seguir, ella me mira a la entrepierna y luego a un grupo de ancianas que acaban de llegar para asistir a su clase de Aqua Gym, y suelta una risa pícara. Reacciono a tiempo y vuelvo a sumergirme en el agua, contrariado, mientras la observo caminar hacia las duchas. Gira el grifo, se quita el gorro y deja que el agua le caiga directamente sobre la cabeza. Se pasa las manos por el pelo mientras me mira fijamente, juraría que provocándome. Cuando la veo darse la vuelta y dirigirse a los vestuarios, miro hacia las ancianas y, a pesar de seguir empalmado, salgo del agua y corro tras ella. Me despego el bañador de la piel para que se note menos el bulto de mi entrepierna, dando gracias a que llevo un bañador de pantalón, y me quito el gorro. Sin siquiera preocuparme de que haya alguna mujer dentro, entro en el vestuario femenino y, cuando la localizo, la agarro de la mano y la arrastro hasta uno de los lavabos. Cierro la puerta con pestillo a nuestra espalda y me pego a ella.

—¿Qué haces? —me susurra.

—Shhhh...

Dibujo un reguero de besos desde su cuello hasta su hombro, deshaciendo el nudo de la parte de arriba de su biquini, con parsimonia. Ella ladea la cabeza, rindiéndose ante mis caricias, mientras me deshago también de la parte de abajo. Me siento en la taza del váter y la atraigo hacia mí. Se sienta en mi regazo y la agarro de la nuca para acercarla a mi boca, mordiendo sus labios y lamiéndolos a la vez.

—Date la vuelta... —le pido.

Su barriga ya no nos permite practicar sexo en según qué posturas, pero hasta ahora nos las hemos ingeniado, y esta vez no va a ser menos. En cuanto se sienta de espaldas a mí, conduzco mi erección hacia su abertura y dejo que sea ella la que se mueva. En cuanto me hundo en ella, los dos soltamos un largo jadeo. Enseguida recuesta la espalda en mi pecho y su pelo mojado hace cosquillas en mi cara. Coloco una mano en su cintura, mientras que la otra la paso por delante de su cuerpo y agarro su cuello. Dejo que ella lleve el ritmo, que busque su propio placer, así que, cuando sus movimientos se vuelven más bruscos y seguidos, cuando su respiración se convierte en un jadeo constante, tapo su boca con una mano para que no haga demasiado ruido. En cuanto me muerde, una descarga de placer recorre todo mi cuerpo y aprieto la mandíbula con fuerza para intentar no correrme antes que ella. Cuando sus manos se agarran con fuerza a las mías y sus uñas arañan mi piel, cuando un orgasmo la hace temblar de pies a cabeza, solo entonces, me dejo ir dentro de ella.

Apoyo la frente mojada en su espalda e intento recobrar el aliento, tomando grandes bocanadas de aire por la boca. Livy, está agotada, así que salgo de ella y la siento de lado en mi regazo, dejándola que se recueste en mí mientras la mezo con delicadeza.

—Ha sido increíble... —susurra aún con los ojos cerrados y una sonrisa en los labios.

—Y tú que te resistías... Oye, ¿tienes que volver a la central? ¿O te has tomado el día libre?

—Soy toda tuya... En el buen sentido, no pienses mal, que aún no sé cómo voy a ser capaz de ponerme en pie y caminar.

—Tampoco ha sido para tanto, exagerada.

—Prueba a hacer esto con una barriga de ocho meses...

—¿Comemos juntos, entonces?

—Vale.

—Espera a que los chicos vean que tú también les vas a recoger hoy... Les hará mucha ilusión.

Nos miramos durante unos minutos, hasta que Livy empieza a ponerse de nuevo el biquini. Cuando se pone en pie, yo me subo el bañador y cuando ambos estamos listos, pongo la mano en el pestillo de la puerta. Antes de abrir, ella me frena.

—¿Y si hay alguien ahí fuera?

—¿Qué?

—¿Qué va a pensar?

—Me da igual. Tú sígueme el rollo y actúa con naturalidad.

En cuanto abro la puerta y vemos que no hay nadie alrededor, la escucho resoplar aliviada.

—Te veo fuera —le digo dándole un beso.

Entonces, cuando empiezo a caminar hacia la puerta, las ancianas del Aqua Gym entran todas en tropel.

—Jovencito, ¿acaso no te has dado cuenta de que este es el vestuario femenino? —me dice una de ellas, interponiéndose en mi camino.

—Lo siento señora. Me despisté. Soy nuevo por aquí.

—El vestuario masculino es el de al lado.

—Sí, gracias. Esa chica tan amable ya me ha estado indicando el camino... —digo mirándola y moviendo las cejas arriba y abajo mientras Livy no puede parar de reír.

Todas nos miran a uno y a otro, hasta que una de ellas, bajita y con pinta de ser de armas tomar, muy parecida a una de "Las chicas de oro", se adelanta y me señala con el dedo.

—¿No te habrás estado aprovechando de esa pobre chica? Conozco a los tíos de tu calaña... No tienes buena pinta...

—Jovencita, ¿se ha propasado con usted? —le pregunta otra de ellas a Liv mientras ella, en vez de negarlo rotundamente, mueve la cabeza y las manos, indecisa. Se lo está pasando en grande a mi costa.

—No tengas miedo a denunciarlo, cariño —dice otra.

—Livy... —le pido con el miedo empezando a asomar en mi expresión.

—No pasa nada —dice finalmente—. Es mi... Es el padre de mis hijos.

Automáticamente se me dibuja una sonrisa de bobo en la cara. Me tiene totalmente hechizado. Tiene el poder de hacer variar mi estado anímico con una simple frase o un gesto y, la verdad, no me importa reconocerlo.

—Oh, qué romántico —dice entonces la "chica de oro".

En pocos segundos he pasado de ser un aprovechado de dudosa reputación al yerno ideal para cualquiera de ellas.

—Señoras... —digo entonces, haciéndoles una teatral reverencia que provoca algún que otro suspiro.

Cuando se echan a un lado y me dejan pasar, salgo por la puerta, escuchando alguno de los comentarios que las ancianas le hacen a Livy.

—Qué bonito que aún estando casados, no perdáis la magia del primer día... —dice una de ellas.

—No dejes escapar a ese hombre por nada en el mundo— comenta otra.

—¿No tendrá un hermano algo mayor que esté igual de bueno, no?

—¿Un hermano, Ethel? ¿En serio? A ti te pegaría más el abuelo del chico...

Me meto en el vestuario para pegarme una ducha, aún sonriendo, sintiéndome el hombre más afortunado del planeta.

LIVY

—¿Qué CD llevas? —le pregunta Lexy a Aaron, acercándose hasta aparecer entre los dos asientos de delante.

—No sé... el que dejó Chris puesto.

Con toda la paciencia del mundo, deja que Lexy toquetee el reproductor de música a su antojo hasta que ella encuentra una canción de su agrado.

—¡Esta me gusta! —dice Max sentado en su silla, levantando los brazos mientras cierra los ojos—. La canta Chris.

Les observo a través del espejo interior del coche. Los dos con los ojos cerrados, moviéndose lo que el cinturón de seguridad les permite, moviendo la boca mientras cantan en voz baja. Al rato, siento la mano de Aaron en mi barriga y cuando le miro, le veo concentrado en el tráfico. Es un acto reflejo que tiene desde que estoy embarazada, cada vez que vamos en coche. Cuando aprieta el pedal del freno, cuando hace alguna maniobra algo más brusca de lo habitual para poder moverse dentro del infernal tráfico de Manhattan, lleva su mano a mi barriga como un acto de protección. Al rato, cuando cree que el "peligro" ha pasado, vuelve a poner la mano en el volante, y así hasta la próxima ocasión.

Sonrío apoyando la cabeza en el reposacabezas de mi asiento, sin dejar de mirarle. Nos paramos en un semáforo y vuelve a posar la mano, que acaricio con mis dedos. Cuando él siente el contacto, se gira para mirarme. Luego agacha la vista hacia nuestras manos entrelazadas y sonríe con cara de culpabilidad.

—No me doy cuenta... Lo siento.

—No me importa. En absoluto —le contesto.

Aaron se acerca hasta mí y me besa con delicadeza mientras yo enmarco su cara con mis manos, acariciándola con las yemas de mis dedos. A lo lejos escucho el sonido amortiguado del claxon de algunos coches pero, simplemente, pasamos de ellos. Al menos hasta que, al rato, escuchamos la voz de Lexy muy cerca.

—Esto... El semáforo lleva un rato en verde y por aquí detrás se están impacientando. A nosotros como que nos da igual, pero es que resulta que tenemos cita en el hospital a las cuatro...

A regañadientes, aunque con una sonrisa de medio lado, Aaron se separa de mí e inicia la marcha de nuevo, sacando la mano por la ventanilla para pedir disculpas al resto de conductores, sin inmutarse por los insultos que recibe.

—Han dicho muchas palabrotas —dice Max que, al ver que Aaron le mira por el espejo, añade—: Palabrotas que yo no voy a repetir... Por supuesto.

Llevamos unos diez minutos esperando a Chris en la puerta del hospital cuando le vemos girar la esquina, corriendo como un desesperado.

—Lo siento, lo siento, lo siento —dice apoyando las palmas de las manos en las rodillas para recuperar el aliento.

En cuanto se incorpora, le miro con las cejas levantadas y una sonrisa burlona en los labios.

—¿Has salido tarde de clase? —le pregunto con maldad.

—Eh... Esto...

—Anda, súbete el cuello de la camisa —le digo mientras él abre los ojos como platos y se lleva una mano al cuello.

—¿Qué tal está Jill? —le pregunta Aaron mientras entramos en el hospital y nos dirigimos a los ascensores para ir a la planta de ginecología.

—Bien —contesta agachando la cabeza con la cara roja como un tomate.

—A ver... —le dice Lexy bajándole el cuello de la camisa mientras se le escapa la risa—. Te ha marcado como a una vaca...

—¿Qué llevas? —pregunta Max sin entender nada de lo que hablamos—. ¿Jill te ha hecho un dibujo?

—¡Sí! ¿Verdad, Chris? —se burla de nuevo Lexy.

—Dejadme... Y vosotros no os riáis tanto —nos dice enfadado, señalándonos a su padre y a mí.

En cuanto nos acercamos al mostrador de recepción de la planta, las enfermeras me reconocen al instante y avisan a Wendy. Tan solo cinco minutos después, viene a buscarnos y nos conduce a una de las consultas.

—Gracias por esto —le digo.

—No hay de qué. De algo tiene que servir tener a una hermana trabajando en el hospital, ¿no? Además, no es para tanto. Es un favor pequeño, y es lógico que sus hermanos quieran conocer al bebé.

Mientras me estiro en la camilla, Aaron se queda de pie, cogiendo a Max en brazos. Lexy se sienta en el taburete de mi lado y Chris se queda de pie al otro.

—¿Y qué, chicos? ¿Tenéis ganas de que nazca?

—Sí —contestan los tres mientras Wendy extiende el líquido por mi barriga y coloca el ecógrafo en ella.

—¿Y ya tenéis elegido un nombre? —pregunta encendiendo la pantalla con el mando a distancia.

—Jody —contesta Lexy.

—Derek —dice Chris.

—¿Derek? ¡Qué horror! —se queja Lexy.

—Es verdad, que Jody es precioso... —le contesta Chris.

—Max 2 —contesta Max.

—¡Que no se puede llamar como tú! —dicen Chris y Lexy a la vez—. Te lo hemos repetido varias veces, Max...

—No es igual que yo... Hay un 2 detrás...

—Como ves, lo tenemos muy claro todo... —interviene entonces Aaron mientras Wendy no puede dejar de reír.

—Tampoco nos facilitáis mucho el trabajo que digamos... —se queja entonces Chris—. No queréis saber el sexo del bebé y no podemos centrarnos en la tarea de búsqueda...

—Es tan fácil como pensar en un nombre de chico y otro de chica —intervengo yo—. A este paso, si no os ponéis de acuerdo, los decidiremos nosotros y se acabará el problema.

No entrabas en mis planes

En ese momento, la pantalla de la televisión se ilumina y, mientras Wendy mueve el ecógrafo por mi barriga, la imagen de nuestro enorme y rechoncho bebé aparece en ella.

—Ahí tenéis a Jody Derek Max II —dice Wendy sonriendo.

Se hace el silencio en la sala, mientras todos clavamos los ojos en la imagen. Es como hipnótico, no puedo dejar de mirarle...

—Es una pasada... —dice Chris agarrando mi mano sin dejar de mirar a la pantalla.

Lexy se acerca al televisor y, con la boca abierta y ladeando la cabeza, observa de cerca la imagen. Cuando se da la vuelta y nos mira, tiene los ojos bañados en lágrimas, aunque no puede dejar de sonreír. Corre hacia mí y me abraza emocionada.

En ese momento, llaman a la puerta y la cabeza de mi hermana aparece por ella.

—¡Hola! —la saludo—. Pasa.

—Hola —contesta ella saludándonos a todos, pero centrando toda su atención en la televisión colgada en la pared—. Oh, Dios mío... ¡Pero qué preciosidad!

Nos miramos con los ojos llorosos, hasta que ella se abraza a mí. Sus intentos por quedarse embarazada están resultando infructuosos y, en el fondo, que yo sea tan fértil me sabe bastante mal por ella. A pesar de eso, lejos de molestarse, mi hermana es la mejor tía del mundo y no ha parado de comprar cositas para el bebé.

—Gracias, Bren.

—¿Y tú que me dices, Max? —le pregunta Aaron al ver que se ha quedado mudo, algo bastante raro en él.

—Pues... Que de momento, sigo siendo vuestro hijo más guapo.

Wendy me limpia el líquido y cuando me incorporo en la camilla, les pide a los chicos que nos esperen fuera para que podamos hablar con tranquilidad.

—¿Cómo te encuentras? —me pregunta cuando estamos a solas.

—Bien.

—¿Duermes bien?

—Sí.

—¿Te sientes ágil y activa?

—Mucho.

Wendy mira a Aaron, que está siendo testigo de nuestra conversación con los brazos cruzados y las cejas levantadas. A pesar de eso, no abre la boca.

—¿Aaron...? ¿Tienes algo que decir? —le pregunta, oliéndose por su cara que no está del todo de acuerdo.

—Nada que no haya dicho ya, y sé que no sirve de nada, así que mejor me callo.

—Livy... ¿te tomas las cosas con calma?

—Sí.

En ese momento, la paciencia de Aaron se agota. Levanta las palmas de las manos y las deja caer de golpe, mostrando toda su disconformidad con mis palabras.

—Me voy fuera con los chicos.

En cuanto sale por la puerta, agacho la cabeza y me miro las manos mientras las restriego la una contra la otra.

—Me parece que Aaron no está muy de acuerdo con lo que dices... —dice mi hermana.

—Él quiere que coja la baja.

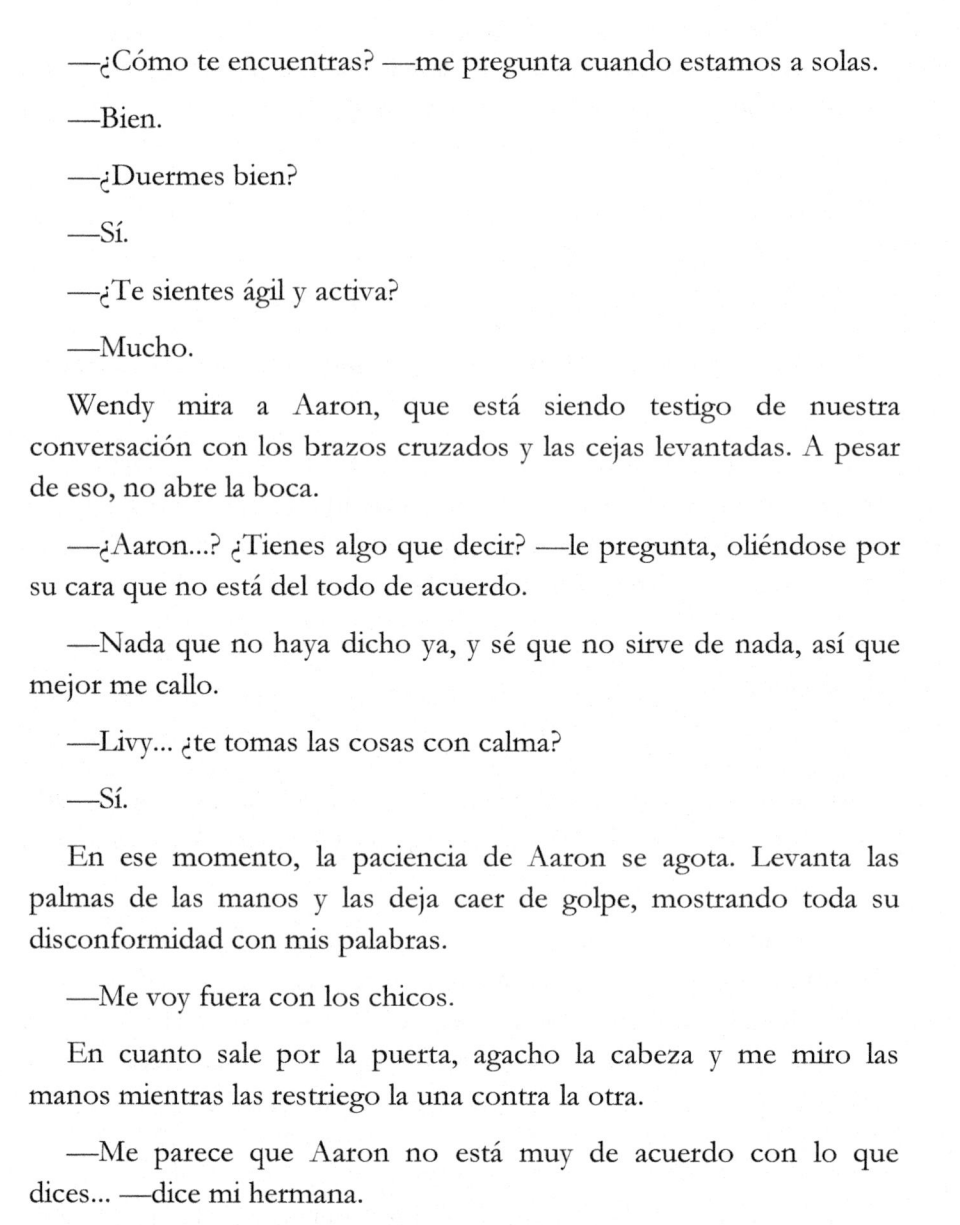

—Y yo no puedo estar más de acuerdo con él —asegura Wendy.

—Pero es que me encuentro perfectamente. Sí, me da muchas patadas, mi espalda empieza a acusar el sobrepeso, quizá no duermo todo lo bien que querría... Pero es solo eso...

—Livy, te queda un mes, como mucho, y te puedo asegurar que cuando pase, con cuatro chicos en casa, dormirás y descansarás bien poco. ¿Por qué no aprovechas para hacerlo ahora? Es cierto que, como médico, no veo ningún indicio para darte la baja porque todo está perfecto y, al fin y al cabo, tú eres la única dueña de tu cuerpo, pero sí te lo puedo recomendar.

—Cariño —interviene mi hermana—, aprovecha para dedicarte tiempo a ti misma, para dedicárselo a Aaron... A los dos...

AARON

Hace un rato que hemos cenado y, como hace muy buena noche, mientras Livy se da un relajante baño, yo juego con Max y Bono a fútbol en el jardín. Chris y Lexy también están fuera, sentados en el pequeño porche de madera, ambos con su Ipod y con la guitarra, apuntando cosas en una libreta. De vez en cuando, él toca algunas notas y canta algunas estrofas, animándola a ella a seguirle.

—Va, tonta...

—No... No se me da tan bien como a ti... —Oigo que le dice.

—¡Sí, mejor que nadie la oiga porque "hase" buena noche y no queremos que llueva! —grita entonces Max.

—¡Tú te callas, enano!

—Max... No chinches, que luego eres el primero que se queja cuando alguien se mete contigo —le digo colgándole de mi hombro, como si fuera un saco de patatas, provocando sus carcajadas.

Cuando le dejo en el suelo, me arrodillo frente a él y le revuelvo el pelo.

—Hasta que el bebé sea más grande, ¿verdad que seguirás saliendo a jugar conmigo?

—Claro... Pero, ¿por qué hasta que sea grande? No te entiendo...

—Que luego jugarás más con él y menos conmigo... Es normal... porque él será el nuevo...

—¿Quién te ha dicho eso?

—Christie Henderson "dise" que desde que "nasió" su hermanita, sus papás ya no juegan con ella porque su hermanita es la novedad.

—Yo no voy a dejar de jugar contigo. ¿Dejarás tú de jugar conmigo cuando me haga viejo?

—¿Te vas a "haser" viejo?

—Pues claro, colega.

—Y cuando vayas en silla de ruedas, ¿me dejarás subirme?

—Espero no llegar a eso, pero si la necesito, sí, te dejaré subirte.

—Trato hecho —dice dándome la mano.

Me abraza mientras yo le repito que nunca voy a dejar de estar por él, justo cuando al darme la vuelta, veo a Livy salir al jardín. Lleva un pantalón de chándal y una sudadera enorme, y se peina el pelo detrás de las orejas. Max, cuando la ve, corre hacia ella y, con sumo cuidado, la abraza mientras le dice:

—Mamá, Aaron me va a dejar jugar con su silla de ruedas.

—Ah... qué bien... —le responde ella mientras me mira y yo me encojo de hombros—. Ahora ya para de jugar al fútbol, que ya es tarde.

—Pero no me quiero ir a dormir aún...

—Vale, no te estoy diciendo que te acuestes, pero quédate tranquilo. Siéntate ahí con tus hermanos.

La obedece, contento por no tener que irse a la cama aún y entonces Livy empieza a caminar hacia mí.

—¿Cuándo pensabas contarme lo de tu silla de ruedas? —me dice con una sonrisa, pasando sus brazos alrededor de mi cintura.

—No encontraba el momento —le sigo la broma, encogiéndome de hombros mientras esbozo una mueca de circunstancias—. ¿Qué tal te ha sentado el baño?

—Fenomenal —me contesta.

—Vale... Oye... voy a sacar a pasear a Bono... —digo alejándome de ella, evitando mirarla a la cara.

—Aaron... ¿Estás bien?

—Sí —digo mirando a Bono y golpeándome la pierna con la mano para indicarle que venga.

—Dime la verdad.

—Que estoy bien... —insisto mientras me sigo alejando.

—¡Aaron, para!

Me detengo de golpe, al igual que los chicos, que nos observan sin saber qué pasa. Lentamente, me doy la vuelta y cuando la miro, veo que sostiene un papel en las manos. Camina hacia mí, hasta quedarse a escasos centímetros.

—¿Qué es esto? —le pregunto.

—Mi baja.

Arrugo la frente y agarro el papel para leerlo detenidamente. Luego la miro y, algo asustado, le pregunto:

—¿No te encuentras bien? ¿Te pasa algo?

—No, no, no... Tranquilo. Estoy bien. Solo que... he decidido hacerte caso.

—¿En serio? —le pregunto muy ilusionado, acariciando su cara y mirándola embelesado mientras ella asiente con la cabeza.

—Mañana iré a organizar un poco las cosas y a traspasarle los temas a Jimmy y enviaré la baja por correo electrónico a los de arriba. Y a partir de entonces, me centraré en mí, en ti, en esta personita de aquí dentro, y en ellos...

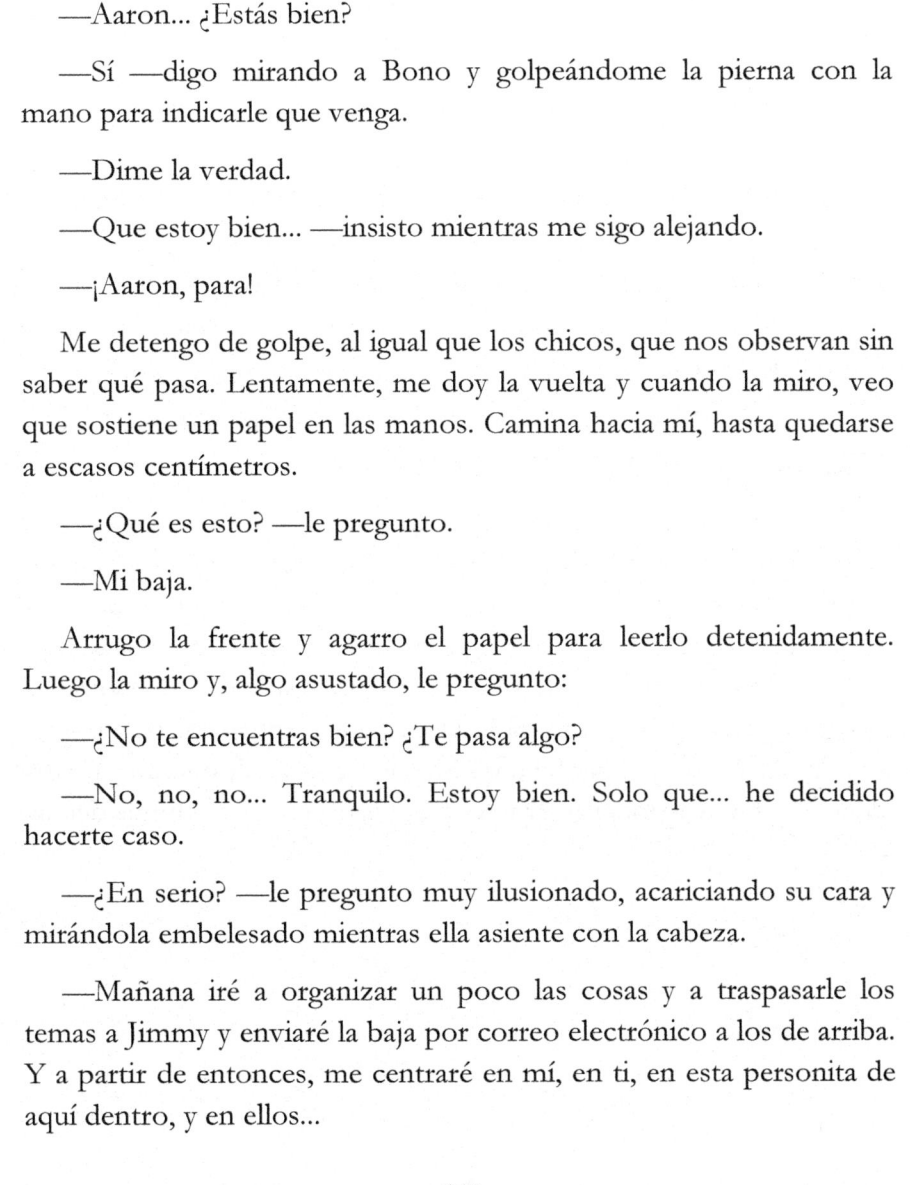

Ambos les miramos y les encontramos sonriéndonos. Max levanta el pulgar mientras se apoya en la espalda de Chris.

—No puedo creer que me vayas a hacer caso...

—Bueno, reconozco que lo bien que me has cuidado esta mañana en la piscina, ha decantado mucho la balanza a tu favor...

—Podemos repetir cuando quieras —digo mientras la abrazo.

Ella se agarra de mi camiseta y apoya la frente en mi pecho. En ese momento, empezamos a escuchar la guitarra de Chris. Suena genial, pero es aún mejor cuando él empieza a cantar. Lexy le acompaña chasqueando los dedos y picando con la palma de la mano en su rodilla, gesto que Max empieza a imitar. Los dos les miramos y Chris, sin dejar de cantar, asiente con la cabeza mientras nos sonríe. En algunos trozos de la canción, Lexy canta con él, aunque con algo más de timidez, y Max se pone en pie y hace que baila, moviéndose de un lado a otro.

—¿Quieres bailar conmigo? —le pido a Livy, mirándola a los ojos fijamente.

Cuando ella me sonríe emocionada, estiro el brazo y, cuando me agarra la mano, muevo a Livy con delicadeza, bailando con ella como si estuviéramos en mitad de una pista de baile y no en el pequeño jardín trasero de casa. La observo durante un buen rato, repasando con mis dedos los rasgos de su cara: sus cejas, su nariz, sus pómulos, sus labios... Al rato, agarrándola por la nuca, apoyo mi frente en la suya y cierro los ojos también disfrutando con la idea de que a partir de mañana, voy a poder disfrutar de ella las veinticuatro horas del día.

CAPÍTULO 27

Cuando el día más triste se convirtió en el más feliz

LIVY

—Esto... ¿Quedamos a eso de las once en la piscina? —me susurra pegado a mi espalda, con su aliento haciéndome cosquillas en la oreja.

—No sé a qué hora acabaré... —digo sonriendo mientras me retuerzo entre sus brazos—. Tengo que reunirme con Jimmy y dejárselo todo bien ligado...

—Es un chico listo... Aprendió del mejor —insiste.

—Lo sé, pero la única forma de que yo coja la baja sin ningún cargo de conciencia es sabiendo que no dejo ningún cabo suelto y todos los casos cerrados.

—¿Es una decisión irrevocable, Capitana Morgan?

Justo cuando voy a contestar, siento las manos de Aaron metiéndose por debajo de mi nada entallada y enorme camisa premamá. Amasa mis pechos con delicadeza, hasta que mis pezones se endurecen, provocando que el simple roce de la tela del sujetador suponga una dulce tortura. Afortunadamente, recobro el juicio a tiempo e intento apartarle las manos.

—Aaron, los niños están a punto de bajar...

—Dime que vendrás a la piscina conmigo y paro ahora mismo...

Me da la vuelta para dejarme de frente a él y, agarrándome por la cintura, me sienta en el mármol de la cocina. Se coloca en el hueco que queda entre mis piernas y se inclina hacia mí todo lo que mi barriga le permite, besándome lentamente. Mi resistencia empieza a resquebrajarse. Cierro los ojos y echo la cabeza hacia atrás, al tiempo que Aaron pasea sus labios por mi cuello.

—Oh, por favor... Parad ya... —nos interrumpe entonces Lexy—. ¿No veis que hay menores mirando?

En ese momento giramos la cabeza y vemos a Max sentado en uno de los taburetes. Apoya los codos en la barra, la cabeza en las manos, y nos mira sonriendo.

—Buenos días —nos dice enseñándonos las dos filas de dientes.

—Buenos días, mi vida —contesto apartando a Aaron y acercándome a mi hijo para darle un beso en la cabeza —. ¿Leche con cereales? ¿Con galletas?

—¡Tortitas!

—No nos da tiempo a hacerlas...

—¡Pues gofres!

—Menos... Vamos justos, Max. Eso, mejor los fines de semana.

—Claro, si os besarais menos y cocinarais más, seguro que os daba tiempo.

Lexy intenta retener la carcajada mientras Aaron y yo le miramos con la boca abierta. Por suerte para él, Chris aparece como un vendaval y capta nuestra atención. Abre la nevera y, después de mover el envase de leche y ver que queda poco, se la bebe a morro. Saca un par de magdalenas del armario y se acerca a su padre.

—Papá... Esta noche —dice aún sin haber tragado, haciendo un verdadero esfuerzo para no atragantarse, incluso golpeándose el pecho con el puño—. Puedo... quedarme...

—Chris, traga. No te entiendo.

—Es que... llego tarde...

—Pues haberte levantado antes. Siéntate y cuéntame —dice agarrándole de los hombros y obligándole a ello.

Chris está un rato masticando de forma forzosa, tragando con dificultad, hasta que por fin puede volver a hablar:

—Que si esta noche puedo quedarme en casa de Jill a dormir.

—¿En casa de Jill? ¿Pero y...?

—No están —le contesta adivinando cuál será su pregunta.

—¿Vais a hacer una fiesta de pijamas? —le pregunta Max de forma inocente—. ¿Puedo ir?

—Más bien será una fiesta sin pijamas, enano... —interviene Lexy—. Y no, no creo que estén dispuestos a invitarte.

—Pero entonces... No sé... Es que... —balbucea Aaron—. ¿Sus padres lo saben?

Sonrío ante la inocencia de Aaron, que no debe de acordarse de su época adolescente, porque entonces sabría perfectamente la respuesta. O sí se acuerda de lo que él hacía, pero ahora que se trata de su hijo, la cosa cambia sustancialmente.

—No... No exactamente... Pero supongo que preferirían que no se quedara sola en casa...

—¿Y si no quieren que se quede sola en casa, por qué no se la llevan con ellos? —vuelve a intervenir Max.

—Max, no me estás ayudando nada, colega —le dice Chris, mirándole contrariado—. Se supone que estoy intentando convencer a papá de que me deje quedarme en casa de Jill.

—Haber "empesado" por ahí. Aaron, "porfi" déjale. Se va a portar bien y no molestará ni romperá nada. ¿A que no?

Chris sonríe y niega con la cabeza, encogiéndose de hombros mientras mira a su padre esperando una respuesta.

—Ya lo has escuchado, seré bueno —insiste moviendo las cejas arriba y abajo.

—No hagas que me arrepienta.

—Seguro. Tranquilo. ¡Genial! ¡Gracias! —le dice dándole un abrazo.

—Con cabeza, ¿vale? Responsabilidad ante todo, ¿de acuerdo?

—Sí.

—¿Eso quiere decir que Jill y tú...?

—Ajá... —contesta él con orgullo mientras camina hacia la puerta.

—¿Por qué no acabáis ninguna frase? Después "disís" que yo hablo mal, pero vosotros peor. No se os entiende nada de nada.

Mientras ellos tres desayunan, yo me voy a acabar de arreglar al dormitorio. Después de peinarme y pintarme, me miro al espejo y me toco la barriga, como hago de forma inconsciente cerca de cien veces al día.

—¿Jill y Chris son novios? —escucho que Max le pregunta a Aaron, cuando entro de nuevo en la cocina.

—Sí, eso parece.

—¿Y también se dan besos con lengua como tú y mamá?

—Sí.

—Entonces hoy lo que quieren es dormir juntos como "haséis" mamá y tú —dice con la vista fija en un punto indeterminado, como si estuviera hablando para él mismo—. ¡A lo mejor es que quieren tener también un bebé como vosotros!

—¡Ni hablar! ¡Eso sí que no! —responde Aaron enseguida.

—¿Por qué no?

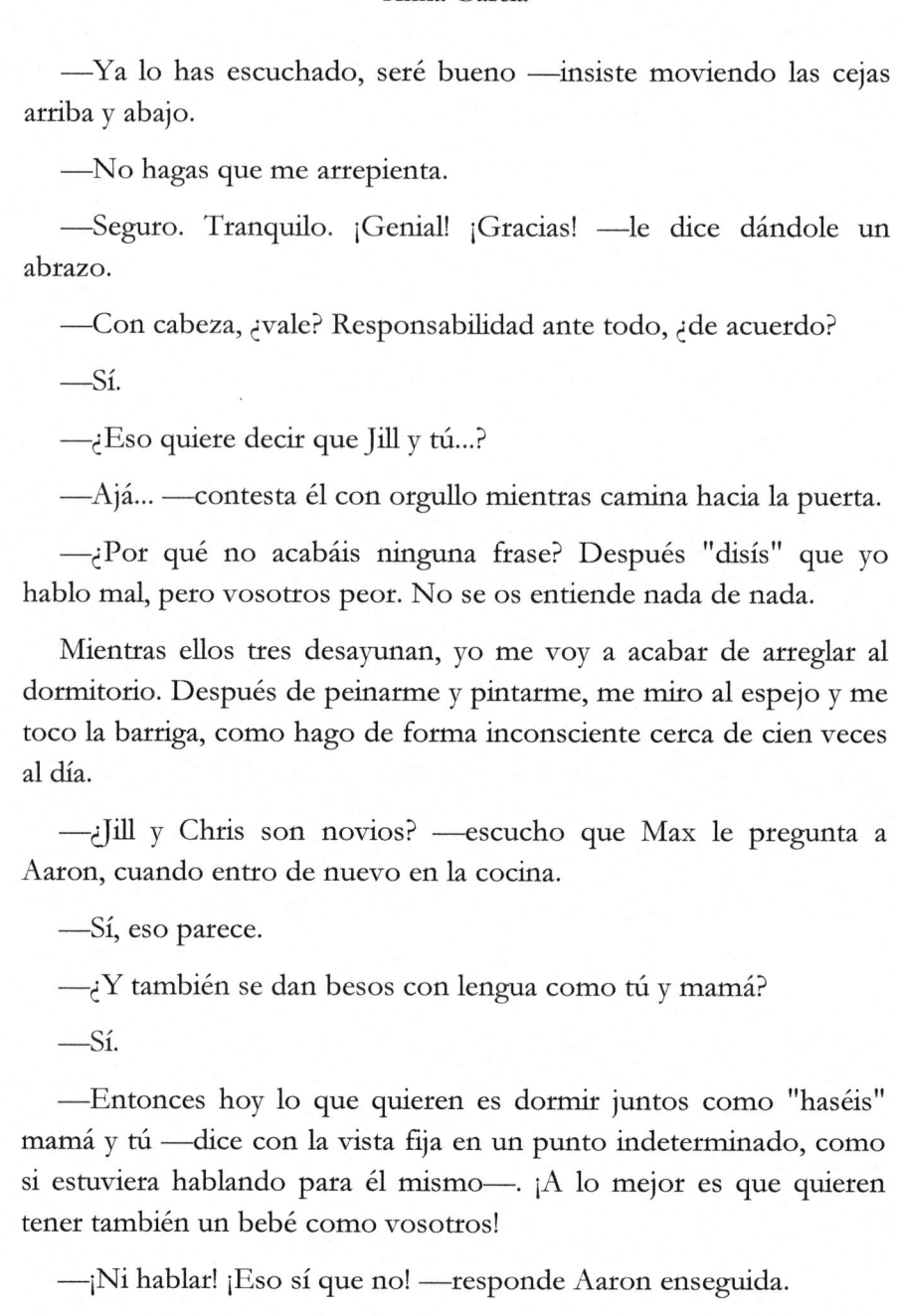

—Porque son muy jóvenes aún —intervengo yo cogiendo una manzana del frutero y metiéndola en mi bolso.

—¿A qué edad se puede empezar a tener bebés?

—Muy tarde —le respondo besando su cabeza para disponerme a irme.

—¿Por qué? —insiste él.

—Pues porque es un rollo —dice entonces Lexy, intentando explicárselo en un lenguaje que él pueda entender—. Ya no puedes salir por ahí a divertirte, ni estudiar, ni hacer nada. Es un error.

—Aaron, ¿Chris fue un error?

—No. Para nada —contesta Aaron sorprendido—. Que su madre se quedara embarazada sí fue un error, pero solo porque yo era muy joven y un irresponsable y no supe hacerme cargo de la situación. La culpa no es nunca del bebé, porque ellos no piden nacer. El problema somos nosotros, que cometemos errores que, a veces, no se pueden solventar.

—Por suerte —añado yo acercándome a Aaron y cogiendo su cara para darle un beso—, no fue el caso y todo ha acabado como debe. Nos vemos luego, ¿vale?

—Vale... Te echaré de menos hoy en la piscina.

—Me parece perfecto, mientras no intentes suplir mi ausencia con alguna otra...

—No tienes que preocuparte por el club del Aqua Gym...

—Sí, esas son precisamente las que me preocupan... —respondo mirándole con una ceja levantada y arrugando la boca.

Me alejo sin dejar de mirarle, lanzándole un beso a la vez que él me guiña un ojo.

—¡Te quiero! —me grita cuando estoy saliendo por la puerta.

AARON

Después de dejar a los chicos en el colegio, cojo el coche y me dirijo al gimnasio. Hoy estoy muy animado, así que subo el volumen de la música y canturreo alguna canción, sin preocuparme lo más mínimo por los atascos matinales.

En cuanto aparco el coche, me cuelgo la bolsa al hombro y entro en el recinto. Me acerco hasta la máquina de bebidas y compro una botella de agua. Camino hacia los vestuarios, justo cuando Stacey se me planta al lado.

—¿Qué tal? —me pregunta—. Veo que vuelves a tus hábitos normales...

La miro de reojo mientras doy un trago de la botella, encogiéndome de hombros.

—No te entiendo.

—¿Vas a venir cada día como hacías antes?

—Puede. No sé...

—¿A la misma hora de siempre?

—Stacey... No sé qué pretendes, pero no me interesa...

—¿Por la chica de ayer? ¿Desde cuando eso te ha importado? —me pregunta y, al ver que la miro arrugando la frente, parece caer en la cuenta—. Ah, que ese bebé es tuyo... ¿En serio? ¿Te has casado o algo por el estilo? ¿Has sentado la cabeza?

—Sí, es mío.

—¡Vaya...! ¡Cómo han cambiado las cosas! Esa mujer te ha pillado bien, ¿eh? —me dice con una sonrisa en los labios.

—Ya te digo...

—Y pareces feliz y todo... —bromea—. Pues nada... Enhorabuena entonces.

—Gracias.

—¿Para cuándo esperáis el feliz acontecimiento?

—Para dentro de cuatro semanas, más o menos —contesto con una enorme sonrisa.

—¿Niño o niña?

—No lo sabemos, y nos da igual.

—Bueno... Pues nada... Si algún día te arrepientes o decides tomarte un respiro... Ya sabes dónde encontrarme... —me dice mientras me mira de arriba abajo, asintiendo con la cabeza—. Chica con suerte...

Cuando nos separamos, entro en el vestuario masculino y, justo al dejar la bolsa en uno de los bancos, escucho sonar mi móvil. Algo dentro de mí se ilusiona al pensar que puede ser Livy, avisándome de que ya ha salido de la comisaría y que viene para aquí para repetir lo de ayer. Lo saco del bolsillo y levanto las cejas sorprendido al ver que es Jimmy.

—¿Qué pasa, colega? —le saludo nada más descolgar.

—Aaron. Eh... Hola...

—Hola. Dime —contesto extrañado ya que algo en su tono de voz no me gusta nada.

—Verás... Es que... deberías... Deberías venir a la comisaría...

—Jimmy, ¿va todo bien? ¿Livy está bien? ¡¿Se ha puesto de parto?!

La actitud de Jimmy me dice que algo no va del todo bien, así que, sin esperar a sus explicaciones, me cuelgo la bolsa de deporte en el hombro y salgo del vestuario.

—Hay... alguien aquí que te está buscando...

—Jimmy, no entiendo nada... ¿Estáis bien? ¿Dónde está Livy?

—Está aquí.

—¿Está bien? ¿Pasa algo con el bebé?

En cuanto llego al coche, lanzo la bolsa en el asiento del copiloto y enseguida me siento frente al volante. Arranco el motor y, sin despegarme el teléfono de la oreja, doy un volantazo para adentrarme en el tráfico.

—Está bien...

—Jimmy, sé que algo va mal... Responde sí o no... ¿Nos oye alguien más?

—No...

—¿Alguien os retiene?

—Sí...

—¿Os retiene el tipo que dices que me está buscando?

—Sí.

—¿Qué quiere de mí? ¿Por qué yo?

En ese momento, oigo un ruido y Jimmy se queja, seguramente al haber recibido un golpe. Escucho una voz de fondo, alguien que le grita, pero no atino a entender qué le dice.

—Ven, Aaron —me pide Jimmy justo antes de que se corte la comunicación.

—¿Jimmy? ¡Jimmy!

Chasqueo la lengua y lanzo el teléfono en la guantera. El tráfico incesante me frena y yo no puedo hacer otra cosa que tocar el claxon. Ojalá tuviera una de esas sirenas portátiles que se acoplan al techo del coche, porque no dudaría en ponerla. Golpeo el volante, nervioso, y doy varios bocinazos. Al ver que la cosa no mejora, y exponiéndome a liarla muy grande, giro el volante y me subo en la acera. Muchos peatones de apartan a un lado y me insultan. Tienen toda la razón del mundo, pero tengo que llegar hasta Livy cuanto antes. Circulo por ella durante unos metros, lo justo como para esquivar el tráfico de Park Avenue, infernal a estas horas. Cuando me bajo, serpenteo por las calles, incumpliendo todas las normas de circulación, sin detenerme ante ningún semáforo en rojo y sin ceder el paso a ningún peatón.

Respiro por la boca de forma atropellada mientras el pecho me sube y me baja sin descanso. Siento los latidos de mi corazón retumbar en mis oídos y tengo el estómago revuelto, como si fuera a vomitar, pero aún así, no me detengo.

Conforme me voy acercando a la comisaría, empiezo a escuchar el sonido de varias sirenas. Tengo que pasar varios controles de seguridad puestos por la policía, hasta que aparco el coche y corro hacia los agentes apostados a pocos metros de la puerta. Conozco a varios de ellos, aunque es Finn el que se acerca a toda prisa hasta mí.

—¡Aaron!

—¡Finn! ¡¿Qué cojones está pasando?!

—¿Te acuerdas del loco de la Central Station?

—¿El loco de...? No... No... —pero entonces recuerdo la pistola apuntándome y cómo cerré los ojos mientras escuchaba la voz de Livy a través del pinganillo de mi oreja—. ¿El de la bomba?

—El mismo... Ha entrado en la central y se ha atrincherado dentro. Tiene a varios agentes retenidos y solo los soltará si te tiene a ti a cambio.

—Aparte de Jimmy y Livy, ¿cuántos agentes más hay?

—Trece, además de seis civiles, uno de ellos en el calabozo.

—Vale, voy a entrar. ¿Tenéis comunicación con él?

—Sí, toma el teléfono... —me responde tendiéndomelo—. Llama al número de la centralita de la comisaría...

En cuanto lo cojo, llamo y espero unos interminables segundos hasta que oigo cómo descuelgan al otro lado.

—Soy el Teniente Taylor. Estoy aquí. Suelta a todo el mundo.

Después de unos interminables segundos, escucho la voz del tipo. Entonces, como si el recuerdo hubiera estado almacenado en un lugar remoto de mi cerebro, al escucharle, empiezo a recordar con claridad lo sucedido aquel día.

—Quítate la chaqueta y acércate lentamente con las manos en alto.

Le hago caso sin dudarlo ni un segundo, caminando con paso firme hacia las escaleras de la comisaría. Cuando he subido todos los peldaños, justo frente a la puerta, escucho su voz al otro lado de la misma.

—¡Quieto! Date la vuelta —En cuanto lo hago, me da una nueva orden—: Levántate la camiseta.

Mientras lo hago, me doy cuenta de que sabe bien lo que se hace, ya que está comprobando que yo no vaya armado, aunque seguro que él me está apuntando a la cabeza desde el otro lado.

—Ahora levántate el pantalón y enséñame los tobillos.

Luego, sin que él me lo pida, me vuelvo a dar la vuelta y, a sabiendas de que me está observando, miro a la puerta, desafiante y con mucha seguridad.

—Entra —se oye al abrirse.

—Suelta a todo el mundo. Me querías a mí y aquí me tienes.

—He dicho que entres.

—Y yo te he dicho que dejes ir a todo el mundo.

En ese momento, se oye un disparo, seguido de algunos gritos procedentes del interior.

—¡Está bien! ¡Está bien! —digo levantando las palmas de las manos mientras traspaso la puerta.

En cuanto lo hago, el cañón de una pistola se posa en mi sien. Miro de reojo y entonces le veo, apretando los dientes y mirándome fijamente, con rabia. A pesar del arma que me apunta, muevo ligeramente la cabeza, intentando buscar a Livy, pero desde esta posición no tengo muy buena panorámica. Entonces siento unas esposas cerrándose alrededor de una de las muñecas.

—Pon las manos a la espalda.

Cuando lo hago, me las esposa y, sin dejar de apuntarme, me da un empujón. No me resisto porque conforme avanzo, consigo tener mejor visión de la sala y, por fin, veo a Livy sentada en una silla. Nos miramos fijamente, ella con el miedo reflejado en los ojos, yo intentando tranquilizarla e infundirle todo el valor que puedo. Jimmy está muy cerca de ella y, con un casi imperceptible movimiento de cabeza, sé que está haciendo todo lo posible por protegerla.

En ese momento, siento un fuerte golpe en la parte de atrás de la cabeza. Caigo al suelo sin remedio, de boca, al no poder protegerme con las manos. Cuando me incorporo de nuevo, escupo algo de sangre de la boca y me sitúo de cara al pirado sin perder ni una pizca de determinación.

—Suelta a todo el mundo —repito.

Lo único que obtengo por respuesta es otro golpe, esta vez en la boca del estómago, que me obliga a arrodillarme. Lejos de amedrentarme, vuelvo a ponerme en pie e, intentando recuperar el ritmo normal de respiración, le vuelvo a mirar desafiante.

—¿Por qué haces esto? No... No te entiendo. ¿Por qué te arriesgas a meterte aquí dentro, rodeado de agentes de policía y del SWAT?

—Para matarte.

—¿Para matarme? ¿Todo esto porque desbaraté tus planes hace unos meses? —pregunto y, aunque el tipo no me contesta, sé que es la respuesta correcta—. Pues entonces, si yo soy tu único objetivo, deja ir al resto. No les necesitas para nada... Me querías a mí, y aquí me tienes... Esta pobre gente no tiene nada que ver con esto... Ellos no te hicieron nada aquella vez...

—Eso es cierto... Fuiste solo tú...

—Por eso... Déjales ir...

Está confuso. Le veo mover la cabeza de un lado a otro mientras sus ojos se mueven nerviosos por toda la sala. Así pues, decido aprovechar la situación e insistir.

—Vamos. Hazlo. Es mucha gente a la que controlar... ¿Acaso puedes estar pendiente de todos? Hay seis civiles, pero el resto son agentes de policía, y cualquiera de ellos podría abatirte en un abrir y cerrar de ojos... En cambio, a mí me tienes aquí atado y a tu merced.

Le veo moverse nervioso, cambiando el peso del cuerpo de una pierna a otra. No estoy seguro de que esta técnica tan directa esté dando el resultado que quiero. Es un tipo muy inestable y parece moverse por impulsos, sin llegar a pensar muy bien en sus actos, así como en las consecuencias de los mismos.

—¡No me des órdenes! —grita descargando su rabia contra mí, sacando un cuchillo e intentando clavármelo en el pecho.

Por suerte, consigo esquivar la acometida y, aunque la cuchilla se hunde en mi cuerpo, lo hace varios centímetros más arriba de dónde el pirado pretendía.

—¡No! ¡Aaron! —oigo gritar a Livy.

Al instante me tambaleo hacia atrás y caigo de espaldas. Con los ojos casi a punto de salirse de mis órbitas, miro la empuñadura del cuchillo, lo único que sobresale de mi hombro. Mi respiración se entrecorta, la sangre se concentra en mis oídos y aprieto la mandíbula con fuerza. Muevo la cabeza con dificultad para intentar mirar a Livy, para saber que está bien y que vea que, dentro de lo que cabe, yo podría estar peor. Me tranquilizo cuando veo que Jimmy la agarra para que no se mueva del sitio, decisión acertada teniendo en cuenta la inestabilidad emocional del tipo al que nos enfrentamos.

—¡Háblame, cariño! ¡Háblame! ¡Dime que estás bien! —me pide repetidamente.

—Tranquila —digo apretando los dientes con fuerza—. No pasa nada...

—Vaya, vaya... Me parece que he pasado un pequeño detalle por alto... Ven aquí —le pide a Livy.

—¡No! ¡No! ¡Déjala! ¡Ella no tiene nada que ver en esto!

—¡He dicho que vengas! —grita de nuevo, sin escucharme.

Livy, sin poder dejar de llorar y agarrándose la barriga con una mano mientras levanta la otra como si se protegiera, se acerca a él. Cuando la tiene a su alcance, la agarra por el cuello desde la espalda y, encañonándola, le pregunta:

—¿Por qué le llamas cariño? ¿Es que acaso estáis casados? ¿Es tu marido? ¿Es el que te ha hecho este bombo? ¡Contesta!

Livy encoge los hombros y, soltando un quejido, empieza a asentir de forma compulsiva.

—¡Sí! ¡Sí! ¡No le hagas daño, por favor! —le pide con la cara desencajada y totalmente bañada en lágrimas—. Está perdiendo mucha sangre... Por favor... ¡Necesita un médico!

—Me parece que me he equivocado de estrategia...

Me remuevo en el suelo, intentando ponerme en pie a pesar de seguir con el cuchillo clavado en el hombro. Veo cómo el tipo retrocede y la mirada de pavor de Livy me hace trizas. El pirado aprieta su agarre alrededor del cuello de ella y apunta el cañón de la pistola a su barriga.

—No, por favor... —le suplica—. No le hagas daño a mi bebé...

—¿Prefieres que le haga daño a él? —le pregunta encañonándome a mí.

—Sí, sí. Cógeme a mí —intervengo yo—. No la toques. Estoy aquí.

Me arrodillo para demostrar que estoy indefenso y a su merced, totalmente abatido, dispuesto a intercambiar mi vida por la suya sin siquiera parpadear. Como si estuviera haciendo penitencia, me acerco a ellos suplicando. El tipo reacciona a tiempo y, quitando el seguro de la pistola, me grita:

—¡Quieto! ¡No te acerques más!

—Tranquilo... Tranquilo... —le pido—. Está bien... Escucha, suéltala, por favor.

—¿Te piensas que estoy loco? Seguro que valoras mucho más la vida de ella o la de tu hijo antes que la tuya. Estaba tan equivocado... Pensaba matarte, pero no me daba cuenta de que así no te hacía daño, solo me satisfacía a mí mismo. En cambio, si la mato a ella, te hago daño a ti, de por vida, y yo consigo exactamente lo que quiero.

LIVY

Veo la sangre manar de su boca, por no hablar del hombro, donde la hoja del cuchillo sigue clavada. Está muy asustado, pero en ningún momento por su situación, sino por no poder hacer nada por mí ni por nuestro bebé.

—Vamos a hacer un trato —le dice—. Déjalos ir a todos y conseguiré que te dejen salir de aquí.

—¿Salir de aquí? ¿Acaso crees que quiero salir de aquí?

—Vale, pongamos que consigues lo que quieres, ¿has pensado en cómo saldrás? No me digas que no lo tenías pensado... ¿Cómo ibas a poder disfrutar de tu victoria, entonces?

No le puedo ver porque permanece a mi espalda, agarrándome con firmeza, pero siento cómo se remueve nervioso y sé que Aaron ha dado en el clavo. Sin darle tiempo a procesar durante más tiempo todas las ideas, vuelve a la carga:

—Mira, déjales marchar, a todos, y te prometo que yo me quedaré contigo y me aseguraré de que te den una vía de escape limpia. Sin tretas ni juegos. Podrás hacer conmigo lo que quieras...

—¡Aaron, no! —grito poniéndome muy nerviosa al verle tan convencido, pero el tipo que nos retiene no me escucha y empieza a echar vistazos hacia atrás, donde están el resto de rehenes.

Sin soltarme, se acerca a una de las mesas, coge el auricular de uno de los teléfonos y me lo pone en la oreja.

—Diles que quiero... Quiero... ¡Un helicóptero! ¡Eso! ¡Que traigan un helicóptero a la azotea! Espera... ¿Sabes pilotar? —le pregunta a Aaron, que asiente con la cabeza—. Pues eso, quiero un helicóptero a cambio de dejar salir a todos... Menos a vosotros tres...

—¡No! ¡No! Teníamos un trato. Todos a cambio de mí y de una salida fácil —le suplica Aaron.

—¡Yo no hago tratos contigo! —grita blandiendo la pistola cerca de mi cabeza.

—¡Está bien, está bien! Nos quedamos. Nos quedamos. Nos quedamos... —lloro desesperada, mientras agarro el auricular y explico sus exigencias al agente que coge la llamada.

Cuando al cabo de un rato escuchamos un helicóptero aterrizando en la azotea de la central, el tipo grita a todos que empiecen a caminar hacia la salida, uno a uno, apuntándoles durante todo el trayecto.

—Escucha... Te lo suplico... Déjala ir... —le pide Aaron.

—¿Por qué debería hacerlo? —le pregunta el tío con una sonrisa en la cara.

—¿Por qué? —repite Aaron achinando los ojos.

—Sí. Me apetece divertirme... Intenta convencerme. Dime qué significa ella para ti...

—Todo —dice con lágrimas en los ojos, respirando profundamente—. Ella es... Es... mi vida entera...

—Perfecto entonces... Prepárate para despedirte de tu vida entera...

Apunta a Aaron con la pistola, pero entonces el cañón se vuelve hacia mí.

—¡No! —grita Aaron.

—¡Eh, tú! —grita entonces Jimmy, llamando la atención de todos.

Lo que sucede a continuación pasa a cámara lenta. Aaron se da la vuelta para mirar a Jimmy, que empuña una pistola que no sabemos de dónde ha sacado. Apunta directamente al loco que, al verse en peligro, me empuja a un lado para moverse con agilidad y ponerse a cubierto, mientras empieza a disparar su arma hacia Jimmy.

—¡Livy ponte a cubierto! —oigo que me pide Aaron a gritos, en mitad del fuego cruzado, con intención de lanzarse contra el tipo.

De repente, la puerta principal se abre con un estruendo y decenas de agentes entran en tropel. Algunos de ellos se ciernen sobre mí para protegerme y asegurarse de que estoy bien, otros se acercan a Jimmy, que yace estirado en el suelo, mientras el resto intentan detener a Aaron, que ha conseguido quitarle el arma al loco y está descargando el cargador contra él. Las esposas le cuelgan de la muñeca de la mano que sostiene el arma, mientras que la otra permanece inerte al lado de la pierna.

—Teniente Taylor. Señor.

Es Finn el que se atreve a acercarse por la espalda y consigue quitarle el arma. Le abraza con fuerza mientras Aaron se desmorona entre sus brazos. Intenta evaluar la situación de su brazo, desde el hombro apuñalado hasta la mano, que parece rota, seguramente para poder deshacerse de las esposas.

—Señora...

Cuando enfoco la vista, veo a un paramédico mirándome fijamente. Me agarra de una mano mientras un compañero suyo me inyecta algo en la vena del brazo.

—¿Dónde está Aaron? ¿Qué hacen? —pregunto confundida—. ¿Qué me inyectan?

—¿De cuánto está embarazada?

—De ocho meses...

—Está sangrando, señora. Debemos llevarla de inmediato al hospital.

¿Sangrando? No estoy herida, creo... Dios mío. Empiezo a ponerme nerviosa y miro mi cuerpo hasta que entonces veo la sangre manchando mis pantalones.

—¡¿Aaron?! ¡¿Aaron?! —grito buscándole desesperada mientras me tumban en una camilla y me sacan del edificio.

AARON

—Escúchame, Aaron. Tranquilo —escucho la voz de Finn a lo lejos.

A mi alrededor hay un par de paramédicos observando la herida de mi hombro, valorando si sacarme el cuchillo o llevarme tal cual al hospital, optando finalmente por lo segundo. Miro alrededor como un desesperado, buscando a Livy y a Jimmy. Al no ser capaz de encontrarles, me intento incorporar.

—No se mueva, por favor —me pide uno de los médicos.

—¿Dónde están Liv y Jimmy? —pregunto, pero ninguno me responde—. ¡Finn! ¡Finn!

En cuanto veo su cara entrando de nuevo en mi campo de visión, le agarro de las solapas de la camisa del uniforme y le atraigo hacia mí.

—¿Dónde está Livy? ¿Y Jimmy?

—No lo sé muy bien...

—¡Finn, joder! ¡No me mientas! El tipo ha disparado a Jimmy... ¿Le ha dado?

—Se los llevan al hospital, Aaron.

—¿A Livy también?

—Estaba sangrando...

—¡¿Sangrando?! —pregunto a gritos, bajándome de la camilla en donde me acaban de estirar y corriendo hacia la puerta, esquivando a decenas de agentes—. ¡Livy! ¡Livy!

Una vez en el exterior, desorientado por la luz y el caos que reina en el lugar, me lleva un rato encontrarles. Primero veo a Jimmy estirado en una camilla mientras un médico está encima de él, presionando su pecho con ambas manos, en un intento desesperado de que su corazón vuelva a latir. Empiezo a bajar las escaleras, lentamente, con la boca seca y los latidos de mi corazón retumbando en mis oídos. A mi espalda, escucho el eco de los gritos de los médicos que me atendían, pidiéndome que vuelva a estirarme en la camilla, pero no puedo ni quiero hacer lo que me piden.

En ese momento veo también a Livy, estirada en otra camilla, a punto de que la metan en otra ambulancia. Entonces corro como un desesperado hacia ella.

—Señor... —me pide un médico, intentando impedirme que me acerque.

—¡Aaron! —dice ella estirando la mano para que se la coja.

—Livy, cariño. Tranquila. Estoy aquí.

—El bebé —me dice con lágrimas en los ojos.

—No te preocupes. Todo va a ir bien...

—Señor, nos tenemos que ir —me dice uno de los médicos.

—No me sueltes... —me pide ella.

Pero entonces, los médicos empujan de nuevo la camilla y nuestras manos se separan. Entra en la ambulancia y la miro fijamente, muy asustado, hasta que las puertas de cierran y arranca chirriando las ruedas.

—Señor. Debemos llevarle al hospital. No se preocupe por ella, la verá allí...

Pero entonces, al girar la cabeza para mirarle, veo la camilla de Jimmy. El médico sigue encima de él, aún haciéndole el masaje cardíaco. Le han puesto una mascarilla y permanece con los ojos cerrados. Corro hacia él y entonces soy consciente del grave alcance de sus heridas. En su camisa hay varios agujeros de bala y está totalmente teñida de rojo.

—¡Eh, Jimmy! ¡Vamos, tío! ¡Yo sé que tú puedes con esto!

—Señor...

—¡Jimmy! ¡Aguanta! ¡Vamos! ¡Lucha!

Me separan de él y me obligan a retroceder. Entonces veo cómo le meten dentro de la ambulancia y como, tal cual hizo la que llevaba a Livy, arranca sin perder ni un segundo.

—Aaron, escúchame, voy a avisar a Chris, ¿vale?

Creo que escucho la voz de Finn y, aunque sé que está cerca de mí, le escucho como si estuviera a kilómetros de distancia. Siento como si mi cuerpo pesara toneladas y me fallan las piernas, mientras todo empieza a girar a mi alrededor.

Cuando vuelvo a abrir los ojos, una luz blanca me ciega de golpe. Me cuesta acostumbrarme a tanta claridad, pero cuando enfoco la vista y giro la cabeza, veo a varios médicos a mi alrededor. Intento incorporarme, pero tengo algunos cables conectados. Confundido, los miro y los sigo, viendo que estoy enchufado a varias máquinas.

—Aaron, debería quedarse estirado un rato más... —me pide un médico, al que no hago ningún caso.

Me arranco los cables y pongo los pies en el suelo. Doy la vuelta sobre mí mismo, algo desorientado, hasta que consigo centrarme. Agacho la vista y compruebo que llevo el vaquero, aunque mi camisa ha desaparecido, aunque no mi camiseta de tirantes blanca. Miro mi hombro, totalmente vendado e inmovilizado y entonces reparo en mi mano. Para quitarme las esposas, me la rompí a propósito, y ahora la tengo enyesada.

—Aaron... —insiste el médico que, agarrándome del hombro sano, intenta que me vuelva a estirar en la camilla.

—Livy... ¿Dónde está...?

—En quirófano.

—¡¿En quirófano?! ¡Tengo que ir con ella!

—No, primero tenemos que hacerle una transfusión de sangre porque ha perdido mucha y luego debemos llevarle a quirófano a usted también para operarle la mano.

—¡No! —grito poniéndome en pie de nuevo—. No voy a ningún lado. Necesito verla. Tengo que estar con ella.

—Aaron no puede ser...

—¡Suélteme! —digo dando un traspiés mientras intento llegar a la puerta.

En cuanto salgo, miro a un lado y a otro del pasillo, seguido de cerca por el médico.

—¿Dónde está? ¿Dónde está Livy? ¿Y Jimmy? ¿Están los chicos aquí?

—¡Aaron! —dice entonces Bren, que aparece corriendo hacia mí, se acerca y me pone las manos a ambos lados de la cara—. Vamos a la sala de espera de la UCI. Los chicos y mis padres están allí.

Intentaré que alguno de los médicos que están tratando a Livy y a Jimmy, vengan a informarte de algo.

La sigo como un autómata a través de una infinidad de pasillos, hasta que, al rato, llegamos a una de las salas de espera de la UCI y nada más abrir la puerta, les veo.

—¡Aaron! —gritan poniéndose en pie y corriendo hacia mí.

—¡Papá! —dice Chris abrazándose a mí—. ¿Estás bien?

Les abrazo a los tres y les miro detenidamente, acariciándoles como si quisiera asegurarme de que están bien. Veo sus caras bañadas en lágrimas y el miedo reflejado en los ojos. Al rato, aúpo a Max con el brazo sano, que se me aferra al cuello y miro a los padres de Livy.

—Ahora vendrá Bren con algún médico para informarnos de algo —les informo.

Se quedan callados, agachando la cabeza, hasta que me siento obligado a decir.

—Lo siento mucho... Debí... Tenía que haberla protegido...

—No... —me dice su madre con lágrimas en los ojos—. No tienes la culpa, Aaron.

En ese momento, Bren aparece de nuevo con un médico.

—Este es el Doctor Rogers. Es uno de los médicos que está con Livy —dice secándose las lágrimas con el dorso de la mano para intentar conservar su profesionalidad.

—Hola —dice enseguida, mirando a los chicos, sobre todo a Max, que llora apretando la cara contra mi hombro—. Verán... Olivia llegó con abundante sangrado vaginal y fuertes contracciones. Al ver que no hemos podido detenerlas, hemos decidido seguir adelante con el parto. Vamos a hacerle una cesárea de urgencia, pero deben de saber que ha perdido mucha sangre...

—Max, ve con Chris —digo dándoselo a mi hijo mientras los padres de Livy, el médico y yo, nos alejamos de los chicos.

—Vamos a hacer lo posible —prosigue el médico cuando los chicos se han apartado un poco—, pero si en algún momento intuimos que la vida de Olivia puede estar en peligro, la salvaremos a ella antes que al bebé...

—Por supuesto —dice el padre de Livy mientras su madre asiente, muy asustada.

—¿Aaron...? ¿Aaron? —me preguntan varias veces, hasta que al fin logro reaccionar—. ¿De acuerdo?

—Sí, sí, por supuesto. Devuélvanmela, por favor... La necesito conmigo —digo con lágrimas en los ojos mientras siento el brazo del padre de Livy cogiéndome por los hombros.

Bren se abraza con sus padres y, después de agarrarme del brazo para intentar infundirme confianza, se pierde a través de las puertas de los quirófanos. Camino hacia la puerta y me apoyo en el marco de la misma. Siento un fuerte dolor en la mano, en el hombro, en la cabeza, pero sobre todo, en el corazón. Me siento totalmente perdido y vacío, hasta que siento unos brazos rodeando mis piernas.

—¿Está mami bien, Aaron?

Agacho la vista y le veo mirándome, con sus enormes ojos totalmente empañados en lágrimas y su labio inferior temblando.

—Sí, campeón —contesto agachándome a su altura—. Mamá está luchando con todas sus fuerzas para salir de allí cuanto antes y darte un enorme abrazo, ¿vale?

—Vale. Mientras, ¿me abrazas tú?

Sin fuerzas siquiera para dar dos pasos hacia las sillas, me siento en el suelo y apoyo la espalda en la pared, sentando a Max en mi regazo y abrazándole con fuerza contra mi pecho.

—No me sueltes, ¿vale?

—No lo haré, tranquilo.

—Tengo mucho miedo, Aaron...

—No te voy a dejar solo, ¿vale? Nunca, nunca en la vida. Yo me quedo contigo.

Chris y Lexy se acercan hasta nosotros y se sientan uno a cada lado. Lexy apoya la cabeza en mi hombro, el sano, mientras yo giro la cabeza y le doy un beso.

—A mí tampoco, ¿vale? —me pide sollozando.

—Prometido —contesto.

—Papá, ¿y tu hombro? ¿Y esa mano? —me pregunta Chris.

—Creo que bien, aunque me van a tener que operar para arreglármela —le contesto mientras los tres me miran con los ojos muy abiertos—. Pero no es nada. Tranquilos. Estoy perfectamente.

En ese momento, la puerta de los quirófanos se abre y aparece otro médico con cara de agotado, quitándose el gorro y la mascarilla. Me pongo en pie de un salto, con el corazón latiendo varias revoluciones por encima de lo saludable. En cuanto me mira, sé que algo no va bien.

—¿Es usted amigo de James...?

—Sí, sí —le corto enseguida—. ¿Está bien?

—Hemos hecho todo lo que hemos podido... Pero sus heridas eran muy importantes y alguna de las balas impactó en órganos vitales...

Ya no escucho nada más. De repente soy plenamente consciente de la realidad, de que no volveré a verle, a mi mejor amigo, a mi compañero, al que ha salvado la vida de la mujer que amo. Mientras el médico sigue hablando, me sientan en una de las sillas y noto los brazos de Chris rodeándome. Lexy y Max, por su parte, se mantienen apartados, al igual que los padres de Livy, todos con caras de preocupación. Quiero consolarles, pero simplemente, soy incapaz de moverme ni de reaccionar.

Mantengo la vista clavada en el suelo durante un buen rato. No hablo con nadie. No me muevo. Incluso tengo mis dudas de estar respirando durante todo el rato, hasta que, de repente, se escucha el llanto de un bebé a lo lejos. Como un resorte, levanto la cabeza y me pongo en pie. Los demás giran la cabeza hacia la puerta, expectantes de que venga alguien a darnos alguna noticia. Sin poder esperar más, y haciendo caso omiso de todas las prohibiciones, cruzo las puertas y corro por el pasillo, acercándome cada vez más al llanto. En ese momento, Bren sale por una de las puertas portando a un bebé en brazos. En cuanto me ve, los dos nos quedamos muy quietos. Al rato, cuando la veo sonreír y empezar a caminar de nuevo hacia mí, siento como si me quitara un enorme peso de encima.

—Enhorabuena, papá. Es un niño precioso —me dice tendiéndomelo.

Le cojo con el brazo bueno, haciendo una mueca de dolor cuando intento mover el otro.

—¿Y Livy...? —le pregunto sin poder dejar de mirar a mi hijo.

—Está perfectamente. Cuando se despierte de la anestesia, podrás entrar a verla.

Totalmente abrumado, con mi hijo en brazos, me acerco a una de las paredes del pasillo y apoyo la espalda en ella.

—Por cierto, no deberías estar aquí.

—Lo sé, pero le oí llorar y no pude contenerme...

Bren me mira con cariño, ladeando la cabeza, hasta que dice:

—Tómate el tiempo que quieras. Iré a decirles que todo ha ido bien...

—Gracias Bren.

—Y siento lo de tu amigo...

Asiento con la cabeza, incapaz de hablar, y agacho la vista hacia mi bebé. Jimmy no solo ha salvado mi vida y la de Livy, sino que también salvó la de esta personita que sostengo entre mis brazos.

LIVY

Abro lentamente los ojos. Siento la boca pastosa y me cuesta moverme. Muevo los dedos de las manos e intento hacer lo mismo con los de los pies, pero soy incapaz. Me humedezco los labios con la lengua y carraspeo levemente. De forma inconsciente, me llevo las manos a la barriga.

—Eh... Hola...

En cuanto escucho su voz, abro los ojos de golpe. Miro hacia abajo y ahogo un sollozo al ver que mi barriga ha desaparecido. Pero entonces giro la cabeza y le veo, sonriéndome mientras mece a alguien en sus brazos.

—Hola —saludo muy emocionada.

Aaron me acerca al bebé mientras yo intento incorporarme un poco. En cuanto lo sostengo entre mis brazos y observo su carita relajada y sonrosada, se me escapan las lágrimas.

—Es precioso, Aaron.

—Lo sé. Y está perfecto. Los chicos y tus padres están ya en la habitación, deseando que te suban para poder veros.

—¿Qué...? ¿Qué pasó? Todo fue tan rápido...

—Empezaste a sangrar y al ver que peligraba la vida de ambos, te hicieron una cesárea de urgencia...

—¿Han detenido al tío ese?

—No ha hecho falta... —me contesta, y entonces recuerdo la imagen de Aaron descargando todo el cargador contra el cuerpo del tipo, y automáticamente me acuerdo también de Jimmy.

—¿Y Jimmy?

Al ver que no me contesta, levanto la cabeza y nada más verle, me temo lo peor. Niega con la cabeza mientras veo como empieza a llorar.

—No me lo puedo creer... Aaron, lo siento mucho...

A pesar de estar viviendo uno de los momentos más felices de nuestras vidas, no podemos dejar de llorar de tristeza.

—Esto no debería haber pasado, Liv... Él no tenía que haber muerto. Ese tipo me quería a mí. Yo debería haber sido él...

—¿Y dejarme sola? ¿Y dejar solos a los chicos? ¿Y perderte esto? —digo mirando a nuestro bebé.

Aaron levanta la vista y nos mira. Aprieta los labios con fuerza mientras sorbe por la nariz.

—Os salvó la vida... Y nunca voy a poder darle las gracias, ¿sabes?

—Le puedes dar las gracias cada día, viviendo intensamente cada minuto a nuestro lado.

En ese momento, el bebé hace unos ruiditos con la boca, justo antes de bostezar con fuerza. Los dos reímos y le miramos embobados, a pesar de la tristeza de nuestras lágrimas, totalmente enamorados de él.

—Jimmy —digo entonces, tocándole la pequeña nariz—. Te vas a llamar Jimmy. ¿Qué te parece? James Taylor.

—Es perfecto.

Cuando, pasado un buen rato, reúno la fuerza de voluntad necesaria para dejar de mirarle y poso mis ojos de nuevo en Aaron, reparo en su mano enyesada y en el hombro vendado.

—¿Has perdido la camisa? —bromeo al verle solo con la camiseta de tirantes blanca.

—Sí... Alguna loca me la debe de haber arrancado en pedazos...

—¿Cómo estás?

—Bien.

—Vale, repito la pregunta y ahora recuerda que soy yo. ¿Cómo estás?

—Del hombro bien. Lo tengo que tener inmovilizado durante unas semanas y luego hacer rehabilitación...

—¿Y de la mano?

—Me tendrán que operar para intentar arreglarla...

—¿Intentar?

—Bueno, tengo varios huesos rotos... Me esmeré bastante para deshacerme de las esposas...

—¿Es una de tus estrategias para no tener que cambiar pañales? —le pregunto con sorna, intentando quitarle hierro al asunto.

—Me has pillado... —dice agachando la cabeza.

Apoyo la palma de la mano en su mejilla y le acaricio lentamente. Los puntos de la cesárea me tiran un poco y me remuevo incómoda en la cama. Aaron coge a Jimmy en brazos y me mira preocupado mientras cambio de postura.

—Estoy bien, no te preocupes —le digo mientras le observo con nuestro hijo en brazos—. ¿Cómo te sientes? ¿Es como te esperabas?

—Es mejor. Es tan... tan perfecto, que me cuesta trabajo creer que sea real...

AARON

—Ahora me toca a mí. Chris, déjamelo coger.

—¿Y yo cuándo? —pregunta Max.

—Luego —le contesta ella sin apartar los ojos de Jimmy, al que mece dando vueltas por toda la habitación.

—Vamos a tener que establecer unos turnos para cogerle en brazos... A ver si cuando se cague encima, tenemos los mismos voluntarios para cambiarle que ahora, ¿no? —digo mirando a Livy.

Ella me sonríe, apoyando la cabeza en mi hombro. Estamos los dos estirados en la cama de su habitación, observando cómo los chicos se turnan para coger en brazos a su pequeño hermano.

—¿No "hase" caca en el lavabo? —nos pregunta Max subiendo a la cama y estirándose encima de mí.

—No sabe, cariño —le contesta Livy—. Hace pipí y caca en el pañal. Por eso hay que cambiárselo y limpiarle unas cuantas veces al día. Como hacía contigo cuando eras pequeño...

—¡Pero qué asco! Voy a tener que ponerme a enseñarle a ir al váter ya mismo...

—Bueno, para eso habrá que esperar unos añitos, me temo...

Max hace una mueca de asco y luego se acurruca entre los dos.

—¿Y a hablar le puedo enseñar?

—También es pronto —contesto yo.

—Pues a caminar, entonces.

—Tampoco...

—¡Jope! ¡No le puedo enseñar nada!

—¿Cómo que no? —digo yo—. Le puedes enseñar que no va a estar solo y que puede contar contigo siempre.

—¿Y eso cómo lo hago?

—Ya lo estáis haciendo. Desde que hemos llegado a la habitación, no le habéis dejado solo ni un segundo.

Mientras le beso en la cabeza, observo a Lexy, que mece a Jimmy como si estuviera bailando con él, yendo de un lado a otro de la habitación, sin dejar de hablarle de forma cariñosa.

—Es que es como hipnótico... No puedo dejar de mirarle —comenta al girarse hacia nosotros.

—¿Ya no te sabe tan mal que no sea una chica? —le pregunta Chris.

—Bueno... Partiendo de la base de que mamá y yo estamos en clara desventaja, hemos llegado a la conclusión de que si era niño, como así ha sido, seguiremos siendo las únicas e indiscutibles reinas de la casa. ¿No era así, mamá?

—Ajá —contesta ella con orgullo.

—Y como tal, nos tendréis en un pedestal.

—Aaron... —me susurra Max.

—¿Qué? —le pregunto imitando su tono de voz.

—¿Este es uno de esos momentos en los que hay que oír, ver y callar?

—Sí, mejor que sí —contesto riendo.

—Chico listo —le dice Livy, revolviéndole el pelo de forma cariñosa—. Y ahora, se hace tarde... Aaron, ¿por qué no les llevas a casa? —me dice Liv.

—¡Noooooooo! —se quejan los tres a la vez.

—Un ratito más con Jimmy, por favor —le pide Lexy abrazando al bebé contra su pecho mientras dibuja una expresión triste en la cara.

—Te prometo que en casa le tendrás siempre que quieras... Incluso cuando llore sin parar por las noches, te dejaremos cogerle también —le digo yo.

—Pásamelo antes de que nos vayamos. Corre.

Chris le coge y, aunque lo hace con delicadeza, Jimmy se despierta y empieza a llorar.

—Oh, mierda... —dice Lexy acercándose a ellos—. Déjaselo a mamá, que le calme.

—Ah, no, no, no... ¿No queríais tenerle un rato más? Pues adelante...

Los dos miran a Livy con cara de asustados mientras Max y yo nos lo pasamos en grande viéndoles.

—No llores, Jimmy. Vamos campeón... —le pide Chris, hablándole con mucha ternura—. ¿No tendrá hambre?

—No creo. Ha comido hace media hora escasa... —le responde Livy.

—Dame, que lo intento yo —interviene Lexy al ver que el pequeño sigue llorando.

Pasados unos minutos, empiezan a agobiarse, así que me acerco a ellos y con sumo cuidado, cojo al pequeño en brazos. No tengo experiencia en ello, y no tengo claro que consiga calmarle, pero Livy tiene que descansar y haré todo lo que pueda por ayudarla. Apoyando su pequeña cabeza en mi hombro vendado, y acariciando su espalda con mi mano, le mezo lentamente, paseando con paciencia por la habitación.

—Shhhh... Ya... Papá está aquí... —le susurro al oído apoyando luego los labios en su pequeña cabeza.

Milagrosamente, al cabo de unos minutos, Jimmy se calma y siento como su pequeño cuerpo se relaja poco a poco. Aún sin poderlo creer, me giro hacia Livy y la miro con una enorme sonrisa en los labios.

—¿Has visto lo que he hecho? —le pregunto mientras dejo a Jimmy en la pequeña cuna al lado de la cama de Livy.

—Estás hecho todo un padrazo —susurra agarrándole la cara y besando sus labios—. Ahora vete antes de que se vuelva a despertar...

—Vale. Vuelvo en un rato.

—¿Por qué no te quedas en casa con los chicos y descansas? Aquí estamos bien...

—No, no pienso separarme de ti y del enano más de lo estrictamente necesario... Nunca más en la vida...

CAPÍTULO 28

Cuando nuestra vida se convirtió en un plan perfecto

AARON

—Y entonces... Esta pierna aquí y... los botones se cierran por aquí y... *¡voilà!* —digo alzando a Jimmy y poniéndole de cara a mí.

Le miro con el ceño fruncido, dándole vueltas porque el pijama tiene una forma rara y algo no ha quedado bien.

—¡Vamos! ¡No me jodas! ¡Esto es imposible! Jimmy, no colaboras nada , ¿dónde está tu otra pierna? —le pregunto mientras él aplaude y, extendiendo sus pequeños brazos, mueve los dedos para que le abrace—. No, no aplaudas. Esto no está saliendo bien...

Jimmy me mira ladeando la cabeza, con la boca abierta formando una O.

—Vamos a buscar ayuda... —le digo mientras caminamos por el pasillo hacia la habitación de Lexy.

Llamo a su puerta unas cuantas veces hasta que, arrugando la frente, abro y me doy cuenta de que no está. Arrugo la frente y miro la hora, algo descolocado. La verdad es que Jimmy me absorbe tanto tiempo, que no les presto demasiada atención a los otros tres, y ahora dudo si me comentó que iba a llegar más tarde. Aunque por otro lado, son casi las seis y media, y si me lo dijo, dudo mucho que le diera permiso para llegar tan tarde.

Me dirijo entonces a la habitación de Chris. Ha llegado con Jill hace como unas dos horas y se han encerrado en el dormitorio para estudiar para los exámenes. Pico a la puerta unas cuantas veces pero tienen puesta la música a un volumen muy alto, así que es posible que no me oigan.

—Chris —digo abriendo la puerta, cansado de esperar.

En cuanto abro, les pillo en la cama besándose. Ninguno de los dos lleva camiseta, aunque al menos Jill lleva puesto el sujetador.

—¡Papá! ¡¿No sabes llamar?! —me grita después de separarse de Jill, mientras se pone una camiseta y le tiende la suya a ella, que se tapa como puede con las manos.

—Y es lo que he hecho. Varias veces, además.

—¡Joder, colega! —se queja de nuevo Chris.

—¿Joder, qué? ¿No se suponía que estabais estudiando?

—Sí... Pero estábamos... tomándonos un descanso.

—Cortaos un poco, ¿vale? Que hay críos pequeños. ¿Qué hubiera pasado si en lugar de entrar yo, es Max?

—Lo siento, señor Taylor —se disculpa Jill, roja como un tomate.

—Solo nos estábamos besando...

—Ya, sin camiseta y estirados en la cama...

Entonces veo como los dos miran a Jimmy, al que sostengo aún entre mis brazos, y arrugan la frente confundidos.

—¿Qué le pasa al pijama del enano? —pregunta Chris—. Está como... raro.

—Que no atino a ponérselo bien...

—¿Quiere que le eche un cable? —me pregunta Jill señalando a Jimmy.

—Pues te lo agradecería. Este pijama es nuevo y tiene botones y corchetes por todas partes... ¡Pero no me cambiéis de tema porque no he acabado con vosotros!

Ambos agachan la cabeza con resignación para aguantar mi charla.

—Sabéis que yo no os pongo ningún problema nunca en... bueno, ya me entendéis... pero no podéis abusar así de mi confianza. No me importa lo que hagáis —digo bajando el tono de voz por si Max estuviera cerca—, pero hacedlo cuando no haya nadie en casa, por favor.

—Vale... —responden al unísono.

—Lo sentimos, señor Taylor —repite Jill de nuevo.

Les miro a los dos durante unos segundos, mientras el cabreo inicial se me empieza a disipar. Al fin y al cabo, es algo que yo a su edad hice infinidad de veces, pero también sé que mi deber como padre es hacerles entender que tienen que ir con cuidado. Es un acto íntimo que me gustaría que siguiera como tal, al menos en mi casa.

—Y ahora, no me vendría mal esa ayuda...

Los dos se acercan y cuando Jill va a coger a Jimmy en brazos, Chris arruga la nariz y me mira poniendo una mueca de asco.

—Me parece que lleva premio...

—¿Otra vez? —me quejo alzándole a la altura de mi cara para oler el pañal y cuando vuelvo a bajarle, poniéndole de cara a mí, le hablo como hago siempre, como si fuera capaz de entenderme—. ¿Pero cómo puedes cagar tanto? No puede caber tanta mierda dentro de un cuerpo tan pequeño.

—Por eso, tiene que sacarla.

Jimmy, lejos de estar afectado o sentirse incómodo, está de lo más feliz y relajado, agarrándose a mis orejas con ambas manos, justo antes de golpearme repetidamente con las palmas.

—Vale, volvemos a cambiarte. Voy al baño a por un paquete nuevo de toallitas porque el último se ha acabado.

En cuanto entro en el baño del pasillo, el que comparten Chris, Max, y Jimmy en un futuro, mis pies chapotean agua. Agacho la vista al suelo, confundido, rezando además para que no se trate de un escape de agua, cuando veo el rollo de papel de váter desenrollado y puesto de cualquier manera encima del radiador de la calefacción.

—¿Qué ha pasado aquí? —pregunta Chris a mi espalda mientras yo aún estoy intentándolo averiguar.

—¿Dónde está Max? —digo entonces, cayendo en la cuenta en que hace mucho que no se le oye, y eso, viniendo de él, es un problema.

—Ni idea. Estará con Bono en el jardín. —contesta Chris encogiéndose de hombros.

—Dile que venga —le pido.

—¡Maaaaaaaaaaaaaaaaaaaax! —grita.

—¡¿Qué?! —se oye desde el piso de abajo.

—¡Veeeeeeeeeeeeeen! —Cuando gira la cabeza y me ve mirándole con una ceja levantada, me pregunta—: ¿Qué?

—Eso también lo podría haber hecho yo, so vago.

Pocos segundos después, Max aparece por la puerta, manchado de tierra del jardín, todo él, con un muñeco en la mano. Lleva a Bono pegado a su pierna, igual de sucio, sobre todo las patas.

—¿Qué?

—¿Por qué vas lleno de tierra? —le pregunto sintiendo una vena palpitando en mi sien.

—Porque estoy enseñando a Bono a desenterrar cosas...

—¿Haciendo agujeros en el suelo del jardín?

—Claro —me contesta abriendo los brazos—. ¿Dónde quieres que le entierre las cosas para que las busque?

—Pero... te acabas de bañar hace media hora escasa...

Respira, respira profundamente, me repito una y otra vez, poniéndome cada vez más nervioso.

—Es solo un poco de tierra. Ahora me lavo las manos.

—¡¿Un poco de tierra?! ¡¿Tú te has mirado al espejo?!

Se mueve un poco, se pone de puntillas y en cuanto se mira en el espejo del baño, pone una mueca de circunstancias.

—Aix... —dice apretando los dientes.

—¡Ahora te tendrás que bañar de nuevo!

—¡Nooooo! ¡Qué rollo!

—Habértelo pensado antes de jugar a hacer de arqueólogo. ¡Por no hablar de la ropa! ¡3 lavadoras he puesto ya hoy!

Agacha la cabeza y mira al suelo, muy compungido. No me gusta estar pegando voces todo el día, pero últimamente no tienen ni una idea buena, y mi poca paciencia va intrínsecamente ligada a mi agotamiento. Así que, lejos de ablandarme, insisto con mi charla para hacerle ver que sus actos tienen consecuencias.

—Y ahora a lo que íbamos, ¿me explicas qué ha pasado aquí? —digo señalando al puñado de papel de váter colocado de cualquier manera encima del radiador.

—Ah... Eso...

—Sí, eso...

—Pues que he venido al lavabo y cuando me estaba limpiando, se me ha resbalado el papel y se ha caído dentro del váter. Y entonces lo he sacado y como solo estaba mojado, pues lo he puesto aquí encima para que secase... Y parece que ha quedado bien, ¿no? —dice tocándolo mientras a Chris y a Jill les resulta imposible contener la risa.

—No, Max, no ha quedado bien...

—¿Por qué no? No quería tirarlo a la basura porque el rollo estaba casi entero...

—Max...

—¡Solo estaba mojado! —repite, aunque entonces parece darse cuenta de algo, y los ojos de le abren como platos—. También de pipí...

Jill y Chris ponen una mueca de asco mientras yo cierro los ojos y me los froto.

—Al menos yo voy al lavabo, cosa que no podemos "desir" de Jimmy que se lo "hase" encima —vuelve a decir Max, tapándose la nariz con dos dedos.

Resoplo con fuerza, totalmente agotado y ya sin fuerzas para discutir, ni con Max ni con nadie.

—Eres un guarro, Max —dice entonces Lexy, haciendo acto de presencia.

Giro la cabeza hacia ella y la miro de arriba abajo. Lleva la ropa que usa para estar por casa y el pelo recogido en una coleta.

—¿Y tú de dónde sales? —le pregunto.

—Pues... de mi habitación...

—Lexy, por favor... Que antes he ido a buscarte y no estabas... ¿Te piensas que soy gilipollas?

—Has dicho una palabrota —susurra Max, que se calla de inmediato al ver que le señalo con el dedo y le miro serio.

—Lexy, estas no son horas de llegar... —le digo en un tono más cansado que de enfado.

—Lo sé, lo sé... Pero cuando me di cuenta, ya eran las cinco y media y Bridget vive en la otra punta de la ciudad... Yo no tengo la culpa de que vivamos en una ciudad tan grande.

—Podrías haberme llamado y te habría ido a recoger.

—Supuse que estarías liado con Jimmy...

—Pero al menos no me habría preocupado.

—Vamos, Aaron. Seguro que no te has dado cuenta de que no estaba hasta hace poco...

La miro dolido, aunque en el fondo sé que es verdad. Hay días como el de hoy en el que se me hace muy complicado controlar a los cuatro. Me siento desbordado, a la par que exhausto. Por eso, lejos de contradecir su comentario y enfrascarnos en una guerra dialéctica a la que tanto ella como su madre me tienen acostumbrado, decido dar por zanjada la discusión con un último apunte.

—Vale, pero la próxima vez, no me intentes engañar.

—¿Lo siento...?

—¿Hasta la próxima, no? Estoy un poco cansado de oíros pedirme perdón y de escuchar falsas promesas como "no lo volveré a hacer más"... No os creo ya... —digo encogiéndome de hombros con apatía.

Cojo el paquete de toallitas que venía a buscar y me llevo a Jimmy a su dormitorio, dejándoles en el baño, con cara compungida.

—Bueno... Vamos a ello de nuevo —le digo cuando le tengo estirado en el cambiador, sin el dichoso pijama y quitándole el pañal—. ¡Joder, tío! Eres un máquina, ¿eh?

A pesar de no entender lo que le digo, me mira y empieza a hacer unos ruiditos con la boca. Aplaude con las manos y me pica en la cara cuando se la acerco y le doy un beso en su pequeña nariz.

—No crezcas nunca, ¿vale? ¿Me lo prometes? Te quiero, pequeñajo.

Escucho entonces unos suaves golpes en la puerta y cuando me giro, veo a Jill.

—¿Le ayudo con el pijama?

—Por favor...

Me quedo a un lado mientras la observo hacer. Se maneja con bastante destreza, aunque a su favor tiene ser la mayor de cuatro hermanos, como Chris ahora.

—No parecía tan difícil —comento—. Debo de estar espeso...

—Estos pijamas que tienen corchetes por dentro, son algo más rollo que los otros —dice excusando mi torpeza.

—Gracias —le digo cuando acaba y le coge en brazos, haciéndole carantoñas.

—De nada.

—Papá —dice entonces Chris, asomando la cabeza por la puerta—. Descansa un rato si quieres. Ya me ocupo yo de ellos.

Lo pienso durante unos segundos, aunque luego sé que necesito airearme un poco.

—Vale. Voy a salir a correr un poco.

LIVY

Son cerca de las siete de tarde cuando llego a casa, totalmente exhausta y con un dolor de cabeza perenne con el que no ha podido ni un explosivo cóctel de pastillas que me tomé a media tarde.

Desde que Jimmy murió, hace exactamente ocho meses y dos días, los mismos que tiene nuestro pequeñín, Finn hace sus funciones y, aunque lo hace muy bien en el terreno, es un verdadero desastre en el trabajo de oficina. Así pues, yo me ocupo de hacer ese trabajo, además del mío. ¿Resultado? Mi mesa colecciona pilas de informes por leer, rellenar, firmar o simplemente archivar. Cosas que no me da tiempo a hacer, ni siquiera saltándome la hora de la comida. Finn me suplica que le busque un sustituto y sé que tiene razón. De hecho, ambos lo necesitamos, pero mis superiores me han dejado a mí la tarea de buscar, seleccionar y entrevistar a los candidatos. Aún estoy decidiendo cuándo lo haré, si durante los ratos que antes utilizaba para ir al baño o durante las horas que ocupaba haciendo cualquier otra nimiedad... como dormir o estar con mi familia.

Pero por fin estoy en casa y no hay nada que me apetezca más que achuchar a mis chicos, estirarme en el sofá a hacer el vago un rato y luego seguir achuchándome con Aaron, pero esta vez a solas, bajo el cobijo de nuestras sábanas, al amparo de nuestro recién adquirido pestillo. Después de algún que otro susto, decidimos dejar de tentar a la suerte y compramos uno para obtener algo de intimidad, al menos toda la que se puede teniendo cuatro hijos. Nada más traspasar la puerta, me descalzo, dejo el bolso y el maletín en el suelo, y voy en busca de mis bien merecidos mimos.

—¡Hola! —les saludo acercándome hasta los chicos, que están sentados en el sofá, viendo la televisión.

—Hola, mami —me saluda Max sin despegar los ojos de la pantalla.

—Hola —dicen Chris y Lexy al unísono y con bastante apatía.

Ni siquiera Bono ha mostrado demasiada alegría al verme. Me he tenido que conformar con un leve movimiento de cola y una mirada de reojo.

—¿Aaron está arriba con Jimmy?

—No, Jimmy está dormido —contesta Chris señalando el intercomunicador de su lado—. Papá se ha ido a correr hace un rato.

—Ah... Vale...

Al ver el entusiasmo generalizado, subo las escaleras y camino hasta la habitación de Jimmy para echarle un vistazo. En cuanto entro, le observo durante un rato mientras duerme plácidamente en la cuna, hasta que decido cogerle en brazos y sentarme en la mecedora. Le arropo con su mantita y acaricio su espalda mientras me lo acerco al cuello e inhalo su olor.

—¿Cómo ha ido hoy, pequeñín? —empiezo a susurrar en voz baja—. ¿Cómo te lo has pasado con papi? ¿Te has portado bien? ¿Le has sonreído mucho? Ya sabes lo mucho que le gusta que lo hagas, ¿eh?

Cierro los ojos y me concentro en mi propia respiración, sin dejar de mover la mecedora. Al rato, Jimmy se remueve y abre sus ojitos. Me mira con la boca abierta y entonces me regala una de sus enormes y sinceras sonrisas, gesto que, sin duda, ha heredado de su padre.

—Eso es... Una sonrisa como esas. ¿Sabes una cosa? Te he echado mucho de menos. A ti y a tus hermanos —le susurro acariciando su mejilla con mi nariz—. Pero papi os cuida muy bien, ¿verdad? ¿Y sabes qué? Os quiere tanto como yo...

Empiezo a cantarle una canción en voz muy baja. Ni de broma se me da tan bien como a Chris, pero Jimmy está tan cansado que se convierte en un público muy agradecido y se duerme de nuevo enseguida.

—Mami...

Escucho la voz de Max y cuando levanto la vista, le veo en la puerta, agarrándose al marco, con la cabeza agachada.

—Hola, cariño... —le saludo y, al ver que no se mueve del sitio, le pregunto—: ¿Estás bien?

Segundos después, niega con la cabeza.

—¿Qué ha pasado? Cuéntamelo.

Al rato, sorbe por la nariz y entonces me doy cuenta de que debe ser algo lo suficientemente grave como para que esté tan preocupado y cabizbajo. Me incorporo lentamente y dejo a Jimmy con cuidado en su cuna. Luego me acerco hasta Max y, cogiéndole en brazos, le llevo hasta el piso de abajo. Le siento una de las encimeras de la cocina y, mientras empiezo a preparar la cena, no le pierdo de vista. Se frota las manos en su regazo, pensativo, así que decido darle unos segundos antes de volverle a insistir:

—Max, cariño... ¿Sabes que puedes contarme lo que sea, verdad? ¿Ha pasado algo en el colegio?

Él niega con la cabeza.

—¿Ha pasado algo en el entrenamiento de fútbol? ¿Te has vuelto a pelear con ese chico?

Vuelve a negar.

—Max, podemos pasarnos toda la noche jugando a las adivinanzas, pero mamá está muy cansada... Ten piedad de mí.

—Aaron se ha enfadado con nosotros —estalla finalmente, con lágrimas rodando por sus mejillas—. Nos hemos portado muy mal y se ha ido a correr. Pero se ha ido triste y "hase" mucho rato ya.

—Espera, espera... ¿Qué? ¿Qué ha pasado? —le pregunto apagando el fuego y apartando la sartén, acercándome a él para acariciarle las mejillas e intentar consolarle.

En ese momento, Chris y Lexy se acercan hasta la cocina.

—Max... —insisto al ver que no contesta—. ¿Qué ha pasado? ¿Qué has hecho?

—Pues... Se me cayó el papel de váter dentro y lo saqué y lo puse a secar y quedó bien, pero Aaron dijo que no estaba bien porque en el agua del váter había pipí también...

—Bueno, cariño... Estoy segura de que Aaron no se habrá enfadado por eso...

—Quizá sí, porque estuvo jugando con Bono en el jardín y lo ha dejado todo lleno de agujeros y Aaron le tuvo que bañar de nuevo y poner a lavar el pijama, que era limpio. Eso por no decir que mañana tendrá que darle un manguerazo a Bono... —interviene entonces Lexy.

—¡¿Max?! ¡¿Hiciste eso?!

—Estaba enseñando a Bono a buscar cosas enterradas... —se excusa con la cabeza agachada, justo antes de darse cuenta de que él se está cargando todas las culpas—. Además, Lexy llegó a las seis y media pasadas y trató de engañar a Aaron "hasiendo" ver que había estado en su cuarto todo el rato. ¡Y era mentira!

—¡¿Lexy?! —le pregunto mirándola.

Ella se me queda mirando durante unos segundos, intentando buscar las palabras adecuadas para salvarse de una bronca segura, cuando entonces, de repente, dice:

—Estaba con Bridget en su casa y se me hizo tarde y... ¡Chris y Jill decían que estaban estudiando cuando en realidad estaban en la cama, medio desnudos!

—¡¿Chris?!

—Solo nos estábamos besando... —se excusa agachando la cabeza.

—Casi desnudos —añado mientras asiente, apretando los labios—. Vamos, que le habéis dado la tarde a Aaron...

—Y no nos olvidemos de Jimmy, que también tiene culpa. Se ha cagado dos "veses" en menos de media hora. Y el nuevo pijama tiene muchos corchetes y es muy "difisil" de atar... —añade Max.

Le observo durante unos segundos, con las cejas levantadas, hasta que no puedo reprimir la risa.

—Mamá, no te rías —dice Max con preocupación—. Nos hemos portado fatal y se ha cansado de nosotros.

Apoyo las palmas de las manos en la barra de la cocina y les miro a los tres durante unos segundos, sentados en sendos taburetes frente a mí. Realmente parecen afectados y muy preocupados.

—El problema es que le vemos más como un colega que como un padre —dice Chris.

—Me parece que abusamos un poco de su confianza —comenta Lexy—. Él se porta muy bien con nosotros y creo que nos hemos pasado...

—Sí. Aaron mola mucho... y le "hasemos" enfadar... Lo sentimos, mamá. Yo no quiero que se canse de nosotros...

Chasqueando la lengua, me acerco hasta él y le cojo en brazos. Me siento en el taburete que él ocupaba, sentándolo en mi regazo mientras le abrazo con fuerza.

—Estoy segura de que no se ha cansado de vosotros, mi vida —digo posando los labios en su pelo—. Pero tenéis que intentar ponerle las cosas más fáciles... Los tres.

—Vale... —responden a la vez.

En ese momento, se abre la puerta principal y al poco, Aaron aparece en la cocina.

—Hola... —nos saluda arrugando la frente, extrañado y sorprendido al vernos a todos ahí reunidos.

Al instante, los tres se levantan y corren a abrazarle. Aaron me mira sin entender nada y yo le sonrío encogiendo los hombros.

—¿Estáis bien? —les pregunta.

—Perdónanos, por favor —le dice Lexy.

—Lo sentimos mucho, papá... No volverá a pasar —añade Chris.

—Por favor, no te canses de nosotros. No te vayas.

—Max, he salido a correr... No me voy a ir...

—Pero es que a "veses" somos muy pesados y nos portamos muy mal. Te ponemos las cosas "difisiles", pero te queremos un montón.

—A ver... —dice cogiendo a Max en brazos—. Yo también os quiero y no me voy a ir, Max. A veces estoy cansado y es cierto que en ocasiones no me ponéis las cosas fáciles, pero no os vais a librar de mí tan fácilmente... ¿Vale?

Los tres asienten sin dejar de abrazarle. Aaron me mira y me pilla sonriendo, apoyando la barbilla en mi mano. Me pongo en pie y camino hacia él, mordiéndome el labio inferior.

—¿Y de mí? ¿Me prometes que tampoco te cansarás de mí? —le pregunto cuando los chicos se apartan un poco y me dejan acercarme a él, agarrándome de su camiseta.

Sin cortarse un pelo, me agarra del culo y me levanta. Yo pongo los brazos alrededor de su cuello y las piernas alrededor de su cintura. Olvidándonos de la presencia de los chicos, me besa, caminando conmigo a cuestas hasta dejarme sentada en una de las encimeras de la cocina.

—¿Te he dicho alguna vez que me pones mucho cuando estás todo sudado...? —susurro en su oreja.

—Eres una puerca —contesta riendo—, porque debo de oler fatal.

En ese momento se escucha a Jimmy llorar a través del intercomunicador. Al instante, los tres se ponen en marcha y corren hacia las escaleras.

—No os preocupéis —nos informa Max, parándose a nuestro lado—. Vosotros seguid dándoos besos que ya nos encargamos nosotros de Jimmy.

AARON

Salgo de la ducha y me anudo una toalla alrededor de la cintura. En cuanto al dormitorio, me encuentro a Livy cambiándose de ropa para ponerse algo más cómodo. Enseguida me pego a su espalda y la abrazo, hundiendo la nariz en el hueco de su cuello mientras mis labios succionan su piel con delicadeza. Ella me acaricia la cara, echando la cabeza hacia atrás, ronroneando perezosa al sentir mi contacto.

—Estoy agotada... —me dice.

—Y yo... —contesto.

—Necesito ayuda...

—Y yo...

—¿Te agobian mucho?

—No... No son ellos... O sea, es cierto que a veces suceden cosas como lo de hoy, pero en el fondo no se portan mal... Son buenos... pero...

—Necesitas trabajar...

—¡Sí! —contesto con algo más de entusiasmo del que hubiera querido, dando a entender quizá algo que no quiero, así que me apresuro a aclarar—: O sea, no me estorban y me lo paso en grande con ellos... Quiero estar con ellos... pero necesito hacer algo más...

—Aaron, ¿quieres recuperar tu antiguo puesto?

En cuanto escucho sus palabras, la miro con los ojos muy abiertos. Se me empieza a dibujar una enorme sonrisa, pero de nuevo, no quiero que piense que estoy deseando deshacerme de mis hijos.

—Nos podríamos ayudar mutuamente... —me aclara ella—. Tú necesitas trabajar y yo necesito tenerte de vuelta en la unidad, cuanto antes.

—Pero yo renuncié... Y quedamos en que me encargaría de los chicos...

—Bueno, a veces los planes pueden variar, ¿no? Por tu renuncia, no te preocupes. Yo sigo siendo tu jefa y te pido que vuelvas. Es más, te lo exijo. Los de arriba no pondrán ningún impedimento y a Finn le quitaremos un gran peso de encima. Y en cuanto a los chicos, sé lo que hablamos, pero nos lo podemos montar bien. Por las mañanas, todos en el colegio o instituto y a Jimmy le buscamos una guardería.

Y por las tardes, nos lo podemos montar para que siempre estén con uno de nosotros, o con los dos, o cuidarse entre ellos...

—Suena genial, pero me sabe mal, sobre todo por Jimmy... Le veré menos...

—Pero el rato que estés con él, será perfecto porque le cogerás con más ganas.

La verdad es que la idea de volver al SWAT me encanta y lo necesito, pero por otro lado, me sabe mal no poder verles tanto como hasta ahora.

—Aaron, por favor... te necesito —me pide Livy, cogiendo mi cara entre sus manos y haciendo pucheros con el labio inferior para convencerme.

—Lo quiero hablar antes con ellos, ¿vale? —digo señalando con la cabeza hacia la puerta.

—Me parece perfecto.

En cuanto bajamos las escaleras, agarrados de la mano, vemos a los chicos cuidando de Jimmy. Lexy está sentada en el sofá, sosteniendo al pequeño en su regazo, dándole el biberón, mientras Chris y Max están sentados en la mesita de centro, mirándoles. Chris sostiene su guitarra y toca algunas notas.

—¡Mirad! —dice Max al vernos—. A Jimmy le encanta que Chris toque la guitarra.

—Es verdad, mamá —añade Lexy—. No deja de sonreír y hasta se olvida de beberse el biberón.

—¿Va a salir músico? —pregunto yo, sentándome en el reposabrazos del sofá, sentando a Livy encima de mí.

—Cuando salgas de gira, Chris, le puedes llevar contigo.

—Sí... —contesta Chris con timidez, agachando la cabeza.

—Sobre todo le gusta esa que cantas rapeando... ¡Cántala, Chris! ¡Enséñales a mamá y Aaron cómo le gusta!

Chris se coloca bien la guitarra y toca algunas cuerdas intentando buscar el tono que quiere. Jimmy deja de mirar el biberón y enseguida centra su atención en Chris. En cuanto empieza a cantar, muy rápido y mirándole directamente, golpeando las cuerdas de la guitarra sin compasión, Jimmy da un manotazo al biberón y se le dibuja una enorme sonrisa en la cara. Al rato, ya no solo hace eso, sino que mueve las manos y las piernas sin control, como si bailara, dando palmas. Chris le hace caras divertidas mientras canta solo para él, llegando a acercarse tanto que deja que Jimmy toque la madera de la guitarra, e incluso aprovecha para darle algún beso. Lexy se pone en pie, llevando a Jimmy en brazos y se pone a bailar suavemente, gesto que Max imita. Finalmente, Chris hace lo mismo y sigue cantando y bailando alrededor de ellos. Liv y yo les observamos sentados en el sofá. Ella apoya la cabeza en mi hombro mientras yo la abrazo.

—Después de la tarde que me han dado, hacen cosas como esta y todo vuelve a cobrar sentido y a merecer la pena... ¿Sabrán ellos lo mucho que les queremos? —le pregunto.

—Por supuesto que lo saben. No veas lo preocupados y arrepentidos que estaban cuando has salido a correr...

Cuando Chris acaba de cantar y deja la guitarra a un lado, Max se pone a aplaudir mientras Lexy mira a Jimmy y le pregunta:

—¿Te ha gustado? ¿Sí? ¿Sí?

Jimmy aplaude y asiente con la cabeza, abrazándose a su hermana.

—¿Has visto, Aaron? —dice Max sentándose en mi regazo—. ¿Has visto lo que le gusta?

—Sí —contesto apretándole contra mi pecho mientras le peino el pelo con cariño.

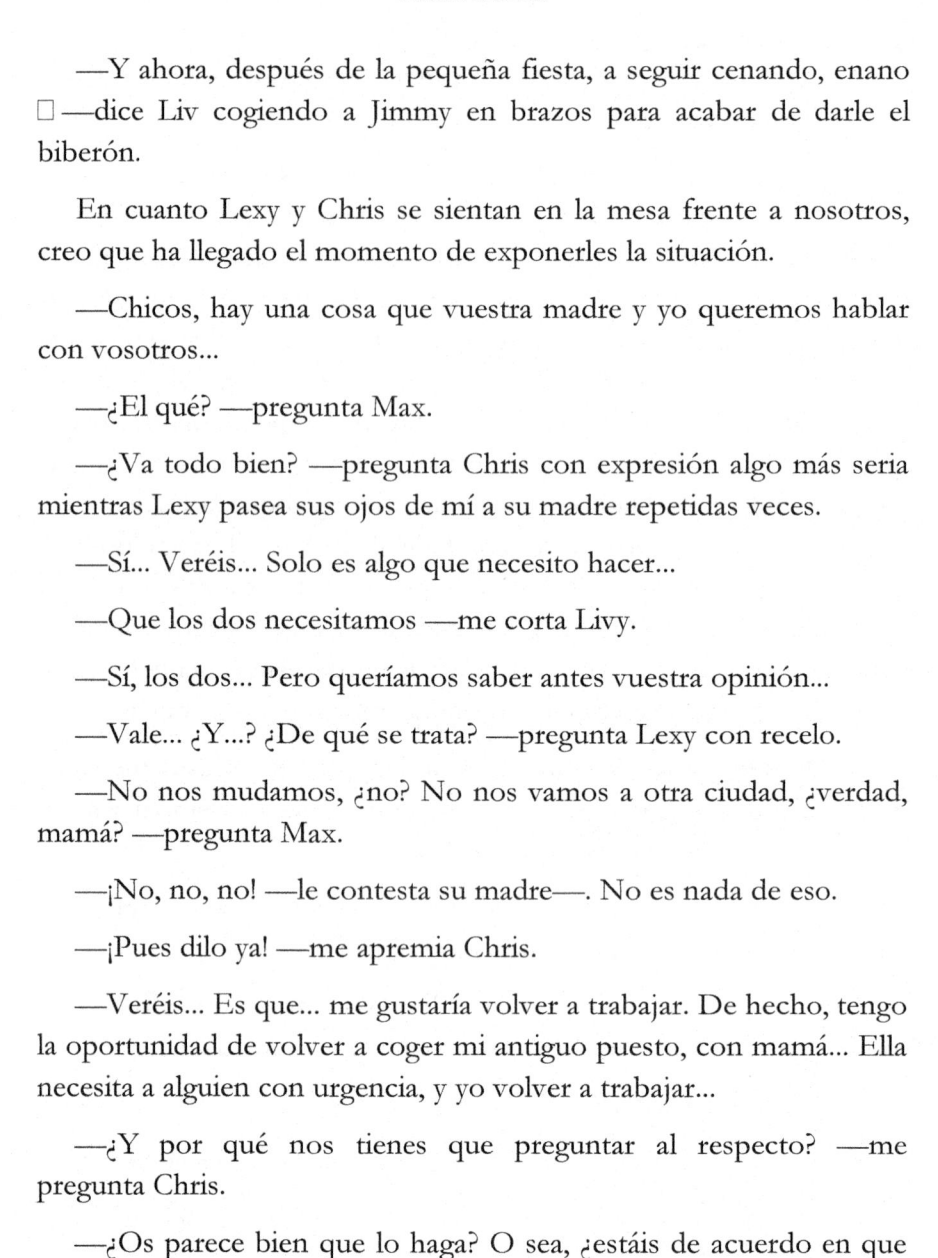

—Y ahora, después de la pequeña fiesta, a seguir cenando, enano —dice Liv cogiendo a Jimmy en brazos para acabar de darle el biberón.

En cuanto Lexy y Chris se sientan en la mesa frente a nosotros, creo que ha llegado el momento de exponerles la situación.

—Chicos, hay una cosa que vuestra madre y yo queremos hablar con vosotros...

—¿El qué? —pregunta Max.

—¿Va todo bien? —pregunta Chris con expresión algo más seria mientras Lexy pasea sus ojos de mí a su madre repetidas veces.

—Sí... Veréis... Solo es algo que necesito hacer...

—Que los dos necesitamos —me corta Livy.

—Sí, los dos... Pero queríamos saber antes vuestra opinión...

—Vale... ¿Y...? ¿De qué se trata? —pregunta Lexy con recelo.

—No nos mudamos, ¿no? No nos vamos a otra ciudad, ¿verdad, mamá? —pregunta Max.

—¡No, no, no! —le contesta su madre—. No es nada de eso.

—¡Pues dilo ya! —me apremia Chris.

—Veréis... Es que... me gustaría volver a trabajar. De hecho, tengo la oportunidad de volver a coger mi antiguo puesto, con mamá... Ella necesita a alguien con urgencia, y yo volver a trabajar...

—¿Y por qué nos tienes que preguntar al respecto? —me pregunta Chris.

—¿Os parece bien que lo haga? O sea, ¿estáis de acuerdo en que vuelva a trabajar?

—¿En serio? ¿Nos lo estás preguntando en serio? —me pregunta Lexy mientras yo asiento lentamente con la cabeza—. Aaron, por supuesto que nos parece bien. O sea, siempre que sea lo que tú quieres, a nosotros nos parecerá bien.

—¿Sí? —les pregunto muy aliviado—. Adoraba mi trabajo y necesito algo de acción... No me malinterpretéis... Me encanta estar aquí y cuidar de vosotros, pero...

—Por supuesto, papá. Es genial que quieras volver a trabajar. Entre tú y yo, el papel de amo de casa no te queda bien —añade Chris—. La frase "hoy he puesto tres lavadoras" no sonaba nada creíble saliendo de tu boca...

—Aunque ha sido genial que estuvieras siempre aquí —vuelve a intervenir Lexy—. Ya sabes... Era... guay poder contar contigo siempre...

—Y vais a poder seguir contando conmigo para lo que queráis. No voy a estar lejos... Estaré con mamá.

—Uno de los dos os llevará al cole y os recogerá luego, Max —le dice Livy, centrándose en él de forma muy acertada al ver que aún no ha hablado y tiene la vista fija en mi camiseta—. Y si no, Chris o Lexy te irán a buscar y nosotros llegaremos muy pronto. ¿A que sí?

—¡Claro! —dice Chris.

—Si mamá o Aaron no pueden ir, Chris y yo iremos a recogerte. Y te llevaremos al parque... O podemos ir a buscarles al trabajo. ¿Qué te parece? Siempre has dicho que te gustaría ir a la comisaría.

—Buscaremos una guardería para Jimmy —añade Livy que, al mirarle, sonríe al ver que se ha quedado dormido en sus brazos—. Voy a subirle a su cuna.

Les echa una mirada a Chris y Lexy, que la captan de inmediato, levantándose y dejándonos solos a Max y a mí.

—¿Estás bien? —le pregunto buscando su mirada y, al ver que no contesta, paso mis dedos por su pelo e insisto—: Max, ¿te parece bien que vuelva a trabajar? Si no te parece bien, no lo haré. Me quedaré aquí. Lo digo en serio.

—Es porque me he portado mal —dice con un hilo de voz y sin levantar la cabeza, jugando con mi camiseta, arrugándola entre sus pequeños dedos—. Por mi culpa.

—No, no, no... —me apresuro a contestar agarrando su cara entre mis manos para obligarle a que me mire—. Max, campeón, mi decisión no tiene nada que ver contigo. Lo de esta tarde ha sido un... accidente. Bueno, varios accidentes, pero te juro que no vuelvo a trabajar para alejarme de ti o de tus hermanos.

Le miro durante unos segundos. Max sorbe con fuerza por la nariz limpiándose con la manga del pijama.

—Max, conoceros y convertirme en vuestro padre es lo mejor que me ha pasado en la vida. Nunca haría nada por alejarme de vosotros, ni nada que os molestara, así que si no te parece bien que vuelva a trabajar, dímelo y no lo haré.

—Te veré menos...

—Muy poco menos. Te llevaré y recogeré del colegio siempre que pueda. Y cuando no pueda hacerlo, te prometo que pasaremos toda la tarde juntos.

—¿Seguiremos yendo al parque?

—Por supuesto.

—¿Me sigues queriendo?

—Claro que sí. Mucho —le digo volviendo a buscar su mirada, obteniendo mayor éxito esta vez, viendo como las comisuras de sus labios se curvan hacia arriba poco a poco—. Max, te quiero más que a mi vida misma. Sois el centro de mi universo...

Apoya la cabeza en mi pecho y le estrecho entre mis brazos, respirando profundamente. Cierro los ojos, pensando en la importancia de mis palabras y en lo ciertas que son. En pocos meses, ellos han cambiado mi vida por completo y le han dado sentido a todo.

—Entonces, puedes volver a trabajar —escucho que me dice.

—¿En serio?

—Sí, es lo justo. Ahora es mamá la que te echa de menos y quiere tenerte a su lado más rato.

LIVY

—¿Listo? —le pregunto.

Cada uno llevamos nuestro café en una mano, comprado en la cafetería cercana a la central, como hacíamos tiempo atrás.

—Por supuesto —contesto con una sonrisa sincera—. Aunque voy a echar mucho de menos a los chicos, sobre todo a Jimmy.

—Normal... No os habéis separado en más de ocho meses. Aunque ya has visto que en la guardería está muy bien y se queda muy a gusto. Es un tipo duro.

—Como lo era su tío...

—Sí... A ese Jimmy también le vas a echar de menos, ¿verdad?

—Va a ser un poco raro estar en la comisaría sin él...

—Lo es —aseguro, subiendo las escaleras de la central y abriendo la puerta.

En cuanto la traspasamos y los demás agentes nos ven llegar, se arma un buen alboroto. Todos quieren darle la bienvenida, saludarle, estrecharle la mano e incluso abrazarle. Yo le dejo su espacio y me dirijo a mi despacho, observando todo a través de las ventanas, con una sonrisa de satisfacción en la cara.

Cuando al rato consigue quedarse solo, le veo acercarse a su mesa, que nunca nadie ocupó desde que se marchó. La rodea y se sienta en su silla, mirando su impoluto escritorio. Enciende el ordenador y, mientras espera a que arranque el programa de correo, se acerca al armario de detrás. En cuanto lo abre encuentra enganchado en la puerta el dibujo que Max le hizo hace unos meses y que yo misma decidí pegar ahí para que no se perdiera. Además, cuando supe de su vuelta, me permití el lujo de añadir dos fotos a ese pequeño museo. Una que encontré en el escritorio de Jimmy cuando fuimos capaces de recoger sus cosas, varias semanas después de que muriera, en la que sale junto a Aaron, ambos vestidos de uniforme, sonriendo con complicidad. La otra es una que nos hizo mi hermana la semana pasada en la que salimos los seis. Enganché una pequeña nota al lado, escrita en uno de esos papeles de colores chillones, en la que se puede leer: "Te queremos". Sin cerrar la puerta, veo como se da la vuelta lentamente y mira hacia mi despacho. Cuando nuestras miradas se encuentran, le sonrío ladeando la cabeza. Entonces veo cómo se sienta en su silla y empieza a teclear. Al poco, recibo un aviso en mi correo electrónico.

"No más que yo a vosotros"

Río y, levantando una ceja, escribo mi mordaz respuesta.

"Y ahora deja de holgazanear y ve al vestuario a ponerte el uniforme. ¡Es una orden!"

En cuanto lo lee, levanta la vista hacia mí y me desafía con la mirada. Esto parece que va a ser tan divertido como lo era hace unos meses.

"Voy... ¿Bajas y me ayudas? Es que no sé si voy a ser capaz de recordar cómo se pone..."

Niego con la cabeza, sin poder dejar de sonreír, justo cuando vuelvo a recibir otro correo electrónico.

"Recibo señales contradictorias... Niegas con la cabeza pero a la vez no puedes dejar de sonreír e incluso te muerdes el labio... ¿Eso es un sí o un no? ¿Voy bajando?"

Esta vez, en lugar de contestar, mientras veo que se levanta y camina hacia las escaleras que bajan al piso de abajo, justo antes de pasar por al lado de mi despacho, le digo que no con el dedo. En cuanto me ve, se lleva las dos manos al corazón y hace ver que se saca un cuchillo clavado.

Le veo perderse escaleras abajo y me centro en los cientos de expedientes que tengo encima de la mesa. Los empiezo a separar para dejarle a Aaron los que le competen a él, cuando escucho que llaman a mi puerta y se abre de inmediato.

—Entonces, hemos quedado que no bajas, ¿verdad?

—Largo —digo señalándole.

—Tú te lo pierdes...

—No lo dudo, pero cuanto antes subas, antes te podrás poner con esto —digo señalando las pilas de expedientes que ya he separado para él.

—Pensaba que acostarse con la jefa daba ciertos beneficios...

—Si lo prefieres, aviso que Jimmy no irá más a la guardería y sigues cambiándole los pañales cada media hora.

—Me tienes pillado por los huevos.

—Lo sé —le contesto moviendo las cejas arriba y abajo—. Pórtate bien y te dejo que me invites a comer luego...

—Tú lo que quieres es otro perrito en el parque.

—Cómo me conoces...

AARON

—Aaron, ¿no te vas a casa hoy? —me pregunta Finn—. Primer día y la jefa ya te tiene esclavizado.

—Ya casi estoy. Relleno estos últimos informes, se los dejo a la Capitana en el despacho, y me voy a casa. Así ella ha podido ir a recoger a los chicos.

—¿No se te hace raro llamarla Capitana?

—¿Acaso te piensas que en casa no manda igual? Si casi me tengo que cuadrar y todo...

—Ya será menos... —contesta mientras los dos reímos—. Me alegro de que estés de vuelta... Podemos intentar que todo vuelva a ser como antes... al menos casi como antes.

Agacho la cabeza y trago saliva con dificultad. Cuando Finn se da cuenta de que sus palabras me incomodan, se queda callado y se rasca la nuca.

—Lo siento, Aaron. Yo no...

—No pasa nada. Es solo que me llevará un tiempo acostumbrarme a estar aquí sin él... Cada día le doy gracias por el regalo que me hizo, ¿sabes? Él salvó la vida de dos de las personas que más quiero en este mundo... A veces pienso que en mi pequeño se ha quedado una parte de él...

—¿Quién sabe?

—Sí...

Los dos nos quedamos callados durante un rato, con la mirada perdida, sumidos en nuestros propios pensamientos, hasta que alguien interrumpe el silencio.

—¡Aaroooooooooooooon!

Max irrumpe en la comisaría como un vendaval, lanzándose a mis brazos en cuanto me tiene a tiro.

—Hola, colega. ¿Cómo estás?

—Bien. Ya sé hacer sumas.

—¡Venga ya! ¿En serio?

—Te lo prometo. Y casi no tengo que usar los dedos...

—¡Vaya! —digo mientras veo entrar a Livy con Jimmy, el cual, en cuanto me ve, estira los brazos para que le coja—. Eh... Hola, enano... Te he echado de menos... ¿Cómo te ha ido la guardería?

No entrabas en mis planes

—Le ha ido bien, pero ha robado —contesta Max.

—¿Has robado, tío? —le pregunto riendo y, mirando a Livy, después de darle un beso corto en la boca, añado—: No me lo digas... Vienes a encerrarle en el calabozo para que cumpla su pena.

—A este paso, no lo descarto. Primer día de guardería y ya se ha traído un par de coches de juguete. No había manera de arrancárselos de las manos y su profesora le ha dejado llevárselos —me informa, y luego mirando a Jimmy, dice—: Pero mañana los tenemos que devolver, ¿a que sí?

Jimmy niega con rotundidad, muy serio, mientras yo hago verdaderos esfuerzos por aguantarme la risa.

—Sí, sí, sí —insiste ella—. En casa tienes tus juguetes. Estos son de la guardería, y por lo tanto, del resto de niños también.

Jimmy intenta esconder los dos coches, negando de nuevo con la cabeza.

—Hacemos un trato —le digo entonces—. Si mañana los devuelves a clase, le preguntamos a tu profesora si nos podemos llevar otro juguete diferente a casa. De esa manera, te puedes llevar varias cosas, pero con la condición de que las devuelvas siempre al día siguiente. ¿Qué te parece? Así nos puedes enseñar los juguetes de tu clase.

—Di que sí, Jimmy, que si no te meten en la "cársel" —le dice Max—. Chris ha estado y es muy chungo y peligroso...

Finn estalla en carcajadas y los dos le miran mientras nosotros nos encogemos de hombros, negando con la cabeza con resignación.

—Max, mira, te presentamos. Este es Finn. Trabaja con mamá y conmigo.

—Hola, Finn —le saluda tendiéndole la mano para estrechársela.

—Hola, campeón.

—Y este de aquí —digo poniéndole de cara a él—, es Jimmy.

—Hola... —Finn le mira y en cuanto el pequeño le sonríe de oreja a oreja, abre mucho los ojos y mirándome, añade—: Vaya, sí que hay algo en él que me resulta familiar... Al menos, sonríe de oreja a oreja como su tío Jimmy, ¿a que sí, pequeño?

Le sostiene un rato en brazos, un par de minutos escasos, pero es suficiente para que el pequeño se haya metido a Finn en el bolsillo.

—Bueno, muy a mi pesar por tener que alejarme de esta bolita preciosa, me voy a tener que marchar para casa, que mi mujer me espera...

—Sí, nosotros también deberíamos irnos ya. Chris y Lexy deben de haber llegado hace un rato y estarán haciendo deberes.

—Sí... Deberes... —comenta Max entre dientes mientras su madre le da una suave colleja en la nuca.

—Aún no he acabado con todos los informes... —le digo.

—Bueno, te doy permiso para irte sin acabar.

—Si lo dice la jefa... Me voy a cambiar y nos vamos.

—Menos mal, mamá, porque le tienes explotado. Te lo dije, que no te iba a dejar salir nunca a tiempo para llevarme al parque.

—¡Oye! ¡Max, al calabozo tú también!

Bajo las escaleras escuchándoles reír y oyendo a Max preguntar por todo lo que ve alrededor, obligando a Livy a explicarle cosas como de quién es cada mesa, dónde se esconden las pistolas o por qué no hay fotos de los detenidos en las paredes.

Me cambio lo más rápido que puedo, sin dejar de pensar en cómo he cambiado en poco más de un año. Si me hubieran preguntado entonces por mi plan para una noche como esta, habría contestado que salir a tomarme unas copas y tirarme a la primera que se me pusiera a tiro. Ahora, en cambio, mi plan perfecto es pasar la noche junto a la mujer que amo y nuestros cuatro hijos.

No entrabas en mis planes

Subo las escaleras de nuevo, ya cambiado y les veo sentados detrás de mi mesa. En cuanto me ven, Max me sonríe y levanta una hoja de papel. En ella nos ha dibujado a todos, incluido Bono.

—Es perfecto. Me encanta, Max.

—Es para que lo cuelgues al lado del que te "hise"... En ese sales solo con Bono, y ahora tienes a mamá, a Chris, a Lexy, a Jimmy y a yo.

—Tengo mucha suerte, ¿no crees? —le pregunto.

—Nosotros también, ¿verdad, mamá? ¡Qué suerte que os conocierais! —dice mientras salimos de la comisaría.

Livy lleva a Jimmy en brazos mientras yo agarro a Max de la mano. Ella choca mi hombro con el suyo y, mirándome de reojo, susurra:

—Sí, tuve mucha suerte al equivocarme de lavabo aquella noche...

—Y yo de que me pidieras que te acompañara de nuevo luego...

—Seguro que no te imaginabas que aquella noche desembocara en esto... —dice señalando con la cabeza a los chicos, ajenos a nuestra conversación.

—No, te puedo asegurar que nunca planeé que aquella noche acabara en esto.

—Está claro que lo nuestro no es hacer planes.

EPÍLOGO

AARON

Apoyo los codos en la barra y miro alrededor, sosteniendo el vaso de tubo en mi mano. La pista está llena de gente, la mayoría mujeres, bailando y contoneándose sin descanso, la mayoría embutidas en vestidos tan cortos y ajustados que dejan poco a la imaginación. La verdad es que, aunque hayan pasado unos cuantos años desde que frecuentaba este sitio con Jimmy, me doy cuenta de que las cosas no han cambiado prácticamente nada.

Apuro mi copa y me doy la vuelta para dejar el vaso en la barra. Miro a mi derecha y descubro a una chica haciéndome un repaso exhaustivo. Tiene una pajilla en la mano y se la lleva a la boca, jugando con ella de forma insinuante. Al rato, la vuelve a meter dentro del cóctel que lleva en la mano, apura el líquido de su interior y se acerca aún más a mí.

—Hola —me saluda, acercándose tanto que casi me roza con su cuerpo.

—Hola —contesto.

—No te había visto nunca por aquí... —comenta mientras se peina el pelo con las manos dejando parte de su cuello totalmente expuesto.

—Es que cuando yo frecuentaba este sitio, tú no debías de tener la edad suficiente para poder entrar. Y hacía mucho que no volvía.

—Ya será menos... ¿Cuántos años tienes? ¿Cuarenta, más o menos?

—Algo más que menos...

—Pero no más de cincuenta.

—No, no más de cincuenta.

—¿Cuántos? Va, confiesa —me dice tocando mi brazo.

A su espalda veo a un grupo de chicos que la miran casi babeando. Ríen mientras se incitan unos a otros para atreverse a decirle algo. Algunos de ellos incluso me miran como con envidia, sin poderse creer que un tipo que casi les dobla la edad, pueda llevarse a esa chica.

—Como poco, veinte más que tú.

—Yo tengo veintidós, casi veintitrés.

—Pues mira, no voy muy desencaminado.

—Michelle —dice tendiéndome la mano—. ¿Te apetece bailar?

—Aaron —le contesto estrechándosela—. Seguro que esos chicos de ahí atrás están deseando que les preguntes eso mismo.

Ella se da la vuelta y les mira. Enseguida, ellos yerguen la espalda y le sonríen. Michelle les saluda con una mano, esbozando una sonrisa de circunstancias y se gira, volviendo a centrar toda su atención en mí.

—Pero a mí no me apetece bailar con ellos.

—¿Y no has venido con amigas?

—Sí, pero se han buscado la vida ya... Todas andan por ahí con alguno...

—Ya veo... Pues siento desilusionarte, pero no soy la mejor pareja de baile que puedas encontrar por aquí.

—Y si no has venido a bailar, ¿a qué has venido? —me pregunta chocando su hombro contra mi brazo.

Se gira hacia mí y rozando deliberadamente sus pechos contra mi cuerpo, acerca su boca a mi oreja y susurra:

—Llevo un rato observándote y sé que has venido solo. Si necesitas compañía, solo tienes que pedírmela.

Cuando se separa, me guiña un ojo de forma provocadora, apoyando las palmas de las manos en mi pecho, mientras yo la miro de arriba abajo. Sonrío sin despegar los labios y niego con la cabeza. No se le puede echar en cara que tenga falta de empeño.

—Tengo una hija de casi tu edad... No me parece, digamos... apropiado.

—Pero no niegas que vengas buscando compañía... ¿Separado, divorciado, viudo...?

—Ninguna de esas.

Apuro mi segunda copa, la dejo encima de la barra y, mirándola de reojo, le sonrío de medio lado mientras empiezo a caminar hacia los lavabos. Una vez dentro, me aproximo a los urinarios y mientras meo, no puedo borrar la sonrisa de mi cara. A pesar de tener ya cuarenta y cinco, sigo estando en el mercado, y no puedo negar que eso me sube la moral. En ese momento, se abre la puerta de golpe, llegando incluso a rebotar contra la pared.

—Me parece que te has despistado... —dice un tipo que salía por la puerta.

—¡Largo! —le dice ella, ignorándole por completo y dirigiéndose hacia mí.

El tipo se queda boquiabierto, no solo por la respuesta, sino por el cuerpazo que se le intuye con ese vestido corto, que se ciñe a ella como si fuera una segunda piel. Además, lleva unos zapatos negros de tacón altísimos, que además de estilizarle las piernas y hacer que parezcan interminables, elevan su estatura como unos diez centímetros.

Sin poderme creer la suerte que tengo, sonriendo como un bobo, me subo la cremallera y me acerco al lavamanos.

—¡Borra esa estúpida sonrisa de tu cara! —me grita con tanta rabia que le obedezco al segundo.

—Estás... —digo mirándola de arriba abajo—. Estás increíble...

—No lo intentes arreglar y, sobre todo, no me regales los oídos. ¿Se puede saber de qué cojones iba lo de ahí fuera?

—¿Lo de...? Espera, espera... ¿Me estabas espiando?

—¡Sí! Llegué antes y pude ser testigo de parte de la escena... Vi cómo la zorra esa se te frotaba como una perra en celo y como tú no te alejabas de ella ni un centímetro.

—La idea de que rememoráramos aquella noche, ha sido tuya... Tú has querido que viniéramos por separado para hacerlo más creíble. Yo solo me estaba tomando unas copas mientras te esperaba...

—¡Pero no pensaba que te iba a encontrar frotándote contra una adolescente que podría ser tu hija!

—¡Pero yo no me frotaba con nadie! Espera, espera... ¿Estás celosa? —le pregunto sin poder evitar que las comisuras de mis labios se curven hacia arriba.

—¿Estás orgulloso de ello? —me fulmina con la mirada justo antes de darse la vuelta y salir de los lavabos como una exhalación.

Pasados unos segundos de estupor en los que reconozco que me siento incluso orgulloso de haberla puesto celosa, caigo en la cuenta de que puede que no sea una buena idea dejarla sola en mitad de la discoteca y corro tras ella. En cuanto salgo al pasillo, miro a un lado y a otro, con la esperanza de que solo esté tratando de ponerme a prueba y me esté esperando allí, pero al no verla, camino con prisa hacia la pista central. Desde la posición en la que estoy, tengo una vista privilegiada de la pista de baile, de los asientos de alrededor y de las tres barras, así que echo un vistazo alrededor, buscándola. Entonces la veo, bailando en la pista, rodeada de algunos tíos que no han perdido la ocasión de arrimarse a ella para ver si tienen suerte. La veo moverse al ritmo de la música, contoneando las caderas y acariciándose el cuello con sus propias manos. Aunque le sale muy natural, de alguna manera consigue que todos y cada uno de sus movimientos tengan ese punto de sensualidad que no pasa desapercibido para ningún tío a kilómetros a la redonda. De repente, todo el mundo desaparece a mi alrededor y solo soy capaz de verla a ella mientras la música retumba en mis oídos. Mi respiración se hace cada vez más pesada y parece como si cada uno de los movimientos de su cadera fuera un cuchillo que se clava en el centro de mi pecho. De repente la veo girarse hacia mí y clavar sus ojos en los míos. A pesar de estar separados varios metros, veo claramente cómo se muerde el labio inferior, que lleva pintado de un rojo intenso, mientras una de sus manos se desliza desde su cuello hasta su cintura, pasando por encima de sus pechos de forma muy lenta y provocadora. Entonces uno de los tíos se atreve a rodear su cintura con un brazo. Observo la escena con la sangre en plena ebullición, esperando alguna reacción por parte de ella, un tortazo o un empujón que, para mi asombro, no se produce. Ladeo la cabeza, confundido y muy cabreado, y entonces mis pies deciden poner cartas en el asunto y empiezo a caminar hacia la pista. No dejamos de mirarnos en ningún momento, los dos muy serios, hasta que llego y aparto el brazo del tipo de malas maneras.

—¡Eh, tú! ¿Quién cojones te piensas que eres? Está bailando conmigo. ¡No es tuya!

—Te equivocas —contesto con voz ronca aunque muy tranquilo, sin apartar los ojos de los de ella—. Es completamente mía. Para siempre.

Rodeo su cintura con mis brazos mientras ella me mira fijamente, levantando una ceja. Por el rabillo del ojo observo cómo los buitres que la acechaban se empiezan a alejar.

—¿Estás celoso? —me pregunta imitando mi tono de voz de antes.

—No te haces una idea de cuánto. No consiento que nadie te ponga una mano encima.

—Vaya... Qué pena...

Se da la vuelta y continúa bailando, ignorándome, como si yo no existiera, sin importarle que mis brazos sigan rodeando su cintura. Aún así, no pienso soltarla, cosa que provoca que mientras se mueve, su trasero roce mi entrepierna. Mi cuerpo, que no es para nada inmune a ella, reacciona enseguida, y una tremenda erección se aprieta contra la bragueta de mi pantalón mientras una especie de sudor frío recorre mi espalda. Está jugando conmigo, provocándome y poniéndome celoso, y lo que me da más rabia, obteniendo un éxito absoluto en ello. Sin muchos miramientos, la agarro de un brazo y la obligo a darse la vuelta con tanto ímpetu, que su cuerpo choca contra el mío y se ve obligada a apoyar la palma de su mano libre en mi pecho. Rodeo entonces su cintura, apretándola contra mi cuerpo para que sea consciente de cómo me pone, la agarro también de la nuca, y la beso con violencia. Muerdo sus labios y mi lengua saquea su boca hasta que ella consigue agarrarme del mentón y separarse de mí. Sus labios están algo hinchados y su lápiz de labios algo corrido. Veo cómo posa los dedos en ellos y cómo sus ojos me miran desafiantes. Entonces, agarro sus manos y la obligo a rodear mi cuello con ellas. Cuando me aseguro de que no se resiste ni se aparta, mis dedos empiezan a descender, acariciando su costado hasta que vuelvo a posar las manos en la parte baja de su espalda, rozando con las yemas la tela de su ceñido vestido.

LIVY

Me mece de un lado a otro, aunque no sé si estamos siguiendo el ritmo de la canción porque soy incapaz de prestar atención a algo o a alguien que no sea él. No puedo dejar de mirar sus infinitos ojos azules, esos que, a pesar de los años y de unas pocas arrugas que se le han formado a los lados, siguen hipnotizándome de igual forma que lo hicieron la primera vez que le vi. Aquella primera vez hace algo más de ocho años. Aquella primera vez en este mismo lugar. Aquella primera vez que los dos pensamos que solo sería un polvo. Aquella primera vez que cambió nuestras vidas para siempre.

Aaron se separa de mí unos centímetros y me agarra de la mano, tirando de mí, sacándome de la pista y llevándome hacia el pasillo donde están los lavabos. Me conduce hasta el fondo, cerca del almacén, donde la luz es más escasa, como sucedió hace años. Apoya mi cuerpo contra la pared y coloca sus manos en la pared, a ambos lados de mi cara. Se acerca hasta que su aliento hace cosquillas primero en mis labios, luego en mi cuello y luego hace arder mi canalillo conforme va agachando la vista.

—Mismo sitio, misma situación... —digo tragando saliva, expectante y deseosa de que todo esto acabe tal cual lo hizo hace ocho años.

—¿Y cómo quieres que acabe? —me pregunta con voz ronca, como si me leyera el pensamiento.

Agacho la cabeza mientras muevo las manos lentamente hasta su camisa, la cual agarro para atraerle hacia mí y recorrer así los escasos centímetros por los que nuestros cuerpos están separados. En cuanto su cuerpo se pega al mío, sus manos se despegan de la pared y me agarran la cara. Me besa con la misma premura que antes, mordiendo mis labios, solo que esta vez yo también contraataco. Hundo los dedos en su pelo, como si quisiera impedir cualquier intento por su parte de separarse de mí, cosa que sé a ciencia cierta que no haría por nada en el mundo. Siento sus manos en mis caderas, agarrando el bajo de mi vestido y noto cómo me lo empieza a subir. Cuando se detiene, seguramente en el momento en que su cabeza vuelve a tomar las riendas de la situación, me descubro incluso decepcionada y, presa por la lujuria, llevo una mano a su entrepierna y aprieto su erección. Cuando Aaron jadea, cerrando los ojos con fuerza y apoyando la frente en la mía, empiezo a bajarle la cremallera y meto la mano dentro.

—¿Qué haces? —gime en mi oreja.

—Demostrarte cómo quiero que acabe... ¿Para qué si no hemos venido aquí esta noche?

—¿Para celebrar nuestra primera noche de libertad en ocho años?

—Exactamente... Y yo no sé tú —digo agarrando sus manos y tirando de él mientras camino de espaldas—, pero yo quiero celebrarlo por todo lo alto.

Me apoyo en la puerta de lo que, según recuerdo, era el almacén donde hace unos años dimos rienda suelta a nuestra pasión, y pongo la mano en el picaporte. Sin dejar de mirarle, rezando a todos los Dioses para que no se hayan vuelto precavidos con el tiempo y hayan cerrado la puerta con llave, aguanto la respiración mientras lo hago girar. El alivio que siento cuando la puerta se abre, es indescriptible, pero no me da tiempo a regodearme demasiado de mi éxito porque, después de cerrar la puerta a su espalda de un puntapié, Aaron me coge en volandas y camina conmigo a cuestas, sin dejar de besarme, hasta que encuentra algún sitio donde apoyarme. Ese algo resulta ser una estantería baja en la que habían almacenado unos cuantos vasos, que ahora yacen en el suelo, hechos añicos. Por suerte para nosotros, la música del exterior camufla el estruendo de cristales rotos y Aaron solo se preocupa por apartarlos con un pié, sin despegarse de mí ni un centímetro. Me sube el vestido con ambas manos y cuando lo tengo a la altura de la cintura, me abro de piernas para acogerle entre ellas. Frota su erección contra mi tanga, húmedo desde hace ya un rato, cuando me contoneaba de forma provocativa en la pista y él me echó una mirada profunda y severa. Necesito sentirle, contra mí, encima de mí, dentro de mí... Así que apoyo los pies, aún calzados con mis zapatos de tacón, en su trasero y le aprieto contra mí. Separa las manos de mi cintura, se desabrocha el botón del pantalón y se baja el bóxer. Dirige su erección a mi entrada y, sin perder tiempo en quitarme el tanga, lo aparta con dos dedos y me penetra con fuerza, hasta el fondo. Me aferro a él, clavando las uñas en sus hombros, ahogando un grito que en ningún caso es de dolor, sino de un placer inmenso. Tras la embestida, los pocos vasos que quedaban aún intactos en la estantería, caen al suelo y corren la misma suerte que los otros. Me agarra de la cabeza y, peinando mi pelo hacia atrás, me penetra de nuevo. Me obligo a abrir los ojos para poder admirar su perfecto rostro, a pesar de que lo tiene contraído y de que está apretando la mandíbula con fuerza. Soy incapaz de mantener la boca cerrada porque jadeo en todas y cada una de sus acometidas. Llevo las manos a los botones de su camisa y cuando él nota que la prisa empieza a adueñarse de mí, antes de que pegue el tirón y me deshaga de los botones por las bravas, me aparta las manos y acaba el trabajo por mí. Tira la prenda a un lado y me mira desafiante. Sabe que me encanta lo que veo, sabe que su pecho musculado, sus abdominales bien definidos y los huesos de la cadera que le asoman por el pantalón, hacen que pierda la cabeza. Si a todo eso le sumamos las gotas de sudor que descienden por su pecho, el resultado soy yo pegándome a él para lamerle y morderle sin control. Lejos de quedarse quieto, Aaron aprovecha mi proximidad para empezar a quitarme el vestido por la cabeza, proceso que le lleva algo más de trabajo del esperado, pero que consigue finalmente. Me separo de él unos centímetros, apoyando las manos en la estantería, y me deleito viendo cómo se mueven sus abdominales con cada embestida. El trabajo físico que realiza prácticamente a diario consigue que siga teniendo un cuerpo de infarto. Además, Max, y sobre todo Jimmy, siguen exigiéndole atención constante y para poder seguirles el ritmo, tiene que estar en buena forma para no caer extenuado a las primeras de cambio. Sonrío mordiéndome el labio inferior y cuando él me ve hacerlo, acerca ambas manos a mis pechos y los amasa con maestría. Echo la cabeza hacia atrás cuando siento sus dientes mordiendo uno de mis pezones a través de la tela de encaje del sujetador. Se deshace de él en cuestión de segundos y se lleva uno de mis pechos a la boca, torturando el otro con su mano, todo ello sin dejar de mover las caderas. Es una combinación tan letal, que pocos minutos después siento una espiral de cosquillas arremolinándose en mi barriga y descendiendo hacia el centro de mi sexo. Aaron se corre cuando, gritando de placer al ser víctima de un brutal orgasmo, mi vagina se contrae alrededor de su erección. Me abraza con fuerza, hundiendo la cabeza en el hueco de mi hombro, resoplando con fuerza para recobrar el aliento. Exactamente como yo, solo que en mi caso, no puedo dejar de besarle mientras lo hago.

—Sí, señor... —resoplo—. A esto lo llamo yo celebrarlo por todo lo alto...

Aaron se separa de mí y me mira, sonriendo mientras acaricia mi cara con devoción. Nos quedamos anclados el uno en el otro durante un buen rato, hasta que mi cabeza empieza a reclamar el protagonismo y decide poner algo de sentido común.

—No deberíamos de tentar a la suerte... Será mejor que nos vistamos y... —miro al suelo sin saber bien qué decir ni hacer.

—Daños colaterales —interviene él mientras se sube los calzoncillos y los pantalones.

Me ayuda a bajarme de la estantería y me posa en el suelo con sumo cuidado para que no llegue a cortarme con ninguno de los vasos. Me observa detenidamente mientras me visto y cuando estoy lista, me peino el pelo con las manos y le miro abriendo los brazos.

—¿Y bien?

—Perfecta. Como siempre.

Deja un billete de cincuenta dólares encima de la estantería para pagar todo el estropicio que hemos provocado, y me agarra de la mano, llevándome hacia la puerta. Justo antes de abrirla, me mira de reojo y sonríe, apretando el agarre de mi mano de forma cariñosa.

Cuando salimos al pasillo, cerramos rápidamente la puerta para que nadie llegue a pensar que salimos del almacén. Caminamos lentamente hacia la pista central de nuevo y Aaron me lleva hacia una de las barras. Me freno en seco y le obligo a detenerse. Se da la vuelta y me mira sorprendido, con el ceño fruncido. Le sonrío y empiezo a caminar hacia la pista de baile. Está sonando una canción lenta, preciosa, y no quiero desaprovechar la ocasión de añadir otro momento especial a nuestra velada.

—Esto es nuevo —susurra Aaron en mi oído cuando estamos ya en la pista, abrazados—. Esto no lo hicimos el día que nos conocimos...

—Es verdad... Pero así podemos añadir un detalle que rememorar la próxima vez que repitamos.

—¿De aquí a ocho años?

—Espero que sea mucho antes...

Ambos sonreímos y entonces Aaron mira al suelo, asintiendo con la cabeza. Estoy agotada pero soy completamente feliz. Siento como si estuviera flotando en una nube y me he convertido en una marioneta en sus manos.

—¿Recuerdas algo más de esa noche?

—¿Te refieres a cuando mi hermana se largó y me dejó aquí tirada y me tuviste que llevar a casa, habiéndote burlado previamente de mí porque no sabía ni dónde estaba ni dónde vivía?

—No —contesta riendo a carcajadas—. Me refiero a cuando me diste las gracias por llevarte a casa y yo fui de chulo y sobrado y te solté algo así como: "¿por traerte o por el polvo?". Y tú, sin siquiera inmutarte, me contestaste: "por traerme a casa. Por el polvo, más bien me deberías dar tú las gracias a mí".

—¿En serio te dije eso? —le pregunto con la boca abierta.

—Sí... —asiente con la cabeza—. Esa frase me dejó totalmente descolocado y se repetía una y otra vez en mi cabeza. Incluso al día siguiente, cuando te volví a ver delante de mí, en la comisaría, con tu pose estirada y altiva, no paraba de repetir: "por el polvo, más bien me deberías dar tú las gracias a mí".

—Pues no sé ni cómo me atreví a decirte eso. Supongo que esa frase fue resultado de mi nerviosismo... Follar en el almacén de una discoteca no era algo muy habitual en mí y ahí estaba yo, aventurándome a que ese mismo tío me llevara a casa, sin saber si podía fiarme...

—Y, evidentemente, resultó que no podías hacerlo...

—¿Te hago una confidencia? —le digo mordiéndome el labio inferior, traviesa—. Fiarme de ti fue la mejor decisión que he tomado en mi vida.

Coge mi cara entre sus manos y me obliga a mirarle a los ojos. Besa repetidamente mis labios y luego apoya mi cabeza en su hombro mientras me mece entre sus brazos hasta que acaba la canción.

Media hora después, hemos aparcado el coche, y vamos camino a casa. Yo voy descalza, mientras Aaron, como un perfecto caballero, lleva mis zapatos en la mano. Sé que corro el riesgo de pisar algo y hacerme daño, pero tengo los pies tan doloridos, que el frío cemento resulta ser un alivio estupendo.

—Ha sido una noche espectacular, Aaron —comento agarrada de su brazo, colgándome de él.

—Podría ser mejor...

—Lo sé, pero no. Prefiero dormir en casa. Quiero despertarme mañana por la mañana y desayunar con mis hijos, con todos ellos.

—Podemos irnos a un hotel, poner el despertador bien temprano y aparecer a la hora del desayuno. Incluso se lo podemos traer hecho. ¿Qué crees que les puede apetecer? ¿Gofres? ¿Bollos? ¿Donuts?

—Aaron, cariño, ¿cuánto hace que no vemos a Chris?

—Siete meses. Casi ocho ya...

—Y lo primero que hacemos nosotros en cuanto viene a vernos es enchufarle a los niños para irnos de fiesta.

—¡Él insistió! Fue él el que quiso quedarse en casa en lugar de en el hotel con el resto del grupo. Y fue él el que nos dio la idea de que aprovecháramos para salir...

—Vale, y es lo que hemos hecho. Ahora volvemos a casa y si quieres, continuamos la fiesta —le intento convencer—, pero necesito estar en casa y saber que tengo a todos bajo mi mismo techo, poder abrir la puerta de sus habitaciones y verles dormir plácidamente, poder darles un beso de buenas noches...

—Liv, Chris tiene veintitrés años... ¿No va a ser un poco raro que entres en su habitación para darle un beso de buenas noches?

—¿No le mando un mensaje cada noche para dárselo? Pues déjame disfrutar ahora que puedo hacerlo en vivo. Además, a Lexy también se lo doy y tiene veinte años —comento mientras Aaron mete la llave en la cerradura y abre la puerta de casa, negando con la cabeza resignado.

—Además, recuerda que la semana que viene, Max y Lexy se van a pasar el fin de semana con su padre, a Salem.

—¿Lo saben ellos? —me pregunta frunciendo el ceño y apretando los labios—. ¿Max está de acuerdo?

—No, ya sabes que nunca quiere ir, pero es lo que hay... Luke está haciendo las cosas bien y, a pesar de lo que pasara entre nosotros, adora a sus hijos y tiene todo el derecho a verles.

Aaron sigue sin fiarse de él, a pesar de que los chicos nunca nos han explicado nada malo de él, a pesar de que podría exigir verles más de una vez al mes y no lo hace porque sabe que la distancia es un hándicap, a pesar de que ha aceptado nuestra relación, a pesar de que me concedió el divorcio sin quejarse, a pesar de que se comporta como un auténtico padrazo...

—¿Ya ha pasado un mes desde la última vez? —pregunta aún sin cambiar la expresión de la cara.

—Mes y medio casi... Vamos, facilítame las cosas... —le pido rodeando su cintura con mis brazos—. Sabes que a Max no le apetece ir, pero si encima ve que a ti no te entusiasma la idea... Es su padre, cariño.

—Lo intentaré. Pero no te prometo nada.

Sin encender las luces, a tientas, nos dirigimos a la cocina. Aaron abre la nevera y saca una botella de agua fría mientras yo compruebo los estragos de la noche a solas de los chicos.

—No está mal... Tres cajas de pizza, dos botes de helado vacíos, infinidad de latas de Coca-Cola y otras tantas de cerveza... Parece que se lo han pasado en grande.

—Si Jimmy ha bebido alguna de esas latas de refresco, dudo mucho de que podamos continuar con nuestra particular fiesta.

—No se oye nada... A lo mejor tenemos suerte y se las ha bebido todas Max.

—¿Y eso te piensas que mejora las cosas?

Antes de subir, Aaron asoma la cabeza al jardín para comprobar que, tal y como sospechábamos, Bono no está durmiendo en su caseta. Ambos sabemos que estará durmiendo en la cama con Max y que mañana escucharemos mil y una excusas por su parte. La que más se repite últimamente es la relacionada con la edad del animal, algo así como que es un pobre anciano y como tal, tenemos que cuidarle y tratarle como se merece. Alguna vez incluso se ha atrevido a decirnos que eso debería reconfortarnos porque nosotros también llegaremos a ancianos algún día, y podemos estar tranquilos de que no nos obligará a dormir a la intemperie. Me parece que mi mirada de reproche surtió el efecto pretendido y ese comentario no ha vuelto a escucharse.

Cuando estamos en el piso de arriba, abrimos con cuidado la puerta de la habitación de Max, que es la primera del pasillo, pero su cama está intacta. Los dos arrugamos la frente y caminamos entonces hacia la de Lexy, que es la siguiente, la cual encontramos vacía también.

—¿Dónde narices se han metido? —susurra Aaron.

Entonces llegamos a la habitación de Chris, que es la siguiente. En cuanto abrimos, averiguamos la respuesta. Entramos y nos apoyamos en la pared de al lado de la puerta, observando la escena con una sonrisa en los labios. Chris está estirado en su cama, con Jimmy encima. En el suelo hay dos colchones, uno en el que duerme Lexy y otro en el que están Max y Bono. Me acerco a Aaron y le abrazo, apoyando la cabeza en su pecho. Estoy totalmente enamorada de nuestros hijos.

—Bueno, al menos parece que Jimmy sí ha podido dormirse a pesar de todo el gas que debe de correr por su cuerpo.

Me acerco hasta ellos y les doy un beso de buenas noches a todos, incluido a mi chico grande, al cual aprovecho para quitarle de encima a Jimmy. Cuando vuelvo al lado de Aaron, Bono levanta la cabeza y nos mira.

—Shhhh... Bono, duerme y cuida de ellos —le dice Aaron.

Enseguida le hace caso y vuelve a acurrucarse al lado de su inseparable amigo mientras nosotros salimos de la habitación, sonriendo y agarrados de la mano. En cuanto entramos en nuestro dormitorio, me siento en la cama y me echo hacia atrás. Aaron me imita y, cuando los dos tenemos la espalda contra el colchón, nos miramos durante un rato.

—¿Sabes qué? —le digo—. Tampoco me importa si tenemos que esperar ocho años más para pasar una noche como la de hoy. Tenemos unos hijos increíbles.

Sonrío y, aunque él no me contesta, sé que sabe a qué me refiero. Adoramos a nuestros chicos y, aunque a veces nuestra casa está sumida en un completo caos, somos incapaces de separarnos de ellos más de lo estrictamente necesario. Todos los días y noches son perfectas e inolvidables al lado de ellos.

AARON

Antes de abrir los ojos, palpo el colchón en su busca, pero las sábanas están frías. Me incorporo y miro hacia el baño, agudizando el oído por si estuviera dentro. Al rato, escucho algún ruido amortiguado procedente del piso de abajo, así que me levanto, me pongo una camiseta de manga corta, un pantalón de chándal encima de los calzoncillos, y salgo de la habitación. En cuanto llego a la cocina, la encuentro allí, trasteando con los cacharros, con una enorme sonrisa en los labios.

—Buenos días —me saluda al verme.

—¿Por qué?

—Porque es sábado, el sol brilla...

—No... ¿Por qué me has dejado solo en la cama? ¿Por qué te has levantado tan temprano?

—Porque quiero prepararles el desayuno a mis chicos —me contesta sin un ápice de remordimiento, batiendo en un bol lo que supongo que es masa para tortitas.

—Yo quería abrir los ojos y verte a mi lado...

—Cuando abres los ojos, todos los días de nuestra vida, me ves a tu lado.

—Todos los días no... Hoy no... —le contesto haciendo pucheros con el labio inferior mientras extiendo los brazos hacia ella.

Exasperada, pero con una sonrisa en la cara, deja el bol en la encimera de la cocina y se deja abrazar por mí. Acaricia mi cara con ambas manos mientras sonríe negando con la cabeza.

—Eres un celoso de manual...

—Tú no, ¿verdad? Anoche no te pusiste nada, pero nada celosa...

—Eso fue diferente...

Antes de que yo pueda decir nada más, Livy sella mis labios con los suyos. Sabe lo que se hace porque, dos segundos después, no recuerdo qué iba a decirle... De hecho, a duras penas soy capaz de acordarme de mi nombre. La agarro por la cintura y la obligo a caminar de espaldas, hasta que su cuerpo topa con los muebles de la cocina. Entonces la levanto y la siento en la encimera, sin dejar de besarla ni por un segundo. Aparto de malas maneras el bol con la masa de las tortitas, así como varios artilugios de cocina más. De repente, escuchamos un carraspeo a mi espalda, y en cuanto nos damos la vuelta, vemos a Chris y a Lexy, mirándonos divertidos, con los brazos cruzados en el caso de él, y una ceja levantada en el de ella.

—¿Ayer no tuvisteis bastante? —nos pregunta Chris.

—Buenos días, mamá —dice Lexy, acercándose a la cafetera con un par de tazas en las manos—. Buenos días, Aaron.

—Hola, preciosa —le digo cuando se acerca para darme un beso en la mejilla.

—¿Cómo fue anoche? —nos pregunta.

—¿Acaso no lo ves? O se quedaron insatisfechos, o son insaciables —interviene de nuevo Chris.

—Calla —le reprocho lanzándole una magdalena, que él coge al vuelo y se lleva a la boca.

—Fue muy bien —contesta Livy apoyándose en mi pecho, sonriendo como una adolescente.

—Vaya... Y tan bien... —asegura Lexy—. Vuestra cara de bobos lo dice todo...

—¿Y vosotros? ¿Has dormido bien con Jimmy encima? —le pregunto a Chris de forma burlona—. No me digas que no te has arrepentido de no haber dormido en el hotel...

—No, estuvo genial. Les echaba de menos. Bueno, a ella no tanto —contesta señalando a Lexy.

—Idiota —le recrimina ella, dándole un manotazo en el brazo.

—¿En serio prefieres dormir con tus hermanos encima antes que con Jill en una habitación de un hotel de cinco estrellas?

—Llevo durmiendo en un hotel casi a diario durante más de seis meses, y a Jill también le apetecía pasar tiempo en casa de sus padres. ¿Cómo voy a preferir eso a recibir puñetazos de mi hermana favorita?

—La que te ha tocado... —comenta Lexy—. No hace falta que trates de hacerme la pelota.

—¿Aún sigues queriendo esas entradas para tus amigas? ¿Sí? —le pregunta él con ironía mientras ella junta las manos delante de su boca, como si estuviera rogándole—. Pues ojo con el "tonito" de voz...

—¿Cuántas tienes? ¿Son V.I.P.?

—Sí, lo son. ¿Cuántas quieres?

—Cinco...

—Vale. Se las daré a Jill junto con las vuestras.

—¡Eres el mejor! ¡El más guapo! ¡Ay, cuánto te quiero! —le dice colgada de su cuello, besando su mejilla sin parar mientras él hace una mueca e intenta quitársela de encima.

—¿Te has hecho alguno más? —le pregunta entonces Livy, señalando los tatuajes de sus antebrazos.

—No, en los brazos llevo los mismos.

—¿Insinúas que te has hecho alguno más en alguna otra parte del cuerpo? —le pregunto yo.

—Bueno... Aquí en el costado... —dice levantándose la camiseta.

Lexy y Livy le miran embelesadas, mientras yo no puedo disimular mi desaprobación. Sé que es mayor de edad y que puede hacer lo que quiera con su cuerpo, pero esto de que la gente se quiera marcar el cuerpo de por vida, y encima con una aguja, sufriendo de lo lindo, no lo acabo de entender.

—Joder, macho... Pareces un puto mapa del tesoro —me quejo.

—Pues a mí me encantan —interviene Livy—. Me parecen de lo más sexy.

—Pues a mí no me verás nunca ninguno. Me niego.

—Porque eres un cagado y te dan miedo las agujas —dice Chris en un intento de provocarme—. Sabiendo lo que le gustan a Livy, ¿no serías capaz de hacer ese esfuerzo por ella?

—Estoy igual de bueno sin tatuajes —afirmo moviendo las cejas arriba y abajo—. No necesito hacerme dibujitos de esos para gustar... Que aquí donde me veis, a mis cuarenta y cinco, ligo con jovencitas de vuestra edad...

Los dos ríen a carcajadas mientras yo les miro fijamente, sin entender qué les hace tanta gracia.

—¿Tan increíble resulta? —les pregunto muy serio—. Reír lo que queráis, pero es la verdad.

—¿En serio? —le pregunta Chris a Livy, con los ojos muy abiertos, mientras ella asiente con la cabeza.

—¡Aaron! ¡¿Y se puede saber qué hacías tú ligando con una mujer que no es mamá?! —interviene entonces Lexy, haciéndose la ofendida, defendiendo a su madre mientras corta un pomelo por la mitad.

—¡Eso, eso! ¡Que te explique! —añade Livy, metiendo cizaña.

—¡Yo no estaba ligando con ella! Se acercó a mí y se me insinuó, pero yo me negué en todo momento...

—Pero no se separó ni un centímetro mientras la fresca esa le ponía las tetas prácticamente en la cara —vuelve a decir Livy, echando más leña al fuego.

—¡¿Aaron?!

—¡Que no! ¡Que yo no quería! ¡En serio!

—Oh... Joder, papá... —interviene entonces Chris, haciendo ver que llora, secándose unas lágrimas ficticias con el dorso de la mano—. Qué pena... Una veinteañera, ligera de cascos, metida seguro en un vestido que no dejaba nada a la imaginación, poniéndote las tetas en la cara... Entiendo tu sufrimiento...

—No me seas capullo —le reprocho dándole un pequeño empujón mientras todos reímos.

Livy acaba de hacer las tortitas mientras yo les cuento lo que se puede contar de nuestra velada y ellos me explican lo bien que se lo pasaron anoche.

—Jimmy toca realmente bien —me dice entonces Chris—. Al final le ficharé para mi grupo.

—Es verdad —añade Lexy.

En ese momento, como si supiera que habláramos de él, aparece en la cocina, con cara de sueño y el pelo revuelto y despeinado.

—¿Qué pasa conmigo? —pregunta.

Me agacho cuando, como cada mañana, a pesar de tener ya ocho años y pesar lo suyo, se acerca a mí para que le coja en brazos y le dé unos cuantos mimos. Lo hace desde bien pequeño y con el paso de los años, no ha perdido la costumbre. Es muy cariñoso, quizá incluso algo frágil, al menos comparado con sus hermanos, y a mí no me cuesta nada hacerlo. Es más, me encanta hacerlo.

—Pues que estoy pensando en subirte hoy conmigo al escenario —le informa Chris, sonriéndole.

—No... —contesta con su timidez habitual, que solo pierde cuando tiene una guitarra en las manos.

—¿Tu hermano aún duerme? —le pregunta Livy, peinándole unos mechones rebeldes de su pelo castaño con cariño, mientras él asiente con la cabeza.

—¿Por qué no quieres subirte conmigo? Solo una canción. Tú y yo. Es como si estuviéramos aquí en casa, solo que en un sitio algo más grande y delante de algunas personas más... Piénsatelo —insiste Chris, guiñándole un ojo, mientras se lleva a la boca un trozo de tortita bañada en chocolate.

Al momento, me mira apretando los labios, mostrándose indeciso, como si buscara mi consejo o aprobación.

—Yo sé que lo harías genial —le susurro en voz baja, para que nadie escuche nuestra conversación—. Y tu hermano también lo sabe y también lo mucho que te gusta tocar la guitarra y cantar. Solo lo hace para que te lo pases bien, así que si tú crees que lo pasarías mal, díselo y él no te subirá. Pero piénsalo, no te niegues de buenas a primeras.

Le observo mientras aprieta los labios y mira hacia el suelo, valorando la situación tal y como yo le he aconsejado.

—¡Buenos días! —grita entonces Max, asustando a Jimmy, que da un bote aún estando sentado en mi regazo aunque, nada más ver a su hermano, se le dibuja una sonrisa enorme en la cara—. ¿Acaso pensabais comeros todas estas tortitas a mis espaldas? ¿Creíais que no iba a olerlas a kilómetros?

—Lo confesamos —dice Chris—. Estábamos aprovechando que seguías durmiendo para poder comer alguna antes de que arrases con ellas...

Se sienta de un salto en un taburete al lado de Chris y, después de chocar el puño conmigo, se sirve un par de ellas. Busca el chocolate con la mirada, hasta que se lo tiende Lexy.

—Regalo para tú —le dice con cariño porque, aunque Max habla perfectamente hace tiempo, algunos incluso aseguraríamos que demasiado, de vez en cuando seguimos recordando alguna de sus famosas frases.

—¿Para yo? —responde siguiéndole la corriente—. ¡Gracias!

Baña sus tortitas en una cantidad indecente de chocolate y cierra los ojos al llevarse el primer trozo a la boca. Al igual que su hermano, lleva el pelo revuelto y despeinado, pero en su caso, igual de rubio que de pequeño y algo más largo, para así poder taparse el implante coclear.

—¿Cómo os fue anoche? —nos pregunta con la boca llena.

Ninguno de los dos contestamos, porque estamos demasiado ocupados mirando cómo engulle las dos tortitas y se sirve un par más, ahogándolas en chocolate como a las otras dos. Cuando se siente observado, sorprendido también por el silencio que se ha formado a su alrededor, levanta la cabeza y deja de masticar, dejando el tenedor a medio camino entre el plato y su boca.

—¿Qué? —nos pregunta mientras a mí se me escapa la risa.

—¿Dónde metes todo lo que engulles? —le pregunta Lexy.

—Lo sé, tengo un cuerpazo... —contesta enseñando las dos filas de dientes manchadas de chocolate.

—¿Cuerpazo? Más bien yo te definiría como una piruleta... Cuerpo como un palo y un cabezón enrome.

—¡Oh, oh, oh! ¡Quieto todo el mundo! ¡Admiren y aplaudan el ingenio de Miss Universo 2015, aquí de cuerpo presente! Alteza... —se mofa llegando incluso a hacer una reverencia exagerada.

Jimmy y Chris no pueden contener la risa, a pesar de mantener la boca cerrada y de la mirada asesina que les echa Lexy.

—Vosotros reír sus gracias... —les reprocha ella.

—Empezaste tú —comenta Chris—. Has despertado a la bestia...

—Te falta un hervor, enano. Y no pienso entrar en tu juego —vuelve a la carga Lexy.

—Ya lo veo, ya... —replica él volviendo a pinchar otro trozo de tortita—. ¿Quieres? Ah, no, que tu constitución no te lo permite. Disfruta de tu rico pomelo.

—Idiota.

—Lexy... —le reprocha Livy.

—Foca.

—Max... —dice Liv, esta vez dirigiéndose a él.

—Empezó ella. Quien juega con fuego...

—Como no paréis, os quedáis los dos sin concierto. Que sois mayorcitos, por favor... —vuelve a reñirles su madre.

—Hogar, dulce hogar. ¿Eh, colega? —le digo a Chris, pasando un brazo por encima de los hombros.

Chris sonríe con sinceridad, asintiendo a la vez con la cabeza.

—Os echaba mucho de menos... —susurra en voz baja mientras su padre le da una colleja cariñosa en la nuca.

—Por cierto, Max... —dice Livy, dándose la vuelta para recoger algunas de las tazas—. El fin de semana que viene, te toca ir con papá.

—¿Qué? ¿Por qué? ¿Ya ha pasado un mes?

—Lo que has oído, porque es tu padre y sí, ha pasado más de un mes. Lexy, ¿irás tú también? A papá le hará ilusión verte también esta vez... La última vez no fuiste por los exámenes...

—Sí, puedo. No te preocupes. Iré —contesta ella sonriente.

—¿Por qué a ella le preguntas y yo no puedo elegir?

—Porque Lexy es mayor de edad y puede hacer lo que quiera.

—Pero no puedo ir, mamá... —insiste Max moviendo los ojos de un lado a otro.

—¿Por qué? —le pregunta ella.

—¡Porque Aaron y yo íbamos a ir a ver a los Giants!

Max me mira abriendo mucho los ojos, buscando mi complicidad, pero en el fondo sé que Liv tiene razón y Luke tiene derecho a ver a sus hijos. Niego con la cabeza mientras él tuerce el gesto.

—Podéis ir otro día. Hay partidos cada semana, y a tu padre solo le ves una vez al mes.

Max vuelve a mirarme, buscando de nuevo mi ayuda, hasta que agacho la cabeza y, sintiendo los ojos de Livy clavándose en mí, digo:

—Tu madre tiene razón, Max... Podemos ir a otro partido y...

—¡Pues vaya mierda!

—¡Max! —grita Liv mientras él se baja del taburete y corre hacia arriba.

—Ya voy yo... —le digo justo antes de darle un beso y empezar a subir las escaleras, dándole vueltas en la cabeza a las palabras que debo utilizar para sonar animado y convincente.

Llamo a la puerta y apoyo la frente en ella, suspirando.

—¡Dejadme en paz!

—Max, soy yo.

—¡Vete!

—Sabes que no me voy a ir...

Pasados unos segundos, Max abre la puerta y sin mirarme a la cara, se da la vuelta y se vuelve a la cama. Se sienta en ella, apoyando la espalda en el cabezal y agarra la consola de videojuegos y se concentra en ella, pasando de mí. Cierro la puerta cuando la traspaso y me siento a su lado en la cama. Le observo durante un rato, viendo cómo aprieta los labios con fuerza, ignorándome a propósito.

—Max, sabes que no puedo hacer nada... Es tu padre y tienes que verle. Hace mes y medio de la última vez... Es un buen tipo, y te quiere.

—Sí, ya... Pensaba que tú también me querías... —asevera sin mirarme.

—Max... No estás siendo justo... —digo intentando abrazarle, intentando pasar el brazo por encima de los hombros.

—¡No me toques! —me grita dándome un manotazo, con los ojos bañados en lágrimas.

—Vale, no te toco, no te toco... —le digo mostrándole las palmas de las manos—. Max, por favor... Mírame a la cara, al menos.

En cuanto lo hace, intentando no mostrar debilidad, apretando con fuerza los labios mientras se seca las lágrimas con el dorso de la mano.

—No voy a tener en cuenta tu comentario porque sé que no lo crees de verdad. No quiero creer, ni por un solo segundo, que pienses que no te quiero.

Le miro y se muestra incómodo, dándose cuenta de que a veces las palabras pueden llegar a herir tanto como si te clavaran un cuchillo en el corazón.

—Max, eres un chico listo y sabes que tengo razón —insisto—. Luke tiene derecho a verte. Es tu padre...

—Y tú no.

—¿Por qué dices eso?

—Porque quiero estar contigo tanto como Jimmy. Él no se separa de ti nunca... ¿Y sabes por qué tengo que hacerlo yo? Porque no soy tu hijo de verdad.

—Max...

—¡No quiero verle! ¡Tú no le viste pegar a mamá! ¡Yo sí!

—Pero tu madre le perdonó, porque sabe que él ha cambiado y está muy arrepentido de lo que hizo. Además, es consciente de que a vosotros nunca os ha hecho daño, y que os adora. Si no, no le dejaría que os viera, ni a ti ni a tu hermana. Y yo tampoco lo permitiría. Nunca olvidaré lo que él le hizo a tu madre, y tampoco quiero que tú lo olvides. Pero si ella le ha perdonado, creo que tú y yo también debemos hacerlo, ¿no crees?

Max se frota las manos, mordiéndose el labio inferior, sopesando mis palabras.

—Para mí, Lexy y tú sois mis hijos, como lo son Chris y Jimmy. Lo siento así desde que nos convertimos en una familia y creía que te lo había demostrado durante todo este tiempo...

—Lo has hecho... —dice con un hilo de voz.

—Te quiero, Max. Mucho...

—Y yo...

—¿Sabes qué? He pensado que cuando vuelvas, podemos irnos tú y yo solos a algún sitio. Un fin de semana... ¿Qué me dices?

—¿Solos?

—Sí.

—¿Sin mamá?

—Sin mamá.

—¿Y sin Jimmy?

—Sin Jimmy —contesto sonriente al ver cómo su coraza se va haciendo pedazos—. Algo así como una salida padre e hijo...

—¿A dónde?

—No sé... Donde quieras...

—Me da igual —responde animado—. Tú y yo. Como en los viejos tiempos, ¿verdad? Como cuando íbamos al parque, pero más rato.

—Mucho más rato.

—Sí...

—¿Trato hecho? —le pregunto.

—¡Sí! —contesta tirándose a mis brazos mientras yo le abrazo durante un buen rato.

LIVY

Después de darnos las entradas, Jill se asegura de que uno de los tipos de seguridad nos acompañe hasta la zona V.I.P., en la parte delantera del escenario. Tal y como prometió, además de nuestras entradas, Chris le dio a Lexy algunas más para sus amigas, que no paran de dar gritos y pequeños saltos, siempre bajo la mirada estupefacta de Jimmy.

—Mamá, ¿por qué hacen eso? —me pregunta cuando en la enorme pantalla al fondo del escenario, se empiezan a proyectar imágenes de Chris y el resto del grupo.

—Porque están muy contentas de estar aquí —Es lo único que se me ocurre responder.

—¡Ah, qué fuerte, Lexy! ¡Tu hermano está tremendo! —dice entonces una de las amigas de Lexy.

—¡Y encima es cantidad de majo! ¡Te ha conseguido estos pases para nosotras también!

—Chicas, ¿sabéis que dicen que yo he heredado muchas cosas de Chris? —interviene Max, situándose entre ella e incluso agarrando a dos de ellas por la cintura.

—¡Piérdete, enano! —le dice Meredith, la mejor amiga de Lexy, la cual pasa mucho tiempo en casa y está enamorada loca y perdidamente de Chris.

—Trátame bien y quizá te consiga algo de mi hermano... —le suelta Max mientras camina de espaldas, alejándose de ella—. No sé... Quizá una foto, una camiseta sudada, unos calzoncillos, su número de teléfono...

—Max, córtate un poco, colega —le dice Aaron agarrándole por los hombros, zarandeándole, jugando con él.

—Es que no me hace ni puñetero caso... —se queja apretando los dientes, mirando a Meredith de reojo—. Está colada por Chris, y le da igual saber que él tiene a Jill...

—Max... Es normal... Tiene veinte años y tú trece... Siete años de diferencia son muchos...

—Joder... —maldice.

En cuanto se da cuenta, chasquea la lengua, a la vez que Aaron le enseña la palma de la mano. Max se lleva una mano al bolsillo y saca un billete de un dólar, que le da a Aaron y que este se guarda sin ningún remordimiento.

—Te estoy haciendo rico... Espero que disfrutes de algo bueno con todo el dinero que me saqueas...

—El pico de oro lo tienes tú... Yo no tengo ninguna culpa.

Siempre están igual, pienso mientras sonrío, negando a la vez con la cabeza. Me encanta observarles porque, aunque es cierto que Aaron adora a los cuatro, la sintonía que tiene con Max es especial, desde el mismo día en que se conocieron.

—Escucha —insiste Aaron—, sé inteligente. Siete años es mucha diferencia ahora, pero no lo será tanto de aquí a unos años...

—¿Años? ¿Tanto se supone que tengo que esperar? ¿Estamos locos o qué? —se queja Max sin perder de vista a la chica que ocupa todos y cada uno de sus pensamientos de pre-adolescente.

Pocos minutos después, el grupo de Chris sale al escenario, ante el delirio de todo el pabellón. Alguna de las amigas de Lexy, grita con tanta fuerza que puede quedarse afónica incluso antes de que suene la primera canción.

—Mamá —llama mi atención Jimmy—, están muy, pero que muy contentas de estar aquí, ¿eh?

—¡Jajaja! Sí, cariño. Eso parece.

Vuelvo a centrar mi atención en el escenario, donde los chicos están tocando la primera canción. Chris y Roy se conocieron en la Escuela de Música y enseguida congeniaron. Empezaron a cantar en la calle, en cualquier esquina donde la policía les dejara estar. Luego vinieron las fiestas universitarias y luego les contrataron en algún pub, donde les pagaban con cervezas gratis. En uno de esos pequeños conciertos, conocieron a Charlie, que se unió a ellos con su bajo. Bryan completó el grupo, aporreando una batería con sus baquetas, y pocos meses después, su agenda de conciertos por algunos de los locales más importantes de la ciudad era ya bastante larga. Pero su suerte cambió definitivamente cuando un productor musical decidió hacer caso de los crecientes rumores y les fue a ver tocar. Quedó encandilado por la fuerza que tenían, y prendado del aspecto de canalla adorable de Chris. Acató las decisiones de los chicos, que nunca se prestaron a ser el típico grupo para adolescentes, tocando la música que ellos querían, aunque muchas veces no fuera la que el gran público quería. Quizá no vendían millones de discos, a pesar de tener muchísimos y fieles seguidores, pero sí se veían reflejados en la música que tocaban.

Aaron me abraza por la espalda, y cuando le miro, puedo comprobar lo orgulloso que está de su hijo. Acaricio con las yemas de mis dedos los brazos que me rodean, apoyando la cabeza en su pecho.

—Suenan genial, ¿verdad? —oigo que me dice al oído.

—Sí —contesto—. Y está tan guapo...

Y es la pura verdad... Con sus vaqueros negros, su camisa blanca con, como digno hijo de su padre, las mangas arremangadas a la altura de los codos, dejando a la vista todos los tatuajes de sus antebrazos, y una corbata negra. Lleva su pelo oscuro peinado hacia atrás, formando un pequeño tupé, y la cara poblada con la misma barba incipiente que esta mañana.

Max les mira apoyado en la valla, cantando todas y cada una de las canciones. A menudo, Chris le mira desde el escenario y le señala. Cuando lo hace, cantan y se mueven a la vez. Jimmy, en cambio, les escucha con los ojos cerrados y canta de forma discreta, aunque con una enorme sonrisa en la cara. Lexy, por su parte, disfruta del concierto con sus amigas y una cerveza en la mano, bailando sin parar.

Algo más de una hora después, Chris se dirige al público, secándose el sudor con una toalla.

—Bueno... —dice con la respiración entrecortada, intentando recobrar el aliento a marchas forzadas—. Ha llegado el momento de darles un pequeño descanso a los chicos.

El público le jalea mientras los chicos se van del escenario, dejando a Chris solo en él. Saca el micrófono del pie y camina arriba y abajo, sonriendo y saludando a algún fan, hasta que se decide a continuar:

—Tengo una pequeña sorpresa. Como muchos sabéis, esta es mi ciudad... no de nacimiento, pero sí de corazón... Y como es especial para mí, vamos a hacer algo diferente. Hoy tengo la suerte de estar acompañado por la gente que más quiero en este mundo, mi familia... Y uno de ellos, el más pequeño de todos, tienen un gran don que os quiero enseñar...

Se acerca hasta dónde estamos y tiende los brazos hacia su padre, que aúpa a Jimmy para que Chris pueda subirle al escenario con él. Cuando lo consigue, en un gesto muy protector, consciente de la timidez de Jimmy, Chris le agarra de la mano y le conduce hacia el centro, donde alguien se ha apresurado a colocar un par de micrófonos y ha dejado sus guitarras. Cuando están situados, le ayuda a colgarse la guitarra del cuello y coloca el micrófono a su altura. Se agacha a su lado, revolviéndole el pelo y sonriéndole para infundirle confianza, hasta que, dirigiéndose al público, dice:

—Aquí le tenéis. Os presento a Jimmy, mi hermano pequeño, el pequeño de la casa.

Me llevo las manos a la boca, muy emocionada por verle ahí arriba. Sé que la música es su gran pasión y que esto que está haciendo, a pesar de su enorme timidez, es un sueño para él. Le observo levantar la mano para saludar, provocando el delirio del público. Mira hacia arriba, a su hermano, mordiéndose el labio inferior con timidez.

—¿Todo bien? —le pregunta Chris, ya de pie, colgándose la guitarra del cuello.

—Sí —contesta él, haciendo resonar su voz a través del micrófono.

—¿Les explicamos lo que vamos a hacer?

—Cantar —responde mi chiquitín precioso mientras la gente ríe por su inocencia.

—Eso es bueno... —ríe también Chris, apoyando la mano en el hombro de su hermano—. Veréis, es una canción un poco especial, ¿verdad? Porque se la queremos dedicar a una persona que fue muy importante y valiente, ¿a que sí?

Jimmy asiente, apretando los labios, mirando atentamente a su hermano, mientras este le mira y señala al techo.

—Vamos a cantar una canción, juntos los dos, y a dedicársela a alguien, ¿verdad?

—Sí... al señor que me salvó la vida... Al mejor amigo de papá y mamá.

En cuanto escucho esas palabras, se me encoge el corazón. Aaron tampoco es inmune a ellas, y aprieta su agarre a mi alrededor. Incluso creo que puedo sentir los latidos de su corazón en mi espalda.

—¿Listo?

—Sí —le contesta Jimmy.

—Va por ti —añade Chris mirando al techo.

Los dos se quedan muy serios y callados, esperando a que el público se vaya callando poco a poco, hasta que poco después, Chris mira a Jimmy y le hace una señal con la cabeza a Chris, justo antes de hacer sonar sus guitarras al unísono. No se escucha ningún otro instrumento, solo el sonido de las cuerdas de sus guitarras, hasta que Jimmy, cerrando los ojos con fuerza, empieza a cantar. Chris no le quita el ojo de encima y, aunque mueve los labios a la vez, deja que sea su hermano pequeño el que lleve la voz cantante. La imagen de mis dos chicos, sale proyectada en la enorme pantalla, y no puedo hacer otra cosa que emocionarme. Max se acerca hasta nosotros, y se abraza a mí.

—Son increíbles los dos... —dice visiblemente emocionado, justo en el momento en el que Lexy también se aproxima.

—Madre mía... —Llora sin poder dejar de sonreír, apoyando la cabeza en el hombro de Aaron mientras él la abraza y le da un beso en la cabeza.

La canción continúa y llega el momento álgido. Chris empieza a cantar a dúo con Jimmy, agachándose a su lado para darle aún más confianza. El pequeño le mira y sonríe, con los ojos humedecidos por la emoción. Chris asiente con la cabeza y le guiña el ojo, gesto que hace enloquecer a muchas de sus fans. Luego Jimmy cierra los ojos de nuevo y canta con toda su alma y sentimiento, provocando que el público le vitoree.

—Al final va a ser verdad que le va a tener que llevar de gira con ellos —apunta Aaron.

Cuando tocan los últimos acordes y el público empieza a aplaudir entusiasmado, Jimmy se tapa los ojos con ambas manos y esconde la cara en el pecho de Chris, que le abraza con fuerza, protegiéndole de todo el mundo. Veo cómo le susurra al oído, acariciando su pelo y su espalda, cogiéndole en brazos. Al rato, le acerca hasta nosotros y Aaron le coge en brazos.

—Eh... ¡Lo habéis hecho genial! —le digo cuando Aaron me lo tiende.

—Ha sido increíble, Jimmy —añade su padre, mientras Lexy y Max le miran sonriendo y le revuelven el pelo de forma cariñosa.

Cuando la música se reanuda y se asegura de que el grupo vuelve a ser el centro de atención, desentierra la cara de mi cuello y vuelve a disfrutar del concierto con una sonrisa en la cara. Incluso se atreve a bailar con Max y a dejarse coger en brazos por alguna de las amigas de Lexy, que le llevan de un lado a otro como si fuera un muñeco, besándole y mimándole sin parar.

—¡¿Pero esto qué es?! ¡Aquí todo el mundo pilla cacho menos yo! —se queja Max al ver cómo las chicas cuidan a su hermano.

—Ven aquí, que ya te doy yo unos cuantos besos —le digo yo, apretando los labios contra su mejilla, haciéndole reír mientras se retuerce.

Cuando el concierto acaba, después de saludar al resto del grupo, Lexy se queda en la fiesta que ha organizado la discográfica, mientras Aaron y yo llevamos a los chicos a cenar unas hamburguesas, antes de volver a casa.

—¿Por qué no he podido ir yo a la fiesta? —pregunta Max al llegar.

—Porque tienes trece años —le contesta Aaron.

—Oh, joder, mierda de edad... Odio tener trece años. Soy mayor para recibir los mimos de las amigas de Lexy, y pequeño para irme de fiesta con Chris.

Aaron extiende la palma de la mano y Max, resignado, deja un dólar en ella.

—No, no... Uno más, amigo...

En ese momento, suena el timbre de la puerta y miro a Aaron arrugando la frente.

—¿Esperamos a alguien?

—Como no sean tu hermana y Scott... —contesta él.

—No puede ser... No saldrían tan tarde con los gemelos... —digo acercándome a la puerta—. ¿Quién es?

—Nosotros —escucho las voces de Chris y Lexy.

Sorprendida, abro la puerta y me encuentro con ambos, mirándome.

—¿Qué hacéis aquí? —pregunto.

—¿Vosotros no tendríais que estar en una fiesta? —interviene Aaron.

—Hemos estado un rato, pero Chris se marcha mañana, y preferimos estar con vosotros —contesta Lexy abriendo los brazos—. Habrá cientos de fiestas más, pero esto...

—Creedme, no hay ningún sitio en el que me apetezca estar más que aquí.

Jimmy se le tira al cuello, mientras Chris camina hacia dentro de casa y cierra la puerta con el pie.

—¿Helado? —pregunta entonces Max, con una tarrina abierta frente a él y blandiendo en alto seis cucharas.

Mientras todos cogemos una y la hundimos en el helado, nos miramos sin decirnos nada.

—Bono, toma un poco —le dice Max, dándole de comer de su cuchara.

—¡Oh, tío! ¡Qué asco! —nos quejamos todos haciendo muecas con las boca.

—¿Esto? —pregunta mostrando su cuchara mientras la chupa—. Si lo llevo haciendo toda la vida...

—Eso explica muchas cosas... —comenta Lexy mientras a todos se nos escapa la risa.

Entonces mis ojos se encuentran con los de Aaron, que me guiña un ojo.

—Gracias... —susurro en su oído.

—¿Por llevarte de concierto, por traerte de vuelta a casa o por el polvo de dentro de un rato? —contesta en voz baja mientras mueve las cejas arriba y abajo.

—Por dejarme entrar en tus planes. Por el polvo, ya me darás tú las gracias a mí cuando acabemos.

AGRADECIMIENTOS

Son muchos los agradecimientos que tengo que hacer y no son suficientes las páginas disponibles…

A Lutxi, por ser mi segundo par de ojos, y por ser, junto a Bea, Claudia, Cristina, Erika, Karen, Mar, Marina, Marta, Monica, Natalia y Rosa, mis primeras lectoras. Gracias por demostrarme que la amistad no se mide en kilómetros.

A todas mis "lokas" editoras (vosotras sabéis quién sois), que devoran cada capítulo, que me hacen reír a carcajadas con sus comentarios, que me hacen sonrojar con sus palabras, y sudar para cumplir sus plazos infernales, sin las que ya no sería capaz de vivir.

A Ana y Gaby… ¿Qué deciros a vosotras? Gracias por estar ahí cada día, a un solo click de distancia. Gracias por presionarme como solo vosotras sabéis hacer, enviándome esas pequeñas joyas que guardo a buen recaudo. Gracias por aconsejarme en mis momentos de bajón de inspiración.

A mis musos inspiradores que, aunque rebeldes en muchas ocasiones, siempre acaban sabiendo dar la talla.

A mis pequeños diablos, por ser fuente de inspiración diaria, y culpables de todas mis sonrisas.

A ti, por estar ahí, por hacerme reír, por hacerme soñar, por hacerme sentir. Perdóname por haberte robado algunas frases y haberlas plasmado sin pedirte permiso.

Solo me queda decir… "ESTA HISTORIA ES PARA TÚ"